KB157878

Николай Алексеевич Островский
КАК ЗАКАЛЯЛАСЬ СТАЛЬ

강철은 어떻게 단련되었는가

니콜라이 알렉세예비치 오스트롭스키/추영현 옮김

동서문화사

추영현(秋泳炫)

1930년 해남에서 태어나다. 서울대학교 사범대학·서울동양외국어전문학교 노어과 수학. 조선일보·한국일보·경향신문 기자로 활동. 1964년 반공법 위반 필화사건 1년 징역 2년 집행유예로 성탄 전야 가석방. 1974년 한국일보 재직중 대통령 긴급조치 1,4호 위반으로 군법회의에서 15년 징역형. 1978년 8·15 특별 가석방. 가톨릭교회사 연구소 편집위원 한국가톨릭대사전 편집장. 2008년 대통령 긴급조치 위반 재심청구, 대법원에서 반공법 등 무죄 확정, 보상금 3억 2천만 원 수령하다.

Николай Алексеевич Островский
КАК ЗАКАЛЯЛАСЬ СТАЛЬ

강철은 어떻게 단련되었는가

니콜라이 알렉세예비치 오스트롭스키/추영현 옮김

1판 1쇄 발행/2020. 12. 25
발행인 고정일
발행처 동서문화사
창업 1956. 12. 12. 등록 16-3799
서울 중구 마른내로 144(쌍림동)
☎ 546-0331~6 Fax. 545-0331
www.dongsuhbook.com

사업자등록번호 211-87-75330
ISBN 978-89-497-1789-0 04800

차례

강철은 어떻게 단련되었는가-오스트롭스키

오스트롭스키가 꿈꾼 세계
러시아 공산혁명은 어떻게 되었는가-추영현

1부

1

"너희들 중 주일 전날 우리집에 숙제 검사받으러 왔던 녀석들 일어서 봐!"

무거워 보이는 십자가를 목에 늘어뜨린, 사제복 차림의 디룩디룩한 사나이가 겁주듯이 학생들을 매서운 눈초리로 노려보았다.

심술궂어 보이는 작은 눈이 자리에서 일어선 여섯 아이—네 소년과 두 소녀—를 뚫어져라 쏘아본다. 아이들은 사제복을 입은 그를 조마조마한 마음으로 바라보았다.

"네 둘은 자리에 앉아도 좋아."

신부는 두 소녀들에게 눈짓을 보내며 말했다.

소녀들은 휴! 살았다 한숨을 내쉬면서 서둘러 앉았다.

바실리 신부의 눈길은 네 녀석들에게 쏠렸다.

"자, 이리들 나와봐, 어서!"

바실리 신부는 일어서서, 의자를 밀치고, 한데 옹송그리고 있는 사내아이들 쪽으로 성큼성큼 다가섰다.

"못된 녀석들 같으니, 너희들 가운데에 담배 피우는 놈이 누구야?"

네 아이들이 기어들어가는 소리로 대답했다.

"저희들은 담배 안 피워요, 신부님."

신부의 얼굴이 붉으락푸르락해졌다.

"이런 발칙한 것들, 안 피웠다고? 그렇담, 밀가루 반죽에 마호르카 담배를 뿌린 놈은 도대체 누구란 말이야? 안 피웠다고 했겠다! 그럼 어디 너희들이 담배를 피웠는지 안 피웠는지 살펴 보자. 모두들 주머니를 뒤집어 봐! 자, 빨랑빨랑 해! 내 말이 안 들려? 주머니를 까 뒤집어 보라니까!"

세 학생은 저마다 주머니에 든 것들을 책상 위에 꺼내놓기 시작했다.

신부는 담배 가루를 찾아내려 눈을 크게 뜨고 솔기 사이까지 샅샅이 살펴보았다. 그러나 아무것도 없었으므로, 회색 루바시카[*1]에다 무릎을 기운 파란 바지를 입은 네 번째 눈이 까만 아이를 보고 말했다.

"너는 어쩌자고 장승처럼 서 있기만 하는 거야?"

눈이 까만 그 아이는 짓눌러 오는 미움을 감추고 상대를 바라보면서, 툭 내뱉었다.

"저는 주머니가 없어요." 그리고 옷 솔기 위를 손으로 쓰다듬었다.

"뭐, 주머니가 없다고? 그럼 넌 말이야, 뻔뻔스럽게 빵 반죽을 망쳐버린 이따위 괘씸한 짓거리를 한 놈이 누군지, 내가 모르는 줄 아는 모양이지? 그리고 이대로 학교에 눌러 남아 있을 배짱인 것이지? 어림없다, 이 녀석아. 이번에는 그렇게 안 돼. 지난번에는 네 어머니가 제발 퇴학만은 막아달라고 사정사정 매달리기에 봐줬지만, 이번에는 끝장이야. 냉큼 나가지 못해!" 그는 소년의 귀를 움켜잡고, 복도로 끌어낸 뒤 문을 꽝 닫아버렸다.

교실은 조용해지고, 소리 하나 내는 아이도 없었다. 파브카 코르차긴이 왜 쫓겨났는지 아무도 몰랐다. 다만 파브카와 단짝인 세료시카 부르자크만은 6명의 공부 못하는 아이들이 신부를 기다리고 있던 부엌에서 파브카가 한 줌의 마호르카 담배를 뿌리는 것을 보았다. 모두가 신부의 집에서 숙제 해답을 다시 써야만 했을 때의 일이다.

쫓겨난 파브카는 층계 맨 아래 계단에 쭈그리고 앉았다. 이제부터 어떻게 집에 돌아가 어머니에게 뭐라고 말할 것인가를 궁리했다. 소비세 감독관 집에서 아침부터 밤늦게까지 하녀로서 고된 일을 하는 어머니에게 뭐라고 이야기해야 할지 생각이 잘 떠오르지 않았다.

파브카는 눈물이 흘러나왔다.

"자, 이제부터 어떻게 하지? 이게 다 저 거지 같은 신부 탓이야. 내가 마호르카를 뿌렸다고? 그건 세료시카 녀석의 생각이었어. '야, 저 늙은 똥개를 골탕 먹이는 게 어때!' 녀석이 부추겼잖아. 그래서 둘이서 뿌렸고. 세료시카는 무사히 넘어가겠지만, 난 틀림없이 내쫓기고 말거야."

바실리 신부에 대한 원한은 어제오늘에 비롯된 것은 아니었다. 언젠가 파브카가 레프추코프 미시카와 주먹싸움을 했을 때도 그는 점심을 굶어야 하는

[*1] 블라우스와 비슷한 러시아의 남성용 겉저고리. 옷깃을 왼쪽 앞가슴에 당겨서 달아 단추로 여미며 허리를 끈으로 둘러맨다.

8 강철은 어떻게 단련되었는가

벌을 받았을 뿐만 아니라, 늦게까지 학교에 남아 있어야만 했다. 아무도 없는 교실에 두면 못된 장난을 친다고, 교사는 이 개구쟁이를 상급반인 2학년 교실로 데리고 갔다. 파브카는 맨 뒷줄 의자에 앉았다.

까만 양복을 입은 깡마른 교사는 지구라든가 천체 이야기를 했다. 파브카는 놀라운 나머지 입을 멍하니 벌린 채로, 지구가 이미 수백만 년 전부터 존재하고 있었다든지, 별도 지구와 비슷한 것이라든지 하는 이야기에 귀를 기울였다. 들은 이야기가 너무도 엄청났으므로, 일어서서 교사에게 "성경에는 그렇게 씌어 있지 않던데요" 말할까 생각했다. 하지만 또 혼이 날 것만 같아서 그만두었다.

신학 과목에서 신부는 언제나 파브카에게 만점을 주었다. 파브카는 성가(聖歌)도, 신약 구약의 성경도 통째로 외우고 있었으며, 무슨 요일에는 하느님이 무엇을 만들어 내셨다는 것도 술술 읊을 수 있었다. 그는 바실리 신부에게 물어보기로 결심했다. 신학 첫 시간에 신부가 의자에 앉자마자, 파브카는 손을 번쩍 들고 말해도 된다는 허락을 받은 다음 일어섰다.

"신부님, 어째서 상급반 선생님은 지구가 몇백만 년이나 전부터 있었다는 이야기를 하는 건가요? 성경에서는 5000년이 지났다고……" 바실리 신부의 벼락 떨어지는 소리에 그는 그만 주저앉아 버렸다.

"무슨 잠꼬대 같은 소리야, 이 천벌을 받을 놈! 하느님 말씀을 무얼로 생각하는 거야!"

그리고 파브카 입에서 찍소리가 나오기도 전에 신부는 그의 두 귀를 움켜잡고, 머리를 벽에다 콩콩 짓찧었다. 이윽고 실컷 매를 맞은 끝에, 그는 복도로 쫓겨나고 말았다.

어머니에게서도 파브카는 몹시 야단을 맞았다.

이튿날 어머니는 학교로 가서, 아들을 다시 받아달라고 바실리 신부에게 애걸했다. 그때부터 파브카는 마음 밑바닥에서부터 신부를 미워하게 되었다. 미워하며, 또한 무서워했다. 그는 조금이라도 자신을 업신여기는 사람은 그 누구라도 용서치 않으리라 생각했다. 신부에 대해서도 억울한 처벌을 결코 잊으려 하지 않았고, 속을 부글부글 끓이면서 그것을 가슴속 깊이 감추고 있었던 것이다.

그 일 말고도 사소한 모욕으로 소년이 바실리 신부에게 당한 일은 얼마든지 있었다. 교실 문밖으로 끌어낸다든지, 아무것도 아닌 일로 몇 주일씩이나 벌을 선다든지, 한 번도 시험을 치르지 못하게 한다든지 그런 식이었다. 이 때문에 부활제 전날 신부네 집으로 말썽꾸러기들과 함께 시험을 치르러 가야만 했다. 그리고 그 부엌에서 파브카는 부활절 때 쓸 밀가루 반죽 속에 마호르카 담배를 뿌려 버렸던 것이다.

아무도 못 봤을 텐데도, 신부는 그것이 어느 놈의 짓인지를 당장에 꿰뚫어 보았다.

……수업이 끝나자 아이들은 와 하고 운동장으로 나와, 파브카를 둘러쌌다. 그는 시무룩하니 입을 다물고 있었다. 세료시카 부르자크는 나오지 않았다. 자신도 잘못을 느끼고는 있었으나, 아무리 궁리해도 친구를 구할 방법이 없던 것이다.

교무실의 열려 있는 창문으로 교장 에프렘 바실리예비치의 머리가 쑥 나왔고, 그 굵은 목소리가 파브카의 기를 죽였다.

"코르차긴을 지금 당장 나한테 오라고그래!" 그는 고함치듯이 말했다.

파브카는 심장이 얼어붙는 기분으로 교무실로 갔다.

철도역 식당 주인은 퀭하니 빛바랜 눈동자를 가진 창백한 중년 남자였는데, 옆에 서 있던 파브카를 흘낏 쳐다보았다.

"이 아이는 몇 살이죠?"

"열두 살이에요." 어머니가 대답했다.

"할 수 없죠. 일단 두고 보기로 하겠소. 약속은 이렇게 합시다. 월급은 8루블, 일하는 날은 밥 먹여주기로 하고, 꼬박 하루 일하고 꼬박 하루 쉬고, 그리고 도둑질은 절대 안 되오."

"그런 일을 어떻게, 그런 일을 어떻게! 그런 못된 짓을 할 아이는 아닙니다. 제가 보증하고말고요." 어머니는 놀라면서 말했다.

"좋소. 그럼 오늘부터라도 일을 시켜보기로 하죠." 주인은 그렇게 말하고 나서 카운터 안쪽에 그들과 나란히 서 있던 종업원을 돌아보며 말했다. "지나, 이 아이를 접시 닦는 데로 데리고 가서, 그리시카 대신 일을 시키라고 프로센카에게 일러줘."

종업원은 햄을 썰고 있던 칼을 팽개치고, 파브카 쪽으로 고개를 끄덕여 보이고는, 설거지장으로 통하는 옆문으로 가기 위해 홀을 가로질렀다. 파브카도 그 뒤를 따랐다. 어머니는 얼른 두 사람을 따라나서면서, 남몰래 속삭였다

"파브카, 너 이번에는 잘해라. 엉뚱한 짓일랑 절대로 해선 안 된다."

그리고 쓸쓸한 눈으로 아들을 보내고는, 출입구 쪽으로 갔다.

설거지장에서는 한창 일들을 하고 있었다. 접시, 포크, 나이프가 탁자 위에 수북이 쌓여 있고, 몇몇 여자들이 어깨 너머로 던져준 행주로 그것을 닦고 있었다. 파브카보다 좀 나이가 든 소년이 태어나 지금껏 빗질 한 번 한 적이 없는 것 같은 덥수룩한 붉은 머리를 하고 커다란 사모바르*2 2개를 손질하고 있었다.

설거지장은 그릇을 씻는 끓는 물을 담은 커다란 대야에서 오르는 김으로 자욱했기 때문에, 파브카는 처음에 일하고 있는 여자들의 얼굴도 잘 분간할 수가 없었다. 그리고 무엇을 하면 되는지, 어디에 몸을 두면 되는지도 모른 채 멍하니 서 있었다.

지나는 그릇을 씻고 있는 한 여자에게 다가가, 그 어깨에 손을 얹고 이렇게 말했다.

"프로셴카, 저기 저 애가 그리시카 대신에 새로 온 애예요. 일을 좀 가르쳐 주래요."

지나는 파브카 쪽을 보고, 방금 프로셴카라고 부른 여자를 가리키며 말했다.

"이분이 여기서는 네 윗사람이니까 시키는 대로 해라." 그러고 나서 휙 돌아서며 식당 쪽으로 가버렸다.

"예." 파브카는 기어들어가는 소리로 대답을 하고, 눈앞에 서 있는 프로셴카를 힐끗 쳐다보았다. 상대방은 이마의 땀을 닦으면서, 무슨 감정(鑑定)이라도 하듯 파브카를 위아래로 훑어보더니, 팔꿈치 밑으로 흘러내리는 소매 자락을 걷어올리면서, 깜짝 놀랄 만큼 가슴 깊숙한 곳에서 나오는 것만 같은 유쾌한 목소리로 말했다.

"네가 할 일이란 별것 없어. 이거, 이 큰 솥의 물을 끓이는 거야. 그러니까 아침마다 여기에 물을 팔팔 끓여서 언제든지 뜨거운 물을 쓸 수 있게만 해놓으

---

*2 러시아의 전통 주전자. 구리, 은, 주석 따위로 만들며 중앙에 위아래로 통하는 관이 있어 그 속에 숯불을 넣어 물을 끓인다.

면 돼. 장작도 물론 쪼개야지. 그리고 이 사모바르도 네 담당이야. 그리고 손이 모자랄 때는 나이프나 포크를 닦을 때도 있겠고, 개숫물을 버리러 가기도 해야지. 일을 정신없이 하면 말이다, 아가, 땀이 막 난단다." 이 여자는 코스트로마*3 사투리로 '아' 자에 힘을 주고 말했는데, 그 말투와 들창코와 붉어진 얼굴 탓인지, 파브카도 괜스레 기분이 좋아졌다.

'이 아줌마라면 틀림없이 괜찮을 거야.' 그는 이렇게 생각하며, 용기를 내 프로센카 쪽으로 몸을 돌리면서 말했다.

"그럼, 지금부터 나는 무얼 하면 돼요, 아줌마?"

그러고 나서 말이 막혀 버렸다. 설거지장에서 일하는 여자들의 떠나갈 듯한 웃음소리에 그 뒤의 말이 삼켜져 버리고 말았던 것이다.

"하, 하, 하!…… 프로센카한테는 벌써 조카애가 하나 생겼네."

"하하!" 프로센카는 누구보다도 잘 웃었다.

파브카는 김 때문에 이 여자의 얼굴을 제대로 볼 수가 없었는데, 프로센카는 이제 겨우 열여덟 살이었던 것이다.

멋쩍어진 그는 옆에 있던 사내아이에게 물었다.

"나, 지금 무얼 하면 되지?"

그러나 사내아이는 묻는데도 싱긋 웃기만 했다.

"아줌마한테 물어봐. 무엇이든 다 가르쳐 줄 거야. 나는 여기서 임시로 일하거든." 그러고는 등을 돌려 부엌으로 통하는 문 쪽으로 횡 가버렸다.

"이리 와서, 포크 닦는 걸 좀 거들어 줄래?"

그리 젊지 않은 여자의 목소리를 파브카는 들었다.

"왜들 모두 바보처럼 웃고 야단이야. 저 애가 뭐 잘못된 데라도 있어? 자, 이걸 받아." 그 여자는 파브카에게 행주를 건네주었다. "한쪽 끝을 입으로 물고, 또 한쪽을 쭉 펴는 거야. 이거 봐, 포크란 말이지, 끄트머리를 골고루 잘 닦아야 해. 티 하나 없이 말이야. 여기서는 그게 보통 까다로운 게 아니거든. 손님들이 포크를 보고 만약에 깨끗하지 못한 것이라도 찾아내면 진짜 큰일나지. 주인아주머니한테 당장 쫓겨날 테니까."

"주인아주머니가?" 파브카에게는 이해가 되지 않았다. "하지만 여기에는 나

---

*3 러시아의 모스크바 동북쪽 볼가강 중류 연안에 있는 항구 도시.

를 써준 주인아저씨가 있잖아요."

그릇을 닦는 여자가 웃었다.

"이 집 주인은 말이야, 아가야, 쓸모없는 잡동사니나 낡은 방석과 마찬가지야. 아주머니가 여기선 무엇이든 대장이란다. 오늘은 안 계시지만. 이제 네가 여기서 일을 시작하면 곧 알게 될 거야."

설거지장 문이 열렸다. 그리고 식당 웨이터 셋이 씻을 그릇을 산더미처럼 안고 들어왔다.

그 가운데 어깨가 딱 벌어지고, 사팔뜨기에 얼굴이 네모난 녀석이 말했다.

"좀 더 빨랑빨랑 못해? 이제 12시 차가 곧 도착할 텐데, 아직도 꾸물대고만 있으니, 원."

그는 파브카를 보더니 물었다.

"이 녀석은 또 뭐야?"

"새로 들어온 애야." 프로센카가 대답했다.

"응, 새로 들어온 애, 그래? 너 말이야, 야." 그의 무거운 한 손이 파브카의 어깨에 떨어지더니 파브카를 사모바르 옆으로 밀었다. "이건 언제나 팔팔 끓어야만 하는 거야. 잘 알아둬. 이것 봐, 하나는 꺼져 버렸고, 또 하나는 가물가물해서 겨우 김만 나고 있잖아. 오늘은 봐주지만 내일 또 그래 봐라. 볼따구니가 터져 나갈 테니, 알았어?"

파브카는 한마디도 대꾸하지 않고 사모바르의 물을 끓일 준비를 시작했다.

이렇게 그의 노동은 시작되었다. 파브카는 이날처럼 일을 열심히 해보기는 처음이었다. 그는 스스로 알아차렸다. 여기는 어머니가 시키는 일쯤은 듣지 않아도 되는 집과는 다르다는 것을. 시키는 대로 안 하면 따귀를 갈기겠다고 사팔뜨기는 분명히 말했던 것이다.

파브카가 벗은 장화를 굴뚝에 끼우고, 굵은 4배럴*⁴짜리 사모바르에 부채질을 하자, 거기서 불꽃이 튀겼다. 개수통을 들고 하수구로 뛰어가기도 했고, 물이 가득 찬 솥 밑에 장작도 지폈으며, 끓어오르는 사모바르 위에서 젖은 행주를 말리기도 하면서, 시키는 일은 무엇이든 했다. 밤늦게 파브카는 아래층 주방으로 내려갔다. 그러자 아니샤라는 중년의 접시닦이 여자는 파브카가 사라

---

*4 액체의 부피를 재는 단위로, 1배럴은 약 15리터.

진 문 쪽을 바라보면서 말했다.

"쯧쯧, 좀 이상한 아이야. 미친 것처럼 이리 뛰고 저리 뛰고 하잖아. 틀림없이 무슨 사연이 있어서 일하러 나왔을 거야."

"맞아, 꽤 부지런한 아이야." 프로센카도 말했다.

"그걸 봐서는 쫓겨날 것 같지는 않군."

"두고 봐. 얼마 못 가 달아날 테니." 루샤라는 여자가 한마디 했다. "누구든 처음에는 열심히 하거든."

밤새 잠도 못 자고 이리저리 뛰어다니다 지칠 대로 지친 파브카는 아침 7시에 펄펄 끓는 사모바르를 교대하는 아이에게 넘겨주었다. 그는 넉살 좋아 보이는 눈매를 한 콧대가 두툼한 아이였다.

모든 것이 제대로 갖추어져 있고, 사모바르도 끓고 있는 것을 확인한 뒤에 그 소년은 두 손을 주머니에 넣은 채 앙다문 이 사이로 침을 찍 하고 뱉고 나서, 상대방을 우습게 여기는 건방진 태도로 파브카를 힐끗 보면서, 반박은 용서치 않는다는 투로 이렇게 말했다.

"야, 꼬마야! 내일은 6시에 교대하러 오는 거다."

"6시라고?" 파브카는 되물었다. "교대는 7시 아니야?"

"7시에 하는 놈은 하라고 해. 하지만 넌 6시에 오는 거야. 군말하면 한 방 갈겨줄 테니까, 알았어? 너, 잘 알아둬. 쪼그만 게 이제 갓 들어와 가지고 까불고 있어. 너 여기가 어딘 줄 아니?"

교대하러 온 사람들에게 하던 일을 넘긴 여자들은 재미있다는 듯이 이 두 소년의 입씨름을 구경하고 있었다. 상대의 사람을 찍어 누르는 태도와 말투에 파브카는 화가 치밀었다. 그는 당장에 이 교대하는 놈 쪽으로 한 걸음 다가가 멋지게 한 방을 먹여줄까 했으나, 겨우 일을 나와서 첫날에 쫓겨나면 큰일이라는 생각이 들어 꾹 참았다. 그는 울적한 기분으로 이렇게 말했다.

"그렇게 날뛰지 말고, 좀 얌전히 구는 게 어때. 그렇지 않으면 큰코다칠 거야. 내일은 7시에 올 테니 그리 알아. 싸움이라면 네깐 놈보다는 한 수 위라는 것만 알아둬. 생각이 있다면 언제든지 상대해 줄 테니까."

상대는 사모바르 쪽으로 뒷걸음질치며, 화가 머리끝까지 난 파브카의 모습을 놀란 눈으로 바라보았다. 이처럼 단호하게 대들 줄은 몰랐기 때문에 좀 당황할 수밖에 없었다.

"좋아, 언제 한번 보자." 그는 겨우 그렇게 대꾸했다.

이처럼 첫날은 무사히 넘겼다. 파브카는 자신의 휴식을 당당히 획득한 자의 감정을 안고 집을 향해 걸었다. 이제 그도 일을 하는 것이다. 어느 누구도 그를 쓸모없는 존재라고 말하지 못할 터였다.

드넓은 제재소 건물 저편에서 아침 해가 천천히 떠오르고 있었다. 파브카의 초라한 집도 보이기 시작했다.

'어머니는 틀림없이 아직 안 주무실 거야. 나도 일을 하고 돌아오는 거니까.' 파브카는 그런 생각을 하며 휘파람을 불면서 서둘러 발걸음을 옮겼다. '그러고 보니, 학교에서 쫓겨난 게 오히려 잘됐지 뭐야. 어차피 그 거지 같은 신부가 먹여 살려 줄 것도 아니고, 지금 같아서는 침이라도 뱉어주고 싶을 정도였다.' 파브카는 집이 가까워지면서 그렇게 생각했는데, 쪽문을 열면서 얼핏 한 생각이 떠올랐다. '그렇지, 그 건방진 자식은 꼭 한 번 버릇을 가르쳐 줘야지, 꼭.'

어머니는 밖에서 사모바르를 만지고 있었다. 그러다 아들의 모습을 보더니 조심조심 물었다.

"애야, 어땠니?"

"잘됐어요." 파브카는 대답했다.

어머니는 뭔가 귀띔을 해둘 일이 있는 눈치였다. 그러나 그는 알아차렸다. 열어젖힌 창 너머로 형 아르촘의 넓은 어깨가 보였으니까.

"어, 아르촘 형이 왔어요?" 그는 당황해서 물었다.

"어제 왔는데, 계속 여기에 있는대. 기관고(機關庫)에서 일하게 된다더라."

파브카는 약간 우물쭈물하면서 방문을 열었다.

이쪽에 등을 보이고 식탁에 앉아 있던 커다란 몸집이 돌아앉으며, 새까만 눈썹 밑에서 거친 눈초리로 파브카를 보았다.

"응, 돌아왔구나, 파브카 선생. 그래그래, 됐다 됐어!"

이 지경이라면 아무래도 모처럼 돌아온 형과도 도저히 기분 좋게 대화를 나눌 수 있을 것 같지가 않았다.

'형은 벌써 모든 것을 알고 있는 모양이구나.' 파브카는 생각했다. '상대가 아르촘 형이니, 잘못하면 한 방 얻어맞기 쉽겠는걸.'

파브카는 아르촘이 약간 무서웠다.

하지만 아르춈은 파브카를 때릴 생각이 없는 모양이었다. 아르춈은 식탁에 팔꿈치를 대고 의자에 앉은 채로, 눈을 깜박거리지도 않고 파브카를 바라보고 있었다.

"이제 학교도 졸업하시고, 공부는 할 만큼 마쳤으니까, 이번에는 설거지 일을 시작하셨다, 이런 말이냐?" 아르춈은 그렇게 말했다.

파브카는 갈라진 마룻바닥을 내려다보며, 못대가리가 튀어나온 것을 열심히 살피고 있었다.

하지만 아르춈은 식탁에서 일어나 부엌으로 가버렸다.

'얻어터져 찜질할 일은 없을 것 같군.' 파브카는 "후유!" 한숨을 내쉬었다.

차를 마실 때 아르춈은 조용히 학교에서의 사건을 파브카에게 캐물었다.

파브카는 모조리 털어놓았다.

"그렇게 함부로 자라서 앞으로 대체 무엇이 될 거냐?" 어머니는 슬픈 듯이 말했다. "정말, 이 애를 어쩌면 좋으냐? 누굴 닮아서 저럴까? 맙소사, 이 녀석 때문에 내가 속 썩은 일을 생각하면……" 푸념을 쏟아냈다.

아르춈은 빈 잔을 옆으로 밀어놓으면서, 파브카 쪽으로 돌아앉았다.

"자, 잘 들어라, 이 녀석아. 이렇게 된 바에는, 앞으로는 정신 바짝 차려. 일할 때는 남의 눈을 속일 생각일랑 하지 말고, 네가 해야 될 일이라면 무엇이든 열심히 하는 거야. 만약에 이번에도 그곳에서 쫓겨나면 내가 온몸을 멍투성이로 만들어 줄 테니까, 이건 잊지 마라. 어머니 속 좀 그만 썩여. 너는 가는 곳마다 말썽만 부리고, 뭔가 일을 저지르고 말이야. 하지만 이번 일로 마지막이야. 1년쯤 열심히 일하고 나면 기관차 수습생으로 써달라고 내가 부탁해 주마. 그런 설거지장 같은 데 있다가는 뭐가 되겠니? 기술을 배워서 직업을 잡아야 해. 아직은 어리지만 1년쯤 지나면 내가 부탁해 줄게. 잘하면 써줄 거야. 난 이곳으로 자리를 옮기게 돼서, 이제부터 여기서 일할 거다. 어머니는 앞으로 일하러 안 나가셔도 된다. 꼴같잖은 놈들한테 굽실굽실거리면서 일하실 필요 없어. 어쨌든 제발 정신 차려라, 파브카. 넌 훌륭한 사람이 돼야 해."

그는 큰 몸집을 쭉 펴면서 불쑥 일어나, 의자 등에 걸려 있던 저고리를 걸치고, 어머니를 보고 내뱉듯이 말했다.

"볼일이 있어서 1시간쯤 나갔다 올게요." 그리고 문 있는 데서 몸을 굽히면서 밖으로 나갔다.

밖으로 나가 창문 옆을 지나가면서 그는 다시 말했다. "너한테 주려고 장화와 나이프를 가져왔다. 어머니에게 달라고 해라."

철도역 식당은 밤낮을 가리지 않고 문을 열고 있었다.

이 철도역에는 6개의 선로(線路)가 연결되어 있었다. 그래서 역은 늘 사람들로 꽉 들어차며, 열차가 끊기는 시간인 한밤중의 2, 3시간만 한산할 뿐이었다. 이 역에는 수많은 군용 열차가 몰려와서는 사방으로 흩어져 갔다. 전선 쪽에서는 불구자와 중상자가 후송되어 왔으며, 이쪽에서는 눈에 익은 회색 외투 차림의 신병들을 줄지어 태우고 갔다.

2년 동안을 파브카는 설거지 일로 바삐 움직이면서 지냈다. 주방과 설거지장, 이것이 지난 2년 동안 그가 본 세계의 모든 것이었다. 넓다란 지하의 주방에서는 정신없이 바빴다. 20명 남짓한 사람들이 일을 하고 웨이터 10명은 식당에서 주방으로 왔다 갔다 바빴다.

파브카는 이제 8루블이 아니라 10루블의 월급을 받았다. 몸도 2년 동안 자라서, 제법 어깨가 딱 벌어졌다. 그사이 적지 않게 고생도 했다. 조리사 수습생으로서 반년쯤 주방 연기에 그을린 끝에, 다시 설거지장으로 나왔다. 그건 절대 권력을 쥐고 있는 주방장에게 쫓겨났기 때문인데, 어쩌다 주먹다짐이라도 했다가는 칼이라도 휘두를 기세인 이 깡이 있는 녀석이 주방장 마음에 들지 않았던 것이다. 이런 식이어서 쫓겨나도 벌써 쫓겨났을 테지만, 그래도 붙어 있을 수 있었던 것은 그가 종횡무진 몸을 사리지 않고 열심히 일을 한 덕분이었다. 아닌 게 아니라 파브카는 지칠 줄을 모르고 누구보다도 열심히 일했다.

식당이 붐빌 때면 그는 마치 신들린 듯이 쟁반을 들고 층계를 몇 단씩 뛰어넘으며 주방으로 달려갔다가는 다시 돌아오곤 했다.

깊은 밤 식당의 양쪽 홀에 손님이 뜸해지면, 아래층에 있는 주방 창고에 웨이터들이 모였다. 이들은 '끗수'라든가 '9'라든가 하는 통 큰 노름판을 벌였다. 파브카는 탁자 위에 놓인 돈을 여러 번 보았다. 그러나 이 친구들은 당번 날이면 하루에 30, 40루블씩이나 팁을 받고 있다는 것을 알고 있었으므로, 파브카는 이런 큰돈을 보아도 놀라지는 않았다. 그들은 반 루블이나 1루블씩 거둬서 실컷 먹고 마신 다음에 노름을 시작하는 것이었다. 파브카는 그걸 보면 울화가 치밀었다.

'건달 같은 자식들! 아르춈 형은 일류 숙련 철공인데도 48루블밖에 못 받고, 나도 단 10루블뿐이다. 그런데 놈들이 하루에 긁어모으는 돈이 저렇게 많다니. 게다가 그 일은 도대체 뭐야? 기껏 음식을 날라 가고 내려주고 하는 것밖에 더 있어? 저런 녀석들이 술이나 처마시고 노름이나 하고 있다니.'

파브카는 그들을, 주인 부부와 마찬가지로 자기와는 인연이 없는 존재, 아니 원수라고 생각하고 있었다. '개같은 놈들, 놈들은 여기서는 하인 노릇을 하고 있는 주제인데, 여편네와 새끼들은 거리에서 부자처럼 살고 있다니.'

그들은 중학교 제복 차림의 아들을 데리고 다니고, 부족한 게 없이 살이 피둥피둥 찐 아내를 데리고 다녔다. '그놈들 쪽이 아마 시중받는 손님들보다 더 부자이리라.' 파브카는 생각했다. 그는 또한 밤마다 주방 안쪽 구석이나 식당 창고에서 벌어지고 있는 일에도 놀라지 않았다. 왜냐하면 어떠한 접시닦이 여자나 여점원도, 여기서 권력을 가지고 있는 자에게는 누구를 막론하고, 단 몇 루블에 몸을 맡기지 않고는 식당에 오래 붙어 있지 못한다는 것을 잘 알고 있었기 때문이다.

파브카는 우물 속을 들여다보듯이 인생의 밑바닥을 들여다본 셈이었다. 그리고 온갖 새로운, 아직 알지 못하는 것에 굶주려 있던 그가 맡은 것은, 썩은 곰팡이 냄새와 늪지대의 습한 냄새였다.

아르춈이 동생을 기관고 수습생으로 받아달라고 부탁하려던 것은, 15세 미만은 채용 불가라는 규정 때문에 여의치가 않았다. 파브카는 이곳을 떠날 날을 손꼽아 기다리며, 연기에 그을린 커다란 석조 건물을 동경했다.

가끔 그는 거기에 있는 아르춈을 찾아가 차량 점검을 하는 데 따라다니기도 하고, 애써 뭔가 거들어 주기도 했다.

프로샤(프로센카)가 일하러 오지 않게 되면서부터는 일이 더욱 재미가 없어졌다.

그 아가씨 말고는 이제 웃는 얼굴의, 명랑한 아가씨는 없었으므로 파브카는 새삼 자기가 얼마나 그녀와 가까웠던가를 깊이 깨달았다. 그리고 아침에 설거지장에 나와서도, 피란민 여자들이 시끄럽게 떠들어대는 소리를 들으면서 무언가 텅 빈 외로움을 느끼는 것이었다.

한밤중 휴식 시간에 사모바르 아궁이에 장작을 지피면서, 파브카는 입을 벌리고 있는 아궁이 앞에 쭈그리고 앉아 있었다. 눈을 가늘게 뜨고 불을 바라보고 있으면 페치카*5의 훈기로 마음이 포근하고 편안해졌다. 설거지장에는 아무도 없었다.

저도 모르게 생각은 얼마 전 프로샤의 몸에 일어난 일로 돌아가고, 그때의 광경이 눈앞에 똑똑히 떠올랐다.

토요일 한밤중의 한가한 시간에, 파브카는 주방 쪽으로 층계를 내려갔다. 그리고 아무 생각 없이 모퉁이에서 장작더미 위로 기어올라가, 언제나 노름꾼들이 모여드는 창고 안을 들여다보았다.

거기서는 바야흐로 승부가 한창이었다. 흥분으로 얼굴이 거무스레해진 잘리바노프가 패를 잡고 있었다.

층계에서 발소리가 들렸다. 뒤를 돌아보니, 프로호시카가 내려왔다. 파브카는 층계 밑으로 기어들어가, 그가 주방 쪽으로 지나가기를 기다렸다. 층계 밑은 어두웠으므로 프로호시카에게는 그의 모습이 보이지 않았다.

프로호시카는 몸을 숙이고 내려갔다. 파브카에게는 그의 넓은 등과 큰 머리가 보였다.

그때 또 층계 위에서 누군가가 가벼운 종종걸음으로 뛰어내려 왔다. 그리고 파브카가 들은 것은 귀에 익은 목소리였다.

"프로호시카, 기다려요."

프로호시카는 멈춰 서서 몸을 돌려 올려다보았다.

"무슨 일이야, 너?" 그는 중얼거렸다.

층계의 발소리가 밑으로 내려왔다. 파브카는 그것이 프로샤임을 알 수 있었다.

그녀는 웨이터의 소맷자락을 잡고 더듬거리며, 목소리를 죽여서 말했다.

"프로호시카, 중위님이 당신한테 준 그 돈 어쨌어요?"

프로호시카는 여자의 손을 홱 뿌리쳤다.

"뭐라고? 돈이라고? 너한테 줬잖아." 그는 밉살맞다는 투로 쏘아붙였다.

"하지만 그이는 당신한테 300루블을 줬잖아요?" 프로샤의 목소리 속에는 짓누른 울음이 섞여 있었다.

─────────────

*5 러시아와 만주를 비롯한 극한(極寒) 지방에서 쓰는 난방 장치. 돌·벽돌·진흙 따위로 만든 난로를 벽에 붙여서, 벽을 가열해 방 안을 따뜻하게 한다.

"뭐, 300루블?" 프로호시카는 퉁명스럽게 내뱉었다.

"아니, 그래서, 너 그걸 내놓으라는 거야? 그건, 아주머니, 접시닦이로서는 좀 과분하신 값이 아닐까요? 내가 준 50루블이면 불만이 없을 텐데. 생각해 보라고. 얼마나 좋은 이야기냐 말이야. 더 예쁘고 똑똑한 귀부인이라도 그만한 돈은 못 받는다는 걸 알아야지. 나한테 고맙게 생각해야지. 단 하룻밤 같이 자고, 은화로 50루블이 생겼으니 말이야. 헛소리 작작하라고. 정 그렇다면, 그래, 20루블 더 주지. 이게 마지막이야, 알았어? 눈치껏만 하면 앞으로 얼마든지 더 벌 수 있어. 내가 잘 봐줄 테니까 말이야." 이렇게 마지막 말을 뱉어 버리고 나서, 프로호시카는 돌아서서 주방 쪽으로 걸어갔다.

"비겁한 자식, 악당!" 프로샤는 뒤에 대고 소리치고 나서, 장작에 몸을 기대어 소리를 죽이고 울기 시작했다.

파브카는 이들이 주고받는 말을 들었다. 그리고 몸을 떨면서 얼굴을 장작더미에 파묻고 있는 프로샤의 모습을 층계 밑 어두컴컴한 데 서서 바라보고 있을 때, 그를 사로잡은 기분은 무어라고 표현할 길이 없는 것이었다. 파브카는 뭐라고 소리를 내지도 못한 채 바르르 떨면서 층계 쇠기둥에 매달려 잠자코 있었는데, 머릿속에는 하나의 생각이 또렷이 퍼져 갔다.

'놈들은 저 여자까지도 팔아넘겼구나. 아, 프로샤, 프로샤…….'

프로호시카에 대한 증오는 더욱 뿌리 깊은 것이 되고, 또한 주위의 모든 것이 싫어지고 미워졌다. '제기랄, 내가 힘만 있다면 저런 인간 같지도 않은 놈은 반쯤 죽여 놓을 텐데! 왜 나는 아르촘 형처럼 크고, 힘이 세지 못할까?'

페치카의 불은 거의 다 타서, 그 빨간 혀가 길고 파란 새끼줄처럼 되어 꼬이면서 날름날름 움직이고 있었다. 파브카에게는 그것이 마치 누군가가 자신을 비웃으며 놀리려고 혓바닥을 날름거리고 있는 것처럼 느껴졌다.

실내는 소리 하나 없이 조용했다. 다만 아궁이에서 장작이 가끔 탁! 소리를 내며 튀고, 수도꼭지에서 물방울이 똑똑 떨어지는 소리가 들릴 뿐이었다.

마지막 스튜 냄비를 번쩍번쩍하게 닦은 것을 선반 위에 얹어놓고 나서 클림카는 손을 훔쳤다. 주방에는 아무도 없었다. 당번 조리사와 주방 여자들은 탈의실에서 자고 있었다. 새벽 3시가 되면 주방은 숨을 죽이고 고요에 잠긴다. 이 시간이 되면 클림카는 위층으로 올라와서 언제나 파브카와 함께 보냈다. 그래서 이 수습 조리사와 검은 눈의 화부(火夫)는 아주 친해졌다. 위층으로 올라온 클림카는 활짝 열어놓은 아궁이 앞에 쭈구리고 앉아 있는 파브카를 찾아냈다. 파브카 쪽에서도 눈에 익은 터벅머리의 그림자를 벽 위로 보았으므로, 뒤도 돌아보지 않은 채 말했다.

"앉아라, 클림카."

수습 조리사는 쌓여 있는 장작더미 위로 기어올라가, 거기에 길게 눕고는, 입을 다물고 앉아 있던 파브카를 보고 싱긋이 웃으면서 말했다.

"뭐해, 너 불을 보고 무슨 주문이라도 외고 있는 거니?"

파브카는 비로소 불꽃 헛바닥에서 눈을 뗐다. 커다란, 반짝거리는 두 눈이 클림카 쪽을 바라보았다. 그 눈에서 클림카는 말로 할 수 없는 슬픔을 알아차렸다. 동료의 눈에서 이런 슬픈 기색을 본 것은 처음이었다.

"오늘은 어쩐지 좀 이상하구나, 파브카……." 그리고 한동안 잠자코 있다가 물었다. "무슨 일이 있었니?"

파브카는 일어서서 클림카와 나란히 앉았다.

"일은 무슨 일." 그는 힘없이 대답했다. "난 여기 있기가 지겨워, 클림카." 그리고 무릎 위에 놓여 있던 그의 두 손이 꼭 쥐어졌다.

"도대체 오늘 왜 이러니, 너?" 클림카가 팔꿈치를 짚고 몸을 일으키며 말을 이었다.

"오늘은 뭐가 잘못됐냐고? 여기 와서 일하게 된 날부터 줄곧 잘못되었지 뭐. 이곳 돌아가는 꼴은 새삼스러운 게 아니잖아? 낙타처럼 부려먹기만 하다가 말이야, 그 대가로는 제 기분에 따라서 정신이 아찔할 만큼 마구 패지를 않나, 어느 놈 하나 안됐다고 걱정하는 놈이 있나, 너나 나나 이 집 주인 부부한테 고용된 건데, 우리를 때리는 건 힘만 있으면 누구든 마땅한 일로 알고 있단 말이야. 몸이 100개가 있어도, 그렇게 모두의 말을 한꺼번에 들어줄 수는 없잖아? 그런데 말을 안 듣는다고 툭하면 손찌검을 하니, 아무리 싫은 소리를 안 들으려고 기를 쓰고 이리 뛰고 저리 뛰고 해봤자, 마침내 누군가한테 가져가는 것은 늦어지고 만단 말이야. 그러면 후려치니까……."

클림카는 질겁을 하며 가로막았다.

"떠들지 마, 누가 들을라."

파브카는 일어섰다.

"들을 테면 들으라지. 어차피 나는 이제 이런 데는 지긋지긋해. 길거리 눈을 치우는 게 차라리 낫겠다. 여기는 있지…… 무덤이야. 협잡꾼 소굴이란 말이야. 그런데 어느 놈이고, 돈만은 꽤 가지고 있거든. 게다가 우리를 짐승처럼 아는가 하면, 계집애들한테는 못된 짓만 하잖아. 얼굴이 반반한 아이가 말을 잘 안 들으면 당장에 쫓아내니, 갈 데가 어디 있겠니? 춥고 배고픈 피란민 여자들은 얼마든지 있다고. 겨우 입에 풀칠이나 하고 있다가도, 뱃속에서 꼬르륵 소리가 나게 되면 무슨 짓이든 다 할 것들이란 말이야."

그의 말투가 얼마나 증오에 불타고 있었던지, 클림카는 누가 들으면 어쩌나 하고 걱정되어 벌떡 일어서서 주방 문을 닫으러 갔다. 그래도 파브카는 가슴 속에서 이글이글 끓어오르고 있는 것을 모조리 내뱉지 않으면 못 배기겠다는 듯이 계속했다.

"너도 말이야, 클림카, 얻어터지고 가만있을 것 없어. 왜 가만있니?"

파브카는 탁자 옆 의자에 걸터앉아 피곤한 듯이 얼굴을 손바닥으로 감쌌다. 클림카는 아궁이에 장작을 더 넣고 역시 탁자 옆에 걸터앉았다.

"오늘은 책 안 읽어?" 그는 파브카에게 물었다.

"책이 없어." 파브카가 대답했다. "매점 문이 닫혔거든."

"그래? 그럼, 오늘은 장사를 안 했니?" 클림카는 깜짝 놀랐다.

"헌병이 잡아 갔어. 뭔가가 들켰대나 봐." 파브카가 대답했다.

"뭘까?"

"뭐, 정치랑 관련된 거래."

클림카는 알 수 없다는 표정으로 파브카를 바라보았다.

"그 정치라는 게 도대체 뭔데?"

파브카는 어깨를 움츠렸다.

"알 게 뭐야! 차르*6에게 반대하는 사람은 정치를 하는 거래."

클림카는 깜짝 놀라서 몸을 부르르 떨었다.

"그런 사람들이 정말로 있다니?"

"내가 어떻게 알아." 파브카는 말했다.

문이 열리고 잠이 덜 깬 얼굴의 글라샤가 들어왔다.

"너희들 왜 잠도 안 자니? 눈을 붙일 수 있는 건 기차가 안 오는 시간뿐이잖

---

*6 제정 러시아 때 황제(皇帝)의 칭호.

아? 어서 가, 파브카. 솥은 내가 지켜줄게."

파브카의 일자리는 그의 예상보다 더 빨리 끝장이 났다. 그것도 짐작조차 못 한 방식으로 끝났다.

무척 추운 1월의 어느 날, 파브카는 자신의 교대 시간까지 일을 마치고 집으로 돌아가려고 했다. 그런데 교대해 줄 사람이 오지 않았다. 파브카는 주인 아주머니에게 가서 집에 돌아가겠다고 말했다. 그러나 보내주지를 않아, 피곤한 파브카는 하루를 더 꼬박 뛰어다니지 않으면 안 되게 되어, 한밤중이 되자 완전히 지쳐 버렸다. 휴식 시간에도 솥에 물을 채우고, 3시 기차가 오기 전까지 끓여 놓아야만 했다.

파브카는 수도꼭지를 틀었다. 그런데 물이 나오지를 않았다. 급수탑에 물이 떨어진 모양이었다. 수도꼭지를 틀어놓은 채로, 그는 장작더미 위에 쓰러져 잠이 들어버렸다. 피곤에 못 이겨 곯아떨어졌던 것이다.

5, 6분이 지나자 물이 나오기 시작했다. 소리를 내며 탱크에 물이 흘러 들어가고, 그 가장자리까지 가득 차자 흘러넘쳐, 타일 바닥을 흘러서 설거지장 바닥까지 적셨으나, 거기에는 여느 때처럼 그 시간에는 아무도 없었다. 물은 더욱 더 흘러 들어왔다. 그리고 바닥을 가득 채운 끝에 닫힌 문 밑의 틈으로 흘러 역의 대합실까지 스며 나왔다.

물의 흐름은 잠들어 있는 승객들의 짐꾸러미와 트렁크에까지 다가왔다. 그러나 아무도 그것을 보지 못하다가 겨우 바닥에 누워 있던 한 승객이 물에 흥건히 젖어 깜짝 놀라 일어서면서 고함을 질러댔을 때에야 비로소 모두들 물에 잠긴 짐 쪽으로 달려왔다. 대합실이 발칵 뒤집혔다.

하지만 물은 차츰 불어나기만 했다.

그 옆의 홀에서 식탁을 치우고 있던 프로호시카가 승객들의 소동을 듣고 달려왔다. 그리고 흥건한 물을 뛰어넘은 뒤 문으로 달려가, 힘껏 문을 열었다. 문으로 막혀 있던 물은 봇물 터지듯이 대합실로 쏟아져 들어왔다.

소동은 더욱 커졌다. 설거지장으로 당직 웨이터들이 달려왔다. 프로호시카는 잠들어 있는 파브카에게 달려들었다.

자다가 얻어맞고, 얼얼해서 정신을 못 차리고 있는 소년의 머리 위로 주먹 세례가 퍼부어졌다.

잠에서 덜 깬 그는 무슨 영문인지 알 수가 없었다. 눈에서 번개가 번쩍번쩍 하며, 불에 타는 듯한 아픔이 온몸을 꿰뚫어 갔다.

그리고 녹초가 되도록 얻어맞은 끝에, 가까스로 집으로 기어왔다.

아침에 화가 머리끝까지 난 아르촘은 파브카에게 어떻게 된 일인지를 다그쳐 물었다.

파브카는 있는 그대로를 숨김없이 형에게 말했다.

"그래, 너를 이 지경으로 때린 놈은 누구야?" 아르촘은 목소리를 낮추고 물었다.

"프로호시카라고 해요."

"알았다, 누워 있어."

아르촘은 저고리를 걸치고, 아무 말 없이 집을 나갔다.

"프로호시카라는 웨이터를 좀 만나고 싶은데요?" 낯선 노동자가 글라샤에게 물었다.

"이제 올 거예요. 잠깐만 기다리세요." 그녀는 대답했다.

커다란 몸집이 옆의 기둥에 기대고 섰다.

"좋아요, 기다리지요."

이때, 그릇을 산더미처럼 얹은 커다란 쟁반을 들고 프로호시카가 한 발로 문을 걷어차며 설거지장으로 들어왔다.

"아, 이 사람이에요." 글라샤는 프로호시카를 가리키며 말했다.

아르촘은 한 걸음 다가서면서, 한 손을 웨이터의 어깨에 탁 올려놓고 상대방 얼굴을 들여다보며 물었다.

"야, 내 동생 파브카를 네놈이 때렸지?"

프로호시카는 어깨의 손을 떨쳐 버리려고 했다. 그러나 아르촘의 강력한 쇠주먹 한 방이 그를 바닥에 기게 만들었다. 그는 일어나려고 했지만, 다시 무서운 다음 주먹으로 완전히 바닥에 뻗고 말았다.

겁에 질린 접시닦이 여자들은 슬금슬금 옆으로 몸을 피했다.

아르촘은 뒤를 돌아보고, 출입구 쪽으로 나갔다.

프로호시카는 피투성이가 되도록 얻어맞은 얼굴로 바닥에 나동그라져 있었다.

아르촘은 밤이 되어도 기관고에서 돌아오지 않았다.

어머니는 아르촘이 헌병대에 끌려갔으리라 짐작하고 있었다.

아르촘이 돌아오지 않은 날부터 엿새가 되는 날 밤에 어머니가 잠자리에 들었을 때, 아르촘이 돌아왔다. 그는 침대에 걸터앉아 있던 파브카 쪽으로 다가와서 정답게 물었다.

"어때, 좀 나았니?" 그리고 나란히 걸터앉았다. "그래도 이만하기 다행이다." 한참 잠자코 있다가 다시 덧붙였다. "뭐 걱정할 것 없다. 이제부터 발전소에 나가거라. 네 일은 다 이야기해 두었으니까. 거기서 일을 배우는 거야."

파브카는 두 손으로 형의 큰 손을 덥석 잡았다.

작은 도시에 회오리바람처럼 깜짝 놀랄 소식들이 날아들었다.

"차르가 쫓겨났다!"

도시에서는 아무도 믿으려 하지 않았다.

눈보라 속을 기듯이 플랫폼에 다다른 열차에서, 외투 위에 총을 맨 두 대학생과, 소매에 붉은 완장을 두른 혁명군 병사가 나왔다. 그들은 철도역 헌병들과 늙은 대령, 수비대장을 체포했다. 그제야 도시에서도 그 소식을 믿게 되었다. 광장으로 가는 눈 쌓인 거리를 수많은 사람들이 줄지어 지나갔다.

새로운 말들—'자유, 평등, 우애'—에 사람들은 열심히 귀를 기울였다.

흥분과 환희에 찬 소란스러운 날들이 지나가 버리고 다시 평온해졌는데, 멘셰비키와 분트*1가 주인처럼 휘어잡고 있는 시청 건물 옥상에 펄럭이는 붉은 깃발만은 변화가 일어났다는 것을 말해 주고 있었다. 그 밖에는 모든 게 그대로였다.

겨울이 끝나갈 즈음 근위기병대가 도시에 주둔하게 되었다. 그리고 서남전선(西南戰線)에서 탈주해 온 병사들을 체포하기 위해, 아침마다 대대(大隊) 병사들이 역으로 나갔다.

근위기병들은 모두 먹을 것 걱정이 없는 얼굴로, 키도 크고 건강해 보이는 사람들이었다. 장교들도 대부분 백작이라든가 공작이라든가 하는 사람들이고, 금색 견장과 승마 바지의 은빛 테두리 등 모든 것이 제정(帝政) 시대 그대로여서 마치 혁명 같은 것은 일어나지도 않았던 것처럼 느껴질 정도였다.

파브카와 클림카, 세료시카 부르자크에게 있어서는 아무것도 달라진 것은 없었으며, 주인 부부도 예전 그대로였다. 다만 비가 자주 내리는 11월이 되자, 뭔가 묘한 일이 자주 일어나게 되었다. 낯선 사람들이 역 앞에서 움직이기 시

---

*1 멘셰비키는 레닌이 이끄는 볼셰비키와 맞섰던 러시아 사회민주노동당의 자유주의적 온건파. 분트파는 유대인 노동자 총동맹.

작하고 참호병(塹壕兵) 가운데에서 '볼셰비키'*2라는 괴상한 별명을 가진 사람들이 차츰 늘어갔다.

이와 같은 듬직한, 무게 있는 이름이 어디에서 생겨났는지는 아무도 몰랐다.

근위기병대가 전선 탈주병을 저지하기란 쉬운 일이 아니었다. 총소리의 울림 때문에 철도역 유리창이 자주 깨졌다. 전선에서는 병사들이 무더기로 탈주해 왔다. 그들을 막으려고 하면 총검으로 대항했다. 12월에 들어서면서 잇따라 군용 열차가 몰려들었다.

근위병은 철도역의 방비를 굳히고 이것을 막아내고자 마음먹었다. 그러나 기관총 사격 소리에 어찌할 바를 몰랐다. 죽는 것을 아무렇지도 않게 여기는 패거리들이 열차에서 떼를 지어 나왔다.

시내로 근위병들을 몰아낸 것은 회색 군복을 입은 전열병(戰列兵)들이었다. 내몰아 놓고는 다시 역으로 돌아와, 군용 열차를 타고 계속 앞으로 나아갔다.

1918년 봄 어느 날, 세 친구가 어울려서 이제까지 '66' 카드놀이를 하고 있던 세료시카 부르자크의 집에서 나왔다. 모두가 함께 코르차긴 집 뜰에 들러, 풀밭 위에 벌렁 누웠다. 심심했다. 시간을 보내기 위해서 수없이 되풀이해 온 놀이에는 이제 싫증이 났다. 뭔가 재미있게 하루를 보낼 수 있는 일은 없을까 하고 궁리를 했다. 그러자 그때, 뒤쪽에서 말발굽 소리가 들리며 기마병 하나가 길에 나타났다. 말은 뜰의 낮은 울타리와 길 옆 도랑을 성큼 뛰어넘었다. 말 탄 사람은 누워 있던 파브카와 클림카에게 채찍을 흔들어 보였다.

"이봐, 친구들, 이리 좀 올래?"

파브카와 클림카는 벌떡 일어서서, 울타리 쪽으로 달려갔다. 말 탄 사람은 먼지투성이가 되어 뒤통수에 미끄러져 내려 있는 모자도, 카키색 제복과 바지도 먼지로 두껍게 덮여 있었다. 튼튼한 군대용 벨트에는 7연발 권총과 독일제 수류탄 2개가 매달려 있었다.

"마실 물을 좀 가져다주겠니, 친구야?" 기마병은 부탁했다. 파브카가 집으로 물을 가지러 뛰어가자, 그는 자기 쪽을 빤히 쳐다보는 세료시카를 보고 물었다.

---

*2 다수파라는 뜻으로, 1903년에 제2회 러시아 사회민주노동당 대회에서 레닌을 지지한 급진파를 이르던 말.

"이봐, 젊은 친구, 이곳에는 지금 어떤 정부가 있지?"

세료시카는 말을 달리고 온 이 사나이에게 도시의 소식을 남김없이 열심히 이야기하기 시작했다.

"이곳에도 정부 같은 건 없어진 지가 벌써 2주일이 돼요. 자경대(自警隊)가 말하자면 정부 대신이죠. 이곳 사람들이 번갈아서 거리를 순찰하고 있어요. 그건 그렇고 아저씨는 도대체 어느 편 사람이지요?" 이번에는 세료시카가 물음을 던졌다.

"글쎄, 쓸데없는 걱정을 하면 빨리 늙을걸." 말 탄 사람은 웃으면서 그렇게 대답했다.

집 안으로 들어갔던 파브카가, 손잡이 달린 컵에 물을 담아서 두 손으로 들고 달려왔다.

기마병은 허겁지겁 그것을 단숨에 들이켜고는, 컵을 파브카에게 돌려주고 나서, 고삐를 고쳐 잡은 채 아무 말 없이 소나무숲 기슭 쪽으로 달려갔다.

"저 사람은 어느 편이었니?" 파브카는 고개를 갸우뚱하며 클림카에게 물었다.

"내가 그걸 어떻게 알아?" 어깨를 으쓱해 보이며 클림카가 대답했다.

"아무래도 또 정부가 바뀌는가 보지? 레슈친스키네 식구들이 어제 떠난 것도 그 때문일 거야. 부자가 달아난다는 건, 곧 파르티잔*³이 온다는 말이 아니겠어?" 세료시카는 이 정치 문제를 단정적으로 이렇게 결론을 내렸다.

이 결론은 제법 명쾌한 것이었으므로, 파브카와 클림카도 즉석에서 이에 동의했다.

그런데 모두가 이 문제에 대해서 아직 제대로 말을 주고받기도 전에, 한쪽 길에서 또 말발굽 소리가 들려왔다. 세 사람은 모두 울타리 쪽으로 달려갔다.

숲속의, 여기서는 잘 보이지도 않는 산림간수 집에서 사람들과 마차가, 그리고 바로 앞의 길로는 총을 안장에 가로로 붙인 15명쯤 되는 기마병들이 이쪽으로 왔다. 맨 앞에 선 두 기병 가운데 한 사람은 중년으로, 카키색 프렌치*⁴

---

*3 적의 후방이나 자기 나라 안에서 기습·교란·파괴 등을 하는 소규모의 비정규 부대. 빨치산이라고도 한다.

*4 (4개의 주머니와 허리띠가 달린) 군복식의 짧은 깃이 달린 웃옷. 영국 프렌치 장군의 이름에서 유래했다.

에 장교용 벨트를 매고 쌍안경을 목에 걸어 가슴에 늘어뜨리고 있었는데, 그 옆의 또 한 사람은 방금 세 사람이 보았던 그 기마병이었다. 이 중년 남자의 프렌치에는 붉은 리본이 달려 있었다.

"거봐, 내가 뭐라 그랬니?" 파브카의 다리를 팔꿈치로 쿡쿡 찌르며 말한 것은 세료시카였다. "저것 좀 봐, 붉은 리본이야. 파르티잔이라고. 어때, 내 눈이 틀림없지. 파르티잔이야……." 그리고 와 하고 함성을 지르며 새처럼 울타리를 뛰어넘어 거리로 달려갔다.

두 친구도 그 뒤를 쫓아갔다. 그리고 셋이 모두 길 한옆에 서서, 가까이 오는 일행을 바라보고 있었다.

기마병들은 바로 곁에까지 다가왔다. 조금 전 아이들과 만났던 사나이는 고개를 끄덕거린 뒤, 레슈친스키의 집을 채찍으로 가리켰다.

"이 집에는 누가 살지?"

파브카는 기마병의 말에 뒤지지 않으려고 따라가며 말했다.

"이 집에는 변호사인 레슈친스키가 살았는데, 어제 달아나 버렸어요. 아마 아저씨들이 무서워서 그럴 거예요……."

"그러는 너희들은 내가 누군지 알겠니?" 중년 남자가 싱글거리며 물었다.

파브카가 리본을 가리키며 대답했다.

"이게 뭐지요? 알고말고요……."

시민들도 한길로 줄지어 나와서, 시내로 들어온 이 부대를 신기한 듯이 구경했다. 예의 세 개구쟁이도 길 한옆에 서서, 먼지투성이인 적위군(赤衛軍)[*5] 병사들을 지켜보고 있었다.

부대에 단 1문밖에 없는 화포(火砲)가 요란한 소리를 내며 돌 위를 굴러가고 기관총을 실은 차가 지나가 버리고 나서도 아이들은 파르티잔의 뒤를 따라갔는데, 부대가 시내 한가운데에서 멈추어 여러 곳으로 배치되기 시작하자 겨우 저마다의 집으로 뿔뿔이 흩어져 갔다.

밤이 되자, 부대 본부로 정해진 레슈친스키 집의 넓은 거실에서는 다리에 문양이 새겨진 커다란 탁자 앞에 네 사람이 모여 앉았다. 지휘부 장교 세 사람과, 머리가 희끗희끗한 나이 들어 보이는 부대장 불가코프 동지였다.

[*5] 러시아 혁명 기간인 1918년 1월, 차르 정권을 뒤엎고 볼셰비키의 지도 아래 노동자들로 편성한 군대.

불가코프는 주(州)의 지도를 탁자에 펼쳐 놓고 선을 찾으면서 그 위를 손톱으로 더듬고 있었는데, 맞은편에 앉아 있던 광대뼈가 나온 사나이에게 튼튼해 보이는 이를 드러내 보이면서 말했다.

"예르마첸코 동지, 그대의 주장은 여기서 교전을 해야 된다는 거요? 그러나 내 생각으로는 날이 밝으면 떠나야 하오. 날이 밝기 전이라도 좋지만, 모두가 지쳐 있소. 문제는 요컨대, 독일군이 앞지르기 전에 카자친을 향해서 후퇴하는 거요. 우리 힘으로 저항을 시도하는 것은 무모한 일이라오⋯⋯ 화포 1문과 탄환 30발, 총 200정에 칼이 60자루라니 굉장한 세력이구려⋯⋯. 독일군은 물밀듯이 밀려오고 있소. 우리가 적과 한판 싸울 수 있게 되는 것은, 물러가는 다른 적군 부대와 합류한 다음의 일이오. 게다가 독일군 말고도 도중에 온갖 반혁명분자들이 우리를 노리고 있다는 사실도 염두에 두어야 하오. 그러니까 내 생각으로는 역 건너편 다리를 폭파해 놓고, 내일 아침 일찍 떠나는 게 좋겠소. 독일군이 그것을 수리하는 동안에 2, 3일은 지날 테니까. 다시 말해서 철도로 놈들이 들어오는 것을 막아낼 수 있다는 것이오. 자, 동지들 생각은 어떻소? 여러분 생각을 말해 보시오." 그는 탁자를 둘러싸고 있는 사람들에게 말했다.

불가코프 건너편에 비스듬히 앉아 있던 스트루시코프는 입술을 깨물면서 지도를 보다가 불가코프 쪽을 바라보며, 이윽고 목에 걸려 있던 말을 겨우 밀어내었다.

"나는 불가코프 동지를 지⋯⋯지합니다."

노동자들이 입는 윗도리를 걸친 가장 젊은 사나이도 동의했다.

"불가코프 동지의 의견은 타당합니다."

다만, 낮에 아이들과 말을 주고받던 예르마첸코만은 그것을 부정하듯이 고개를 가로저었다.

"그러면 무엇 때문에 우리는 부대를 소집했단 말입니까? 싸우지도 않고 독일군을 앞에 두고 후퇴하기 위해서요? 나는 여기서 놈들과 맞서 싸워야 한다고 생각합니다. 도망 다니기에도 이젠 지쳤어요⋯⋯ 나에게 맡겨준다면 나는 꼭 이곳에서 적과 싸우겠습니다." 그는 흥분하며 의자를 밀치고 일어서서, 방 안을 거닐기 시작했다.

불가코프는 못마땅한 표정으로 그를 바라보았다.

"싸우는 것도 조건이 닿아야 하는 거요, 예르마첸코. 무너지고 격멸될 것이 뻔한데 거기에 벼락을 투입하다니, 그런 일을 어떻게 한단 말이오, 그거야말로 웃기는 일일세. 놈들 뒤로는 중포(重砲)와 장갑차를 거느린 대사단(大師團)이 따라오고 있단 말이오…… 어리석은 짓은 삼가야 하오, 예르마첸코……." 그리고 그대로 다른 사람들 쪽을 보고 결론을 내렸다. "그럼 결정된 거요. 내일 아침에 떠납시다. 자, 다음 문제는 연락에 대한 일인데" 하고 불가코프는 다시 협의를 계속했다. "우리가 후위(後衛)로서 후퇴하는 이상, 독일군 배후와 공작을 조직화하는 것이 우리 임무가 되는 것이오. 이곳은 중요한 철도 교차점으로, 도시에는 큰 정거장이 둘이나 있소. 우리로서는 믿을 수 있는 동지가 역에서 활동을 하도록 고려하지 않으면 안 되오. 그래서 이 일을 잘 처리하기 위해 우리 가운데 누구를 이곳에 남겨둘지, 그것을 여기서 결정할까 하오. 후보자를 지명해 주시오."

"내 생각에는 이곳에 수병(水兵) 주프라이를 남겨두는 것이 좋을 듯합니다." 예르마첸코는 탁자 쪽으로 다가오면서 말했다. "첫째로 주프라이는 이 고장 출신인 데다가, 둘째로 그는 대장장이이기도 하고 기계공이기도 하기 때문에 역에서 일자리를 구하기도 쉬울 겁니다. 저 표도르가 우리 부대에 있는 것을 본 사람은 아무도 없어요. 그는 밤중에야 도착할 예정입니다. 머리도 좋은 친구니까 여기 있어도 틀림없이 일을 잘해 낼 겁니다. 나는 이 사람이 가장 알맞다고 생각합니다."

불가코프는 고개를 끄덕였다.

"그 말이 맞소. 나도 찬성이오, 예르마첸코. 동지 여러분, 또 다른 의견은 없소?" 그는 나머지 사람들에게 물었다.

"없군. 그럼 이 문제는 결정되었소. 주프라이에게 돈과 함께 임무에 대한 위임장을 남겨두도록 하시오."

"다음은 세 번째인 마지막 문제가 남았소. 동지 여러분." 불가코프는 다시 말을 이었다. "그것은 시내에 있는 무기에 관한 문제인데, 이곳에는 차르 시대 전쟁 때부터 그대로 방치되어 있는 소총이 창고로 하나 가득, 2만 정이나 있소. 그것이 농가의 곳간에 쌓인 채, 모두에게 잊혀 남아 있는 것이오. 나에게 그것을 알려준 농민이 그 곳간 주인인데, 이걸 어떻게 좀 치워달라고…… 물론 이 창고를 독일군에게 남겨줄 수는 없소. 나는 이것을 불태워 버리는 것이 좋겠다고 생각하오. 그것도 아침까지 깨끗이 해치우도록 지금 당장 시작해야 할 것이오. 다만 그 창고는 변두리 빈민굴 속에 서 있기 때문에 불을 놓기가 위험할 것 같소. 다른 농가에 불이 옮겨붙을 수도 있으니까."

잔뜩 지쳐 있는 데다가, 벌써 오랫동안 면도를 하지 않은 뻣뻣한 턱수염을 기른 스트루시코프가 갑자기 몸을 일으켰다.

"뭐…… 뭐…… 뭣…… 때문에 불태워 버린단 말입니까? 나는…… 무기를 시……시민들에게 부……분배해야 한다고 생각합니다."

불가코프는 재빨리 그쪽으로 얼굴을 돌렸다.

"나누어 주자는 말이오?"

"옳거니. 그건 확실히 일리가 있군요!" 예르마첸코가 바로 그거라는 듯이 소리쳤다.

"노동자들과, 그 밖에도 원하는 사람들에게 나누어 주는 겁니다. 적어도 여차 할 때에, 독일군 옆구리에 구멍을 내주는 것만도 얼마나 멋진 일입니까? 어차피 갈수록 더 조여올 테니까 말입니다. 도저히 견디지 못할 지경이 되면 모두 총을 잡을 겁니다. 그러니까 분배해 주자는 스트루시코프의 의견이 옳다고 생각합니다. 차라리 아주 시골에 들여놓으면 더 좋겠는데. 물론 농민들은 깊숙이 감춰 버리겠지요. 그리고 독일군에게 모조리 징발당할 지경이 되면, 그때야말로 이 총이 한몫할 것 아니겠습니까!"

불가코프는 웃음을 터뜨렸다.

"그건 그렇소. 그런데 독일군이 무기를 내놓으라고 하지 않겠소? 그러면 모두 내놓을 거요."

예르마첸코는 그 말에 항변했다.

"아닙니다, 누구나 다 내놓으라는 법은 없지요. 내놓는 자도 있겠지만, 내놓지 않는 자도 있을 것입니다."

불가코프는 다시 모든 사람을 둘러보았다.

"분배합시다, 분배해요, 총을." 젊은 노동자가 예르마첸코와 스트루시코프를 지지해서 말했다.

"그럼 좋소. 분배합시다." 불가코프도 양보했다. "그러면 문제는 이제 모두 결정이 났소." 그러면서 그는 자리에서 일어났다. "지금부터라도 아침까지 한잠 잘 수 있을 것이오. 주프라이가 오거든 나에게 보내주시오. 그리고 예르마첸코, 동지는 보초를 한번 둘러보도록."

혼자가 되자, 불가코프는 거실 옆에 있는 주인 부부의 침실로 가 잠자리 위에 외투를 깔고 누웠다.

아침이 되어, 파브카는 발전소에서 돌아오는 길이었다. 벌써 만 1년 동안, 보일러 화부(火夫)의 조수로서 일하고 있었다.

시내는 이상한 활기에 넘쳐 있었다. 그것은 이내 그의 눈을 멈추게 했다. 한 자루, 두 자루, 또는 세 자루씩 총을 끌어안은 사람들을 길에서 만나는 일이 차츰 잦아졌다. 파브카는 무슨 영문인지 알지 못한 채 집으로 바삐 걸어갔다. 레슈친스키 집 옆에서는 어제부터 눈에 익은 사람들이 막 말에 올라타려 하고 있었다.

집으로 뛰어들어간 파브카는 세수를 대충대충 하고는, 형 아르촘이 아직 돌아오지 않았다는 것을 어머니에게서 듣자마자 그길로 뛰쳐나와, 시내 반대쪽 끝에 살고 있는 세료시카 부르자크에게로 달려갔다.

세료시카는 기관사 조수의 아들이었다. 세료시카 아버지는 조촐하나마 자기 집과, 또한 보잘것없으나마 가재도구 같은 것을 지니고 있었다. 세료시카는 마침 집에 없고, 뚱뚱하고 살결이 흰 어머니가 불만스러운 듯이 파브카를 보았다.

"어디 갔는지 내가 어떻게 알아? 날이 밝을까 말까 할 때에 악마에게 채어 갔단다. 어디선가 총인지 뭔지를 나누어 주고 있다더니, 보나 마나 거길 간 모양이다. 너희들 같은 코흘리개들은 그저 회초리로 다스려야 해. 이건 너무하지 않니? 아직 머리에 피도 안 마른 녀석들이 엉덩이에 뿔부터 돋아 가지고서는, 이건 정말, 아니 총인지 뭔지를 얻으러 가면 그래 어쩌겠다는 건지, 원. 너, 그 애를 만나거든 전해라. 총알을 한 알이라도 집 안에 들여놓았다간 가만두지 않을 테니 알아서 하라고 말이야. 이건 툭하면 요상한 걸 집 안에 들여놓고는, 나중에는 나 몰라라 하는 게 그 애 버릇이란다. 그래 너도 거기 가려는 거냐?"

그러나 파브카는 이미 세료시카 어머니의 잔소리 같은 것은 듣지 않고, 큰길로 뛰쳐나왔다.

두 어깨에 각각 한 자루씩 총을 멘 사나이가 큰길을 걸어가고 있었다.

"아저씨, 어디서 총을 얻으셨어요?" 파브카는 그 사나이에게로 쫓아가서 물었다.

"응, 저기 베르호비나에서 나누어 주고 있더라."

파브카는 가르쳐 준 장소로 정신없이 달려갔다. 큰길을 두 번 건너간 곳에서 총검이 달린 무거운 보병총(步兵統)을 메고 오는 사내아이를 만났다.

"그 총 어디서 얻었니?" 파브카는 그를 붙들고 물었다.

"학교 건너편에서 병사가 나누어 주었는데, 이제 없어. 밤새 나누어 줘서 이제 빈 상자만 남았을 뿐이야. 하지만 나는 이게 두 자루째야." 소년은 자못 자랑스러운 듯이 말했다.

'이런 젠장, 집으로 가지 말고 곧장 그리로 달려갈걸!' 그는 후회했다. '내가 왜 이렇게 멍청했지?'

그때 문득 한 가지 생각이 떠올랐고, 그는 얼른 돌아서서 방금 그 사내아이를 뒤쫓아가 다짜고짜 그 손에서 총을 낚아챘다.

"넌 또 한 자루 있다고 했으니까 그만하면 됐잖아. 이건 내 몫이야." 반발은 용서치 않는다는 기세로 파브카는 잘라 말했다.

한낮의 약탈에 화가 난 소년은 파브카에게 덤비려 했다. 그러나 파브카는 한 걸음 물러서자마자 총검을 앞에 들이대고 소리쳤다.

"꺼져! 그렇지 않으면 푹 찔러줄 테니까!"

소년은 너무도 억울해서 울음을 터뜨리고, 분한 마음으로 욕을 내뱉으면서도 할 수 없이 뛰어가 버렸다. 파브카는 옳다구나 잘됐다 하고 신이 나서 집으로 돌아갔다. 그리고 울타리를 뛰어넘어 헛간으로 달려가 다락방의 대들보 위에 빼앗아 온 총을 올려놓은 뒤, 한껏 들떠 휘파람을 불어 젖히며 헛간을 나왔다.

우크라이나에서는, 가운데가 시가지이고 변두리에 농가들이 있는 셰페토프카와 같은 작은 도시의 여름 밤이 참으로 멋지다.

이런 조용한 여름날 저녁이면, 젊은이들은 모두 길거리로 나온다. 처녀들도 총각들도 모두들 자기 집 문 앞에서나, 마당에서, 또는 울타리 안에서, 심지어는 길거리로 나와 건축용 통나무를 쌓아놓은 위에 삼삼오오, 또는 단둘이서 붙어 앉아 있다. 웃음소리, 노랫소리.

공기는 숨 막힐 정도로 꽉 찬 꽃향기로 떨고 있다. 밤하늘에는 별들이 반딧불처럼 아득히 희미하게 반짝거리며 사람들의 목소리가 멀리서 들려온다……

파브카는 아코디언 켜는 것을 좋아했다. 기막힌 소리를 내는, 건반이 두 줄인 빈(Wien)에서 만든 자신의 아코디언을 무릎 위에 어루만지듯이 세운다. 눈썰미가 있고 손재주가 놀라워 건반에 손끝이 닿자마자, 아래위로 재빠르게 오간다. 낮은음이 울린다. 그러자 아코디언은 씩씩하고 넘치는 듯한 음색을 온통 흩뿌린다…….

아코디언이 반주를 켜고 있는데, 어떻게 춤에 끌려 들어가지 않을 수가 있을까? 참지 못하고 발이 저절로 움직이는 것이다. 아코디언은 신나게 울려 퍼진다. 이 세상에 살아 있다는 것은 얼마나 좋은 일인가!

오늘 밤은 유달리 신바람이 났다. 파브카 집 옆의 통나무 더미 위에도 젊은이들이 모여 웃음꽃을 피우고 있었는데, 그중에서도 유난히 높은 소리로 웃고 있는 것은 갈로치카라는 파브카네 옆집 아가씨였다. 이 석공(石工)의 딸은 젊은이들과 어울려 춤을 춘다든지 노래를 부르는 것을 좋아했다. 목소리는 알토로서, 가슴 깊숙한 데서 나오는 벨벳과 같은 소리였다.

파브카는 그가 약간 두려웠다. 가끔 꽤 신랄한 말을 하기 때문이었다. 지금도 파브카와 나란히 통나무 위에 걸터앉자마자 그를 꼭 끌어안더니, 큰 소리로 웃었다.

"어머, 너 솜씨가 제법인데! 하지만 젊은 총각으로서는 아직 어린 것이 유감이야. 그렇지 않으면 내 애인을 삼아버리는 건데. 나, 아코디언을 켜는 사람이 좋아. 그런 사람 앞에 있으면 얼굴이 괜히 달아오른다니까."

파브카는 머리카락 뿌리까지 새빨개졌다. 밤이라 보이지 않는 것이 다행이었다. 이 말괄량이 아가씨에게서 떨어져 앉으려고 했으나 상대방은 꼭 끌어안고는 놓으려고 하지 않았다.

"어머, 너 정말 귀엽다, 애. 어디로 달아나려고? 이봐, 내 신랑." 그녀가 우스갯말을 했다.

파브카는 탄력 있는 그녀의 가슴을 어깨로 느끼고, 그 때문에 묘하게 침착성을 잃고 안절부절못했다. 근처에서도, 여느 때는 고요한 길거리가 떠나가도록 웃음소리로 떠들썩했다.

파브카는 한 손을 갈로치카의 어깨에 대며 말했다.

"너, 이거 켜는 데 걸리적거리잖아. 좀 비켜줘."

그러자 또 폭소, 야유, 농지거리가 일었다. 마루샤라는 아가씨가 옆에서 끼어들었다.

"파브카, 슬프고 가슴이 뭉클해지는 그런 곡 하나 켜줘."

주름상자가 천천히 늘어나고, 손가락 끝이 부드럽게 더듬어 간다. 누구나 귀에 익은 고향의 멜로디이다. 갈리나가 먼저 가락에 맞추어 노래 부르기 시작하고, 이어서 마루샤와 다른 친구들도 따라 불렀다.

단골 움막에 모였네
모두 못된 친구들
슬픈 노래를 부르는 것이
슬프기도 하고, 기쁘기도 하고…….

그리고 노래를 부르는 젊은이들의 우렁찬 목소리는 숲 저쪽으로 사라져 갔다.

"파브카" 아르촘의 목소리가 들렸다.

파브카는 아코디언의 주름상자를 곁에 치워 놓고, 허리띠를 졸라맸다.

"부르고 있어. 나, 가야 해."

마루샤는 애원하듯이 말했다.

"이봐, 좀 더 앉아서, 좀 더 켜줘. 그러고 나서 가도 되잖아."

그러나 파브카는 벌써 마음이 들떠 있었다.

"안 돼. 내일 또 켜줄게. 지금은 가야 해. 아르촘 형이 부르고 있잖아." 그러고 나서 큰길을 건너 집으로 뛰어갔다.

방문을 열고 보니까 탁자 앞에 아르촘의 동료인 로만과 그리고 낯선 사람 하나가 앉아 있었다.

"나, 불렀어요?" 파브카는 물었다.

아르촘은 고개를 끄덕이고 나서, 그 낯선 사람을 보고 말했다.

"이 애가 방금 말한 내 동생이야."

그 사람은 우람한 한 손을 파브카에게 내밀었다.

"그런데 말이야, 파브카." 아르촘은 동생 쪽을 돌아보고 말을 이었다. "틀림없이 너 있는 발전소에서 전기공이 병에 걸렸다고 했지? 그 대신 그 방면에 밝은 사람을 쓸 것인지 어떤지, 내일 좀 알아봐라. 만약에 필요하다면 와서 알려줬으면 좋겠다."

낯선 사람이 거기에 끼어들었다

"아니야. 내가 자네 동생하고 함께 가지 뭐. 직접 주인도 만나보고 말이야."

"물론 필요하고말고요." 파브카가 대답했다. "오늘도 전기공 스탄코비치가 병으로 쓰러졌기 때문에 발전소가 움직이지 못했어요. 주인이 두 번이나 달려와서, 대신 일할 사람을 찾았지만 마땅한 사람이 없다고 그랬거든요. 화부한테만 발전소를 맡길 수는 없다고 생각하나 봐요. 전기공은 티푸스에 걸렸대요."

"그렇다면 결정된 거나 마찬가지군." 낯선 사람이 말했다. "내일 이리로 올 테니 함께 가자고." 그는 파브카를 보고 말했다.

"예, 그래요."

파브카는 자신을 뚫어지게 바라보고 있는 이 낯선 사람의 침착한 눈길에 부딪쳤다. 흔들리지 않는 그 시선은 파브카를 약간 당황하게 만들었다. 위부터 아래까지 단추를 꼭 끼운 회색 양복저고리는 널찍하고 듬직한 등 언저리에서 팽팽히 펴져 있었는데, 입고 있는 옷이 아무래도 거북해 보였다. 어깨와 머리를 잇는 목 또한 황소의 굵직한 목덜미 같았다. 몸 전체가 뿌리를 튼튼하고 깊게 땅에 내리고 있는 참나무처럼 힘이 넘쳐 보였다.

작별 인사를 하면서, 아르촘이 말했다.

"잘 가게, 주프라이. 내일, 내 동생과 함께 가서 잘하고 오게나."

부대가 떠나고 나서 3일 뒤에 독일군이 시내로 들어왔다. 요사이 아주 한적해져 버린 역에서, 기관차의 기적 소리가 그들의 도착을 알렸다. 소문은 순식간에 퍼졌다.

"독일군이 온다."

그리고 시내는 벌집을 쑤셔 놓은 듯한 혼란에 빠졌다. 독일군이 머잖아 반드시 온다는 것은 누구나 알고 있었지만, 왠지 그것을 확실히 믿고 있지는 않았다. 그런데 그 무서운 독일군이 다른 데가 아닌 여기에, 이 도시에 이미 와 있는 것이었다.

시민들은 모두 집 안에 틀어박혀 버렸다. 집 밖으로 나가는 것이 무서웠다.

그런데 독일군은 큰길 한가운데는 그대로 비워 둔 채 양쪽 가장자리를 마치 고리처럼 줄을 지어서 지나갔다. 짙은 녹색 군복에 총을 앞에 잡고 있었다.

총에는 식칼처럼 폭이 넓은 총검이 꽂혀 있고, 머리에는 무거운 철모를 썼으며, 등에는 커다란 배낭을 짊어지고 있었다. 그들은 역에서 시내 쪽으로 끝도 없는 리본처럼 이어져 갔다. 언제든지 반격에 대비한 신중한 행진이었다. 그러나 달려들 생각을 하는 사람은 아무도 없었다.

맨 앞에는 모제르총을 손에 쥔 두 장교가 걸어갔다. 큰길 한가운데를 푸른색 우크라이나풍 겉저고리에 털모자를 쓴 통역인 카자흐 대장이 지나갔다.

독일군은 시내 중앙 광장에 방진형(方陣形)으로 집합했다. 북이 울리기 시작했다. 시민들 가운데 일부 사람들이 큰마음을 먹고 모여들었다. 카자흐 대장이 약국집 층계 앞으로 나와, 사령관인 코르프 소령의 명령을 큰 소리로 읽었다.

명령은 이렇게 전하고 있었다

1. 다음과 같이 명령한다.

모든 시민은 저마다 가지고 있는 총과 칼을 24시간 안에 본 사령부에 바칠 것. 본 명령을 이행치 않는 자는 총살에 처한다.

2. 시내에 계엄령을 선포한다.

저녁 8시 되면 통행을 금지한다.

도시 점령 사령관

소령 코르프

본디 시청이었고, 혁명 뒤에는 노동자 대표 협의회가 있던 건물에 독일군 사령부가 설치되었다. 그 건물 출입구에는 보초가, 이제는 철모가 아니라 황제의 문장(紋章)인 커다란 독수리가 붙은 예모(禮帽)를 쓰고 서 있었다. 그리고 그 건물의 뜰에는 시민들이 바치는 무기를 쌓아두는 자리가 마련되어 있었다.

총살한다는 위협에 놀라 겁먹은 시민들은 무기를 내놓았다. 그러나 어른들은 모습을 나타내지 않고, 무기를 가지고 오는 것은 젊은이나 소년들이었다. 독일군은 누구를 잡아둔다든가 하는 짓은 하지 않았다.

바치기를 꺼리는 시민들은 밤중에 무기를 그대로 한길에 내다 버렸다. 아침이 되자 독일군 순찰병이 그것들을 모아다가 군용 트럭에 싣고 사령부로 가져갔다.

정오가 지나 무기의 압수 기한이 끝나자, 독일군들은 노획품을 모두 세어

보았다. 거두어들인 소총은 모두 1만 4,000정이었다. 그것은 6,000정이 독일군 손에 들어오지 않았다는 의미였다. 그들은 집집마다 돌아다니며 샅샅이 뒤졌지만 신통한 성과는 거두지 못했다.

이튿날 새벽, 교외의 오래된 유대인 묘지에서 두 철도 노동자가 가택 수색 때 숨겨 두었던 총을 들킨 죄목으로 총살당했다.

아르촘은 포고(布告)를 듣자 급히 집으로 돌아왔다. 앞뜰에서 파브카를 만난 그는 동생의 어깨를 움켜잡고는, 목소리를 죽이고, 그러나 다부지게 물었다.

"너, 창고에서 뭔가 가져오지 않았니?"

파브카는 소총 사건을 숨겨둘 작정이었다. 하지만 형에게 거짓말을 할 수가 없었으므로 모두 털어놓았다.

형제는 함께 헛간으로 갔다. 아르촘은 들보 위에 숨겨두었던 소총을 끄집어내 노리쇠를 뽑아 버리고는 총검을 맨 다음 총구 있는 데를 잡더니 힘껏 담장 기둥에 후려쳤다. 총상(銃床)은 박살이 났다. 총의 나머지 부분은 뜰앞의 저 멀리 빈터로 집어 던졌다. 총검과 노리쇠를 아르촘은 변소에 던져 넣었다.

그 일을 모두 마치자, 아르촘은 동생 쪽을 보고 이렇게 말했다.

"너도 이제 어린애가 아니다, 파브카. 쓸데없이 총 장난할 생각 따위는 마라. 단단히 일러두지만, 앞으로 집에 아무것도 가져오지 말아라. 이런 짓을 했다가는 목숨이 날아간다는 건 너도 알 게다. 알겠니? 절대 나를 속여서는 안 돼. 만약에 이런 걸 집 안에 들여놓았다가 들키는 날에는, 가장 먼저 총살되는 건 바로 나야. 너 같은 아이한테는 손을 대지 않겠지만 말이야. 지금은 여느 세상이 아니라는 걸 명심해야 한다. 알겠지?"

파브카는 아무것도 집 안에 들여놓지 않겠다고 약속했다.

두 사람이 마당에서 집 쪽으로 돌아가는데, 레슈친스키 집 문 옆에 마차가 서고, 안에서 변호사 부부와 아이들—넬리와 빅토르—이 나왔다.

"또 돌아왔군." 아르촘은 못마땅한 듯이 말했다. "빌어먹을, 세상만 뒤집히면 파리 목숨 같은 자식인데!" 그리고 집으로 들어갔다.

파브카는 하루 종일 소총이 아까운 생각이 들었다.

그날 아침, 그의 친구 세료시카는 쓰지 않는 낡은 헛간 속에서 벽 밑 땅을 삽으로 열심히 파고 있었다. 가까스로 구덩이가 파졌다. 세료시카는 분배 때

얻은 세 자루의 총을 누더기에 싸서 구덩이에 넣었다. 총을 독일군에게 넘겨 줄 생각은 없었다. 다시 말해서, 그가 밤새껏 고민했던 것은 이 노획품과 헤어지기 위함이 아니었던 것이다.

구덩이에 흙을 덮고 단단히 그 자리를 다진 다음, 쓰레기와 낡은 잡동사니들을 한 무더기 끌어왔다. 자기가 한 일의 뒤처리를 이리저리 살펴본 뒤, 이만하면 안전하다고 판단되자, 그는 머리에서 모자를 벗어 이마의 땀을 훔쳤다.

'자, 이제 찾을 테면 찾아보라지. 설사 들킨다 치더라도 이게 누구의 헛간인지 알게 뭐야.'

파브카가 자신도 모르는 사이에 성미가 거친 전기공과 가까워지게 된 것은, 그 사람이 발전소에서 일하게 된 뒤 한 달이나 지나서였다.

주프라이라는 사나이는 화부 수습생인 그에게 발전기의 구조를 알려주고, 일을 가르쳐 주었다.

말귀를 잘 알아듣는 이 소년이 수병의 마음에 들었던 것이다. 쉬는 날에는 주프라이가 자주 아르촘에게 놀러 왔다. 사려 깊고 착실한 수병은 어떠한 이야기이건, 특히 어머니가 파브카에 대해서 말썽을 부린다고 투덜대는 말을 잘 참으며 끝까지 들어주곤 했다. 그는 마리야 야코블레브나를 교묘히 달래주며, 그녀가 자신의 불행한 처지를 잊어버리고 도리어 더욱 힘을 내도록 북돋웠다.

어느 날 주프라이는 발전소 마당에 산더미처럼 쌓인 장작더미 사이로 파브카를 데리고 가, 싱긋 웃으며 이렇게 말했다.

"어머니 말씀으로는, 너, 싸움을 좋아한다며? '그 애는 싸움닭처럼 툭하면 발길질이랍니다' 그러시던데." 주프라이는 다 안다는 듯이 웃었다. "물론 꼭 싸움이 나쁜 건 아니지만 문제는 누구를 때리느냐, 무슨 까닭으로 싸우느냐 하는 것은 분명히 알고 싸워야지."

파브카는 주프라이가 자신을 놀리고 있는 건지, 아니면 진지하게 타이르고 있는 건지 모르는 채로 대답했다.

"나도 무턱대고 싸움만 하는 건 아니에요. 언제나 내 쪽이 옳을 때만 싸우거든요."

그러자 주프라이는 느닷없이 말했다.

"어때, 진짜배기 싸움을 가르쳐 줄까?"

파브카는 깜짝 놀라며 그를 쳐다보았다.

"진짜배기?"

"그건 말이야, 이렇게 하는 거야."

파브카는 영국식 권투의 기본을 간단히 배웠다.

권투를 배운다는 것이 파브카에게 결코 쉬운 일은 아니었다. 그러나 마침내 그는 멋지게 다 익혔다. 주프라이의 주먹을 맞고 휘청거린 적이 한두 번이 아니었지만, 이 제자는 아주 부지런하고 참을성이 있었다.

무더위가 시작될 무렵 어느 날, 클림카를 만나고 돌아온 파브카는 방 안을 서성거리고 있었는데, 할 만한 일이 도무지 떠오르지 않자 곧잘 가는 곳—뒷 마당에 서 있는 헛간의 지붕—에 올라가 볼 생각이 들었다. 빈터를 빠져나가서 마당으로 들어가, 널빤지로 지은 헛간으로 갔다. 처마 끝을 붙잡고 지붕으로 올라갔다. 그리고 헛간 위에 늘어져 내린 벚나무의 우거진 가지 사이를 헤치며 지붕 한가운데로 나아가서, 햇볕을 받으며 길게 누웠다.

헛간의 한쪽은 레슈친스키네 정원과 마주하고 있었다. 따라서 헛간 한쪽 끝으로 가면, 그 정원 전체와 집의 한쪽이 보였다. 파브카는 머리를 내밀고 마차가 서 있는 그 집의 일부를 들여다보았다. 그러자 레슈친스키 집의 방을 차지하고 있는 중위의 당번병이 상관의 구두에 솔질을 하고 있는 것이 보였다. 파브카가 여러 번 그 집 문 옆에서 보았던 중위였다. 중위라는 사람은 땅딸막하고, 볼이 붉으며, 바싹 자른 콧수염에, 코안경을 끼고, 에나멜 챙이 달린 군모를 쓰고 있었다.

중위가 머무르는 방의 창문은 정원을 마주하고 있었으므로 지붕에서도 보였다.

마침 중위는 탁자 앞에 앉아서 뭔가를 쓰고 있었는데, 이윽고 쓴 것을 손에 들고 나갔다. 당번병에게 편지를 주고서, 그는 정원의 오솔길로 나아가 큰길로 통하는 문 쪽으로 걸어갔다. 나선형으로 된 정자 옆에까지 오자, 중위는 멈춰 섰다—누군가와 이야기를 하고 있는 것 같았다. 정자에서 나온 것은 넬리 레슈친스카였다. 그녀의 손을 잡고 중위는 문 쪽으로 걸어가, 두 사람은 큰길로 나아갔다.

이것을 파브카는 처음부터 끝까지 바라보고 있었다. 그리고 낮잠이나 잠깐 잘까 했을 때, 문득 눈에 들어온 것은 중위 방으로 들어오는 당번병의 모습이었다. 당번병은 옷걸이에 군복을 걸어 놓고, 정원 쪽 창문을 열어젖힌 다음, 방을 대충 치우고는, 등 뒤로 문을 닫고 나갔다. 곧 파브카는 말들이 있는 마구간에 모습을 나타낸 그를 보았다.

활짝 열린 창문 덕분에 파브카에게는 방 안의 모습이 잘 보였다. 탁자 위에는 벨트와 그 밖에 뭔가 반짝거리는 물건이 놓여 있었다.

억누를 수 없는 호기심으로 파브카는 지붕에서 벚나무 줄기로 살짝 몸을 옮겨, 레슈친스키네 정원에 내려섰다. 그는 허리를 굽힌 채 열려 있는 창문까지 살금살금 다가가, 방 안을 들여다보았다. 탁자 위에는 대검(帶劍)이 달린 벨트와 멋진 12연발의 권총 '만리허'를 넣은 상자가 놓여 있었다.

파브카는 순간 숨을 삼켰다. 2, 3초 동안 마음속에서 갈등이 일어났다. 그러나 에라 모르겠다 하는 대담성이 생긴 그는, 몸을 굽혀 상자를 움켜잡고는 그 속에서 반짝이는 검은 권총을 꺼내 들고 마당으로 뛰어내렸다. 한 번 주위를 둘러보고 나서, 신중하게 권총을 주머니에 쑤셔 넣은 다음, 마당을 가로질러 벚나무 있는 데로 달려갔다. 그리고 잔나비처럼 재빠르게 지붕으로 기어올라가, 파브카는 뒤를 돌아보았다. 당번병은 마부와 한가롭게 지껄이고 있었다. 정원은 고요하기만 했다…… 그는 헛간에서 뛰어내려 단숨에 집으로 달려갔다.

어머니는 부엌에서 식사 준비에 한창 바빠, 파브카 쪽은 돌아보지도 않았다.

파브카는 헝겊 조각으로 권총을 싸서 주머니 깊숙이 집어넣은 다음, 들키지 않게 살그머니 문으로 빠져나와 마당을 가로지른 뒤 울타리를 뛰어넘어, 숲으로 가는 길로 나섰다. 다리에 묵직하게 부딪히는 권총을 한손으로 꼭 잡으면서, 폐허가 된 낡은 벽돌 공장을 향해 힘껏 달려갔다.

발이 공중에 떠 있는 기분이었고, 귓전에 바람 소리가 울렸다.

낡은 벽돌 공장은 인적 없이 고요하기만 했다. 여기저기 내려앉은 나무 지붕, 깨어진 벽돌 더미, 반쯤 허물어진 아궁이 등으로 말미암아 더욱 쓸쓸해 보였다. 이 일대는 온통 잡풀이 우거져 있었다. 그리고 세 친구가 이따금 오붓하게 모여서 노는 곳이기도 했다. 그래서 파브카는 훔친 보물을 숨겨둘 만한 비밀 장소를 얼마든지 알고 있었다.

그는 커다란 아궁이 구멍 속으로 기어들어가서 조심스럽게 둘러보았다. 하지만 길에는 사람의 그림자도 없었다. 솔숲이 희미하게 와삭거리고 가벼운 바람이 길가의 먼지를 불어 올리고 있었다. 송진내가 코를 찔렀다.

아궁이 깊숙한 한구석에 파브카는 헝겊 조각으로 싼 권총을 놓고, 낡은 벽돌을 피라미드 모양으로 쌓아서 그것을 덮었다. 거기서 빠져나와, 이번에는 아궁이 구멍도 벽돌로 막아버리고, 벽돌의 배치 상태를 다시 확인하고 나서, 길가로 나와 천천히 돌아갔다.

무릎 언저리가 바르르 떨렸다.

'이제 어떻게 될까?' 그런 생각이 들자 어쩐지 초조하고 불안해졌다.

발전소에 여느 때보다도 일찍 나갔던 것도 그저 집에 있기가 왠지 초조했기 때문이었다. 수위한테 열쇠를 건네받고, 발전기들이 늘어서 있는 방으로 통하는 널찍한 문을 열었다. 그리고 노(爐)의 바람구멍을 청소하고, 가마솥에 물을 길어다 붓고, 아궁이에 불을 때는 동안에도 머릿속은 뒤숭숭했다.

'레슈친스키네 집에서는 지금쯤 어떤 일이 벌어지고 있을까?'

뒤늦게, 11시쯤 주프라이가 파브카에게 와서, 그를 앞마당으로 불러내 가만히 물었다.

"오늘 너희 집을 수색했다는데 대체 무슨 말이지?"

파브카는 놀라서 등골이 오싹했다.

"가택 수색이요?"

주프라이는 잠시 잠자코 있더니, 덧붙여 말했다.

"하지만 별일 아닐 거야. 놈들이 무엇을 찾으러 왔는지, 넌 모르는 거지?"

파브카는 그들이 찾는 것을 잘 알고 있었다. 그렇지만 권총을 훔친 이야기를 주프라이에게 말할 수는 없었다. 불안으로 온몸을 떨면서 그는 물었다.

"아르촘 형이 잡혀 갔어요?"

"아무도 잡혀 가지는 않았어. 하지만 집 안을 온통 뒤지고 갔다나 봐."

그 말로 조금은 마음이 놓였다. 그러나 걱정은 가시지 않았다. 몇 분 동안, 두 사람은 저마다 자기 생각에 빠져 있었다. 한 사람은 수색의 원인을 알고 있으므로 그 결과를 걱정했고, 다른 한 사람은 그것을 몰라서 신경을 곤두세우고 있었다.

'제기랄, 혹시 나에 대해서 무슨 냄새를 맡은 것일까? 아르촘조차도 나에 대해서는 아무것도 모르고 있는데. 그런데 어떻게 그 친구 집이 수색을 당한 거지? 이거 아무래도 조심하지 않으면 안 되겠는걸.' 주프라이는 생각하고 있었다.

두 사람은 말없이 헤어져 저마다의 일터로 갔다.

그즈음, 레슈친스키의 집은 발칵 뒤집혀 있었다.

중위는 권총이 없어진 것을 알고 당번병을 불렀다. 잃어버렸다는 것을 확인하자, 평소에는 예의 바르고 점잖은 그가 당번병의 따귀를 후려쳤다. 당번병은 주먹다짐에 휘청거리면서도 부동자세를 취한 채, 미안한 듯이 눈을 껌벅거리면서 얌전히 얻어맞을 채비를 하고 있었다.

불려 온 변호사도 어쩔 줄 몰라하며, 자기 집에서 이런 사고가 일어난 데 대해 중위에게 거듭 사과했다.

그런데 그 자리에 있던 빅토르 레슈친스키가, 그 권총은 옆집 사람들, 특히 말썽꾸러기 파벨(파브카) 코르차긴 녀석이 훔쳐갔을지도 모른다고 아버지에게 말했다. 아버지도 엉겁결에 아들의 생각을 중위에게 전했다. 그래서 중위는 곧바로 수색대를 보냈던 것이다.

그러나 수색은 아무런 성과가 없었다. 그리고 이 권총 분실 사건은, 이런 죽느냐 사느냐의 위험스런 행동도 때로는 감쪽같이 성공할 수가 있다는 신념을 파벨에게 심어주었다.

3

토냐는 열린 창가에 서 있었다. 그녀는 자기가 태어난 집의 낯익은 뜰과, 그것을 둘러싸고 있는 키 크고 날씬한 포플러 나무들이 산들바람에 살랑거리는 모습을 권태롭게 바라보고 있었다. 자신이 꼬박 1년이나 고향 집을 볼 수 없었다는 게 믿어지지 않았다. 어릴 적부터 자란 이 고장을 떠났던 것이 바로 어제이고, 오늘 아침 열차로 돌아온 것 같은 느낌이 들었다.

이곳은 아무것도 달라진 것이 없었다. 여전히 반듯하게 손질된 정원의 딸기나무들, 기하학적으로 사방으로 뻗어 있는 오솔길에 엄마가 좋아해서 심어놓은 팬지 꽃밭은 구석구석까지 깔끔하게 가꾸어져 예전과 다름없었다. 어느 구석 학식 있는 원예가의 현학적인 솜씨가 엿보였다. 그런데 토냐에게는 이들 깨끗이 정돈된, 여러 곳으로 뻗어 나간 오솔길이 골칫거리였다.

토냐는 읽다 만 소설책을 들고, 베란다의 문을 열고 층계를 밟으며 정원으로 내려가, 페인트칠을 한 쪽문을 밀고 급수탑 옆에 있는 정거장의 연못 쪽으로 천천히 걸어갔다.

다리를 지나서 큰길로 나갔다. 큰길은 가로수길처럼 되어 있었다. 오른쪽은 갯버들과 우거진 버드나무에 둘러싸인 못, 왼쪽부터는 숲이 시작되고 있었다.

그녀는 연못 쪽에 있는 오래된 채석장으로 가 볼 작정이었다. 그런데 밑의 연못 근처에서 낚싯대를 휘두르는 것이 눈에 띄자, 걸음을 멈추었다.

휘어진 갯버들 위로 몸을 굽히고 한 손으로 버들잎을 젖히고 보니까, 맨발에 무릎 위까지 바지를 걷어 올린, 볕에 까맣게 탄 소년의 모습이 눈에 들어왔다. 곁에는 지렁이를 담은 녹슨 깡통이 놓여 있었다. 소년은 낚시에 정신이 팔려 있어서, 토냐의 뚫어지듯 바라보고 있는 시선 따위는 눈치채지 못했다.

"이런 데서 물고기가 잡혀요?"

파브카는 말없이 돌아다보았다.

거기에는 갯버들 가지를 휘어잡고 물가로 몸을 숙인 낯모르는 소녀가 서 있었다. 소녀는 파란 줄이 있는 깃 달린 흰 세일러복에 넓은 회색 치마 차림이었다. 갈색 구두를 신은 볕에 탄 곧은 다리는 레이스 달린 속스에 폭 감싸여 있었다. 갈색 머리카락은 뒤로 묶어서 늘어뜨리고 있었다.

낚싯대를 잡은 손이 살짝 움직이자 거위 모양을 한 찌가 머리를 꿈틀 흔들고, 수면 위로 물결이 고리를 그리며 번져 갔다.

뒤에서 흥분한 목소리가 들렸다.

"걸렸어요, 저것 봐요, 걸렸잖아요……."

파벨은 엉겁결에 낚싯대를 힘껏 들어 올렸다. 물소리와 함께 낚싯바늘 끝에서 꿈틀거리고 있는 지렁이가 나타났다.

'이제 낚시고 뭐고 다 틀렸네, 뭐 저런 계집애가 나타났담!' 파브카는 당황하면서 그런 생각을 했다. 그리고 자신의 실수를 감추려고 낚싯바늘을 좀 더 멀리―두 개의 우엉 사이에 던졌는데, 마침 거기는 물속의 나무 덩굴에 바늘이 걸릴 염려가 있기 때문에 낚싯줄을 던져서는 안 되는 장소였다.

그 생각이 나자, 그는 뒤돌아보지도 않고 높은 데에 걸터앉아 있는 소녀 쪽으로 혀를 차 보였다.

"뭘 떠들고 있는 거요? 고기들이 다 달아나잖아요."

그러자 위쪽에서 비웃는 듯, 놀리는 듯한 목소리가 들렸다.

"고기는 벌써 당신 모습을 보고 옛날에 달아나 버렸어요. 대낮에 낚시질하는 사람이 어디 있담. 엉터리 낚시꾼이군요!"

이 말은 예의를 지키려고 참고 있던 파브카의 자존심을 적잖이 건드렸다. 그는 일어서면서, 언제나 화났을 때 하는 버릇으로 모자를 푹 눌러쓰고는, 일부러 되도록 공손한 말을 골라서 이렇게 말했다.

"아가씨, 어디든 이곳에서 없어져 주실 수는 없을까요?"

토냐의 눈매가 살며시 가늘어지면서, 순간적으로 미소가 지나갔다.

"내가 방해가 된다, 그말이에요?"

그 목소리에는 이제 비웃거나 놀리는 투는 없고 어딘지 친근한, 사이좋게 지내고 싶어하는 듯한 느낌이 있었으므로, 어디서 나타난지도 모르는 이 '아가씨'를 된통 뭉개 버리려고 마음먹었던 파브카도 맥이 풀리고 말았다.

"아니, 그런 건 아니지만, 원한다면 구경이나 해요. 난 자리 같은 건 아깝지가 않으니까요." 그는 그렇게 말하고 나서, 쭈그리고 앉아 다시 찌를 보았다. 그러자 그것은 우엉 쪽으로 흘러갔다. 틀림없이 바늘이 그 뿌리에 걸린 것이다. 파브카는 그것을 끌어 올릴 엄두도 내지 못하고 있었다

'한 번 걸리면 못 빼내는데. 저 아이가 보면 좋아라고 웃어대겠지. 제기랄 꺼져 버리지 않고.' 그는 속으로 생각했다.

그런데 토냐는 느끼지 못할 만큼 흔들리고 있는 구부러진 갯버들가지 위에 편하게 앉아서는, 책을 무릎 위에 올려놓고, 조금 전에는 자기에게 퉁명스럽게 대하다가 지금은 일부러 이쪽에는 관심 없는 척하고 있는, 볕에 그을리고 눈이 까만 말썽꾸러기 소년을 지켜보기 시작했다.

앉아 있는 소녀의 모습은 거울 같은 수면에 비쳐서 파브카에게 잘 보였다. 그녀는 책을 읽고 있었다. 그는 걸린 낚싯줄을 살그머니 잡아당겨 보았다. 찌가 가라앉고, 낚싯줄이 팽팽해졌다.

'영락없이 걸렸군, 빌어먹을.' 곁눈질하니, 수면에는 웃는 얼굴이 비치고 있었다.

저수탑 옆의 다리를 두 젊은이가 건너왔다―모두 중학 7년생이다. 한 명은 기관고 주임 겸 기사(技師)인 수하리코의 아들로, 머리가 흰색에 가깝고 주근깨투성이의 건달 말썽꾸러기였다. 학교에서 별명이 '곰보 슈르카'라고 하는데, 제법 비싸 보이는 고급 낚싯대를 안고서 건방지게 담배를 꼬나물고 있었다. 다른 한 명은 빅토르 레슈친스키로, 키가 훤칠하고 연약해 보이는 젊은이였다.

수하리코는 눈짓을 하면서 빅토르 쪽으로 몸을 구부리고, 이렇게 말했다.

"저 아이 괜찮지? 이 근방에는 저런 아이는 또 없다고. 진짜 낭만적인 아이야. 키예프에서 공부하고 있는 6학년생인데, 여름 방학이라 아버지한테 돌아온 거야. 아버지는 이곳 영림서장(營林署長)이거든. 내 동생 리자와는 친구야. 내가 예전에, 되게 반해 가지고 저 애한테 몰래 편지를 보낸 적이 있었어. '나는 당신을 미칠듯이 사모하고 있습니다. 가슴 설레이며 답장을 기다리겠습니다' 하는 식으로 말이야. 게다가 나드손*1의 적당한 시까지 베껴 써 넣어서 말이야."

"그래서 어떻게 됐어?" 빅토르도 호기심이 나서 물었다.

수하리코는 약간 멋쩍은 듯이 말했다.

---

*1 러시아 시인 세묜 나드손(Semyon Yakovlevich Nadson, 1862~1887)은 사관학교를 졸업했으나 결핵으로 일찍 제대한 뒤, 시작(詩作)에 몰두하다가 스물다섯 나이로 죽었다.

"그게 말이야, 되게도 뻗대는 건지 뭔지 말이야, 말하자면 아무 반응이 없잖아. 종이를 함부로 낭비하지 마시기를 바란다던가, 제기랄. 하지만 이런 일이란 으레 처음에는 그렇게 나오는 거 아니니? 이 방면에는, 나도 경험이 있거든. 그렇기는 해도 언제까지나 한 번 만나달라고 통사정을 한다든지, 하품 나는 말대꾸나 한다든지, 아무튼 나는 그런 짓은 질색이야. 그럴 바에는 차라리 하룻밤 수리작업장 막사에나 가서, 3루블 주고 침이라도 흘릴 만한 근사한 여자를 사는 편이 백번 낫겠다. 그런 여자들은 공연히 빼지도 잘난 체도 하지 않으니까 말이야. 난 발카 티호노프와 함께 가끔 다녀봤거든. 너도 그 선로(線路) 감독 알지?"

빅토르는 멸시하는 듯이 얼굴을 찌푸렸다.

"너, 그런 한심한 짓을 하고 있니, 슈라?"

슈라는 담배를 씹어서 탁 뱉고, 비웃는 듯이 말했다.

"고상한 척하지 마. 네가 하고 있는 짓을 누가 모르는 줄 알아?"

빅토르는 상대방을 가로막고 물었다.

"그런데 저 애를 나한테 소개해 줄래?"

"물론, 돌아가 버리기 전에 빨리 가자. 어제는 아침나절에 낚시질을 하고 있더라."

두 사람은 토냐 쪽으로 다가갔다. 입에서 담배를 빼 들고, 수하리코는 천박한 몸짓으로 허리를 굽혀 꾸벅 머리를 숙였다.

"아이고, 안녕하세요, 투마노바 아가씨. 어떻습니까, 고기가 잡힙니까?"

"아니요, 잡는 걸 구경하고 있어요." 토냐는 대답했다.

"아, 참, 두 사람은 처음 만나죠?" 수하리코는 빅토르의 손을 잡으면서 말했다. "내 친구인 빅토르 레슈친스키입니다."

빅토르는 쑥스러운 듯이 토냐에게 손을 내밀었다.

"오늘은 왜 낚시를 안 해요?" 수하리코는 대화를 이어 나가려고 안간힘을 썼다.

"낚싯대를 안 가져 와서요." 토냐가 대답했다.

"내가 하나 더 가져오지요." 수하리코가 재빨리 제안했다. "그때까지 내 낚싯대로 잡고 있어요. 금방 가져올 테니까요."

그는 빅토르를 토냐에게 소개해 준다는 약속은 지켰으므로, 이번에는 단둘이 있게 해줄 생각이었다.

"아니에요, 방해가 될 거예요. 여기서는 벌써 낚시질을 하고 있는 사람이 있으니까요." 토냐는 대답했다.

"누구를 방해하는데요?" 수하리코는 물었다. "아, 저 애 말입니까?" 그는 비로소 풀숲 곁에 앉아 있는 파브카를 알아차렸다. "걱정 말아요. 저런 녀석은 당장에 쫓아낼 테니까요."

토냐가 그것을 말릴 틈도 없었다. 그는 낚싯대를 드리우고 있는 파브카 쪽으로 내려갔다.

"당장에 낚싯대를 거둬라!" 수하리코는 파브카에게 말했다. "자 어서, 빨리, 빨리." 그는 파브카가 가만히 낚시질을 계속하고 있는 것을 보고 말했다.

파브카는 고개를 들고, 심상치 않은 기색을 띤 눈초리로 수하리코를 노려보았다.

"너야말로 조용히 해. 무슨 헛소리를 하는 거야?"

"뭣이 어째?" 수하리코는 악을 썼다. "아니, 이게, 보이는 게 없나? 야, 이 꼬마야, 여기서 당장 꺼지지 못해!" 그러면서 지렁이 깡통을 구둣발로 힘껏 걷어찼다. 그러자 깡통은 공중에서 한 번 재주를 넘고 나서 퐁당 하고 물속에 떨어졌다. 그때 물방울이 토냐의 얼굴에 튀었다.

"무슨 짓이에요, 수하리코 씨. 부끄럽지도 않아요!" 그녀가 소리쳤다.

파브카는 벌떡 일어섰다. 수하리코는 아르촘이 일하는 기관고 주임의 아들이므로, 지금 놈의 뒤룩뒤룩 살찐 상판대기를 갈기면, 이 중학생은 아버지에게 일러서, 결국은 아르촘에게 불똥이 튈 게 틀림없었다. 그는 이것을 알고 있었으므로, 아까부터 어떻게 하지 못한 채 꾹 참고 있었던 것이다.

수하리코는 파브카가 당장에 덤벼드는 줄 알고 먼저 달려가서 물가에 서 있던 파브카의 멱살을 잡고 와락 밀쳤다. 파브카는 두 손을 들고 몸이 뒤로 젖혀졌으나 발로 힘껏 버텼으므로 물속에 빠지지는 않았다.

수하리코는 파브카보다 두 살 위로, 소문난 싸움꾼이자 망나니로서 모르는 사람이 없었다.

파브카도 한 번 떠밀쳤으므로 이제는 눈에 보이는 것이 없었다.

"좋아, 그래? 그렇다면 이쪽도 인사를 해야지!"

그러고는 번개처럼 한 손을 번쩍 들더니, 수하리코의 얼굴에 주먹을 세게 날렸다. 이어서 상대가 자세를 가다듬을 틈도 주지 않고, 중학생 제복 저고리를 움켜잡고는 힘껏 끌어당겨, 물속으로 끌어들였다.

번쩍번쩍하던 구두도 바지도 푹 빠져서 무릎까지 물에 잠긴 채, 말뚝처럼 선 수하리코는, 파브카의 두 손에서 벗어나려고 안간힘을 썼다. 파브카는 중학생을 물속으로 밀쳐 넣어 버리고는 물가로 뛰어올랐다.

눈이 뒤집힌 수하리코는 파브카를 잡아 죽일 듯이 덤벼들었다.

물가에 올라서면서, 덤비는 수하리코 쪽으로 재빨리 돌아선 순간에 파브카는 머리에 번쩍 한 생각이 떠올랐다.

'왼발로 버티고, 오른발은 힘을 주어 약간 구부리고, 손끝으로가 아니라 온몸으로 밑에서부터 위로 주먹을 쳐올리면서 턱을 가격.'

간다!……

이에서 우지끈 소리가 났다. 턱의 엄청난 아픔과 혓바닥을 깨문 탓으로 비명을 지른 수하리코는, 우스꽝스러운 모양으로 두 손을 흔들더니, 풍덩 물속에 나가떨어지고 말았다.

물가에서 참지 못하고 웃음을 터뜨리고 있는 것은 토냐였다.

"브라보, 브라보!" 그녀는 손뼉을 치며 소리쳤다. "어머, 멋져요!"

파브카는 낚싯대를 쥐고 확 잡아당겨, 얽힌 실을 끊어 버리고 길가로 뛰어올라갔다.

그리고 돌아가려 하는데, 빅토르가 토냐에게 이야기하는 소리가 들렸다.

"저 녀석이 깡패로 이름난 파브카 코르차긴입니다."

역은 소란스러워졌다. 철도 종업원들이 파업을 시작하고 있다는 소문이 들렸다. 다음 정거장인 큰 역에서는 기관고의 노동자들이 분쟁을 일으켰다. 격문(檄文)을 수송했다는 혐의로 두 기관사가 독일군에게 붙잡혔다. 농촌과 관계가 있는 노동자들 사이에서는, 지주들이 자기 영지로 돌아오는 것과 물자를 징발하는 문제로 커다란 동요가 일기 시작하고 있었다.

반혁명군 경비대원의 채찍은 농부들의 등을 후려쳤다. 현(縣)에서는 파르티잔 운동이 퍼져 갔다. 볼셰비키에 의해서 조직된 파르티잔 부대는 이미 열 손가락을 헤아리고 있었다.

이즈음 주프라이는 눈코 뜰 새도 없었다. 그는 시내에 머무는 동안 커다란 일을 해냈다. 많은 노동자, 철도 종업원들과 사귀기도 하고, 젊은이들이 모이는 밤 집회에 참석하기도 했으며, 기관차의 철공과 제재공들 가운데에서 튼튼한 그룹을 만들기도 했다. 아르촘에게도 눈치채지 않게 넌지시 물어보았다. 볼셰비키의 일이나 당에 대해서 어떻게 보느냐는 그의 질문에 대해서 이 떡 벌어진 철공 아르촘은 말했다.

"그야 표도르, 나는 그 당에 대해서는 잘 아는 게 없잖아? 하지만 말이야, 내 응원이 필요하다면 언제든지 하겠어. 나설 결심이 서 있으니까. 나를 믿어도 좋아."

표도르는 이것만으로 만족했다. 아르촘이 자기편이라는 것도, 그가 일단 입에 담은 이상은 반드시 실천하는 사나이라는 것도 잘 알고 있기 때문이었다. '하지만 아직은 당을 온전히 받아들이기에는 모자라. 됐어, 그만하면. 지금은 시대가 이런 때거든. 얼마 지나지 않아 다 배우겠지.' 이 수병은 생각했다.

표도르는 발전소에서 기관고로 일자리를 옮겼다. 활동하기에는 이쪽이 더 편리했다. 왜냐하면 그가 발전소에 있을 때는 철도에서 너무나 뚝 떨어져 있었기 때문이다.

철도의 움직임은 대단한 것이었다. 독일군은 우크라이나에서 약탈한 것을 모조리 몇천 량(輛)이나 되는 화차로 독일로 실어 나르고 있었다. 쌀, 보리, 밀, 가축……

포노마렌코라는 전신수(電信手)가 역에서 갑자기 반혁명 경비대에 체포되었다. 그리고 사령부에서 실컷 얻어맞고, 아르촘의 기관고 동료 로만 시도렌코가 파업을 부추겼다고 불어 버린 모양이었다.

로만한테는 한창 작업 중에 두 독일 병사와 반혁명대원—정거장 사령부 부관이 왔다. 로만이 일하는 작업대 쪽으로 오자마자, 대원은 말도 없이 가죽 채찍으로 그의 얼굴을 후려쳤다.

"이 새끼, 따라와! 저쪽에서 이야기 좀 하자." 그는 말했다. 그리고 기분 나쁘게 이를 드러내고 씩 웃더니, 철공의 소매를 힘껏 당겼다. "저쪽에 가서, 우리 앞에서 한번 선동을 해 보지그래!"

옆의 압착기에서 일하고 있던 아르촘은 줄칼을 내던지고 그 커다란 몸집으로 쑥 대원 앞에 나서더니, 끓어오르는 분노를 누르면서 쉰 목소리로 말했다.

"누구한테 함부로 손을 대는 거야, 이 새끼야!"

대원은 권총집을 열면서 뒷걸음질 쳤다. 키가 작고 다리가 짧은 독일 병사는 굵은 총검이 달린 무거운 총을 어깨에서 벗겨 들고, 노리쇠를 철컥하고 울렸다.

"서라!" 그는 조금이라도 움직이면 쏘아 버리겠다는 듯이 소리쳤다.

아무리 몸집이 큰 철공도 꼼짝하지 못하고, 이 가냘픈 병졸 앞에 힘없이 서 있었다.

둘 다 붙잡혀 갔다. 아르촘은 1시간 뒤에 풀려났으나 로만은 지하의 수하물 창고에 갇혔다.

10분 뒤 기관고에서는 이제 한 사람도 일하고 있지 않았다. 기관고의 노동자들은 역의 뜰에 모여 있었다. 거기에는 또한 전철수(轉轍手)와 창고에서 일하는 다른 노동자들도 합류했다. 누군가가 로만과 포노마렌코의 석방 요구를 덧붙인 격문을 썼다.

경비병을 줄줄이 이끌고 온 반혁명대원이 뜰로 달려와 권총을 휘두르면서 소리쳤다.

"당장 해산하지 않으면 즉각 전원 체포한다! 경우에 따라서는 총살이다!"

그 흥분한 노동자들의 아우성 소리는 마침내 그들을 정거장으로 밀쳐내 버렸다. 시내에서는 역의 사령관에 의해서 소집된 독일 병사들을 가득 실은 트럭이 벌써 큰길로 달려왔다.

노동자들은 각자의 집을 향해 사방으로 흩어지기 시작했다. 너 나 할 것 없이, 자기에게 주어진 역의 모든 일을 포기해 버렸다. 주프라이가 공작한 효과가 나타난 것이다. 이것이 정거장에서 일어난 최초의 반항이었다.

독일군은 플랫폼에 중기관총을 가져다 놓았다. 그것은 마치 짐승을 노리는 사냥개처럼 서 있었다. 한 손을 손잡이에 얹고, 앉아쏴 자세로 독일군 하사가 그 옆에 앉아 있었다.

역에는 사람의 그림자도 없어져 버렸다.

한밤중에는 체포가 시작되었다. 아르촘도 검거되었다. 주프라이는 집에 들어가지 않았으므로 잡히지 않았다.

모두가 널찍한 화물 창고에 몰아넣어지고, 최후통첩을 받았다. 일터로 돌아갈 것이냐, 아니면 야전 군사재판을 받을 것이냐.

선로마다 거의 모든 노동자, 철도 종업원들이 파업을 하고 있었다. 하루 종일 열차가 한 대도 통과하지 않았고, 선로를 차단하고 다리를 파괴한 대규모 파르티잔 부대를 상대로 한 전투가 120킬로미터에 걸쳐서 벌어지고 있었다.

한밤중에 독일의 군용 열차가 역에 도착했다. 그러나 기관차도, 조수도, 화부도 기관차에서 달아나 버렸다. 이 군용 열차 말고 역에서는 아직도 열차 두 대가 떠날 차례를 기다리고 있었다.

창고의 무거운 문을 열고 들어선 것은 정거장 사령관인 독일군 중위와 그 부관, 독일 병사들 한 무리였다.

사령부 부관이 이름을 불렀다.

"코르차긴, 폴렌톱스키, 부르자크. 너희들은 열차 승무원으로서 즉시 승차하라. 거절하면 즉각 총살이다. 승차하겠는가?"

세 노동자는 어쩔 수 없이 고개를 끄덕였다. 그들은 기관차 쪽으로 호송되고, 한편 부관은 벌써 다음 열차의 기관사 조수, 화부의 이름을 부르고 있었다.

기관차는 화난 것처럼 번쩍번쩍 빛나는 불꽃을 뿜어내면서, 깊은 숨을 쉬며, 어둠을 뚫고 레일 위를 달려갔다. 아르촘은 아궁이에 석탄을 퍼 넣고 나서 쇠로 된 아궁이 문을 한 발로 닫은 뒤 상자 위에 놓여 있는 주전자의 물을 한 모금 마시고는, 늙은 기관사 폴렌톱스키를 보고 말했다.

"영감님, 몰고 가야 하는 거죠?"

상대방은 늘어져 내린 눈썹 밑에서 시무룩한 눈으로 눈짓을 했다.

"그럼, 몰고 가야지. 등에 총검을 들이대는걸."

"모두 내팽개치고 기관차에서 내빼버리면 어때요." 부르자크가 탄수차(炭水車)에 걸터앉아 있는 독일병을 곁눈질하며 제안했다.

"내 생각도 바로 그거야." 아르촘이 중얼거렸다. "하지만 등 뒤에 저놈이 지키고 있으니."

"음……." 창문으로 얼굴을 내밀면서, 부르자크가 분명치 않은 목소리로 말했다.

폴렌톱스키는 아르촘 쪽으로 다가와서 작은 목소리로 이렇게 소곤거렸다.

"우리는 몰고 가면 안 되는 게 아닐까? 저쪽에서는 전쟁을 하고 있는 판이고, 반항한 친구들은 노선 폭파까지 했거든. 거기에 우리가 이 개새끼들을 싣고 간다면, 우리 패들이 저들한테 당하는 것 아니겠어? 자네도 알겠지만, 차르 시대에도 파업 때는 난 몰지 않았다고. 이번에도 나는 안 할 거야. 우리 편을 죽이러 가는 새끼들을 내가 싣고 간다면, 죽을 때까지 그 치욕을 씻을 수 없지 않겠어? 아까도 기관차 승무원들은 내빼 버렸잖아? 죽기 살기로 목숨을 걸고 내뺐잖아? 우리도 이 열차를 몰고 가서는 안 돼. 자네 생각은 어때?"

"전적으로 동감이에요, 영감님. 하지만 저 새끼를 어쩌죠?" 그리고 그는 독일 병졸 쪽으로 눈짓했다.

기관사는 덤덤한 표정으로 이마에 흐르는 땀을 헝겊조각으로 닦고 나서, 이 어려운 문제의 답을 거기서 찾아야겠다는 듯이 압력계를 뚫어지게 쳐다보았다. 그러다 문득 울화통이 치밀어서, 될대로 되라는 투로 뭔가 투덜거리기 시작했다.

아르춈은 주전자의 물을 또 한 모금 마셨다. 둘이 모두 똑같은 생각을 하고 있었다. 하지만 어느 쪽도 자기가 먼저 그 말을 끄집어 낼 결심을 하지 못했다. 아르춈은 주프라이의 말이 생각났다.

"친구, 자네는 볼셰비키당과 공산주의 사상을 어떻게 생각하나?"

그리고 그때 자신이 한 대답도 떠올랐다.

"응원이 필요하다면 언제든지 하겠어. 나를 믿어도 좋아⋯⋯."

'탄압자 새끼들을 싣고 가면서, 응원을 한다니⋯⋯.'

폴렌톱스키는 연장 상자 위에서 아르춈과 어깨를 맞대듯이 몸을 구부린 채 겨우 이렇게 말했다.

"그래도 이건 분명히 해야만 해, 알겠지?"

아르춈은 가슴이 두근거렸다. 폴렌톱스키는 이를 갈면서 덧붙였다.

"달리 방법이 없어. 저 새끼를 밀쳐내 버리는 거야. 그리고 조절기니 그 밖의 연장이니 몽땅 불 속에 처넣고서 기관차 속력을 늦추어 놓고 튀는 거야."

그러자 어깨에서 무거운 짐이라도 내려놓는 듯이, 아르춈이 말했다.

"좋아요."

아르춈은 부르자크 쪽으로 몸을 굽히고, 똑같은 말을 전했다.

부르자크는 얼른 대답하지 못했다. 모두가 엄청난 위험을 무릅쓰고 있는 셈이었다. 누구의 집에든 가족이 남아 있었다. 폴렌톱스키네는 큰 살림이어서, 집에는 식구가 아홉이나 되었다. 하지만 이번 수송을 해서는 안 된다는 것은 누구나가 인정하고 있었다.

"그야, 나도 이의는 없어." 부르자크가 말했다. "그렇지만 누가 저놈을……." 그는 끝까지 말하지 않았으나, 다음 말을 아르촘은 알고 있었다.

아르촘은 조절기에 붙어서 바삐 움직이는 늙은 기관사 쪽을 돌아보고, 부르자크도 우리 생각에 동의하고 있다는 몸짓으로 고개를 끄덕여 보였다. 그러나 거기서 당장 해결 안 된 문제에 부딪치자, 폴렌톱스키 쪽으로 다가갔다.

"그런데 어떻게 저놈을 해치우죠?"

노인은 아르촘을 바라보았다.

"자네가 해. 자네가 가장 듬직해. 쇠지렛대로 한 방 먹이면, 그걸로 끝나는 거야." 노인은 몹시 흥분하고 있었다.

아르촘은 얼굴을 찌푸렸다.

"그건 자신 없는데요. 요즘 손이 잘 안 올라가거든요. 그리고, 따지고 보면 저 병졸도 죄가 있는 건 아니니까요. 저놈 역시 총검을 들이대서 강제로 끌려왔을 거예요."

폴렌톱스키는 눈을 부릅떴다.

"죄가 없다고? 그렇다면 똑같이 강제로 끌려온 우리는 죄가 있단 말이야? 그런데 지금은 탄압자 놈들을 싣고 가고 있잖아. 아무리 죄가 없다 치더라도 이놈들은 파르티잔을 쏴 죽이러 가는 거야. 그럼 파르티잔이 나쁘단 말이야?…… 이런, 젠장, 젊은 놈이 한심하구나!…… 곰처럼 덩치만 커서는, 뭘 알아야지……."

"그럼, 알겠어요." 아르촘은 쇠지렛대를 잡으면서 쉰 목소리로 말했다. 그러자 폴렌톱스키가 소곤거렸다.

"아니야, 내가 하지. 내가 하는 편이 틀림없어. 자네는 삽을 가지고 탄수차에서 석탄을 퍼내. 여차하면 독일 놈을 삽으로 쾅 밀어서 떨어뜨리는 거야. 난 석탄을 깨는 척하면서 갈 테니까."

부르자크는 고개를 끄덕였다.

"영감님 말이 맞아요." 그리고 조절기 옆에 섰다.

독일 병사는 빨간 테를 두른 모직물 군모를 쓰고 탄수차 한옆에 걸터앉아서, 다리 사이에 총을 세워 놓고 여송연을 피우면서 이따금 기관차 속에서 일하고 있는 사람들을 바라보았다.

석탄을 가지러 아르촘이 기어올라 갔을 때, 이 감시병은 특별히 주의를 기울이려고도 하지 않았다. 그런데 폴렌톱스키가 탄수차 한쪽 옆에서 석탄의 큰 덩어리를 치워야겠다는 몸짓으로 좀 비켜달라고 부탁하자, 그는 기관사실로 통하는 문 쪽으로 물러나 순순히 비켜섰다.

독일 병사의 머리를 후려친 쇠지렛대의 둔탁한 짧은 일격은, 아르촘과 부르자크를 불에 덴 것처럼 섬찟 놀라게 했다. 병졸의 몸은 자루처럼 통로에 쓰러졌다. 회색 군모는 순식간에 빨갛게 물들어 갔다. 소총이 철책에 부딪쳐 철커덕 소리가 났다.

"이제 됐어." 폴렌톱스키는 쇠지렛대를 팽개치면서 중얼거렸다. 그리고 경멸하는 것처럼 얼굴을 실룩거리고 나서, 이렇게 덧붙여 말했다. "이제 빼도 박도 못하는 거야."

그 소리는 중간에서 그쳤다. 그러나 그것은 모두를 짓누르고 있던 침묵을 깨고, 외침 소리로 변했다.

"조절기를 빼, 빨리!" 그는 소리쳤다.

10분 뒤에는 모든 조치가 마무리되었다. 운전에서 손이 떼어진 기관차는 차츰 속도가 줄어들었다.

철로변 나무들의 검은 그림자가 무겁게 흔들리면서 기관차의 불꽃 고리 속에 들어왔는가 하면 이내 다시 어둠 속으로 사라져 가곤 했다. 기관차의 등불은 어둠을 뚫으려고 밤의 장막에 머리를 처박았으나, 겨우 10미터쯤을 들이밀었을 뿐이었다. 기관차는 마지막 힘까지도 남김없이 써버린 듯이, 그 숨소리도 차츰 헐떡거렸다.

"뛰어내려, 빨리!" 아르촘은 등 뒤에서 폴렌톱스키의 목소리를 들었다. 난간을 잡고 있던 손을 놓았다. 큰 몸이 앞으로 휙 쏠리고, 두 다리는 밑으로 미끄러져 땅에 세게 부딪쳤다. 두어 발짝 간 데서, 아르촘은 곤두박질쳤다.

기관차의 양쪽 디딤판에서는, 바로 이어서 두 그림자가 뛰어내렸다.

부르자크의 집은 죽은 듯이 고요했다. 세료자의 어머니인 안토니나 바실리예브나는 지난 나흘 동안에 살이 쏙 빠져 버렸다. 남편에게서는 소식도 없었다. 남편이 코르차긴과 폴렌톱스키와 함께 독일군에게 열차 승무원으로서 끌려갔다는 것은 알고 있었다. 어제도 반혁명군의 경비대원 셋이 몰려와서는, 거칠게 욕지거리를 하면서 그녀에게 이것저것 캐묻고 갔다.

그때의 말투로 짐작컨대 무슨 좋지 못한 일이 있었다는 것은 막연하게나마 짐작이 갔으므로, 경비대원이 돌아가자 불안감에 사로잡힌 그녀는 머릿수건을 두르고, 마리야 야코블레브나에게 남편 소식을 혹시 알 수 있을까 해서 찾아가 볼 생각이 났다.

부엌을 치우고 있던 맏딸 발랴는, 차려입고 나서는 어머니를 보고 물었다.

"멀리 가요, 엄마?"

안토니나 바실리예브나는 눈물이 가득 고인 눈으로 딸을 흘낏 보면서 말했다.

"코르차긴네 집에 다녀올게. 아버지 소식을 알 수 있을지도 모르니까. 세료시카가 오거든 정거장의 폴렌톱스키네 갔다 오라고 일러라."

발랴는 어머니의 어깨를 따뜻이 감싸 안고, 문까지 배웅하면서 위로했다.

"걱정할 것 없어요, 엄마."

마리야 야코블레브나는, 늘 그랬듯이 따뜻하게 부르자크를 맞아주었다. 그녀들은 둘 다 상대방에게서 새로운 소식을 들을 수 있으리라 기대했던 것인데, 첫 한마디를 주고받고 나자 이 희망은 사라졌다.

코르차긴네 집도 한밤중에 수색을 당했다. 아르춈을 찾고 있었다. 집 안을 다 뒤지고 나서, 아들이 돌아오거든 즉각 사령부에 보고하도록 엄포를 놓고 갔다.

코르차긴의 어머니는 경비대원이 한밤중에 들이닥치자 몹시 놀랐다. 파벨은 여느 때처럼 밤에는 발전소에서 일하고 있었으므로, 그녀는 혼자 있었던 것이다.

파브카는 아침 일찍 돌아왔다. 어머니에게서 간밤의 가택 수색과 아르춈이 쫓기고 있다는 이야기를 듣자, 그는 형이 걱정되어 안절부절못했다. 서로 성격도 다르고, 아르춈이 동생을 무뚝뚝하게 대하긴 했지만, 형제는 서로를 몹시 사랑하고 있었던 것이다. 이것은 표현하지 않았어도 깊디깊은 애정이었다. 파벨은 만약 형에게 필요하다면, 자기가 주저 없이 나서서 희생해야 한다는 것을 똑똑히 깨닫고 있었다.

그는 쉴 틈도 없이, 주프라이를 찾으러 역의 기관고로 달려갔다. 그러나 그는 보이지 않았고, 낯익은 노동자들로부터도 열차를 타고 간 사람들에 대해서 아무 소식도 알아내지 못했다. 기관수인 폴렌톱스키네 가족들 또한 아무것도 아는 것이 없었다. 파브카는 뜰 앞에서 폴렌톱스키의 막내아들 보리스를 만났다. 그리고 폴렌톱스키네 집도 간밤에 수색을 당했다는 것을 알았다. 그들이 찾고자 한 사람은 물론 아버지였다.

이렁저렁하다가 별 성과도 없이 지친 채 집에 돌아와 침대에 눕자, 금세 불안한 잠 속에 빠져들었다.

발리야는 노크 소리에 문 쪽을 돌아보았다.

"누구세요?" 그녀는 물으면서, 문고리를 열었다.

문밖에는 마르첸코의 붉은 더벅머리가 나타났다. 클림카는 서둘러 달려온 듯싶었다. 숨을 헐떡거리며, 얼굴이 상기되어 있었다.

"어머니 집에 계셔?" 그는 발리야에게 물었다.

"아니, 나가셨어."

"어디 가셨어?"

"코르차긴네 집에 가신 것 같아." 발리야는 다시 달려가려는 클림카의 옷소매를 잡았다.

그는 망설이는 눈치로 소녀를 보았다.

"그래? 사실은, 나, 어머니에게 볼일이 좀 있어서."

"무슨 일인데?" 발리야는 꼬치꼬치 물었다. "자, 말해 봐, 빨리, 이 빨간 머리야 어서 말하라니까. 궁금하잖아." 소녀는 명령하듯 말했다.

클림카는 단단히 부탁받은 일, 즉 편지는 안토니나 바실리예브나에게 직접 건네주어야만 한다는 주프라이의 엄중한 당부를 까맣게 잊어버린 채 주머니에서 때묻은 종잇조각을 끄집어내어 소녀에게 주고 말았다. 빨간 머리 클림카가 갈색 머리를 한 세료시카의 누나를 뿌리치지 못했던 것은, 이 아름다운 소녀 앞에서는 웬일인지 마음이 가라앉지 않았기 때문이었다. 하기는 이 수줍은 수습 조리사는 발리야에게 호의를 품고 있다는 것을 자기 자신도 전혀 깨닫지 못했다.

그가 건네준 종이쪽지를 그녀는 눈을 크게 뜨고 읽었다.

"내 소중한 토냐! 걱정할 것 없소. 모든 일은 잘돼 가고 있으며, 모두 건강하고 무사하오. 좀 더 자세한 것은 다시 알리겠소. 아무 일 없으니 걱정하지 말라고 모두에게 전해 주오. 이 편지는 없애버리오. 자하르."

편지를 다 읽자, 발리야는 클림카를 얼싸안았다.

"빨간 머리 곰아, 너 참 좋은 아이구나. 이거 어디서 받았니? 응, 어디서 났느냐니까? 이 안짱다리 곰아." 그리고 그녀는 멍하니 서 있는 클림카의 몸을 힘껏 잡아당겼으므로, 그는 엉겁결에 두 번째 실수를 저질러 버렸다.

"이건 주프라이가 정거장에서 나한테 주었어." 그때 이건 아무한테나 말하면 안 되는 일이라는 생각이 났으므로, 다시 덧붙여 말했다.

"근데, 누구든 다른 사람에게는 주면 안 된다고 그랬단 말이야."

"알았어, 괜찮아, 괜찮아!" 발리야는 웃었다. "나 아무한테도 말하지 않을게. 그럼 빨간 머리 곰아, 파브카한테 얼른 뛰어가. 그럼 어머니도 만날 수 있을 테니까."

그녀는 수습 조리사의 등을 가볍게 두드렸다. 1분 뒤에는 클림카의 빨간 머리가 쪽문 너머에서 얼핏 보였다.

세 사람 가운데 아무도 집에는 돌아오지 않았다. 밤에 주프라이가 코르차긴네 집을 찾아와서, 기관차에서 일어난 일을 마리야 야코블레브나에게 낱낱이 들려주었다. 그리고 세 사람이 모두 멀찍한 곳으로 가서, 부르자크의 아저씨 집에 있으니 거기라면 안전하다는 것과, 가까운 시일 내에 돌아올 수는 물론 없지만, 독일군은 지쳐 있으니까 머지않아 틀림없이 정세도 바뀌게 될 것이라는 이야기를 해주어, 얼이 빠져 있는 어머니를 될 수 있는 대로 안심시켰다.

이 사건은 도망자들의 가족을 더욱 친밀하게 만들었다. 가끔 가족 앞으로 보내오는 편지는 커다란 기쁨 가운데 읽혔다. 하지만 어느 집이나 쓸쓸하고 쥐 죽은 듯 고요하기만 했다.

어쩌다 우연히 들른 것처럼 하고 주프라이가 폴렌톱스키 부인을 찾아가, 그녀에게 돈을 건네주었다.

"받으세요, 아주머니, 영감님이 보내는 생활비예요. 다만, 조심해야 해요. 절대로 아무에게도 말하면 안 돼요."

그녀는 감사하는 마음으로 그의 손을 잡았다.

"어머, 고맙기도 해라. 그러지 않아도 막막하던 참이었어요. 아이들 먹을 것도 떨어진 판이지 뭐예요."

이 돈은 불가코프가 남겨두고 간 것의 일부였다.

'그렇지, 길게 내다봐야지. 파업은 깨어지고, 노동자들은 총칼 앞에 겁먹고 일을 하고 있지만 불길은 이미 올라간 거야. 이제 이건 아무도 못 끌걸. 그러나 저러나 그 세 사람은 대단해. 그런 사람들이야말로 바로 프롤레타리아라는 거야.'

수병은 폴렌톱스키네 집에서 기관고로 돌아가면서 가눌 수 없는 기쁨을 느끼며 그렇게 생각했다.

보로비요프 발카 마을. 변두리 길가에 그을린 벽을 드러내고 있는 낡은 대장간에서는, 화롯불 옆에서 밝은 빛 때문에 눈을 좀 가늘게 뜨면서, 폴렌톱스키가 벌써 새빨갛게 달구어진 쇳조각을 부젓가락으로 뒤집고 있었다.

아르촘은 가름대에 매달아 놓은 풀무에 바람을 넣는 지렛대를 누르고 있었다.

기관사는 사람 좋게 혼자 싱긋거리면서 이야기하고 있었다.

"요즘은 시골에서 대장장이 대우가 괜찮거든. 일이 얼마든지 있으니 말이야. 일주일쯤만 일하면, 기름이건 곡식 가루건 집에 보낼 수가 있잖아. 이봐, 젊은 친구, 본디 농사꾼이 있는 데서는 대장장이가 언제든지 필요하게 마련이거든. 여기서 있으면 부르주아처럼 살이 뒤룩뒤룩 찔 지경이니까. 자하르 녀석은 이야기가 달라. 그 녀석은 농사일밖에 몰라서 자기 아저씨와 함께 흙만 주무르고 있거든. 하긴, 할 수 없지. 그것도 그런대로 괜찮다고 봐야지. 그러나저러나 아르촘, 우리야 너 나 할 것 없이 빈털터리고 태어나면서부터 프롤레타리아 아니야? 자하르 녀석은 양다리를 걸치고 한 발은 기관차에 또 한 발은 농사에 들여놓고 있는 셈이지." 그는 부젓가락으로 쇳조각을 뒤집어 놓고는, 이번에는 정색을 하고 덧붙였다. "가만히 생각하니, 우리 일이 큰일이야, 젊은 친구. 빨리 독일 놈들을 해치워 버리지 않으면, 우린 예카테리노슬라브 또는 로스토프 같은 데로 유형(流刑)을 가든지, 목이라도 매달릴 판이야."

"그래요." 아르촘도 중얼거렸다.

"집에서는 어떻게 지내고 있을까? 반혁명 패들한테 끌려가지는 않았을까?"

"그야, 온통 난리가 났었겠지만, 이제 와서 그런 생각하면 뭘 합니까? 이제 집안일은 잊어 버려야죠."

기관사는 푸르스름해 보이는 달구어진 쇳조각을 용광로에서 꺼내 재빨리 모루 위에 놓았다.

"자, 젊은 친구, 때려 봐!"

아르촘은 모루 옆에 세워 놓은 무거운 망치를 잡고, 힘껏 머리 위로 올렸다가 내리쳤다. 선명한 불꽃의 다발이 한순간 어두컴컴한 구석구석을 비치고 흩어졌다.

폴렌톱스키는, 달군 철편을 힘차게 내리치는 밑에서 요령 있게 뒤집고, 쇠는 마치 물렁물렁한 반죽처럼 펴져 갔다.

열어젖힌 대장간 문에서는 캄캄한 밤이 따뜻한 바람을 불어넣고 있었다.

호수는 어둡고 드넓었다. 사방에서 그것을 감싸안고 있는 솔숲은 힘차게 머리를 흔들고 있었다.

'마치 살아 있는 것 같아.' 토냐는 생각했다. 그녀는 화강암으로 된 물가의, 잡초로 덮인 오목한 곳에 누워 있었다. 그 뒤쪽에는 솔숲이 높이 솟아 있고, 그 아래쪽 낭떠러지 밑은 호수였다. 주변을 둘러싼 바위 그림자가 호수 가장자리를 더욱 어두침침하게 만들었다.

이곳은 토냐가 가장 좋아하는 장소였다. 정거장에서 1노리(露里)*²쯤 떨어져 있고 옛날에 채석장이었던 곳으로, 아무도 돌아보는 사람도 없는 이 후미진 분지에는 샘이 솟아 나와서, 지금은 호수가 세 군데나 생겼다. 아래쪽 호수로 내려가는 근처에서 물보라 소리가 들려왔다. 토냐는 얼굴을 들고 한 손으로 나뭇가지를 옆으로 제치며 아래쪽을 내려다보았다. 물가에서 호수의 중심을 향해 볕에 그을린, 꿈틀거리는 몸이 물을 박차며 헤엄쳐 가고 있었다. 헤엄치는 사람의 가무잡잡한 등과 검은 머리가 토냐의 눈에 보였다. 그 사나이는 물을 헤치면서 물개처럼 자유자재로 엎어졌다 젖혀졌다 물속으로 들어갔다 하고 있더니, 나중에는 힘이 빠졌는지, 눈부신 햇살에 눈을 찡그리면서 발랑 잦혀진 자세로, 두 팔을 벌리고 몸을 약간 굽힌 채로 가만히 있었다.

토냐는 나뭇가지를 놓았다. '어머, 망측한 모습이야.' 그녀는 비웃는 듯한 기

---

*2 러시아에서 이정(里程)을 나타내는 데 사용하는 단위. 1노리는 1,066미터에 해당한다.

분으로 생각하고, 책을 읽기 시작했다.

레슈친스키가 빌려준 책을 열중해 읽고 있던 토냐는 숲과 빈터를 가르는, 화강암이 튀어나온 곳을 누군가가 기어올라 간 것을 알지 못했다. 그리고 그 기어서 빠져나간 사나이의 발밑에서 잔돌이 책 위에 떨어졌을 때에야 비로소 깜짝 놀라며 고개를 들자, 빈터에 서 있는 파브카 코르차긴 모습이 눈에 들어왔다. 그쪽도 생각지 못한 만남에 놀라서 한동안 멀거니 서 있다가, 똑같이 당황한 몸짓으로 그 자리에서 떠나려고 했다.

'조금 전에 저 사람이 헤엄치고 있었구나.' 파브카의 젖은 머리카락을 보면서, 토냐는 짐작했다.

"깜짝 놀랐지요? 당신이 여기 있는 줄은 모르고, 우연히 여기까지 왔어요." 그러면서 파브카는 한 손으로 튀어나와 있는 돌을 잡았다. 그도 상대가 토냐라는 것을 알아보았던 것이다.

"상관없어요. 괜찮다면, 이야기라도 나눠요."

파브카는 깜짝 놀라서 토냐를 바라보았다.

"우리가 무슨 이야기를 해요?"

토냐는 생긋 웃었다.

"그렇다고, 그렇게 버티고 서 있을 건 없잖아요? 여기 앉을 만한 자리도 있네요." 그리고 옆의 돌을 가리켰다. "한데, 이름이 뭐예요?"

"파브카 코르차긴이라고 해요."

"난 토냐예요. 자, 이제 친구가 됐네요."

파브카는 어색한 듯 모자를 만지작거렸다.

"그러니까 이름이 파브카란 말이지요?" 토냐가 침묵을 깨고 말했다. "하지만 왜 하필이면 파브카예요? 발음의 여운이 좋지 않아요. 파벨이라고 하는 게 더 좋을 것 같아요. 앞으로 나는 그렇게 부를래요. 근데 여기에 자주……." 그녀는 그다음에 "헤엄치러 오나요?"라고 물어볼 생각이었는데, 그가 헤엄치고 있는 모습을 자기가 보았다는 것은 밝히고 싶지 않았으므로, 대신 이렇게 덧붙였다. "산책 나오나요?"

"아니, 자주는 아니고, 틈이 생겼을 때만요." 파벨이 대답했다.

"그럼, 어디 일하는 데라도 있어요?" 토냐가 슬쩍 떠보았다.

"발전소에서 화부 일을 하고 있어요."

"그런 멋진 권투는 어디서 배웠어요?" 토냐는 느닷없이 생각지도 않던 질문을 던졌다.

"내 권투가 당신하고 무슨 상관이 있어요?" 파벨이 못마땅한 듯이 중얼거렸다.

"화내지 말아요, 코르차긴." 그녀는 파브카가 그 질문에 불만인 것을 알아차리고 말했다. "나는 그것이 아주 재미있거든요. 그때 그 주먹이 멋있었어요. 하지만 그렇게 함부로 사람을 때리면 안 되죠." 그러면서 그녀는 소리 내어 웃었다.

"그럼, 그 녀석이 안됐다는 뜻이에요?" 파벨이 물었다.

"어머, 아니에요, 조금도 안될 건 없어요. 오히려 그 반대예요. 수하리코는 쌤통이죠. 그 장면을 보고 내 속이 다 후련했는걸요. 그런데 당신은 싸움만 하고 다닌다면서요?"

"누가 그런 소리를 해요?" 파벨은 귀를 곤두세웠다.

"아니, 뭐, 빅토르 레슈친스키가 그러던데요. 당신이 싸움꾼이라고요."

파벨은 표정이 어두워졌다.

"빅토르 같은 건달에 밥버리지 녀석이요? 그때 한 대 얻어맞지 않은 걸 다행으로 알라고 그래요. 나도 그 녀석이 내 험담을 하고 다닌다는 건 들어서 알고 있지만 내 손을 더럽히고 싶지가 않을 뿐이라고요."

"왜 그렇게 남의 욕을 해요, 파벨? 그건 좋지 않아요." 토냐가 한마디 했다.

파벨은 더욱 울화가 치밀었다.

'도대체 내가 왜 이런 별난 계집애하고 쓸데없는 말을 주고받고 있지? 자기가 뭔데 이래라저래라 하는 거야? 뭐, '파브카'라는 것이 마음에 안 든다는 둥, 남의 욕을 하지 말라는 둥.' 그는 속으로 잔뜩 못마땅했다.

"왜 레슈친스키를 싫어하는 거예요?" 토냐가 물었다.

"그 녀석은 바지를 입은 계집애라고요. 부잣집 못된 망나니 자식이죠. 정말 그런 애예요! 그런 녀석을 보면 나는 속이 다 메스꺼워요. 기회만 있으면 남을 짓밟으려고 노리고 있는 놈이라고요. 제 놈은 돈이 있어 무엇이든 할 수 있기 때문이요. 그렇지만, 난 그따위 녀석의 재산 같은 건 하나도 부럽지 않아요. 요다음에 기회만 있으면 한번 혼을 내줄 작정이에요. 그따위 자식들은 그저 주먹으로 다스려야 해요!" 그는 흥분해서 마구 열을 올렸다.

토냐는 레슈친스키의 이름을 꺼낸 것을 후회했다. 아무래도 이 젊은이는 그 연약한 중학생과의 사이에 묵은 계산을 남겨두고 있는 모양이었다. 그래서 그녀는 이야기를 좀 더 온화한 것으로 바꾸어 파벨의 가족과 일 등에 대해서 이것저것 물었다.

어느새 파벨은 이 자리에서 떠나고 싶었던 마음도 까맣게 잊고서, 소녀가 묻는 말에 하나하나 대답하게 되었다.

"왜 좀 더 공부를 하지 않았어요?" 토냐는 물었다.

"난 학교에서 쫓겨났거든요."

"왜요?"

파브카의 얼굴이 빨개졌다.

"신부네 빵 반죽에 담뱃가루를 뿌렸거든요. 그랬더니, 내쫓아 버렸죠. 심술이 사나운 신부였어요. 그놈의 신부 때문에 정말 살맛 안 났죠." 그리고 파벨은 지나온 모든 이야기를 그녀에게 자세히 들려주었다.

토냐는 호기심이 일어서 열심히 귀를 기울였다. 그는 조금 전에 창피했던 일도 잊어버리고, 형이 안 돌아오는 일 같은 것을, 마치 소꿉친구에게 하듯이 그녀에게 털어놓는 것이었다. 그리고 정답게 이야기를 주고받으면서 몇 시간이나 빈터에 계속 앉아 있었다는 것을 둘 모두 깨닫지 못했다. 마침내 파브카는 제정신이 들면서 펄쩍 뛰었다.

"아차, 난 일 나갈 시간이에요. 정신없이 지껄이고 있었지만, 가서 불 때는 일을 해야 하죠. 지금쯤, 다닐로가 소리를 고래고래 지르고 있겠군요." 그리고 그는 아쉬운 듯이 말했다. "그럼, 또 봐요, 아가씨. 난 지금부터 전속력으로 달려가야만 하니까요."

토냐도 재킷을 걸치면서 재빨리 일어섰다.

"나도 가야 될 시간이에요. 우리 함께 가요."

"오, 안 돼요. 나는 뛰어가야 하니까 같이 못 가요."

"왜요? 내기하면서 같이 뛰어가요. 누가 더 빠른지 보자고요."

파브카는 무시하는 듯한 눈길로 그녀를 쳐다보았다.

"달리기 내기를요? 내 상대가 된다고요!"

"좋아요, 해 봐요. 자, 먼저 여기서 떠나야죠."

파벨은 돌을 뛰어넘어, 토냐에게 손을 내밀었다. 그리고 두 사람은 정거장으로 통하는 평탄한 넓은 빈터를 향해 숲속을 달리기 시작했다.

타냐는 도중에 멈춰 섰다

"자, 여기서부터 경주예요. 하나, 둘, 셋. 날 잡아봐요!" 그러면서 느닷없이 앞쪽으로 바람처럼 내달렸다. 그녀의 구두 바닥이 바쁘게 눈앞에 어른거리고, 파란 재킷이 바람에 흩날렸다.

파벨도 뒤따라 달려갔다.

'저쯤이야 금방 따라잡지.' 어른거리는 재킷을 쫓아 달리면서, 그는 그렇게 생각하고 있었다. 그러나 그녀를 겨우 따라잡은 것은 정거장에서 가까운, 숲길 끝에 이르렀을 무렵이었다. 무서운 기세로 따라잡자마자, 그녀의 두 어깨를 꽉 잡았다.

"자, 어때, 작은 새를 잡았군요!" 숨을 헐떡거리면서도 그는 쾌활하게 소리쳤다.

"놔줘요. 아프잖아요." 토냐는 몸을 사렸다.

두 사람 다 숨을 헐떡이면서, 두근거리는 심장으로 서 있었다. 그리고 마구 달렸기 때문에 맥이 빠진 토냐는, 무심코 파벨에게 몸을 기댔다. 이것으로 둘은 친근한 사이가 되었다. 눈 깜짝할 순간의 일이었다. 그러나 기억에 남았다.

"이제까지 나를 따라잡은 사람이 없었어요." 파벨의 손에서 떨어지면서 그녀가 말했다.

그 자리에서 두 사람은 바로 헤어졌다. 그리고 작별 인사로 모자를 흔든 뒤 파벨은 시내 쪽으로 달려갔다.

그가 보일러실 문을 열자, 이미 아궁이 앞에서 일하고 있던 화부 다닐로가 화난 얼굴로 돌아보았다.

"좀 더 늦게 오지 그랬어? 날 골탕 먹이려는 거냐?"

하지만 파브카는 화부의 어깨를 기분 좋게 두드리면서, 달래듯이 말했다.

"걱정 말아요, 영감님. 보일러는 곧 움직일 테니까요." 그리고 쌓아 놓은 장작 옆에서 작업을 시작했다.

자정이 가까운 시간, 다닐로가 장작더미 위에서 잠들어 말처럼 코를 골기 시작했을 무렵, 파벨은 기름 치는 것을 들고 발동기 둘레를 구석구석 기어서 둘러본 뒤, 두 손을 마대 부스러기로 닦았다. 그리고 상자 속에서 《주세페 가리발디전(傳)》의 제62권을 꺼내, 나폴리의 '붉은 셔츠 부대'의 초인적인 우두머

리 가리발디가 잇따라 끝없는 모험을 하는 흥미진진한 소설을 읽었다.*3

"그녀는 아름다운 푸른 눈으로 공작(公爵)을 바라보았다……."

'그 아가씨도 파란 눈을 하고 있었지.' 파벨은 생각을 떠올렸다. '그 아가씨는 어쩐지 별난 데가 있어. 다른 부자들과는 달라. 게다가 굉장히 잘 달렸어.'

낮에 있었던 일을 열심히 생각하고 있던 파벨의 귀에는 발동기 소리가 차츰 커지는 것도 들리지 않았다. 발동기는 압력 때문에 덜커덩덜커덩 흔들리고 커다란 속도조절바퀴는 미친 듯이 돌아갔으며, 그것을 고정해 놓은 콘크리트 바닥이 신경질적으로 떨고 있었다.

파브카가 압력계를 보았을 때 바늘은 위험선의 눈금을 조금 웃돌고 있었다.

"어, 이런!"

파브카는 상자에서 벌떡 일어나 압력조절기를 얼른 잡고, 그것을 두 번 돌렸다. 보일러실의 벽 저쪽에서 배기관을 통해 강으로 배출되는 증기가 칙칙 소리를 내고 있었다. 레버를 밑으로 내리고, 파브카는 펌프를 움직이고 있는 벨트를 벗겼다.

파벨은 다닐로 쪽을 돌아보았다. 그는 입을 크게 벌린 채 정신없이 깊은 잠에 빠져 있어, 코에서 괴상한 소리를 내고 있었다.

30초 뒤에 압력계는 정상 위치로 되돌아왔다.

파벨과 헤어진 토냐는 집으로 돌아갔다. 그녀는 그 까만 눈의 젊은이와 방금 만났던 일을 생각하고 있었다. 그리고 자신도 의식하지는 못했으나, 이 만남으로 기뻐하고 있었다.

'그 사람의 정열과 고집! 그는 결코 이제까지 내가 알고 있던 것 같은 못된 젊은이가 아니야. 어쨌든 저 젖비린내 나는 중학생과는 아주 달라……'

그는 전혀 다른 부류의, 다시 말해서 이제껏 토냐가 가까이 부딪쳐 본 적이 없는 환경의 사람이었다.

'그 사람이라면 길들일 수 있겠어.' 그녀는 생각했다. '그렇게 하면 재미있게 사귈 수 있을 거야.'

집이 가까워지자, 마당에 리자 수하리코와 레슈친스키네 넬리와 빅토르가

---

*3 이탈리아의 장군·정치가 가리발디(Giuseppe Garibaldi, 1807~1882)는 공화파의 혁명 운동에 적극적으로 가담했고, 이탈리아 통일 전쟁에서는 '붉은 셔츠대'를 조직해 시칠리아섬을 치는 등 크게 활약했다.

앉아 있는 것이 토냐의 눈에 들어왔다. 빅토르는 무엇인가를 읽고 있었다. 아무래도 모두들 그녀를 기다리고 있는 모양이었다.

모두와 인사를 나누고, 그녀는 벤치에 걸터앉았다. 쓸데없는 잡담이 오가는 사이에 빅토르 레슈친스키가 토냐 곁으로 와서 앉으면서, 작은 소리로 물었다.

"소설은 읽었어요?"

"아 참, 맞다, 소설." 토냐는 생각이 났다. "저, 그거……." 그녀는 자칫 깜박 잊고 호숫가에 책을 놔두고 왔다고 말할 뻔했다.

"어땠어요, 마음에 들었어요?" 빅토르는 그녀를 빤히 들여다보았다.

토냐는 잠시 생각했다. 그리고 발끝으로 모래 위에 뭔가 복잡한 무늬를 천천히 그리면서, 고개를 들고 그를 보았다.

"아니요, 나는 다른 소설을 읽기 시작했어요. 당신이 가져다준 것보다 훨씬 재미있어요."

"그래요?" 빅토르는 실망했다는 듯이 말꼬리를 길게 끌며 물었다. "근데, 누가 쓴 소설이지요?"

토냐는 비웃음이 담긴 눈빛을 반짝이며 그를 쳐다보았다.

"지은이는 없어요……."

"토냐, 손님들과 함께 방으로 들어오너라. 차 준비가 됐으니까!" 발코니에 서 있던 토냐의 어머니가 불렀다.

두 여자아이를 두 팔로 감싸듯이 하면서 토냐는 집으로 들어갔다. 빅토르는 뒤따라가면서, 토냐의 말 뜻을 이해하지 못해 고민하고 있었다.

젊은 화부의 생활 속에, 분명히 의식되고 있는 것은 아니었지만, 저도 모르는 사이에 끼어들어 온 이 처음 느끼는 감정은 참으로 낯설고도 까닭 없이 마음을 설레게 했다. 그것은 거칠고 반항적인 젊은이를 흥분시켰다.

토냐는 영림서장의 딸이었는데, 그에게 있어서는 영림서장이나 변호사나 비슷한 것이었다.

가난과 굶주림 속에서 자라난 파벨은 자신의 판단으로 부자라고 느낀 상대는 무조건 적대시해 왔다. 그러므로 지금 자신의 감정에도 파벨은 경계심과 의심을 품고 접근해 갔다. 그는 토냐를 채석공의 딸 갈리나처럼 단순하고 흉허물 없는 한 또래라고도 생각하지 않았다. 또한 그녀에 대해 결코 속을 드러내

보이지 않고, 이 아름다운 교양 있는 아가씨 쪽에서 화부인 자신에게 조금이라도 멸시라든가 경멸의 눈치를 보인다면 따끔한 반격을 가해 주리라 마음먹고 있었다.

꼬박 1주일 동안, 파벨은 이 영림서장의 딸과 얼굴을 마주칠 기회가 없었다. 그래서 오늘은 호수로 가볼 생각이었다. 어쩌면 마주칠지도 모르겠다는 생각이 들어 일부러 그녀의 집 옆을 지나갔다. 널따란 집의 담을 끼고 천천히 걸어가는데, 마침 정원 끝에 눈익은 세일러복의 모습이 보였다. 그는 담 옆에 떨어져 있던 솔방울을 주위 들고는, 하얀 블라우스를 겨냥해 던졌다.

토냐는 곧장 뒤돌아보았다. 그리고 파벨이라는 것을 알자, 담 있는 데로 달려왔다. 쾌활하게 생긋 웃더니 그에게 손을 내밀었다.

"드디어 나타났군요." 그녀는 기쁜 듯이 말했다. "그동안 어디로 사라져 있었던 거예요? 나는 책을 잊어버리고 와서, 호수가에 다녀왔어요. 거기로 혹시 오지 않을까 했었죠. 자, 이리로, 마당 쪽으로 가요."

파브카는 안 된다는 듯이 고개를 가로저었다.

"그만두겠어요."

"왜요?" 그녀의 눈썹이 깜짝 놀란 듯이 치켜 올라갔다.

"당신 아버지가 틀림없이 뭐라고 할 거예요. 괜히 나 때문에 혼날려고요. 어디서 이런 깡패 같은 녀석을 데리고 왔느냐고 하실걸요."

"무슨 쓸데없는 소리를 하는 거예요, 파벨." 토냐는 화를 냈다. "어서 당장 이리로 오라니까요. 우리 아빠는 아무 말씀도 안 하실 테니까, 이제 두고 봐요. 자, 빨랑빨랑."

그녀는 뛰어가서 쪽문을 열었다. 파벨도 그다지 내키지 않았지만 그녀를 따라갔다.

"책 읽는 것 좋아해요?" 두 사람이 마당에 놓인 둥근 탁자 앞에 앉았을 때, 그녀가 물었다.

"아주 좋아하죠." 파벨은 활기를 띠었다.

"읽은 책 가운데서 어떤 책이 가장 좋아요?"

파벨은 잠시 생각하고 나서 대답했다.

《주세파 가리발디》

"《주세페 가리발디》죠." 토냐가 바로잡았다. "그 책이 그렇게 마음에 들어요?"

"그럼요, 나는 그걸 68권까지 읽었어요. 월급 탈 때마다 다섯 권씩 사고 있거든요. 가리발디는 정말 대단한 인물이라고요!" 파벨은 감격해서 말했다. "그 사람이야말로 영웅이죠! 그렇고말고! 몇 번이고 적과 싸우지만 언제나 그가 이겨요. 모든 나라들을 향해하고 돌아다니면서 말이에요! 만약 지금 이 세상에 그 사람이 있다면, 난 부하가 될 거예요. 그는 노동자들을 자기편으로 모아 가지고, 언제나 가난한 사람들을 위해서 싸웠거든요."

"괜찮다면, 우리집 도서실을 보여줄까요?" 토냐는 그러면서 그의 손을 잡았다.

"아니, 안 돼요. 집 안에는 들어갈 수 없어요." 파벨은 단호히 거절했다.

"뭣 때문에 그렇게 고집을 부리는 거예요? 아니면 뭐가 무서워서?"

파벨은 깨끗이 씻어 본 적 없는 자기 맨발을 물끄러미 내려다보면서, 머리를 긁적였다.

"하지만 당신 어머니나 아버지가 나를 경멸하지 않으실까요?"

"그만해 둬요, 제발, 그런 이야기. 그렇지 않으면 정말 화낼 테니까." 토냐는 발끈했다.

"그렇지만 레슈친스키네는 집 안에 안 들여놓던데요. 우리 형하고도 부엌문 앞에서 말을 나눌 뿐이거든요. 나도 무슨 볼일이 있어서 그 집에 한 번 가본 적이 있지만, 넬리는 들어오라는 소리도 안 했죠. 어차피 양탄자나 더럽힐 뿐이라고 생각했겠죠 뭐." 파브카는 싱긋 웃었다.

"어서 가요, 어서 가자니까." 그녀는 그의 양어깨를 잡고 정답게 발코니 쪽으로 밀고 갔다.

식당을 빠져나가서 커다란 책장이 있는 방으로 그를 데리고 간 토냐는 책장 문을 열었다. 그러자 즐비하게 늘어선 책 수백 권이 파벨의 눈에 들어오고, 이제까지 구경한 적도 없는 호화로움에 그는 깜짝 놀라 입이 벌어졌다.

"자, 재미있을 만한 책을 이제부터 함께 찾아봐요. 그리고 앞으로 언제든지 우리집에 와서 책을 빌려 가겠다고 약속해요. 알았어요?"

파브카는 좋아서 어쩔 줄을 모르며 고개를 끄덕였다.

"나는 책을 좋아해요."

두 사람은 몇 시간을 매우 유쾌하게 보냈다. 그녀는 그를 어머니에게 소개했다. 만나보니 생각했던 것처럼 무섭지도 않았고, 파벨은 토냐의 어머니도 마음에 들었다.

토냐는 파벨을 자기 방으로 안내해, 자기 책과 교과서 따위를 보여주기도 했다.

화장대 옆에 작은 거울이 세워져 있었다. 거기에 그를 데리고 가더니, 토냐는 웃으면서 이렇게 말했다.

"어째서 머리가 그렇게 더부룩하죠? 한 번도 잘라보지도, 빗질도 안 한 거죠?"

"길게 자라면 잘라내죠 뭐. 그 이상 어떻게 해요?" 파브카는 계면쩍게 둘러 댔다.

토냐는 웃으면서 화장대에서 빗을 집어 들고, 재빠른 동작으로 그의 헝클어진 고수머리를 빗어주었다.

"자, 이제 몰라보게 됐어요." 그녀는 파벨을 이리 저리 훑어보면서 말했다.

"머리는 늘 손질해야 해요. 꼭 집도 없는 강아지 같잖아요."

토냐는 또 그의 바랜 당근색 루바시카와 낡은 바지도 아래위로 훑어보았으나, 아무 말도 하지는 않았다.

파벨은 그 눈빛을 알아차렸다. 그리고 자신의 옷차림에 화가 났다.

헤어질 때, 토냐는 또 놀러 오라고 했다. 그리고 이틀 뒤에 함께 낚시를 가겠다는 약속을 그에게서 받아냈다.

파벨은 창문으로 훌쩍 마당에 뛰어내렸다. 또다시 방을 몇 번씩 지나가야 하고, 어머니와 다시 마주치는 것이 싫었기 때문이다.

아르촘이 없어지고 나서, 코르차긴네는 살림이 어려워졌다. 파벨의 벌이로는 어림도 없었다.

마침 레슈친스키네 집에서 찬모가 필요하다고 했으므로, 마리야 야코블레브나는 자기가 다시 한 번 소매를 걷어붙이고 일을 해야 되지 않을까 하는 생각이 들어 아들에게 상의해 보았다. 그런데 파벨은 반대했다.

"그만둬요, 어머니. 내가 좀 더 나은 일자리를 찾아볼 테니까요. 제재소에서도 판자 나르는 일꾼이 필요하대요. 거기서 반나절씩 일하기로 하면, 나와 어머니가 먹고살 수는 있으니까, 이제 와서 어머니가 일하러 나갈 건 없어요. 그렇지 않으면 형한테서, 어머니를 꼭 일하러 내보냈어야 했느냐고 내가 혼날걸요."

어머니는 자기도 일을 해야 된다고 주장했지만, 파벨이 계속 고집을 굽히지 않았으므로 단념할 수밖에 없었다.

이튿날 파벨은 제재소에 나가, 막 켜낸 널빤지를 날라다 말리고 있었다. 거기서는, 학교 다닐 때 책상을 나란히 하고 있었던 미시카 레브추코프와 클레쇼프 바니야 등 낯익은 친구들도 만나게 되었다. 그는 미샤와 둘이서 짝이 되어 공동으로 일을 맡아서 했다. 꽤 괜찮은 벌이가 되었다. 파벨은 낮에는 제재소에서 일하고 밤이 되면 발전소로 달려갔다.

열흘째 되던 날 파벨은 일해서 번 돈을 어머니에게 가져다주었다. 그것을 건네면서, 그는 한참 망설이며 발을 구르더니 겨우 어머니에게 부탁의 말을 꺼냈다.

"저, 어머니, 나, 공단 루바시카 하나 있으면 좋겠는데, 파란색으로 말이에요. 작년에 입던 그런 거요. 그걸 사려면 돈의 반은 날아가겠지만, 내가 더 열심히 벌게요. 아무래도 이건 너무 낡아서 말이죠." 그는 자신의 부탁을 죄송한 듯이, 그렇게 변명했다.

"그러고말고, 물론이지, 사주고말고, 파블루샤, 오늘이라도 당장에 공단을 사다가, 내일 루바시카를 지어주마. 아닌 게 아니라 너한테는 새 루바시카가 한 벌도 없으니까 말이야." 그녀는 그렇게 말하며 다정하게 아들을 바라보았다.

파벨은 이발소 앞에서 걸음을 멈추고는 주머니에 손을 넣어 루블 지폐를 만져보고 나서 문을 열고 들어갔다.

이발사는 쾌활한 젊은이로, 손님이 들어온 것을 보자 친절하게 의자 쪽을 가리켰다.

"앉으십시오."

깊숙하고 편안한 팔걸이의자에 앉아서, 파벨은 거울 속에서 어쩐지 불안해 보이는 얼굴을 보았다.

"기계로 깎을까요?" 이발사가 물었다.

"예, 아니오, 그러니까 전체를 가위로 좀 다듬어 주었으면 좋겠는데, 이발소에서는 뭐라고 하죠?" 그리고 한 손으로 열심히 손짓을 해 보였다.

"알았습니다." 이발사는 싱긋 웃었다.

15분 뒤 파벨은 땀에 흠뻑 젖어 녹초가 되어서 나왔다. 그러나 머리는 단정히 손질되고, 얌전하게 빗질도 되어 있었다. 이발사는 말을 잘 듣지 않는 고수머리 때문에 몇 번이나 애를 먹다가, 물과 빗으로 이것을 겨우 정복해, 고분고분 자리를 잡게 만들었다.

거리에 나서자, 파벨은 크게 숨을 내쉬고 모자를 깊숙이 눌러썼다.

'어머니가 보면 뭐라고 하실까?'

낚시를 가기로 약속해 놓고서, 파벨은 가지 않았다. 이것은 토냐를 화나게 만들었다.

'그 화부는 전혀 배려심이 없어.' 그녀는 홧김에 그렇게 생각했으나 이튿날도 파벨이 오지 않자 심심해졌다.

차라리 산책이라도 나가려고 했을 때, 어머니가 그녀 방의 문을 조금 열고 말했다.

"토네치카, 너한테 손님이 왔다. 괜찮니?"

문 앞에 서 있는 것은 파벨이었다. 그러나 토냐는 그를 금방 알아보지 못했다.

파벨은 새로 해 입은 파란색 공단 루바시카와 검은 바지를 입고 있었다. 말끔하게 닦은 구두는 반들반들했으며 게다가—토냐는 금세 알아봤지만—이발까지 해서, 예전처럼 헝클어진 머리가 이리 삐죽 저리 삐죽 제멋대로 곤두서지도 않아 가무잡잡한 화부는 마치 딴사람처럼 보였다.

토냐는 자기의 놀라움을 입으로 표현하려고 하다가, 그러지 않아도 주눅이 들어 있을 이 젊은이를 더욱 멋쩍게 하고 싶지가 않아서, 이 엄청난 변화에는 되도록 모른 척하기로 했다.

그 대신 그녀는 파벨에게 퍼붓기 시작했다.

"부끄러운 줄도 모르는 사람이군요! 낚시 가기로 해 놓고, 왜 안 왔어요? 그게 약속을 지키는 거예요?"

"나, 요즘 제재소에서 일하느라고, 못 갔어요."

파벨은 루바시카와 바지를 사기 위해서 지난 며칠 동안 녹초가 되도록 일을 했다고는 차마 말할 수가 없었다.

그러나 토냐는 그런 사정을 눈치챘고, 그러자 파벨에 대한 노여움 같은 것은 흔적도 없이 날아 가버렸다.

"연못 있는 데로 가요." 그녀가 제안했다. 곧 두 사람은 마당을 지나, 한길로 나왔다.

파벨은 친구에게 중대한 비밀을 털어놓는 것 같은 투로, 중위한테서 훔친 권총 이야기를 모조리 털어놓고 나서, 가까운 시일 내에 숲속 깊숙한 데로 가서 사격을 해 보이겠다고 그녀에게 약속했다.

"하지만 너, 나를 팔지 마. 알았어?" 영겁결에 그는 토냐를 '너'라고 불러버렸다.

"나는 죽어도 너를 팔아먹지 않을 거야." 토냐는 엄숙하게 약속했다.

과감하고 인정사정없는 계급 투쟁이 우크라이나를 휩쓸었다. 갈수록 많은 사람들이 무기를 잡게 되고, 싸움이 벌어질 때마다 새 동지들을 만들어 나갔다.

시민들의 평화롭고 조용했던 나날은 멀리 사라져 버렸다.

눈보라가 몰아치고, 낡은 집들을 대포 소리로 뒤흔들어, 시민들은 지하실이나 자기 집에 파 놓은 참호 속에서 몸을 움츠리고 있었다.

갖가지 색채와 경향을 가진 페틀류라 일당들이 물밀듯이 현으로 밀려 들어왔다. 그것은 골루브, 아르항겔, 앙겔, 고르디 따위 크고 작은 두목과 그 밖의 수많은 부랑배들이었다.

전직 장교라든가 우익 좌익의 우크라이나 사회혁명당원 따위—말할 것도 없이 이들 모험주의자들은 부랑배 일당들을 몰다 놓고는 내가 두목이라 선언하고서, 때로는 페틀류라 일파의 연두색 깃발을 내걸고는 저마다 자기 힘이 미치는 범위에서 권력을 쥐고 있었다.

카자흐 족장 코노바레트가 거느린 공성군단(攻城軍團)의 갈리치야 연대와 부농 계급을 기반으로 한 이들 온갖 잡다한 도당들 가운데에서 자신의 연대와 사단을 만들고 있던 것이 '최고지도자 페틀류라'였다. 사회혁명당과 부농파의 흙탕물 속에 적색 파르티잔 부대가 진격해 갔던 것이다. 그리고 거기서 수백, 수천의 말발굽과 기관총차와 포차(砲車) 밑에 땅이 뒤흔들렸다.

폭동이 있었던 1919년 4월, 날벼락 같은 난리에 깜짝 놀라 얼이 빠진 시민 한 사람이 날이 새자 눈을 비비며 창문을 열고, 벌써 일어나 있던 이웃 사람에게 불안스러워하며 이렇게 물었다.

"아프토놈 페트로비치 씨, 시내는 누가 장악했답니까?"

아프토놈 페트로비치는 바지춤을 치켜올리며, 놀라서 돌아보았다.

"글쎄올시다, 아파나스 키릴로비치 씨. 밤중에 뭐가 오기는 온 모양이던데요.

어쨌든 두고 보면 알겠지요. 유대인들이 약탈을 하게 되면, 그건 페틀류라파일 것이고, 만약에 '동지들'이라면 말투를 들어보면 금세 알 수가 있으니까요. 어떤 초상화를 걸면 될지, 우리야 사태를 살펴보는 수밖에 더 있겠습니까? 그저, 나 죽었소 하고 나서지 않는 것이 장땡이에요. 그렇지 않으면, 왜, 우리 옆집에 사는 게라심 레온치예비치 씨처럼, 잘 알아보지도 않고 레닌의 액자를 내다 걸었다가, 쳐들어온 세 놈에게 혼찌검을 당했다지 않아요? 고놈들은 페틀류라 패들이었는데, 그 초상을 보자마자 주인을 꽁꽁 묶어 가지고는, 글쎄 채찍을 30대나 얻어맞았다지 뭐예요. '이놈의 공산당 같으니라고, 네놈 같은 개돼지 새끼들은 껍질을 홀랑 벗겨줄 테다'라면서 말이죠. 아무리 변명을 늘어놓고 울고불고해 봤자, 막무가내래요."

길거리를 지나가는 무장병들 무리를 보면, 시민들은 창문을 닫고 숨어 버렸다. 어수선한 세상이었다…….

그런데 노동자들은 속에 감추어진 증오의 눈으로 페틀류라 약탈대의 연두색 깃발을 지켜보고 있었다. 우크라이나 독립운동가들의 맹목적 애국주의 물결에 대해 무력했던 노동자들은, 붉은 부대가 사방에서 이를 포위한 연두색 부대에게 쫓겨서 달아나는 도중에 시내로 쏟아져 들어왔을 때만 활기를 되찾곤 했다. 하루나 이틀쯤, 관공서에 조국의 깃발이 빨갛게 펄럭였다. 그러나 부대가 떠나버리면 또다시 황혼이 찾아왔다.

현재로서는, 시내의 주인은 자드니예프르 사단의 '영광과 자랑'이라 일컬어지는 골루브 대령이었다.

어제, 그 강도들 2,000명에 이르는 부대가 당당히 거리로 들어왔던 것이다. 대령은 멋진 검은 말을 타고 부대 맨 앞에 서서 들어왔다. 그리고 4월의 따뜻한 햇살 아래서도 캅카스 풍의 소매 없는 외투에 새빨간 '술 장식'이 달린 양가죽 자포로제 모자를 쓰고, 단검과 은으로 꾸며진 긴 칼로 완전무장을 한 체르케스복을 차려입고 있었다.

골루브 대령은 잘생긴 남자였다. 눈썹이 검고, 얼굴은 낮이고 밤이고 이어지는 술타령으로 노리끼리하게 창백했다. 입에는 담뱃대를 물고 있었다. 대령은 혁명 전까지는 설탕공장의 농업 기사였는데, 이 생활은 우두머리 노릇과는 비교도 안 될 만큼 따분한 것이었다. 그래서 이 농업 기사는 온 나라를 도도히 쓸어버린 흙탕물 속에 뛰어들어 대령으로 떠오르게 되었던 것이다.

시내에 하나밖에 없는 극장에서는 이 진주군(進駐軍)을 환영하기 위해 화려한 연회가 열렸다. 페틀류라파의 인텔리겐치아와 내로라하는 자들은 모두 거기에 참석했다. 우크라이나의 교사들, 성직자의 딸이 둘—아름다운 언니 아냐와 동생 지나, 소지주들, 포토츠키 백작 집의 옛날 고용인들, '자유 카자흐'라 자칭하는 상인들, 우크라이나에서 의사회 혁명당 지지자들이 모였던 것이다.

극장은 콩나물시루처럼 꽉 들어찼다. 꽃 수틀 놓은 데에 갖은 색깔의 구슬과 리본을 단 화사한 우크라이나의 민속의상을 차려입은 여교사들, 성직자의 딸, 상인들의 딸들은 자포로제의 카자흐를 그린 옛날 그림을 그대로 빼다놓은 것 같은 카자흐 대장들의 박차(拍車)를 딱, 딱 치는 춤에 빙 둘러싸여 있었다.

연대 오케스트라의 음악이 울려 퍼졌다. 무대에서는 〈나자르 스토돌리〉의 상연 준비로 법석을 떨고 있었다.

전등이 없었다. 대령은 본부에서 이 보고를 들었다. 연회에 자신이 참석하는 영광을 베풀고자 마음먹고 있던 그는 부관인 팔랴뉘차 소위, 본디 폴란체프 소위의 보고를 듣고 나서 아무 일도 아닌 듯이, 그러나 위엄스럽게 이렇게 말했다.

"불은 켜야 해. 죽는 한이 있어도 전기 기사를 찾아내서, 발전소를 돌리도록."

팔랴뉘차 소위는 죽지도 않고 전기 기사를 찾아냈다.

1시간 뒤에 페틀류라파 패거리 가운데 둘이 와서 파벨을 발전소로 끌고 갔다. 똑같이 해서 전기 기사와 기계공도 끌려왔다.

팔랴뉘차는 간단하게 명령했다.

"7시까지 전등이 켜지지 않으면, 세 놈 다 목을 매달아 준다!" 그는 한 손으로 철봉을 가리켰다.

이 짧게 내려진 결론이 효력을 발휘, 정해진 시간에 불이 들어왔다.

연회가 한창 무르익고 있을 때, 대령은 그가 묵고 있는 집인 식당 주인의 딸을 파트너로서 데리고 나타났다. 가슴이 풍만한 호밀 색 머리를 한 아가씨였다.

돈푼이나 주무르는 식당 주인은 이 딸을 현청(縣廳) 소재지의 중학교에 보내고 있었다.

무대 곁 귀빈석에 앉아서 대령이 시작해도 된다는 신호를 보내자, 이내 막이 올라갔다. 관중은 무대에서 얼른 몸을 숨기는 감독의 뒷모습을 얼핏 보았다.

무대에서 연극이 진행되는 동안, 여자를 하나씩 데려온 카자흐 대장들은 식당에 자리 잡고 앉아, 팔랴뉘차 소위가 여기저기 뛰어다니며 조달한 고급 밀주라든가 징발이라는 이름으로 긁어모은 온갖 종류의 식료품 따위를 실컷 먹고 마시고 있었다. 무대의 막이 내릴 때쯤에는 모두들 고주망태가 되었다.

무대로 뛰어올라간 팔랴뉘차 소위는 폼을 잡고 한 손을 번쩍 들며, 큰 소리로 말했다.

"신사 숙녀 여러분, 그럼 지금부터 춤을 추기로 하겠습니다."

홀에서는 일제히 박수가 터져 나왔다. 그리고 이 연회의 경비를 위해 동원된 페틀류라파 병사들이 홀의 의자들을 치울 수 있도록 모두가 마당으로 나갔다.

반 시간 뒤 극장 안은 뒤죽박죽 춤판이 벌어졌다.

술을 실컷 퍼마시고 나서 일어선 페틀류라파의 대장들은 열기로 가득한 분위기에 들뜬 이 고장 미녀들을 끌어안고 고파크[1]를 정신없이 추고 있었다. 그들이 무거운 발로 쾅쾅 구르는 바람에 낡은 극장의 벽이 흔들렸다.

이때, 물방앗간 쪽에서 무장한 기병 부대가 시내로 들어왔다.

변두리에 설치된 페틀류라파 경비대 초소에서는, 접근해 오는 기병대를 보고 불안을 느껴 기관총 쪽으로 달려갔다. 찰칵 하고 노리쇠 소리가 났다. 날카로운 소리가 어둠을 갈랐다.

"서라! 누구냐?"

어둠 속에서 두 검은 그림자가 쓱 나섰다. 그리고 그 하나가 경비대 쪽으로 다가오더니, 술이 거나해진 굵직한 소리로 으르렁댔다.

"나 말이야? 대장 파블류크가 부대를 거느리고 왔다. 왜? 너희들은 골루브의 부하냐?"

"예." 앞으로 나온 초소장이 대답했다.

"부대는 어디에 배치하면 되지?" 파블류크가 물었다.

---

[1] 우크라이나의 민속 무용.

"즉시 전화로 본부에 문의해 보겠습니다." 초소장은 그렇게 대답하고 나서, 길 옆의 작은 집으로 들어갔다.

잠시 뒤 그곳에서 뛰어나오더니 명령을 내렸다.

"자, 기관총을 길에서 치워. 대장님에게 길을 열어드려라."

파블류크는 남녀들이 들떠서 오가고 있는, 불이 환하게 켜진 극장 옆에 말을 세웠다.

"이것 봐라, 여기는 신나는 밤이군." 그는 함께 말을 세운 카자흐 대위 쪽을 돌아보면서 말했다. "구크마치, 잠시 내려서 우리도 한바탕 놀다 가는 게 어때? 여기라면 계집들도 얼마든지 있을 테니까 하나씩 골라잡는 거야. 이봐, 스탈레쥬코." 부르고 나서 그는 소리를 높였다. "부대를 나누어 숙박시켜라. 우리는 여기 남을 테니까. 그리고 호위할 몇 사람은 나를 따라오도록." 그리고 그는 말에서 성큼 뛰어내렸다.

극장 앞에서 파블류크는 무장한 페틀류라파 병사 둘에게 가로막혔다.

"입장권은?"

그러나 그는 같잖다는 듯이 상대방을 한 번 훑어보더니, 그 한 사람을 어깨로 밀쳐 버렸다. 그러자 그를 본받아서 20명 가까운 그의 부대 패거리들이 똑같은 방법으로 그곳을 통과했다. 그들의 말은 극장 앞에 매어 두었다.

이 새로운 손님들은 금세 사람들의 눈을 끌었다. 특히 두드러진 것은 당당한 체구의 파블류크로, 고급 나사로 된 장교복에 푸른 근위병 바지를 입고, 모피 모자를 쓰고 있었다. 어깨에는 모제르총을 차고, 주머니에서는 수류탄이 얼굴을 내밀고 있었다.

"누구지 저건?" 춤추는 고리 뒤쪽에 서 있던 사람들이 수군거렸다. 거기서는 바야흐로 골루브의 부관이 신나는 '눈보라의 춤'을 한창 추고 있었다.

그의 짝은 성직자의 큰딸이었다. 부채처럼 활짝 펼쳐져서 올라간 치마는, 부끄럼도 없이 흥분해 버린 이 아가씨의 비단 속옷을 들뜬 군인들에게 아낌없이 열어 보여주고 있었다.

두 어깨로 군중을 헤치며, 파블류크는 춤추는 고리 속으로 들어갔다.

그는 성직자 딸의 다리를 음흉한 눈으로 들여다보며, 마른 입술로 입맛을 다셨다. 그리고 나서 오케스트라 쪽을 향해서 똑바로 고리를 가로질러 가, 무대 옆에 서서 가죽 채찍을 한 번 휙 하고 내둘렀다.

"고파크를 해!"

오케스트라의 지휘자는 그 말을 못 들은 척했다

그러자 파블류크는 느닷없이 한 손을 번쩍 들어, 지휘자의 등을 채찍으로 후려쳤다. 지휘자는 칼에 찔린 것처럼 펄쩍 뛰었다.

순간 음악이 멈추고, 장내는 금세 조용해졌다.

"어머, 기가 막혀. 뭐 저런 사람이 있어!" 팔팔 뛴 것은 식당 주인의 딸이었다. "아니, 저런 짓을 멋대로 하게 내버려 두기예요?" 그녀는 나란히 앉아 있던 골루브의 옆구리를 쿡쿡 찔렀다.

골루브는 불쑥 일어서더니, 앞에 놓여 있던 의자를 한 발로 밀치고, 파블류크 쪽으로 세 발 다가가서, 상대방 바로 옆에 섰다. 그는 그것이 파블류크라는 것을 알았다. 골루브에게는, 군내 세력을 장악하는 데 있어서 이 경쟁자와의 사이에 아직 결판이 지어지지 않은 숙제가 남아 있었다.

왜냐하면 지난주에 파블류크는 실로 비열한 방법으로 이 귀족 출신 대령을 골탕 먹였기 때문이었다.

번번이 골루브 부대를 쳐부수었던 붉은 군대와 한창 교전 중에 파블류크는 배후에서 볼셰비키를 치는 대신, 마을로 침입해 붉은 군대의 수비가 허술한 곳을 교란하고 방어 진지를 구축한 다음 그 마을에서 일찍이 없었을 만큼 무자비한 약탈을 저질렀던 것이다. '진짜배기' 페틀류라파답게, 대학살이 유대인 주민들에게 미쳤던 것은 말할 것도 없다.

붉은 군대는 그사이에 골루브 부대의 오른쪽 날개를 깨부수고 사라져 버렸다.

그런데 지금 이 파렴치한 기병대위는 이곳에 나타났을 뿐만 아니라 대령인 그의 눈앞에서, 더구나 그의 악장(樂長)을 채찍으로 후려쳤던 것이다. 이것은 그대로 넘길 수 없는 일이었다. 만약 이 자리에서 저 건방진 녀석을 눌러놓지 못한다면 그의 권위가 땅에 떨어진다고 골루브는 판단했다.

일촉즉발의 험악한 눈초리로 서로 노려보면서, 두 사람은 침묵 속에 말뚝처럼 서 있었다.

한 손으로 칼자루를 잡고, 한 손으로는 주머니 속의 권총을 더듬으면서 골루브가 먼저 소리쳤다.

"내 부하를 쳤겠다, 방자한 놈."

파블류크의 손이 모제르총 쪽으로 천천히 뻗었다.

"그렇게 흥분할 것 없소, 골루브 대령. 침착해요, 침착. 그렇지 않으면 큰 코 다칠걸요. 부어 있는 걸 건드리면 재미가 적죠. 화를 낼 테니까 말이오."

이 말이 골루브를 폭발하게 만들었다.

"이놈들을 끌어내다 밖에 던져버려! 그리고 어느 놈이건 따끔한 맛을 보여 주는 거야!" 골루브는 고함을 질렀다.

카자흐 장교들은 사냥개 떼처럼 사방에서 파블류크 패들에게 덮쳤다. 누군 가가 쏜 총이, 바닥에 전구(電球)를 메친 것 같은 소리를 내었다. 그리고 싸우 는 패들이 개 떼처럼 홀 안에 뒤죽박죽 엉켜서 엎치락뒤치락했다. 아무 데나 대고 총을 쏘고 칼을 휘두르며, 머리카락이고 목덜미고 닥치는 대로 붙잡고 쥐 어뜯는 아수라장이 벌어졌다. 간이 뒤집힐 만큼 놀란 여자들은 새끼 돼지 같 은 비명을 지르면서 이 난투극에서 멀리 비켜 나갔다.

한참 지나자, 무장 해제된 파블류크의 일당이 녹초가 되도록 얻어맞은 다음 마당으로 질질 끌려 나가고, 이어서 길거리에 내동댕이쳐졌다.

파블류크는 이 집안싸움으로 모피 모자는 간데없고, 얼굴은 묵사발이 된 채 무장은 몽땅 빼앗기고 엉망진창의 꼴로 부하들과 함께 말 등에 뛰어올라, 다급하게 시내를 빠져나갔다.

연회는 끝장났다. 누구도 이런 소동 뒤에 다시 흥이 날 까닭이 없었다. 여자 들도 춤은커녕, 제발 그만 집으로 돌려보내 달라고 애원했다. 그러나 골루브는 막무가내였다.

"한 사람도 밖에 내보내지 마라. 경비병을 세워 둬." 그는 명령했다.

부관인 팔랴뉘차 소위가 곧바로 명령을 이행했다.

여기저기서 터져 나온 항의에 골루브는 고집스럽게 대답하고 있었다.

"밤새도록 춤을 춥시다, 신사 숙녀 여러분. 먼저 나부터 왈츠를 한 곡 추도록 하겠습니다."

음악이 다시 연주되었다. 하지만 도무지 흥이 나지 않았다.

대령이 성직자 딸과 한 바퀴도 돌기 전에 경비병들이 몰려와서 소리를 질 렀다.

"이 극장은 파블류크 패들에게 포위되었습니다."

길거리로 나 있는 창문이 와장창 박살이 났다. 그리고 부서진 창틀에서 납작한 모양의 기관총 총구가 얼굴을 내밀었다. 총구는 우왕좌왕하는 사람들을 쫓으면서 이리저리 움직이고, 사람들은 홀의 한가운데를 향해, 악마로부터 달아나는 것처럼 총구를 피했다.

팔랴늬차 소위가 천장에 매달린 1000촉광짜리 전등을 쏘았다. 그러자 그것은 폭탄처럼 터져서 모두에게 유리 가루를 비처럼 뿌렸다.

캄캄해졌다. 길거리에서는 고함 소리가 들리고 있었다.

"모두 마당으로 나가!"

그리고 기분 나쁜 외침이 들려왔다. 여자들의 날카롭고 히스테릭한 비명 소리, 얼이 빠져 있는 카자흐 장교들을 한데 모으려고 홀 안을 헤매고 있던 골루브의 신경질적인 명령 소리, 마당에서 총 쏘는 소리와 사람들이 울부짖는 소리—이것들이 모두 괴상한 소음 속에 녹아들어 있었다. 미꾸라지처럼 그 자리를 빠져나온 팔랴늬차가 뒷걸음질치면서, 골루브 본부 쪽을 향해 극장 옆 인적 없는 길로 쏜살같이 달려간 것을 아무도 알아차리지 못했다.

반 시간 뒤에는, 시내에서 본격적인 싸움이 벌어졌다. 그치지 않는 사격 소리가 밤의 정적을 뒤흔들고, 기관총도 산탄을 뿌려대기 시작했다. 깜짝 놀란 시민들은 따뜻한 잠자리에서 튀어나와, 창가에 달라붙었다.

이윽고 총소리는 잦아들고, 이따끔 시내 변두리 쪽에서 기관총이 개처럼 짖어댔다.

싸움이 그치고, 날이 밝으려 하고 있다…….

학살 소문은 온 시내에 퍼졌다. 강을 향해서 이어진 흙빛 낭떠러지 위에 위태롭게 붙어 있는, 게딱지처럼 낮고 비스듬한 창문이 달린 유대인들의 집에도 그 소문은 퍼졌다. 집이라고는 하지만 믿을 수 없을 만큼 비좁은 판잣집들인 이곳에는 가난한 유대인들이 살고 있었다.

세료자 부르자크가 벌써 1년 넘게 일하고 있는 인쇄소에서는 식자공(植字工)도 그 밑의 조수들도 모두 유대인이었다. 세료자는 그들과 친척처럼 가깝게 지냈다. 그리고 잘 먹어서 돼지처럼 살이 찐, 거만한 주인 블륨슈타인 씨에 대해서는 누구나가 가족으로서 한마음으로 단결해 맞섰다. 이 주인과 인쇄소 종업원들 사이에는 끊임없는 투쟁이 벌어지고 있었다. 블륨슈타인 쪽에서는 종업원들을 조금이라도 더 쥐어짜고, 임금을 되도록 적게 줄 궁리만 하고 있었기 때문에, 종업원들이 파업을 해서 인쇄소가 2, 3주 동안 문을 닫았던 적도 한두 번이 아니었다. 종업원은 14명이었다. 가장 막내인 세료자는 12시간이나 윤전기를 돌리고 있었다.

세료자는 오늘, 노동자들이 불안해 하는 것을 눈치챘다. 이 어수선한 몇 달 동안, 인쇄소는 잇따른 주문으로 일이 바빴다. '최고지도자'의 격문도 인쇄했다.

세료자를 한구석으로 부른 것은 폐병 환자인 식자공 멘델이었다.

슬픈 듯한 눈초리로 상대를 바라보면서 그가 말했다.

"시내에서 학살이 있다는 걸 알고 있니?"

세료자는 놀라서 눈을 크게 떴다.

"아니요, 몰랐어요."

멘델은 앙상하고 노란 손을 세료자의 어깨에 얹으면서, 아버지처럼 툭 터놓고 말하기 시작했다.

"학살이 벌어진다. 이건 사실이야. 유대인은 모조리 죽여 버리는 거다. 그래서 너에게 묻겠는데, 너는 그런 억울한 일을 당하게 되는 동료들을 도울 생각은 없니, 어때?"

"그야 물론, 할 수만 있다면 돕고 싶어요. 말해 줘요, 멘델."

식자공들도 그 이야기에 귀를 기울였다.

"세료자, 넌 훌륭한 젊은이다. 우리는 너를 믿고 있다. 네 아버지도 노동자니까. 그래서 말인데, 빨리 집에 가서 아버지에게 여쭤 보지 않겠니? 노인과 여자를 몇 명 숨겨줄 수 없겠는지 말이야. 이쪽은 이쪽대로, 미리 누구를 너희집에 숨길 것인지를 상의해 둘게. 그리고 숨겨줄 만한 다른 집도 가족들과 의논해서 찾아봐 주면 좋겠구나. 저 악당들도 아직까지는 러시아인에게는 손을 대지 않을 테니까. 뛰어가라, 세료자. 시간은 기다려 주지 않아."

"알았어요, 멘델. 마음 푹 놔요. 부리나케 가서 파브카와 클림카에게 부탁할 테니까요. 그 두 친구라면 틀림없이 승락해 줄 거예요."

"잠깐" 멘델은 당장 달려가려는 세료자를 붙잡고, 걱정스러운 듯이 물었다.

"파브카와 클림카는 어떤 친구들이지? 두 사람을 잘 아니?"

세료자는 자신만만하게 끄덕였다.

"그럼요, 내 친구들인 걸요. 파브카 코르차긴의 형은 철공이에요."

"아, 코르차긴." 멘델은 마음을 놓았다. "그 친구라면 나도 알아. 한집에서 함께 먹고 자고 했을 때도 있었거든. 그 친구라면 틀림없어. 자, 그럼 수고해라.

그리고 되도록 빨리 결과를 가지고 돌아와야 한다."

세료자는 길거리로 뛰쳐나갔다.

학살은, 파블류크 일당과 골루브 일당이 충돌하고 나서 사흘째에 시작되었다.

묵사발이 되어 거리에 내팽개쳐진 파블류크는 자기 본거지로 돌아가서, 한밤중 기습으로 20명의 부하를 잃고 이웃 마을을 점령했다. 골루브 부대도 비슷한 손실을 입었다.

희생자들은 재빨리 묘지로 옮겨져, 그날 안으로 별다른 의식도 없이 땅속에 묻혔다. 왜냐하면 그다지 자랑할 만한 일이 못 되었기 때문이다. 두 대장(隊長)끼리 두 마리 들개처럼 으르렁대며 서로 물어뜯었던 것뿐이었으므로, 장례식이랍시고 수선을 떨 형편이 아니었던 것이다. 팔랴늬차는 파블류크를 빨갱이 깡패로 몰아붙이며 대대적인 장례식을 치르고 싶었는데, 여기에는 바실리 신부를 우두머리로 하는 사회혁명당 위원회가 반대했다.

한밤중의 충돌은 골루브 연대 속에 불만을 불러일으켰다. 특히 희생자를 가장 많이 낸 골루브의 경비기병중대에서 심했다. 그래서 이 불평을 가라앉히고 사기를 높이기 위해서 팔랴늬차는, 그가 장난삼아 '기분 전환'이라 이름 붙인 학살을 하도록 골루브에게 건의했던 것이다. 그는 부대 안 불만을 구실로, 그것이 반드시 필요하다는 점을 주장했다. 그리하여 처음에는 식당 주인 딸과의 결혼식을 앞두고 거리의 평온을 깨고 싶지 않았던 대령도 팔랴늬차의 강력한 설득에 못 이겨 허락하고 말았다.

아닌 게 아니라 이 치료법은 대령을 난처하게 만들었다. 이 일은 그가 사회혁명당에 들어가는 문제와도 관계되기 때문이었다. 적들은 보나마나 골루브 대령이야말로 학살의 장본인이라는 바람직스럽지 못한 소문을 꾸며낼 것이며, '최고지도자'에게도 그에 대해 이런저런 말로 헐뜯을 게 뻔했다.

하지만 지금 골루브는 자기 부대에 필요한 것은 모두 자신의 책임 아래에서 조달 및 운영하고 있었으므로, '최고지도자'에게 그다지 신세지고 있는 바도 없었다. 또한 '최고지도자' 스스로도 골루브가 동생 같은 위치에서 자신을 받들어 주고 있음을 결코 모르지 않았으며, 관리부에서 필요한 돈을 이른바 징발이라는 명목으로 그에게서 여러 번 가져다 쓰기도 했던 것이다. 게다가 골루브는 이미 학살자로 정평이 나 있는 터라, 거기에 하나를 더 보탠다고 해서 새삼스레 대단할 것도 없었다.

약탈은 이른 아침부터 시작되었다.

거리는 아직 채 밝지 않은 밤안개 속에 떠 있었다. 질서 없이 집들이 들어차 있는 유대인 거주지를 둘러싸고 있던, 인적 없는 한길은 젖은 걸레의 줄무늬처럼 생기가 없었다. 창문에는 커튼이 내려지고, 덧문으로 꼭 잠겨 있었다.

밖에서 보면, 이 거주지는 새벽의 깊은 잠에 빠져 있는 듯했다. 그러나 집집마다 안에서는 결코 잠자고 있지 않았다. 옷을 모두 갈아입은 가족들은 닥쳐올 불행에 이미 각오를 단단히 하고, 작은 방에 모여 앉아 몸을 서로 맞대고 있었다. 다만 아무것도 모르는 철없는 아이들만은 어머니 품에서 세상모르고 편안하게 잠들어 있었다.

이날 아침 집시처럼 생긴 얼굴에 칼 맞은 흉터가 있는, 골루브의 경비대장 살로믜가는 골루브의 부관 팔랴늬차를 애먹으면서 깨우고 있었다.

부관은 짓누르는 잠에서 깨어났다. 하지만 어처구니없는 꿈이 아무래도 머리에서 떠나지 않았다. 밤새도록 발버둥 쳐도 쫓아버리지 못했던 험상궂은 얼굴의 꼽추 악마가 아직도 손톱을 곤두세우고 그의 목을 쥐어뜯고 있었다. 그리고 아파서 빼개지려는 머리를 겨우 쳐들었다. 고개를 들고서야 그는 살로믜가가 자신을 깨우고 있다는 것을 알았다.

"어서 일어나라니까, 이 친구야." 살로믜가는 그의 어깨를 흔들었다.

"시간이 없단 말이야, 시작할 시간이라니까. 이 친구, 아직도 술을 더 퍼마시고 싶은 것 같은 얼굴을 하고, 왜 이래, 정신 차려."

팔랴늬차는 잠이 완전히 깨어, 일어나 앉았다. 그리고 속이 쓰려서 얼굴을 찡그리며 침을 탁 뱉었다.

"시작하다니, 뭘?" 그는 살로믜가를 멀뚱멀뚱 바라보았다.

"뭐가 뭐야? 유대인 놈들을 해치우는 거잖아. 그걸 몰라?"

팔랴늬차는 그제야 기억이 났다. 그는 어젯밤에 대령과 대령의 약혼녀를 비롯한 일행과 함께 농장으로 가서 마구 퍼마셨기 때문에 그만 까맣게 잊어 버리고 있었던 것이다.

학살이 벌어지는 동안 시내에서 벗어나 있는 편이 골루브에게는 더 나았다.

나중에 자신이 자리를 비운 사이에 생긴 사고였다고 변명할 수도 있고, 팔라뉘차라면 빈틈없이 일을 처리해 주리라 믿었던 것이다. 사실 팔랴뉘차야말로 '기분 전환'에 대해서는 뛰어난 전문가였다!

그는 물통의 물을 머리에 뒤집어쓰자, 정신이 들었다. 그는 여러 가지 명령을 내리면서 본부를 이리저리 뛰어다녔다.

경비중대는 이미 말에 올라탈 준비를 하고 있었다. 약삭빠른 팔랴뉘차는, 일어날 가능성이 있는 혼란을 피하기 위해 노동자 마을과 정거장을 시내에서 차단하기 위한 검문소를 설치하도록 명령했다.

레슈친스키네 집 마당에는 거리 쪽을 향해 기관총이 자리 잡았다.

만약에 노동자들이 간섭을 할 마음을 먹는다면 갈겨버릴 속셈인 것이다.

준비가 모두 갖추어지자, 부관과 살로믜가는 말에 올라탔다.

떠나려다가 팔랴뉘차는 문득 생각이 났다.

"아차, 깜빡 잊어 먹을 뻔했네. 짐수레 두 대를 보내. 우리가 골루브한테 새살림 도구를 마련해 주잔 말이야. 히, 히, 히…… 첫 노획품은 관례에 따라 대장님에게, 그리고 첫 여자는 하, 하, 하 부관인 나에게. 알았어, 이 멍텅구리야?" 마지막 말은 살로믜가를 가리킨 것이었다.

상대는 노란 눈으로 그를 흘낏 보았다.

"모두에게도 돌아가겠지."

패거리들은 큰길로 나갔다. 부관과 살로믜가가 앞장서고 아무렇게나 늘어선 경비대원들이 그 뒤를 따랐다.

새벽 안개도 벗겨졌다. 이층집으로 '푸크 잡화점'이라는 녹슨 간판이 달린 집 앞까지 오자, 팔랴뉘차는 말고삐를 당겼다.

그가 타고 있던 깡마른 회색 암말은 겁먹은 듯이 길에 깔린 돌을 발굽으로 때렸다.

"그럼, 어디 이쯤부터 시작하기로 할까." 팔랴뉘차는 뛰어내리면서 말했다.

"자, 젊은 친구들, 말에서 내려!" 그는 자기를 둘러싸고 있는 경비대원들 쪽을 돌아보며 말했다.

"이제부터 막이 오르는 거야." 그는 설명했다. "너희들, 덮어놓고 어떤 놈이나 골통을 부수면 안 돼. 그건 또 그것대로 다시 기회가 있으니까 말이야. 계집도 웬만하면 밤까지 참는 게 좋아."

경비대원 한 사람이 튼튼해 보이는 이를 드러내며 물었다.

"그럼 소위님, 상대가 생각이 있는 눈치면 어떻게 하지요?"

주위에서 와 하고 웃음이 터졌다. 팔랴늬차는 그 말에 두 손 들었다는 시늉을 하며 그 사나이를 돌아보았다.

"음, 그야 상대가 그럴 생각이 있다고 한다면, 허리춤을 까 내리는 거지. 그걸 누가 말려."

굳게 잠긴 가게 문으로 다가가면서 팔랴늬차는 힘껏 발로 차 보았으나, 단단한 문은 꼼짝도 하지 않았다.

시작한다 하더라도 이 집부터는 안 될 것 같았다. 부관은 한 손으로 칼자루를 잡고, 푸크스네 살림집으로 통하는 문으로 향했다. 그 뒤를 살로믜가가 따라갔다.

집 안에서도 길에서 나는 말발굽 소리를 금세 알아들었다. 그리고 가게 앞에서 발소리가 멈추고, 벽 너머로 사람의 말소리가 들려오자, 이제 터질 듯한 심장을 부여잡고 사람들은 숨죽이고 있었다. 집 안에는 세 사람이 있었다.

재산가인 푸크스는 벌써 어제 딸과 아내를 데리고 이 거리에서 떠났으며, 겁 많고 온순한 열아홉 살 난 하녀 리바에게 집안 살림을 지키게 했다. 그리고 널따란 집에 혼자서는 무서울 테니까 그녀의 늙은 부모를 불러다가 셋이서 자기가 돌아올 때까지 살고 있으라고 말했다.

죄 많은 이 장사꾼은 망설이는 리바를 살살 달래어, 약탈 같은 건 아마 없을 것이고, 게다가 거지나 다를 바 없는 너희들한테서 무엇을 빼앗아 가겠느냐고 했다. 그리고 자기가 돌아오면 예쁜 옷을 선물하겠다고도 약속했다.

세 사람이 모두 비통한 기대를 품고 귀를 기울이고 있었다. 어쩌면 그냥 지나쳐 갈지도 모른다. 자기들이 잘못 들었는지도 모른다. 저 패거리들은 이 집 앞에 멈춘 것이 아닐지도 모른다. 그저 그렇게 느꼈을 뿐일 수도 있다. 하지만 이와 같은 기대를 뒤엎듯이 가게 문을 두드리는 소리가 들려왔다.

머리가 하얀, 아이들처럼 겁을 먹은 파란 눈의 페이사흐 노인은 가게로 통하는 문 앞에 서서 기도문을 중얼거리고 있었다. 그는 오로지 광신자의 정열을 있는 대로 쏟아 전능한 신 여호와에게 기도를 드렸다. 그는 이 집에서 재앙을 물리쳐 달라고 빌었다. 그리고 나란히 서 있던 노파조차도 그 기도 소리 때문에 다가온 발소리를 금방 알아듣지 못했다.

리바는 가장 안쪽 방에 있는 커다란 떡갈나무 찬장 뒤에 몸을 숨기고 있었다.

사정없이 거칠게 문을 두들기는 소리는 늙은이들 몸에 경련과도 같은 떨림을 불러일으켰다.

"이 문 안 열어?" 더욱더 쾅쾅 두들기는 소리와 거칠어진 패거리들의 고함 소리가 이어졌다.

그러나 손을 들어서 문을 열 힘조차 없었다.

밖에서는 총 개머리판으로 마구 때리기 시작했다. 문은 빗장 위에서 춤을 추었으나, 더 견디지 못하고 삐걱거리기 시작했다.

집은 마구 쏟아져 들어온 무장병들로 꽉 찼다. 가게 문도 박살이 났다. 패거리들은 그곳으로 달려 들어와서, 대문의 빗장을 열어젖혔다.

약탈이 시작되었다.

옷감과 신발, 그 밖의 물건들이 짐수레에 산더미처럼 실리자 살로믜가는 골루브의 집으로 몰고 갔다. 그리고 이 집으로 되돌아오는 도중에 날카로운 비명 소리를 들었다.

팔랴뉘차는 가게의 '징발'은 부하들에게 맡겨두고, 방으로 들어왔다. 살쾡이 같은 눈으로 세 사람을 둘러보고는, 노인들에게 이렇게 말했다.

"꺼져!"

아버지와 어머니는 꼼짝도 하지 않았다.

팔랴뉘차는 한 걸음 다가서면서 천천히 칼집에서 칼을 빼 들었다.

"엄마!" 딸아이가 찢어지는 소리를 냈다. 살로믜가가 들은 것은 바로 이 소리였다.

팔랴뉘차는 마침 옆으로 들어온 골루브의 부하들을 돌아본 뒤 내뱉듯이 말했다.

"이것들을 끌어내!" 그는 늙은이들을 가리켰다. 그리고 그 두 사람이 억지로 문밖으로 끌려 나간 다음에, 팔랴뉘차는 들어온 살로믜가에게 말했다. "문밖에서 잠시 기다려. 난 이 계집애와 볼일이 좀 있으니까."

페이사흐 노인은 비명 소리에 놀라서 문 쪽으로 달려갔으나, 가슴에 주먹을 한 방 얻어맞고 벽 쪽으로 나가떨어졌다. 노인은 아픔으로 헐떡거렸다. 그러자 평소에는 말이 없던 토이바 할멈이 늑대처럼 살로믜가를 붙잡고 늘어졌다.

"나를 들여보내 줘. 이게 무슨 짓들이냐!"

노파는 죽을힘을 다해 문 쪽으로 달려들었다. 살로믜가도, 부들부들 떨면서 웃옷을 움켜잡고 매달리는 그녀의 손끝을 뿌리칠 수는 없었다.

정신이 든 페이샤흐도 아내 곁으로 달려왔다.

"이거 놔, 이거 놓으란 말이야!…… 아이고, 내 딸을!"

노인들은 둘이서 살로믜가를 문에서 밀쳐냈다. 살로믜가는 순간적으로 발끈해 허리에서 권총을 뽑은 뒤 그 금속제 손잡이로 노인의 하얀 머리를 내리쳤다. 페이샤흐는 끽소리도 못 내고 쓰러졌다.

방 안에서는 째지는 듯한 리바의 비명 소리가 들려왔다.

거의 미쳐 버린 토이바 할멈이 길거리에 끌려 나왔을 때, 사람의 목소리 같지도 않은 외침과 구원을 비는 기도 소리가 거리에 울려 퍼졌다.

집 안의 비명 소리는 그쳤다.

방에서 나온 팔랴늬차는, 성급하게도 문고리를 잡고 있던 살로믜가의 얼굴을 쳐다보지도 않고, 그를 가로막았다.

"갈 것 없어. 계집은 뻗어버렸으니까. 베개로 입을 좀 틀어막았을 뿐인데 말이야." 그리고 페이샤흐의 시체를 건너서, 검붉고 미끈미끈한 액체 속에 발을 내디뎠다.

"시작부터 옴 붙었네, 제기랄." 길거리에 나서면서 그는 내뱉듯이 중얼거렸다.

나머지 패거리들도 말없이 그 뒤를 따랐다. 그들은 방바닥과 층계에 피투성이 발자국을 남겨 놓고 갔다.

한편, 시내에서는 벌써 강탈이 벌어지고 있었다. 전리품을 아직 분배하지 않고 있던 강도들 사이에서는 늑대 같은 실랑이가 벌어지는가 하면, 어떤 곳에서는 칼을 휘두르는 놈, 서로 주먹질을 하는 놈들도 볼 수 있었다.

맥줏집에서는 10베드로*2들이 떡갈나무 맥주통 10개가 길거리로 굴러 나왔다.

그러고 나서 이번에는 집집에 벌 떼처럼 들어가기 시작했다.

누구 하나 저항하지 않았다. 방으로 들어서자, 구석구석을 마구 휘저어 찢어진 베개라든가 터진 깃털 이불이라든가 그 밖의 넝마들만 뒤에 남겨둔 채 약탈품을 짊어질 만큼 짊어지고는 사라져 갔다. 첫날의 희생자는 리바와 그

---

*2 술의 양을 재는 단위. 1베드로는 12.30리터.

아버지뿐이었다. 그러나 이미 다가오고 있던 밤은 피할 수 없는 파멸을 가져왔다.

밤까지 온갖 털빛을 한 들개 떼들은 창백해지도록 마시고 또 마셨다. 이리하여 정신없이 취한 페틀류라의 일당들은 밤이 되기를 기다리고 있었던 것이다.

어둠은 손의 속박을 없애주었다. 암흑 속에서는 사람을 밟아 죽이기도 쉬웠다. 그래서 들개들조차도 밤을 좋아한다. 그런데 그 들개도 죽음이 운명지어진 자만을 덮치는 것이다.

많은 사람들에게는, 이 무서운 두 밤 세 날이 잊히지 않았다. 불구가 되거나 목숨을 빼앗긴 자, 혹은 이 피비린내 나는 시간에 한꺼번에 머리가 하얗게 센 자가 얼마나 많았던가. 그리고 얼마나 많은 눈물을 흘렸던가. 더구나 공허해진 마음과, 씻어버리기 어려운 치욕과 우롱에 대한 이 세상 것이 아닌 고뇌와, 끝없는 절망감과, 다시는 돌아오지 못하는 가족을 그리는 한을 안고 살아남은 자가 과연 다행이었던 것인지 어떤지도 모른다. 이 모든 것과는 관계없이, 좁은 골목에는 손을 축 뒤로 늘어뜨린 젊은 처녀들의 시체가 찢기고, 짓밟히고, 꺾인 모습으로 내동댕이쳐져 있었다.

다만 강가에 있는 대장장이 나훔의 집에서만은, 그의 젊은 아내 사라를 덮친 들개들이 따끔한 반격을 당했다. 망치질을 하는 자 특유의 강철과 같은 근육을 가진 스물네 살의 대장장이는 제 아내를 순순히 내주는 짓은 하지 않았다.

그 작은 집에서의 처참한 격투 끝에 페틀류라 일당의 골통 2개가 썩은 수박처럼 박살이 났다. 죽음을 각오한 분노 속에 눈이 뒤집힌 대장장이는 맹렬히 두 목숨을 지켰다. 그리고 위기를 느낀 골루브의 부하들이 달려온 강가에서는, 메마른 사격 소리가 한동안 튀고 있었다. 탄창을 모조리 쏘아버린 나훔은 마지막 한 발을 사라에게 보내고, 자신은 총검을 수평으로 겨누고 들개들 속으로 곧장 나아갔다. 그리고 층계의 첫째 단에서 소나기 같은 탄환을 맞은 그는 그 무거운 몸으로 땅바닥을 누르며 쓰러져 버렸다.

농부들이 주변 마을들에서 말을 타고 시내에 나타나, 골라낸 짐들을 마차에 가득 싣고, 골루브 부대에 가담하고 있는 자가 아들이나 친척들의 호위를 받으며 마을과 시내를 몇 차례 바쁘게 오갔다.

인쇄소 동료들 가운데 절반을 아버지와 함께 지하실과 다락방에 숨겨둔 세료자 부르자크는 채소밭을 지나서 자기 집 뜰 앞으로 돌아가는 중이었는데, 그에게 한길을 달려오는 한 사나이가 눈에 들어왔다.

너덜너덜 넝마 같은 기다란 낡은 프록코트 차림에 모자도 쓰지 않고, 공포로 새하얗게 질려서 두 손을 내저으며 헐레벌떡 뛰어오고 있는 것은, 늙은 유대인이었다. 그 뒤에서는 일격을 가하고자 회색 말을 탄 페틀류라의 병사 하나가 몸을 앞으로 굽힌 채 질풍처럼 쫓아왔다. 바로 등 뒤에 말발굽 소리를 듣자 노인은 몸을 감싸듯이 두 손을 들었다. 세료자는 길거리로 뛰어 나가서 말 쪽으로 내달려 가 몸을 던져 노인을 감쌌다.

"손대지 마, 강도야, 개새끼!"

칼을 휘두를 태세였던 기마병은, 젊은 머리를 칼등으로 후려쳤다.

5

붉은 군대는 '최고지도자' 페틀류라의 부대를 끈질기게 압박하고 있었다. 골루브의 연대는 전선에 소집되었다. 시내에는 소수의 후방 수비대와 위수사령부만이 남았다.

사람들은 꿈틀거리기 시작했다. 유대인 주민들은 잠시 조용해진 틈을 타서 희생자들 장례를 치르고, 유대인 거주지의 작은 집들에서도 다시 생활이 시작되었다.

고요한 저녁노을 속에 어렴풋한 포성이 들려왔다. 어딘가 그다지 멀지 않은 데서 싸움이 벌어진 것이었다.

철도 종업원들은 일자리를 찾아 역으로부터 여러 마을로 흩어져 갔다.

중학교도 문을 닫았다.

시내에는 계엄령이 선포되었다.

칠흑 같은, 우울한 밤.

이런 밤에는 아무리 눈을 크게 치켜떠도 어둠을 이길 수는 없다. 사람들은 언제 도랑에 빠져서 목을 졸릴지도 모르는 것처럼 조마조마하면서, 더듬더듬 무턱대고 움직이고 있었다.

시민들도 이런 때에는 꼼짝 않고 집 안에 틀어박혀, 아예 불도 켜지 말아야 된다는 것을 잘 알고 있었다. 불은 잘못하면 엉뚱한 불청객을 불러들일지도 모르기 때문이다. 그보다는 차라리 어둠 속에 있는 편이 더 좋고 안전했다. 언제나 안절부절못하는 사람들도 있는 법인데, 그런 자들은 멋대로 나돌아 다니게 두면 되는 것이고, 시민들이 상관할 바가 아니다. 하지만 스스로 돌아다니지는 않는다. 세상없는 일이 있어도 나돌아 다니는 따위의 짓은 하지 않는다.

그런데 이런 밤에도 밖을 돌아다니고 있는 자가 있었다.

코르차긴네 집까지 다다르자, 그 사나이는 살며시 창틀을 두드렸다. 그러나 아무 기척이 없었으므로, 전보다 좀 더 세게 계속 두드렸다.

파브카는 인간과는 다른 이상야릇한 생물이 자기에게 기관총을 들이대고 있는 꿈을 꾸고 있었다. 달아나려야 달아날 데가 없었다. 기관총은 드르륵 무서운 소리를 냈다.

창문 유리가 끈질기게 톡톡 소리를 내고 있었다.

파브카는 침대에서 벌떡 일어나, 누가 두드리고 있는지를 알아보려고 창가로 다가갔다. 하지만 희미한 검은 그림자 말고는 아무것도 보이지 않았다.

그는 집에 혼자 있었다. 어머니는 남편이 사탕공장에서 기계공으로 일하고 있는 큰딸 집에 가 있었다. 형 아르촘은 먹을 것을 벌기 위하여 이웃 마을에서 망치를 휘두르는 대장장이 노릇을 하고 있었다.

문을 두드린다면 아르촘밖에 없다.

파벨은 창문을 열기로 마음먹었다.

"거기 누구예요?" 그는 어둠 속으로 물었다.

창문 저쪽에서는 사람 그림자가 움직였다. 그러면서 거친 숨을 죽인 굵은 목소리가 대답했다.

"나야, 주프라이야."

창틀 있는 데로 두 손이 올라왔다. 그리고 파벨의 얼굴 높이쯤에 표도르의 머리가 불쑥 나타났다.

"너한테 잠자리 좀 얻으려고 왔어. 괜찮겠지, 형제?" 그는 소곤거렸다.

"그야, 물론이지요." 파벨은 다정하게 대답했다. "그걸 말이라고 해요? 그냥 이 창문으로 들어와요."

표도르의 커다란 몸집이 창문 안으로 들어왔다.

창문을 닫고 나서도 표도르는 한동안 거기서 물러나지 않았다.

그는 귀를 기울인 채 서 있었다. 그리고 달이 구름 사이에서 나타나 길 위를 비추게 되자, 그곳을 자세히 살핀 뒤에 파벨 쪽을 돌아보았다.

"어머니가 깨지 않으셨을까? 주무시겠지, 아마?"

파벨은 집에 자기 혼자밖에 없다는 것을 표도르에게 알려주었다. 수병은 갑자기 마음이 놓인다는 듯이 조금 큰 소리로 이야기하기 시작했다.

"그 강도놈들이 이제 나를 본격적으로 쫓고 있어. 지난번 정거장 사건 때문이지. 우리가 좀 더 단결해 있었다면, 이번 학살 때에도 '회색 옷' 강도놈들에게 얼마든지 따끔한 맛을 보여줄 수 있었을 거야. 그런데 말이야, 잘 들어, 이 친구들은 아직도 불 속으로 뛰어들 결심이 서지 않는 거야. 그래서 당한 거지, 게다가 나까지 쫓기는 형편이지 뭐야. 두 번이나 내 집에 숨어 있지 않겠니? 오늘은 자칫하면 붙잡힐 뻔했어. 집으로 살그머니 가서, 물론 뒤뜰로 갔지만, 헛간 옆에 서서 살펴보니까 마당에 어떤 놈이 서 있잖아. 나무 그늘에 착 달라붙어 있었는데 총검 끝이 삐죽 드러나 있더라니까. 그래서 곧장 튀었지. 그 길로 너한테 이렇게 달려오게 된 거야. 아무래도 며칠은 여기 틀어박혀 있어야 할 것 같다. 괜찮겠니? 그래, 그럼 그 문제는 됐고……."

주프라이는 끙끙대며 흙투성이가 된 장화를 벗었다.

파벨은 주프라이가 찾아와 준 것이 기뻤다. 요즘은 발전소도 휴업 상태였으므로 집에서 덩그러니 혼자 심심해 죽을 지경인 참이었다.

두 사람은 잠자리에 들었다. 파벨은 금세 잠이 들었으나, 표도르는 한참 동안 담배만 뻐끔뻐끔 피우고 있었다. 그리고 얼마 뒤 침대에서 일어나, 맨발로 살금살금 창문께로 다가갔다. 그는 한동안 길 쪽을 뚫어지게 살피고 있더니, 침대로 돌아오자 곧 피로를 이기지 못하고 깊은 잠에 빠졌다. 베개 밑에 집어넣은 그의 한 손은 체온으로 따뜻해진 묵직한 권총 위에 놓여져 있었다.

한밤중에 느닷없이 주프라이가 찾아온 것과 그로부터 여드레 동안 그와 함께 지낸 것은 파벨에게 매우 뜻깊은 일이었다. 비로소 그는 그 수병에게서 참으로 많은, 피가 끓는 중대하고 새로운 사실을 들었다. 그리하여 이 며칠은 젊은 화부에게 결정적인 것이 되었다.

양쪽의 복병 사이에 끼어서 쥐덫에 걸린 것처럼 된 수병은 어쩔 수 없이 일을 못 하게 된 김에, 이 지방을 꼼짝 못하게 짓누르고 있던 '연두색 일당'들에 대한 자기 자신의 분노와 이글거리는 증오의 불길을 모조리, 굶주린 것처럼 듣고 있는 파브카에게 전했다.

주프라이는 단순한 어휘로, 분명하고, 명쾌하며, 알기 쉽게 이야기했다. 그에게는 의심스러운 일은 하나도 없었다. 수병은 자신이 나아가야 할 길을 정확하게 알고 있었다. 그리고 파벨도 사회혁명당이라든가, 사회민주당이라든가, 폴란드사회당 따위의 그럴싸한 이름을 가진 온갖 당파의 무리들은 모조리 노동자의 흉악한 적이며, 모든 부자들을 상대로 싸우고 있는 오로지 하나의 혁명

적이고 확고부동한 당은 볼셰비키당이라는 것이 차츰 이해할 수 있을 것 같았다.

지금껏 파벨은 이 점에 대하여 절망하리만큼 방황하고 있었던 것이다.

몸집이 크고 힘센 사나이, 갯바람에 단련되어 온 확고한 신념의 볼셰비키, 1915년 이래 러시아 사회민주노동당 당원인 발트해의 수병 표도르 주프라이는 취한 듯한 눈초리로 자신을 뚫어지게 바라보고 있는 이 젊은 화부에게 생활의 엄연한 진리를 이야기해 주었다.

"나도 어렸을 때는 너와 똑같았지." 그는 말했다. "힘을 어디다 써야 할지를 몰라서, 반항적인 면이 곧잘 나타나곤 했거든. 집안은 가난했어. 좋은 음식 처먹고, 살이 피둥피둥 쪄서 좋은 옷을 휘감고 다니는 나리들의 자식 놈들을 보면 증오심에 사로잡혔어. 공연스레 놈들을 마구 때리기도 했지만, 그런 짓을 해봤자 아버지한테서 따귀나 얻어맞았을 뿐 아무 소용도 없었어. 혼자서 아무리 발버둥을 쳐봤자 생활을 바꿀 수는 없으니까. 파블루샤, 너는 노동자 문제를 위한 뛰어난 투사가 될 자질을 모두 갖추고 있다. 다만 아직 좀 젊다는 것과, 계급 투쟁에 대한 이해력이 모자랄 뿐이야. 내가 너에게 나아갈 참된 길을 이야기해 주려는 것도, 너에게라면 헛된 일이 아니라는 걸 알고 있기 때문이다. 나는 비겁한 놈들과 머리에 기름 같은 걸 바르고 다니는 놈들은 참을 수 없어. 바야흐로 온 세상에 불이 붙기 시작한 거야. 노예들이 일어선 거라고. 낡은 생활은 과감하게 때려부숴야 해. 그런데, 그러기 위해서는 대담한 동지가 꼭 필요한 거야. 엄마 젖이나 찾는 녀석이 아니고, 빛을 피하는 바퀴벌레처럼 투쟁을 앞두고 숨을 구멍이나 찾는 사람이 아니라, 용서 없이 상대를 치는 배짱 든든한 그런 친구들이 꼭 필요한 거야."

그는 힘껏 주먹으로 탁자를 내리쳤다.

주프라이는 일어나 두 손을 주머니에 쑤셔 넣고, 얼굴을 찡그린 채로 방 안을 이리저리 왔다 갔다 하기 시작했다.

활동하지 못하는 상황이 표도르를 안절부절못하게 만들었다. 그에게는 이 조그만 도시에 혼자 남게 된 것이 도무지 울화통이 터지는 일이었다. 그리고 더 이상 이곳에 머물러 있는 것은 이로움이 없는 일이라는 생각이 들어, 전선을 돌파해서라도 붉은 군대 쪽으로 달려가야겠다고 단단히 마음을 굳혔다.

시내에는 당원 9명으로 이루어진 그룹이 남아서, 일을 계속해 나가기로 되어 있었다.

'내가 떠나도 잘해 나가겠지 더는 멍청하니 허송세월을 할 수는 없어. 이제 지긋지긋하다. 벌써 열 달이나 손해 봤어.' 주프라이는 애를 태우면서 그렇게 생각하고 있었다.

"당신은 대체 정체가 뭐예요, 표도르?" 언젠가 파벨이 그에게 물은 적이 있었다.

주프라이는 주머니에 손을 넣은 채로 일어섰다. 그는 그 물음의 뜻을 바로 알아듣지 못했다.

"아니, 아직도 모른단 말이야, 내가 누구인지?"

"아마 볼셰비키 아니면 공산주의자인 것 같은데요." 파벨은 작은 목소리로 대답했다.

주프라이는 줄무늬 셔츠 밑에서 터질 것 같은 자신의 가슴을 장난스럽게 탁 쳐 보이고 나서 큰 소리로 웃었다.

"그야 뻔한 일이지, 이 친구야. 볼셰비키와 공산주의자는 똑같은 거야." 그리고 그는 갑자기 정색을 했다. "그걸 알았으면, 목이 달아나도 이 일을 누구에게도 지껄이면 안 된다. 만약 나를 죽이고 싶지 않다면 말이야. 알겠지?"

"알았어요." 파벨은 확고하게 대답했다.

밖에 사람 기척이 나면서 노크도 하지 않고 문이 열렸다. 주프라이의 한 손은 순간적으로 주머니로 들어갔다. 그러나 다시 거기서 나왔다. 방으로 들어온 것은 머리에 붕대를 감은, 깡마르고 핼쑥한 세료자 부르자크였다. 그의 뒤로는 발리야와 클림카가 따라 들어왔다.

"어이, 권투 선수" 하고 웃으면서 세료자는 파브카에게 손을 내밀었다.

"우리 셋이서 너한테 손님으로 온 거다. 발리야가 나 혼자서는 안 보내잖아, 걱정이 된다나. 그런데 클림카도 발리야를 혼자서는 못 보낸대. 역시 걱정이 돼서 말이야. 클림카 녀석은 빨간 머리 주제에, 누구를 어디에 내보내면 위험한지 하나하나 따져봐야 직성이 풀리는 모양이지 뭐야."

발리야는 장난스럽게 그의 입을 손바닥으로 막았다.

"어머 무슨 사내가 그리도 말이 많지?" 그녀는 웃기 시작했다. "세료자가 오늘은 클림카 들들 볶지 뭐야."

클림카는 흰 이를 내보이면서 속 좋게 웃었다.

"환자가 무슨 소리를 하느냐, 이거야. 주전자가 고장이 났으니까 제멋대로 열을 올리고 있는 거지."

모두 웃음을 터뜨렸다.

타박상이 아직 아물지 않은 세료자는 파브카의 침대에 올라앉았다. 그러자 이윽고 친구들끼리 왁자지껄 이야기꽃을 피웠다. 언제나 쾌활하고 밝은 세료자가, 오늘은 기운 없이 풀이 죽어서 자신이 페틀류라 병사에게 얻어맞았을 때의 상황을 주프라이에게 이야기했다.

주프라이는 파벨을 찾아온 이 젊은이들을 다 알고 있었다. 부르자크네 집도 여러 번 찾아갔었다. 투쟁의 소용돌이 속에서 아직 자신의 길을 찾지는 못하고 있었으나, 자신이 속한 계급이 지향해야 할 방향만은 분명히 밝히고 있는 이 젊은이들에게 그는 호감을 가지고 있었다. 그리고 그는 젊은이들 하나하나가 유대인의 가족들을 학살에서 구하기 위해 자기 집에 숨겨주었다는 이야기에 주의 깊게 귀를 기울였다. 이날 밤 그는 모두에게 현재 일어나려 하고 있는 사건을 이해시키려고 볼셰비키와 레닌에 대한 이야기를 여러 가지 들려주었다.

밤이 깊어서, 파벨은 손님들을 보냈다.

주프라이는 저녁마다 외출해서는 한밤중에 돌아왔다. 그는 떠나기에 앞서, 남아 있을 동지들과 일에 대한 협의를 하고 있었던 것이다.

그날 밤, 주프라이는 돌아오지 않았다. 아침에 눈을 뜬 파벨은 침대가 비어 있는 것을 알았다.

뭔가 분명치는 않은 예감에 사로잡힌 코르차긴은 당장에 옷을 입고 집을 나섰다. 문을 잠그고 열쇠를 약속된 장소에 두고 나서, 파벨은 표도르에 대해서 무슨 소식이라도 들을 수 있지 않을까 하여, 클림카에게 찾아갔다. 작달막한 몸집에 마맛자국이 있는 널따란 얼굴을 한 클림카의 어머니는 내복을 빨고 있었는데, '표도르를 혹시 못 보셨습니까' 하는 코르차긴의 물음에 퉁명스럽게 대답했다.

"표도르를 지키는 게 내 일이라도 된단 말이냐? 그 건달 같은 놈 때문에 조주리하네 집이 발칵 뒤집혔다더라. 너, 그놈이랑 무슨 관계가 있는 거니? 무슨 불한당인지 원, 참 친구들을 잘 뒀구나. 클림카도 너도 말이다……"

그녀는 괜스레 화를 내며 빨래를 북북 문질렀다.

클림카의 어머니는 말이 많고 성미가 거칠었다.

클림카네 집에서 나온 파벨은 세료자네 집으로 갔다. 그리고 걱정거리를 털어놓았다. 발리야도 말참견을 했다.

"뭘 걱정하고 그래? 그분은 아는 사람 집에서 잤을 거야."

그러나 그녀의 목소리는 자신이 있어 보이지 않았다.

파벨은 부르자크네 집에서도 오래 있지를 못했다. 점심을 먹고 가라고 권했지만 그대로 나왔다.

그리고 주프라이가 돌아와 있을지도 모른다는 희망을 안고 집으로 갔다.

문은 자물쇠가 채워진 채로 있었다. 무거운 기분으로 그대로 서 있었다. 텅 빈 집으로 들어갈 생각이 안 났다.

몇 분 동안 그는 이 생각 저 생각에 잠겨서 뜰 앞을 서성거렸다. 그때 문득 막연한 충동에 이끌려 헛간으로 갔다. 다락방으로 올라가 거미줄을 헤치며 비밀 장소에서 넝마로 싼 그 묵직한 '만리허' 권총을 꺼냈다.

헛간을 나와, 주머니 속에 권총 무게를 느끼면서 정거장으로 걸어갔다.

주프라이의 행방은 전혀 알아내지 못하고, 돌아오는 길에 영림서장네 그 낯익은 집 옆까지 와서는 발걸음을 늦추었다. 자신도 모르는 어렴풋한 기대감을 품고 창문을 올려다보았다. 하지만 정원에도 집 안에도 인기척은 없었다. 그 집을 뒤로하면서도, 지난해의 낙엽이 깔린 정원 오솔길을 돌아보았다. 얼핏 보아도 정원은 사람 손길이 닿은 지가 오래여서 황폐해져 있었다. 바지런한 주인의 손길도 여기까지는 미치지 않았던지, 널따랗고 오래된 이 저택의 인기척 없는 고요함에 파벨의 마음은 한층 더 쓸쓸해졌다.

마지막 토냐와의 다툼은 지금까지 있었던 어느 다툼보다 심각했다. 그것은 한 달 전쯤 뜻밖에 일어났다.

두 손을 주머니에 깊숙이 찔러 넣고 천천히 시내 쪽으로 발걸음을 옮기면서, 파벨은 다툼이 일어난 과정을 처음부터 끝까지 되씹어 보았다.

길에서 우연히 두 사람이 만났을 때, 토냐가 그를 자기 집에 불러들인 데서 비롯된 것이었다.

"아버지랑 어머니가 영명축일(靈名祝日)*1에 참석하러 볼산스키네 집에 가시면 우리집에는 나 혼자 있게 돼. 그러니까 우리집에 와. 파블루샤, 둘이서 아주

---

*1 영세·견진성사 때에 받은 세례명을 기념하는 날. 즉 그 이름을 가진 성인이나 복자(福者)들의 축일이다.

재미있는 책을 읽자. 레오니트 안드레예프[*2]가 쓴 《사슈카 지그레프》라는 책이 있어. 나는 벌써 읽었지만 너하고 다시 한 번 읽고 싶어. 하룻밤 우리 즐겁게 보내는 거야. 올 거지?"

짙은 갈색 머리에 착 눌러쓴 흰 모자 아래, 그녀의 커다란 눈이 기대에 차서 코르차긴을 바라보았다.

"그래, 갈게."

그리고 두 사람은 헤어졌다.

파벨은 기계실로 서둘러 갔다. 이제부터 하룻밤 내내 토냐와 함께 지낼 수 있을 것을 생각하니, 아궁이도 더욱 활활 타고 장작도 더욱 신나게 탁탁 튀기는 것처럼 느껴졌다.

그날 밤, 넓은 대문을 두드린 그를, 토냐가 나와서 문을 열고 맞아주었다. 그녀는 얼마간 당황하여 이렇게 말했다.

"지금 손님이 와 있어. 생각지도 않던 사람들이야. 파블루샤, 하지만 네가 돌아갈 것까지는 없어."

코르차긴은 돌아가려고 문 쪽을 돌아보았다.

"들어가." 그녀는 그의 소매를 잡았다. "저 사람들도 너랑 알고 지내는 게 좋지 뭐." 그러고는 그의 손을 잡고 식당을 지나 자기 방으로 안내했다.

방으로 들어가자, 그녀는 앉아 있던 젊은이들을 보고 웃으며 말했다.

"너희들, 서로 아는 사이가 아니었던가? 내 친구 파벨 코르차긴이야."

방 한가운데 작은 탁자 앞에 세 사람이 앉아 있었다. 장난기가 엿보이는 윤곽이 뚜렷한 입매와 머리를 멋스럽게 빗어 넘긴 가무잡잡하고 예쁜 얼굴을 한 여학생 리자 수하리코, 단정한 검정 신사복 차림에 머리는 매끈하게 갈라넘기고 기름을 발라 반들반들하며 회색 눈은 권태로워 보이는 키 큰 젊은이—파벨이 처음 보는 사람이었다—, 그리고 두 사람 사이에 멋진 중학생용 재킷을 걸치고 있던 빅토르 레슈친스키였다. 토냐가 문을 열자마자, 파벨의 눈에 맨먼저 빅토르가 들어왔다.

레슈친스키 쪽도 이내 코르차긴을 알아보았다. 그러자 그의 얼굴에, 뾰족한 눈썹이 놀란듯이 치켜 올라갔다.

[*2] 제정 러시아 작가(Leonid Nikolaevich Andreev, 1871~1919). 죽음과 삶의 신비를 주제로 염세적인 작품을 썼다. 소설 《붉은 웃음》과 희곡 〈검은 가면〉 등이 대표작이다.

파벨은 혐오의 눈길로 빅토르를 노려보면서, 말없이 몇 초 동안 문 옆에 서 있었다. 토냐는 어색한 침묵을 얼른 깨려고 파벨에게 안으로 들어오도록 귀하고, 리자를 향해 이렇게 말했다.

"앞으로 가까이 지내."

수하리코는 호기심을 가지고 새로 온 손님을 훑어보면서 일어섰다.

파벨은 느닷없이 휙 돌아서면서, 어두컴컴한 식당을 빠져나와서 성큼성큼 출입문 쪽으로 되돌아갔다. 토냐는 간신히 문 앞에서 그를 따라잡았다. 그리고 그의 어깨를 잡으며, 흥분해서 말했다.

"왜 돌아가는 거야? 나는 저 사람들과 네가 가까워지면 좋겠다고 생각했을 뿐인데."

그러나 파벨은 어깨에서 그녀의 손을 내려놓으며 단호히 말했다.

"나를 저 건달들 눈앞에서 구경거리로 삼을 건 없잖아. 저따위 녀석들과 한 자리에 앉는 건 사양하겠어. 저 녀석들과 가깝게 지내는 일이 너한테는 재미있을지 모르겠어. 하지만 난 저런 것들은 싫어해. 저런 녀석들과 네가 친한 줄은 몰랐어. 그걸 알았다면 내가 이런 데를 왔겠어?"

토냐는 발끈하는 속을 누르면서 그의 말을 가로막았다.

"도대체 나한테 그런 투로 말할 권리를 누가 너한테 주었지? 네가 누구와 가까운지, 누가 너를 찾아오는지 내가 언제 물어본 적 있어?"

파벨은 층계에서 마당으로 내려서면서, 날카롭게 내뱉듯이 말했다.

"오고 싶은 놈은 오라고 해. 하지만 나는 다시 여기 오지 않겠어."

그리고 대문 쪽으로 뛰어가 버렸다.

그때부터 그는 토냐와 만나지 않았다. 학살이 벌어지고 있는 동안, 그것을 용케 피한 유대인 가족을 파벨이 전기 기사와 함께 발전소에 숨겨주고 있던 무렵에는, 토냐와의 다툼 같은 것은 떠올릴 겨를도 없었다. 그런데 이제 와서 다시 그녀를 만나고 싶어진 것이었다.

주프라이의 실종과 자신을 기다리고 있는 집의 고독은 그를 우울하게 만들었다. 회색 넝마 같은 큰길은 봄철의 진흙탕이 아직 완전히 마르지 않아, 곳곳에 갈색 시궁창 물이 잔뜩 괴어 있는 웅덩이를 만들면서 오른쪽으로 구부러져 있었다.

군데군데 허물어진 벽이 마치 옴 올린 것처럼 생긴 집이 마침 도로에 묘한 모양으로 튀어나와 있는 앞에서 두 길이 만났다.

문짝도 부서지고 '광천수(鑛泉水) 판매'라는 간판도 떨어져서 나뒹굴어 있는, 폐허처럼 엉망이 된 가판대 옆 네거리에서 빅토르 레슈친스키는 리자와 헤어지기를 아쉬워하고 있었다.

상대방 손을 꼭 쥔 채로, 그는 의미심장하게 그녀의 눈을 들여다보면서 이야기했다.

"꼭 오는 거죠? 거짓말 아니지요?"

리자는 교태를 보이며 대답했다.

"갈게요, 꼭 갈 거예요. 기다려 줘요."

그리고 헤어지면서, 다시 약속을 하듯, 갈색의 촉촉한 두 눈을 반짝이며 생긋 웃어 보였다.

열 걸음 정도 지나쳐 간 데서, 리자는 모퉁이에서 큰길로 나온 두 사나이를 보았다. 앞에서 걸어가는 것은 가슴이 딱 벌어진 노동자였는데, 단추를 잠그지 않은 저고리 속으로 줄무늬 셔츠가 보이고, 검은 모자를 이마까지 푹 눌러 쓴 눈밑에 검푸른 멍이 들어 있었다.

그는 누런색 반장화를 신은 얼마간 굽은 다리로 힘차게 걸어가고 있었다.

털모자 아래 포승으로 묶인 이 사나이의 목덜미를, 경계하는 가느다란 두 눈이 지켜보고 있었다. 마호르카 담배로 그을려서 노랗게 된 콧수염이 양옆에 곤두서 있었다.

리자는 걸음을 조금 늦추고 큰길 반대쪽으로 건너갔다. 그러자 그때, 그녀 뒤쪽에서 파벨이 큰길에 나타났다.

집을 향해 오른쪽으로 길을 꺾어 들어가던 그도, 똑같이 걸어오는 그 두 사람을 보았다.

두 다리가 땅바닥에 얼어붙었다. 앞에서 오고 있는 것은 다름 아닌 주프라이였다.

'아, 그래서 집에 돌아오지 않았었구나!'

주프라이가 옆으로 다가왔다. 코르차긴의 심장은 무서운 힘으로 두근거리기 시작했다. 여러 생각이 잇달아서 스쳐 갔기 때문에, 그것을 붙잡고 정리할 수도 없었다. 마음을 정하기에는 너무나 여유가 없었다. 다만 한 가지 분명한 것은, 주프라이는 이제 죽는다는 사실이었다.

그리고 이쪽으로 다가오는 두 사람을 바라보면서, 파벨은 자신을 붙잡고 있는 감정의 소용돌이 속에 자기 자신을 잃어버리고 말았다.

'어떻게 해야 하나?'

막바지에 이르러서, 문득 생각이 났다. 주머니에 권총이 있다. 지나쳐 가는 순간에 총을 잡고 있는 놈의 등에 한 방 먹여주자. 그렇게 하면 표도르는 자유의 몸이 되는 것이다. 이런 결심에 온갖 잡념은 깨끗이 날아가 버렸다. 아플 정도로 이를 악물었다. 바로 어제도 표도르가 그에게 '대담한 친구들이 꼭 필요한 거야……'라고 말했잖은가.

파벨은 얼른 뒤를 돌아보았다. 시내로 통하는 길은 텅 비어 있었다. 사람의 그림자 하나 없었다. 앞쪽에는 짧은 봄 외투를 입은 여자의 모습이 총총히 지나가고 있었다. 저 정도뿐이라면 방해는 되지 않을 터였다. 네거리에서 옆으로 꺾여 있는 다음 길의 형편은 그에게는 보이지 않았다. 역으로 향하는 길 위로 몇몇 사람 모습만 아득히 바라보일 뿐이었다.

파벨은 길 가장자리로 다가갔다. 주프라이도 코르차긴이 몇 걸음 떨어진 곳에 왔을 때 상대방을 알아보았다.

한쪽 눈으로 그에게 신호를 해 보였다. 굵은 눈썹이 꿈틀하고 움직였다. 상대가 코르차긴이라는 것을 안 순간, 그 뜻밖의 일에 걸음을 늦추었다. 그러자 총검 끝이 그의 등을 쿡쿡 찔렀다.

"빨리 움직여, 이 새끼야. 개머리판으로 후려갈겨 줄 테니까!" 호송병은 날카로운 목소리로 악을 썼다.

주프라이는 전보다 보폭을 넓혀서 걸었다. 그는 파벨에게 무슨 말을 건네려다 말고, 인사 대신으로 한 손을 번쩍 들었다.

노랑 수염의 주의를 끌지 않기 위해 파벨은 주프라이를 지나쳐 보내면서, 시치미를 떼고 딴전을 부렸다.

그런데 머리를 스치는 것은 불안한 생각이었다. '만약에 저놈을 쐈다가 빗나가서 주프라이한테 맞으면 어쩌지……'

그러나 벌써 페틀류라 병사가 자기와 나란히 있는데, 그런 생각을 할 틈이 어디 있단 말인가?

그리고 그 결과는 다음과 같았다. 노랑 수염 호송병이 파벨과 나란하게 된 순간, 코르차긴이 느닷없이 상대방에게 덮쳤다. 그러고는 소총을 낚아채면서 죽어라 하고 땅바닥에 밀어붙였다.

총검이 탁 소리를 내며 돌맹이를 튕겼다.

페틀류라 병사는 생각지도 않던 기습을 당해 잠깐 얼이 빠진 눈치였으나, 순간적으로 있는 힘을 다하여 총을 자기 쪽으로 잡아당겼다. 파벨은 온몸으로 총에 올라타듯이 하여 죽어라고 눌렀다. 총성이 탕 하고 울렸다. 탄환은 돌덩이를 맞고 소리를 내며 도랑으로 튕겨 날아갔다.

총성과 함께 주프라이는 휙 하고 옆으로 비켜서며, 뒤돌아보았다. 호송병이 젊은이 손에서 소총을 빼앗으려 기를 쓰고 있었다. 그는 젊은이의 두 손을 비틀듯이 하면서 총을 이리 채고 저리 채고 하고 있었다. 하지만 파벨은 죽어도 총을 놓으려 하지 않았다. 악에 받친 페틀류라 병사는 인정사정없이 파벨을 땅바닥에 메다꽂았다. 그럼에도 총을 놓게 하지는 못했다. 길에 곤두박질치면서도 파벨은 호송병을 함께 끌고 넘어졌다. 그리고 이 지경에 이르러서는 이제 어떠한 힘도 그에게 총을 놓게 할 수는 없었다.

성큼성큼 두 걸음 만에 주프라이가 곁으로 다가왔다. 그의 무쇠 같은 주먹은 호송병의 머리로 날아갔다. 그제야 땅바닥에 쓰러져 있는 코르차긴에게서 떨어진 페틀류라 병사는 무쇠 같은 주먹을 두 방 얼굴에 더 얻어맞고는, 무거운 자루처럼 도랑 속으로 처박혀 버렸다.

바로 그 무쇠 같은 팔이 파벨을 땅바닥에서 안아 일으켜, 두 발로 서게 해 주었다.

네거리에서 백 걸음쯤 지나쳐 간 빅토르는, 〈갈대와 같은 여자의 마음〉을 휘파람으로 불면서 걸어갔다. 그의 기분은 방금 리자와 만났던 일과, 그녀가 내일 버려진 공장터로 그를 만나러 오기로 약속한 일에서 아직 빠져나오지 못하고 있었다.

중학교 장난꾸러기들 사이에서는, 리자 수하리코가 남자관계에 아주 대담하다는 소문이 자자했다.

뻔뻔스럽고, 자만심이 강한 세묜 잘리바노프라는 녀석이 리자를 따먹었다고 언젠가 빅토르에게 자랑삼아 말한 적이 있었다. 레슈친스키는 세묜의 말을 곧이곧대로 믿은 건 아니었지만, 그래도 리자는 매우 마음이 끌리는 흥미로운 상대였기 때문에, 그는 내일은 어떻게든 잘리바노프의 말이 진짜인지를 확인해 봐야겠다고 마음먹었다.

'저쪽이 오기만 한다면, 그까짓 어떻게든 따먹어 버리는 거야. 키스라면 벌써 해본 처지니까. 만약에 세묜의 말이 거짓이 아니라면……' 그의 공상은 여기서 끊어졌다. 그는 페틀류라 병사 둘을 지나쳐 보내려고 비켜섰다. 한 사람은 즈크로 만든 물주머니를 대롱대롱 매달고 꼬리가 짧은 말을 타고 갔다. 아마도 말에게 물을 먹이러 가는 것이겠지. 짧은 조끼에 헐렁한 푸른 바지를 입은 또 한 사람은, 말 탄 사나이의 무릎에 한 손을 얹고 뭔가 신이 나서 지껄이고 있었다.

두 사람을 지나쳐 보낸 뒤에 빅토르는 더 걸어갈 작정이었으나, 큰길에서 난 총소리로 걸음을 멈추고 말았다. 말을 탄 병사가 말에 채찍을 휘두르며 총소리가 난 쪽으로 달려갔다. 이어서 다른 한 사람도 긴 칼을 한 손에 쥐고 뛰어갔다.

레슈친스키도 그 뒤를 따라서 뛰어갔다. 큰길 가까이에 이르렀을 때 또 한 발의 총소리가 들렸다. 모퉁이 저쪽에서 기마병이 미친 듯이 빅토르 쪽으로 달려왔다. 그는 말을 두 발과 물주머니로 마구 두들기고 있었다. 그리고 첫 번째로 마주친 문으로 들어가면서, 안마당에 있던 무리를 향하여 소리쳤다.

"모두들 총을 들고 나와. 저쪽에서 누군가가 우리 편 하나를 죽였어!"

당장에 몇 명이 노리쇠를 철컥거리며 마당에서 뛰어나갔다.

빅토르는 체포되었다.

길에는 몇 사람이 붙들려 있었다. 빅토르도 그 가운데 하나였는데, 리자도 증인으로서 붙잡혀 왔다.

그녀는 주프라이와 코르차긴이 옆으로 지나쳐서 달려갔을 때, 겁에 질려 그 자리에 못 박혀버렸다. 페틀류라 병사와 맞서 싸운 사람이 바로 토냐가 자기에게 소개하려고 하던 젊은이라는 것을 알자 그녀는 깜짝 놀랐다.

두 사람은 잇달아서 어떤 집의 울타리를 뛰어넘었다. 그러자 바로 기마병이 길에서 달려왔다. 그는 총을 들고 달아나는 주프라이와, 땅바닥에서 일어서려고 기를 쓰고 있는 호송병을 보자 울타리 쪽으로 말을 달렸다.

주프라이는 몸을 돌려 총을 들고 쫓아오는 상대를 쏘았다. 기마병은 말에서 내동댕이쳐졌다.

터진 입술을 간신히 움직이면서, 호송병은 자초지종을 이야기했다.

"이런, 머저리 같으니. 코앞에서 범인을 놓쳐버렸단 말이야? 너 곤장을 25대쯤 얻어맞아야 되겠구나."

호송병은 발끈하며 네 말대로 악을 썼다.

"그래, 너 잘났다. 코앞에서 놓쳤다, 왜? 맑은 하늘에 날벼락이라더니, 어디서 느닷없이 엉뚱한 놈이 나타나서 덤벼들 줄을 누가 알았겠냐 말이야!"

리자도 조사를 받았다. 그녀도 호송병과 같은 사실을 말했다. 그러나 습격한 인물을 알고 있다는 사실은 덮어두었다. 결국 그들은 모조리 수비대로 끌려갔다.

밤이 되어서야 그들은 수비대장의 명령으로 풀려났다.

수비대장은 손수 리자를 집까지 바래다주겠다고 말했다. 하지만 그녀는 거절했다. 수비대장은 보드카 냄새를 풍기고 있었으므로, 그런 호의를 받아들여서 좋은 게 없었다.

그래서 리자는 빅토르가 바래다주게 되었다.

"이봐요, 누가 범인을 도왔는지 알아요?"

집 가까이까지 왔을 때 리자가 물었다.

"아니요, 내가 알 까닭이 없잖아요?"

"그 왜, 토냐가 어떤 젊은이를 우리에게 소개하려고 했던 날 밤의 일, 생각나요?"

빅토르는 걸음을 멈추었다.

"파벨 코르차긴 말이에요?" 그는 깜짝 놀라서 물었다.

"맞아요, 그 사람 이름이 코르차긴이라고 했어요. 그 사람, 그날 묘한 눈치로 돌아갔던 거 기억나죠? 틀림없이 그 사람이었어요."

빅토르는 어이가 없어 우뚝 섰다.

"틀림없어요?" 그는 리자에게 다시 물었다.

"틀림없어요. 나, 지금 그 사람 얼굴이 또렷하게 머리에 떠올랐거든요."

"그럼, 왜 그걸 수비대장에게 말하지 않았어요?"

리자는 발끈했다.

"뭐라고요? 내가 그런 비겁한 짓을 할 수 있다고 생각해요?"

"무엇이 비겁하다는 겁니까? 호송병에게 덤벼든 놈을 보고하는 것이 비겁하단 말이에요?"

"그럼, 칭찬받을 일이라두 된단 말인가요? 당신은 그 패거리들이 한 짓을 잊었어요? 중학교에 부모를 잃은 유대인 아이들이 얼마나 많은지 모르는군요. 그런데도 당신은 내가 코르차긴을 밀고해야만 한다, 그 말이군요? 미안하지만 나는 그런 짓은 생각해 보지도 않았어요."

이것은 레슈친스키에게는 뜻밖의 대답이었다. 그러나 리자와 말다툼을 할 생각은 없었으므로, 그는 말머리를 돌리려고 했다.

"그렇게 화를 낼 건 없어요, 리자. 농담도 못 하나요? 당신이 그처럼 원칙주의자인 줄은 미처 몰랐는걸요."

"그런 농담은 듣기 안 좋아요." 리자는 쌀쌀맞게 대답했다.

수하리코네 집 앞에서 빅토르는 작별 인사를 하면서 물었다.

"와주겠지요, 리자?"

그리고 분명치 않은 그녀의 대답을 들었다.

"잘 모르겠어요······."

시내 쪽으로 걸어가는 동안 빅토르는 곰곰이 생각했다. '이것 봐, 아가씨. 당신은 좋지 않은 짓이라 생각할지도 모르지만, 내 견해는 다르단 말이야. 물론 누가 누구를 달아나게 하건, 그런 건 나한테는 아무래도 상관없는 일이지만.'

이름 있는 폴란드 귀족의 아들인 레슈친스키는 혁명군도, 반혁명군도 싫었다. 이제 머잖아 폴란드 군대가 온다. 그리고 그때야말로 진짜 정권, 즉 폴란드 리투아니아 왕국의 귀족 정권이 탄생하는 것이다. 하지만 지금이라면 저 코르차긴 녀석을 없애버릴 수 있다. 놈들이라면 틀림없이 당장에라도 그놈의 숨통을 끊어버릴 테니까.

빅토르는 혼자서 시내에 남아 있었다. 살고 있는 곳은 사탕공장 부지배인의 아내인 고모네 집이었다. 부모와 넬리는 오래전에, 시기즈문드 레슈친스키가 요직에 앉아 있는 바르샤바에 옮겨 살고 있었다.

수비대까지 오자, 빅토르는 열려 있는 문 안으로 들어섰다.

한참 뒤, 그는 페틀류라 병사 넷과 함께 코르차긴네 집으로 향하고 있었다.

불이 켜져 있는 창문을 가리키면서 그가 낮은 목소리로 말했다.

"자, 여깁니다." 그리고 나란히 서 있던 기병 소위 쪽을 보고 물었다.

"이제 돌아가도 될까요?"

"그럼요. 다음은 우리가 알아서 할 테니까. 수고가 많았소."

빅토르는 서둘러서 걸음을 재촉해 갔다.

파벨은 등에 마지막 주먹을 얻어맞고는, 끌려온 어두운 방의 벽에 앞으로 뻗친 두 손이 부딪쳤다. 손으로 더듬자 널빤지로 된 침대 같은 것이 있었으므로, 여태까지 그야말로 시달릴 대로 시달려 비실비실할 정도로 힘이 빠진 그는 거기에 걸터앉았다.

그는 생각지도 않고 있던 때 붙잡혔다. '어떻게 페틀류라 패거리들이 나라는 걸 알아냈을까? 아무도 본 사람이 없는데. 앞으로 어떻게 되는 거지? 주프라이는 어디에 있을까?'

그가 수병과 헤어진 것은 클림카의 집에서였다. 파벨은 세료자네 집으로 가고, 주프라이는 시내에서 몸을 피하기 위하여 밤이 되기를 기다리고 있었던 것이다.

'그래도 그만하기 다행이야. 권총을 까치 집에 숨겨두어서.' 파벨은 생각했다. '놈들에게 그걸 들켰더라면 나는 끝장이었을 테니까 말이야. 그러나저러나 어떻게 알았을까?' 이 의문은 확실치 않은 만큼 그를 더욱 괴롭혔다.

코르차긴네 집의 재산 가운데는 페틀류라 패들이 탐낼 만한 것은 별로 없었다. 옷과 아코디언은 형이 마을로 가져갔고, 어머니는 자기 짐 가방을 들고 갔다. 그래서 구석구석을 아무리 뒤져도 페틀류라 패들의 수확이란 보잘것없었다.

그에 비하여 파벨은 집에서 수비대까지 가는 길을 잊을 수가 없었다. 눈을 찔려도 알 수 없을 정도로 칠흑 같은 밤이었다. 하늘은 비구름으로 덮여 있었다. 그리고 양 옆구리와 등 뒤에서 마구 발길질을 당하여, 그는 몽롱한 상태에서 걸어왔던 것이다.

문 안쪽에서 사람 목소리가 들려왔다. 옆방은 수비대의 위병(衛兵) 대기실이었다. 문 밑의 틈에서 밝은 빛줄기가 보였다. 코르차긴은 일어서서 발소리를 죽이고 살금살금 손으로 벽을 더듬으며 방을 한 바퀴 둘러보았다. 널빤지 침대 건너편에 톱니 모양의 단단한 격자가 박힌 창문을 찾아냈다. 한 손으로 더듬어 보니 매우 튼튼했다. 아마도 이전에 창고 따위로 쓰던 곳인 듯했다.

문 쪽으로 살그머니 다가가, 귀를 쫑긋 세우고 한동안 서 있었다. 그리고 나서 손잡이를 살짝 눌러보았다. 문은 요란하게 삐걱거리는 소리를 냈다.

'다 썩은 문짝이로군, 제기랄!' 파벨은 속으로 투덜거렸다.

열려 있는 좁은 틈새 너머로, 발가락을 곧게 세운, 못이 박힌 누군가의 두 발이 보였다. 다시 문을 가볍게 밀자, 문은 사정없이 삐걱거리는 소리를 냈다. 그러자 침대상에서 잠이 덜 깬, 점잖지 못한 모습의 사람 그림자가 일어나 앉더니, 아마도 이가 득실거릴 머리를 다섯 손가락으로 북북 긁어대면서 투덜대기 시작했다. 천한 억양과 말투의 신세타령과 욕지거리가 한참 이어지더니, 그 그림자는 머리맡에 세워 두었던 총을 만지며 아무렇지도 않게 내뱉었다.

"빨리 문 닫아. 다시 한 번 이쪽을 들여다보면 따끔한 맛을 보여줄 테니까……."

파벨은 문을 닫았다. 옆방에서는 웃음소리가 들려왔다.

이날 밤, 그는 곰곰이 생각에 잠겼다. 투쟁에 뛰어들려던 첫 시도는, 코르차긴의 경우에는 이리하여 성공을 거두지 못하고 끝나버렸다. 첫발을 내디디자마자 붙잡혀서, 상자 속 쥐처럼 꼼짝 못하게 갇혀버린 몸이 되었던 것이다.

그리고 앉은 채로 불안한 옅은 잠에 빠져 있자니 어머니 모습이, 정다운 눈을 한 깡마르고 주름투성이 얼굴이 떠올랐다. '어머니가 안 계셔서 차라리 다행이었지. 그만큼 슬픔도 덜게 된 셈이니까.'

창문에서 바닥을 향하여 회색의 네모난 모양이 그려지기 시작했다.

어둠은 조금씩 사라져 갔다. 새벽이 가까워지고 있었던 것이다.

6

오래된 큰 저택 안에서 환하게 불이 켜져 있는 것은, 커튼이 쳐진 창문 하나뿐이었다. 정원에서는 쇠줄로 매어 놓은 맹견 트레소르가 겁을 주듯이 낮은 소리로 으르렁거리고 있었다.

토냐는 잠결에 어머니의 낮은 목소리를 들었다.

"아니야, 그 애는 아직 잠이 안 들었을 거야. 들렀다 가거라, 리자."

가벼운 발소리와 친구끼리의 다정한 포옹이 토냐의 선잠을 깨워 주었다.

토냐는 피곤한 듯한 미소를 띠었다.

"마침 잘 왔어, 리자. 지금 우리도 한숨 돌린 참이야. 어제 아빠도 한고비 넘기고, 오늘은 하루 종일 편안하게 주무시고 계셔. 나도 엄마도 며칠 밤이나 꼬박 새웠잖니. 그래서 지금 쉬고 있는 거야. 자, 리자, 무엇이든 소식이 있으면 이야기해 줘." 토냐는 자기가 앉아 있는 소파로 친구를 끌어 앉혔다.

"그래, 아닌 게 아니라 전할 소식이 많단다! 너한테밖에 말할 수 없는 일도 있어." 리자는 어머니인 예카테리나 미하일로브나 쪽을 힐끔 쳐다보며 싱긋 웃었다.

토냐의 어머니도 생긋 웃었다. 서른여섯 살이지만 몸놀림은 젊은 아가씨처럼 발랄하고, 슬기로워 보이는 회색 눈과, 아름답다고는 할 수 없지만 인상 좋은 야무진 용모를 가진 풍채 좋은 귀부인이었다.

"이제 곧 너희 둘만 있게 해줄 테니 조금만 기다려라. 하지만 그 전에 공개해도 되는 소식만이라도 좀 들려줄 수 없겠니?" 그녀는 소파 쪽으로 의자를 끌어오면서, 농담처럼 말했다.

"첫 번째 소식은, 이제 우리 공부는 다 끝났다는 거예요. 학교 이사회가 7학년에 졸업을 주기로 결정했대요. 나는 어찌나 신나는지." 리자는 신바람이 나서 이야기했다. "왜냐하면 대수나 기하 같은 건 정말 진절머리가 나 있었거든요! 그런 걸 가르쳐서 어쩌자는 건지 모르겠어요. 사내아이들이라면 앞으로 상급학교를 가는 데 필요할지도 모르겠지만, 그것도 그렇지, 지금 같아서는 장래 계획을 세울 형편이 아니잖아요? 오나가나 전쟁, 전쟁. 정말 소름이 끼쳐요! 우리야 어차피 결혼할 텐데, 가정주부에게 대수 같은 게 무슨 필요람."

그러면서 리자는 웃기 시작했다.

한참 동안 딸들과 함께 앉아 있다가, 어머니 예카테리나 미하일로브나는 자기 방으로 갔다.

리자는 토냐 쪽으로 다가앉아 상대를 끌어안듯이 하면서, 네거리에서의 활극 사건을 소곤소곤 이야기해 주었다.

"있잖아, 토네치카, 달아나는 사람이 누군지를 알았을 때 내가 얼마나 놀랐을지 상상해 봐…… 너, 그게 누군지 알겠니?"

토냐는 호기심으로 그 이야기에 귀를 기울이면서도, 영문을 알 수 없다는 듯이 어깨를 으쓱했다.

"코르차긴이야!" 리자가 불쑥 내뱉었다.

토냐는 움찔하면서 몸을 떨었다.

"코르차긴?"

효과가 만점인 데에 만족한 리자는, 이어서 이번에는 빅토르와 말다툼을 한 이야기를 털어놓았다.

자신의 이야기에 열중하고 있던 리자는 투마노바의 얼굴이 헬쑥해진 것과, 그녀의 가느다란 손가락이 파란 블라우스 자락을 신경질적으로 쥐어뜯고 있다는 것도 눈치채지 못했다. 토냐의 심장이 얼마나 불안하게 조이고 있었는지, 아름다운 눈의 짙은 눈썹이 왜 이렇게 꿈틀꿈틀 움직이는지 리자는 몰랐다.

토냐는 이제 술 취한 기병 소위의 이야기 따위는 귀에 들어오지 않았다. 그녀의 생각은 단 하나 '습격한 사람을 빅토르 레슈친스키가 알고 있다. 어쩌자고 리자는 그런 사내에게 그런 말을 지껄였단 말인가?'라는 것뿐이었다. 그리고 불쑥 저도 모르게 그런 생각이 말이 되어서 나왔다.

"뭐라고?" 리자는 이해하지 못했다.

"어쩌자고 너는 레슈친스키 같은 사람에게 파블루샤의 일을, 그러니까 코르차긴의 일을 이야기했니? 그 사람, 당장에 입을 놀릴 거야……."

리자는 그 말에 반박했다.

"설마! 난 그렇게는 생각하지 않아. 그런 짓을 해서 무슨 소득이 있다고?"

토냐는 두 손으로 무릎을 아플 만큼 꼭 끌어안고, 정색하며 고쳐 앉았다.

"넌 말이야, 리자, 아무것도 몰라! 그 사람과 코르차긴은 앙숙이란 말이야. 게다가 거기에는 또 한 가지 까닭이 있어…… 빅토르에게 파블루샤의 일을 알리다니, 너도 참 엄청난 일을 저질렀다, 애."

리자는 그제야 토냐가 흥분했다는 것을 알아차렸다. 그것도 무심코 입에서 나온 '파블루샤'라는 한마디가 이제까지 수수께끼였던 것에 대해 그녀의 눈을 뜨게 해주었기 때문이다.

자신이 실수했다는 생각이 들자, 그녀는 풀이 죽었다.

'그건 역시 사실이었어.' 그녀는 생각했다. '정말 이상한 일이야. 토냐가 갑자기 이처럼 열을 올리다니. 그가 뭐라고? 보잘것없는 노동자 따위한테…….'

그녀는 이 문제에 대해 여러 가지로 이야기를 나누고 싶었다. 그러나 친구로서의 배려심으로 참고 있었다. 그보다도 어떻게든 자기 잘못을 속죄하고픈 마음에 토냐의 손을 잡았다.

"너, 많이 걱정되는구나, 토네치카?"

토냐는 멍하니 대답했다.

"아니야, 하긴 어쩌면, 빅토르는 내가 생각하는 것보다 성실한 사람일지도 모르지."

얼마 뒤, 동급생 데미야노프가 찾아왔다. 그는 마음이 연약하고 둔하게 생긴 젊은이였다.

그가 올 때까지 두 아가씨 사이의 이야기는 끝내 잘 풀리지 않았다.

두 친구를 보내고 나서도, 토냐는 한참 동안 혼자서 말뚝처럼 서 있었다. 대문에 기대어 서서, 시내로 통하는 길을 바라보고 있었다. 싸늘한 습기와 이른 봄의 물기를 머금은 영원한 방랑자인 바람이 불어왔다. 아득히 먼 곳에서는 거리의 집 창문들이 빨갛게 탁한 눈동자처럼 불길하게 깜박이고 있었다. 저곳이 그렇다. 저 거리도 자신에게는 이제 인연이 없다. 저곳의 어느 지붕 밑에, 자기 몸의 위험도 모른 채 반항심에 불타는 그녀의 가까운 친구가 있는 것이다. 어쩌면 그녀를 잊어버렸는지도 모른다. 둘이서 마지막으로 만나고 나서, 벌써 얼마나 많은 날들이 지나갔는가? 그때는 그 사람이 잘못했다. 하지만 모든 것은 이미 옛날에 잊었다. 내일 그 사람을 만나보자. 그렇게 하면 가슴 뛰는 아름다운 우정이 되돌아올 것이다. 꼭 되돌아오고말고. 토냐는 그것을 믿고 있었다. 그저 지금, 밤사이라도 무슨 일만 일어나지 않으면 되는 것이다. 그러나 오늘 밤은 왠지 기분이 좋지 않다. 누가 몸을 숨기고 덮치려고 기다리기라도 하고 있는 것 같다…… 춥다.

길 위로 마지막 시선을 던지고 나서, 토냐는 집으로 들어갔다. 침대 속에서 담요를 뒤집어쓴 그녀는, 오늘 밤에 아무 일도 일어나지 않아야 할 텐데!…… 그것만을 마음속으로 되뇌면서 잠들었다.

아침 일찍, 식구들이 아직 자고 있는 시간에 눈을 뜬 토냐는 재빨리 옷을 갈아입었다. 식구들을 깨우지 않도록 살그머니 마당으로 나와, 몸집이 크고 털이 복슬복슬한 수캐인 트레소르를 풀어주어 데리고 시내로 나갔다. 코르차긴네 집 건너편까지 오자, 잠시 주저하다가 멈추었다. 그리고 쪽문을 열고 안마당에 들어섰다. 트레소르도 꼬리를 흔들며 앞장서서 뛰어갔다……

마침 이날 아침에는 아르춈이 마을에서 돌아와 있던 참이었다. 일하고 있는 대장간 주인과 함께 말수레를 타고 왔던 것이다. 그는 그동안 번 밀가루 부대를 어깨에 메고, 안마당을 지나갔다. 그 뒤로는 대장장이가 살림 도구 나머지를 몽땅 들고 왔다. 활짝 열려 있는 문 앞에서 아르춈은 부대를 내려놓으며 큰 소리로 불렀다.

"파브카!"

그러나 대답은 없었다.

"집 안으로 끌고 가지. 이까짓 것 가지고 뭘 그래?"

곁에 온 대장장이가 말했다.

살림 도구를 부엌에 놓고, 아르춈은 방으로 들어갔다. 그리고 멍하니 서 있었다. 집 안이 온통 엉망진창 흩어져 있고, 낡은 넝마 조각들이 바닥에 널려 있었다.

"이게 웬일이지?" 아르춈은 대장장이 쪽을 돌아보며 알 수 없다는 듯이 중얼거렸다.

"글쎄 말이야, 어지간히 쑤셔놓았는데." 상대방도 맞장구를 쳤다.

"이 녀석은 어디로 가버렸지?" 아르춈은 울화가 치밀었다.

그렇지만 방에는 아무도 없었으므로 물어볼 상대도 없었다.

대장장이는 인사를 하고 돌아갔다.

아르춈은 마당으로 나가, 둘레를 살피기 시작했다.

'도대체 무슨 일인지 알 수가 있어야지! 방문은 활짝 열려 있고, 파브카 녀석은 사라져 버리고.'

그때 등 뒤에서 발소리가 들렸다. 아르촘은 돌아다보았다. 눈앞에는 귀를 쫑긋 세운 송아지만 한 개가 있었다. 쪽문에서 집 쪽으로 낯선 아가씨가 걸어오고 있었다.

"저, 파벨 코르차긴 씨를 만나고 싶은데요." 그는 아르촘을 바라보면서 작은 목소리로 말했다.

"나도 만나야 하겠는데 말이오. 도대체 이 녀석이 어디 갔는지 알 수가 없구려! 내가 집에 와보니까, 방문은 활짝 열려 있고 녀석도 간 데가 없지 않겠어요? 아가씨도 그 녀석한테 볼일이 있어서 왔소?"

그는 아가씨 쪽을 쳐다보았다.

그녀는 대답 대신에 이렇게 물었다.

"당신이 코르차긴의 형님 아르촘 씨인가요?"

"그렇소, 그런데?"

그러나 아가씨는 거기에 대답도 하지 않고, 활짝 열린 문 쪽을 걱정스러운 표정으로 바라보고 있었다. '내가 왜 어제 오지 않았을까? 어쩌면? 설마?' 가슴이 더욱 짓눌리는 것 같았다.

"형님이 오셨을 때 집은 문이 열려 있고, 파벨은 없었다는 말씀이에요?"

그녀는 놀란 얼굴로 자신을 쳐다보고 있는 아르촘에게 물었다.

"그런데 대체 아가씨는 파벨에게 무슨 볼일이 있는 거요?"

토냐는 아르촘 쪽으로 더 가까이 다가갔다. 그리고 주위를 두리번거리고 나서 다급히 이야기했다.

"확실한 건 모르지만, 파벨이 집에 없다면 그건 붙잡혀 간 거예요."

"아니, 무슨 까닭으로요?" 아르촘은 깜짝 놀라며 몸을 떨었다.

"방으로 들어가지요." 토냐가 말했다.

아르촘은 아무 말 없이, 그녀의 이야기에 귀를 기울였다. 그녀가 알고 있는 사실을 모조리 전해 듣고 나자 그는 절망에 빠졌다.

"빌어먹을, 이게 무슨 일이람. 벼락을 맞을 놈들! 안 그래도 근심거리가 넘쳐나는데 그 개새끼들이 이제 내 동생까지……." 그는 침통하게 중얼거렸다. "방이 왜 난장판이 됐는지 이제야 알겠구나. 악마 같은 놈들이 그 애마저 끌어들였단 말이지…… 자, 이제부터 어디를 가서 찾아야지? 그런데 아가씨, 아가씨는 어디 사는 누구죠?"

"저는 영림서장 투마노프의 딸입니다. 파벨과는 친구예요."

"그래요……." 아르촘은 넋나간 사람처럼 소리를 늘어뜨렸다.

"이것 봐요, 모처럼 그 녀석에게 먹이려고 밀가루를 가져왔는데 이 난리니, 원……."

토냐와 아르촘은 말없이 상대를 바라보았다.

"저는 이만 가볼게요. 형님이라면 찾으실 수 있을 거예요." 아르촘에게 인사를 하면서, 토냐는 온화한 목소리로 말했다. "밤에 다시 들르겠어요. 그때 상황을 알려주세요."

아르촘은 잠자코 고개만 끄덕였다.

겨울잠에서 깬 힘없는 파리 한 마리가 창문 옆에서 윙윙거렸다. 닳아서 해진 소파의 한쪽 끝에 한 농촌 처녀가 무릎에 팔꿈치를 세워 턱을 괴고, 지저분한 방바닥에 초점 없는 시선을 보내면서 앉아 있었다.

수비대장은 입 한쪽 끝에 담배를 삐딱하게 물고 호기롭게 증명서에 서명을 하고 있는 참이었는데, '셰페토프카 도시 수비대장 기병 소위'라는 직함 밑에 한껏 멋을 부린 갈고랑이 모양을 붙여서 멋드러지게 사인을 휘갈겼다. 문 쪽에서 철거덕철거덕 하는 박차(拍車) 소리가 들렸다. 수비대장은 고개를 들었다.

눈앞에는 한 손에 붕대를 감은 살로믜가가 서 있었다.

"이런, 또 무슨 바람이 불어서 왔는가?" 수비대장은 그를 맞았다.

"기막힌 바람이지, 보군 연대 놈에게 한 팔을 뼈까지 얻어맞았으니까."

살로믜가는 여자가 있는 것도 개의치 않고 온갖 욕설을 퍼부었다.

"그럼 뭐야, 이리로 치료를 받으러 온 거야?"

"치료는 저세상에 가거든 하지. 전선에서는 물이 뚝뚝 떨어지도록 쥐어짜고 있으니까 말이야."

수비대장은 턱을 여자 쪽으로 쳐들어 보이며 그의 말을 막았다.

"이야기는 나중에 하지."

살로믜가는 의자에 털썩 걸터앉아서 휘장이 달린 군모를 벗었는데, 거기에는 세 갈래진 창이 조각되어 있었다. 우크라이나 인민공화국의 문장(紋章)이다.

"사실은 골루브가 보내서 왔는데 말이야." 그는 작은 소리로 말하기 시작했다. "근위저격사단이 옮겨온대. 그렇게 되면 아무래도 이 근처에서 머잖아 시끄러운 일이 일어날 테니까, 그래서 내가 질서 유지 임무를 맡아야 할 것 같아. 어쩌면 '최고지도자'가 올지도 모르고, 게다가 그와 함께 온갖 외국의 거위들도 따라올 게 아니겠어? 그러니까 이 고장에서는 예의 그 '기분 전환' 건은 아무도 입에 올리지 못하도록 손을 써두어야 할 거야. 그런데 자네 쓰고 있는 게 뭐야?"

수비대장은 담배를 입의 반대쪽으로 옮겨 물었다.

"여기에 개새끼를 하나 처넣어 두고 있지. 아직 꼬마지만. 그 왜, 기억나지? 철도 종업원들을 부추겼던 주프라이라는 자식 말이야. 그놈이 드디어 역에서 그물에 걸려들었지 뭐야."

"그래? 그래서?" 살로믜가는 재미있다는 듯이 다가앉았다.

"그런데 말이야, 들어 봐, 정거장 경비대장으로 있는 덜떨어진 오멜첸코 녀석이 카자흐 병사를 한 놈만 딸려서 그놈을 이쪽으로 보냈단 말이야. 그걸 지금 여기에 잡아 처넣은 꼬마가 대낮에 날려 보냈어. 카자흐 병사는 총을 빼앗기고, 이는 부러지고, 그래서 그놈은 달아나 버렸다고. 주프라이 새끼는 감쪽같이 날랐어. 하지만 꼬마만은 잡았지. 자, 이게 조서야, 읽어 봐."

그는 살로믜가 앞에 빽빽이 적힌 서류를 한 뭉치 내밀었다.

상대는 다치지 않은 왼손으로 페이지를 넘기면서 대충 훑어보았다. 다 살펴보고 나서, 그는 수비대장을 쳐다보며 물었다.

"그래서 자네는 그 꼬마한테서 아무단서도 못 얻었다는 거야?"

수비대장은 신경질적으로 군모의 챙을 잡아당겼다.

"닷새 동안 이 새끼한테 매달려 있는데, 입을 안 열어. '아무것도 모릅니다. 내가 달아나게 한 게 아닙니다' 그 소리뿐이야. 묘하게 깡이 있는 별난 녀석이야. 호송병 녀석이 여기 와서 그 꼬마를 잡아죽이려고 하는 것을 간신히 뜯어말렸지. 왜냐하면 범인을 놓친 벌로, 오멜첸코가 그 카자흐 병사에게 곤장 25대를 갈겼거든. 그래서 그 분풀이를 꼬마에게 한 거지. 그 꼬마를 더 붙잡아놔봤자 아무 소용도 없고 해서, 차라리 처치해 버리려고 서류를 사령부에 보내려던 참이야."

살로믜가는 경멸하듯이 침을 탁 뱉았다.

"그놈을 내 손에 넘겨준다면, 내가 입을 열게 해주지. 범인 신문이란 너 같은 신부 아들에게는 어울리지 않아. 신학생 출신 수비대장이라니, 나 참 우스워서. 그래, 그 꼬마에게 곤장이라도 갈겨봤어?"

수비대장은 기분이 확 상했다.

"공연히 큰소리치지 마. 내가 누군 줄 알고 함부로 입을 놀리는 거야. 나는 이곳 수비대장이야. 건방진 참견은 집어치우는 게 좋을걸."

살로믜가는 발끈하는 수비대장을 보고, 큰 소리로 웃었다.

"하하하!…… 야, 이 신부 아들아, 화내지 마라, 볼이 부어서 터지겠다. 그건 그렇고, 그까짓 건 아무래도 좋아. 그보다도 밀주를 두세 병 구할 데 있을까?"

수비대장은 싱긋 웃었다.

"그야, 구할 수 없는 것도 아니지."

"그리고 이 꼬마 녀석은 말이야." 살로믜가는 손가락으로 서류 뭉치를 쿡 찔렀다. "만약에 결재를 맡으려거든 나이를 열여섯이 아니라 열여덟으로 해두는 게 좋을 거야. 이 6에다 이렇게 고리 하나를 붙여서 8로 만들어 놓는 거야. 그렇지 않고는 승인이 안 떨어질걸."

창고에 갇혀 있는 사람은 셋이었다. 낡은 윗옷을 입은 털북숭이 영감이 헐렁한 바지 속 빼빼 마른 다리를 구부리고, 널빤지로 된 침대에 옆으로 누워 있었다. 이 노인은 집에서 재워 준 페틀류라 병사의 말이 헛간에서 사라졌다고 해서 붙잡혀 온 것이다. 바닥에는 교활하고 약삭빠른 눈매에 턱이 뾰족한 중년 여자가 앉아 있었는데, 밀주를 팔고 시계와 여러 물건을 훔친 죄로 체포되었다. 마지막으로 구석의 창문 밑에, 모자를 베고서 반은 기절한 상태로 누워 있는 것이 코르차긴이었다.

이 창고에 염색한 머릿수건을 농사꾼처럼 두른 젊은 여자가 놀란 토끼눈을 하고 끌려 들어왔다.

그녀는 잠시 서서 멈칫거리더니, 밀주꾼 여자 옆에 앉았다.

상대방 여자는 이 새 얼굴을 이리저리 훑어보고 나서, 빠른 말투로 물었다.

"매를 맞았어, 처녀?"

대답이 없었으므로, 다시 물었다.

"무슨 일로 들어왔어, 응? 밀주는 아니겠지?"

농가 처녀는 일어서서, 이 수다스런 여자 쪽을 한 번 쳐다보고 나서 가만히 대답했다.

"아니에요. 오빠 대신 잡혀 왔어요."

"오빠가 어쨌기에?" 여자가 귀찮게 굴었다.

노인이 말참견을 했다.

"뭘 그리 꼬치꼬치 캐는 거지? 사람이란 때로는 이 세상이 싫어지는 때도 있는 법이야. 그렇게 귀찮게 굴지 말게."

여자는 얼른 널빤지 침대 쪽으로 고개를 돌렸다.

"영감이 무슨 참견이람. 누가 자기하고 말하고 있나?"

노인은 침을 탁 뱉었다.

"남의 일에 이래라저래라 간섭하지 말란 말이야."

창고 안은 조용해졌다. 처녀는 커다란 머릿수건을 바닥에 깔고, 팔을 베고 누웠다.

밀주꾼 여자는 음식을 먹기 시작했다. 노인은 침대에 걸터앉아 담배를 천천히 말아서 피웠다. 창고에는 지독한 담배 연기가 자욱해졌다.

입에 가득 음식을 넣고 게걸스럽게 우적우적 먹으면서 여자가 투덜댔다.

"누가 뭘 먹을 때는 좀 냄새를 피우지 말아줬으면 좋겠네. 그렇게 연신 피워 대야만 하는 건지 원……."

노인은 심술궂게 히히히 하고 웃었다.

"왜, 살 빠질까 봐 걱정되나? 어차피 금방 나가기는 글렀어. 저 꼬마한테도 좀 먹게 하는 게 어때? 혼자만 배 채우지 말고 말이야."

여자는 퉁명스럽게 대꾸했다.

"먹으라는데도 싫다잖아. 남 일에 참견은 좀 안 해줬으면 좋겠네. 누가 제 몫을 뺏어먹는 것도 아니고."

처녀는 밀주꾼 여자 쪽으로 돌아누워, 눈으로 코르차긴 쪽을 가리키며 물었다.

"저 사람은 무슨 일로 들어왔는지 아세요?"

여자는 말동무가 생긴 것이 기뻐서 기꺼이 알려주었다.

"이 고장 젊은이인데, 찬모로 일하는 코르차기나의 막내아들이야."

처녀의 귀에다 대고, 밀주꾼 여자는 계속해서 소곤거렸다.

"볼셰비키를 도망가게 했다나 봐. 우리 이웃 조줄리하네 집에 방을 빌려 묵고 있던 한 수병인데 말이야"

처녀는 생각이 났다. '처치해 버리려고 서류를 사령부에 보내려던 참이야……'

정거장은 잇달아 들어오는 군용 열차로 붐볐다. 그리고 거기서는 근위저격대가 질서도 없이 떼를 지어서 쏟아져 나왔다. 철강판을 두른 4량 연결의 장갑 열차 '자포로제츠'호가 철로 위를 느릿느릿 기어가고 있었다. 무개차(無蓋車)에서는 대포가 끌어내려졌다. 화차에서는 말들이 내려졌다. 그리고 그 자리에서 안장을 놓고 올라타자, 대열이 허물어진 보병들 틈을 헤치면서, 기병대가 늘어서 있는 역구내로 빠져나갔다.

상관들은 각자의 부대 번호를 큰 소리로 부르면서 이리저리 뛰어다녔다.

정거장은 벌집을 쑤셔놓은 듯이 난장판을 이루고 있었다. 그러나 시끌시끌하고 뒤죽박죽된 무리들 중에서는 차츰 소대 단위의 사각형이 만들어지고, 이윽고 무장한 사람들의 흐름은 시내로 향해서 들어갔다. 한길에는 밤까지 포차(砲車) 소리가 요란하고, 시내로 들어온 근위저격사단의 후미(後尾)가 느릿느릿 뒤따라갔다.

그리고 마지막으로 행렬의 후위(後衛)를 맡은 본부중대의 120명이 일제히 고함을 질러대면서 나아갔다.

우렁찬 함성을, 커다란 외침을
들었는가?
이것이 이름 높은 페틀류라
우크라이나에 쳐들어왔네…….

코르차긴은 작은 창문 쪽을 향해서 일어섰다. 해가 지기 시작한 속에 그는 길 위 차량들의 울림과, 줄지어 지나가는 발소리와, 요란스런 군가 소리를 들었다.

뒤에서 누군가 나지막이 말했다.

"군대가 들어온 모양이군요."

코르차긴은 돌아다보았다.

그것은 어제, 붙잡혀서 들어온 처녀가 하는 말이었다.

그도 이 처녀의 사정을 알고 있었다. 밀주꾼 여자가 마침내 목적을 이루었던 것이다. 이 처녀는 시내에서 7노리 떨어진 농촌 출신이었다. 오빠 그리츠코는 붉은 파르티잔으로, 소비에트가 집권했을 때 빈농위원회를 지도했다.

그러다가 붉은 군대가 떠나가 되자 그리츠코도 기관총 탄띠를 허리에 차고 떠나버렸다. 그래서 남은 가족은 살길이 막막해졌다. 말이 한 필 있었으나, 그것도 징발당하고 말았다. 아버지는 시내로 끌려가 투옥되어서 온갖 고초를 겪었다. 촌장(村長)—그리츠코에게 혼찌검이 났던 한 사람—은 그 분풀이로 그리츠코가 없는 집을 숙사로 삼고, 온갖 사람들을 끌어들여 머물게 했다. 마침내 식구들은 살아나갈 길이 막막해졌다. 그런데 어제, 범인 체포를 독려하러 왔다면서 수비대장이 마을에 나타났다. 촌장은 그리츠코 집으로 그를 안내했다. 수비대장은 처녀를 유심히 보더니, 아침이 되자 '심문'을 할 게 있다고 하면서 그녀를 시내로 끌고 온 것이었다.

코르차긴은 잠이 오지 않았다. 마음이 조급해지고, 아무래도 떨쳐버릴 수가 없는 한 생각—'앞으로 어떻게 되는 것일까?'라는 생각만이 머릿속을 맴돌았다.

얻어맞은 몸이 심하게 쑤셨다. 본능적인 증오로 호송병에게 심하게 얻어맞았기 때문이다.

불길한 생각을 떨쳐버리려고, 그는 한방 여자들이 속삭이는 소리에 귀를 기울였다.

처녀의 이야기에 따르면, 수비대장은 그녀에게 계속 추근대면서 으름장도 놓아보고 달래보기도 했으나 끝내 그녀가 몸을 허락하지 않자 짐승처럼 씨근덕거리며 말했다.

"지하실에 가둬 두겠다. 내가 있는 한, 너는 절대로 거기서 못 나올 테니 그리 알아!"

어둠이 구석구석에 깔리기 시작했다. 이제부터 기다리고 있는 것은 숨 막히고, 불안한 밤이었다. 또다시 내일은 어떻게 될까, 하는 생각이 덮쳐왔다. 7일째가 되는 밤인데, 벌써 몇 달이 지난 것처럼 잠자는 것도 괴롭고, 몸이 쑤시는 것도 가라앉지를 않았다. 이 창고에 처박혀 있는 것은, 이제 세 사람뿐이었다.

널빤지 침대 위의 영감은, 마치 자기 집 페치카 곁에서 자고 있는 것처럼 코를 골고 있었다. 밀주꾼 여자는, 소위가 보드카를 구하려고 풀어주었다. 크리스티나라는 처녀와 파벨은 거의 나란히 누워 있었다. 어제는 창 너머로 세료시카의 모습을 보았다. 오랜 시간을 길거리에 서서, 이 집 창문 쪽을 쓸쓸히 쳐다보고 있었다.

'내가 이곳에 있다는 걸 아는 모양이다.'

사흘 동안, 시큼한 흑빵을 들여보내 주었다. 누가 넣어준 것인지는 가르쳐주지 않았다. 이틀 동안 수비대장이 심문을 했다. 이런 짓을 해서 도대체 어쩌자는 것일까?

그는 심문에 대해서는 아무 말도 하지 않고, 모든 것을 부인했다. 왜 입을 열지 않았는지 그 자신도 몰랐다. 책에서 읽은 적이 있는 사람들처럼 대담무쌍하고 완강해지고 싶었다. 하지만 붙잡혀서 한밤중에 연행되던 도중에, 커다란 증기제분소 건물 옆에서 호송병 하나가 "소위님, 이런 놈 굳이 끌고 갈 필요도 없지 않습니까? 등에다 대고 한 방 먹이면 깨끗이 끝나버리는데"라고 했을 때는, 정말 공포스러웠다. 그렇다, 열여섯 살에 죽는다는 것은 두려운 일이다! 죽는다는 것은—이제 영원히 살지 않는다는 말이니까.

크리스티나도 골똘히 생각에 잠겨 있었다. 그녀 쪽이 이 소년보다 더 많은 것을 알고 있었다. 그는 아마도 그 사실을 모르겠지…… 그렇지만 그녀는 그것을 들었다.

그는 잠을 이루지 못하고, 밤마다 뒤척였다. 크리스티나는 이 소년이 불쌍해서 견딜 수가 없었다. 그러나 그녀에게는 그녀대로 자신의 슬픔이 있었다. 수비대장의 무서운 말이 머리에서 떠나지 않는 것이었다. "벌은 내일 줄 테니 잘 생각해 봐. 내 말을 듣는 것이 싫다면 위병소로 보내주지. 카자흐 병사들은 용서가 없으니까. 원하는 쪽을 선택해."

아, 이 괴로움, 어차피 빠져나갈 희망은 없다! 그리츠코가 붉은 군대로 갔다고 해서 그녀에게 죄가 있단 말인가? '아, 세상살이가 왜 이리 힘들지?'

무지근한 통증으로 목구멍이 조여들고, 마을은 구원될 길 없는 절망과 공포로 떨렸다. 그리고 크리스티나는 마침내 낮은 소리로 흐느껴 울기 시작했다.

처녀의 젊음에 넘치는 몸은 미칠 듯한 외로움과 절망으로 떨었다.

벽 옆 구석에서 그림자가 움직였다.

"왜 그래요?"

크리스티나의 불타는 듯한 속삭임—그녀는 자신의 괴로움을 말수 적은 옆자리의 젊은이에게 하소연했다. 그는 귀를 기울이고 있었지만 입은 열지 않았다. 다만, 그의 한 손이 크리스티나의 두 손 위에 놓였다.

"나는 저놈들에게 시달려 죽고 말 거예요." 눈물을 삼키면서 막연한 두려움으로 그녀는 속삭였다. "난 이젠 틀렸어요. 저놈들 뜻대로 되고 말겠죠."

파벨은 이 처녀에게 무슨 말을 해줄 수가 있었을까? 말이 없다. 할 말이 없는 것이다. 수명이 줄어드는 느낌이었다.

'내일 그녀를 넘겨주지 말고 싸울까? 아마도 죽도록 두들겨 맞든지 아니면 칼에 맞아 머리가 쪼개지든지 둘 중에 하나겠지. 그리고 그것으로 끝이다.' 그는 슬픔에 몸부림치는 여자를 조금이라도 위로하려고, 그 손을 다정하게 쓰다듬어 주었다. 여자 울음이 잦아들었다. 가끔 출입구 쪽에서 보초가 늘 그러듯이 "누구야!" 하고 지나가는 사람에게 고함을 치지만 그것도 이내 조용해졌다. 영감은 깊은 잠에 빠져 있었다. 몇 분이 천천히 지나갔다. 그는 어느새 두 손으로 크리스티나를 꼭 껴안으며 끌어당겼다.

"내 말 좀 들어봐요." 뜨거운 입술이 속삭였다. "난 이제 아무리 발버둥쳐도 소용없는 몸이에요. 장교가 아니면 병졸들 노리개가 될 수밖에 없어요. 그러니까 저 개새끼들에게 몸을 더럽히기 전에, 나를 당신 것으로 만들어 줘요."

"무슨 소리를 하는 거예요, 크리스티나?"

그러나 꼭 껴안은 손은 놓지 않았다. 불같은 입술, 볼록하고 말랑말랑한 입술을 피하기란 쉬운 일이 아니었다. 처녀의 말은 꾸밈없고 다정했다. 더구나 무엇 때문에 이런 말을 하는지, 그도 모르지 않았다.

그러자 금세 오늘 있었던 일 따위는 어딘가로 날아가 버렸다. 문에 자물쇠가 잠겨 있다는 것도, 노랑 수염 카자흐 사람도, 수비대장도, 사나운 매질도, 일곱 날 일곱 밤의 숨 막히는 잠 못 이룬 밤도 잊어버렸다. 그리고 그 순간 거기에 남은 것은 단지 불타는 듯한 입술과 눈물에 젖은 얼굴뿐이었다.

문득 토냐의 모습이 떠올랐다.

'어떻게 그녀를 잊고 있었을까?…… 신비롭고 사랑스러운 그 눈.'

간신히 뿌리치고 나올 힘이 생겼다. 술에 취한 사람처럼 비틀대며 일어서서, 창틀을 손으로 잡았다. 크리스티나의 두 손이 그를 더듬어 찾아냈다.

"도대체 왜 그러는 거예요?"

이 물음 속에 얼마만한 상념이 담겨 있었던가! 그는 여자 쪽으로 몸을 굽히고, 손을 꼭 잡으면서 말했다.

"나는 그럴 수 없소, 크리스티나. 당신은 참 좋은 사람이에요."

그리고 다시 자신도 뭐가 뭔지 모를 소리를 덧붙여 말했다.

참기 어려운 정적을 깨려고, 몸을 꼿꼿이 세우면서 널빤지 침대 쪽으로 걸어갔다. 그리고 한옆에 걸터앉아, 영감의 소매를 잡아당겼다.

"영감님, 미안하지만 담배 한 대만 줘요."

여자는 머릿수건 위에 웅크린 채 구석에서 눈물을 흘렸다.

낮이 되자, 수비대장이 왔다. 그리고 카자흐 병사들이 크리스티나를 끌고 나갔다. 그녀는 눈빛으로 파벨에게 작별 인사를 했다. 그 눈에는 원망이 서려 있었다. 그녀가 나간 다음 문이 쾅 하고 닫히자, 그의 마음은 더욱 무겁고 암담해졌다.

영감은 저녁때까지 이 젊은이에게서 한마디 말도 끌어낼 수가 없었다. 위병과 사령부원의 교대가 있었다. 저녁때 새로 한 사람이 끌려 들어왔다. 파벨은 그 사나이가 사탕공장의 소목장이 돌린니크라는 것을 알았다. 골격이 튼튼한 땅딸막한 사나이로, 낡은 웃옷 밑에 색이 바랜 노란 루바시카를 입고 있었다. 그는 주의 깊은 눈초리로 창고 안을 한 바퀴 빙 둘러보았다.

파벨이 이 사나이를 처음 보았던 것은 1917년 2월로, 마침 혁명이 이 거리에도 밀려왔을 때였다. 소란스러운 데모 속에서, 그는 단 한 사람의 볼셰비키가 말하고 있는 것을 들었다. 그것이 돌린니크였다. 돌린니크는 길가의 담 위에 기어올라가서, 병사들을 향하여 연설을 하고 있었다. 마지막 말이 그의 기억에 남아 있었다.

"병사 여러분, 볼셰비키를 지지해 주십시오. 볼셰비키는 여러분의 기대에 어긋나는 일은 결코 하지 않을 것입니다!"

그 뒤로, 그는 소목장이와는 얼굴을 마주친 적이 없었다.

노인은 새로 들어온 이웃을 반갑게 맞이했다. 하루 종일 입을 다물고 앉아 있는 것이 괴로웠던 것이다. 돌린니크는 널빤지 침대 위에 노인과 나란히 걸터앉아, 함께 담배를 피우면서 여러 가지를 물었다.

그러다가 그는 코르차긴 곁에 와서 앉았다.

"어때, 지내기가?" 그는 젊은이에게 물었다. "무슨 일로 여기 들어오게 됐지?"

그러나 무뚝뚝한 대답밖에 얻을 수가 없었으므로 돌린니크는 상대가 자신을 믿지 못해서 이렇게 입이 무거운 것이겠지, 하고 짐작했다. 하지만 소목장이는 젊은이가 무슨 죄를 뒤집어쓰고 있는지를 알고 나서는, 그 영리해 보이는 눈으로 놀란 듯이 코르차긴을 바라보았다. 그리고 곁으로 와서 나란히 앉았다.

"그럼, 주프라이를 구한 사람이 바로 너란 말이지? 그랬었구나, 네가 붙잡혀 온 줄은 정말 몰랐어."

깜짝 놀란 파벨은 팔꿈치로 몸을 일으켰다.

"주프라이가 누구예요? 난 아무것도 몰라요. 공연히 말리든 것뿐이라니까요."

하지만 돌린니크는 싱글싱글 웃으면서 바싹 다가앉았다.

"그러지 마라, 꼬마야. 내 앞에서 괜히 시치미를 뗄 필요는 없다. 내가 너보다 더 잘 알고 있으니까."

그리고 영감에게 들리지 않도록 목소리를 낮추었다.

"주프라이를 빼돌린 건 바로 나야. 그 친구도, 아마 지금쯤은 제자리에 가 있겠지. 이번 일에 대해서는 표도르한테서 다 들었다."

잠시 가만히 있다가, 무언가를 생각하면서 그는 덧붙여서 말했다.

"너는 확실히 쓸 만한 젊은이야. 그런데 이렇게 붙잡혀 와서 놈들이 하나부터 열까지 모조리 알고 있다면, 아무래도 안되겠는데."

그는 겉저고리를 벗어서 바닥에 깔고, 벽에 등을 기대고 앉았다. 그리고 다시 담배를 말기 시작했다.

돌린니크의 마지막 말로, 파벨은 모든 것을 알 것 같았다. 돌린니크가 이쪽 편이라는 것은 명백했다. 주프라이를 빼돌렸다고 하는 걸 보니 과연……

저녁 무렵에야 그는 돌린니크가 페틀류라 부대 카자흐인들 속에서 선동을 한 혐의로 체포되었다는 사실을 알았다. 항복해서 붉은 군대로 넘어오라고 호소하는 현(縣)혁명위원회의 격문을 뿌리다가 현행범으로 붙잡혔던 것이다.

신중한 돌린니크는 파벨에게도 많은 것을 말하지 않았다.

'누가 알겠어? 이런 어린것을 두들겨 패고 고문을 하면. 아직 어리니까.' 그는 생각했다.

늦은 밤, 잠자리에 들 준비를 하면서 그는 짤막하지만 상대방에게 통하는 말로, 자기가 걱정하고 있는 것을 말했다.

"이봐 코르차긴, 우리 두 사람의 처지는 현지사(縣知事)만도 못하겠지. 하지만 말이야, 어쨌든 일이 어떻게 돼 나갈지 두고 보자고."

이튿날이 되자, 또 새로운 손님이 나타났다. 커다란 귀와 가는 목을 가진 사나이로, 시내에서 모르는 사람이 없는 이발사 슐레마 젤처였다. 그는 흥분해서, 손짓 발짓을 섞어 가며 돌린니크에게 하소연을 했다.

"글쎄, 그런 형편이니까, 푸크스라든가, 블룸스타인이라든가, 트랍텐베르크 따위는 그놈을 환영하겠지요, 그럼요. 내 말은 이거예요. 환영하고 싶거든 하라 이거예요. 하지만 유대인 거주민들 중에서 누가 도대체 그놈을 위해서 서명을 해주느냐 이겁니다. 안됐지만 한 놈도 없을걸요. 놈들은 주판알을 튀기고 있는 겁니다. 푸크스에게는 가게, 트랍텐베르크에는 제분소가 있거든요. 그런데 나에게는 무엇이 있어요? 다른 가난뱅이들에게도 무엇이 있습니까? 이런 빈털터리들한테는 아무것도 없지요. 그런데 나는, 뭐냐 좀 말이 많은 편이라서 말이죠. 오늘도 새로 파견되어 나온 대장 한 사람을 면도를 해주었는데요. "어떻습니까, 페틀류라 님은 학살 사건을 알고 계실까요? 이 대표단을 만나보실까요?"라고 물었거든요. 제기랄, 항상 이놈의 혓바닥 때문에 몇 번 주리를 틀렸는지 모른답니다! 면도를 해주고, 분을 발라주고, 칙사 대접 못잖은 시중을 실컷 들어 준 끝에, 이 대장이 어떻게 했는지 알아요? 돈을 내는 대신, 이 빌어먹을 놈이 느닷없이 일어나더니, 관청에 반대하는 선동을 했다나요, 그러면서 나를 잡아 처넣지 뭡니까." 젤처는 주먹으로 자기 가슴을 쾅쾅 쳤다. "뭐가 선동이라는 거죠? 내가 무슨 말을 했다고요? 그저 물어봤을 뿐이잖아요…… 그런데 나를 이런 데 잡아넣으니 말이에요……."

젤처는 흥분해서 돌린니크의 루바시카 단추를 비틀기도 하고 이리저리 그의 손을 잡아당기기도 했다.

제정신이 아닌 슐레마의 이야기를 들으면서, 돌린니크는 저도 모르게 씽긋 웃었다. 이발사가 가까스로 입을 다무는 눈치이자, 그는 정색하고 이렇게 말했다.

"이봐 슐레마, 약삭빠른 사람이 어떻게 그런 실수를 했어? 큰일 날 입을 놀렸군그래. 여기는 농담으로라도 들어오라고 권할 만한 데는 못 되니까 말이야."

젤처가 맞다는 표정으로 그를 쳐다보면서 될 대로 되라는 듯이 그의 손을 잡았다. 그때 문이 열리고, 파벨에게는 낯익은 밀주꾼 여자가 다시 끌려 들어왔다. 그녀는 앞장서서 들어온 카자흐 병사에게 증오에 넘친 욕지거리를 퍼부었다.

"네놈도 수비대장인지 뭔지랑 함께 불에 태워 죽이기라도 했으면 좋겠다! 저런 새끼는 내 보드카를 마시고 칵 뒈져 버려라!"

보초는 문을 쾅 닫았다. 그리고 자물쇠를 잠그는 소리가 들렸다.

여자는 널빤지 침대에 걸터앉았다. 노인은 장난스럽게 그녀를 맞았다.

"이런, 수다쟁이 아주머니가 또 왔군그래? 자, 자, 흥분하지 말고 앉아서 마음을 가라앉히라고."

밀주꾼 여자는 샐쭉하니 노인을 한 번 훑어보더니, 보따리를 들고서 돌린니크 옆으로 자리를 옮겨 앉았다.

밀주 몇 병을 빼앗긴 끝에, 그녀는 다시 이곳에 집어넣어진 것이다.

문밖 위병소에서는 고함 소리와, 이리저리 움직여 돌아다니는 소리가 들려왔다. 누군가의 날카로운 목소리가 명령을 내리고 있었다. 창고에 갇혀 있는 사람들 모두가 문 쪽으로 고개를 돌렸다.

낡은 종루(鍾樓)가 있는 초라한 교회당 옆 광장에서는, 이 거리에서는 보기 드문 일이 벌어졌다. 완전무장을 한 근위저격사단 부대가 정삼각형 모양으로 광장을 세 방향에서 둘러싸고 있었다.

앞쪽은 교회 앞에서 시작하여, 학교 담장 옆까지 빽빽이 보병 3개 연대가 바둑판 모양으로 늘어서 있었다.

탄창을 잔뜩 몸에 두르고, 호박을 반으로 가른 것처럼 생긴 투박한 러시아식 철모를 쓰고, 총을 세우고 회색 진흙 덩이처럼 서 있는 것은, 가장 정예부대인 '집정정부' 사단의 페틀류라 병사들이었다.

이전 차르 군대의 저장용품인 번쩍번쩍한 군복과 군화를 착용하고 반 이상은 의식적으로 소비에트 정권에 반대하고 있던 부농(富農)들로 이루어진 이 사단은, 전략적으로 가장 중요한 철도 분기점에 해당하는 이곳을 지키기 위하여 파견된 것이었다.

셰토프카에서는 다섯 방향으로 철길이 뻗어 나갔다. 이 지점을 잃는다는 것은 페틀류라에게는 모든 것을 잃는 것이었다. 다시 말해서 '집정정부'에게는 그만큼 적은 지역밖에 남아 있지 않았으며, 조그만 거리인 빈니차가 페틀류라의 수도가 되었다.

'최고지도자'는 스스로 부대의 열병을 하기로 했다. 그를 맞을 준비는 빈틈이 없이 이루어져 있었다.

광장 한구석, 눈에 잘 안 띄는 뒤쪽에는 새로 동원된 1연대가 배치되어 있었다. 거기 있는 것은 맨발에다가 저마다 제멋대로의 차림을 한 젊은이들이었다. 한밤중에 페치카 위에서 잠자다 끌려온 사람, 길거리에서 붙잡혀 온 사람 등, 이들 농촌의 젊은이들은 누구 하나 전투에 참가할 생각이 없었다.

"이런 웃기는 이야기가 어디 있냐." 그들은 그렇게 말했다.

페틀류라 군대 장교들이 올린 가장 큰 성과라면, 긁어 모아온 젊은이들을 시내로 몰고 가 중대와 대대로 나누어서 무기를 지급한 일이었다.

그런데 이튿날에는 벌써 강제로 끌려온 이 친구들의 3분의 1은 자취를 감추고 말았으며, 그 뒤에도 날이 갈수록 그들의 숫자는 줄어들기만 했다.

장화 지급은 무엇보다도 경솔한 일이었다. 게다가 장화 자체도 얼마든지 쌓여 있는 것은 결코 아니었다. 그래서 소집된 자는 구두를 신고 나오라는 명령이 내려졌다. 이 명령은 놀랄 만한 결과를 불러왔다. 철사라든가 새끼줄의 도움을 빌려 가까스로 헐어 빠진 발에 묶어놓은 저런 신발은 도대체 어디서 구해 왔을까?

그래서 열병 때에는, 이들은 맨발인 채로 끌려왔다.

보병 뒤로는 골루브의 기병연대가 이어졌다.

기병대가 꽉 들어찬 구경꾼들을 막고 있었다. 누구나가 열병식을 구경하려고 했다.

'최고지도자'가 몸소 나온다! 이 거리에서는 좀처럼 보기 힘든 일이었으므로, 입장료가 필요 없는 이 구경거리를 놓치려는 자는 아무도 없었다.

교회당 층계에는 연대장, 카자흐 대위, 신부의 두 딸, 우크라이나 교원들, '자유로운' 카자흐인들, 구부정한 시장 등 대체적으로 '사회'를 대표하는 선택된 사람들이 모여 있었다. 그중에는 체르케스 복장을 한 보병총감(步兵總監)도 있었다. 이자가 열병의 지휘를 맡았다.

교회당 안에서는 바실리 신부가 부활제 제의(祭衣)를 입고 있는 참이었다.

페틀류라에 대해서는 장엄한 환영 준비가 갖추어졌다. 노랑색에 파랑색이 들어 있는 깃발도 높이 내걸렸다. 새로 소집된 병사들은 이 깃발 앞에서 선서를 해야만 했다.

사단장은 낡아 빠지고 칠이 벗겨진 '포드' 자동차로, 페틀류라를 마중하러 정거장으로 향했다.

보병총감은, 콧수염을 멋지게 꼬아 올린 멋쟁이 체르냐크 대령을 불렀다.

"누구 한 사람 데리고 가서, 수비대와 후방부대를 점검해 주게. 모든 것을 청결하게 정돈해 놓도록. 검거된 자가 있거든 조사해 보고, 건달패 같은 건 쫓아 버려."

체르냐크는 구두 뒷꿈치를 찰칵하고 울리고, 마침 거기에 있던 기병 대위를 데리고 그 자리를 떠났다.

총감은 신부의 큰딸을 보고 다정하게 말을 걸었다.

"잔치 준비는 어때요, 모든 게 빈틈없겠지요?"

"그럼요. 그쪽도 수비대장님이 애써주시니까요."

신부의 딸은 인물이 훤한 총감을 찬찬히 바라보면서 대답했다.

갑자기 주위가 소란스러워졌다. 기마병이 말의 목을 끌어안고 달려왔다. 그리고 크게 손을 흔들며 소리쳤다.

"도착하십니다!"

"정렬!" 총감이 큰 소리로 구령을 내렸다.

간부들은 저마다 자기 대열 속으로 달려갔다.

'포드'가 교회당 앞에서 부르릉부르릉 소리를 내자, 군악대가 〈우크라이나는 아직 죽지 않았다〉를 연주하기 시작했다.

자동차에서는 사단장을 앞세우고, '최고지도자 페틀류라'가 어색한 모습으로 나왔다. 크지도 작지도 않은 키의 사나이로, 불그죽죽한 목 위에 네모난 머리가 무겁게 자리잡고 있었다. 근위병들이 입는 고급 나사 옷감으로 된 푸른색 웃옷을 걸치고, 사슴 가죽 케이스에 든 브라우닝 소총을 찬 노랑 벨트를 매고 있었다. 머리에는 카키색 '케렌스키 모자'를 썼는데, 거기에는 삼지창 모양의 에나멜 휘장이 달려 있었다.

이 시몬 페틀류라의 모습에는 군인다운 풍모는 전혀 없고, 얼핏 보기에도 군인 같지가 않았다. 어딘지 불만스러운 표정으로 그는 총감의 짤막한 보고를 들었다. 그다음에 시장이 환영사를 했다.

페틀류라는 그 머리 너머로 늘어선 군대를 바라보면서, 멍하니 환영사를 듣고 있었다.

"사열을 시작하지."

그는 총감에게 고개를 끄덕였다. 그러고는 깃발 옆 작은 단상에 올라가서, 페틀류라는 병사들을 향해서 10분쯤 연설을 했다.

연설은 감탄할 만한 것은 못 되었다. 오는 길에 피곤했는지, 페틀류라는 별로 힘찬 목소리를 내지도 않고 그저 지껄였다. 마지막에는 병사들의 구호인 "영광! 영광!" 외침으로 끝났다. 그는 연단을 내려오자, 이마에 맺힌 땀을 손수건으로 닦았다. 이어서 총감과 사단장을 거느리고 부대를 열병했다.

긁어모아 놓은 패거리들이 늘어선 줄 옆을 지날 때 그는 짜증스러운 듯이 입술을 깨물면서 못마땅한 표정을 지었다.

열병식도 거의 끝나갈 즈음 신병들이 들쭉날쭉한 열을 지은 채로 있는 소대 앞을 지나 바실리 신부가 성경을 들고 서 있는 군기(軍旗) 쪽으로 가서 먼저 성경에, 이어서 군기 끝에 입맞춤을 하고 있는 동안에 예측하지 못한 사건이 일어났다.

어디를 어떻게 빠져나왔는지, 광장의 페틀류라 쪽으로 유대인 대표단이 다가왔다. 두 손으로 진상품을 받쳐 들고 나온 것은 졸부인 목재상 블룹스타인으로, 잡화상인 푸크스와 또 다른 몇몇 상인이 그 뒤를 따랐다.

블룹스타인은 마치 하인이 주인에게 하듯 허리를 굽히고, 페틀류라에게 진상품을 바쳤다. 곁에 서 있던 장교가 그것을 대신 받았다.

"유대인 거류민은 국왕인 각하께 심심한 감사와 경의를 표하는 바입니다. 부디 이 축하장(祝賀狀)을 거두어 주시기 바랍니다."

"좋대." 페틀류라는 축하장을 대충 훑어보면서 말했다.

그런데 이때 푸크스가 앞으로 나왔다.

"저희들이 상업을 계속할 수 있도록, 그리고 저희들을 학살로부터 지켜주시도록 엎드려 탄원드립니다."

푸크스는 하기 어려운 말을 억지로 입 밖으로 내어 말했다.

페틀류라는 짜증스럽게 얼굴을 찡그렸다.

"나의 군대는 학살 같은 것을 한 적이 없다. 그대들도 그 사실을 명심해야 할 것이다."

푸크스는 난처하다는 듯이 두 팔을 벌렸다.

페틀류라는 신경질적으로 어깨를 으쓱했다. 대표단이 이런 때에 느닷없이 나타난 것이 마땅치 않았다. 그는 돌아섰다. 뒤에는 검은 수염을 질근질근 씹으면서 골루브가 서 있었다.

"대령의 카자흐 병사들에 대해서 진정서가 들어와 있네. 내용을 조사해서 적절히 처리하기 바란다."

페틀류라는 그렇게 말하고 나서 총감 쪽을 보고 명령을 내렸다.

"행진을 시작하라."

불운한 대표단은 설마 골루브와 얼굴을 마주치리라고는 꿈에도 생각지 못했으므로, 슬금슬금 물러가 버렸다.

구경꾼들은 모두 분열 행진 준비 모습에 정신이 팔려 있었다. 날카로운 구령이 떨어졌다.

골루브는 평온한 표정으로 블룹스타인 쪽으로 다가가면서, 작은 목소리지만 분명히 말했다.

"이교도들, 냉큼 꺼지지 못해! 그렇지 않으면 기름에다 튀겨버릴 테다!"

군악대 연주가 울려 퍼지며 첫 번째 부대가 광장을 지나기 시작했다. 페틀류라가 서 있는 곳에 가까이 오면, 병사들은 자동적으로 "영광!"이라고 고함을 지르고, 큰길을 꺾어 옆길로 빠져나갔다. 중대의 선두에는 새 카키복 군복을 입은 대장들이, 마치 산책이라도 하듯이 짧은 지팡이를 흔들면서 편한 자세로 걸어가고 있었다. 짧은 지팡이를 흔들며 행진하는 이 방식은, 병사들을 곤장으로 때리는 제도와 마찬가지로 근위부대에서 처음으로 받아들인 것이었다.

꽁무니를 따라오고 있는 것은 신병들이었다. 그들은 발걸음도 맞지 않아 서로 부딪치면서, 오합지졸 같은 모양새로 엉금엉금 걸어가고 있었다.

맨발인 만큼, 발소리만은 조용했다. 대장은 열을 바로잡으려고 기를 썼으나, 그것은 불가능했다. 제2중대가 가까이 왔을 때, 오른쪽 날개에 있던 무명 셔츠를 입은 젊은이가 멍청하니 입을 딱 벌리고 '최고지도자'를 넋 놓고 바라보다가, 움푹 파인 데를 헛디뎌서 길 위에 벌렁 나자빠졌다.

총이 철컥 소리를 내며 돌 위에 굴러떨어졌다. 젊은이는 일어서려 했으나, 뒤에서 걸어오던 무리에게 그냥 짓밟히고 말았다. 구경꾼들 사이에서 웃음소리가 들렸다. 소대는 줄이 흐트러졌다. 그리고 저마다 멋대로 광장을 지나갔다. 실수를 한 젊은이는 수총을 주워 들고, 자기 소대를 쫓아 뛰어갔다

페틀류라는 이 추태에 얼굴을 돌리고서, 중대가 채 지나가기도 전에 자동차 쪽으로 가버렸다. 총감은 그를 따라가면서 공손하게 물었다.

"각하께서는 점심을 드셔야지요?"

"아니." 페틀류라는 퉁명스럽게 내뱉었다.

높다란 교회당 담장 너머로, 구경꾼 무리에 섞여서 세료자 부르자크와 발리야와 클림카도 이 분열식을 구경하고 있었다.

두 손으로 격자로 된 담장을 꼭 잡고, 세료자는 증오의 눈으로 밑에 죽 늘어선 사람들 얼굴을 바라보았다.

"가자, 발리야, 이제 가게 문 닫혔어." 그는 담장에서 물러서면서, 도전이라도 하는 것처럼 큰 소리로 말했다. 사람들은 깜짝 놀라서 그쪽을 돌아보았다.

그런 사람들을 쳐다보지도 않고, 그는 출입구 쪽으로 향했다. 발리야와 클림카가 그 뒤를 따랐다.

체르냐크 대령은 카자흐 대위를 대동하고 수비대로 달려오자, 말에서 뛰어내렸다. 그리고 말을 연락병에게 맡기고 급히 위병소로 들어갔다.

"수비대장은 어디 있나?" 체르냐크는 연락병에게 날카롭게 물었다.

"모르겠습니다." 연락병은 우물우물 말했다. "어딘가 나가셨습니다."

체르냐크는 어수선하고 지저분한 위병소 안을 둘러보았다. 정신없이 어질러진 침대 위에는, 카자흐 병사들이 느긋하게 뒹굴며 쉬고 있었다. 상관이 왔다고 해서 일어나는 기색도 없었다.

"이게 돼지우리야 뭐야?" 체르냐크는 악을 썼다. "이놈들, 새끼 밴 암퇘지처럼 누워서 뒹굴기만 하고." 그는 벌렁 누워 있는 병사들에게 덤벼들었다.

카자흐 병사 하나가 부스스 일어나 앉아서, 끄윽 하고 트림을 푸짐하게 했다. 그리고 뭐 이런 게 있냐는 듯 잠이 덜 깬 목소리로 말했다.

"도대체 뭘 꽥꽥거리는 거야? 목소리 큰 놈이라면 여기도 얼마든지 있다고."

"뭣이 어째?" 체르냐크는 그에게 다가섰다. "이 새끼, 누구 앞에서 주둥이를 놀리고 있는지 알기나 하느냐. 이 개 같은 새끼야? 내가 누군 줄 알아? 내가 바로 체르냐크 대령이다. 알겠나, 이 밥버러지야? 당장에 일어나지 않으면 전원 곤장이다!" 화가 머리끝까지 난 대령은 씨근덕거리면서 온 위병소를 이리

뛰고 저리 뛰고 했다. "당장에 이 쓰레기들을 말끔히 청소하고, 침대를 정돈하고, 그놈의 상판대기들을 사람답게 만들어라. 뭐냐, 그 얼굴이? 카자흐 병사들이 아니라 길거리 강도떼 같다!"

그의 분노는 그칠 줄을 몰랐다. 통로에 놓여 있던 쓰레기통까지도 발길로 걷어차 버리며 화풀이를 했다.

한편 카자흐 대위도 그에 질세라 닥치는 대로 병사를 붙잡아 놓고는 마구 욕설을 퍼붓고 세 갈래로 된 채찍을 거침없이 휘두르며, 누워 있던 병졸들을 침대에서 몰아냈다.

"최고지도자 각하께서 현재 열병 중이시다. 여기에도 들르실지 모른단 말이야. 빨랑빨랑 움직이지 못해!"

사태가 심각하며, 잘못하다가는 진짜 곤장을 맞을지도 모른다는 것을 알아챈 병사들은—체르냐크라는 이름은 귀가 따갑도록 들어서 알고 있었으므로—끓는 물이라도 뒤집어쓴 듯이 뛰어다니기 시작했다.

순식간에 발칵 뒤집히는 대소동이 일어났다.

"구속자들을 조사해 볼 필요가 있지 않을까요?" 카자흐 대위가 건의했다.

"유치장을 맡고 있는 자가 누군가? 모르나? 최고지도자 각하께서 들여다보시고, 엉뚱한 결과가 벌어졌다가는 큰일이다!"

"열쇠는 누가 가지고 있는가?" 체르냐크는 보초에게 물었다. "빨리 열어!"

고참병이 얼른 달려와서, 자물쇠를 열었다.

"도대체 수비대장은 어디 갔나? 내가 언제까지 기다려야 해? 당장 찾아서 불러와!" 체르냐크는 명령했다. "경비병들을 안마당에 모이게 하고 정렬하도록…… 그런데 총에 왜 총검이 없지?

"저희들은 어제 막 교대했기 때문입니다." 고참병이 변명했다.

그는 수비대장을 찾으러 문 쪽으로 달려 나갔다.

대위는 한 발로 창고 문을 걷어찼다. 몇 사람은 몸을 일으켰으나, 나머지는 그대로 누워 있었다.

"다른 문도 열어봐!" 체르냐크가 명령했다. "여기는 빛이 안 드는군."

그는 갇혀 있는 사람들을 하나하나 훑어보기 시작했다.

"영감은 무슨 일로 여기 와 있는가?" 그는 널빤지 침대에 걸터앉아 있는 노인에게 엄하게 물었다.

노인은 일어서더니 바지를 걷어 올리고, 느닷없이 계급이 높아 보이는 사람이 다그쳐 묻는 데 얼이 빠진 것처럼 엄마가 더듬으면서 중얼거렸다.

"그건 나도 잘 모르겠습니다. 잡아다 처넣었으니까 이렇게 들어와 있는 거지요. 말이 마당에서 없어져 버렸는데, 그건 내 탓이 아니라고요."

"누구의 말인가?" 대위가 옆에서 끼어들었다.

"그야 나라의 것이지요. 우리집에서 잔 병사들이 그걸 팔아서 술을 마셔버리고는 나한테 죄를 뒤집어씌웠습니다."

체르냐크는 참을 수 없다는 듯이 눈썹을 꿈틀거리더니, 발끝에서 머리끝까지 그 노인을 한 번 훑어보았다.

"자기 소지품을 챙기고, 여기서 썩 꺼져버려!" 그는 밀주꾼 여자에게 시선을 옮기면서 소리쳤다.

노인은 자신이 풀려났다는 사실을 얼른 믿을 수가 없었다. 그래서 대위 쪽을 보고, 시력이 나쁜 눈을 껌벅껌벅했다.

"그러니까 나더러 돌아가도 좋다, 이 말씀인가요?"

대위는, 되도록 빨리 나가라는 몸짓으로 끄덕였다.

노인은 얼른 침대에서 자기 보따리를 집고, 문 쪽으로 뛰어갔다.

"너는 무슨 일로 잡혀 왔는가?" 체르냐크는 벌써 밀주꾼 여자를 심문하고 있었다.

여자는 튀김만두를 남기지 않고 마저 먹으면서, 재잘거리기 시작했다.

"대장 어른, 날 이런 데 집어넣는다는 건 말도 안 돼요. 내가 과부라고 얕보고 글쎄, 내 밀주를 실컷 마셔놓고는 감옥에 처넣다니 그게 말이나 돼요?"

"그렇다면, 너는 밀주 장사를 하고 있단 말이지?" 체르냐크가 물었다.

"이래 가지고 장사가 되겠습니까요?" 여자가 하소연을 늘어놓았다. "그 수비 대장인지 뭔지, 글쎄 네 병씩이나 가져가고는 땡전 한 푼 안 줍니다. 늘 그렇지요, 네. 술은 제멋대로 마시고, 돈이라고는 내본 적이 없다니까요. 그런데 이걸 장사라고 할 수가 있습니까요?"

"됐다, 됐어. 자, 어서 없어져 버려."

여자는 두 번씩 명령을 되풀이하는 수고를 끼치지 않고, 바구니를 집고는 문 쪽으로 뒷걸음질 치면서, 고맙다고 연신 머리를 굽실거렸다.

"나리님들, 신의 축복과 건강이 함께하시길."

돌린니크는 이 희극을 눈을 크게 뜨고 지켜보았다. 무엇이 어떻게 돌아가는 건지, 이곳에 갇힌 사람들은 도무지 알 수가 없었다. 다만 한 가지 분명한 것은, 지금 여기에 와 있는 사람들은 구속자들에 대해서 권한을 가진 상관이라는 사실뿐이었다.

"넌 뭐야?" 체르냐크는 돌린니크 쪽을 보고 말했다.

"대령님 앞에서 일어서지 못해!" 대위가 소리를 버럭 질렀다.

돌린니크는 몸이 무거운 듯이, 꾸물꾸물 일어섰다.

"무슨 일로 들어왔느냐?" 체르냐크가 질문을 되풀이했다.

돌린니크는 대령의 위쪽으로 비틀어 올린 콧수염과, 매끈하게 면도를 한 얼굴과, 그리고 에나멜 휘장이 달린 새 '케렌스키 모자'를 몇 초 동안 바라보았다. 그런데 갑자기, '어쩌면 나갈 수도 있는 게 아닐까?' 하는 생각이 뇌리를 스쳤다.

"저는 8시가 넘었는데 거리를 돌아다녔다고 잡혀 왔습니다." 그는 머리에 떠오른 대로 말했다.

온몸에서 식은땀이 나고, 괴로운 긴장감 속에 다음을 기다렸다.

"무엇 때문에 밤중에 나다녔는가?"

"밤중이라 할 수도 없죠. 11시쯤이었습니다."

그렇게 대답은 했지만, 만에 하나의 성공은 도저히 바랄 수가 없었다.

짧은 응답이 귀에 들어왔을 때에는 무릎에서 힘이 쑥 빠졌다. "꺼져!"

돌린니크는 자기 윗저고리도 잊어버린 채 문 쪽으로 발을 돌렸다.

대령은 벌써 다음 심문에 들어가고 있었다.

코르차긴은 마지막이었다. 이제까지 본 모든 일에 머리가 완전히 뒤죽박죽된 그는 돌린니크가 풀려난 것조차 이해할 수 없었다. 도무지 무슨 일이 일어나고 있는지도 몰랐다. 모두들 밖으로 나갔다. 그런데 돌린니크는, 돌린니크는…… 그래, 그는 밤에 나다니다가 잡혀 왔다고 했다…… 마침내 이해했다.

대령은 같은 식으로 깡마른 젤처의 신문을 시작했다.

"무슨 일로 들어왔는가?"

헬쑥하고, 흥분한 이발사는 더듬더듬 대답했다.

"저에게 선동을 했다고 그러는데요, 뭘 선동했는지, 도무지 저도 모르겠습니다."

체르냐크는 신경을 곤두세웠다.

"뭐라고? 선동이라고? 뭘 선동했나?"

젤처는 알 수가 없다는 듯이 두 팔을 벌려 보였다.

"그걸 알 수가 없습니다. 다만 저는, 유대인 거류민들이 최고지도자 각하께 드릴 탄원서에 서명을 모으고 있다, 그 말을 했을 뿐입니다."

"그건 무슨 탄원서인가?"

대위와 체르냐크는 젤처 쪽으로 다가섰다.

"학살을 그만둬 달라는 탄원서이죠. 아시다시피, 이곳에서는 무서운 학살이 있었거든요. 그래서 거류민들은 벌벌 떨고 있는데……."

"알았어." 체르냐크는 그를 가로막았다. "탄원서는 내가 써주지, 망할 유대인 같으니라고." 그리고 대위를 돌아보고 내뱉듯이 말했다. "이놈은 좀더 모셔둘 필요가 있을 것 같군. 이놈을 본부로 끌고 가라. 그쪽에서 내가 직접 이야기를 좀 들어봐야겠어. 탄원서를 내려고 하는 놈들도 밝혀지겠지."

젤처가 반박하려고 했지만 대위가 채찍으로 그 등을 후려갈겼다.

"닥쳐, 고약한 놈!"

아픔으로 얼굴을 찡그리면서, 젤처는 구석 쪽으로 비틀비틀 비켜섰다. 입술은 떨리기 시작하고, 복받치는 울음을 참는 것이 고작이었다.

마침내 결정적인 순간이 와서, 코르차긴이 일어섰다. 창고에 남아 있는 것은 그와 젤처 뿐이었다.

체르냐크는 그 앞에 버티고 서서, 검은 눈으로 그를 훑어보았다.

"자, 너는 무슨 일로 여기 있는가?"

대령은 묻자마자 대답을 들었다.

"저는 신발창으로 쓰려고, 말안장 가장자리를 조금 잘라냈어요."

"그게 누구의 말안장인데?"

대령은 이해가 되지 않았다.

"우리집에 카자흐 병사 둘이 묵고 있거든요. 그래서 저는 낡은 말안장에서 신발창으로 쓸 가죽 조각을 조금 잘라냈어요. 그랬더니 병사들이 저를 이리로 데리고 왔어요." 그리고 어떻게든 풀려나야겠다는 일념으로, 그는 이렇게 덧붙였다. "저는 그게 나쁜 일이라는 것을 몰랐어요……."

대령은 한심하다는 듯이 코르차긴을 내려다보았다.

"수비대장은 도대체 뭘 하고 있는 거야. 아무튼 그저 집어 처넣기만 하면 되는 줄 아는 모양이군그래!" 그리고 쪽을 보며 소리쳤다. "집에 돌아가도 좋다. 아버지에게 그렇게 말하고, 회초리나 때려달라고 해. 자, 어서 썩 나가!"

코르차긴은 이게 꿈이냐 생시냐 하고 가슴에서 튀어나오려는 심장을 꼭 누르며, 침대에 놓여 있는 돌린니크의 겉저고리를 집자마자 문 쪽으로 달려갔다. 위병소를 지난 그는, 밖으로 나가려던 체르냐크의 등 뒤로 마당을 빠져나가 곧장 한길로 들어섰다.

창고에는 불운한 젤처만이 쓸쓸히 남겨졌다. 그는 본능적으로 출입구 쪽으로 몇 걸음 걸어가서, 애타는 마음으로 둘러보았다. 그러나 마침 위병소로 보초가 들어와 문을 쾅 하고 닫고는, 자물쇠를 걸어버리고 문 앞에 있던 걸상에 앉았다.

층계 앞에서는 체르냐크가 만족한 듯이 대위에게 말했다.

"이곳을 둘러보기를 잘했어. 어디서 그런 멍청한 것들만 몰아다 놓은 수비대장 녀석도 보름쯤 가두든가 해야겠네. 이제 가볼까?"

마당에서는 고참병이 부대원들을 정렬시켜 놓고 있었다. 대령을 보자, 그는 달려와서 보고했다.

"모든 것이 이상 없습니다, 대령님."

체르냐크는 한 발을 등자에 올려놓고, 가볍게 안장에 올라앉았다. 대위는 사나운 말에 쩔쩔 매고 있었다. 고삐를 당기면서 체르냐크는 고참병에게 말했다.

"저기에 잡아다 놓은 멍청이들은 내가 모조리 내보냈다고 수비대장에게 전하라. 그리고 여기서 이따위 쓸데없는 짓을 한 벌로 2주일간 영창에 집어넣겠다고 말해. 지금 하나 남아 있는 놈은 즉각 본부로 옮겨라. 호송병도 정신차리고 말이야, 알았나?"

"알겠습니다, 대령님." 고참병은 대답했다.

대령과 대위는 말에 박차를 가하고, 벌써 열병식이 끝나가고 있던 광장으로 달려갔다.

일곱 번째 울타리를 뛰어넘은 데서, 코르차긴은 멈추어 섰다. 이제 더 이상 달릴 기력도 없었다.

숨이 막힐 듯한 창고 속에서 여러 날 동안 굶주린 그는 지칠 대로 지쳐 있었다. 집으로는 갈 수 없고, 부르자크네 집으로 간다고 치더라도 만약에 누가 보기라도 한다면 온 가족이 곤욕을 겪을 게 뻔했다. 그렇다면 어디로 가면 좋단 말인가?

그는 어찌할 바를 몰랐다. 그래서 무턱대고 뛰어갔다. 어딘지는 모르지만 어떤 집 울타리에 가슴이 부딪치자, 비로소 정신이 들었다. 한 바퀴 둘러보고는 멍해졌다. 높다란 판자로 된 담 뒤쪽은 영림서장네 집마당이었다. 지칠 대로 지친 다리가 이곳까지 데려다준 것이었다. 설마 그가 이리로 달려올 속셈이었을까? 아니었다.

그렇다면 도대체 그는 왜 다른 데가 아닌 영림서장네 집 옆에 모습을 나타냈을까?

여기에는 대답을 할 수가 없었다.

어쨌든 한숨 돌리고, 그러고 나서 어디로 갈지 생각해 보기로 했다. 다행히 정원에는 정자가 있었다. 그곳이라면 아무에게도 들키지 않을 터였다.

코르차긴은 한 손으로 널담 끝을 잡고, 훌쩍 뛰어넘어서 정원에 내려섰다. 나무들 사이로 집을 흘낏 보고 나서, 그는 정자 쪽으로 갔다. 이곳은 거의 사방에서 그대로 보였다. 여름에는 여기에 산포도가 주렁주렁 열리지만 지금은 완전히 헐벗은 상태였다.

문득 울타리 쪽을 돌아다보았다. 그러나 이미 늦었다. 등 뒤에서 개가 사납게 짖어댔다. 낙엽이 흩어져 깔린 오솔길을, 커다란 개가 무섭게 으르렁거리며 집 쪽에서 그가 있는 데로 달려왔다.

파벨은 방어 자세를 취했다. 처음 덤볐을 때에는 발길로 걷어차 버렸다. 하지만 개는 또 덤비려고 했다. 만약에 이때, 파벨의 귀에 익은 목소리가 소리를 높이 지르지 않았다면, 이 격투는 어떤 결과가 되었을지 몰랐다.

"트레소르, 이리 와!"

오솔길로 달려온 것은 토냐였다. 트레소르의 목줄을 잡아끌면서, 그녀는 울타리 옆에 서 있는 파벨을 보고 말했다.

"어떻게 이런 데 있어요? 개한테 물릴 뻔했잖아요? 내가 왔으니까 다행이지만……."

그녀는 저도 모르게 입을 다물었다. 눈이 크게 떠졌다. 어떻게 여기까지 들어온지 모를 젊은이는, 코르차긴을 꼭 빼다 박은 것 같았다!

울타리 곁에 선 사람이 몸을 움직이면서 살그머니 속삭였다.

"너는…… 당신은 내가 누군지 알겠어요?"

토냐는 소리를 지르면서 코르차긴에게 얼른 다가갔다.

"파블루샤, 너야?"

트레소르는 이 외침을 공격 신호로 착각했는지, 맹렬히 앞으로 달려들려고
했다.

"저리 가!"

토냐에게 두세 번 걷어차인 트레소르는 완전히 풀이 죽어서 캥캥거리며 꼬
리를 늘어뜨리고 집 쪽으로 비실비실 가버렸다.

토냐는 코르차긴의 두 손을 꼭 잡으면서 말했다.

"너, 풀려나온 거야?"

"어떻게 알지?"

토냐는 떨리는 가슴을 가라앉히지 못한 채 서둘러 대답했다.

"나 다 알아. 리자가 이야기해 주었거든. 하지만 어떻게 여기까지 왔어? 풀어
준 거야?"

코르차긴은 축 늘어진 모습으로 대답했다.

"잘못 알고 놓아준 거야. 난 달아났어. 지금쯤 아마 나를 찾고 있겠지. 나도
모르게 여기까지 와버린 거야. 정자에서 숨 좀 돌리려던 참이었어." 그리고 사
과하듯이 덧붙여서 말했다. "나, 몹시 피곤하거든."

그녀는 한동안 그를 바라보다가 솟아오르는 애처로움, 타오르는 사랑스러움,
걱정과 기쁨이 뒤범벅되어 저도 모르게 그의 두 손을 꼭 잡았다.

"파블루샤, 내 소중한, 소중한 파브카, 내 그리운 사람…… 난 너를 사랑
해…… 듣고 있어?…… 고집쟁이, 왜 그때 돌아가 버렸어? 자, 이제부터 우리집
에, 나한테로 가자. 나 이제 무슨 일이 있어도 너를 놓치지 않을 거야. 우리집
은 조용하니까 얼마든지 있어도 돼."

코르차긴은 거절하듯이 고개를 저었다.

"너희 집에서 내가 발견되면 어떻게 되는지 알아? 갈 수 없어."

그녀의 두 손은 더욱 세게 그의 손가락을 꼭 잡고, 눈썹은 꿈틀거리고, 눈
은 반짝이기 시작했다.

"만약 우리집에 가지 않는다면, 이제 다시는 못 만나게 돼. 아르춈 형도 기관차로 연행되어 가서 지금 없어. 철도 종업원들은 모두 끌려갔고. 그런데 도대체 어디로 가겠다는 거야?"

그녀가 걱정해 주는 것을 코르차긴도 모르지 않았다. 하지만 자신의 소중한 천사를 위험에 빠뜨리는 일이 있어서는 안 된다는 걱정이 그를 붙잡고 있었다. 그러나 여러 날 겪은 고통에 맥이 빠져 쉬고 싶은 데다가, 배고픔도 견디기가 어려웠다. 그는 마침내 항복했다.

토냐의 방 소파에 앉아 있는 사이에 어머니와 딸은 다음과 같은 대화를 나누었다.

"엄마, 지금 내 방에 코르차긴이 와 있어요. 기억나지요? 동급생이에요. 엄마에게는 무엇이든 숨기지 않고 말할게요. 저 사람이, 어떤 볼셰비키를 도망시켰다는 혐의로 잡혀갔었어요. 탈출해 오기는 했는데, 숨어 있을 데가 없는 거예요." 그녀의 목소리는 떨렸다. "엄마, 부탁이에요. 지금 저 사람을 우리집에 머물게 해주세요, 네?"

딸의 눈은 기도하듯이 어머니를 보고 있었다. 어머니는 살피듯이 토냐의 눈을 바라보았다.

"좋아, 반대는 하지 않겠다. 하지만 저 사람 잠자리는 어디다 차릴 참이냐?"

토냐는 얼굴이 빨개졌다. 그리고 당황해 어쩔 줄 모르면서 대답했다.

"내 방 소파에서 자게 하면 돼요. 아빠에게는 아직 비밀로 해주세요."

어머니는 토냐의 눈을 뚫어지게 들여다보았다.

"이게 네 눈물의 원인이었었니?"

"네."

"저 사람, 아직 어리지 않니?"

"맞아요. 하지만 만일 도망 나오지 않았다면, 어른과 똑같이 총살당했을지도 몰라요."

토냐는 블라우스 소매를 초조한 듯이 만지작거렸다.

어머니 예카테리나 미하일로브나로서는, 집에 코르차긴이 있다는 것은 불안의 씨앗이었다. 체포되었던 젊은이라는 것과, 이 소년에게 토냐가 완전히 마음을 쏟고 있다는 사실과, 게다가 그 소년에 대해 자신이 아무것도 모른다는 것 등도 걱정거리였다.

그러나 토냐는 엉뚱한 데에 정신이 팔려 있었다.

"목욕을 시켜야지 참. 엄마, 나 지금 준비할게요. 저 사람, 진짜 화부처럼 새까맣게 되었거든요. 세수도 오랫동안 못 했을 거예요."

그녀는 이리 뛰고 저리 뛰다가, 안절부절 못하다가, 목욕물을 데우다가, 속옷을 준비하다가 했다. 그리고 반강제로, 느닷없이 파브카의 손을 잡고 욕실로 끌고 갔다.

"네 옷을 모두 벗어버려야 돼. 갈아 입을 옷은 여기 있어. 네 옷은 세탁해야 하니까. 자, 이걸 입어." 그러면서 그녀는 흰 줄무늬 깃이 달린 푸른색 수병복과 나팔바지를 단정하게 개어놓은 의자 뒤를 가리켰다.

파벨은 놀라서 쳐다보았다. 토냐는 싱글벙글 웃고 있었다.

"이거, 내가 가장무도회 때 입었던 옷이야. 아마 너한테 어울릴 거야. 자, 이제 난 모르니까 알아서 해. 네가 씻는 동안에 나는 식사 준비를 할 테니까."

그녀는 문을 닫았다. 이제 별수 없었다. 코르차긴은 얼른 옷을 벗고 욕실로 들어갔다.

1시간 뒤에 세 사람—어머니와 딸과 코르차긴—은 부엌에서 식사를 하고 있었다.

배가 몹시 고팠던 참이어서, 파벨은 저도 모르는 사이에 세 번째 접시를 비웠다. 처음에 그는 예카테리나 미하일로브나의 눈치를 살폈으나, 이윽고 그녀의 스스럼없는 태도를 보고 긴장을 풀었다.

식사를 끝내고 셋이 함께 토냐의 방에 모여 앉았을 때, 파벨은 예카테리나 미하일로브나가 부탁하는 대로 자기가 겪은 고통스런 일들을 이야기했다.

"그래, 이제부터 어떻게 할 작정인가?" 예카테리나 미하일로브나는 물었다.

파벨은 잠시 생각했다.

"아르촘 형을 만나보고, 그리고 나서 이곳을 떠나려고 합니다."

"어디로?"

"우만, 아니면 키예프로 갈까 합니다. 아직 저도 잘 모르겠습니다만, 어쨌든 여기서는 떠나야겠습니다."

파벨은 모든 게 이처럼 빨리 변했다는 것이 믿기지 않았다. 아침에는 유치장에 있었는데 지금은 토냐가 곁에 있었으며, 깨끗한 옷을 입고 무엇보다도 자유로운 몸이 되었다.

인생이란 때로는 이와 같은 전환도 있는 법이다. 어느 순간 캄캄한 암흑이었던 하늘에 또다시 태양이 미소 짓기도 했다. 이제 다시 체포될지도 모른다는 위험만 없다면, 지금의 그는 그야말로 행복한 젊은이임에 틀림없다.

하지만 이 드넓고 조용한 저택 안에 있는 지금도, 그는 언제든 체포될지 모르는 몸이었다.

갈 곳은 어디라도 상관없었다. 그러나 어쨌든 이곳에 머물러 있을 수는 없었다.

그런데 유감스럽게도, 여기를 떠나고 싶은 생각이 아무래도 나지 않는 것이다. 빌어먹을! 영웅 가리발디 이야기에서 읽었을 때는 얼마나 재미있었던가? 얼마나 이 영웅이 부러웠던가? 하지만 가리발디의 경우도 그 인생은 견디기 어려운 고통이었다. 그는 세상에서 가는 곳마다 쫓겨났다. 그런데 파벨은 겨우 7일쯤 무서운 고통을 걸 것쯤 가지고, 벌써 1년이 지난 것 같은 기분이 되어 있다니.

그는 아무래도 영웅이 될 자격은 없는 모양이었다.

"뭘 생각하고 있어?" 토냐가 그에게 몸을 구부리고 들여다보며 물었다. 짙은 파란색 눈동자는 그에게는 끝없이 깊은 것처럼 보였다.

"토냐, 괜찮다면, 크리스티나 이야기를 해줄까?……."

"그래, 이야기 해줘." 토냐는 말했다.

"……그리고 그녀는 밝게 다시는 돌아오지 않았던 거야"라는 마지막 말로써 그는 겨우 이야기를 마쳤다.

방에는 시계가 규칙적으로 째깍째깍 움직이는 소리가 들렸다. 토냐는 고개를 떨군 채, 금방 터져 나올 것 같은 울음을 참으려고 입술을 아프도록 깨물고 있었다.

파벨은 그녀를 바라보았다.

"난 오늘이라도 여기를 떠나야 해." 그는 분명히 말했다.

"안 돼, 안 돼. 오늘은 이제 아무 데도 못 가. 알겠지!"

그녀의 곱고 따뜻한 손가락이 그의 뻣뻣한 머리카락 속으로 살그머니 들어가 다정하게 쓰다듬었다.

"토냐, 네 손을 좀 빌려야 할 일이 있어. 기관고로 가서 아르춈 형의 소식을 알아보고, 또 세료시카한테 편지를 가져다주었으면 좋겠어. 우리집 까치집 속에 권총이 있는데, 내가 갈 수는 없어서 세료시카가 대신 찾아야 하거든. 심부름 좀 해주겠어?"

토냐는 일어섰다.

"내가 당장 수하리코한테 가겠어. 그리고 둘이서 기관고로 가볼게. 얼른 편지를 써. 세료자에게 전할 테니까. 그 사람 어디 있어? 그리고 만약에 그 사람이 오겠다고 한다면, 너 있는 데를 가르쳐 줄까?"

파벨은 잠시 생각하고 나서 대답했다.

"밤에 정원으로 오라고 해줘."

토냐가 집에 돌아온 것은 오후 늦게였다. 파벨은 깊은 잠에 빠져 있었다. 그녀의 손이 닿자 그는 눈을 떴다. 그녀는 만족스럽게 미소 짓고 있었다.

"아르춈 형님이 곧 오실 거야. 마침 막 도착했을 때였어. 리자의 아버지가 보증을 서주어서 1시간 동안 외출할 수 있게 됐어. 기관차가 기관고에 서 있었어. 형님에게는 네가 여기 와 있다는 말은 못 하고, 그냥 아주 중요한 일을 전할 게 있다고만 했어. 어머, 벌써 오셨나 봐!"

토냐는 문 있는 데로 달려갔다. 아르춈은 자신의 눈을 믿을 수가 없다는 듯이, 그 자리에 못 박힌 것처럼 서 있었다. 토냐는 티푸스 때문에 서재에 누워 있는 아버지가 눈치채지 못하도록 그의 등 뒤에서 문을 가만히 닫았다.

아르춈의 두 손이 파벨을 와락 끌어안았을 때, 파벨 몸에서 우두둑 뼈마디 소리가 났다.

"내 동생! 파브카!"

이야기는 결론이 났다. 파벨은 내일 출발하기로 되었다. 아르춈이 부르자크에게 부탁해서, 카자친행 기관차에 그를 태우려는 것이다.

평소에는 냉철한 아르춈도 앞으로 어떻게 될지 모르는 동생의 앞길을 걱정하여 냉정을 잃고 있었다. 그는 지금 더없이 행복했다.

"그럼 알았지? 아침 5시에 넌 자재 창고로 오는 거다. 기관차에 장작을 실을 테니까, 그때 숨어들어가는 거야. 좀 더 이야기를 나누고 싶지만 이제 돌아가야 해. 내일은 나도 나가마. 철도대대가 만들어져 있어. 전에 독일군이 있었을 때처럼 말이야. 경비병이 옆에서 지키는 상태로 오가고 있지."

아르춈은 인사를 하고 나갔다.

땅거미가 벌써 대지를 덮었다. 세료자가 정원 울타리에 오기로 되어 있었다. 그를 기다리며 코르차긴은 어두컴컴한 방 안을 구석에서 구석으로 왔다 갔다 했다. 토냐와 어머니는 아버지 투마노프의 방에 있었다.

세료자와는 어둠 속에서 얼굴을 마주했다. 그리고 서로 굳게 손을 맞잡았다. 발리야도 함께 왔다. 세 사람은 목소리를 낮추고 소곤소곤 이야기를 나누었다.

"권총은 못 가져왔어. 너희 집 마당에 페틀류라 병사들이 우글거리고 있잖아. 짐수레를 세워 놓고 마당에 모닥불을 피우고 있더라. 그래서 도저히 나무에 올라갈 수가 있어야지. 그걸 어떻게든 가져왔어야 하는 건데." 세료자는 미안한 듯이 변명했다.

"괜찮아." 파벨은 그를 위로했다. "오히려 잘됐는지도 몰라. 도중에 수색이라도 당했다가는 모가지가 날아갈 테니 말이야. 하지만 넌 반드시 가져다가 잘 간직해라."

발리야가 그의 곁으로 다가왔다.

"언제 떠나?"

"내일 새벽이야, 발리야."

"그런데 어떻게 해서 빠져나왔는지, 이야기 좀 해줘."

파벨은 요점만 추려서, 자기가 겪은 고통을 말해 주었다.

서로 마음이 포근해지는 작별을 나누었다. 세료자는 농담도 못 하고 초조해하고 있었다.

"몸조심해, 파벨. 우리를 잊지 말고." 발리야는 힘겹게 말을 마쳤다.

그들은 어둠 속으로 사라져 갔다.

집 안은 고요했다. 시계 소리만이 정확하게, 끊임없이 시간을 새기고 있었다. 6시간 뒤에는 이제 헤어져야만 하는 데다가, 그렇게 되면 다시 만날 수 없으리라 여겨졌기 때문에, 두 사람 중 어느 쪽도 잠을 자려는 생각은 전혀 없었다. 이 짧은 동안에 저마다 마음에 품은 온갖 상념과 말을 어떻게 다할 수 있겠는가!

아직 정욕이라는 것을 깨닫지 못하고 다만 마음의 격렬한 설렘 속에 어렴풋이 그것을 느낄 때, 우연히 손이 여자친구의 가슴에 닿아도 깜짝 놀라 떨며 그것을 비킬 때, 젊은 날의 우정이 마지막 한 걸음을 앞에 두고 있을 때 그것이야말로 청춘이다. 아름다운 청춘의 날이다! 목에 감기는 여인의 팔보다 더 그리운 것이 또 있을까? 그리고 입맞춤, 전류의 충격과도 같은 타는 듯한 입맞춤!

가까이 지내게 된 뒤로, 이것이 두 번째 입맞춤이었다. 코르차긴은 어머니에게서만 애무를 받아보았고, 그 밖에는 애무는커녕 언제나 얻어맞기만 해왔다. 그런 만큼 이 애무는 더욱 강하게 마음에 와닿았다.

짓밟힌, 가혹한 생활 속에도 이런 기쁨이 있는 줄은 미처 몰랐다. 인생길에서 서로 알게 된 이 여자야말로 커다란 행복이었다.

그는 그녀의 머리카락 냄새를 맡았다. 그러자 그 눈을 보고 있는 것같이 느껴졌다.

'난 이렇게 너를 사랑하고 있어, 토냐. 말로는 도저히 너에게 할 수가 없지만 정말 사랑해.'

그의 생각이 끊겼다. 이 야들야들한 몸매는 어떻게 이처럼 청순할까?…… 그러나 청춘의 우정처럼 숭고한 것은 없다.

"토냐, 복잡한 일들이 끝나면, 난 반드시 기계공이 될 거야. 그리고 너만 싫지 않다면, 만약에 네가 장난삼아 하는 것이 아니고 진심이라면 난 너의 좋은 남편이 될 거야. 결코 욕하지도 때리지도 않을 거야. 만일 무슨 일로 너를 모욕한다면 이 목숨을 주어도 좋아."

하지만 이렇게 서로 껴안고 잠이라도 들어버린다면, 그야말로 어머니에게 들켜서 엉뚱한 의심을 받을지도 모른다는 생각이 들어, 그들은 서로 떨어졌다.

두 사람이 결코 서로를 잊지 않을 것을 굳게 맹세하고 잠에 빠졌을 무렵에는 이미 날이 밝아오기 시작했다.

아침 일찍, 예카테리나 미하일로브나는 코르차긴을 깨웠다.

그는 벌떡 일어났다.

파벨이 욕실에서 자기 옷으로 갈아입고, 장화를 신고, 돌린니크의 겉저고리를 걸치고 있는 동안에 어머니는 토냐를 깨웠다.

두 사람은 촉촉한 아침 안개 속을 헤치며 정거장을 향해서 종종걸음으로 걸어갔다. 빙 돌아서 장작 하치장에 이르렀다. 장작을 산더미처럼 실은 기관차 옆에서는 아르촘이 조마조마 마음을 졸이며 기다리고 있었다.

당당한 모습을 한 기관차가, 칙칙 소리를 내고 있는 증기의 소용돌이에 휩싸여 천천히 다가왔다.

기관차 창으로는 부르자크가 내다보고 있었다.

작별 인사도 하는 둥 마는 둥이었다. 코르차긴은 기관차의 승강구 쇠 손잡이를 잡고 위로 올라가, 돌아다보았다. 건널목 있는 데에 두 그리운 모습이 서 있었다—키가 큰 쪽은 아르촘이고, 그와 나란히 선 날씬하고 작달막한 모습이 토냐였다.

바람이 그녀의 블라우스 깃을 펄럭펄럭 날리고, 밤색 머리카락을 헝클어뜨렸다. 그녀는 손을 흔들고 있었다.

아르촘은 울음을 꾹 참고 있는 토냐를 흘낏 바라보고는 한숨을 내쉬었다.

'이거, 내가 어지간히 멍청이거나, 아니면 이것들의 나사가 어떻게 됐거나 둘 중에 하나군. 이놈, 파브카! 요 쪼끄만 녀석이 벌써!'

열차가 굽잇길을 돌아서 사라진 다음, 아르촘은 토냐 쪽으로 돌아섰다.

"자, 이제부터는 우리 가깝게 지내기로 할까?" 그리고 그의 커다란 손안에 토냐의 작고 귀여운 손이 폭 싸였다.

속력을 더한 열차의 울림 소리가 멀리서 들려왔다.

7

참호로 둘러싸이고, 거미줄처럼 철조망으로 둘러쳐진 거리는 한 주일 동안 포성과 총성 속에 지새고 있었다. 한밤중에만 조용해졌다. 가끔 무엇에 놀란 듯이 일제 사격 소리가 정적을 깨곤 했는데, 이것은 척후병이 서로 상대방을 탐색하고 있는 것이었다. 새벽이 되자 역에 진을 치고 있는 포병중대에서는 사람들 그림자가 움직이기 시작했다. 검은 포구(砲口)가 화를 내듯이 무섭게 삐걱거렸다. 사람들은 거기에 얼른 새 포탄을 먹여주었다. 포병이 줄을 당기면 땅이 흔들렸다. 시내에서 3노리 떨어진, 붉은 군대가 점령한 마을의 상공을 포탄이 모든 잡음을 지우면서 요란한 소리와 함께 바람을 가르고 날아가 떨어지자마자 폭파된 흙더미를 하늘로 날려보내곤 했다.

붉은 군대 포병대는 옛 폴란드 수도원 마당에 진을 치고 있었다. 수도원은 마을 한가운데의 높다란 언덕에 서 있었다.

포병대의 군사위원인 자모스틴은 벌떡 일어났다. 그는 대포 받침틀 뒤쪽에 머리를 기대고 자고 있었던 것이다. 무거운 모제르총을 찬 벨트를 고쳐 매면서 그는 포탄이 날아오는 소리에 귀를 기울이며 터지기를 기다렸다. 구내에는 그의 카랑카랑한 목소리가 울려 퍼졌다.

"동지 여러분, 부족한 잠은 내일 보충하기로 합시다. 모두 기상!"

포병대원은 마찬가지로 포 옆에서 자고 있었다. 그들도 군사위원처럼 벌떡 일어났다. 다만 시도르추크만이 늦게, 마지못해서 잠이 덜 깬 얼굴을 들었다.

"이런, 버러지 같은 새끼들 같으니, 날도 샐까 말까 한데 벌써부터 쾅쾅 지랄들이야!"

자모스틴이 깔깔 웃어댔다.

"인정도 없는 놈들이야, 안 그래, 시도르추크? 네가 졸린 걸 깨우다니 말이야."

그 포병은 시무룩해서 투덜거리면서 일어났다. 몇 분 뒤 수도원 안에는 대포 소리가 울려 퍼지고, 시내에서는 포탄이 터졌다. 페틀류라 군대의 장교와 전신수(電信手)들은 사탕공장의 엄청나게 높은 굴뚝 위에 널빤지를 건너질러 발판을 짜놓고 있었다.

그들은 굴뚝 안에 설치되어 있는 쇠사다리를 올라갔다.

온 시내를 손바닥 들여다보듯이 내려다볼 수 있었다. 그들은 여기서 포격을 지휘하고 있었던 것이다. 시내를 둘러싼 붉은 군대의 움직임은 모조리 파악할 수가 있었다. 오늘은 볼셰비키군의 움직임이 매우 활발했다. '망원경'에도 그들 부대의 행동이 비쳤다. 포돌스크 정거장 쪽을 따라서 장갑차가 포격을 그치지 않고 서서히 철길을 나아갔다. 그 뒤에는 보병의 산병선(散兵線)이 보였다. 붉은 군대는 시내를 차지하기 위해 몇 번인가 공격을 걸어왔는데, 근위병들은 공격로를 단단히 굳히고는 참호 속에 숨어버렸다. 그리고 참호는 맹렬한 총화(銃火)를 뿜어댔다. 미친 듯이 탄환을 쏟아내는 총소리가 사방에 들어차고, 공격의 순간에는 그 소리가 최고조에 이르러 연속적인 울부짖음으로 변했다. 포탄의 비를 뒤집어쓰고, 초인적인 긴장에 더 이상 못 견디게 되면, 볼셰비키 군대는 움직이지 않는 시체를 벌판에 남겨두고 후퇴해 가는 것이었다.

오늘은 시내에 대한 공격이 더욱 끈질기고, 또한 빈번했다. 공기는 포성의 메아리로 소란스럽게 울리고 있었다. 땅바닥에 엎드리고, 달리다 넘어지면서도 악착같이 돌진해 오는 볼셰비키 군대의 전투 대형이 공장의 굴뚝 위에서 보였다. 그들은 거의 정거장을 차지했다. 근위대는 예비 병력의 대부분을 투입했으나, 정거장에 만들어진 돌파구를 메울 수는 없었다. 죽음을 각오한 볼셰비키 군대는 정거장 옆길을 뚫고 들어왔다. 짧은 시간이기는 했으나 맹렬한 공격에 의하여 마지막 거점인 교외 과수원과 채마밭에서 쫓겨난 정거장 수비의 근위 저격 제3연대의 페틀류라 병사들은, 무너지듯이 뿔뿔이 흩어져 시내로 쏟아져 들어왔다. 정신을 차리고 다시 저지선을 구축할 틈도 주지 않고, 붉은 군대 병사들은 돌격전으로 초소들을 소탕하면서 시가를 봉쇄해 버렸다.

세료자 부르자크의 가족과 이웃 사람들이 모여 있던 지하실에서는, 어떠한 힘도 그를 말릴 수 없었다. 그의 마음은 바깥에 쏠려 있었다. 그는 어머니의 만류를 뿌리치고, 썰렁한 지하실에서 위로 올라가 보았다. 장갑자동차 '사가이다치니'호가 사방팔방을 쏘아대면서 굉음을 울리며 집 옆을 지나갔다. 그 뒤로

는 페틀류라 병사들이 뒤죽박죽이 되어 달아나고 있었다. 세료자네 집 뜰에
도 근위병이 하나 뛰어들어왔다. 그는 정신 나간 사람처럼 허둥대면서 탄창과
철모와 소총 따위를 집어던지고, 울타리를 넘어서 채마밭으로 몸을 숨겼다. 세
료자는 용기를 내어 큰길을 내다보았다. 서남쪽 정거장으로 통하는 길을 페틀
류라 병사가 뛰어갔다. 전차가 그들의 후퇴를 엄호하고 있었다. 시내로 통하는
한길은 텅 비어 있었다. 그런데 그 길로 튀어나온 붉은 군대 병사가 하나 있었
다. 그는 땅에 엎드려 길을 따라서 총을 쏘고 있었다. 그에 이어서 한 사람, 또
한 사람…… 세료자가 그것을 보고 있으려니까, 그들은 몸을 굽히고 달리면서
쏘아댔다. 그러자 불타는 듯한 눈초리를 한, 볕에 그을린 중국인이 기관총 탄
약을 칭칭 감은 내복 차림으로, 두 손에는 수류탄을 쥔 채로 몸을 숨기지도
않고 달려왔다. 무리 맨 앞에서 경기관총을 안고 달려오는 것은, 아주 어린 병
사였다. 이들은 시내로 성큼 들어섰다. 붉은 군대의 첫 대열이었다. 환희의 감
정이 세료자를 사로잡았다. 그는 한길로 뛰어나가, 있는 힘을 다하여 큰 소리
로 외쳤다.

"동지들, 만세!"

깜짝 놀란 중국인은 세료자에게 덤비려다가, 이 젊은이가 좋아서 날뛰는 모
습을 보고는 그만두었다.

"페틀류라, 어디로 도망갔어?" 숨을 헐떡이면서 중국인은 그를 보고 물었다.

그러나 세료자는 아무 말도 귀에 들어오지 않았다. 그는 재빨리 집 마당으
로 뛰어가, 근위병이 내던지고 간 탄띠와 소총을 잡고 붉은 군대의 대열을 따
라잡으려고 달려갔다. 그의 존재는 서남 정거장에 이르렀을 때 비로소 주의를
끌었다. 탄약과 군수품 등을 실은 몇 량의 군용 열차를 떼어내고, 적을 숲속
으로 쫓아버리고 나서, 붉은 군대는 휴식과 재편성을 위해서 멈추었다. 어린
기관총수가 세료자 옆으로 다가와 놀란듯이 물었다.

"당신은 어디서 왔소, 동지?"

"난 이 고장 사람이에요. 시내에서 왔어요. 모두가 와주기만을 기다리고 있
었어요."

붉은 군대 병사들이 세료자를 둘러쌌다.

"나 이 사람 알아요." 중국인이 반갑다는 듯이 웃었다. "이 사람이 '동지들,
만세!'라고 소리쳤소. 이 사람 볼셰비키, 젊고 훌륭한 우리 편이오." 그는 세료

자의 어깨를 두들기며 신이 나서 그렇게 덧붙였다.

세료자의 마음은 기쁨에 넘쳤다. 그 자리에서 바로 그를 한편으로 끼워 넣어 주었기 때문이다. 그는 그들과 함께 돌격을 감행하여 정거장을 차지했다.

거리는 활기를 되찾았다. 짓눌려 있던 주민들은 지하실과 굴속에서 뛰쳐나와, 시내로 들어오는 붉은 군대를 구경하려고 문 앞으로 쏟아져 나왔다.

안토니나 바실리예브나와 발랴는 붉은 군대 병사들 틈에 끼어 걸어가는 세료자의 모습을 보았다. 그는 탄띠를 허리에 감고, 모자도 쓰지 않은 채 소총을 어깨에 메고 걸어가고 있었다.

안토니나 바실리예브나는 아찔해서 저도 모르게 두 손을 탁 쳤다.

아들 세료자가 싸움에 가담을 하고 있었던 것이다. 아, 이거 큰일났다. 무사하지 못할 거야! 생각을 해봐. 온 거리를 총을 메고 돌아다니다니! 나중에 무슨 변을 당하려고?

그런 걱정이 앞선 안토니나 바실리예브나는 더 이상 참을 수가 없어, 소리를 질렀다.

"셀료시카, 당장 돌아오지 못해? 너같이 촐랑거리는 녀석은 혼찌검을 내줄 테니까. 싸움이 하고 싶거든, 이 엄마가 상대를 해주마!"

그리고 아들을 말리려고 그쪽으로 달려 나갔다.

그러나 그녀에게 몇 번이나 귓싸대기를 얻어맞은 적이 있는 세료자는 어머니를 흘낏 돌아보더니, 부끄러움과 화가 뒤범벅이 되어 얼굴이 벌게지면서 퉁명스럽게 내뱉었다.

"그만 좀 떠들어요! 난 아무 데도 안 갈 테니까."

그러고는 멈추지도 않고 옆을 지나쳐 버렸다.

안토니나 바실리예브나는 울화가 치밀었다.

"뭣이 어째? 저놈 엄마한테 말하는 것 좀 봐! 좋아, 너 같은 놈 이제 다시는 집에 돌아올 생각 마라."

"안 돌아갈 테니까 걱정 말아요!"

뒤돌아보지도 않고 세료자는 큰 소리로 대답했다.

안토니나 바실리예브나는 멍하니 길거리에 서 있었다. 그 옆을 볕에 탄 먼지투성이 병사들이 지나갔다.

"울지 마세요, 어머니! 아들은 우리가 위원으로 뽑아줄 테니까요." 누군가가 듬직한 목소리로, 놀리는 듯이 말했다.

밝은 웃음이 대열에 퍼졌다. 중대 앞쪽에서는 우렁찬 노랫소리가 일제히 일어났다.

가자, 동지들이여, 용감하게
앞으로 나아가 투지를 굳히자.
자유의 왕국에 이르는 길을
우리의 가슴으로 닦아 나가리라.

힘차게 병사들은 노래의 뒤를 이었다. 그리고 전체 합창 속에는 세료자의 높은 목소리도 섞여 있었다. 그는 새로운 가족을 찾은 것이다. 그리고 거기에는 세료자의 총검도 하나 더 추가되어 있었다.

레슈친스키 저택 문에는 흰 판지가 붙여졌다. 거기에는 간단히 '혁명위원회'라고 쓰여 있었다.

그와 나란히 불과 같은 포스터도 붙었는데, 붉은 군대 병사의 눈과 손가락 끝이 포스터를 보는 사람의 가슴을 바로 가리키고 있었다. 그리고 그 밑에는 다음처럼 적혀 있었다.

"당신은 붉은 군대에 들어갔는가?"

밤중에는 사단정치부 부원들이 이 소리 없는 선동자를 붙이고 다녔다. 거기에는 또한 셰페토프카시의 모든 노동자에게 호소하는 혁명위원의 첫 격문도 나붙었다.

동지 여러분! 프롤레타리아 군대에 의하여 이 시는 장악되었습니다. 소비에트 정권이 회복된 것입니다. 시민 여러분, 안심하십시오. 피비린내 나는 약탈자들은 소탕되었습니다. 하지만 그들을 결코 다시는 돌아오지 못하게 하기 위하여, 철저하게 숨통을 끊기 위하여 붉은 군대에 참가해 주십시오. 노동자들의 정권을 전폭적으로 지지해 주십시오. 시의 군권(軍權)은 수비대장에게, 시의 정권은 혁명위원회에 장악되어 있습니다.

혁명위원회 대표 돌린니크

레슈친스키네 집에는 새로운 사람들이 나타났다. 바로 어제까지만 해도 입밖에 내려면 목숨을 걸어야 했던 '동지'라는 말이, 이제는 가는 곳마다 들렸다. 표현할 수 없으리만큼 마음을 설레게 하는 '동지'라는 말이!

돌린니크는 잠도 휴식도 잊고 있었다.

이 목수는 혁명정권을 조직하고 있었던 것이다.

저택의 조그만 방문에는 연필로 '당위원회'라 쓰인 종이쪽지가 붙어 있었다. 이곳에 앉아 있는 이그나체바라는 동지는 조용하고 충실한 여자였다. 그녀와 돌린니크에게 사단정치부는 소비에트 정권의 여러 기관들 조직을 일임하고 있었던 것이다.

하루가 지나자 벌써 협력자들이 탁자를 향하고 있었다. 타자기가 소리를 내고, 식량위원회가 만들어졌다. 튀지츠키라는 위원은 민첩하고 세심했다. 사탕 공장에서 기계 담당 조수로 일하던 사나이였다. 소비에트 정권이 성립했을 무렵 이미 그는 볼셰비키에 대하여 남몰래 증오감을 품고 있던 공장 관리부의 귀족적인 상층부를, 흔치 않은 끈질김으로 무너뜨리고 있었다.

공장 집회에서도 연단을 주먹으로 쾅쾅 치며, 그는 자기를 둘러싼 노동자들에게 폴란드어로 격렬하게 거친 말을 마구 내던졌다.

"말할 것도 없지만, 이제까지와 앞으로는 다르다는 걸 알아야 하오. 우리 아버지들도 우리도 한평생 포토츠키를 위해서 뼈 빠지게 날품팔이를 해왔소. 놈들에게 그 호화로운 집을 지어준 건 바로 우리요. 그런데 백작이 우리에게 해준 것이라곤, 일하다가 굶어 죽지 않을 만큼의 먹을 것밖에 더 있소? 도대체 포토츠키 백작이니 산구슈카 후작이니 하는 새끼들은 몇 년 동안이나 우리의 고혈을 빨아먹고 있었소? 우리 폴란드인 노동자들 중에도 러시아인이나 우크라이나인과 마찬가지로 포토츠키 때문에 골탕을 먹었던 사람이 한둘 아니오. 그런데 제기랄, 이런 노동자들 속에도 백작네 집 하인들이 퍼뜨린 소문이 퍼져 있으니 이게 어찌 된 일이오? 소비에트 정권은 그들 모두를 때려잡는다는 소문이 나돌고 있소!

이것은 도저히 두고 볼 수 없는 비아냥거림이라고 할 수밖에 없소. 동지 여러분, 모든 민족의 노동자들이 오늘만큼의 자유를 얻었던 적이 지금껏 단 한 번이라도 있었소?

프롤레타리아는 모두 형제요. 그러나 귀족 놈들에게는 이제부터 본때를 보여줄 거요. 이건 내가 장담하겠소."

그의 손은 아치 모양을 그리면서 다시 한 번 연단 위에 쾅 하고 떨어졌다.

"형제들에게 피를 흘리게 하고 있는 건 도대체 누구요? 국왕이나 귀족 놈들은 몇 세기나 전부터 폴란드 농민들을 터키인과 싸우게 했소. 그리고 언제나 한 민족이 다른 민족을 침략해서 무너뜨렸소. 얼마나 많은 사람들이 멸망하고, 얼마나 많은 불행이 일어났소? 그리고 이것은 도대체 누구에게 필요한 일이었단 말이오? 우리에게? 하지만 이런 일들은 이제 곧 끝날 거요. 놈들에게 끝장이 다가온 거요. 볼셰비키는 부르주아들이 섬뜩해 할 말을 전 세계에 던졌소. '모든 나라의 프롤레타리아여, 단결하라!' 여기에야말로 우리의 구원이 있고, 일하는 자끼리 형제가 될 수가 있는 행복한 삶에 대한 희망이 있는 것이오. 동지 여러분, 공산당에 입당하기 바라오.

폴란드 공화국도 생길 것이며, 그곳은 포토츠키 같은 놈들이 없는 소비에트 공화국이오. 놈들은 우리 손으로 송두리째 때려부숴 버리고, 우리 자신이 소비에트 폴란드의 주인이 되는 거요. 여러분들 중에서 브로니크 푸타신스키를 모르는 사람은 없겠죠? 그는 혁명위원회에 의하여, 이 공장의 위원으로 임명되었소. '무(無)에서 모든 것으로'인 셈이오. 우리에게도 축제가 찾아옵니다, 동지 여러분. 그러니까 반동분자들의 말에 귀를 기울이지 마시오. 그리고 만약에 우리 노동자들의 신뢰가 뒤를 밀어주기만 한다면, 전 세계의 모든 민족과 형제의 우정을 맺을 수도 있는 것이오!"

바츨라프(튀지츠키)는 이처럼 새로운 말들을, 소박하고 노동자다운 표현으로 자신의 마음속으로부터 토로했다.

그가 연단에서 내려오자 젊은이들은 동감의 표시를 하며, 그 자리를 떠나는 그의 모습을 바라보았다.

다만 나이든 사람들은 자기 속마음을 내보이지 않았다. 누가 알겠는가? 내일이라도 볼셰비키는 물러날지도 모른다. 그렇게 되면 저마다 자기가 입에 담은 말의 대가를 치르지 않으면 안 된다. 교수대는 면한다 치더라도, 최소한 공장을 쫓겨날 것은 뻔했다.

교육위원은 깡마른 체르놉스키라는 교사였다. 현재로서는 이 고장 교사들 가운데서 볼셰비키에 동조하고 있는 유일한 사람이었다. 혁명위원회 건너편에는 특무중대(特務中隊)가 자리잡고 있었다. 특무중대 병사들이 혁명위원회의 당직(當職)을 맡고 있는 것이다. 밤에는 정원 출입구 앞에 '맥심' 기관총이 장치되고, 뱀처럼 생긴 탄띠를 접수대까지 늘어뜨려 놓고 있었다 그 옆에 총을 든 병사가 두 사람 붙어 있었다.

혁명위원회 쪽으로 걸어가는 것은 동지 이그나체바였다. 그녀는 나이 어린 붉은 군대 병사 하나가 눈에 띄자 물었다.

"당신은 몇 살이지요?"

"열일곱입니다."

"이 고장 출신?"

병사는 싱긋 웃었다.

"네, 저는 엊그제, 전투 때 군에 들어왔습니다."

이그나체바는 자세히 그를 바라보았다.

"아버지는 무엇을 하셨어요?"

"기관사 조수요."

그때 출입구에서 돌린니크가 어떤 군인과 함께 들어왔다. 이그나체바는 그쪽을 보고 말했다.

"이봐요, 콤소몰(청년공산동맹) 지구위원회 대장을 발견했어요. 이 고장 출신이래요."

돌린니크는 재빨리 시선을 세르게이에게 던졌다.

"누구네 아들인데? 아, 자하르의 아들? 좋지, 해봐. 동료들을 잘 단속해야 돼."

세료자는 놀라서 두 사람을 바라보았다.

"그럼 중대 쪽은 어떻게 되지요?"

이 물음에 벌써 층계를 뛰어올라가면서, 돌린니크가 던지듯이 대답했다.

"그건 이쪽에서 처리해 줄게."

이틀 뒤 저녁 무렵이 되어, 우크라이나 청년공산동맹 지구위원회라는 것이 생겼다.

새로운 생활이 생각지도 않게 급격히 펼쳐졌다. 그리고 그의 온몸을 가득 채우고, 또한 독자적인 소용돌이를 치기 시작했다. 세료자는 가족이 바로 가까이에 있었는데도 잊어버리고 있었다.

세료자 부르자크는 이미 볼셰비키였다. 주머니에서 벌써 열 번이나 흰 종이쪽지를 꺼내고 있었다. 그것은 우크라이나 공산당위원회의 용지인데, 세료자가 공산청년동맹원이며, 위원회 서기라는 내용이 적혀 있었다. 그래도 의심스럽다고 생각하는 자가 있다면, 제복 위에 맨 벨트에 수제(手製) 무명 케이스에 넣은, 친구 파브카가 준 멋진 '만리허' 권총을 찬 것을 보라. 이보다 더 틀림없는 위임장도 없을 것이다. 아, 파브카가 이 자리에 없는 게 유감이었다!

세료자는 며칠 동안을 혁명위원회 부탁으로 뛰어다녔다. 지금도 이그나체바가 그를 기다리고 있었다. 그들은 어제부터 혁명위원회 앞으로 된 문서라든가 신문을 받으러 정거장에 있는 사단정치부로 갔다. 그는 서둘러서 한길로 뛰어나갔다. 정치부원이 자동차를 가지고 혁명위원회 문 옆에서 두 사람을 기다리고 있는 것이다.

정거장까지는 멀었다. 역에 있는 차량 속에는 소비에트 우크라이나 제1사단본부와 정치부가 설치되어 있었다. 이그나체바는 자동차로 가는 동안 세료자에게 이것저것 물어보았다.

"당신은 자기 부문에서 어떤 일을 했어요? 조직은 만들었어요? 친구라든가 노동자 자녀들을 설득해야만 해요. 앞으로 가까운 시일 내에 공산청년단체를 만들어야 하니까요. 내일은 콤소몰의 격문을 만들어서 인쇄하도록 해요. 그리고 청년들을 극장으로 모이게 해서 모임을 여는 거예요. 오늘은 함께 사단정치부에 가서 우스티노비치에게 소개해 줄게요. 그녀라면 당신 단체에서 일을 할수가 있을 것 같군요."

우스티노비치는 갈색 단발머리의 열여덟 살 소녀로, 새 카키색 제복을 입고 허리에는 가는 벨트를 매고 있었다. 세료자는 그녀에게서 여러 가지 새 지식을 배우고, 일을 도와주겠다는 약속도 받았다. 작별할 때 그녀는 문서와 특히 팸플릿—콤소몰의 강령과 규약 등—이 든 상자를 그의 등에 짊어지게 했다.

그들이 혁명위원회에 돌아온 것은 밤이 늦어서였다. 마당에서는 발리야가 기다리고 있었다. 그녀는 세르게이에게 마구 나무라는 말을 퍼부었다.

"너 그래도 되는 거니? 이제 집과는 아주 인연을 끊겠다는 거야? 엄마는 너 때문에 날마다 울기만 하시고, 아버지는 화가 나셨어. 너 가만 안 봐둔대."

"괜찮아. 나 지금, 집에 돌아갈 틈이 없어. 거짓말이 아니야. 정말 틈이 없단 말이야. 오늘도 안 돼. 그런데 누나에게는 할 말이 있어. 내 방으로 가자."

발리야는 동생이 낯설게 느껴졌다. 완전히 딴사람이 되어 있었다. 누군가 그에게 충전이라도 해놓은 듯했다. 누나를 의자에 앉혀놓고 세료자는 솔직히 말했다.

"할 말이란 다른 게 아니고, 콤소몰에 들어오라는 거야. 모르겠어? 청년공산 동맹 말이야. 내가 그 의장 대리(代理)야. 왜, 믿기지 않아? 그럼, 이걸 읽어봐."

발리야는 읽어보고 나서 난처한 듯이 동생을 바라보았다.

"내가 콤소몰에서 무엇을 하지?"

세료자는 두 손을 벌려 보였다.

"무엇을 하느냐고? 일이 없을까 봐서 그래, 누나? 나는 벌써 며칠째 밤에 잠도 못 자고 있단 말이야. 선동을 확대해야 하거든. 모두를 극장에 모아놓고 소비에트 정권에 대한 이야기를 하기로 되어 있어. 나더러 연설을 하라는 거야. 그런데 아무리 생각해도 그건 안 되겠어. 누나도 알잖아? 연설을 어떻게 해야 하는 건지, 내가 어떻게 알아? 한마디로, 난 지금 두 손 들고 있는 참이야. 그건 그렇고 대답해 봐. 콤소몰은 어떻게 할 거야?"

"난 모르겠어. 그런 짓을 했다가는 엄마가 펄펄 뛰실 텐데."

"엄마는 상관없잖아?" 세료자가 반박했다. "어차피 이런 일에 대해 엄마가 뭘 알아? 그저 자식들을 곁에 두고 싶어서 그러는 거지 뭐. 엄마도 소비에트 정권에 반대하는 건 아니잖아? 반대하기는커녕 지지하고 있다고. 다만, 전장에서 싸우는 건 우리집 자식이 아니라 남의 자식이기를 바랄 뿐이야. 하지만 그게 어디 옳은 일이라고 할 수 있겠어? 주프라이가 우리에게 한 말 생각나? 파브카만 해도 그렇잖아? 그 녀석은 엄마 생각은 하지도 않았어. 지금 우리에게는, 내가 원하는 대로 이 세상을 살 권리가 생긴 거야. 어때, 정말 거절할 참이야? 누나가 여자 단체에 들어가고, 내가 청년 단체에서 일하게 되면 얼마나 신나는 일이야! 빨간머리 클림카 녀석도 오늘은 내가 꼭 끌고 올거야. 그래, 어때, 누나, 우리 단체에 들어올 거야, 말 거야? 자, 여기 거기에 대한 팸플릿도 있어. 읽어봐."

그는 주머니에서 그것을 꺼내 누나에게 건네주었다. 발리야는 동생에게서 눈을 떼지 않고, 가만히 물었다.

"그렇지만 다시 페틀류라 병사들이 들어오면 어떻게 되니?"

세료자는 비로소 이 문제에 생각이 미쳤다.

"나는 물론, 모두와 함께 떠나야겠지. 하지만 누나는 어떻게 한다? 엄마에게는 아닌 게 아니라 곤란하게 되겠는걸." 그는 입을 다물었다.

"그럼, 나 이름을 써넣을 거야, 세료자. 다만, 엄마와 다른 누구도 모르게 말이야. 나와 너만 아는 걸로 하자. 내가 무엇이든 도울게. 그게 나을 것 같다."

"그렇고말고, 누나."

이그나체바가 방에 들어왔다.

"이그나체바 동지, 여기, 내 누나인 발리야입니다. 방금 사상에 대해서 이야기를 나누고 있었어요. 누나는 이 일에 아주 잘 맞는데, 다만 어머니가 걱정을 하시거든요. 아무도 모르게 누나를 넣을 수는 없을까요? 만약에 우리가 물러나야 하는 사태가 일어난다면 나야 물론 총을 잡고 나가겠지만 누나는, 그렇게 되면 어머니가 불쌍하다는 겁니다."

이그나체바는 탁자 한옆에 걸터앉아서 그의 말을 듣고 있었다.

"좋겠지요. 그렇게 하도록 해요."

극장은 온 시내에 붙여진 집회 광고를 보고 몰려든 젊은이들로 꽉 들어찼다. 사탕공장의 취주악대가 연주를 하고 있었다. 홀의 대부분은 남녀 중학생, 소학교의 최고학년 학생들이었다.

이들은 모두, 집회라기보다는 구경삼아 여기에 와 있었다.

드디어 막이 오르고, 방금 도착한 군위원회 서기인 라진이 단상에 나타났다.

몸집이 작고 말랐으며, 매부리코를 한 그는 모두의 주목을 받았다. 그의 연설은 큰 관심을 끌었다. 그는 나라 전체를 휘몰아 넣고 있는 투쟁에 대해서 이야기하고, 청년들에게 공산당을 중심으로 뭉칠 것을 호소했다. 그는 전문 연설가처럼 말했는데, 연설 가운데에 '정통파 마르크스주의자'라든가, '사회 쇼비니즘주의자'[*1]라든가 하는, 물론 청중이 알아들을 까닭이 없는 어휘를 너무 많이 썼다. 그의 연설이 끝나자, 웅성거림과 함께 박수가 터졌다. 그는 세료자에게 다음을 양보하고 자리를 떴다.

세료자가 걱정하던 일이 일어나고 말았다. 연설이 제대로 나오지 않는 것이다. '무슨 말을 어떻게 할까?' 그는 적당한 말을 찾으려 했으나 도무지 떠오르

[*1] 국가의 이익을 위해서는 방법과 수단을 가리지 않는 광신적인 애국주의나 국수적인 이기주의를 일컫는 쇼비니즘(chauvinism)을 따르거나 주장하는 사람.

지 않아서 당황하고 있었다.

이그나체바가 탁자 옆에서 소곤거리는 소리로 도움말을 주었다.

"세포를 조직하는 이야기를 하도록 해요."

세료자는 그래서 손쉽게 실제적인 방법에 대한 이야기를 꺼냈다.

"동지 여러분, 여러분도 이미 이야기는 듣고 있겠지만, 현재 우리는 세포를 만들지 않으면 안 되는 것입니다. 여러분 중에서 누구든 이것을 지지해 줄 사람이 있습니까?"

홀은 조용해졌다.

우스티노비치가 응원에 나섰다. 그녀는 청중을 향하여 모스크바의 청년 조직에 대해서 이야기하기 시작했다. 세료자는 엉거주춤 비켜서 있었다.

세포 조직 문제에 관한 그런 방식은 그의 기분을 언짢게 만들었다. 그래서 냉담한 얼굴로 홀을 바라보고 있었다. 모두들 건성으로 우스티노비치 이야기를 듣고 있었다. 잘리바노프가 우습다는 듯이 우스티노비치를 쳐다보면서, 리자 수하리코에게 뭔가 속삭였다. 앞줄에서는 코끝에 분을 바른 상급반 여학생이, 힐끗힐끗 딴전을 부리면서 서로 잡담을 하고 있었다. 한구석 출구에 가까운 무대 위에는 젊은 붉은 군대 병사들 무리가 있었다. 그 속에서 세료자는 낯익은 기관총수를 발견했다. 그는 풋라이트*² 끝에 걸터앉아, 화려한 옷차림을 한 리자 수하리코와 안나 아드몹스카야를 못마땅한 표정으로 보고 있었다. 그 둘은 주위 사람들은 안중에도 없는 듯이, 자기들을 둘러싼 남자들과 수다를 떨고 있었다.

자신의 이야기를 귀담아듣고 있지 않음을 알아차린 우스티노비치는 얼른 연설을 끝마치고, 이그나체바에게 뒤를 넘겨주었다. 이그나체바의 침착한 말투는 청중을 조용하게 만들었다.

"젊은 동지 여러분." 그녀는 말했다. "여러분 한 사람 한 사람은 여기서 들은 이야기에 대해서 신중히 생각해 주리라 믿습니다. 여러분들 중에도 단순한 구경꾼이 아니라, 적극적인 협력자로서 혁명에 참가해 줄 동지가 반드시 있다는 것을 나는 믿어 의심치 않습니다. 여러분을 위하여 문은 활짝 열려 있습니다. 나머지는 여러분 몫입니다. 부디 여러분들 스스로가 발언해 주기 바랍니다. 희

---

*2 무대의 앞쪽 아래에 장치하여 배우를 비추는 광선. 각광(脚光)이라고도 한다.

망하는 사람은 나오세요."

홀은 다시 조용해졌다. 그때 뒷줄에서 누군가가 큰 소리로 말했다.

"내가 한마디 하겠습니다!"

그리고 새끼 곰을 닮은 모습으로 무대까지 사람들을 헤치고 나온 것은, 약간 사팔뜨기인 미샤 레브추코프라는 사나이였다.

"만약에 그런 일이라면, 우리는 볼셰비키를 도와야 한다고 생각합니다. 나는 거절하지 않겠어요. 나에 대한 것은 세료자가 알고 있습니다. 나는 콤소몰에 들어가겠습니다."

세료자는 기쁜 듯이 싱긋 웃었다.

"자, 보시오, 동지 여러분!" 그는 곧장 무대 한가운데로 나갔다. "난 그전부터 알고 있었어요. 미시카는 우리 편이라고 말이죠. 왜냐하면 그의 아버지는 전철수(轉轍手)인데, 차량에 깔려 죽는 바람에 그는 학교에도 못 가고 노동자가 되었기 때문입니다. 그리하여 미시카는 중학교도 마치지 못했지만, 우리가 할 일에 대해서 이해해 준 것입니다."

홀에서는 와자지껄 떠드는 소리가 들리기 시작했다. 중학생인 오크셰프가 발언을 요구했다. 약제사의 아들로, 앞머리를 억지로 말아 올린 젊은이였다. 제복을 입은 가슴을 쭉 펴더니 그는 입을 열었다.

"실례지만 동지 여러분, 우리에게 무엇을 해달라고 하는지, 나는 그것을 알 수가 없습니다. 정치를 하라는 것입니까? 그렇다면 공부는 언제 할까요? 우리는 중학교를 마쳐야만 합니다. 스포츠 단체라든가, 집회나 독서를 위한 단체라도 만든다면 이야기는 다릅니다. 그러나 정치 같은 걸 했다가는, 나중에 목이라도 매달릴지 누가 압니까? 미안하지만 나는 사절하겠습니다. 아마 아무도 찬성하는 사람은 없을 줄 압니다."

홀에서 웃음소리가 일어났다. 오크셰프는 무대에서 뛰어내려 자리로 돌아갔다. 이번에는 예의 그 젊은 기관총수가 뒤를 이었다. 느닷없이 모자를 푹 눌러쓰고는, 꽉 들어찬 청중에게 분노로 불타는 눈길을 던지며, 그는 힘찬 목소리로 고함을 질렀다.

"왜 웃어, 벌레 같은 새끼들아!"

그의 눈은 타오르는 두 숯불덩이 같았다. 가슴 깊숙이 숨을 한 번 크게 들이쉬고는, 온몸을 노여움으로 부들부들 떨면서 그는 말하기 시작했다.

"내 이름은 자르키 이반이오. 나는 아버지도 어머니도 모릅니다. 고아였으니까요. 주린 배를 움켜쥐고, 눈비를 피할 데도 없었습니다. 당신들처럼 엄마 젖에 매달려서 자란 사람과는 달리, 주인 없는 개와도 같은 생활이었소. 거기에 소비에트 정권이 와서, 붉은 군대 병사들이 나를 거두어 주었습니다. 소대원 모두가 부모 노릇을 해주며 입을 것, 신을 것은 물론, 글도 가르쳐 주었소. 무엇보다도 중요한 것은 사람답게 생각하는 법을 알려주었던 것입니다. 이 사람들 덕분에 볼셰비키가 된 나는, 앞으로 죽을 때까지 이 길로 나아갈 작정입니다. 무엇 때문에 투쟁을 하고 있는지를 나는 잘 알고 있어요. 바로 우리를 위해서, 가난한 사람들을 위해서, 노동자의 정권을 위해서입니다. 당신들은 씨받이 말처럼 히죽거리고 있지만, 이 도시의 지하에는 200명이나 되는 동지들이 영구히 목숨을 잃고 누워 있다는 것을 알고 있소?"

자르키의 말은 팽팽한 활시위처럼 높이 울렸다.

"그들은 우리의 행복, 우리의 사업을 위해서 거리낌 없이 목숨을 바쳐주었단 말이오…… 전국에서, 모든 전선에서 지금 이 시간에도 죽어가고 있소…… 그런데 당신들은 그동안에 회전목마 따위나 타고 빙글빙글 놀고 있었던 거요…… 당신들의 상대는 바로 이런 녀석들이오! 동지들." 그는 느닷없이 간부석 쪽을 돌아보았다. "바로, 이런 녀석들이란 말입니다!" 그는 홀을 가리켰다. "이 친구들이 도대체 깨달을 수 있겠소? 아니, 천만에! 굶주린 자에게 배부른 자들은 동지가 될 수 없소. 여기에 동지는 한 사람밖에 없어요. 그가 가난뱅이고, 고아이기 때문이죠. 우리는 당신들 힘은 빌리지 않겠소."

그는 청중을 향하여, 노여움에 복받쳐 당장 덤벼들 듯이 소리쳤다.

"이제 부탁 같은 건 하지 않겠다. 무엇 때문에 이따위 녀석들한테 굽실거렸단 말인가! 차라리 기관총으로 쏴버리는 게 낫겠다!" 헐떡거리면서 마지막으로 그렇게 소리를 지르고는, 그는 무대를 내려와 아무도 돌아다보지 않고 출구 쪽으로 나가버렸다.

간부들 중에서 마지막까지 남아 있던 사람은 하나도 없었다. 혁명위원회로 돌아가는 도중, 세료자는 비관한 듯이 말했다.

"이게 무슨 소동이죠! 자르키의 말이 옳아요. 저따위 중학생 녀석들을 상대해 봤자 아무 소용이 없었던 겁니다. 울화통만 터졌죠."

"새삼스레 놀랄 것도 없잖아요?" 이그나체바가 그를 가로막았다. "이 고장에는 프롤레타리아 청년은 거의 없으니까요. 대부분이 소시민이거나 도시적 지식인 속물들뿐이잖아요. 노동자들 속에서 활동해야만 해요. 제재소와 사탕공장을 본거지로 삼는 거예요. 하지만 오늘 집회도 헛된 것만은 아니었다고 생각해요. 학생 중에도 뛰어난 동지는 있는 법이니까."

우스티노비치도 이그나체바의 생각을 지지했다.

"우리의 사명은 말이지요, 세료자. 한 사람 한 사람의 의식 속에 우리의 사상, 우리의 슬로건을 끈질기게 되풀이해서 불어넣어 주는 거예요. 당은 새로운 사건 하나하나에 모든 근로자의 주의를 향하도록 만들게 될 거예요. 앞으로도 자주 집회든, 평의회든, 대회를 열도록 합시다. 사단정치부도 정거장에 여름 극장을 만들고 있어요. 이제 곧 선전열차(宣傳列車)가 오면, 일을 적극적으로 확대해 나갑시다. 몇 백만 근로 대중을 우리 편으로 끌어들이지 않고서는 승리할 수 없다고, 레닌도 말했지 않아요? 기억하지요?"

밤늦게 세르게이는 우스티노비치를 역으로 바래다주었다. 헤어질 때 손을 잡고, 잠시 동안 그녀의 손을 자기 손안에 꼭 쥐고 있었다. 우스티노비치는 희미한 미소를 띠었다.

시내로 돌아오는 도중에 세르게이는 자기 집에 들렀다.

어머니가 잔소리를 늘어놓는 데는 대꾸하지 않고 참았다. 그런데 아버지도 말참견을 했으므로, 세료자는 공세로 전환하여 금세 아버지 자하르 바실리예비치를 주춤하게 만들었다.

"아버지, 독일군이 있었을 때 아버지들이 파업도 하고 기관차 경비병도 죽였지요. 그때 가족들 생각을 안 하셨어요? 하셨을 거예요. 그래도 기어이 하셨잖아요? 그건, 노동자로서의 양심이 그렇게 시킨 거예요. 저도 가족들 생각을 안 하는 게 아닙니다. 만약에 일이 틀어져 퇴각하게 된다면 아버지와 식구들이 저 때문에 곤경에 처할 것도 알고 있어요. 그 대신, 만일 승리하면 우리 세상이 되는 거예요. 저는 집에 가만히 있을 수도 없어요. 아버지도 그건 잘 아실 거예요. 그런데 그렇게 덮어놓고 잔소리만 하시면 어떻게 해요? 저는 옳은 일을 시작한 거니까 아버지도 마땅히 도와주셔야죠. 자, 아버지, 마음을 푸세요. 그러면 어머니도 저한테 잔소리만 하지는 않으실 거예요."

자기가 옳다는 확신을 한 그는, 상냥하게 미소 지으면서 맑고 푸른 눈으로 아버지를 바라보았다.

자하르 바실리예비치는 걸상 위에서 어색하게 우물쭈물하고 있더니, 숱 많은 콧수염과 깎지 않은 턱수염 사이로 웃으면서 누런 이를 드러내 보였다.

"이 녀석, 나한테 자백을 강요할 참이냐? 권총을 차고 있으면 나한테 회초리 맞을 염려는 없다고 생각하는 거냐?"

그러나 그 목소리에 노여움은 가셔 있었다. 그는 당황한 듯이 약간 머뭇거리다가, 이윽고 마음을 굳히고 그 거슬거슬한 손을 아들 쪽으로 뻗으면서 덧붙여 말했다.

"해봐라, 세료시카. 열을 올리고 있을 때 훼방은 놓지 않으마. 다만, 그렇다고 우리한테서 떠나 있어야 할 것까지는 없지 않겠니? 가끔은 집에 돌아오도록 해라."

한밤중. 약간 열려 있는 문틈에서 새어 들어온 한 줄기 빛이 층계 위를 비추었다. 비로드를 깐 푹신한 소파가 몇 개 놓여 있는 널따란 방에는 변호사용 탁자를 앞에 두고 다섯 사람이 앉아 있었다. 혁명위원회 회의였다. 다섯 사람은 돌린니크, 이그나체바, 모피 모자를 쓴, 키르기스인을 닮은 반혁명운동 단속위원회 대표 티모셴코, 그리고 혁명위원회에서 선출된 두 사람인 키다리 철도 종업원 슈지크와 코가 납작한 기관고의 오스탑추크였다.

돌린니크는 탁자 위로 몸을 숙이고 이그나체바 쪽에 시선을 고정한 채로, 걸쭉한 목소리로 한마디 한마디를 도려내듯이 말했다.

"전선에는 보급이 필요합니다. 노동자들도 먹어야 살 것이고, 우리가 이곳에 오자마자 소상인들과 시장의 거간꾼들은 물건 값을 터무니없이 올려버렸어요. 소비에트 지폐는 받지를 않고, 장사는 낡은 니콜라이 지폐와 케렌스키 지폐로 하고 있어요. 당장이라도 공정가격을 만듭시다. 물론 투기꾼들은 아무도 공정 가격으로 팔지 않겠죠. 놈들은 감출 게 뻔해요. 그렇게 되면 가택 수색을 해서 제 욕심만 채우는 모리배들한테서 상품을 모조리 몰수하는 거요. 우물쭈물할 때가 아니에요. 우리로서는 노동자들을 더 이상 굶주리도록 내버려 둘 수는 없으니까요. 이그나체바 동지는 과격한 행동을 삼가도록 경고하고 있어요. 하지만 이건 감히 말한다면, 인텔리적인 패배주의요. 이봐요, 화는 내지 말아요. 난 솔직하게 말하고 있는 것이니까. 그리고 문제는 자질구레한 장사꾼에게 있는 게 아니에요. 오늘 내가 들은 정보로는, 선술집인 보리스 존네 집에는 비밀

지하실이 있대요. 그리고 이 지하실에는, 페틀류라 군대가 오기 이전부터 굵직한 상인들이 막대한 상품을 저장하고 있답니다."

그는 날카로운 표정에 미소를 띠고, 의미 있는 눈길로 티모셴코를 바라보았다.

"어디서 들었지?" 티모셴코는 당황한 눈치로 말했다. 누구보다도 먼저 당연히 자기가 알고 있어야만 하는 일인데, 돌린니크가 무슨 정보든 한발 앞서 손에 쥐어 버리는 것이 못마땅했다.

"허, 허, 허!" 돌린니크는 웃었다. "난 말이야, 무엇이든 다 알고 있지. 알고 있는 건, 지하실만이 아니야." 그러고는 말을 이었다. "자네가 어제 사단장의 운전병과 함께 밀주를 반병 마신 일도 난 다 알고 있다고."

티모셴코는 의자 위에서 안절부절못했다. 누리끼리한 그 얼굴이 붉어졌다.

"또 병이 도졌군!" 그는 괴로운 듯이 말했다. 그러나 잔뜩 찌푸리고 있는 이 그나체바를 흘낏 보고는, 그대로 입을 다물어 버렸다. '무서운 목수도 다 있네! 이 녀석은 개인 체카*³라도 가지고 있는 모양이지.' 티모셴코는 혁명위원회 대표를 쳐다보면서, 속으로 생각하고 있었다.

"난 세르게이 부르자크에게 들었는데." 하고 돌린니크는 계속했다. "그 친구 중에 식당에서 일하던 녀석이 있는데, 그 녀석이 주방 종업원들에게서 알아낸 바에 의하면, 지금의 존이라는 놈이 이전에는 필요한 물건은 무엇이든 주방 안으로 들여다 쟁였다는 거야. 어제 세료자가 정확한 정보를 잡았는데, 그저 지하실만 찾으면 된다 이 말이야. 그래서 티모셴코, 몇 사람 데리고 세료자와 함께 가보는 게 좋겠어. 당장에 모조리 찾아내야지! 이것만 성공하면 노동자와 사단 식량위원회에 돌려줍시다."

반 시간 뒤에는 무장한 요원 8명이 선술집으로 들어가고, 두 사람은 출입구 앞 길가에 남아 지켰다.

땅딸막하고 술통처럼 뚱뚱한 데다가, 당근색 뻣뻣한 머리털이 난 이 집 주인은 나무 의족(義足)을 덜그럭거리며, 들어온 사람들에게 굽신거리면서 카랑카랑한 낮은 목소리로 물었다.

"아이고 웬일이십니까, 동지 여러분? 이런 늦은 시간에?"

---

*3 1917년 10월 혁명 뒤에 소비에트 정부가 설치한 러시아 반혁명·사보타주(태업) 단속 비상위원회. 1922년 폐지, 소련의 비밀경찰인 게페우(GPU)가 이어받았다.

존의 등 뒤에, 티모셴코의 회중전등 불빛에 눈을 찡그리면서 가운 차림으로 서 있는 것은 이 집 딸들이었다 옆방에서도 뚱뚱한 안주인이 옷매무새를 만지고 있었다.

티모셴코는 한마디로 말했다.

"가택 수색을 해야겠소."

바닥의 구석구석까지 뒤졌다. 장작 팬 것이 쌓여 있을 뿐인 널찍한 헛간, 창고, 부엌, 커다란 움막 등 모두가 빈틈없는 검사를 받았으나 비밀 지하실은 흔적도 발견할 수 없었다.

부엌 옆 골방에서는 이 선술집 식모가 곯아떨어져 있었다. 침입자들의 발소리도 못 들을 정도로 잠에 빠져 있었다. 세료자는 조심스럽게 그녀를 깨웠다.

"아가씨, 이 집에서 일하고 있어요?" 그는 잠에서 덜 깬 여자에게 물었다.

어깨까지 담요를 끌어올리고, 한 손으로 불빛을 가리면서, 무슨 영문인지도 모르는 채 그녀는 놀라서 물었다.

"그래요. 근데, 당신들은 누구세요?"

세료자는 사정을 설명하고, 옷을 입으라고 말한 뒤 방을 나갔다.

넓은 식당에서는 티모셴코가 주인을 신문하고 있었다. 술집 주인은 숨을 헐떡거리면서, 침을 튀기며 흥분해서 마구 지껄여댔다.

"도대체 뭘 원하시는 겁니까? 우리집에는 달리 무슨 비밀 지하실 같은 건 없어요. 공연히 시간 낭비 마세요. 아무 소용없는 짓입니다. 전에는 우리도 술집이었지만, 지금은 빈털터리랍니다. 페틀류라 병사들한테 모조리 강탈당하고, 잘못하면 목숨까지 잃을 뻔했다고요. 그래서 나는 소비에트 정권을 정말 기쁜 마음으로 맞았습니다. 하지만 우리집에 있는 것이라고는, 보시는 그대로입니다."

그리고 그는 짧고 굵은 팔을 벌려 보였다. 그러나 그의 핏발 선 두 눈은 단속위원회 대표의 얼굴에서 세료자에게로, 세료자에서 어느 구석과 천장으로 재빨리 굴렀다.

티모셴코는 신경질적으로 입술을 깨물었다.

"그럼, 당신은 아직도 숨길 작정이요? 다시 한 번 말하지만, 비밀 지하실은 어디 있는지 말하시오."

"어머머, 무슨 말씀을 하시는 거예요, 군인 동지들." 하고 여주인이 끼어들었다. "우리야말로 굶어 죽을 지경이랍니다! 글쎄 가진 것을 몽땅 빼앗겼으니까요." 그녀는 당장에 울음을 터뜨릴 것 같은 시늉을 해 보였다. 그러나 그래 봤자 아무런 득도 없었다.

"굶어 죽을 지경이어서, 식모를 두고 있는 거요?" 세료자가 옆에서 말을 가로막았다.

"어머머, 저기 있는 게 식모라고요? 불쌍한 애니까 어쩔 수 없이 두고 있는 거예요. 갈 곳 없는 아이거든요. 저 크리스티나에게 물어보시면 알아요."

"알았어요, 알았어." 티모셴코는 울화통이 터져서 소리쳤다. "자, 그럼 일을 시작합시다!"

밖은 벌써 대낮이었다. 그러나 술집 안에서는 여전히 끈질긴 수색이 계속되고 있었다. 13시간에 이르는 수색 실패에 화가 난 티모셴코는 수색을 단념하는 수밖에 없겠다고 마음먹었다. 그런데 그때, 그만 철수하려던 세료자의 귀에 골방에서 문득 식모가 조용히 속삭이는 소리가 들려왔다.

"아마 부엌의 난로 있는 데일 거예요."

10분 뒤 산산이 해체된 러시아식 페치카는 그 안쪽 깊숙이 승강구의 쇠뚜껑을 열어 보이고 있었다. 그리고 1시간이 지나자, 술통과 자루를 가득 실은 2톤 트럭이 아연히 입을 벌리고 있는 구경꾼들에게 둘러싸여 술집에서 떠나갔다.

이글이글 타는 듯한 불볕 속을, 마리야 야코블레브나는 작은 보퉁이를 안고 정거장에서 돌아왔다. 아르촘에게서 파브카 이야기를 듣고, 그녀는 서럽게 통곡했다. 앞길에 기다리고 있는 것은 암담한 나날이었다. 도저히 살아 나갈 길이 없었으므로 마리야 야코블레브나는 하는 수 없이 붉은 군대 병사들 빨래를 해주고는 그 대신 먹을 것을 조금씩 얻어오고 있었다.

어느 날 저녁나절에, 여느 때보다 좀 일찍 창밖에 아르촘이 들어오는 발소리가 들렸다. 그리고 문이 열리면서, 문지방 너머에서 아르촘의 목소리가 들려왔다.

"파브카한테서 소식이 왔어요."

파브카는 다음처럼 써 보냈다.

"사랑하는 형님, 나는 아주 건강하지는 못해도 어쨌든 무사히 지내고 있다는 것을 알려드립니다. 허벅지에 총알을 맞았는데 이제 거의 나아가고 있습니다. 의사의 말로는 뼈는 다치지 않았다고 합니다. 제 걱정은 하지 마세요. 모두 지나가 버린 일이니까요. 휴가를 얻게 되면, 퇴원하는 대로 돌아가겠습니다. 어머니는 뵙지도 못하고 떠나왔지만, 나는 지금은 코토프스키 기병여단의 붉은 군대 병사가 되었습니다. 이분의 명성은 아마 형님도 들어서 알고 계시리라 믿습니다. 이런 사람들을 이제까지 본 적이 없습니다. 나는 여단장을 매우 존경하고 있습니다. 어머니는 돌아오셨는지요? 만약에 집에 계시다면, 막내아들의 간절한 인사를 보냅니다. 걱정 끼쳐드렸던 것, 용서해 주세요. 동생 올림.

아르촘 형님, 가시는 길에 영림서장 집에 들러서 이 편지 이야기를 전해 주시면 고맙겠습니다."

마리야 야코블레브나는 하염없이 눈물을 흘렸다. 무심한 아들은 어디서 누워 있는지, 그 주소조차 써 보내지 않았다.

정거장에 서 있는 녹색 객차로, '사단정치부·선동선전부'라는 간판이 걸려 있는 데를 세료자는 가끔 찾아갔다. 이곳 작은 객실에서 우스티노비치와 이그나체바가 일하고 있는 것이다. 이그나체바 쪽은 늘 담배를 물고 있고, 입술 양 끝으로 능청스럽게 웃음 짓곤 했다.

청년공산동맹 지구위원회 서기는 저도 모르는 사이에 우스티노비치와 가까워져, 서류와 신문 뭉치 말고 잠시라도 만날 수 있었다는 막연한 기쁨을 안고 역을 나왔다.

사단정치부의 야외극장은 노동자와 붉은 군대 병사들로 연일 만원이었다. 철길에는 울긋불긋한 포스터로 꾸며진 제12군 선전열차가 서 있었다. 선전열차는 밤낮을 가리지 않고 열심히 활동을 하고 있었다. 인쇄소도 바삐 돌아가 신문, 전단, 선전문 등이 발행되었다. 전선이 가까운 것이었다. 어느 날 밤 우연히 세료자는 극장에 가보았다 그리고 붉은 군대 병사들 속에 섞여 있는 우스티노비치를 보았다.

그날 밤도 깊어서, 사단정치부원들의 숙식 장소인 정거장으로 그녀를 바래다주는 도중에, 세료자는 자신도 모르게 이런 말을 물었다.

"근데 말이야, 리타, 나는 왜 이렇게 당신이 보고 싶은 걸까요?"

그리고 다시 덧붙였다.

"당신과 함께 있으면, 참 좋거든요! 만나고 나서는 더욱 힘이 솟아서, 마구 일하고 싶어진다고요."

우스티노비치는 걸음을 멈추었다.

"저기, 부르자크, 이제부터 약속해요. 그런 서정시 같은 것은 읽지 않겠다고. 난 그런 건 싫어요."

세료자는 꾸중을 들은 학생처럼 얼굴이 빨개졌다.

"난 친구로 생각하기 때문에 그런 말을 한 거요." 그는 대답했다. "그런데 당신은 나를…… 내가 무슨 반혁명적인 말이라도 했다는 거요? 앞으로는, 우스티노비치 동지, 나도 물론 그런 말은 안 할 거요!"

그리고 그는 얼른 그녀에게 손을 내밀고 나서, 거의 뛰어가다시피 해서 시내로 돌아갔다.

그 뒤 며칠 동안, 세료자는 역에 모습을 나타내지 않았다.

이그나체바가 불렀을 때도, 그는 일 핑계로 가지 않았다. 물론 매우 바쁜 것도 사실이었다.

어느 날 한밤중에 슈지크가 총에 맞았다. 마침 사탕공장의 관리직 사원들이 주로 살고 있는 동네를 지나 집으로 돌아가는 길의 일이었다. 이와 관련해서 가택 수색이 실시되어, 피우수트스키*⁴ 일당의 '사수(射手)'라는 단체의 무기와 서류가 발견되었다.

혁명위원회 회의에 우스티노비치가 나왔다. 세료자를 옆으로 부르더니, 그녀는 침착하게 물었다.

"당신은 속된 자만심에 사로잡혀 있는 게 아니에요? 개인적인 이야기를 공적인 일에 연관시키려는 거예요? 소용없는 짓이에요, 동지."

그래서 다시 기회 있는 대로 세료자는 녹색 열차에 모습을 보이게 되었다.

그는 군(郡)의 대표자회의에 참석했다. 이틀 동안, 그도 열렬한 논쟁을 했다. 사흘째에는 모두가 무장을 하고, 아직 잡지 못하고 있던 페틀류라 군대 간부 자루드니 일당을 꼬박 1주일 걸려서 강 건너 숲속으로 쫓아버렸다. 돌아온 뒤,

---

*4 폴란드 정치가(Józef Piłsudski, 1867~1935). 무력에 의한 독립운동을 펼쳤고, 1918년에 독립하자 국가원수가 되어 대소(對蘇) 전쟁을 이끌었다. 1926년에 쿠데타를 일으켜 군부 독재를 행했다.

이그나체바의 방에서 우스티노비치를 만났다. 그는 그녀를 역으로 바래다주고, 헤어질 때 손을 꼭 잡았다

우스티노비치는 화를 내며 그의 손을 뿌리쳤다. 그리고 또 한참 동안 세료자는 선동선전 열차에 얼굴을 보이지 않았다. 볼일이 있을 때도 일부러 리타와는 얼굴을 마주치지 않도록 했다. 왜 그런 태도를 보이는지 설명하라는 그녀의 끈질긴 요구에 대해서는, 그는 힘을 주며 서슴없이 말했다.

"서로 무슨 할 이야기가 있소? 어차피 또 속되다느니, 노동계급의 반역이라느니 말꼬리나 잡고 늘어질 텐데 말이오."

역에는 캅카스 붉은기 여단의 군용 열차가 도착했다. 혁명위원회에 가무잡잡한 지휘관 셋이 왔다. 그중 한 사람으로, 버클이 달린 벨트를 맨, 키가 크고 깡마른 지휘관이 돌린니크 앞으로 나왔다.

"아무 말 말고, 마른풀을 달구지로 100대분 조달해 주시오. 말이 쓰러져 가고 있어서 그러오."

세료자는 붉은 군대 병사 두 사람과 함께 마른풀을 구하러 나갔다. 그런데 어느 마을에서 부농(富農) 일당과 마주쳤다. 병사들은 무장을 송두리째 빼앗긴 채, 실컷 두들겨 맞아 반죽음이 되었다. 세료자는 다른 두 사람보다는 덜 당했다. 나이가 어리다고 봐주었던 것이었다. 그들을 시내까지 데려다준 것은 빈농조합(貧農組合) 위원들이었다.

마을에는 곧장 부대가 파견되었다. 그리고 이튿날에는 마른풀도 구할 수 있었다.

세료자는 가족들에게 걱정을 끼치고 싶지 않았으므로, 이그나체바 방에서 한동안 누워 치료를 받았다. 우스티노비치가 왔다. 이날 밤, 그는 자신도 미처 생각조차 못했을 만큼 다정한 그녀의 굳은 악수를 받았다.

어느 한낮에, 차량에 온 세료자는 리타에게 코르차긴의 편지를 읽어주고, 그에 대한 이야기도 했다. 그리고 돌아가면서, 지나가는 말처럼 중얼거렸다.

"숲에 가서, 호수에서 수영이나 하고 올까."

우스티노비치는 일손을 멈추고, 그를 불렀다.

"기다려요, 함께 가요."

두 사람은 고요한, 거울 같은 호숫가에 섰다. 미지근하고 맑은 물이 청량감

을 주었다.

"당신은 저 길 어귀 쪽으로 가서 좀 기다려 줘요. 나는 미역을 감고 올게요."
우스티노비치가 명령조로 말했다.

세료자는 다리 옆 돌에 걸터앉아서, 얼굴에 햇볕을 쬐었다.

뒤에서 물이 튀는 소리가 나고 있었다.

문득, 나무 틈으로 토냐 투마노바와 선동열차 군사위원 추자닌의 모습이 길 위에 보였다. 멋진 프렌치복을 입고, 벨트를 단정하게 매고, 삐걱삐걱 소리가 나는 크롬 가죽 장화를 신은 잘생긴 그는, 토냐와 팔짱을 끼고 걸어가면서 뭔가 이야기를 하고 있었다.

세료자는 토냐를 알아보았다. 틀림없이 언젠가 파블루샤의 편지를 가져다준 적이 있는 그 여자였다. 저쪽에서도 그를 바라보고 있었다. 이쪽을 알아본 모양이었다. 두 사람이 세료자 옆까지 왔을 때, 그는 주머니에서 편지를 꺼내 토냐를 불렀다.

"잠깐, 동지. 여기 당신과도 관계가 있는 편지가 있는데요."

그는 빽빽이 적혀 있는 한 장의 종이를 그녀에게 내밀었다. 토냐는 그 편지를 받아서 읽었다. 종이쪽지는 그녀의 손에서 가늘게 떨렸다. 그것을 세료자에게 돌려주면서 토냐는 물었다.

"당신은 그 사람에 대해서는 이제 아무것도 모르나요?"

"예." 세르게이는 대답했다.

등 뒤에서 우스티노비치가 밟는 자갈땅이 버적 소리를 내었다. 추자닌은 리타의 모습을 보자, 토냐 쪽을 돌아보면서 살짝 속삭였다.

"그만 갑시다."

비웃는 듯한, 경멸하는 듯한 우스티노비치의 목소리가 그를 가로막았다.

"추자닌 동지! 당신을 저쪽 열차 속에서는 하루 종일 찾고 있던데요."

추자닌은 아니꼽다는 듯이 그녀를 곁눈으로 보았다.

"괜찮소. 내가 없어도 아무 일 없으니까."

토냐와 그 군사위원의 뒷모습을 바라보면서, 우스티노비치가 말했다.

"언제든 기회가 있으면, 저 사기꾼을 내몰아 버려야지!"

숲은 떡갈나무의 우듬지를 흔들어 움직이면서 웅성거리고 있었다. 호수의 맑고 깨끗한 공기가 그들을 부르는 것 같았다. 세료자는 갑자기 물속으로 들어가고 싶어졌다.

물에서 나온 세료자는 우스티노비치가 빈터 가까이, 넘어진 떡갈나무에 걸 터앉아 있는 것을 보았다.

그들은 이야기를 나누면서 숲속 깊숙이 들어갔다. 키가 큰 싱싱한 풀들이 우거진 작은 빈터에서 잠시 쉬기로 했다. 숲속은 조용했다. 떡갈나무가 무엇인가 속삭이고 있었다. 우스티노비치는 팔을 베고 풀 위에 길게 누웠다. 구두를 신은 그녀의 날씬한 두 다리는 풀 속에 숨어 있었다. 세료자의 시선이 문득 그녀의 발에 가닿았다. 그러자 구두 여러 군데가 깔끔하게 기워져 있는 게 보였다. 곧 자신의 장화를 바라보니 커다랗게 뚫린 구멍에서 발가락이 얼굴을 내밀고 있었으므로, 저도 모르게 웃음이 터져 나왔다.

"왜 그래요?"

세료자는 장화를 가리켰다.

"이런 장화를 신고 어떻게 싸우라는 거죠?"

리타는 대답하지 않았다. 풀 줄기를 씹으면서 그녀가 생각하고 있는 것은 다른 일이었다.

"추자닌은 좋지 않은 공산주의자예요." 그녀는 마침내 말했다. "우리 정치부원은 모두 거지 같은 꼴로 다니고 있는데, 저 사람은 자기만 생각해요. 지금은 운 좋게 당에 머물 수가 있지만 만약에 전선이라도 간다면 그야말로 큰일이에요…… 우리나라는 앞으로도 오랫동안 격렬한 싸움을 겪어야만 할 거예요."

그리고 한참 입을 다물고 있더니, 덧붙여 말했다.

"우리는 말예요, 세르게이. 말과 총검으로 행동하지 않으면 안 되는 거예요. 중앙위원회에서 청년공산동맹의 구성원 중 4분의 1을 전선으로 내보내기로 결정한 것을 알아요? 그러니까 세르게이, 우리가 이곳에 머무는 것도 이제 얼마 안 남았어요."

세료자는 그녀의 목소리에서 느껴지는 어딘지 이상한 눈치를 놀라움 속에 알아차리면서, 귀를 기울이고 있었다. 그녀의 촉촉하게 젖어서 반짝거리는 새까만 눈은 똑바로 그를 바라보았다.

그는 얼핏 저도 모르게, 당신의 눈은 거울처럼 무엇이든 비치는군요, 하고 말할 뻔했다. 그러나 겨우 그것을 억눌렀다.

리타는 한쪽 팔꿈치를 짚고 일어났다.

"권총은 어쨌어요?"

세르게이는 분한 듯이 자기 벨트를 만지작거렸다.

"마을에서 부농들에게 빼앗겨 버렸소."

리타는 제복 주머니에 손을 넣더니 반질반질한 브라우닝 권총을 꺼냈다.

"저기 떡갈나무 보이지요, 세르게이?" 그녀는 스물다섯 걸음쯤 떨어진 곳에 있는, 갈라진 부분이 많은 나무줄기를 총구로 가리켰다. 그리고 눈높이로 손을 올리더니, 거의 조준도 하지 않고 쐈다. 탄환을 맞은 나무껍질이 산산이 흩어졌다.

"어때요?" 그녀는 만족스러운 듯이 말하고는, 또 쐈다. 다시 나무껍질이 풀 위에 조각조각 날아 떨어졌다.

"자" 하고 권총을 세료자에게 건네주면서, 리타는 놀리는 듯이 말했다. "이번에는 당신 솜씨를 좀 구경할까요?"

세 발 쏜 중에서, 세료자는 한 발을 실패했다. 리타는 싱글벙글하고 있었다.

"나는 당신 솜씨가 좀 더 형편없을 줄 알았는데요."

그녀는 권총을 풀 위에 내려놓고 그 옆에 드러누웠다. 제복 위로 탄력 있는 젖가슴이 봉긋하게 솟아올랐다.

"세르게이, 이리 와봐요." 그녀가 작은 목소리로 말했다.

그는 그쪽으로 다가갔다.

"저기 하늘이 보이지요? 정말 파랗죠. 당신 눈도 저렇게 파래요. 그건 좋지 않아요. 눈은 회색이고, 강철 같아야만 해요. 새파랗다니, 너무 정답잖아요?"

그러고는 그의 금발 머리를 느닷없이 끌어안더니, 그녀는 다짜고짜 입을 맞추었다.

두 달이 지나서 가을이 되었다.

나무들을 검은 베일이 감싸고, 밤이 어느 사이엔가 다가오고 있었다. 사단 본부의 전신수는 모스 부호의 단속음을 마구 뿌려대는 전신기 위로 몸을 굽히고, 손가락 밑에서 가느다란 뱀 모양으로 기어 나오는 띠종이를 잡았다. 그리고 점과 선으로 이루어져 있는 말들을 얼른 종이에 옮겨 적었다.

"제1사단 참모장 앞. 셰페토프카시 혁명위원회 사본. 이 전보를 받고 10시간 후에 모든 시내 시설을 철수할 것을 명령한다. 시에는 1개 대대를 남기고, 이것을 전투 지역을 지휘하는 ××연대장의 관할에 편입한다. 사단사령부, 사단정치부, 모든 군사시설은 바란체프 역에서 철수하다 사단장에게 경과를 보고할 것. 서명."

10분 뒤에는 아세틸렌등(燈)의 눈을 번쩍이면서, 오토바이가 거리의 침묵을 깨며 달려갔다. 그리고 헐떡거리듯이 혁명위원회 문 앞에 섰다. 운전병은 위원장 돌린니크에게 전보를 건네주었다. 사람들이 바쁘게 뛰어다니기 시작했다. 특무중대가 정렬했다. 1시간이 지나자, 짐수레가 혁명위원회의 비품을 가득 싣고 거리를 덜커덩거리며 지나갔다. 그리고 포돌스크 역에서 화차에 실렸다.

세료자는 전보 내용을 듣고 나서, 오토바이 운전병을 따라 뛰어나왔다.

"동지, 역까지 좀 태워다 주겠소?" 그는 운전병에게 물었다.

"뒤에 타시오. 하지만 단단히 잡아야 합니다."

이미 연결되어 있던 차량에서 열 걸음쯤 떨어진 데서, 세료자는 리타의 두 어깨를 잡았다. 그리고 무엇과도 바꿀 수 없는 소중한 것을 잃는 듯한 심정으로 속삭였다.

"안녕, 리타, 내 다정한 동지! 또 만날 수 있겠지요. 나를 잊지 마오."

그는 당장에 울음이 터지는 게 아닌가 하고 두려운 생각이 들었다. 하지만 떠나야만 하는 것이다. 이제는 말을 할 기력조차 없어져서, 그는 그저 그녀의 손을 아플 정도로 꼭 잡고 있었다.

아침이 되자, 거리와 정거장이 텅 비어 있었다. 마지막 열차가 작별을 아쉬워하는 것처럼 둔탁한 소리를 냈다. 역 건너편에는, 시내에 남은 대대의 산병선(散兵線)이 철길 양쪽에 걸쳐서 펼쳐졌다.

노란 잎이 나무들을 벌거벗기면서 흩어져 떨어지고 있었다. 바람은 낙엽을 잡아서는, 그것을 가만히 길 위에 굴렸다.

붉은 군대 외투를 입고 탄약 주머니를 온몸에 칭칭 감은 세료자는 10여 명의 병사들과 함께 사탕공장 옆 네거리를 지키고 있었다. 폴란드 병사들을 기다리는 것이었다.

아프토놈 페트로비치는 옆집인 게라심 레온치예비치네 문을 두드렸다. 그집 주인은 아직 옷도 걸치지 않은 모습으로 문을 열며 얼굴을 내밀었다.

"무슨 일이 있었나요?"

총을 메고 걸어가는 병사들 쪽을 가리키면서, 아프토놈 페트로비치는 이 친구에게 눈짓을 했다.

"철수래요."

게라심 레온치예비치는 걱정스러운 표정으로 그를 보았다.

"폴란드군은 어떤 휘장인지, 알고 있나요?"

"아마 외머리 독수리일 걸요."

"자, 어디서 그걸 구하지요?"

아프토놈 페트로비치는 울화통이 터진다는 듯이 목덜미를 긁적거렸다.

"결국 도로 아미타불이군요." 그는 한동안 골똘히 생각에 잠겨 있다가 말을 이었다. "점령했는가 싶으면 금세 또 쫓겨 가니, 원. 그나저나 어떻게 또 새 정권 밑에서 살아 나갈 것인지, 참으로 못할 짓이오."

정적을 깨고 기관총이 콩 튀기는 소리를 내기 시작했다. 역에서는 갑자기 기관차가 기적을 울렸다. 그 방향에서 느닷없이 육중한 포성이 울려왔다. 무거운 포탄은 날카롭게 짖는 소리를 내며 대기를 가르고 날아갔다. 그리고 공장 뒤쪽 길바닥에 떨어져, 길가의 풀숲을 잿빛 연기로 감쌌다. 붉은 군대의 산병선은 끊임없이 사방을 경계하면서, 묵묵히 한길을 철퇴해 갔다.

세료자의 볼에는 한 줄기 눈물이 차갑게 흘러내렸다. 얼른 그 자국을 훔치고, 동료들 쪽을 돌아보았다. 그의 눈물을 아무도 눈치채지 못했다.

안테크 클로포토프스키라는, 제재소에서 온 깡마른 키다리가 세료자와 나란히 걸어갔다. 그는 손가락 방아쇠에 대고 있었으며, 침울하고 불안스러운 표정이었다. 세료자와 눈이 마주치자, 안테크는 마음속 생각을 말했다.

"우리 가족들은 박해를 받겠지. 특히 내 가족은 더더욱 말이야. '폴란드 놈이 폴란드를 배반했다'고 할 거야. 아버지도 제재소에서 쫓겨나고, 험한 일을 당하겠지. 내가 아버지에게 함께 가자고 했지만, 아버지에게는 가족을 버리고 갈 용기가 없었어. 아이고, 분통 터져! 제기랄, 차라리 빨리 놈들과 마주쳐서 결판을 냈으면 좋겠다!"

그리고 안테크는 눈 위로 흘러내려오는 철모를 신경질적으로 고쳐 썼다.

……잘 있거라, 그리운 거리야. 낡아빠진 집과 울퉁불퉁한 길밖에 없는, 처참하고 지저분한 거리야! 잘 있거라, 내 가까운 사람들아, 잘 있거라 발리야, 잘 있거라, 지하로 사라진 동지들이여! 낯선, 적대심에 불타고 있는, 인정사정없는

백색 폴란드군이 밀고 들어오고 있는 것이다.

기관고이 노동자들은 기름투성이가 된 루바시카 차림으로, 아쉽다는 표정으로 붉은 군대 병사들을 바라보았다.

"꼭 돌아올게요, 동지 여러분!"

세료자는 저도 모르게 소리쳤다.

8

날이 밝기 시작한 새벽 안개 속에 한 줄기 강물이 어렴풋이 빛을 발하며, 강가의 돌들을 씻으면서 물소리를 내고 있었다. 강의 한 가운데쯤에 이르면 물결이 잔잔해서 수면은 움직이지 않는 것처럼 보이지만, 은빛을 띤 쥐색으로 반짝반짝 빛났다. 한가운데에서는 어둡고 소란스러운 물살이 하류 쪽으로 바삐 움직여 가는 것을 볼 수 있었다. 아름답고도 웅대한 강이다. 고골*1이 "멋진 드네프르……"라고 썼던 바로 그 강이다. 높이 솟은 오른쪽 기슭은 험한 낭떠러지를 이루고 물가에 가까워, 마치 흐르는 강물 앞을 가로막으려는 듯이 드네프르강 쪽으로 딱 버티고 서 있었다. 왼쪽 기슭은 하류에 걸치는 일대가 얼룩덜룩한 모래톱을 이루었다. 그것은 이른 봄의 드네프르강 범람이 끝난 다음, 본디 모습으로 돌아가면서 남긴 흔적이었다.

강 가까이에는 비좁은 참호 속에 다섯 사람이 몸을 숨기고 있었다. 일동은 총구가 뭉툭한 '맥심' 기관총 옆에 나란히 웅크리고 있었다. 이것은 제7저격사단의 비밀정찰대였다. 기관총 옆에서, 강 쪽으로 얼굴을 향하고 옆으로 엎드려 있는 것은 세료자 부르자크였다.

끝없는 전투로 힘이 빠지고, 폴란드군 포병의 맹포격으로 견디지 못한 아군 부대는 어제 마침내 키예프를 포기하고 왼쪽 기슭으로 이동하여, 이곳에 자리 잡고 있었던 것이다.

그런데 후퇴와 막대한 손해, 거기에 더하여 키예프를 적에게 넘겼다는 사실은 장병들에게 무거운 압박감을 느끼게 했다. 제7저격사단은 용감하게 포위망을 뚫고 우거진 숲을 통과하여 말린 정거장 옆의 철길로 나아가면서, 역을 점령하고 있던 폴란드 부대에 공격을 가하여 쫓아버리고 숲속으로 내몰아 버린

---

*1 제정 러시아 작가(Nikolai Vasilievich Gogol, 1809~1852). 러시아의 비판적 리얼리즘 문학의 창시자로서, 주로 하급 관리의 비참한 생활이나 몰락한 지주 계급의 생활을 사실적으로 그렸다. 작품에 소설 《외투》, 《죽은 넋》 등이 있다.

다음, 키예프로 가는 도로를 손에 넣었다.

그러나 아름다운 도시 키예프를 적의 손에 내준 지금, 붉은 군대 병사들은 침울하기 그지없었다.

폴란드군은 다르니차에서 붉은 군대 부대를 물리치고 나서, 왼쪽 기슭 철교 옆에 조그마한 작전기지를 차지했다.

하지만 그 이상은 맹렬한 반격에 부딪혀 죽을힘을 다했음에도 나아갈 수 없었다.

세료자는 강물의 흐름을 바라보면서, 어제 일이 생각났다.

그것은 어제 정오, 모두와 함께 분노에 사로잡혀 그가 폴란드군에 반격을 시도하려고 했을 때의 일이다. 그때 처음으로 그는, 콧수염도 나지 않은 폴란드 병사와 일대일로 맞섰다. 상대방은 프랑스식 기다란 총검이 달린 총을 앞으로 내밀고 세료자 쪽으로 튀어나와, 뭔가 맥락도 닿지 않는 소리를 외쳐대면서, 토끼처럼 깡충 뛰며 달려왔다. 순간, 세르게이는 분노로 치켜뜬 상대방의 눈초리를 보았다. 다음 순간, 세르게이는 총검 끝으로 폴란드 병사의 총검을 후려쳤다. 그러자 번들번들 빛나는 프랑스식 총검은 옆에 내동댕이쳐졌다.

폴란드 병사는 넘어졌다.

세르게이의 손은 꼼짝도 하지 않았다. 세르게이는 자신과 같이 그토록 정답게 남을 사랑하고, 그토록 굳게 우정을 품을 수 있는 자라도, 앞으로 더욱 사람을 죽일 수밖에 없다는 것을 알고 있었다. 그는 결코 흉악하거나 잔인한 젊은이는 아니었다. 그러나 그는, 세계의 기생충들 앞잡이가 되어 적의를 품고 동원된 이들 병사들이 짐승 같은 증오심으로 불타올라 그의 고향인 공화국에 침입해 왔다는 것을 알고 있었다.

그러므로 세르게이가 사람을 죽이는 것은, 이 땅에서 서로 살육을 벌이지 않게 되는 날을 하루라도 앞당기기 위해서였다.

파라모노프가 그의 어깨를 치며 말했다.

"후퇴하자, 세르게이. 적들이 곧 우리를 발견할 거야."

파벨 코르차긴은 기관총차와 포차, 한쪽 귀가 떨어져 나간 말 따위를 타고 벌써 1년 동안이나 조국을 이리 뛰고 저리 뛰고 있었다. 어른이 되어 몸도 건장해졌다. 갖가지 어려움과 불행 속에서 자랐던 것이다.

무거운 탄창 탓에 피가 나도록 까져 있던 피부도 그럭저럭 나았으며, 권총띠 때문에 상처 난 자리도 이제 굳은살이 박혔다.

지난 1년 동안 파벨은 무서운 일을 숱하게 보았다. 그와 마찬가지로 넝마 같은 옷을 걸치거나 헐벗으면서도 자신이 속한 계급의 정권을 위하여 싸우고자 꺼질 줄 모르는 불길을 간직한 몇 천 명의 전사들과 함께 그는 조국을 돌아다녔다. 그사이에 이 전쟁의 바람을 피했던 것은 단 두 번뿐이었다.

처음에는 허벅지에 부상을 당했기 때문이고, 두 번째는 20년 이래 혹한이었던 2월에 끈질기고도 심한 티푸스에 걸렸기 때문이었다.

이(虱) 때문에 생기는 티푸스는 폴란드군의 기관총보다 더 맹렬하게 폴란드군 부대, 제12군의 몇 개 사단 부대를 모조리 휩쓸었다. 군은 북부 우크라이나 일대에 이르는 드넓은 지역에 흩어져서, 폴란드군의 진출을 막았다. 몸이 회복되자, 파벨은 곧장 소속 부대로 복귀했다.

연대는 현재 카자친에서 우벨로 갈라지는 지선(支線)에 있는 프론토브카 역 옆에 진을 치고 있었다.

역은 숲속에 있었다. 역이라고는 하지만 건물은 조그마하고, 그 옆에는 주민들에 의하여 부숴지고 버려진 헛간 같은 것이 숨어 있듯이 달라붙어 있었다. 이 근방에서는 도저히 살아갈 수 없었던 것이다. 포연(砲煙)이 가라앉았는가 하면 다시 격전이 펼쳐지고, 그것이 벌써 3년째였다. 이 동안에 프론토브카 역은 그야말로 온갖 사람들을 지켜봤던 셈이다.

거기에 또다시 큰 사건이 터질 조짐이 보였다. 매우 세력이 약해진 데다 일부가 파괴된 제12군이 폴란드군의 기습을 만나 키예프로 후퇴했을 무렵, 한편에서 프롤레타리아 공화국은 승리에 흠뻑 취한 폴란드군을 반격할 준비를 진행하고 있었던 것이다.

아득히 먼 북캅카스로부터는, 전투로 단련된 제1기병군의 몇 개 사단이 유례없는 행군을 계속해 왔다. 제4, 6, 11, 14기병사단은 아군의 전선 후방에서 집결하기도 하고, 일대 결전을 눈앞에 둔 서전으로 마흐노*2 일당을 소탕하기도 하면서 속속 우만 지구로 접근해 왔다.

1만 6,500개의 긴 칼, 벌판의 불볕으로 새까맣게 탄 1만 6,500명의 병사.

───────────

*2 우크라이나 아나키스트 혁명가(Nestor Makhno, 1888~1934). 10월 혁명 이후 볼셰비키에 협조하기를 거부했다.

붉은 군대 최고사령부와 서남전선사령부는 착착 준비되어 가는 이 결정적 타격 작전이 피우수트스키군에게 눈치채이지 않도록 모든 주의를 기울이고 있었다. 공화국 및 전선의 참모부에서도 이 기병 집단의 집결은 신중히 비밀을 유지하고 있었다.

우만 지구에서는 적극적인 행동이 금지되었다. 모스크바에서 전선본부인 하리코프로, 다시 거기에서 제14 및 12군 본부로는 직통전신이 끊임없이 보내지고, '모스 전신기'는 띠종이에 "기병군 집결에 대하여 폴란드군의 주목을 끌지 않도록 각별히 유의할 것" 등의 암호 명령을 찍고 있었다. 예컨대 적극적인 전투가 벌어진다 치더라도, 그것은 폴란드군의 진출로 부돈니[*3] 기병사단이 전투에 말려들게 되었을 그런 경우와 장소에 한정되어 있었다.

모닥불이 풀어 헤친 빨간 머리처럼 흔들렸다. 연기는 밤색 고리가 되어, 소용돌이 모양으로 피어올랐다. 연기를 싫어하는 등에가 재빨리 떼를 이루어, 우왕좌왕하다가 날아가 버렸다. 조금 떨어진 곳에서는 불을 둘러싸고 병사들이 누워 있었다. 모닥불이 그 얼굴을 구릿빛으로 물들였다.

모닥불 옆 잿더미 속에는 주전자가 몇 개 놓여 있었다.

그 속에서 물이 끓고 있었다. 타오르는 통나무 밑에서 불길의 교활한 혓바닥이 기어나와, 그 끝으로 누군가의 터벅머리 위를 날름 핥았다. 머리를 흔들며, 누군가가 중얼거렸다.

"에잇, 제기랄!"

주위에서 웃음소리가 터졌다.

나사 제복을 입고, 콧수염을 다듬은 중년의 붉은 군대 병사가 총구를 불에 비쳐 보며 간신히 손질을 마친 다음, 낮은 목소리로 말했다.

"이것 봐, 이 젊은 친구는 공부에 미쳐서 불 같은 건 느끼지도 못하는군."

"코르차긴, 너 거기서 뭘 읽고 있는지, 어디 모두에게 이야기 좀 해줘."

젊은 병사는 눌어버린 머리카락 끝을 만지면서, 싱글벙글 웃었다.

"확실히 이만저만한 책은 아니야, 안드로추크 동지. 일단 손에 잡으면 도저히 놓을 수가 없으니까."

코르차긴 옆에서 배낭의 멜빵을 열심히 고치고 있던 들창코 젊은이가, 붉은

---

*3 소련군 원수(Semyon Budyonny, 1883~1973). 제1차 세계대전에서 러시아 내전, 독소 전쟁까지 활약했다.

실을 이로 끊으면서 신기하다는 듯이 물었다.

"도대체 누구 이야기가 씌어 있는 거야?"

그리고 군모에 꽂은 실에 나머지 실을 감으면서, "연애 이야기라면 나도 흥미가 없지 않은데 말이야" 하고 덧붙였다.

와 하고 둘레에서 웃음이 터졌다. 마트베이추크라는 자가 고슴도치 모양으로 깎은 머리를 들고, 교활해 보이는 눈을 가늘게 뜨면서, 젊은이 쪽으로 돌아앉았다.

"정말, 연애 좋지. 안 그래, 세레다? 넌 꼭 광대처럼 미남이니 말이야! 덕택에 이 녀석하고 같이 다니면, 어딜 가나 깔치들이 난 쳐다보지도 않는 거야. 다만 네 들창코가 문제지만, 그것도 고칠 수 있지, 고칠 수 있고말고. 코끝에 10푼트짜리 노비츠키 수류탄을 매달아 놓는 거야. 하룻밤만 지나면 쭉 늘어날걸."

웃는 소리에 놀라서 기관총차에 매어두었던 말까지도 힝힝거렸다.

세레다는 못마땅한 듯이 돌아다보았다.

"얼굴이 잘생기고 못생기고는 문제가 아니야. 냄비는 그 알맹이가 중요한 거지." 그러고는 제 이마를 탁 쳐 보였다.

"너란 놈은 입만 살아가지고는, 인간이 빈껍데기이고 귀까지 꽉 막혔으니."

잘못하다가는 싸움이라도 벌일 것 같은 이 친구들을 떼어놓은 것은, 타타리노프였다.

"자, 자, 입씨름들 그만 치우고, 그렇게 대단한 책이라면 코르차긴에게 읽어보라고 하는 게 어때?"

"그래그래, 빨리 읽어봐, 파블루시카!" 사방에서 소리가 터졌다.

코르차긴은 불 가까이로 말안장을 끌고 가서 그 위에 걸터앉아, 무릎 위에 작고 두꺼운 책을 폈다.

"이 책은 말이오, 동지들. 《등에》라는 제목의 책인데, 대대(大隊) 군사위원에게 빌린 거요. 그런데 이 책에 정말 충격을 받았소. 모두들 얌전히 앉아서 듣는다면 읽어줄 수도 있소."

"빨리 해! 무슨 사설이 그리 길어."

군사위원을 데리고 연대장 푸지레프스키가 모닥불 있는 데로 말을 타고 살그머니 다가왔을 때에는, 11쌍의 눈들은 일제히 읽는 사람을 바라보고 있었다.

푸지레프스키는 군사위원 쪽으로 고개를 돌리고, 한 손으로 그 무리를 가리켰다.

"이게 연대 정찰병의 반수야. 저 중에서 넷은 아직 풋내기 콤소몰이지만, 모두들 훌륭한 몫을 하고 있지. 저기 책을 읽고 있는 친구와, 또 하나 늑대 같은 눈을 한 녀석이 있지? 코르차긴과 자르키라고 하는데, 둘이 무척 친하지. 하지만 그래도 속으로는 경쟁심이 없지 않아. 전에는 코르차긴이 우리 부대에서 제일가는 정찰병이었는데, 지금은 상당히 만만찮은 경쟁 상대가 나타난 셈이지. 저것 보게, 지금도 저게 말하자면 은연중에 정치 공작을 하고 있는 셈인데, 이 영향이 무시 못 하는 거야. 옳지, 저 두 사람을 위해서 그럴듯한 말이 생각났어. '젊은 친위대' 어때."

"책을 읽고 있는 게 정찰병의 정치지도원인가요?" 군사위원이 물었다.

"아니, 정치지도원은 크라메르라는 친구야."

푸지레프스키는 말을 앞으로 몰아갔다.

"안녕, 동지 여러분!" 그는 큰 소리로 인사했다.

모두들 돌아보았다. 연대장은 말안장에서 훌쩍 뛰어내리더니, 사람들이 모여 앉아 있는 데로 걸어왔다.

"나도 불 좀 쬘 수 있을까, 동지 여러분?" 여유 있는 웃음을 띠면서 그가 물었다. 몽골 사람처럼 약간 가느다란 눈매를 한 그 험한 얼굴에서는 엄격한 기색이 잠시 사라졌다.

모두가 죽마고우를 맞아들이 듯이 연대장을 반겼다. 군사위원은 아직 더 나아가기 위해 말에서 내리지 않고 있었다.

푸지레프스키는 모제르 권총집을 뒤로 팽개쳐 놓고는, 코르차긴과 나란히 말안장 옆에 걸터앉아서 말했다.

"자, 어때, 모두들 한 대씩 피지 않겠나? 나한테 좀 귀한 담배가 생겼거든."

궐련을 피우면서, 그는 군사위원 쪽을 보고 말했다.

"자네는 먼저 가게나, 도로닌. 난 여기 좀 있을 테니 말이야. 본부에서 나를 찾거든, 이리로 연락을 해줘."

도로닌이 떠나자, 푸지레프스키는 코르차긴 쪽으로 돌아앉아서 말을 이었다.

"자, 계속 읽지그래. 나도 함께 들을 테니 말이야."

마지막 몇 페이지를 다 읽고 나자, 파벨은 책을 무릎에 놓고 감동한 눈으로 불꽃을 바라보았다.

　몇 분 동안은 아무도 입을 여는 사람이 없었다. 모두들 '말등에'의 죽음에 감동하고 있었던 것이다.

　푸지레프스키는 궐련을 피우면서, 의견이 오가기를 기다리고 있었다.

　"대단한 이야기야." 세레다가 침묵을 깨고 먼저 입을 열었다. "요컨대 이 세상에는 그런 사람들도 있다는 이야기인데, 인간이 도저히 견디기 어려운 일이어도 사상을 위해서라면 가능한 모양이야."

　그는 흥분하면서 말했다. 책 내용은 그에게 커다란 인상을 주었던 것이다.

　안드류샤 포미체프라는, 벨라야 체르코프 태생의 구둣방 수습공이 분개하면서 이렇게 소리쳤다.

　"가톨릭 신부인지 뭔지 하는 놈을 한번 만나봤으면 좋겠다. 그놈 목구멍에 십자가를 쑤셔 박아서 단번에 숨통을 끊어줄 거야!"

　안드로추크는 나무 막대로 주전자를 불 쪽으로 밀어놓고, 자신 있게 다음과 같이 말했다.

　"죽는다는 것도, 그 목적이 뚜렷할 때는 특별한 거야. 그때는 사람에게 힘이 솟아나니까. 자기가 옳다고 느낄 때는 이를 악물고 억지로라도 죽을 수 있는 법이야. 거기서 용감한 행동도 나올 수 있는 거지. 내가 아는 어느 나이 어린 녀석은, 이름이 포라이카인데, 오데사에서 갑자기 백군(白軍)에게 붙잡혔을 때, 이 친구가 글쎄 적의 1개 중대 한복판으로 뛰어든 거야. 그리고 적이 총검으로 찌르기 전에, 녀석이 제 발밑에 수류탄을 터뜨렸어. 녀석은 물론 가루가 되었지만, 그 일대에 백군의 시체가 즐비하게 널렸지. 그런데 이 친구도 얼굴만 보면, 도무지 무슨 일을 해낼 것 같지 않은 녀석이었어. 아무도 이 친구의 이야기를 책으로 쓰지는 않겠지만, 그만한 값어치는 있다고. 우리 부대에도 사실 대단한 친구들이 얼마든지 있거든."

　그는 숟가락으로 주전자를 휘저은 다음 입술을 삐죽 내밀고 찻물을 한술 떠서 맛을 보고 나서, 다시 이야기를 계속했다.

　"하지만 개죽음이라는 것도 있거든. 명예가 될 것도 없는, 분명치 않은 죽음 말이야. 우리가 이자슬라프에서 싸우고 있을 때의 일인데, 이 거리는 아주 오래된 곳이어서 옛날 영주 시대에 생겼다나 봐. 고린강이 흐르고 있고 말이야. 거기에 있는 폴란드 교회는 마치 요새 같아서 도저히 접근할 수가 없지 뭐야.

그곳을 향해서 우리는 진격했거든. 전투 대형으로 멀찌감치서 둘러싸고 나가는 기야. 우리 오른쪽 날개는 라트비아 부대가 지원해 주고 있었어. 그런데 우리가 큰길로 뛰어나와 보니까, 어떤 집 뜰에 안장이 놓인 말이 세 필 울타리에 매어 있는 게 아니야? 그래서 우리는, 말할 것도 없지만, 폴란드 병사들이라면 붙잡아 버려야지, 하고 생각했지. 그래서 10명쯤 그 집 뜰 안으로 뛰어들어간 거야. 모제르총을 손에 잡고 앞장선 것은 그들, 그러니까 라트비아군의 중대장이었어.

집 안으로 들어가 보니까, 문이 열린 채로 있잖아. 그래서 들어갔지. 틀림없이 안에 있는 건 폴란드 병사일 줄 알았는데 아군 정찰병이었어. 그 친구들이 우리보다 한발 앞서 왔던 거지. 거기까지는 좋았는데, 보통 일이 벌어지고 있는 게 아니더라고. 무슨 일이냐 하면, 눈앞에서 여자를 못살게 굴고 있는 거야. 그 집에는 폴란드 장교가 살고 있었는데, 그 마누라를 방바닥에다 눌러대고 있었던 거지. 라트비아 병사는 이 광경을 보더니, 저희들 말로 뭐라고 소리치더군. 그 자리에 있던 세 놈은 붙잡혀서 마당으로 끌려 나왔어. 우리 러시아인은 둘뿐이고, 나머지는 모두 라트비아 사람들이었거든. 대장 이름은 브레지스였어. 나는 라트비아 말을 전혀 알아듣지 못했지만, 틀림없이 죽일 작정이라는 건 알 수 있었어. 라트비아 병사들은 모두 건장해서, 몸집이 꼭 레슬링 선수 같았는데, 그 친구들이 돌로 지은 마구간에 범인들을 끌고 갔어. 드디어 마지막이구나, 하고 나는 생각했지. 당장에 죽여버리려고 한 모양이야. 그런데 마침 그중 한 놈이, 얼굴이 벽돌처럼 생기고 체격이 딱 벌어진 젊은 놈이 안 끌려가려고 발버둥을 치는 거야. 그리고 그야말로 코가 땅에 닿게 허리를 굽실거리 제발 살려주십시오, 여자로 인한 총살만은 용서해 주십시오, 하고 싹싹 빌었지. 다른 놈들도 함께 살려달라고 거듭 애원하고.

나는 그 모습을 보고 등골이 오싹했어. 그래서 브레지스한테 달려가 이렇게 말했지.

'중대장님, 법정에서 재판을 받게 하는 게 좋지 않을까요? 굳이 이런 친구들 피로 손을 더럽힐 필요가 없지 않습니까? 아직 전투도 결판이 나지 않았는데, 여기서 이런 친구들 때문에 지체하고 있으면 안 되지요.' 대장이 나를 돌아본 순간, 나는 괜한 소리를 했구나, 하고 느꼈어. 대장의 눈이 호랑이 눈 같더라고. 모제르 권총을 내 입에 댔어. 7년 동안 싸움터를 돌아다닌 나도, 그때처럼 혼난 적은 없을 거야. 무서워지더군. 잘못하면 곧장 쏴 죽일 것만 같더라고. 나를 보고 러시아어로 무어라고 소리를 지르는데, 간신히 알아들은 바에 의하면 '군기(軍旗)는 피로 물들여져 있는 이 마당에 여자나 겁탈하는 놈들은 군 전체의 수치다. 나쁜 놈이 죽음으로 죗값을 받는 것은 당연하다' 뭐 그런 뜻이었어.

나도 더 이상 견디지 못해서 그곳을 빠져나와 한길로 나갔는데, 뒤에서 총소리가 들려왔어. 물론, 해치웠을 거야. 산병선을 펴면서 나아가니까, 시내는 이미 아군이 점령하고 있었어. 이야기는 이것으로 끝인데, 말하자면 그 친구들은 주인 없는 개처럼 죽어간 거야. 그 정찰병은 멜리토폴 근처에서 우리와 합류했던 무리 가운데 하나였거든. 이전에 마흐노 밑에서 따라다니던, 말하자면 오합지졸 같은 놈들이지."

주전자를 발밑에 놓고, 안드로추크는 빵 주머니를 펼치려 했다.

"이런 망나니들은, 우리들 가운데도 간혹 있는 거야. 그 모두를 통제하기란 어렵거든. 우리도 일단은 혁명을 위해서 피땀 흘리고 있지만, 이런 친구들 때문에 얼굴에 먹칠을 하고 있는 셈이지. 그런데 그런 장면은, 차마 눈 뜨고 볼 수가 없더라고. 지금까지도 잊히지를 않아."

그는 이야기를 마치고 찻잔을 들었다.

밤이 깊어서 기마 정찰병들은 잠자리에 들었다. 푹 잠이 든 세레다는 드르렁 코를 골고 있었다. 푸지레프스키는 머리를 안장에 대고 잠이 들었으며, 정치지도원 크라메르는 수첩에 뭔가 적고 있었다.

그 이튿날 정찰에서 돌아오는 도중에 파벨은 말을 나무에 매어놓고, 막 차를 다 마신 크라메르를 곁으로 불렀다.

"지도원 동지, 내 말 좀 들어보시오. 사실 나는 제1기병대로 날라버릴까 하거든요. 거기서는 앞으로 할 일이 많을 것 같아요. 설마 빈둥빈둥 놀게 하려고 그만한 인원을 모아놓은 것은 아닐 테니까요. 그런데 여기서는 다람쥐 쳇바퀴 돌듯이 한 군데서 밀고 밀리고 하고 있으니, 답답해서 못 견디겠어요."

크라메르는 놀란 듯이 그를 보았다.

"뭐라고, 날라버린다고? 자네는 붉은 군대가 무슨 영화(映畫)인 줄 아나? 농담도 작작 하라고. 만약에 우리가 어떤 부대에서 다른 부대로 모두들 달아나 버리기 시작해 봐, 어떻게 되겠어?"

"하지만 결국 마찬가지 아녜요, 어디서 싸우든지?" 파벨이 크라메르의 말을 가로막았다. "여기서 싸우든 저기서 싸우든, 나는 무슨 후방으로 달아나려고 히는 것은 아니거든요."

크라메르는 단호히 반대했다.

"그렇다면 묻겠는데, 군대 규율이라는 게 도대체 뭐야? 자네는 말이야, 파벨, 나무랄 데 없이 다 좋은데, 다만 질서 의식이 없는 게 탈이야. 자네는 이제까지 하고 싶은 대로 해왔어. 하지만 당과 콤소몰은 철석같은 규율 위에 구축되어 있는 거야. 당은 최고지. 그리고 당원들은 자기가 원하는 곳이 아니라, 필요한 곳에 있어야만 하는 거야. 푸지레프스키가 자네의 전출을 거절한 모양인데, 그렇다면 그 일은 그것으로 끝난 거야. 알겠나?"

얼굴이 누리끼리하고 키가 크며 깡마른 크라메르는 흥분해서 심한 기침으로 콜록거렸다. 납가루가 든 인쇄소 먼지를 폐 속에 잔뜩 담고 있는 탓인지, 그의 볼에는 가끔 병색 어린 불그스레한 것이 피어났다.

크라메르가 겨우 진정되자 파벨은, 크지는 않지만 단호한 어조로 말했다.

"옳은 말입니다. 하지만 나는 부돈니 기병대로 옮기겠습니다. 이것은 막지 못합니다."

이튿날 저녁때, 파벨의 모습은 더는 모닥불 옆에서는 볼 수 없었다.

이웃 마을 소학교 옆의 언덕에서는, 널따란 고리를 이루면서 기병들이 모여들고 있었다. 기관총차의 후미에서는, 군모를 푹 눌러쓴 건장한 부돈니 기병대 병사가 아코디언을 마구 켜대고 있었다. 그리고 그의 손에서 그것이 악을 쓰는 듯한 음색을 내자, 새빨간 승마 바지 차림의 혈기 넘치는 한 기병이 미친 듯이 날뛰는 고파크 춤을 추면서 이리 뛰고 저리 뛰며 발을 구르고 있었다.

기관총차와 옆집 울타리에는, 구경 좋아하는 아가씨들과 마을 청년들이, 지금 막 마을로 들어온 이 기병여단의 씩씩한 춤을 보려고 기어올라갔다.

"자, 자, 어서 춰라, 톱탈로! 쾅쾅 구르는 거야. 저런, 시원찮은 친구 같으니! 아코디언도 좀 더 신나게 켜라고!"

그러나 아코디언을 켜고 있는, 쇠막대라도 구부릴 수 있을 것 같은 굵직한 손가락은 건반 위를 느릿느릿 움직이고 있었다.

"마흐노 놈들이 크랴프코 아파나시를 죽이지만 않았던들" 하고 원통하다는 듯이 볕에 탄 기병이 말했다. "정말 일류 아코디언 연주자였는데, 언제나 대대의 우익으로 가곤 했지. 아까운 젊은이였어. 병사로서도 나무랄 데 없었지만, 아코디언 솜씨는 더 기가 막혔지."

파벨은 고리 속에 서 있었다. 지금 한 마지막 말을 듣고 나서 그는 기관총차 쪽으로 달려가, 한 손을 아코디언 위에 놓았다. 아코디언 소리는 그쳤다.

"왜 그래?" 아코디언을 켜던 병사가 올려다보았다.

톱탈로도 멈춰 섰다. 불만의 소리가 여기저기서 터져 나왔다.

"무슨 일이야? 왜 그친 거야?"

파벨은 멜빵에 손을 뻗었다.

"잠깐 이리 줘봐. 잠깐이면 되니까."

부돈니 병사는 이 낯선 붉은 군대 병사를 어리둥절하며 바라보다가, 마지못한 듯이 멜빵을 벗었다.

파벨은 익숙한 몸짓으로 아코디언을 무릎 위로 올렸다. 아코디언을 부채처럼 한껏 펴면서, 악기의 숨을 가득히 채우며, 물결치듯이 켜댔다.

이봐, 사과
너 어디 가니?
체카에 가면,
무사히는 돌아오지 못할걸.

톱탈로는 깡충깡충 뛰면서, 누구나 알고 있는 그 주제가를 따라 불렀다. 그리고 새처럼 두 손을 벌리고, 놀랄 만큼의 빠르기로 발을 쑥 내밀기도 하고, 자기 장화의 종아리 부분과 무릎, 목덜미와 이마, 발바닥, 마지막에는 딱 벌린 자기 입을 신나게 찰싹찰싹 때리면서, 고리를 따라서 신나게 춤을 추어댔다.

아코디언은 정신없이 빠른, 취한 것 같은 리듬 속에 더욱더 박차를 가하고, 톱탈로도 두 다리를 쭉쭉 뻗으며 숨을 헐떡거리면서 팽이처럼 빙글빙글 돌며 춤을 추었다.

"홋! 홋! 호! 좋다!"

1920년 6월 5일 여러 차례에 걸친 짧은 시간의, 그러나 치열한 접전 끝에 부돈니의 제1기병군은 앞길을 막고 있던 사비츠키 장군의 기병여단을 쳐부수고 나서 폴란드군의 제3, 제4군 접촉점에서 적의 전선을 돌파하고 루진 방면으로 나아갔다.

폴란드군 사령부는 이 돌파구를 틀어막기 위하여, 혼란 속에서 돌격대를 편성했다. 포그레비시체 역의 플랫폼에서 방금 짐을 내려놓은 장갑전차 5대가 소규모 접전의 현장으로 급히 달려갔다.

그런데 아군 기병군은, 공격 준비를 갖추고 있던 자루드니치아를 우회해서 느닷없이 폴란드군의 배후에 나타났다.

제1기병군을 바로 뒤따라서 코르니츠키 장군의 기병사단이 진격해 왔다. 폴란드군 사령부에서는 제1기병군이 폴란드군 후방의 가장 중요한 전략 지점인 카자친을 노릴 것이라 판단했으므로, 돌격대인 코르나츠키 사단에게 그 뒤쪽을 치도록 명령했던 것이다. 그러나 이것도 폴란드 백군의 처지를 회복시키지 못했다. 왜냐하면 이튿날에는 그들이 전선에서 뚫린 구멍을 메우고 기병대의 배후 전선을 축소시킬 수는 있었지만, 또다시 그들의 배후에는 우세한 기병사단이 나타나 그들의 후방 거점을 쳐부순 다음, 반드시 폴란드군의 키예프 부대에 덮쳐올 것이 뻔했기 때문이었다. 진격 도중에 기병사단은 폴란드군의 퇴로를 차단하기 위하여 작은 철교를 폭파하고, 철도도 파괴해 버렸다.

지토미르에 군 본부가 있다는 정보를 포로들로부터 얻어—그곳에 전선본부도 있었던 것이다—기병군 사령관은 중요한 철도 분기점이며 행정 중심지인 지토미르와 베르지체프를 제압할 결의를 굳혔다. 6월 7일 새벽에는, 벌써 지토미르를 향하여 제4기병사단이 달려갔다.

코르차긴은 전사한 크라프코 대신으로 기병대대의 하나에 배속되어, 대열 오른쪽에서 질주하고 있었다. 이 뛰어난 아코디언 연주자를 잃기 싫었던 병사들 모두의 탄원으로 그는 기병대대에 받아들여졌다.

신나게 말을 달려 지토미르 부근에서 부채꼴로 산개하여, 은빛 긴 칼들이 햇빛에 번쩍였다.

땅은 신음 소리를 내고, 말은 헐떡이며, 병사들은 등자(鐙子)를 딛고 안장 위에서 엉덩이를 들고 몸을 굽혔다.

눈부신 속도로 땅이 뒤로 지나쳐 갔다. 여러 개의 채마밭에 둘러싸인 대도시가 금세 눈앞에 다가왔다. 첫 채마밭을 통과해서 중심부로 들어갔다. 죽음처럼 두렵고, 떨리는 "돌격!"이라는 구령 소리가 공기를 뒤흔들었다.

얼이 빠진 폴란드군은 거의 저항하지 않았다. 지방 수비대도 무너졌다.

코르차긴은 말의 목을 꼭 부둥켜 안고, 공중을 날듯이 달렸다. 그와 나란히 다리가 가는 검은 말을 타고 달리는 사람은 톱탈로였다.

파벨의 눈앞에서 이 대담한 부돈니 병사는, 총검을 어깨에 대려는 폴란드 병사를 사정없이 단칼에 베어버렸다. 말발굽은 경쾌한 소리를 내며, 길에 깔아 놓은 돌을 차고 달렸다. 문득 앞을 보니, 도로 한가운데에 기관총이 놓여 있었다. 그리고 하늘색 군복에 네모난 폴란드 모자를 쓴 세 사람이 거기에 몸을 구부렸다. 군복 깃에 금실로 꼬아 만든 장식줄을 단 또 한 놈은, 말을 타고 달려오는 것을 보자 모제르 권총을 잡은 손을 앞으로 내밀었다.

톱탈로도 파벨도 미처 말을 세울 틈도 없이, 그대로 기관총을 향해 뛰어들었다. 장교는 코르차긴을 겨냥해서 쏘았다…… 빗나갔다…… 탄환이 새처럼 볼을 스치며 핑 소리를 냈다. 그리고 말의 가슴팍으로 밀쳐 팽개쳐진 중위는 머리를 돌에 부딪치면서 벌렁 나자빠졌다. 파벨의 말도 넘어졌다.

순간, 기관총이 미친 듯이 악을 쓰며, 기괴하게 울부짖기 시작했다. 그리고 톱탈로는 검은 말과 함께, 수십 마리의 산벌에 쏘인 것처럼 되어 쓰러졌다.

파벨의 말은 놀라서 히힝 울며 뒷발로 일어나 기수를 태운 채로 쓰러져 있는 사람들을 뛰어넘어, 기관총 옆에 있던 병사들 앞으로 돌진했다. 이윽고 칼이 번쩍 호(弓)를 그리면서 하늘색 네모난 군모를 푹 찔렀다.

다시 긴 칼이 번쩍 올라가, 다른 머리 위로 내려쳐지려 했다. 그러나 정신없이 흥분한 말은 옆으로 비켜나 버렸다.

봇물이 터진 것처럼, 기병대대가 네거리로 밀려 나왔다. 그리고 칼싸움이 시작되었다.

감옥의 좁고 긴 복도는 아우성 소리로 귀가 멍멍할 지경이었다. 진이 빠진 얼굴을 한 사람들이 빽빽이 들어찬 감방은 흥분에 싸여 있었다. 거리에서는 전투가 벌어지고 있다—하지만 이것이 해방을 알리는 징조이고, 어디선지 알 수 없지만 우리 편이 쳐들어왔다고 믿어도 되는 것일까?

벌써 감옥 마당에서는 총소리가 들렸다. 복도에서 사람들 발소리가 소란스러워졌다. 그러더니 갑자기 그토록 그리던 가슴 벅찬 말이 들려왔다. "동지들, 나오시오!"

파벨은 수십 개 눈이 지켜보고 있는 작은 창이 달린, 잠긴 문 앞으로 달려갔다. 개머리판으로 자물쇠를 마구 때렸다. 한 번, 또 한 번.

"가만있자, 내가 폭탄으로 해볼게." 미로노프라는 친구가 파벨을 말리며, 주머니에서 수류탄을 꺼내 들었다.

같은 소대의 치가르첸코가 수류탄을 빼앗았다.

"너 미쳤냐? 어디서 수류탄을 터뜨려? 이제 열쇠를 가져올 거야. 폭파할 필요가 어디 있어? 열쇠로 열면 되는 것을."

그러자 벌써 간수들이 총으로 등을 쿡쿡 찔리면서 복도로 끌려왔다. 감방은 누더기를 걸치고, 몸뚱이는 평생 씻어본 적도 없는 것 같으나 기쁨에 겨워 어쩔 줄 모르는 사람들로 가득 넘쳤다.

넓은 문을 활짝 열고, 파벨은 감방으로 뛰어들어갔다.

"동지들! 여러분은 해방되었습니다! 우리는 부돈니 병사들인데, 우리 사단이 이 도시를 차지한 것입니다."

한 여자가 눈물을 글썽이며 파벨을 와락 끌어안더니, 남매간처럼 부둥켜 안고 엉엉 울기 시작했다.

사단의 전사들에게는, 폴란드 백군이 감옥에 처넣어, 총살 아니면 교수형을 기다리고 있던 5,071명의 볼셰비키와 2,000명의 북은 군대 정치부원들을 석방시킬 수 있었던 것은, 어떠한 전리품이나 승리 못지않은 귀중한 것이었다. 7,000여 명의 혁명가들이 캄캄한 밤에서 살다가 하루아침에 타오르는 6월의 눈부신 태양을 맞이하게 된 것이었다.

죄수였던 한 사람으로, 레몬 껍질처럼 샛노란 얼굴을 한 친구가 기쁜 나머지 파벨을 얼싸안았다. 이 사람은 사무일 레헤르라 부르는, 셰페토프카 인쇄소의 식자공이었다.

파벨은 사무일의 이야기에 귀를 기울였다. 그의 얼굴은 잿빛으로 싸여 있었다. 사무일은 자기 고향 거리에서 일어났던 피비린내 나는 비극을 이야기하고 있었는데, 그 말은 용해된 금속 방울처럼 파벨의 마음에 파고들었다.

"우리는 한밤중에 일제히 검거됐어. 끄나풀 놈이 밀고를 한 거야. 정신 차려 보니, 우린 모두 헌병들에게 붙잡혀 있었던 거야. 물론 실컷 두들겨 맞았지, 파벨. 난 다른 친구들보다는 그래도 덜 당했지만, 그건 처음에 몇 대 맞고 나서

기절해 마룻바닥에 쓰러져 버렸기 때문이야. 하지만 다른 친구들은 모두 늠름했어. 이제 와서 숨겨봤자 무슨 소용이 있겠어? 헌병들이 뭣이든 이쪽보다도 더 잘 알고 있는걸. 우리 하나하나의 모든 행동을 속속들이 들여다보고 있더라고.

우리들 가운데 배신자가 있었다는 걸 진작에 알았어야 하는 건데! 그 시절 이야기는 이제 신물이 나. 참, 너 아는 친구들도 여럿 있었어. 발리야 부르자크, 읍에서 온 로자 그리츠만, 이 애는 열일곱 살 난 귀여운 아가씨였지. 그 눈이 참 고왔어. 그리고 사샤 분샤프트가 있었지. 왜, 나와 함께 식자공이었잖아. 아주 유쾌한 성격으로, 언제나 주인 영감 만화만 그리고 있던 친구 말이야. 그 친구하고, 또 아직 중학생이었던 두 사람 노보셀리스키와 투지츠가 있었지. 이 애들도 알지? 그리고 나머지는 모두 읍내와 지방에서 굴러온 친구들이야. 붙잡힌 건 모두 29명이고, 그중에 여자가 6명이었어. 너 나 할 것 없이 참 무참하게 당했지. 발리야와 로자는 그날로 당장 윤간을 당해 버렸어. 놈들이 하고 싶은 대로 가지고 놀았지 뭐. 그리고 반죽음이 돼서 감방으로 질질 끌려왔어. 그 일이 있고 나서부터 로자는 이상한 소리만 지껄이더니, 며칠 지나니까 머리가 획 돌아버렸지.

그런데 놈들은 그 돌아버렸다는 걸 믿지 않고, 꾀병이라고 신문할 때마다 마구 두들겨 팼어. 총살당할 무렵에는, 차마 눈뜨고 볼 수가 없었다고. 얼굴은 온통 멍이 들어서 푸릇푸릇 거무스레하지, 눈은 묘하게 퀭해서 꼭 할머니 같았어.

발리야 부르자크는 마지막 순간까지 훌륭했어. 그녀들은 진정한 투사답게 죽어간 거야. 어디서 그런 힘이 솟아났는지 난 알 수가 없어. 하지만 말이야, 모두가 어떻게 죽어갔는지, 어떻게 일일이 말할 수 있겠냐, 파벨? 그건 이야기하라는 쪽이 무리지. 말로 표현하는 것보다는 몇 배나 더 무참하게 죽어갔으니까…… 부르자크는 가장 위험한 일에 말려들어 있었던 거야. 그 아가씨는 폴란드군 사령부 소속 무전통신사와 연락을 취하며 공작을 벌였어. 그런데 어느 날 놈들이 발리야 집을 수색해서 수류탄 2개와 브로우닝 권총을 찾아냈다는 거야. 수류탄을 그녀에게 준 것은, 바로 그 배반자지. 사령부 폭파 계획이라는 죄를 뒤집어씌우기 위해서 모든 준비를 갖추었던 거라고.

파벨, 마지막 날 일은 내 입으로 이야기하기가 괴롭지만, 꼭 듣고 싶다면 말

하지. 야전군법회 판결로, 발리야와 다른 둘은 교수형, 나머지 동지들은 총살로 결정됐어

우리와 함께 어울려서 공작을 하고 있던 폴란드 병사들은, 우리보다 이틀 전에 이미 판결이 나 있었어.

예를 들면 전쟁 전에는 로지에서 전기조립공으로 일하던 무전통신사인 스네구르코라는 젊은 하사는, 매국노이고 병사들 사이에 공산주의 선전을 했다는 죄로 총살이 선고되었지. 이 친구는 탄원서도 내지 않고, 선고를 받은 지 24시간 만에 사살되었어.

발리야는 이 사건에 증인으로 불려 갔었는데, 나중에 우리에게 이야기해 준 바로는, 스네구르코는 공산주의 선전을 했다는 건 인정했지만 조국을 배반했다는 것은 터무니없다고 반박했다는 거야. '내 조국은 폴란드 소비에트사회주의 공화국이다. 사실 나는 폴란드 공산당 당원이다. 군대는 강제로 끌려온 것이다. 그러니까 나는, 나와 똑같이 너희들에 의해서 전선으로 끌려온 병사들에게 그 눈을 뜨게 해준 것이다. 그게 나쁘다면 목을 매다는 것도 좋겠지. 그러나 나는 조국을 배반하는 따위의 짓은 이제까지 한 적이 없고, 앞으로도 할 까닭이 없다. 다만, 내가 조국이라고 하는 것은 너희들이 조국이라고 하는 것과 다르다. 너희들의 그것은 지배계급의 조국이고, 나의 것은 노동자와 농민의 조국이다. 그리고 앞으로 탄생할 나의 조국에서는—나는 그것을 굳게 믿어 의심치 않는데—아무도 나를 보고 배반자라 부를 사람은 없을 것이다' 그렇게 그는 말했다더군.

판결이 내려지고 나서 우리는 모두 함께 갇혀 있었는데, 사형 전에 감옥으로 옮겨졌어. 밤사이에 감옥과 붙어 있는 병원 옆에 교수대를 만들고, 숲 옆 낭떠러지로 된 길 근처를 총살장으로 삼고, 거기에는 우리를 묻을 구덩이까지 파놓았었지.

판결문은 거리에 나붙어 있었으니까, 누구나 다 알고 있었어. 게다가 우리에 대한 이 처벌을 모두에게 보여서 공포심을 불러일으키려고, 폴란드인들은 대낮에 민중의 눈앞에서 사형을 집행하기로 한 거야. 그리고 아침부터 민중을 거리에 동원해서 교수대로 몰고 갔어. 개중에는 호기심으로 가본 사람들도 있었겠지. 교수대 앞에는 사람들이 구름 떼처럼 몰려들었어. 사람의 머리로 꽉 찼으니까. 감옥은 너도 알다시피 통나무 울타리로 둘러쳐져 있는데, 그 감옥 바

로 옆에 교수대를 죽 늘어놓아서, 와글와글하는 소리가 우리한테로 들려오는 거야. 길에는 뒤쪽으로 기관총을 장치해 놓았고, 관할구역 내에서 말을 탄 헌병과 도보의 헌병들을 몰아와서, 아마 1개 대대쯤이 밭과 길을 뺑 둘러싸고 있었을 거야. 교수형을 선고받은 사람들을 위해서, 그 교수대 옆에 특별히 구덩이를 팠지. 우리는 말없이 마지막 순간을 기다리면서 서로의 얼굴을 쳐다볼 뿐이었어. 전날 밤에 여러 가지 이야기도 나누고, 그때 서로 작별 인사도 해두었으니까 말이야. 로자만은 감방 한구석에 쭈그리고 앉아서 말도 되지 않는 소리를 중얼거리고 있었지. 발리야는 강간에다 매까지 얻어맞아서 제대로 몸도 못 가눌 지경이었기 때문에 끙끙거리며 누워 있었어. 그 고장 출신 여자 공산당원들은 서로 친자매처럼 끌어안고 작별을 아쉬워하고 있었는데, 참다못해서 끝내는 엉엉 울음을 터뜨리고 말았어. 스테파노프라는, 지방 출신의 젊고 힘이 센 친구가 있었어. 검거될 때도 도망 다니다가 헌병을 둘이나 다치게 할 정도였는데, 이 친구가 여자들에게 신신당부를 하고 있었어. '눈물을 보여서는 안 돼, 동지! 저기 가서 울 바에는, 여기서 실컷 울어두는 게 좋아. 피에 굶주린 개들을 즐겁게 해줄 필요는 없으니까 말이야. 어차피 인정사정 봐줄 놈들이 아니야. 죽어야 할 몸이라면, 의젓하게 죽자고. 우리 가운데서는, 무릎을 꿇고 엉금엉금 기어다니는 그런 사람은 하나도 나와서는 안 돼. 동지들, 알겠지? 우리는 의연하게 죽어야 해.'

얼마 뒤 드디어 우리를 데리러 왔어. 앞장선 놈은 첩보부장인 시바르코프스키라는 자인데, 변태적인 호색한이고 미친개 같은 놈이야. 자기가 강간하지 않으면, 헌병들에게 강간시켜 놓고는 그걸 옆에서 구경하며 즐기는 놈이라고. 감옥에서 교수대로 가는 길에는 헌병들이 늘어서 있었지. 노란 견장을 붙이고 있어서 '카나리아'라는 별명으로 부르고 있던 이 헌병들은 양날 칼을 들고 있었어.

우리는 종대의 휘둘림에 의해 돌아 세워져서 감옥 마당으로 나와, 네 사람씩 열을 지어 섰어. 그리고 문이 열리자 한길로 나왔지. 교수대 앞에 우리를 세워둔 까닭은 먼저 동지들이 처참하게 죽어가는 모습을 보여줘 놓고, 그러고 나서 우리에게로 그 차례를 돌리려는 속셈이었겠지. 굵은 통나무를 붙들어 매어서 높다랗게 만든 교수대 위에는 굵은 밧줄로 된 올가미 3개가 매달려 있었고 계단 달린 발판이 그 밑에 놓여 있었어. 사람들이 웅성거리는 소리가 들리고, 사람들의 시선이 모두 우리에게 쏠리고 있는 거야. 낯익은 얼굴도 보였지.

조금 떨어진 정문 앞에는 폴란드의 상류층 놈들이 쌍안경을 들고 몰려 있었어. 그중에는 장교도 섞여 있었는데, 볼세비키가 목매달리는 걸 구경하러 나왔겠지.

발밑의 눈이 아주 폭신했어. 숲도 눈으로 하얗게 덮여 있었지. 나무들은 마치 솜을 뿌려놓은 것 같았어. 눈은 빙글빙글 돌면서 천천히 떨어져서는, 우리의 화끈거리는 볼에 닿자 녹는 거야. 교수대 발판도 눈에 덮여 있었지. 우리는 모두 제대로 입지 못하고 있었지만, 추위 같은 걸 느끼는 사람은 아무도 없었고, 스테파노프는 양말만 신고 서 있는 자신의 모습조차 알지 못했어.

교수대 옆에는 법무관과 간부들이 늘어서 있는데, 드디어 발리야와 교수형에 처해지는 다른 두 동지가 감옥에서 끌려 나왔어. 그들 셋은 서로 팔짱을 끼고 있었지. 발리야가 가운데 끼여 있었는데, 걸어올 힘도 없어서 동지들이 부축해 주었어. 그래도 그녀는 '의연하게 죽어야 해'라고 하던 스테파노프의 말을 기억하고 있어서, 자세를 바로 하고 걸어가려고 애를 썼어. 외투도 없이, 손으로 뜬 조끼 하나를 걸친 차림이었지.

첩보부장 시바르코프스키는 그 팔짱을 끼고 가는 모습이 마음에 들지 않았던지, 걸어가는 그녀들을 밀쳐버렸어. 발리야가 뭐라고 하니까, 그게 건방지다고, 기마 헌병이 가죽 채찍을 힘껏 쳐들고 그녀의 볼을 세게 내리치는 거야.

군중 속에서 한 여자가 무서운 비명을 지르더니 미친 듯이 소리치면서 경계선을 뚫고, 걸어가고 있는 동지들 쪽으로 뛰어갔어. 그러나 금세 붙잡혀서 어디론지 끌려가 버리고 말았지. 틀림없이 발리야의 어머니였을 거야. 교수대 가까이까지 왔을 때, 발리야는 노래를 부르기 시작했어. 난 그런 목소리는 이제까지 들어본 적이 없어. 죽음을 향해서 걸어가는 자가 아니고는 그렇게 처절하게 노래를 부르지는 못할 거야. 그녀가 〈폴란드 혁명가〉를 부르기 시작하자, 동지들도 따라서 불렀어. 기마 헌병의 채찍이 미쳐 날뛰듯이 동지들의 얼굴을 마구 후려갈기고 있었어. 그렇지만 동지들은 채찍을 맞고 있다는 건 전혀 느끼지도 못하는 듯했어. 놈들은 그들을 밀쳐서 쓰러뜨려 놓고, 쓰레기 자루처럼 교수대 쪽으로 질질 끌고 가더니 서둘러서 판결문을 읽고 그들 목을 올가미에 끼우기 시작하더군. 그때 우리는 노래 부르기 시작했지.

일어나라, 굶주린 자들이여,

이제야 그날은 가까웠도다……

놈들이 사방팔방에서 우리에게 달려들었어. 그러나 우리 눈에 들어온 것은, 병사 한 놈이 개머리판으로 교수대 발판을 후려치자 세 사람이 줄에 옭아매인 채 버둥거리기 시작한 모습뿐이었어.

우리 10명에 대해서는 즉시 벽 옆에서 판결문이 낭독되었는데, 장군의 배려에 의해서 사형을 20년 징역으로 대신한다는 내용이었지. 나머지 17명은 총살당했어."

사무일은 셔츠 깃을, 마치 그것이 숨통이라도 조이는 것처럼 쥐어뜯었다.

"그로부터 사흘간을, 목매단 시체를 내려놓지 않더군. 교수대 옆에는 밤낮을 가리지 않고 경비병이 서 있었지. 그러는 동안에 우리 감옥에는 또 새로운 친구들이 잡혀 들어왔어. 그 사람들한테서 들은 이야기지만, 나흘째 가장 몸이 무거운 토볼딘이라는 동지의 목이 끊어져 떨어지자, 그제야 겨우 다른 시체도 목에서 밧줄을 벗겨 끌어내리고, 구덩이를 파기 시작했다는 거야.

하지만 교수대는 여전히 서 있었어. 이쪽으로 끌려오면서 우리도 보았지. 새로운 희생자를 기다리면서, 올가미를 매달아 놓은 채 서 있는 거야."

사무일은 눈을 깜빡거리지도 않고 어딘가 먼 곳을 바라보며 입을 다물어 버렸다. 파벨은 이야기가 끝난 줄도 모르고 있었다.

그의 눈 속에서는, 처참하게 목을 옆으로 늘어뜨린 채 말없이 흔들흔들 매달려 있는 세 사람의 시체가 선명하고 크게 번져 갔다.

길에서는 집합 나팔이 요란하게 울려 퍼지고 있었다. 이 나팔 소리에 파벨은 퍼뜩 정신을 차렸다. 그는 가만히, 겨우 알아들을 수 있을 만한 소리로 말했다.

"자, 여기를 뜨지, 사무일!"

포로로 잡힌 폴란드 병사들은 기병대에 의해서 줄줄이 묶인 채, 길을 걸어갔다. 감옥 문 옆에 서 있는 연대장은 야전 수첩에 명령을 모두 기록하고 있었다.

"이걸 가지고 가주게, 안티포프 동지." 그는 땅딸한 기병대 대장에게 서류를 건네주며 말했다. "출발 명령을 내리고, 포로는 모두 노브고로드 볼린스키 방면으로 인솔하도록. 부상자는 응급 처치를 하고 마차에 태워서, 역시 같은 방면으로 보낸다. 시내에서 20노리 정도 가면, 그다음은 각자 가고 싶은 데로 가도록 보내주는 거야. 저 친구들을 돌볼 여유는 없으니까. 포로들을 절대로 거칠게 다루지 말도록, 단단히 일러주게."

안장에 올라타면서, 파벨은 사무일 쪽을 돌아보았다.

"방금 한 얘기, 들었어? 놈들은 우리 목을 매다는데, 이쪽에서는 거칠게 다루지 말고 정중히 모셔다 드리란다! 참 나, 이 힘을 뒀다가 어디다 쓰란 말이지?"

연대장은 그에게 고개를 돌리더니, 두 눈을 부릅떴다. 파벨은 연대장이 마치 자기 자신에게 타이르듯이 말한, 단호한 말을 들었다.

"비무장 포로를 거칠게 다루는 자는 총살에 처한다. 우리는 백군과는 다르다는 것을 명심하라!"

그리고 말을 타고 문을 나가면서, 파벨은 연대 전원 앞에서 낭독했던 혁명 군사회의 명령문의 마지막 구절을 머리에 떠올렸다.

'노동자·농민의 나라는 자기의 붉은 군대를 사랑하고, 이것을 자랑으로 여기고 있다. 따라서 우리 군의 깃발에는 하나의 오점(汚點)도 찍어서는 안 된다.'

"하나의 오점도, 말이지" 하고 파벨의 입술도 중얼거렸다.

제4기병사단이 지토미르를 점령했을 무렵, 오쿠니노보 마을의 지역에서는 골리코프 동지의 돌격대 아래 편입된 제7저격사단의 제20여단은 드네프르강을 힘겹게 건너가고 있었다.

제25저격사단과 바시키르 기병여단으로 이루어진 부대에는, 드네프르강을 건넌 다음에 키예프·코로스텐 사이의 철도를 이르샤 역에서 차단하라는 명령이 내려져 있었다. 이 작전으로 키예프에서 폴란드군의 유일한 퇴로가 끊겼는데, 강을 건너갈 때 셰페토프카의 콤소몰 일원이었던 미샤 레브추코프가 전사했다.

흔들흔들하는 배다리 위를 달려가는데, 바로 앞에 보이는 산기슭에서 포탄이 마치 밉살맞다는 듯이 공중을 가르고 머리 위를 지나가 물기둥을 올리면서 물속에 작렬했다. 그러자 눈 깜박할 사이에 미샤의 모습이 배다리 밑으로 사라져 버렸다. 물은 그를 삼켜버린 채 되돌려 줄 생각은 않고, 다만 챙이 뜯겨 나간 군모를 쓴 머리가 허옇게 센 야키멘코라는 붉은 군대 병사가 놀라서 소리를 질렀을 뿐이었다.

"이런, 불쌍도 하지. 미시카는 물을 마시려다가, 소가 미끄러져 떨어지듯이 싱겁게 빠져버렸구나!"

그는 공포에 질려 시커먼 물속을 들여다보며 걸음을 멈추려고 했다. 그러나 뒤에서 달려오는 병사들 때문에 앞으로 밀려 나가고 말았다.

"뭘 멍청하게 입을 딱 벌리고 있는 거야, 이 얼간이 같으니. 빨랑빨랑 앞으로 나가지 못해!"

동료를 가엾이 여기고 있을 틈은 없었다. 하지만 여단은 이 때문에 벌써 오른쪽 기슭을 점령하고 있던 다른 부대에게 선두를 빼앗겼다.

세료자가 미샤의 죽음을 안 것은 나흘 뒤로, 마침 여단은 부차 역을 점령하고 다시 전선을 키예프로 옮기면서, 코로스텐 돌파를 시도하고 있던 폴란드군의 맹렬한 공격을 저지하고 있었다.

야키멘코는 산병선에서 세료자와 나란히 엎드려 있었다. 미친 듯이 사격을 퍼붓고 나서, 그는 뜨겁게 달구어진 총의 노리쇠를 간신히 열었다. 그리고 머리를 땅에 숙이면서 세료자 쪽을 보았다.

"총도 숨 좀 돌리고 싶단다. 불덩이처럼 됐어!"

세르게이는 사격 소리 때문에 그 말을 겨우 알아들었다.

잠시 조용해졌을 때 야키멘코는 지나가는 말처럼 "네 친구가 드네프르강에 빠져 죽었어. 내가 끝까지 지켜보지는 못했지만 물에 빠진 것 같더라" 알려주었다. 그리고 나서 한 손으로 노리쇠를 만져보고, 탄대에서 탄약을 꺼내서 재빨리 탄창에 장전하기 시작했다.

베르지체프 점령을 위하여 파견된 제11사단은, 이 도시에서 폴란드군의 완강한 저항을 만났다.

시가지에서는 혈전이 벌어졌다. 기병대의 앞길을 막으면서 폴란드군의 기관총이 불을 뿜었다. 그러나 거리는 점령되고, 폴란드군 패잔병들은 달아났다. 정거장에서는 그들의 열차부대도 붙잡혔다. 하지만 폴란드군에게 가장 결정적인 타격은 전선 화력의 근거를 이루는 100만 발에 가까운 포탄을 폭파당한 일이었다. 시내에서는 유리창이 모래처럼 산산조각이 나면서 뿌려지고, 그 폭파 때마다 집들은 널빤지로 되어 있기라도 한 것처럼 흔들렸다.

지토미르, 베르지체프에 대한 공격은 폴란드군에게는 배후를 찔린 꼴이었다. 그래서 그들은 강철 같은 포위망을 죽을힘을 다해 뚫고 나오면서, 두 줄기 흐름이 되어 키예프에서 퇴각해 갔다.

파벨은 개인이라는 감각을 잃어버렸다. 지난 며칠 동안은 줄곧 불을 뿜는 소규모 충돌의 연속이었기 때문이다. 그 코르차긴이라는 인물은 집단 속에 녹아들어, 병사들 누구나가 그렇듯이 '나'라는 말은 잊어버리기라도 한 것처럼 우리 연대, 우리 대대, 우리 여단 하는 식으로 '우리'라는 말밖에 남아 있지 않았다.

사건은 잇달아 질풍과도 같은 빠르기로 지나쳐 갔다. 날마다 새로운 사건이 일어났다.

눈사태처럼 밀려오는 부돈니 기병대는, 폴란드군의 후방을 전체에 걸쳐서 교란 분쇄하고, 쉴 사이 없이 공격에 또 공격을 가했다. 잇달은 승리에 도취한 기병사단은 폴란드군 후방의 심장부인 노보고로드 볼린스키를 향해 거침없이 쳐들어갔다.

가파른 낭떠러지 밑의 물결처럼, 밀고 나가다가 부딪쳐서 뒤로 밀려나면, 다시 "돌격!"이라는 처절한 외침과 함께 돌진해 갔다.

폴란드군에게 쓸모 있는 것은 아무것도 없었다—철조망도, 시내에 남아 있던 수사대의 필사적인 저항도. 6월 27일 아침, 기마의 대열로 슬루치강을 건넌 부돈니 군대는 코레츠 마을 방향으로 폴란드군을 뒤쫓으면서, 노보고로드 볼린스키에 몰려들었다. 같은 무렵 제45사단은 노비 미로폴리 부근에서 슬루치강을 건넜으며, 코토프스키의 기병여단은 류바르 마을로 달려들었다.

제1기병대의 통신대는, 모든 기병대를 로브노 점령에 투입하라는, 전선사령관의 명령을 받았다. 붉은 군대의 막을 수 없는 진격에 쫓긴 폴란드군은 마침내 사기를 잃고 무너져 내려, 살길을 찾는 오합지졸로 바뀌어 버렸다.

어느 날, 여단장의 명령으로 장갑열차가 서 있던 역에 파견된 파벨은 뜻밖의 인물을 만났다. 말이 달려온 여세로 둑을 뛰어넘었다. 회색으로 칠해진 앞부분의 차량 옆에서 파벨은 말고삐를 당겼다. 장갑열차는 검은 포구(砲口)를 포탑 속에 감추고, 근접하기 어려운 위용으로 멈춰 서 있었다. 그 옆에서는 차바퀴의 무거운 강철 덮개를 들어 올리면서 기름투성이가 된 몇 사람이 우왕좌왕하고 있었다.

"장갑열차 지휘관은 어디로 가면 만날 수 있소?" 파벨은 물통을 들고 가는 가죽 조끼 차림의 병사에게 물었다.

"저기요." 상대방은 기관차 쪽을 한 손으로 가리켰다.

기관차 옆에서 걸음을 멈추고, 코르차긴은 물었다.

"지휘관은 어디 계십니까?"

머리끝에서 발끝까지 가죽으로만 감싼 차림을 하고, 얼굴에 주근깨가 있는 사나이가 그쪽을 돌아보았다.

"내가 지휘관이다!"

파벨은 주머니에서 봉투를 꺼냈다.

"여단장님의 명령서입니다. 봉투에 서명해 주십시오."

지휘관은 봉투를 무릎 위에 놓고 서명을 했다. 기관차의 가운데 바퀴 옆에서 기름통을 손에 들고 왔다 갔다 하는 누군가의 모습이 있었다. 파벨에게 보였던 것은 그 널찍한 등뿐으로, 가죽 바지 주머니에서는 7연발 권총 손잡이가 얼굴을 내밀고 있었다.

"자, 수령 확인 여기 있네." 가죽으로만 차려입은 인물이 파벨 쪽으로 봉투를 내밀었다.

파벨은 고삐를 당기고 출발하려 하고 있었다. 기관차 옆에 있던 사나이가 허리를 펴면서 기지개를 켜더니, 이쪽으로 돌아섰다. 순간 파벨은, 바람에 날리기라도 한 것처럼 말에서 뛰어내렸다.

"아르촘 형!"

온몸이 중유투성이가 된 기관사는 얼른 기름통을 내려놓고, 이 젊은 붉은 군대 병사를 곰과 같은 품속에 부둥켜 안았다.

"파브카구나! 이 녀석! 바로 너였구나!" 자기 눈을 믿을 수 없다는 듯이 그는 소리를 질렀다.

장갑열차 지휘관은 놀라서 그 모습을 바라보고 있었다. 붉은 군대 포병들은 소리 내어 웃었다.

"좋구나, 형제의 만남이라."

8월 19일, 리보프 지방에서 파벨은 전투 때 군모를 잃어버렸다. 말을 세웠으나, 앞쪽에서는 이미 대대가 폴란드 기병대 속으로 들어가고 있었다. 저지대

풀숲에서 데미도프가 뛰어왔다. 강을 따라 달려가면서 소리쳤다.

"사단장이 전사했다!"

파벨은 깜짝 놀랐다. 레투노프가, 저 용감한 사단장이, 두려움을 모르는 대담한 그 동지가 죽었다니. 울컥 치미는 분노가 파벨을 사로잡았다.

피투성이가 된 재갈을 물고서 지칠 대로 치쳐 있는 구렁말을 긴 칼로 철썩 때리고는, 그는 한창 싸움이 벌어지고 있는 한가운데로 뛰어들었다.

"놈들을 무찔러! 무찌르는 거야! 폴란드 귀족들을 싹 쓸어버려! 레투노프가 죽었단 말이야!" 외치면서 그는 신들린 사람처럼 닥치는 대로 초록색 군복 차림을 찌르고 베고 했다. 사단장의 전사로 증오에 불탄 기병대대는 폴란드군의 1개 소대를 완전히 작살냈다.

그들은 패주하는 놈들을 쫓아 들판으로 달려 나갔다. 그런데 그곳에는 벌써 적의 포병중대가 그들을 기다리고 있었다. 유산탄(榴散彈)이 죽음의 비말을 뿌리면서, 공기를 가르고 있었다.

파벨의 눈앞에서 녹색 불꽃이 번쩍하고 불타오르면서, 귓전에 우렛소리가 울리며, 머리가 쿵 하고 울렸다. 땅이 빙글빙글 돌며, 옆으로 방향을 바꾸기 시작했다.

짚단처럼, 파벨은 말안장에서 내동댕이쳐졌다. 말의 머리 쪽으로 재주를 넘으면서 튕겨져 나가, 쾅 하고 땅바닥에 내리박혔다.

갑자기 세상이 캄캄해졌다.

9

고양이 머리만 한 크기의 불그죽죽한 문어 눈알은 툭 튀어나와 있고, 한가운데는 녹색으로, 생생한 빛깔로 깜박깜박 타오르고 있다. 문어는 수십 개의 다리로 꿈틀거린다. 그 다리는 빨판을 징그럽게 버스럭버스럭 움질거리면서, 뱀처럼 이리 꿈틀 저리 꿈틀하고 있다. 문어가 움직이고 있는 것이다. 그에게는 바로 눈 옆에 그것이 보인다. 다리로 그의 온몸을 기어다닌다. 문어 다리는 썰렁하고, 쐐기풀처럼 쓰리게 자극한다. 이 문어는 빨판을 뻗어, 그 빨판이 거머리처럼 머리에 달라붙어서 오므라들며 그의 피를 빨아들인다. 그는 자신의 피가 자기 몸에서 문어의 부풀어 오른 몸통 속으로 흘러들어가는 것을 느낀다. 빨판은 그래도 피를 빨고 또 빤다. 그리고 그것이 머리에 달라붙은 언저리는 참을 수 없을 만큼 아프다.

어딘가, 아주 먼 곳에서 사람 목소리가 들려온다.

"이 친구 맥박은 지금 어떤가?"

그러자 다른 여자의 목소리가 더 낮은 소리로 대답한다.

"맥박은 138입니다. 체온은 39도 5부. 줄곧 헛소리만 하고 있습니다."

문어의 모습이 사라졌다. 그러나 빨판의 아픔은 남았다. 파벨은 누군가의 손가락 끝이 자신의 손목 위 언저리까지 더듬어 오는 것을 알 수 있었다. 눈을 뜨려고 해도, 눈꺼풀이 무거워서 도저히 떠지지 않았다. 왜 이리 덥지? 어머니가 난로에 불을 지핀 모양이야. 그런데 어딘가에서 다시 사람의 목소리가 들린다.

"맥박은 현재 122입니다."

그는 눈꺼풀을 떠보려고 애쓴다. 몸속은 불같고, 숨이 차다.

목이 마르다, 아, 물을 마시고 싶다! 당장 일어나서, 실컷 마시고 싶다. 하지만 왜 일어날 수가 없는 거지? 조금만 움직여 보려고 해도, 남의 몸처럼 말을 듣지 않는다. 내 몸이 아닌가? 어머니가 이제 곧 물을 가져다주겠지. 그러면

196 강철은 어떻게 단련되었는가

"나 물 마시고 싶어요" 말해 줘야지. 뭔가 주위에서 부스럭부스럭 움직이고 있다. 또 문어란 놈이 기어오는 것일까? 그래 그놈이야 저봐, 저 빨간 눈알……,

멀리서, 조용한 목소리가 들려온다.

"프로샤, 물을 가져다줘요!"

'저건 누구의 이름이더라?' 파벨은 생각해 내려고 한다. 그런데 이 노력 때문에 도리어 암흑 속으로 가라앉아 간다. 거기서 떠오르자, 또다시 '물 마시고 싶다'는 생각이 되살아난다.

말소리가 들린다.

"정신이 들기 시작하는 모양이군."

그러자 이번에는 좀 더 뚜렷한, 상냥한 목소리가 가까운 데서 들린다.

"목 마르세요, 환자분?"

'환자분이라니 나 말인가? 아니면 나한테 하는 소리가 아닌가? 맞아, 나는 티푸스에 걸렸지. 그래, 그렇구나.'

그리고 다시 한 번, 세 번째로 눈꺼풀을 떠보려고 애를 쓴다. 마침내 성공이다. 떠진 눈의 가느다란 틈으로 가장 먼저 보인 것은 머리 위 빨간 공 모양 물체였는데, 그것은 뭔가 거무스레한 것으로 덮여 있고, 그 거무스름한 것이 그쪽으로 다가왔다. 그러자 입술은 컵의 딱딱한 가장자리와, 시원한 물기를 느낀다. 몸 안의 불도 가라앉아 간다.

그는 만족한 듯이 중얼거렸다.

"후유, 이제 살았다."

"환자분, 내가 보여요?"

이렇게 물은 것은 그의 위쪽에 서 있는 거무스름한 것이었다. 그리고 스르르 잠에 빠지면서도, 그는 겨우 대답만은 할 수 있었다.

"안 보여요, 하지만 들려……."

"이 환자가 회복되리라고 누가 생각이나 했겠나? 이봐, 이제 목숨을 건졌잖아. 놀랄 만큼 강인한 육체야. 당신은 뽐내도 될 것 같군. 니나 블라디미로브나. 당신이 말 그대로 이 사람을 살려냈으니까 말이야."

그리고 여자의 들뜬 목소리가 들렸다.

"저, 정말 기뻐요!"

13일간에 이르는 의식불명 끝에, 코르차긴이 의식을 되찾은 것이었다.

젊은 육체는 죽기를 거부했다. 그리고 힘이 서서히 거기에 흘러들어갔다. 이 야말로 제2의 탄생으로, 모든 것이 새롭고 신기해 보였다. 다만 머리만은 어찌할 수 없는 무게를 가지고 석고 붕대 속에 꼼짝 못하게 눕혀 있어서, 그 자리에서 그것을 움직일 기력도 없었다. 그러나 몸의 감각이 되돌아오자, 벌써 손가락을 접었다 폈다 할 수 있게 되었다.

야전병원의 젊은 여의사인 니나 블라디미로브나는 네모반듯한 자기 방 작은 책상 앞에 앉아, 연보라빛 표지의 두툼한 노트를 뒤적이고 있었다. 거기에는 비스듬히 누운 가느다란 글씨체로 짤막한 기록이 가득 적혀 있었다.

1920년 8월 26일

오늘 이곳으로 병원열차가 중상자들을 실어 왔다. 창가 구석에 있는 병상에는 머리를 크게 다친 붉은 군대 병사를 눕혔다. 나이는 겨우 17세. 주머니 속에 있던 그의 서류들을, 의사의 메모와 함께 봉투에 넣은 것을 받았다. 그의 이름은 파벨 안드레예비치 코르차긴. 주머니 속에 있었던 것은 우크라이나 청년공산동맹 제967호라는 낡은 카드, 엉망으로 찢긴 붉은 군대 수첩, 그리고 연대명령(聯隊命令) 사본. 거기에는 정찰병 임무를 충실히 수행한 것에 대하여 붉은 군대 병사 크르차긴에게 사의(謝意)를 표한다, 라고 적혀 있었다. 그리고 수첩 소유자의 손으로 적힌 듯이 보이는 메모도 있다.

"동지들에게 부탁한다. 내가 죽었을 경우에는 가족에게 알려주기 바란다. — 세페토프카시, 기관고, 철공, 아르촘 코르차긴 앞"

탄환의 파편을 맞아 부상, 8월 19일부터 의식 없음. 내일, 아나톨리 스테파노비치가 진찰할 예정.

8월 27일

오늘 코르차긴의 상처에 대한 진찰이 있었다. 상처는 매우 깊어서, 두개골이 관통되었다. 그 때문에 오른쪽 머리가 완전히 마비. 오른쪽 눈에 출혈 있음. 눈은 부어 있다.

아나톨리 스테파노비치는 염증을 피하기 위하여 안구를 적출하려고 했다. 그러나 나는 부종이 가라앉을 가능성이 있는 한, 그것은 미루어 달라고 설득했다. 그는 동의했다.

나는 미적(美的)인 감정에 이끌렸다. 젊은이가 죽지 않고 살아난다면, 굳이 눈을 도려내서 보기 흉한 불구자를 만들 필요는 없지 않은가.

환자는 끊임없이 헛소리를 하고 몸을 뒤척이기 때문에, 줄곧 곁에 붙어 있어야만 한다. 나는 이 환자에게 많은 시간을 할애할 것이다. 이 젊음이 너무나 가엾다. 가능하다면, 죽음에서 이 젊음을 구해 주고 싶다.

어제 나는 교대 후, 몇 시간을 병동(病棟)에 남아 있었다. 그가 가장 중환자이다. 나는 그 헛소리를 귀담아듣는다. 가끔 그의 헛소리는 마치 이야기를 하고 있는 것 같다. 나는 여러 가지 일을 들어서 그의 지나온 생활에 대해 알게 되었다. 하지만 때로는 굉장한 욕을 하기도 한다. 보통이 아닌 욕설이었다. 나는 왠지 그에게서 이런 무서운 욕을 듣는 것이 괴롭다. 아나톨리 스테파노비치는, 그가 살아나지 못할 것이라고 한다. 그 영감은 화가 난 듯이 중얼거렸다. "나 참, 이해가 안 가는군. 이런 어린아이를 군대에 데려가다니, 어떻게 그런 짓을 할 수 있단 말인가? 말도 안 돼."

8월 30일

코르차긴은 아직 정신이 들지 않았다. 그는 죽음 직전의 환자들이 누워 있는 특별병동에 수용되었다. 그의 곁에는 거의 자리를 비우지 않고 간호사인 프로샤가 붙어 있다. 프로샤는 그 환자를 알고 있는 것 같다. 두 사람은 오래 전에 함께 일한 적이 있다던가. 아주 따뜻한 주의를 기울여서 이 환자를 보살피고 있다. 그러나 이제 나도 환자 상태가 절망적이라고 느낀다.

9월 2일

밤 11시. 오늘은 나에게 정말 기쁜 날이다. 나의 환자 코르차긴이 의식을 되찾고 살아난 것이다. 고비는 넘겼다. 지난 이틀 동안 나는 집에 돌아가지 않았다.

지금 또 한 사람이 살아났다는 이 기쁨은, 도저히 말로는 표현할 수가 없다. 이 병동에서 죽음이 하나 줄어든 것이다. 몸이 녹초가 되도록 지치는 나의 일 가운데서도 가장 기쁜 일이라면, 그것은 바로 환자들의 회복이다. 누구나가 아이들처럼 나를 따르고 있으니까.

그들의 우정은 성실하고 소박하다. 헤어질 때는, 이따금 나는 울기까지 한다.

이건 약간 바보 같지만, 사실이 그렇다.

9월 10일

가족 앞으로 보내는 코르차긴의 첫 편지를 오늘 내가 써주었다. 상처는 가벼우니까 얼마 안 가서 다 나아 돌아가게 될 것입니다, 라고 쓰라고 해서 그렇게 썼다. 그러나 실은 출혈이 심하고, 솜처럼 창백하며, 아직 무척 쇠약하다.

9월 14일

코르차긴이 처음으로 방긋 웃었다. 웃는 얼굴이 아주 좋다. 하지만 평소에는 나이에 걸맞지 않게 거칠다. 놀랄 만큼 빠르게 회복되어 간다. 프로샤와는 사이가 좋다. 그녀가 병상 옆에 앉아 있는 것을 자주 볼 수 있다. 짐작컨대 그녀가 내 이야기를 한 것 같다. 물론 지나치게 칭찬한 것이 틀림없다. 그 탓인지 환자는 내가 가면, 언제나 겨우 알아볼 수 있을 정도의 미소로써 나를 맞아준다. 어제도 이런 말을 물었다.

"선생님, 손에 그 검은 멍은 왜 들었지요?"

이것은 그가 헛소리를 할 무렵 아플 정도로 내 손을 잡았을 때 생긴 것인데, 나는 그 말은 하지 않았다.

9월 17일

코르차긴의 이마 상처는 많이 나아졌다. 환자가 붕대를 바꿀 때 보여주는 그 놀랄 만한 인내심에는 우리 의사들도 경탄을 금치 못하고 있다.

대개 이런 경우에는 소리를 지르거나 마구 몸부림을 치는 법인데, 이 환자는 입을 딱 다물고 있다. 그리고 찢어진 상처에 요오드를 바를 때에는, 몸을 쭉 뻗는다. 의식을 잃을 때도 흔히 있는데, 대부분 신음 소리 한 번 내지 않는다.

코르차긴이 신음 소리를 내면, 그것은 의식을 잃은 신호라는 걸 이제는 누구나 다 알고 있다. 그의 이 엄청난 참을성은 어디서 오는 것일까? 알 수가 없다.

9월 21일

코르차긴은 휠체어를 타고, 처음으로 병원의 커다란 발코니로 나갔다. 마당을 비리보던 그 눈, 신선한 공기를 들이마셨을 때의 굶주렸었던 것 같은 그 몸짓! 붕대를 감은 얼굴에 한쪽 눈만이 나와 있다. 그 이글이글 타는, 날카로운 눈은 마치 처음 보는 듯이 세상을 바라보고 있었다.

9월 26일

오늘, 아래층 면회실로 불려 나가, 거기서 두 아가씨를 만났다. 한 사람은 아주 예뻤다. 코르차긴을 만나게 해달라는 것이다. 두 사람의 이름은 토냐 투마노바와 타치야나 블라놉스카야. 토냐라는 이름은 나도 알고 있었다. 코르차긴이 헛소리를 할 때 가끔 그 이름을 불렀으니까. 나는 면회를 허락해 주었다.

10월 8일

코르차긴이 처음으로 정원을 산책했다. 언제 퇴원할 수 있느냐고, 몇 번이나 물었다. 나는, 곧 퇴원할 수 있을 것이라고 대답했다. 두 여자 친구는 면회 날에는 꼭 찾아온다. 왜 그 환자가 신음 소리도 내지 않았는지, 왜 평소에도 꾹 참기만 하는지 나는 알 것 같다. 내가 그것을 묻자, 그는 이렇게 대답했다.

《등에》라는 소설을 읽어보세요. 그럼 아시게 될 겁니다.

10월 14일

코르차긴 퇴원. 우리는 매우 따뜻한 기분으로 작별했다. 붕대는 눈에서 떼어지고, 이마에만 남았다. 한쪽 눈은 보이지 않지만, 겉모습은 보통 사람과 다를 바 없다. 이 훌륭한 동지와 헤어지는 것이 몹시 섭섭했다.

물론 새삼스러운 일은 아니다. 다 나으면, 두 번 다시 얼굴을 보게 되지 않기를 바라면서, 우리에게서 떠나간다. 작별할 때 그는 이런 말을 했다.

"차라리 왼쪽 눈이 멀었으면 좋았을 텐데요. 앞으로 총을 어떻게 쏘죠?"

그 사람은 아직도 전선(戰線) 생각을 하고 있는 것이다.

퇴원하고 나서 얼마간, 파벨은 토냐가 묵고 있는 블라놉스키 집에서 보냈다.

그는 곧장 청년공산동맹의 일에 토냐를 끌어들이려고 해보았다. 시내에서 열리는 청년공산동맹 모임에 같이 가자고 그녀에게 말한 것이다. 토냐는 승낙했다. 그런데 그녀가 옷을 갈아입고 나왔을 때, 파벨은 입술을 깨물었다. 지나치게 울긋불긋한, 일부러 멋을 부린 것 같은 차림을 하고 나왔으므로 그는 동료들 앞에 토냐를 데리고 갈 마음이 나지 않았다.

그때 처음으로 다툼이 일어났다. 그가 왜 그렇게 차려입었느냐고 묻자, 그녀는 벌컥 화를 냈다.

"난 저속한 취미에 맞추는 일 따위는 사양하겠어. 만약에 함께 가는 것이 거북하다면 안 가면 되잖아?"

그날 클럽에서 색 바랜 군복이라든가 재킷 차림들 가운데 한껏 모양을 낸 그녀 모습을 보는 것이 그에게는 고통이었다. 모두들 토냐를 끼워 주지 않았다. 토냐도 눈치를 채고, 멸시하듯이 그들을 거만하게 바라보고 있었다.

부두의 콤소몰 서기 판크라토프가 파벨을 곁으로 불렀다. 그는 누더기 같은 즈크 셔츠를 입은, 짐꾼답게 어깨가 딱 벌어진 젊은이였다. 그는 못마땅한 듯이 파벨을 힐끗 보고 나서 토냐 있는 쪽으로 시선을 보내며 말했다.

"너야, 저 멋쟁이를 끌고 온 건?"

"그래, 나야." 코르차긴은 퉁명스럽게 대꾸했다.

"그래……" 하고 판크라토프는 목소리를 늘어뜨렸다. "근데, 아무래도 저 차림새는 우리한테 안 어울리는 것 같군. 부르주아지 그대로잖아. 어떻게 해서 저런 아이를 여기에 넣었지?"

파벨의 관자놀이가 꿈틀꿈틀 움직이기 시작했다.

"저 아이는 내 친구야. 그래서 데리고 온 거야, 알았어? 우리에게 적의를 품고 있다든가 그런 여자가 아니야. 물론 저 옷차림만은 네 말이 맞아. 하지만 차림만 보고 딱지를 붙일 일도 아니잖아? 여기에 어떤 사람을 데리고 와야 하는 가쯤은 나도 알고 있어. 그러니까 일부러 시비를 걸 필요는 없어, 동지."

그는 좀 더 거친 말을 해주고 싶었다. 그러나 판크라토프의 말이 모두의 의견을 대변하고 있다는 것을 알고 있었으므로, 그것은 참았다. 그 대신 자신의 치밀어 오르는 울화를 모조리 토냐 탓으로 돌렸다.

'내가 뭐라고 그랬어! 도대체 어느 놈에게 보이려고 그따위로 요란스럽게 차려입어야 하느냐 말이야!'

이날 밤부터 우정이 허물어지기 시작했다. 그처럼 굳게 맺어져 있다고 믿은 우정이 산산조각 나고 있는 것을 파벨은 슬픔과 놀라움이 뒤섞인 기분으로 씁고 있었다.

그리고 며칠이 지났다. 얼굴을 마주할 때마다 말을 나눌 때마다 두 사람의 태도에는 서먹함과 막연한 반감이 더해 갔다. 파벨은 토냐의 값싼 개인주의를 견디기 힘들었다.

절교할 수밖에 없으리라는 것은 서로가 느끼고 있었다.

오늘도 그들은 갈색 낙엽이 깔린 쿠페체스키 공원에 함께 왔는데, 그것은 서로가 마지막 말을 나누기 위해서였다. 낭떠러지를 내려다보는 난간 옆에 섰다. 밑에는 드네프르강의 도도한 물이 회색으로 빛나고 있었다. 강의 흐름을 거슬러서, 큰 다리 밑으로 예인선이 바퀴 날개로 지친 듯이 물을 뒤로 밀어내면서 거룻배를 2척 끌고 기어 나왔다. 기우는 태양은 트루하노프섬을 금빛으로 물들이고, 집집마다 유리창을 눈부시도록 불꽃으로 물들여 놓았다.

토냐는 금빛 햇살을 바라보고 있었다. 그리고 깊은 슬픔을 나타내며 이렇게 말했다.

"우리 우정도 지금 저 태양이 지듯이 사라지는 것일까?"

그는 시선을 피하지 않고 그녀를 쳐다보고 있었는데, 어깨를 바싹 다가붙이면서 조용하게 대답했다.

"토냐, 그 일에 대해서 이미 우리는 이야기를 나누었어. 너도 물론 알고 있겠지만, 나는 너를 사랑하고, 지금도 내 사랑은 되돌아올지도 몰라. 하지만 그렇게 하려면 네가 나와 행동을 함께해 주어야만 해. 난 이제 옛날의 파블루샤가 아니야. 만약 네가, 내가 먼저 토냐의 것이고 그다음에 당의 것이라야만 한다고 생각한다면 나는 훌륭한 남편은 못 될 거야. 나는 먼저 당에 속하고, 그리고 나서 토냐와 다른 가까운 사람들 것이 되어야 해."

토냐는 쓸쓸한 기분으로 짙푸른 강을 내려다보고 있었다. 두 눈에서 눈물이 넘쳐흐르기 시작했다.

파벨은 눈에 익은 그 옆얼굴과 풍성한 갈색 머리를 바라보았다. 그러자 한때는 그처럼 소중하고 친밀했던 그녀에 대한 애처로운 감정이 물결처럼 가슴에 밀려들었다.

그는 그녀의 어깨에 가만히 한 손을 얹었다.

"토냐, 너를 속박하고 있는 것을 모조리 떨쳐버리는 거야. 우리 편으로 들어오는 거야. 그리고 함께 지배자놈들을 때려부수자고. 우리한테도 좋은 아가씨들이 많이 있어서, 모두들 우리와 함께 격렬한 투쟁의 온갖 고초를 짊어지고 어떠한 고생도 견디어 나가고 있어. 이 사람들은 토냐와 같은 교육은 못 받았는지도 몰라. 그렇다고 네가 우리와 함께하지 못할 이유는 없잖아? 추자닌에게 욕을 볼 뻔했다고 말하겠지만, 그놈은 변태이지 투사가 아니야. 또 너는 모두가 너를 서먹하게 대한다고 하지만, 그렇다면 뭣 때문에 부르주아의 무도회라도 참석하는 것 같은 차림을 했었지? 자존심이 상했다 이건가? 남루한 군복 차림과 같은 수준으로 자신을 떨어뜨리는 건 질색이라고 했지? 다시 말해서 너에게는 노동자를 사랑하는 용기는 있었지만, 사상을 사랑하지는 못하는 거야. 나도 너와 헤어지는 건 말할 수 없이 아쉬워. 그러니까 추억만이라도 소중히 간직하고 싶은 거야."

그는 입을 다물어 버렸다.

이튿날 파벨은 거리에서, 현(縣) 비상위원회 대표 주프라이의 서명이 있는 지령서를 보았다. 심장이 두근거렸다. 간신히 그는 그 수병이 있는 곳까지 찾아갔는데, 안으로 들여보내 주지 않았다. 너무도 끈질기게 졸라댔으므로 보초에게 붙잡힐 뻔했을 정도였다. 그래도 어쨌든 목적은 이루었다.

표도르는 그를 반갑게 맞아주었다. 이 수병은 포탄으로 한 팔이 날아가 버리고 없었다. 두 사람은 곧 일에 대해서 여러 가지 상의를 했다.

"자네도 아직 전선에 나가는 건 무리니까, 당분간 이곳에서 반혁명 분자들을 쓸어버리는 일이나 하게. 내일이라도 나오라고." 주프라이가 말했다.

백색 폴란드군과의 싸움은 끝났다. 거의 바르샤바 가까이까지 이르렀던 붉은 군대는 모든 물질적, 육체적인 힘을 다 써버린 데다가 기지(基地)와의 연락도 끊겨 있었으므로 마지막 적의 방어선을 점령하지 못하고 물러나 버렸기 때문이다. 여기에 폴란드인들이 '비스와의 기적'이라 부르는 바르샤바에서의 붉은 군대 철수가 일어났던 것이다. 따라서 귀족파인 폴란드는 목숨을 이어 나가게 되었고, 폴란드 소비에트 사회주의공화국의 꿈은 한동안 실현할 수 없게 되었던 것이다.

피에 젖은 땅은 숨 돌릴 틈이 필요했다.

셰페토프카는 다시 폴란드군에게 점령되어, 일시적인 전선경계점(戰線境界點)이 되었기 때문에, 파벨은 가족을 만나러 갈 수조차 없었다. 평화협상이 진행되고 있었다. 맡겨진 일들을 처리하기 위해 파벨은 비상위원회에서 밤낮없이 일했다. 그는 표도르 방에서 지냈다. 고향 거리가 폴란드군에게 점령된 것을 알자, 파벨은 비탄에 빠졌다.

"어떡하지, 표도르, 만약에 이대로 휴전이 된다면 어머니는 경계선 밖에 남게 되잖아요?"

그러나 표도르는 그를 달랬다.

"아마, 경계선은 고린의 저쪽 강이 될 거야. 그러니까 네 어머니가 살고 있는 거리는 이쪽이 되는 거지. 이제 곧 알게 돼."

폴란드 전선에서 남쪽을 향해 사단이 이동하고 있었다. 이 틈을 이용하여 브란겔*1이 크리미아에서 기어 나왔다. 그리고 공화국이 폴란드 온 힘을 기울이고 있을 무렵에, 브란겔군은 예카테리노슬라브현(縣)을 뚫고 나가 드네프르 강을 따라 남에서 북으로 올라갔던 것이다.

이 마지막 반혁명 소굴을 소탕하기 위하여, 공화국은 폴란드군과의 전쟁 종결을 기회로, 크리미아로 군대를 보냈다.

사람, 마차, 양식, 대포를 가득 실은 군용열차가 키예프를 지나서 남쪽을 향해 달렸다. 비상위원회의 선로구수송부(線路區輸送部)는 눈코 뜰 사이 없이 바빴다. 잇달아 밀려오는 병력의 이 흐름은 '포화 상태'를 이루어, 어느 역도 콩나물시루처럼 만원이 되고, 비어 있는 선(線)이 하나도 없기 때문에 운행이 멈추어 버렸는데, 전신기 쪽에서는 계속해서 전보를 담은 종이띠를 뱉어내고 있었다. 거기에는 모모 사단을 위하여 선로를 비워 두라는 명령이 찍혀 있었다. 점과 선이 찍힌 종이는 끝도 없는 띠처럼 흘러나왔는데, 어느 것에든 "특별 처치…… 전투명령의 질서에 의하여…… 신속히 노선을 비울 것"이라 적혀 있었다. 그리고 거의 모든 것에 이 명령을 수행하지 않을 경우에 책임자는 혁명군 사재판소에 넘겨질 것이라 덧붙여 있었다.

'포화 상태'의 책임은 비상위원회 선로구수송부에 있었다.

여기에는 각 부대의 부대장들이 권총을 휘두르면서 밀려와서는, 군사령관의 이러이러한 전보대로, 이러이러한 차례로 자기들의 군용열차를 즉각 출발시키라고 아우성이었다.

---

*1 제정 러시아 백위군 장군(Pyotr Nikolaevich Wrangel, 1878~1928). 러시아 혁명 뒤 영국과 프랑스의 원조를 받아 크리미아에서 혁명군과 싸웠으나 패하고 벨기에로 망명했다.

그것을 실행할 수 없다는 것을 아무리 설명해도 누구 하나 그 말을 들으려 하지 않았다.

"그따위 이유는 대지 말고 당장 열차를 내라!" 험악한 고함 소리가 오가곤 하는 것이었다. 특히 일이 골치 아프게 꼬였을 때에는 주프라이가 긴급히 불려 나왔다. 그러면 악에 바쳐서 총싸움이라도 시작할 기세였던 사람들도 가라앉곤 했다.

철인(鐵人)과도 같은 주프라이의 외모와 반박의 여지를 주지 않는 의연한 목소리는 빼들려고 하던 권총도 도로 총집에 넣게 만들었다.

파벨은 머리에 찌르는 듯한 아픔을 느끼면서, 방에서 플랫폼 앞에 나타나기도 했다. 비상위원회 일은 신경에 크게 부담을 주고 있었던 것이다.

어느 날 파벨은 탄약 상자를 가득 실은 무개화차(無蓋貨車) 위에 있는 세료자를 발견했다. 부르자크는 화차에서 파벨이 있는 쪽으로 뛰어내려, 하마터면 그를 밀쳐 넘어지게 할 뻔했다. 세료자는 파벨을 힘껏 껴안았다.

"파브카, 이 자식! 나는 한눈에 넌 줄 알았어!"

두 친구는 서로 무슨 말부터 물어야 할지, 무슨 말을 주고받으면 될지 생각이 나지 않았다. 이제까지 서로가 겪은 일들이 그다지도 많았던 것이다. 묻고 나서도 대답을 기다리지 않고, 자기가 대답을 하는 식이었다. 기적 소리도 귀에 들리지 않았다. 차량이 천천히 움직이기 시작했을 때에야, 겨우 포옹이 풀렸다.

무엇을 할 시간이 있었겠는가? 얼굴을 봤는가 했더니, 벌써 서로를 떼어놓고, 열차는 차츰 속도를 더해 갔다. 세료자도 마지막으로 친구에게 무언가 한마디를 크게 외치고 나서, 난방화차의 열린 문에 매달리며 플랫폼을 뛰어갔다. 여러 개의 팔이 그를 잡아서, 안으로 끌어들였다. 파벨은 우두커니 서서 그 뒷모습을 바라보고 있었다. 그제야 세료자는 자기 누나인 발리야의 죽음을 아직 모르고 있다는 사실을 생각해 냈다. 파벨은 그와 만난 데에만 정신이 팔려 그 말을 미처 해주지 못했던 것이다.

'모르는 채 떠나보내는 편이 낫지. 모르는 편이 나아' 하고 파벨은 생각했다. 설마 그것이 친구와의 마지막 만남이 될 줄은 꿈에도 몰랐다. 세르게이도, 화차 지붕에 버티고 서서 가을 바람을 맞으며 가고 있는 자신이 죽음을 향해서 나아가고 있다는 것은 꿈에도 몰랐다.

"앉아, 세료자"라고 한 것은, 등에 불구멍이 난 외투를 입은 도로셴코라는 붉은 군대 병사였나.

"괜찮아. 난 바람을 좋아하거든. 바람아, 얼마든지 불어라." 세료자는 웃으면서 대답했다.

그리고 그는 1주일 후에, 가을빛이 짙은 우크라이나 평원에서 벌어진 첫전투에서 죽었다.

멀리 어딘가에서 유탄(流彈)이 날아왔다.

그것이 명중하여 세료자는 몸을 한 번 부르르 떨었다. 가슴을 찢는 듯한 뜨거운 통증에 지지 않으려고 한 걸음 내딛고, 비틀거리더니 소리도 지르지 못하고 허공을 잡으면서, 두 손을 정신없이 가슴에 가져다 댔다. 그리고 마치 도약이라도 하려는 듯이 몸을 굽히더니 땅바닥에 그대로 쓰러져, 그 연푸른 눈은 끝도 없는 초원을 바라본 채 움직이지 않게 되었다.

비상위원회 일이 신경에 지장을 준다는 파벨의 상태는, 그의 건강이 제대로 회복되지 못했다는 사실을 이야기해 주는 것이었다. 거기에 타박상 통증까지 거들어, 마침내는 이틀 밤을 한잠도 못 이룬 끝에 의식을 잃어버렸다.

그래서 그는 주프라이에게 상의했다.

"표도르, 어떻게 생각해요? 내가 다른 일로 옮겨도 될까요? 난 내 직업상, 아주 큰 공장으로 가고 싶거든요. 왜냐하면, 아무래도 여기 있다가는 여러 가지로 몸 상태가 안 좋아지는 것 같아서예요. 위원회에서는 내가 군무(軍務)에 적당하지 않대요. 하지만 여기는 전선보다 더 힘든 것 같아요. 사실 지난 이틀 동안에 스투일리 일파를 소탕했을 때만 해도, 난 아주 맥이 쏙 빠졌거든요. 총질은 당분간 쉬어야겠어요. 표도르, 당신도 알겠지만, 몸이 이 지경인 나로서는 제대로 위원 노릇을 하기 힘들 것 같아요."

주프라이는 걱정스러운 듯이 파벨을 보았다.

"그리고 보니, 너 정말 우울한 모양이구나. 좀 더 빨리 너를 자유롭게 풀어줬어야 하는 건데. 이건 내 잘못이야. 일에 쫓겨서 미처 거기까지 생각을 못 했던 거야."

그 결과로 파벨은 서류를 가지고 현(縣)의 청년공산동맹위원회에 나갔는데, 그 서류에는 "코르차긴은 위원회의 배려를 기대하며 파견된 자이다"라는 내용이 적혀 있었다.

사냥 모자를 코 있는 데까지 푹 눌러쓴, 바지런해 보이는 젊은이가 서류를 힐끗 보고 나서 파벨을 향하여 통쾌한 듯이 눈짓을 해 보였다.

"비상위원회에서 왔군요? 거기는 지낼 만하지요? 자, 그럼 당장에 일을 찾아 보도록 하지요. 마침 여기는 일손이 달리니까요. 어디가 좋을까요? 현의 식량 위원회는 어떨까요? 내키지 않아요? 억지로 갈 건 없어요. 그럼 부두의 선전선동본부는 어때요? 싫어요? 그렇게 여기도 싫다, 저기도 싫다 하면 곤란한데요. 좋은 자리인데, 배급도 좋고……."

파벨은 젊은이를 가로막았다.

"나는 철도 관계로, 큰 공장을 희망하는데요."

상대방은 놀라서 그를 보았다.

"대공장이라고요? 글쎄요…… 그런 데서는 사람이 필요하다는 소리가 없는데. 그럼, 어쨌든 우스티노비치한테 가봐요. 그 여자라면 어디든 당신을 보내줄 겁니다."

그 가무잡잡한 여자와의 짧은 대화 끝에, 파벨은 청년공산동맹 서기로서의 직무를 겸하고 공장에 가기로 결정되었다.

그즈음 크리미아의 관문이자 반도(半島)의 좁은 목구멍에 해당하는 곳에서, 한때는 크리미아의 타타르족과 자포로제의 카자흐족을 가르던 옛 경계선 근처에 견고한 백군의 요새 '페레코프'가 서 있었다.

이 '페레코프' 저편에 있는 크리미아에서는 이곳저곳에서 쫓겨 와, 멸망의 낡은 세계 사람들이 이제는 절대 안전하다고 느끼고 횟술만 퍼마시고 있었다.

그리고 가을의 촉촉한 한밤중에, 몇 만 명에 이르는 노동자들은 밤사이에 시바시강을 건너, 요새에 숨어 있는 적의 배후를 찌르기 위하여 해협의 차가운 물속으로 들어갔다. 이 사람들 중에는 자르키 이반도 조심스럽게 자기 기관총을 머리 위로 치켜올리면서 끼여 있었다.

그리고 날이 밝음과 동시에 '페레코프'가 광란의 열병에 걸린 듯이 들끓기 시작하여, 리토프스키 반도에서는 몇 천 명의 병사들이 장애를 뛰어넘으면서 백군의 배후에서 돌진하고 있던 무렵에는, 시바시강을 건넌 선두부대는 둔덕을 기어오르고 있었다. 규토질(硅土質)의 강 둔덕에 맨 처음으로 기어오른 사람들 중에 자르키가 있었다.

시금껏 본 직 없는 치참힌 전투기 벌어졌다. 백군이 기마대는 물에서 기어올라온 자들을 향해서 야수처럼 덤벼들었다. 자르키의 기관총은 쉴 사이 없이 쏘아대며 죽음을 뿌렸다. 그리고 납의 비가 쏟아지는 아래에 시체의 산이 쌓였다. 자르키는 신들린 것처럼 계속해서 새 탄창을 끼워 갔다.

'페레코프'는 몇 백 문의 대포로 불을 뿜었다. 땅도 끝없는 나락으로 떨어지는 듯했고, 몇 천 발의 포탄은 죽음을 날라가며 무서운 굉음과 함께 하늘을 가르며 난사되어 잔 파편으로 흩날렸다. 폭파되고 상처투성이가 된 땅은 하늘 높이 치솟아 올라 검은 덩어리로 태양을 가렸다.

독사의 머리는 이로써 분쇄되었다. 그리고 크리미아를 향하여 붉은 파도가 무섭게 쏟아져 들어가고, 제1기병사단도 최후 일격을 가하기 위하여 앞으로 나아갔다. 다급한 공포로 뒤덮인 백군은 우왕좌왕하며 부두를 떠나려는 기선에 올라탔다.

공화국은 누더기가 된 제복을 입은 사람들에게, 심장이 뛰고 있는 언저리에 적기훈장(赤旗勳章)의 둥근 고리를 달아주었는데, 그 속에는 기관총수 청년공산동맹원 자르키 이반도 있었다.

폴란드군과의 강화(講和)가 체결되고, 거리는 주프라이가 예상했던 대로 소비에트 우크라이나 쪽으로 넘어왔다. 거리에서 35킬로미터 떨어진 강이 국경이 되었다. 1920년 12월 기념해야 할 어느 날 아침, 파벨은 그리운 고향에 다다랐다.

그는 눈으로 덮인 플랫폼에 내려서 '셰페토프카 제1호역'이라는 간판을 흘끗 보고 나서, 곧장 오른쪽으로 돌아 기관고 쪽으로 갔다. 아르춈을 찾았으나 이 철공은 없었다. 그래서 외투 앞섶을 더욱 단단히 여미면서, 종종걸음으로 숲을 지나 시내로 향했다.

마리야 야코블레브나는 문을 두드리는 소리에 고개를 돌리면서 들어와요, 라고 했다. 그리고 문으로 눈투성이가 된 사내가 쑥 들어섰을 때, 그것이 자신이 낳은 그리운 얼굴임을 알아보자마자 두 손으로 심장을 꼭 잡은 채 기쁨으로 말문이 막혀버렸다.

바싹 마른 몸을 아들의 가슴에 파묻고, 끝도 없는 입맞춤을 그 얼굴에 마구 퍼부으서, 기쁨의 눈물로 범벅이 되어 엉엉 울었다.

파벨은 어머니를 끌어안으면서도, 고통과 불안으로 주름진 그 얼굴을 바라보며 어머니 마음이 가라앉기를 기다리는 동안은 아무 말도 하지 않았다.

짓밟히고만 지내던 그녀의 눈에는 다시금 행복이 빛나기 시작했다. 그리고 그로부터 며칠 동안 그녀는 다시 만날 수 있으리라고는 꿈에도 생각지 않던 아들을 보고 또 보아도 보고 싶었고, 말하고 또 말해도 계속 말하고 싶었다. 그리고 사흘쯤 지나서 한밤중에 아르촘이 배낭을 어깨에 메고 방으로 들어왔을 때에는, 그녀의 기쁨은 그야말로 절정에 다다랐다.

코르차긴 집의 작은 방에 가족이 모두 돌아온 것이다. 가혹한 시련을 겪으면서, 형제는 죽음으로부터 벗어나서 비로소 다시 만난 것이다……

"그런데 애들아, 너희들 이제부터 어떻게 할 작정이냐?" 마리야 야코블레브나는 아들들에게 물었다.

"다시 제자리로 들어앉는 거지요 뭐, 어머니." 아르촘이 대답했다.

그러나 파벨은 집에서 2주일을 보내고 나서는, 일이 기다리고 있는 키예프로 돌아갔다.

2부

1

깊은 밤. 마지막 전차는 이미 오래전에 덜커덩거리는 차체를 끌고 지나갔다. 달이 생기 없는 빛을 바람벽 밖으로 내민 창에 던지고 있었다. 그 빛은, 방의 나머지 부분을 어두컴컴한 속에 남겨두고, 푸르스름한 침대보처럼 침상 위로 떨어졌다. 구석 책상 위에는 탁상 스탠드 갓 밑으로 빛의 고리가 비치고 있다. 리타는 두꺼운 노트—자신의 일기—를 펼친 채 몸을 굽히고 앉았다. '5월 24일'이라고 그녀의 뾰족한 연필심이 써 내려갔다.

이제부터 다시 나의 인상을 적어두어야겠다. 또 공백을 만들고 말았다. 한 달 반이나 지났는데도 한마디도 쓰지 못했다. 중단된 글이 그대로 있을 뿐이다. 언제 일기를 쓰면 좋을까? 지금도 한밤중이지만, 나는 일기를 쓴다. 졸음이 달아난다. 동지 세갈이 중앙위원회 일을 위하여 떠나기로 되었다.

이 뉴스에 우리 모두는 실망했다. 라자리 알렉산드로비치는 멋진 사람이다. 그 사람과의 우정이 우리 모두에게 얼마나 소중한 것이었는지를 이제야 새삼 깨달았다. 물론, 세갈이 없으면 유일한 연구 모임은 허물어지고 만다. 어제도 밤늦게까지 그의 집에서 이곳 '후원자들'의 성과를 조사했다. 현(縣)의 청년공산동맹위원회 서기인 아킴이 왔다. 징그러운 회계감사(會計監査) 투프타도, 아는 척만 하는 고약한 버릇은 정말 질색이다. 세갈의 눈에 생기가 돌았다. 그 사람의 제자인 코르차긴이 당의 역사에 대해서 투프타를 꼼짝없이 손들게 만들었기 때문이다. 그렇지, 지난 두 달은 헛되지는 않았던 셈이다. 그 사람들이 이런 성과를 올려 준다면, 노력한 것이 아깝지 않다. 소문으로는, 주프라이가 군관구(軍管區)의 특별부로 옮긴다고 한다. 어쩌다 그렇게 된 건지는 나도 모르지만.

라자리 알렉산드로비치는 자기 제자를 나에게 넘겼다.

"기초를 튼튼히 만들어 주십시오."

그가 말했다.

"도중에서 멈추지 않도록 말입니다. 리타, 당신이나 그나 서로 뭔가 배우는 게 있을 겁니다. 그 젊은이는 아직 사나운 면이 완전히 가시지는 않았어요. 속에 맺힌 그 감정으로 살아가고 있는 셈이어서, 이런 감정의 폭풍이 탈선의 원인이 되는 것입니다. 내가 알고 있는 한에서는 말이지요. 리타, 당신은 그에게 가장 좋은 지도자가 돼줄 수 있을 것 같습니다. 잘해 보십시오. 모스크바의 내게도 잊지 말고 편지 부탁합니다."

세갈은 작별 인사를 하며 그렇게 말했다.

오늘 솔로멘카*1 지구의 새 서기 자르키가 중앙위원회에서 파견되어 왔다. 나와는 군대에서 낯익은 사람이다.

내일은 드미트리가 코르차긴을 데리고 오기로 되어 있다. 두바바에 대해서 적어 두자. 중키에 몸이 다부지고 근육이 발달했다. 콤소몰에는 18년부터, 당에는 20년부터 참가한 사람. 〈노동자반대파〉에 속해 있기 때문에 현의 콤소몰 위원회에서 제명된 세 사람 중의 하나. 이 아이를 상대로 공부하는 것은 쉽지 않았다. 마구잡이로 질문해 오는가 하면, 주제에서 벗어나기도 해서, 날마다 학습계획이 엉망이 되곤 했다. 나의 두 번째 여학생인 율레네바와 이 두바바는 툭하면 말썽을 일으키곤 했다. 첫날 밤에도 오리가를 발끝에서 머리끝까지 훑어보더니 그는 이렇게 말했다.

"그런 차림으로는 아직 한참 모자르군요, 아가씨. 가죽 바지에, 박차(拍車), 군모(軍帽), 거기에 긴 칼이 필요하겠는데요. 그렇지 않고는 이것도 저것도 아니지."

오리가도 지고 있지는 않았다. 그래서 내가 둘 사이에 끼어들지 않을 수 없게 되었다. 두바바는 코르차긴의 친구인 것 같다. 오늘은 이만 자야겠다.

지독한 더위가 대지(大地)를 달구었다. 역 육교의 철제 난간은 손을 대면 델 정도로 달구어져 있었다. 육교 위로 더위 때문에 축 늘어진 사람들이 올라갔다. 이들은 여행객이 아니었다. 철도지구에서 시내로 가는 사람들이 육교를 건너가는 것이었다.

---

*1 철도 노동자들의 거주 구역.

위쪽 층계에서 파벨은 리타의 모습을 발견했다. 그녀는 그보다도 먼저 기차 있는 데로, 와서, 아래로 내려가는 사람들을 바라보고 있었다.

우스티노비치로부터 옆으로 세 발짝쯤 떨어진 곳까지 와서, 코르차긴은 섰다. 그녀 쪽에서는 알아차리지 못했다. 파벨은 일종의 묘한 호기심을 가지고 그녀를 관찰해 보았다. 리타는 줄무늬 블라우스에, 값싼 소재의 짧은 파란 치마를 입고, 부드러운 가죽 재킷을 어깨에 걸쳤다. 억센 머리털 위에 쓴 모자가 볕에 그을린 얼굴을 조금 가리고 있었다. 그녀는 고개를 조금 갸우뚱한 채로, 쨍쨍한 햇빛에 눈이 부신 표정으로 서 있었다. 처음으로 코르차긴은 자기 친구이자 선생님을 이런 눈으로 바라보았다. 그리고 리타는 단지 현위원회의 사무국원이지만, 나의……, 하는 생각이 처음으로 떠올랐다. 그러한 '좋지 않은' 생각에 빠져 있는 자신을 문득 의식하자, 머리를 흔들며 그녀를 불렀다.

"난 벌써 한 시간이나 그쪽을 보고 있는데, 그쪽에서는 알아차리지 못하는 군요. 빨리 가야지. 기차도 와 있어요."

그들은 승강장으로 통하는 사무소 출입구 쪽으로 가까이 갔다.

어제, 리타는 현위원회로부터 어떤 군대표자회의에 대표로 참석하도록 명령을 받았던 것이었다. 그리고 그 조수로 코르차긴이 파견된 것이다. 두 사람은 오늘 기차를 타야 했는데, 그리 쉬운 일은 아니었다. 어쩌다 한 번씩 기차가 떠날 때에는 정거장은 전권(全權)을 위임받은 5명의 승차위원 통제 아래 들어가며, 이 승차위원회의 허가증 없이는 누구도 승강장으로 나갈 수 없었다. 계단도 출입구도 모두 위원회 산하 경비대가 지키고 있었다. 열차는, 어떻게든 얻어타려고 몰려든 사람들 가운데 고작 10분의 1밖에 태우지 못했다. 차를 놓치고 다음 임시열차를 며칠이고 기약도 없이 기다리는 것을 아무도 원치 않았다. 몇 천 명의 사람들이 가까이 다가갈 수조차 없는 녹색 차량을 향하여, 통로가 터질 듯이 밀려들었다. 그 무렵 정거장은 마치 사람들로부터 포위공격을 받고 있는 것 같아서, 때로는 싸움이 벌어지기까지 했다.

파벨과 리타도 승강장으로 빠져나가려고 안간힘을 썼다.

통로와 출입구를 잘 알고 있는 파벨은 동행을 안내해서 화물 창고를 지나서 승강장으로 나갔다. 두 사람은 간신히 4호차 쪽으로 갈 수 있었다. 차량 문 옆에는 더위로 땀에 흠뻑 젖은 비상위원회 담당자가 밀려드는 사람들을 막으면서, 벌써 백 번이나 똑같은 말을 되풀이하면서 버티고 서 있었다.

"차 안은 초만원입니다. 완충기와 지붕에 올라가는 것은, 상부 명령으로 절대로 누구도 허용되지 않습니다."

흥분한 사람들은 4호차용으로 승차위원회에서 받은 승차권을 코앞에 내밀면서 그를 윽박질렀다. 어느 차량 앞이나 걸쭉한 욕설과 고함소리, 밀고 밀리는 혼란스러운 풍경을 이루었다. 파벨은 정상적인 방법으로는 도저히 이 기차에 올라탈 수 없음을 깨달았다. 그러나 무슨 일이 있더라도 가야만 한다. 그렇지 않으면 회의는 무산되고 만다.

그래서 그는 리타를 옆으로 불러, 자기의 비상 계획을 이야기했다.

먼저 그가 차내로 비집고 들어간다. 그리고 창문을 열어 리타를 끌어들인다. 그렇지 않고는 도저히 방법이 없다.

"그 재킷 좀 빌려줘요. 시시한 영장 따위보다는 이쪽이 훨씬 낫지."

파벨은 그녀에게서 가죽 재킷을 받아 그것을 걸치고는, 일부러 끈이 달린 권총자루가 겉으로 나오도록 하여, 자기 권총을 재킷 주머니로 옮겼다. 그리고 짐을 리타의 발밑에 남겨둔 채 차량 쪽으로 갔다. 파벨은 거칠게 승객들을 밀쳐버리고 한 손으로 손잡이를 잡았다.

"이봐, 동지, 어디를 가는 거야?"

파벨은 땅딸막한 비상위원 쪽을 돌아보았다.

"나는 철도관구의 특별부에서 나왔소. 이제부터 저들이 모두 승차위원회의 승차권을 가지고 차에 타는지 어떤지를 검사할 거요."

파벨은 자신의 절대적인 권한에 감히 의심을 품을 여지가 없을 만한 말투로 말했다.

비상위원은 그의 재킷 주머니를 힐끗 보고는, 이마의 땀을 옷소매로 훔치면서 얼굴을 찡그리며 말했다.

"그렇다면 할 수 없지. 어쨌든 들어갈 재간이 있다면 가서 검사를 하든지 말든지 하쇼."

손과 어깨, 때에 따라서는 주먹까지도 쓰며, 다른 사람의 어깻죽지에 기어오르기도 하고, 엎드려 기기도 하고, 상단에 매달리기도 하면서, 사람들의 아우성소리를 들으며 파벨은 어쨌든 차내에 가까스로 뚫고 들어갈 수가 있었다.

"어디로 가려는 거야, 이 망할 자식!"

살이 디룩디룩 찐 중년 여자가 고함을 질렀다. 마침 그가 위쪽에서 내려오려고 그녀의 무릎에 한 발을 내려놓았을 때였다. 여자는 두 다리 사이에 기름 통을 끼운 채, 7푸드*²쯤은 됨직한 큰 몸을 움직여 하단 가장자리로 끼어들어 왔다. 이와 같은 통과 상자, 자루, 바구니가 어느 단이나 즐비하게 널려 있었다. 차 안을 지나간다는 것은 도저히 불가능한 일이었다.

중년 여자의 고함에 파벨은 질문으로 답했다.

"승차권은?"

"뭐라고?"

상대는 이 엉터리 검사원을 보고 도전적으로 말했다.

가장 윗단에서, 어디서 놀던 날강도 같은 녀석이 내려다보며, 성난 목소리로 한마디했다.

"와시카, 어디서 이런 게 나타났어? 지옥행 승차권이나 줘버리지그래!"

느닷없이 코르차긴의 머리 위에 나타난 젊은 친구가 앞가슴 털을 드러내며 황소 같은 눈매로 코르차긴을 노려보았다.

"여자한테 왜 시비를 걸고 있는 거야? 야, 니가 승차권을 어쩌겠다는 거야?"

옆의 선반에서 다리 네 쌍이 밑으로 내려와 있었다. 이 다리의 주인들은 팔짱을 끼고 앉아서 부산하게 해바라기 씨를 까먹고 있었다. 이곳은 확실히 철도를 무대로 삼는 사기꾼들조차 맥을 못 추게 만들 만큼 뿌리를 내린 악명 높은 암거래 상인들이 날뛰고 있는 듯했다. 그러나 그런 패거리들과 입씨름할 틈은 없었다. 리타를 태워야 할 일이 남아 있었으니까.

"이건 누구 거요?"

그는 창문 옆의 나무 상자를 가리키며, 늙수그레한 철도원에게 물었다.

"응, 그건 저 여자 것일세."

상대는 자색 양말을 신은 굵은 다리를 가리켰다.

창문을 열어야 했는데 상자가 방해가 되었다. 달리 놓을 데도 없다. 파벨은 그 상자를 두 손으로 들어서 상단에 앉아 있던 임자에게 건네주었다.

"잠시만 들고 계세요. 창문을 좀 열어야겠으니까."

"왜 남의 물건에 손을 대는 거야?"

코가 납작한 그 여자는, 그가 상자를 무릎 위에 올려놓자 악을 썼다.

---

*2 러시아에서 쓰는 무게의 단위. 1푸드(pud)는 약 16.38킬로그램.

"모치카, 이 잡것이 무슨 짓을 하려고 이러지?"

그녀도 옆에 앉은 사람에게 도움을 청했다. 그러자 그 상대는 단에서 내려올 것도 없이, 샌들을 신은 발로 파벨의 등을 쿡 찔렀다.

"야, 이 뻔뻔한 놈아! 한 대 먹이기 전에, 어서 썩 꺼지지 못해!"

파벨은 등에 맞은 발길질을 꾹 참았다. 입술을 깨물고 그는 창문을 열고 있었다.

"동지, 조금만 비켜 주시오."

그는 철도원에게 부탁했다.

빈 공간을 만들고, 파벨은 누군가의 양철통을 옆으로 밀쳐놓고 창가에 바싹 다가섰다. 리타는 차량 옆에 있었으므로, 재빨리 그에게 짐을 건네주었다. 그 짐을 양철통을 안고 있는 여자의 무릎에 던져 놓고, 파벨은 몸을 숙이고, 리타의 두 손을 잡고 자기 쪽으로 당겼다. 경비를 선 붉은 병사가 이 규칙 위반을 발견하고 쫓아오기도 전에, 리타는 벌써 차내에 들어와 있었다. 멍청한 병사는 창밖에서 악을 쓰면서 발을 구르다가 가버리는 수밖에 없었다. 보따리 장수들이 진을 치고 있는 차 안에 리타가 나타나자, 어수선한 소동이 일어났다. 그녀는 당황해서 불안해졌다. 그 어디에도 서 있기 어려워 상단의 손잡이를 잡고 하단 가장자리에 가까스로 발을 붙이고 있었다. 곳곳에서 고함소리가 터져 왔다. 위쪽에서도 그놈의 성난 목소리가 들려왔다.

"야, 이것 봐라, 저 혼자서 끼어들었나 했더니, 계집애까지 끌어들여!"

그러자 또 한 놈은 모습은 보이지 않고, 위쪽에서 째지는 소리를 냈다.

"모치카, 그놈 미간에 바람구멍을 내줘!"

그녀는 나무 상자를 코르차긴의 머리 위에 놓을 생각이었다. 주위는 낯설고 심통 사나운 사람들뿐이었다. 파벨은 리타가 여기 있는 게 좀 거북했지만, 어떻게든 편한 자리를 마련해야 했다.

"미안합니다. 댁의 짐을 통로에서 좀 치워 주세요. 여기에 동지가 좀 서게요."

그는 모치카라 불리던 친구에게 부탁했다. 그러나 돌아오는 말은 온몸의 피가 울컥 치솟을 것 같은 입에 담지 못할 욕지거리뿐이었다. 그의 오른쪽 눈썹에 경련이 일어나기 시작했다.

"이 새끼들, 조금만 기다려라. 본때를 보여줄 테니."

가까스로 자신을 억누르면서, 그는 그 무뢰한에게 다시 부탁했다. 그러자,

그 순간에 위에서 누군가의 발이 파벨의 머리를 탁 쳤다.

"와시카, 한 방 더 먹여 줘라!"

여기저기에서 부추겼다.

오랫동안 참고 있었던 파벨의 자제력이 한꺼번에 봇물이 터진 것처럼 쏟아져 나왔다. 이런 때 그의 동작은 신속하고 가차 없었다.

"뭣이 어째, 이 버러지 같은 도둑놈들, 네놈들이 나의 화를 돋울 작정이야?"

용수철이 튀듯이 벌떡 일어서더니, 파벨은 선반 윗단에 기어올라가, 건방을 떨던 모치카의 얼굴을 주먹으로 후려갈겼다. 그 암거래꾼이 통로에 있는 누군가의 머리 위로 나가떨어질 만큼 무서운 주먹이었다.

"다들 내려와, 버러지 같은 똥개들아, 아니면 모조리 쏴 죽여버릴 테다!"

코르차긴은 권총을 패거리들의 코끝에 대고 휘두르면서, 버럭버럭 고함을 질렀다.

형세는 완전히 뒤집혔다. 리타도 권총을 꺼내들고 코르차긴에게 덤벼드는 놈은 누구라도 사살해 버릴 작정으로, 놈들을 신중히 노려보고 있었다. 침대 위 칸은 순식간에 깨끗이 비어버렸다. 도둑놈 일당들은 허겁지겁 차내의 옆칸으로 피해 갔다.

빈 침대에 리타를 앉혀 놓고 나서, 파벨은 나직하게 말했다.

"여기 가만히 앉아 있어요. 난 저놈들과 결판을 내고 올 테니까."

리타는 그를 말렸다.

"아니, 더 싸울 작정이에요?"

"금방 돌아올 테니 걱정 말아요."

그는 달래듯이 말했다.

창문이 아직 열려 있었으므로, 파벨은 거기서 승강장으로 뛰어나갔다. 몇 분 뒤에는, 그는 옛 상사였던 비상위원회 수송부 주임 부르메이스텔의 책상 옆에 서 있었다. 이 라트비아인은 그의 이야기를 대충 듣고 나더니, 그 차를 타고 있는 자들을 모조리 내리게 해서, 서류를 조사하도록 명령을 내렸다.

"그러니까 내가 뭐랬어, 열차는 벌써 암상인놈들 차지가 되었다니까."

부르메이스텔은 그렇게 중얼거렸다.

10명의 비상위원 무리가 차내를 훑기 시작했다. 파벨은 옛날 솜씨로 열차를 검열하는 일을 거들었다. 비상위원회를 떠난 뒤로도 그는 옛 친구들과 계속 관계를 유지했으며, 청년직원부의 서기로 있을 때 적지 않은 우수한 콤소몰 청년들을 이 운수부에 추천해 보내 놓고 있었기 때문이다. 검열이 끝나자 파벨은 리타 있는 데로 돌아갔다. 어느덧 차내는 출장원이라든가 붉은 병사들 등새 승객으로 가득 찼다.

침대 칸 3단째에는, 구석 쪽에 리타의 자리만 남았고, 나머지 자리에는 모조리 신문지로 싼 짐뭉치가 쌓아올려져 있었다.

"괜찮아요, 그런 대로 앉을 수 있으니까."

리타가 말했다.

열차가 움직이기 시작했다.

차창 밖으로, 자루를 수북이 쌓아 놓고 거기에 걸터앉아 있는 예의 그 중년 여인의 모습이 지나갔다.

"마니카, 내 양철통은 어디 갔어?"

그녀의 목소리가 들려왔다.

신문지 뭉치로 옆자리 사람들의 시야를 가린 비좁은 자리에 앉아서, 리타와 파벨은 조금 전의, 그다지 유쾌하지도 않은 일화를 이야기하면서, 빵과 사과를 먹었다.

기차는 천천히 기어가듯이 달렸다. 짐을 너무 가득 실어서 헐떡거리는 차량은 메마른 차체를 삐걱거리면서, 레일의 이음새를 지날 때마다 더욱 덜커덩거렸다. 저녁 무렵의 푸르스름한 어둠이 차 안에 깃들었다. 그 뒤를 이어서 열린 창으로 밤의 어둠이 덮쳐왔다. 차 안은 컴컴해졌다.

피곤한 리타는 머리를 자루에 기대고 꾸벅꾸벅 졸기 시작했다. 파벨은 다리를 늘어뜨린 채, 선반 가장자리에 걸터앉아서 담배를 피웠다. 그도 피곤했지만, 몸을 기대고 눈을 붙일 만한 곳이 없었다. 창문으로 밤의 상쾌한 바람이 불어들어왔다. 차체가 흔들려 리타가 눈을 떴다. 그리고 파벨의 담뱃불을 보았다.

'이 사람은 아침까지 이렇게 앉아 있을 작정일까. 아마 나를 불편하게 하지 않으려고 그러는 거겠지.'

리타는 그렇게 생각했다.

"코르차긴 동지! 부르주아 같은 허례는 집어치워요. 옆으로 좀 누워서 눈을 붙이는 게 어때요?"

놀리듯이 그녀는 말했다.

파벨은 그녀와 나란히 누웠다. 유쾌한 듯이 피곤한 두 다리를 쭉 폈다.

"내일은 일이 산더미처럼 많아요. 한잠 자둬요, 용감한 사나이."

그녀의 한 팔이 미덥게 파벨을 끌어안았을 때 그는 자기 뺨에 그녀의 머리카락이 닿는 것을 느꼈다.

그에게 리타는 신성불가침의 존재였다. 그녀는 그의 친구이며, 동지이며, 정치지도원이었다. 그러나 그녀 또한 여성이었다. 그는 그 사실을 비로소 육교 있는 데서 느꼈는데, 그녀의 포옹이 지금 그를 이처럼 흥분시키는 것도 그 때문이었다. 파벨은 깊고도 평안한 호흡, 다시 말해서 바로 가까이에 그녀의 입술을 느끼고 있었다. 너무도 가까웠으므로, 그 입술에 대한 억제하기 어려운 욕망이 꿈틀거렸다. 그러나 그는 굳센 의지로 그 욕망을 죽였다.

리타는 그의 속을 꿰뚫어 본 듯이, 어둠 속에서 싱긋 웃었다. 그녀는 이미 정열의 환희도, 상실의 두려움도 경험이 있었다. 일찍이 두 동지에게 애정을 바쳤던 적이 있기 때문이다. 그러나 두 사람 모두 백군의 총알에 의하여 빼앗기고 말았다. 한 사람은 당당한 체구의 여단장이고, 또 한 사람은 맑은 눈을 가진 청년이었다.

이윽고 기차 바퀴의 규칙적인 울림은 파벨을 잠들게 했다. 아침이 되니 기적 소리가 그를 깨웠다.

리타는 이즈음 밤이 깊어서야 자기 방으로 돌아오곤 했다. 이따금 펼치는 일기장에는 다시 다음과 같은 짧막한 글이 쓰였다.

8월 11일

현(縣)대표자회의를 마쳤다. 아킴, 미하이로 그 밖의 사람들은 전(全) 우크라이나 회의를 위해 하리코프로 떠났다. 기술 쪽 일은 모두 내게 맡겨졌다. 두바바와 파벨은 현위원회의 위임장을 받았다. 드미트리는 페초르스크 지구의 청년공산동맹위원회 서기로서 파견된 이후부터, 이제는 야간 학습에는 나오지 않는다. 일에 쫓기고 있겠지. 파벨은 아직 더 공부할 생각인 것 같지만, 서로 시간을 맞추기가 어렵다. 철도 사정이 나빠져서, 그는 늘 동원되는 것 같다. 어제 자르키가 나를 만나러 왔다. 그는 우리가 그 사람의 학생들을 빼앗아 버린 것이 불만이었다. 필요하다고 그는 말했다.

8월 23일

오늘, 복도에서 사무관리부 문 옆에 판크라토프와 코르차긴, 그리고 또 한 사람, 낯선 얼굴이 서 있는 모습을 보았다. 나는 가까이 다가갔다. 파벨이 말하는 소리가 들렸다.

"그래, 거기에는, 그런 인간들이 우글우글해. 그저 한 대 갈겨 주고 싶다니까. '여러분은 우리 지시에 간섭할 권한이 없단 말이오. 이곳 주인은 철도연료위원회이지, 콤소몰 따위가 아니니까' 어쩌구 하잖아. 어때, 그 인간 낯짝 좀 보라지…… 그런 데에 구더기가 생기는 법이야!"

이윽고 나는 차마 입에 담을 수 없는 욕지거리를 들었다. 판크라토프는 나를 보자, 파벨의 옆구리를 쿡쿡 찔렀다. 그는 돌아서서 나를 보자 얼굴이 새파래졌다. 그리고 내 눈을 피하며, 재빨리 자리를 떴다. 앞으로 한동안 내 근처에는 얼씬도 않겠지. 남을 헐뜯는 것은 내가 그 누구라도 용서하지 않는다는 걸 잘 알고 있을 테니까.

8월 27일

비밀회의가 있었다. 상황이 어려워졌다. 아직은 모든 것을 모조리 쓸 수는 없다―써서는 안 된다. 군(郡)에서 온 아킴은 어두운 표정을 하고 있다. 어제도 체첼레보 부근에서 보급 열차가 또 전복되었다고 한다. 섣불리 적기도 어려운 일이다. 모든 것이 사소한 일에서 비롯된다. 나는 코르차긴을 기다리고 있다. 그를 보았는데 자르키와 함께 다섯 명으로 이루어진 조직을 만들고 있다고 했다.

낮에, 공장에서 파벨은 리타에게서 온 전화를 받았다. 리타는 밤에 시간이 있으며 아직 끝나지 않은 주제, 파리 코뮌이 무너진 원인에 대해서 공부했으면 좋겠다고 말했다.

그날 저녁, 대학가 거리에 있는 그녀의 집에 도착했을 때, 파벨은 위를 올려다보았다. 리타의 창에는 불이 켜져 있었다. 계단을 뛰어 올라가, 노크를 하고는 대답도 기다리지 않고 들어갔다.

젊은 동지들 누구도 앉을 수 없었던 침대 위에 군복 차림의 사나이가 비스듬히 누워 있었다. 권총, 배낭, 별이 달린 군모가 탁자 위에 놓여 있었다. 그 곁에는 그 사나이를 꼭 껴안고 리타도 앉아 있었다. 두 사람은 무슨 이야기를 열심히 주고받는 중이었다. ……리타는 반가운 얼굴로 파벨을 바라보았다.

리타의 품에서 벗어난, 군인이 일어섰다.

"서로 알고 지내세요."

리타가 파벨에게 말했다.

"이쪽은……."

"다비드 우스티노비치라고 합니다."

코르차긴의 손을 꼭 잡으면서, 그 군인이 스스로 자기소개를 했다.

"어머, 갑자기 끼어들었군요."

행복한 미소를 머금고 리타가 말했다.

코르차긴은 차갑게 악수했다. 말할 수 없는 굴욕감으로 부싯돌 불꽃처럼 눈에서 불이 번쩍했다. 다비드의 소맷부리에 붙은 네모난 휘장 네 개를 문득 보았던 것이다.

리타가 입을 열려고 하자 코르차긴이 가로막았다.

"오늘은 부두에서 나무 내리는 일을 하고 있어서, 그 말을 하려고 달려 왔어요, 기다리지 않게…… 그리고 마침, 손님도 계시고. 그럼 나는 이만 돌아가겠습니다. 다들 밑에서 기다리니까요."

파벨은 갑자기 왔을 때처럼 불쑥 돌아서서 문을 열고 나가버렸다. 계단을 바삐 내려가는 소리가 울렸다. 아래층에서 문이 닫히는 소리가 꽝 하고 났다. 이윽고 조용해졌다.

"저 사람, 뭔가 문제가 있는 모양인데."

다비드의 까닭을 모르겠다는 시선에 부딪힌 리타는 대답을 회피했다.

……저 아래 다리 밑에서 기관차가 깊은 한숨을 내쉬었다. 그 힘찬 폐에서 금빛 불꽃을 뿜어냈고, 그것은 하늘 높이 솟아올랐다가 그 속에서 길을 잃었다.

육교 난간에 기대어, 파벨은 전철기(轉轍機)에 붙어 있는 신호등의 가지각색 등불이 켜졌다 꺼졌다 하는 것을 바라보고 있었다.

'도대체 뭐가 어쨌다는 거야, 코르차긴 동지, 리타에게 남편이 있다는 걸 알았다고 해서, 뭘 그리 맥이 빠질 게 있어? 그녀가 언제 남편이 없다고 이야기한 적이 있었나? 아니, 만일 그랬다 치더라도 그게 어쨌다는 거야? 도대체 왜 갑자기 축 늘어지는 거야? 넌 사상적인 우정 말고는 아무것도 없다고 생각하지 않았던가?…… 무슨 생각으로 그 선을 넘으려는 거야, 응?'

코르차긴은 자기 자신에게 비꼬며 묻고 있었다.

'그런데 만일 그 사람이 남편이 아니라면, 어쩔 테야? 그 다비드 우스티노비치는 오빠일지도 모르고, 아저씨일지도 모르잖아? 그렇다면, 이 멍청한 녀석아, 넌 까닭도 없이 남에게 심통을 부린 거야. 아무래도 너는 무식한 농사꾼과 다를 바 없는 형편없는 녀석이지 뭐야. 오빠인지 아닌지는 곧 알게 되겠지. 예컨대 오빠나 아저씨라고 해봐, 그럼 너는, 젠장 아까 그 일을 뭐라고 그녀에게 이야기할 거야? 아니야, 너는 이제 그녀에게는 그만 가는 게 좋아!'

이때 기적 소리가 울려 그의 생각은 끊기고 말았다.

'늦었다, 이제 돌아가야지. 쓸데없는 일로 괴로워하지 말자.'

솔로멘카에서는 다섯 사람이 작은 코뮌을 만들었다. 이들은 자르키, 파벨, 유쾌한 갈색 머리의 체코슬로바키아인 클라비체크, 오크네프 니콜라이, 기관고 콤소몰 서기인 스쵸바 아르츄힌인데, 이 친구는 얼마 전까지 중간수리부(中間修理部)에서 보일러 수리를 맡았던 철도비상위원회의 대리자이다.

그들은 방을 구했다. 사흘 동안 내내 일을 마친 다음, 쓸고 닦고 페인트칠도 했다. 양동이를 들고 왔다 갔다 법석을 떨었기 때문에, 이웃에서는 불이 난 줄 알았을 정도였다. 널빤지를 구해 와 손수 침대들을 만들고, 공원에서 단풍잎을 가져다 속을 채운 자루로 매트리스를 만들었다. 그리고 나흘째에는 페트롭스키의 초상화와 커다란 지도를 걸었다. 아직 누구의 손때도 묻지 않은 방은 온통 하얀색으로 눈이 부셨다.

창과 창 사이에는 책이 꽉 들어찬 책장이 있다. 판지를 붙인 두 개의 나무 상자는 의자였는데 좀 큰 상자가 비품장 역할을 했다. 방 한가운데에는 공영사업소(公營事業所)에서 둘러메고 온, 튼튼한 당구대가 자리잡았다. 낮에는 식탁으로 밤에는 클라비체크의 침대로 쓰였다. 각자의 물건도 모두 이곳으로 옮겨졌다. 살림꾼인 클라비체크가 코뮌의 전재산 목록을 만들어서 벽에 붙이려고 했다. 그러나 모두들 일제히 항의했으므로, 이것은 이루어지지 못했다. 방에 있는 것은 모두 공동 소유였다. 봉급, 식비, 간혹 선물 받는 것을 포함해 무엇이든 똑같이 나누기로 했다. 개인 소유라고는 무기뿐이었다. 사유재산 폐지의 규율을 깨고 동지들의 신뢰를 배신한 자는 코뮌에서 제거할 것을 만장일치로 결정했다. 오크네프와 클라비체크는, 거기에 더하여 추방해야 한다고 주장했다.

코뮌의 탄생에는 지구(地區)의 활동가들이 빠짐없이 모였다. 옆집에서 커다란 사모바르를 빌려와, 차를 끓여 먹느라고 설탕을 다 써버렸다. 차를 마시고 나자, 이번에는 합창이 시작되었다.

> 눈물로 얼룩진 가없는 이 세상
> 우리들의 삶은—괴로운 노동
> 그러나 시작되리 기다리던 그날은······

담배공장에서 일하는 탈랴가 합창 지휘를 했다. 빨간 머릿수건을 한쪽으로 비스듬히 쓴 탈랴의 눈은 장난꾸러기 같다. 이 눈을 아직 아무도 가까이에서 바라보지 못했다. 탈랴 라구티나는 남에게 전염시킬 것처럼 웃는다. 이 아가씨는 열여덟 청춘의 꽃다운 눈으로 세계를 바라보고 있다. 그녀의 한 손이 높이 올라가자, 합창대의 후렴은 나팔 신호처럼 울려퍼졌다.

> 아득히 흘러가라, 우리의 노랫소리, 온 누리를 달려
> 우리의 깃발은 세계에 흩날리고
> 불타올라 밝게 빛날 때
> 우리의 피도 불처럼 끓는다······

그들은 밤이 깊어 헤어졌다. 서로 이름을 주고받는 소리가 잠든 도시를 흔들어 깨웠다.

자르키가 수화기를 들었었다.
"조용히 해, 모두들. 하나도 안 들리잖아!"
주임서기의 방을 가득 채운 시끄러운 콤소몰 청년들에게 소리쳤다.
시끄럽던 소리는 얼마쯤 잦아들었다.
"아, 네, 안녕하세요! 네, 네, 일정이 뭐냐고요? 여전히 그대로지요—부두에서

나무를 나르고 있습니다. 뭐라고요? 아니, 아무 데도 안 나갑니다. 지금 여기 있어요. 바꿀까요? 그러지요."

자르키는 손가락 끝으로 코르차긴을 불렀다.

"우스티노프 동지야, 널 바꿔 달래."

그리고 그에게 수화기를 넘겼다.

"나가고 없는 줄 알았어요. 나, 오늘 저녁에 우연히 시간이 나거든요. 오세요. 오빠가 여행 도중에 들렀었어요. 2년 넘도록 서로 만나지 못했거든요."

오빠구나!

파벨은 그녀의 말은 이제 들리지도 않았다. 그날 밤의 일과, 역시 그날 밤 늦게 다리 위에서 스스로 다짐했던 일 등이 머리에 떠올랐다. 그렇지, 오늘이라도 그녀에게 가서, 관계를 끊어야지. 사랑이란 온갖 고민과 고통을 안겨 주는 법이야. 내가 지금과 같은 때 사랑을 속삭인다는 것이 어디 어울리는 일인가?

"무슨 일이에요, 안 들려요?"

"아니, 아니에요. 들려요. 좋습니다. 사무소 일이 끝나고 가지요."

수화기를 내려놓았다.

파벨은 리타의 눈을 똑바로 보며, 탁자의 딱딱한 가장자리를 꼭 잡으면서 말했다.

"난, 아마, 이제 이곳에는 더 못 오게 될 겁니다."

파벨은 이렇게 말하자 리타의 짙은 눈썹이 치켜올라가는 것을 보았다. 그녀는 종이 위에 끼적이던 연필을 가만히 노트 위에 내려놓았다.

"왜죠?"

"시간 내기가 점점 어려워지고 있어요. 아시다시피, 그날그날이 우리는 그리 수월치가 않거든요. 유감이지만 미루는 수밖에 없겠어요……."

파벨은 자신의 마지막 말에 스스로 맥이 탁 풀림을 느꼈다.

'뭘 머뭇거리는 거야? 주먹으로 가슴을 치면서 진심을 털어놓을 용기가 없는 거 아니야?'

그래도 파벨은 억지로 말을 이었다.

"그것 말고도, 진작부터 하고 싶었던 말인데, 난 당신이 하는 말을 제대로 알아들을 수가 없어요. 세갈과 함께 공부할 때는 그래도 머리에 남는 게 있었는데, 당신과 함께 공부할 때는 도무지 뭐가 뭔지 모르겠거든. 여기서 돌아갈 때는 언제나 토카료프한테 들러서 설명을 듣고 가곤 했어요. 내 머리로는 무리인 것 같아요. 당신은 누구든 나보다는 머리가 좋은 사람을 제자로 삼는 게 좋겠어요."

그리고 그녀의 주위 깊은 시선을 애써 외면했다. 파벨은 이어서 오기로 덧붙였다.

"그러니까, 나도 당신도 시간을 낭비할 필요가 없다, 그런 말이에요."

일어서서 한 발로 가만히 의자를 옆으로 밀어냈다. 그리고 리타의 아래로 숙인 머리와, 램프 불빛 아래 창백해진 얼굴을 위에서 내려다보았다. 그리고 모자를 꾹 눌러썼다.

"그럼, 안녕, 리타 동지! 이제껏 당신을 속였던 건 미안해요. 진작 말했어야 하는 건데. 확실히 내 잘못이에요."

리타는 기계적으로 손을 내밀었다. 그리고 그가 뜻밖에 냉담한 데 깜짝 놀라, 겨우 이렇게 말했다.

"당신을 책망하지는 않겠어요, 파벨. 한 번도 당신이 제대로 이해할 수 있게 잘 가르치지 못했으니까요. 이렇게 되는 것도 당연해요."

파벨은 발걸음이 무거웠다. 조용히 문을 닫았다. 문 앞에서 문득 망설였다.

"다시 들어가서 이야기해도 되지 않을까?…… 무엇 때문에? 경멸하는 말이나 듣고, 다시 이 문 앞으로 나오기 위해서? 천만에!"

막다른 철길 위에는 파괴된 차량과 싸늘하게 식은 기관차들이 내버려져 있었다. 텅 빈 장작터에서는 싸늘한 바람이 낙엽을 불어 날리고 있었다.

거리 주변, 숲속 오솔길 그리고 깊은 골짜기 언저리에는, 오를리크의 일당들이 피에 굶주린 살쾡이처럼 배회하고 있었다. 낮에는 교외 농가나, 숲속 양봉장에 숨어 있다가, 밤이 되면 거리로 기어나와, 악한 일을 저질러 놓고는 그들의 은신처로 달아나 버렸다.

강철의 말(기차)이 언덕 아래로 굴러떨어지는 일도 잦았다. 차량은 작은 상자처럼 산산조각 나고, 잠에 취한 사람들이 팬케이크처럼 짓눌리고, 소중한 곡식이 피와 흙으로 범벅이 되었다.

일당들은 후미진 시골 마을들을 덮쳤다. 닭이 깜짝 놀라 꺅꺅 울면서 큰길에서 달아난다. 갑자기 총소리가 났다. 마을 소비에트의 하얀 집 옆에서 총질이 한동안 오갔다. 일당들은 잘 먹어서 살찐 말을 타고 온 마을을 누비면서 눈에 띄는 대로 사람들을 베어죽였다. 장작 패듯이 칼로 내리치는 것이다. 총알이 귀했기에 절대로 총으로 쏴죽이지 않았다.

느닷없이 나타나 재빨리 사라졌다. 일당들은 곳곳에 눈과 귀가 있었다. 그들의 눈은 시골 소비에트의 하얀 집을 줄곧 괴롭히고, 성직자 집 뜰 안이나 부농(富農)의 집 안에서 그것을 감시하고 있었다. 숲속 풀이 우거진 곳에서 비밀 연락선이 통해 있었다. 탄약, 돼지고기, 최고급 술, 그리고 남몰래 전해진 은밀한 정보 등이 이곳으로 흘러들어가고, 이어서, 복잡하게 얽힌 그물을 통해서 오를리크의 귀에도 흘러들어갔다.

일당들은 기껏 2, 3백 명에 지나지 않았지만, 그래도 그 일당을 붙잡을 수는 없었다. 몇 개의 부대로 나누어 두세 군(郡)에서 일제히 일을 터뜨렸다. 그러므로 그 모두를 찾아낸다는 것은 도저히 불가능했다. 밤에는 강도로, 낮에는 온순한 농부가 되어, 말에게 꼴을 먹이면서 자기 집 뜰 앞을 어슬렁어슬렁하다가는, 기병대가 지나가면 흐리터분한 눈으로 멍청한 듯 바라보면서 문 옆에서 입가에 엷은 웃음을 띠고 담뱃대를 물고 있다.

알렉산드르 푸즈일레프스키는 제대로 쉬지도 못하고 밤잠도 못 자면서, 자기 연대와 함께 세 군(郡)을 죽어라고 뛰어다녔다. 끈질기게 수사를 계속해, 때로는 그런 일당의 꼬리를 잡기도 했다.

한 달쯤 지나자 오를리크는 두 군(郡)에서 자기 일당들을 철수시켜 버렸다. 위험한 포위망 안에 빠진 것을 알아차렸기 때문이다.

도시 생활은 여느 때와 마찬가지로 흘러갔다. 다섯 개의 시장에는 사람들로 넘쳐났다. 여기서는 두 경향이 지배적이었다. 한편에서는 되도록 많이 우려내려고 눈이 벌겋게 되었고, 다른 한편에는 되도록 조금만 내놓으려고 안간힘을 쓴다. 거기서는 수많은 협잡꾼들이 서로 속이고 속고, 교활하고 약삭빠른 녀석들이 수백 명이나, 벼룩처럼 이리 뛰고 저리 뛰었는데, 그 눈은, 양심만 빼놓고는 무엇이든 읽어 낼 수 있었다. 이 거름통 같은 곳에 이 고장의 온갖 못된 놈들이 어수룩한 풋내기들을 어떻게든 벗겨 먹으려고 눈에 불을 켜고 몰려들고 있었다. 때때로 도착하는 열차는 자루를 등에 둘러멘 사람들 무리를 밖으로 쏟아놓았다. 이 무리들은 하나같이 시장으로 들어갔다.

밤이 되면 그처럼 소란스럽던 저잣거리도 텅 비어서, 골목과 노점들의 검은 행렬도 쓸쓸해 보였다.

집들마다 그늘에 무시무시한 위험이 숨어 있는 이 죽음의 거리에는, 누구도 함부로 발을 들여놓을 수 없었다. 깊은 밤이면 때때로 쇠망치로 양철을 두들기는 것 같은 권총 소리가 울려퍼지고, 누군가의 목에서 피가 흐르는 일이 일어났다. 가까운 초소에서 민경(民警) 몇 명이 이곳으로 달려올 무렵에는(그들은 홀로 순찰을 도는 법은 없었다), 몸을 굽히고 쓰러진 시체 말고는, 아무것도 눈에 띄지 않는다. 불한당들은 피비린내 나는 현장에서 어디론지 사라지고, 오직 저잣거리의 왁자지껄 떠드는 소리가 잠든 주민들을 깨울 뿐이었다. 바로 맞은편에는 영화관 〈오리온〉이 있다. 차도도 인도도 불빛으로 휘황하게 번쩍이고, 사람들로 넘쳐났다.

영화관 안에서는 영사기가 돌아갔다. 스크린에서는 실수만 저지르는 연인끼리 서로 결투를 벌이고 있다. 필름이 끊어지면 관객들은 아우성을 쳤다. 시내에서도 교외에서도 생활은 본디 궤도에서 벗어나 있지 않은 듯이 보였고, 혁명 세력의 중추가 있는 곳—현위원회(縣委員會)에서도, 모든 것은 평상시의 질서를 유지하는 듯이 보였다. 그러나 그저 겉으로만 평온해 보였던 것이다.

도시에서는 반란이 무르익어가고 있었다.

폭풍이 다가옴을 농부들의 윗옷 속에 라이플 총을 어색하게 감추고 곳곳에서 시내로 들어온 패거리들은 알고 있었다. 봇짐장수로 가장하고는 기차 지붕에 올라타고 온 패거리들도 그것을 알고 있어서, 저잣거리 쪽으로는 향하지 않고, 미리 점찍어 놓았던 장소로 보따리를 날라갔다.

그러나 노동자 거리의 주민들이나 볼셰비키조차도 이러한 위험이 닥쳐옴을 눈치채지 못했다.

반란이 준비되고 있음을 알고 있었던 것은 다섯 명의 볼셰비키뿐이었다.

붉은 병사들에 의해서 백색 폴란드로 격퇴되었던 페틀류라파의 잔당(殘黨)은 바르샤바 주재 외국 공관들과 긴밀한 연계 속에 곧 터질 폭동에 참가할 준비를 갖추고 있었다.

셰페토프카에서도 중앙궐기위원회라는 조직을 갖고 있었다. 거기에는 47명이 들어가 있었는데, 그 대부분은 지난날 적극적인 반혁명분자였지만, 이 고장 비상위원회의 너그러운 처분으로 석방된 자들이다.

조직은, 성직자인 바실리, 소위보(少尉補)인 빈니크, 페틀류라파의 장교 쿠즈

멘코 등이었다. 성직자의 아내, 빈니크의 형제와 아버지, 그리고 집행위원회의 사무주임으로 들어앉아 있던 사모티냐가 스파이 활동을 했다.

폭동 당일 밤에는, 국경특별부에 수류탄을 던져 검거된 자들을 모조리 석방하고, 가능하면 기차역을 점거한다는 계획이 짜여 있었다.

폭동의 중심지가 될 대도시에서는, 극비리에 장교단의 역량이 모였고, 도시 주변 숲속으로는 깡패 무리가 몰려들었다. 그리고 여기서 신임이 두터운 열성분자가 루마니아나 페틀류라 자신이 있는 곳으로 파견되고 있었다.

주프라이는 관내 특별부에서 벌써 엿새 밤이나 뜬눈으로 새우고 있었다. 그는 모든 것을 알고 있는 볼셰비키 중의 한 사람이었다. 이 표도르 주프라이는, 당장에라도 덤비려 하는 맹수를 가만히 지켜보는 사람과 같은 기분이었다.

소리를 지르거나, 소동을 일으켜서는 안 된다. 그러나 피에 굶주린 자는 쏴죽여야만 한다. 그럼으로써 비로소 주위에 신경을 쓰지 않고 차분하게 일할 수가 있다. 맹수를 놀라게 해서 달아나게 해서도 안 된다. 이처럼 목숨을 건 싸움에서는, 싸우는 자의 끈기와 확실한 기량만이 승리를 안겨 주는 법이다.

마침내 예정된 시간이 다가왔다.

시내의 어느 한 곳, 비밀 회의를 통해, 드디어 내일 밤 거사를 치르기로 결정되었다.

이런 낌새를 알아차린 다섯 명의 볼셰비키는 선수를 쳤다. 그렇다면 이쪽은 오늘 밤이다.

밤이 되자 기관고(機關庫)에서 장갑차가 조용히, 기적소리도 없이 나갔다. 이윽고 다시 조용히 기관고의 커다란 문이 닫혔다.

직통선(直通線)은 암호전보를 보내기에 바빴다. 전보가 날아온 곳에서는 어디에서나 공화국의 감시자들이 밤잠도 잊은 채, 위험인물들의 소굴을 덮치기 시작했다.

아킴이 전화로 자르키를 불러냈다.

"세포회의는 잘 진행됐는가? 그래? 좋아, 그럼, 당 지구위원회 서기를 데리고 곧 회의에 나오게. 나무 문제는 예상보다 좋지 않아. 오면 상의하겠소."

자르키는 또렷하고 빠르게 쏟아지는 아킴의 목소리를 들었다.

"아니, 이대로 가다가는 우리도 얼마 안 가서 모두 나무 때문에 미쳐버릴 거야."

수화기를 내려놓으면서 그는 말했다.

두 시기는 리트케가 전속력으로 운전한 자동차에서 내렸다. 이층으로 올라가더니 그들은 곧, 나무 문제가 아니라는 것을 알았다.

서무주임의 책상 위에는 맥심 기관총이 놓여 있었고, 그 둘레에서 특무부대의 기관총수들이 이것저것 거들고 있었다. 복도에는 당과 청년공산동맹의 도시활동분자로 이루어진 말없는 보초들이 지켜 서 있다. 현위원회 서기실의 큼직한 문 저쪽에서는 당 현위원회 서기국의 긴급회의가 거의 끝나 가고 있었다.

거리에서 회전창을 통해 들어온 전선은 두 야전전화(野戰電話)와 이어져 있었다.

무뚝뚝한 말소리가 들렸다. 자르키는 방 안에 아킴과 리타, 미하일이 있는 것을 보았다. 리타는 전에 중대(中隊)의 정치지도원이었던 무렵과 같이, 적군 군모에 카키색 치마를 입고, 가죽 조끼 위에 무거운 모제르 권총을 차고 있다.

"도대체 무슨 일이에요?"

자르키는 놀라서 그녀에게 물었다.

"비상소집연습이에요, 바냐. 곧 이제부터 당신 지구(地區)로 가려던 참이었어요. 경보소집은 제5보병학교거든요. 모두들 세포회의에서 곧장 그곳으로 가기로 되어 있어요. 이걸 감쪽같이 하는 것이 무엇보다 중요해요."

리타는 자르키에게 설명해 주었다.

유년사관학교가 있는 숲은 고요하기만 했다.

백여 년 묵은 키 높은 거대한 떡갈나무는 묵묵히 서 있었고 우엉과 쐐기풀로 덮인 늪은 잔잔했다. 거친 나무들이 무성한 사이로 널찍하게 트인 사잇길이 뻗어 있다. 숲속의 높은 흰 담 저쪽에는 유년사관학교 건물이 보인다. 현재 이곳은 적군 간부의 제5보병학교로 되어 있다. 깊은 밤. 위층은 불이 꺼졌다. 밖에서 보면, 이곳에서는 모든 것이 정적에 싸여 있다.

옆을 지나가는 사람은 누구나 담 저쪽에서도 모두 잠들어 있는 것으로 알 것이다. 그렇다면 철문은 왜 열려 있는 것일까? 그리고 문 옆에 있는 두 마리의 커다란 두꺼비 같은 것은 무엇일까? 그런데 철도관구의 온갖 곳에서 이곳으로 몰려온 사람들은, 일단 비상소집이 있는 이상 학교에서는 자지 않고 있으리라는 것을 알고 있었다. 사람들은 세포회의에서 짤막한 보고를 받자마자 이곳으로 왔다. 서로 말을 주고받는 일도 없이, 홀로 또는 둘이서 왔다. 셋 이상인 경우는 없었으며, 주머니에는 반드시 '볼셰비키 공산당' 아니면 '우크라이나 청년공산동맹'이라는 표제가 찍힌 수첩을 가지고 있었다. 그런 수첩을 보이지 않고는 철문 안으로 들어갈 수 없었다.

강당에는 이미 많은 사람들이 모여 있었다. 안은 밝았다. 창문에는 커다란 천막이 쳐져 있었다. 이곳에 모인 볼셰비키들은, 이미 비상소집 약속들을 화제에 올리면서, 담배를 느긋하게 피우고 있었다. 어떤 불안도 느끼지 못했다. 누구도 이것이 진짜 비상소집이라고는 꿈에도 생각지 못했다. 만일의 경우에 대비해, 특별임무 부대의 규율 같은 것을 일깨우기 위한 것이려니 하고 모인 것이었다. 오직 경험 많은 전선 장교들만이 교정(校庭)에 들어서자마자, 비상소집 연습과는 조금 다른 그 무엇인가를 피부로 느끼고 있었다. 모든 일이 지극히 조용하게 진행되고 있었다. 간부후보생들의 소대는 거의 속삭이는 듯한 구령 아래 묵묵히 정렬했다. 저마다 기관총이 지급되었다. 그런데도 밖으로는 단 하나의 불빛도 새어나가지 않았다.

"무슨 중대한 일이라도 벌어지는 거야, 미차이?"

코르차긴은 두바바 곁으로 다가가면서, 가만히 물었다.

미차이는 낯선 처녀와 함께 창에 걸터앉아 있었다. 코르차긴은 엊그제, 그 여자가 자르키와 함께 있는 것을 잠깐 보았다.

두바바는 장난삼아 파벨의 어깨를 두드렸다.

"야, 걱정하지 마. 무슨 일은 무슨 일? 아무것도 아니야. 우리가 동지들인데 싸우는 법을 가르쳐 주려는 거야. 너, 이 사람 모르던가?"

그는 턱으로 그 처녀를 가리켰다.

"안나라고 해. 성(姓)은 모르지만, 이래 봬도 직책은—선동본부의 책임자라고."

처녀는 두바바의 농담 같은 소개를 흘려들으면서, 코트차긴을 바라보았다. 그리고 연보랏빛 두건 아래로 나와 있는 머리카락을 만졌다.

코르차긴과 눈이 마주쳤다. 몇 초 동안, 무언의 싸움이 이어졌다.

검푸른 그녀의 눈은 도전하듯이 번뜩였다. 솜틸 같은 눈썹. 파벨은 두바바 쪽으로 시선을 피했다. 그는 자신의 얼굴이 붉어짐을 느끼고, 불만스럽게 얼굴을 찡그렸다.

"도대체 여기서는 누가 누구를 선동하는 거지?"

억지로 웃음 지으면서, 파벨이 물었다.

홀에서는 웅성거리는 소리가 들렸다. 중대장은 의자에 올라서서 소리쳤다.

"제1중대의 코뮌 회원은 이 홀에 정렬! 빨리 해, 빨리, 동지들!"

홀에는 주프라이와 현(縣) 집행위원장과 아킴이 들어왔다. 그들은 이제 막 도착한 참이었다. 홀은 정렬한 사람들로 가득 찼다.

현 집행위원장은 훈련용 기관총 곁에 서서, 손을 들고 연설을 시작했다.

"동지 여러분! 이곳에 여러분들을 소집한 것은 중대하고도 책임 있는 일을 위해서입니다. 이것은 중요한 군관계 기밀이기 때문에, 어제까지는 미처 발설할 수가 없었지만, 이제 발표하겠습니다. 내일 심야에, 우크라이나의 다른 도시들과 마찬가지로, 이곳에서도 반혁명 폭동이 터질 것입니다. 시내는 반혁명 음모파의 장교들이 득실거리고 있습니다. 시내 주변에도 백파 무리들이 몰려들고 있습니다. 그들 가운데 일부는 장갑차사단에 잠입하여, 운전수 노릇을 하며 가면을 쓰고 있습니다. 그러나 이 음모는 비상위원회에서 미리 알아차렸습니다. 그래서 우리는 당기관과 청년공산동맹 전원을 즉시 무장시키기로 결정했습니다. 간부후보생과 비상위원회 지대(支隊) 중의 실적 있는 부대와 함께 제1, 제2대대가 활동하게 될 것입니다. 간부후보생은 이미 출동했습니다. 이번에는 여러분들 차례입니다, 동지 여러분. 15분 동안에 무기 지급과 편성을 끝마치겠습니다. 작전은 주프라이 동지가 지휘합니다. 대장들은 그에게서 상세한 지시를 받게 될 것입니다. 공산대대에 대해서는 현재 정세의 중대성을 새삼 지적할 필요는 없을 줄 압니다. 내일로 다가온 반란을 우리는 오늘 중으로 미리 막아야만 하는 것입니다."

15분 뒤에는, 무장한 대대는 교정에 정렬을 끝마치고 있었다.

주프라이는 조금의 움직임도 없는 대대의 정렬한 모습을 힐끗 보았다.

대열에서 3보 앞에 혁대를 어깨에 건 사나이가 두 사람 서 있다. 한 사람은 우랄의 주조공인 건장한 대대장 메냐일로였고 나란히 서 있는 것은 군사위원인 아킴이다. 제1중대의 각 소대. 그 3보 앞 왼쪽은 중대장과 군정치지도원 두 사람이, 그 뒤에는 공산대대가 조용히 서 있었다. 총검의 수로 쳐서 3백 개였다.

표도르가 신호를 했다.

"출발!"

300명이 인적 없는 거리를 행진해 갔다.

거리는 깊은 잠에 빠져 있었다.

지카야 거리와 마주 보고 있는 리보프스카야 거리에서 대대는 행진을 멈추었다. 여기서 활동을 개시할 예정이었다.

각 지구는 소리도 없이 포위되어 갔다. 사령부는 점포 층계 위에 설치되었다.

리보프스카야 거리의 위쪽 중심부에서 헤드라이트로 큰길을 비추면서 한 대의 자동차가 질주해 오더니 사령부 앞에서 섰다.

리트케는 이번에는 자신의 아버지를 태우고 왔다. 사령관은 보도에 뛰어내리자, 단편적인 몇 마디 말을 라트비아어로 아들에게 던졌다. 자동차는 다시 앞으로 질주해 가, 곧 드미트리에프스카야 거리로 가는 모퉁이 저쪽으로 사라졌다. 휴고 리트케는, 온몸을 눈으로 삼고 있었다. 두 손은 오른쪽으로 왼쪽으로 핸들과 함께 움직였다.

지금, 이 필사의 운전을 할 때야말로 그 리트케가 필요했다! 미친 듯이 급커브를 틀었다고 해서, 그에게 구류 처분을 내려야 한다고 생각하는 사람은 없을 것이다.

휴고는 유성처럼 거리를 질주해 갔다.

젊은 리트케 덕으로 눈 깜짝할 사이에 시내 끝에서 다른 한쪽 끝으로 온 주프라이는 감탄의 말을 하지 않을 수가 없었다.

"휴고, 너는 오늘 이 정도로 날아오면서 누구도 치어죽이지 않았다면, 내일은 금시계를 탈 수 있겠다."

휴고는 신이 났다.

"급커브를 틀었기 때문에 10일쯤 구류를 먹지 않을까 했어요……."

첫 공격은 먼저 음모자들의 아지트였던 아파트로 향해졌다. 가장 처음 체포된 자들과 압수 서류는 특별부로 보내졌다.

지카야[3] 거리라는 기묘한 이름의 골목에 있는 11호 집에 주르베르트라는 성을 가진 사나이가 살고 있었다. 비상위원회 자료에 따르면, 이자는 백파의

---

*3 '적막하다'는 뜻.

음모에 적지 않은 역할을 하고 있는 인물이었다. 그는 이곳에는 포돌 지구에서 행동을 일으키기로 되어 있는 장교부대의 명단도 갖고 있었다.

리트케가 지카야 거리로 왔던 것은 이 주르베르트 체포가 목적이었던 것이다. 그런데 뜰 쪽으로 창이 있고, 옛 수녀원과 담장 하나를 사이에 두고 있는 이 아파트에는 주르베르트의 모습은 보이지 않았다. 이웃집의 이야기로는, 이날 그는 돌아오지 않았다고 한다. 가택수색이 실시되고, 수류탄 상자와 함께 명단과 주소록이 발견되었다. 잠복을 지시해 놓고, 리트케는 잠시 머물며 책상 옆에서 발견한 자료를 뒤적이고 있었다.

보초로서 뜰에 서 있었던 사람은 젊은 간부후보생이었다. 그가 서 있는 곳에서는 불이 켜진 창문이 보였다. 혼자서 이런 후미진 곳에 서 있는 것은 기분도 좋지 않고, 무섭기도 했다. 담장 뒤를 잘 지키고 있으라는 명령이었다. 그런데, 이곳에서는 창의 불빛까지는 멀었다. 게다가 망할 놈의 달조차 아주 드물게 밖에는 비쳐 주지 않는다. 어둠 속에서는 풀숲마저 살아 있는 것으로 보인다. 후보생은 총검으로 주위를 더듬어 보았다. 아무것도 없다.

'도대체 뭣 때문에 이런 곳에 나를 세워 둔다지? 어차피 담장은 아무도 기어오를 수 없을 만큼 높은데 말이야. 가만있자, 창 가까이로 가서 안을 들여다볼까?'

후보생은 그렇게 생각했다. 담장 위쪽을 다시 한 번 살펴보고 나서, 곰팡내 비슷한 버섯 냄새가 나는 그 구석에서 나왔다. 그리고 잠시 동안 창 옆에 멈춰 섰다. 마침 리트케가 재빨리 서류를 챙겨 들고 방을 나오려는 참이었다. 이때, 담장 위에 사람 그림자가 나타났다. 위에서는 창가의 보초와 방 안에 있는 한 사람, 이 두 사람의 모습도 보인다. 그 그림자는 마치 고양이처럼 민첩하게 나무로 옮아가더니 땅바닥에 내려섰다. 그리고 고양이처럼 보초의 뒤로 살금살금 다가가서 손을 번쩍 들었다. 이윽고 후보생은 소리도 없이 쓰러졌다. 그의 목에는 해군용 단도가 깊숙이 박혀 있었다.

정원에서 난 총소리는 지구를 포위하고 있던 사람들을 깜짝 놀라게 했다.

장화 소리를 요란하게 울리며 여섯 명이 이 집 쪽으로 달려갔다.

피투성이가 된 머리를 책상에 처박고, 의자에 앉은 채로 리트케는 죽어 있었다. 유리창은 박살이 나 있었다. 적은 끝내 서류를 되찾아가지는 못했다.

수녀원 담장 밑에서 총소리가 거세졌다. 그 살인범이 큰길에 뛰어내려, 총을 쏘면서 루카노프 빈터로 달아나고 있었던 것이다. 그러나 끝내 빠져나가지 못하고 누군가의 총에 맞아 목숨을 잃었다.

밤새도록 이 잡듯이 수사가 진행되었다. 주소록에는 등록되지 않았지만, 수상한 서류나 무기를 가진 자가 수백 명이나 비상위원회에 연행되었다. 그곳에서는 선택위원회가 이들을 선별하고 있었다.

곳에 따라서는, 모반자들이 무기를 들고 저항을 시도하기도 했다. 지랸스카야 거리에서는, 한 집을 수색했을 때에 레베제프 안토샤가 반혁명분자가 쏜 총 한 발로 그 자리에서 죽었다.

솔로멘카 대대는 이날 밤 5명을 잃었으며, 비상위원회에서는 노련한 볼셰비키이자, 공화국의 충실한 감시자였던 얀 리트케를 잃었다.

그러나 폭동은 사전에 저지되었다.

이날 밤, 셰폐토프카에서 성직자 바실리와 그 딸 및 나머지 무리들이 모조리 체포되었다.

소란은 진압되었다.

그러나 새로운 적이 거리를 위협하고 있었다—철도선이 고장이 났고 그에 이은 기근과 추위가 도시를 위협했다.

빵과 땔감에 모든 것이 걸려 있었다.

2

표도르는 생각에 잠겨 짧은 파이프를 입에서 떼고, 손가락 끝으로 조심스럽게 담뱃재를 만지작거렸다. 파이프는 불이 꺼져 있었다.

10여 명이 피우는 담배 연기가 천장과 현(縣)집행위원회 대표의 안락의자 사이에 구름처럼 소용돌이치고 있었다. 서재 구석구석에 책상을 보며 앉아 있는 사람들 얼굴이 안개에 싸인 것처럼 보였다.

위원장 곁에는 토카료프가 책상에 가슴을 기대고 앉았다. 이 노인은 울컥한 기분으로 턱수염을 쓰다듬으면서, 알맹이 없는 달걀 껍데기처럼 의미 없는 말을 높은 톤으로 열심히 침 뒤기면서 지껄여대는 작달막하고 머리가 벗겨진 사나이를 이따금씩 곁눈으로 흘기곤 했다.

아킴은 그의 곁눈질을 알아차렸다. 어린 시절이 떠올랐다. 그의 집에는 싸움 잘하는 수탉이 있었는데, 덤벼들기 전에는 짐짓 이런 식으로 곁눈질을 했던 것이다.

회의는 한 시간 남짓이나 이어졌다. 대머리 사나이는 철도연료위원회 의장이었다.

손가락으로 서류 뭉치를 뒤적이면서, 대머리는 빠르게 말했다.

"……그러므로 이런 객관적인 원인이 현위원회 및 철도관리부의 결정을 집행하는 것을 가로막고 있는 것입니다. 거듭 말하지만, 한 달 뒤에도 우리는 400세제곱미터 이상의 장작은 조달하지 못할 것입니다. 그런데 목표는 8만 세제곱미터라니."

"이건……"

하고 대머리는 적절한 어휘를 생각하면서,

"유토피아라 이겁니다!"

그러고 나서, 입술에 아쉬운 듯한 주름을 만들면서, 조그만 입을 다물어 버렸다. 침묵은 길게 느껴졌다.

표도르는 손톱 끝으로 파이프를 톡톡 쳐서 담뱃재를 떨었다. 토카료프가 낮고도 목에 걸린 것 같은 탁한 목소리로 침묵을 깼다.

"도대체 그럴싸한 이유만 끌어델 건 없지. 철도연료위원회에도 델 나무가 없었고, 앞으로도 도저히 조달할 가망이 없다…… 결국 그런 말 아니오?"

대머리는 어깨를 움찔했다.

"실례지만 말이지요, 동지. 우리는 장작을 준비했다 이겁니다. 그런데 마차 수송이 끊겼기 때문에……."

그는 말문이 막혀 바둑판무늬 손수건으로 번들번들한 정수리를 닦았다. 그리고 그 손수건을 주머니에 넣지 않고, 서류가방 안에 쑤셔넣어 버렸다.

"대체, 당신은 장작을 조달하려고 어떠한 수단을 마련했습니까? 반동음모에 말려들었던 전문기술자들의 우두머리들이 체포된 지도 벌써 여러 날이 지나지 않았습니까?"

데네코라는 자가 한구석에서 입을 열었다.

대머리는 그쪽을 돌아보았다.

"나는 수송 관계가 가장 먼저 해결되어야 한다고 벌써 세 번이나 철도관리부에 말했지만……."

토카료프가 그 말을 가로막았다.

"그 이야기는 이미 들었소."

적의(敵意)를 품은 눈초리로 대머리 쪽을 힐끗 보고 나서, 대장장이는 못마땅한 듯이, 흥, 했다.

"당신은 우리를 바지저고린 줄 알고 있는 거요?"

그렇게 묻자, 대머리의 등이 잇따라 움찔움찔했다.

"나는 반혁명분자들이 하는 짓까지 책임질 수는 없어요."

대머리는 어느덧 냉정을 되찾고 침착해져서 대답했다.

"그러나 철도에서 떨어진 곳에서 일한다는 건, 당신도 알고 있겠지요?"

아킴이 물었다.

"듣기는 했습니다. 하지만 남의 구역에서 잘못되는 일까지 간부에게 보고할 수는 없소. 나도 곤란하니까요."

"당신 밑에 있는 작업원은 몇 명이지요?"

대머리에게 다그친 사람은 노조 대표였다.

"200명 가까이 되지요."

"공밥만 먹어치우고 1년에 1세제곱미터씩이야!"

토카툐프가 울화가 치민다는 듯이 내뱉었다.

"우리는 철도연료위원회 전원에게 노동자들의 몫에서 깎아 긴급식량을 제공하고 있는 겁니다. 그런데 당신들은 도대체 무엇을 하는 겁니까? 노동자들 몫으로서 당신들에게 보낸 밀가루 두 차량분은 어떻게 처분해 버렸소?"

노조 대표는 물고 늘어졌다.

곳곳에서 대머리에게 날카로운 질문이 퍼부어졌다. 그는 마치 어음 지급을 청구하는 끈질긴 채권자들로부터 벗어나려는 듯이 안간힘을 쓰고 있었다.

직접적인 답변은 미꾸라지처럼 요리조리 회피했으나 눈만은 주위를 잔뜩 경계하고 있었다. 조용히 위험이 닥치고 있음을 알아차린 것이다. 잔뜩 겁에 질려 조마조마한 심정으로 그가 바라고 있었던 것은 단 하나였다. 빨리 이곳을 빠져나가, 아직 늙지 않은 아내가 저녁을 차려놓고 폴 드 콕*1의 소설을 읽으면서 자신을 기다리고 있는 곳으로 돌아가고 싶을 뿐이었다.

대머리의 답변에 줄곧 귀를 기울이면서, 표도르는 수첩에 적고 있었다.

'이 인물은 더 깊이 검토할 필요가 있는 것 같음. 이 사례는, 단지 일할 능력이 없다는 것과는 차원이 다르다고 여겨짐. 이미 그에 대해서 몇 가지 문제점을 발견했음. 이야기는 이쯤에서 멈추고 그를 물러가게 하는 게 좋겠음. 그리고 우리는 일을 시작하자.'

현집행위원회 대표는 자신에게 건네진 이 메모를 읽고, 표도르 쪽을 보고 고개를 끄덕여 보였다.

주프라이는 일어나 복도에 있는 전화 쪽으로 갔다. 이윽고 돌아와 보니 현집행위원회 대표가 결의문 끝부분을 낭독하는 참이었다.

"……명백한 태업 혐의로 철도연료위원회의 지도에서 면직함. 벌채(伐採) 건은 심문기관으로 넘길 것."

대머리는 더 나쁜 결과를 각오하고 있었다. 물론 태업 때문에 면직당한다는 것은 자신의 신용에 금이 가는 일이었지만, 그런 것쯤은 대수로운 일이 아니었다. 또한 보야르카 사건도 자기 담당이 아니었으므로 그는 안심했다.

---

*1 프랑스 소설가(Charles Paul de Kock, 1793~1871). 희곡과 오페라 대본, 파리 사람들의 생활을 다룬 소설을 주로 썼다.

'어휴, 젠장, 난 또 이 친구들이 무슨 냄새라도 맡은 줄 알았지 뭐야……'

서류를 가방에 챙겨 넣으면서, 이제 거의 평정을 되찾은 그는 이렇게 말했다.

"할 수 없군요. 나는 비당원(非黨員) 기술자니까, 당신들이 나를 믿지 않는 것도 뻔한 일입니다. 하지만 나의 양심은 아무런 거리낌도 없습니다. 내가 하지 못했던 건, 할 수 없었기 때문입니다."

누구 하나 대꾸하지 않았다. 대머리는 방에서 나오자, 바삐 계단을 내려가 한숨 돌린 기분으로 출입문을 열었다.

"잠깐, 이름은?"

군인 외투 차림의 사나이가 그에게 물었다.

심장이 멎을 듯이 대머리는 기겁했다.

"체르…… 빈스키입니다……."

현집행위원회 대표의 방에서는 이단자가 나간 다음, 커다란 탁자 위에 13명의 사람들이 이마를 맞대고 앉아 있었다.

"여기를 봐요……."

주프라이는 펼쳐진 지도를 손가락으로 눌렀다.

"여기가 보야르카 역이고, 7베르스타*2를 더 가면 삼림을 벌채했던 곳이야. 여기에는 21만 세제곱미터의 장작이 쌓여 있어. 8개월이나 근로대가 일했으니까 막대한 노동량을 허비한 셈이지. 그런데 결과는 우리는 배반당했소. 철도도, 시내도 장작이 바닥났소. 역까지는 6베르스타나 그것을 운반해야만 하지. 그러려면 한 달에 5천 대 이상의 마차가 필요해. 게다가 그건 날마다 한 번씩 왕복했을 때의 이야기야. 가장 가까운 마을도—15베르스타는 되지. 게다가 이 지방은 오를리크가 그 일당들과 함께 배회하고 있어…… 이게 어떤 상황인지 이해할 수 있겠소?…… 보다시피 계획으로는 벌채는 여기서부터 시작해서, 정거장 쪽으로 해 나갈 예정이었거든. 그런데, 저 날강도놈들은 그걸 숲속 깊숙한 데로 가져가 버렸어. 이건 계획적으로 한 짓이오. 목재는 준비했으나 철도연변으로 옮길 수 없다는 핑계를 삼으려는 것이었소. 그리고 사실, 백여 대의 마차를 우리가 준비하기 어렵다는 것도 알고 있었던 거요. 놈들은 그걸 노린 것

_____

*2 러시아의 옛 길이(거리) 단위. 1베르스타는 1.0668킬로미터.

이다 이 말이야! 이건 폭동위원회 못지않은 악질적인 수법이야."

주프라이의 꼭 쥔 주먹이 지도 위에 무겁게 놓였다

13명 누구라도 주프라이가 입에 올리지 않은 사태의 긴박성을 똑똑히 상상할 수 있었다. 겨울이 눈앞에 다가오고 있었다. 병원, 학교, 시설, 그리고 수십만의 사람들은 혹한의 위협 앞에 놓인 것이다. 더구나 기차는 일주에 한 번밖에 지나가지 않는다.

모두 깊은 생각에 잠겼다.

표도르는 주먹을 폈다.

"한 가지 방법이 있소, 동지들. 3개월 안에 역에서 벌채장까지 7베르스타 구간에 협궤열차를 부설하는 거야. 그러나 한 달 반 뒤에는 벌채 현장까지 반드시 도달한다는 계획으로 해야 하네. 나는 지난 일주일 내내 이 일에 매달렸네. 이를 위해서는……."

여기까지 말한 주프라이의 목소리는 바싹 말라 변했다.

"350명의 노동자와 기술자 둘이 필요하다. 선로와 7대의 기관차는 푸시차 보지쯔아에 있어. 창고 속에서 청년공산동맹 친구들이 찾아낸 거야. 전쟁 전에 그곳에서 시내까지 협궤철도를 부설할 예정이었던가 봐. 다만, 보야르카에는 노동자들이 생활할 만한 데가 없어. 허물어진 농림학교 건물이 하나 있긴 한데…… 노동자들을 조를 짜서 2주일 안에 보내야만 해. 그 이상이라면 몸이 견디지 못할 거야. 그곳에 청년공산동맹 친구들을 보내려고 하는데, 어때 아킴?"

그러고는 대답을 기다리지 않고 말을 이었다.

"그 친구들이라면 전력을 다하리라 생각한다. 먼저 솔로멘카 조직과 시내의 조직 일부를 투입해 주겠지. 이 임무는 매우 어려운 일이지. 하지만 이것이 도시와 철도를 구하는 길이라는 것을 설명하면, 그 친구들은 해줄 것으로 믿네."

철도부장은 미심쩍은 듯이 고개를 저었다.

"그건 좀 어렵지 않을까? 그런 땅에 7베르스타나, 그것도 지금과 같은 상황에서 철도를 부설하다니. 가을철이니까 비도 내릴 테고 추위도 닥쳐올 게고."

그는 피곤한 듯이 말했다.

주프라이는 그의 쪽은 돌아다보지도 않고, 그 말을 가로막았다.

"벌채 쪽이야말로 당신은 좀 더 잘 감시했어야 했어, 안드레이 바실리예비치. 경편철도는 우리가 놓겠소. 가만히 앉아서 얼어 죽을 수는 없지 않은가."

마지막 상자에 연장이 실렸다. 철도 작업반은 여러 곳으로 흩어져 갔다. 가 랑비가 내리고 있었다. 비에 젖어서 반짝거리는 리타의 작업복에서 빗방울이 유리구슬처럼 흘러서 떨어졌다.

토카료프와 작별하면서 리타는 그의 손을 꼭 잡고 작은 소리로 말했다

"성공을 빌게요."

노인은 희끗희끗해진 눈썹 밑으로 고마운 듯이 그녀를 바라보았다.

"흠, 일이 쉽지 않게 됐어. 어쨌든 놈들의 버릇을 고쳐 줘야지!"

그는 자신의 생각에 소리를 내어 답하면서 중얼거렸다.

"두고 보라고. 만일 우리 쪽에 문제가 생기거든, 너희들은 지체 말고 대책을 세우도록 해야지. 본디 큰일을 하자면, 말도 많고 탈도 많은 법이니까. 그럼, 이제 모두 모일 시간이야, 요 귀여운 아가씨야."

노인은 옷깃을 꼭 여몄다. 그 순간 리타는 지나가는 말처럼 물어보았다.

"저, 코르차긴은 동지와 함께 가지 않나요? 그 사람 보이지 않던데."

"그 친구는, 우리가 도착하기 전에 이것저것 준비한다고 어제 궤도차로 기술 지도자와 먼저 떠났지."

플랫폼에 서 있는 그들 쪽으로 자르키와 두바바, 그리고 재킷을 아무렇게나 걸치고 가느다란 손가락 사이에 불이 꺼진 담배를 끼우고 있는 안나 보르하르트가 바삐 걸어왔다.

그들을 바라보면서 리타는 마지막으로 물어보았다.

"코르차긴하고 공부는 어때요?"

토카료프는 놀라서 그녀를 돌아보았다.

"공부라니? 그 젊은이는 아가씨가 돌보고 있었잖은가? 그 아이는 아가씨 이 야기를 여러 번 하던걸. 입에 침이 마르도록 칭찬하던데."

리타는 의아한 얼굴로 그 말을 듣고 있었다.

"정말이에요, 토카료프 동지? 하지만 그는 공부를 다시 하겠다고 나한테서 동지한테로 옮겨 갔는데요?"

노인은 웃기 시작했다.

"나한데 왔다고?…… 난 그 아이의 그림자도 못 보았는걸."

기관차가 기적을 울렸다.

클라비체크가 차내에서 고함을 질렀다.

"우스티노비치 동지, 파파를 그만 놓아 주지그래! 우린 어쩌란 말이야. 여기는 파파가 없으면 못 떠난다고!"

체코인은 무슨 말을 더 하고 싶은 눈치였으나, 가까이 오는 세 사람을 보고 입을 다물어 버렸다. 그리고 그는 불안한 기색을 띤 안나의 눈동자를 힐끗 쳐다본 다음, 안나가 두바바에게 보내는 작별의 미소를 쓸쓸한 기분으로 바라보고는, 그대로 창문에서 물러섰다.

가을비가 얼굴을 적셨다. 습기를 머금은 잿빛 구름이 낮게 드리우고 있었다. 늦가을은 숲의 나무들을 벌거벗겨 버렸다. 고목나무는 갈색 이끼 속에 주름진 속살을 감추고, 말없이 서 있었다. 인정사정없는 가을은 나무들의 화려한 몸치장을 벗겨버렸고, 나무들은 벌거벗은 채 앙상한 모습으로 서 있었다.

숲속의 외딴곳에 조그만 역이 외로이 서 있었다. 돌로 만든 화물 승강장에서 숲 쪽으로 파헤쳐진 땅바닥이 한 줄기로 뻗어 있었다. 거기에는 사람들이 개미처럼 몰려 있었다.

끈적끈적한 진흙이 장화 밑에서 미끈미끈 기분 나쁜 소리를 냈다. 사람들은 둑 옆에서 땀을 뻘뻘 흘리며 흙을 팠다. 곡괭이 소리가 쩡그렁쩡그렁 공허하게 울리고, 삽이 돌에 부딪쳐 파란 불꽃을 튕겼다.

빗줄기는 고운 체로 거른 듯이 내리 뿌리고, 차디찬 빗방울이 눈에 스며들었다. 사람들의 노력과 성과를 모조리 앗아가 버렸다. 흙을 쌓은 둑에서 진흙이 걸쭉한 국처럼 되어 비는 흘러 내려갔다.

흠뻑 젖은 옷은 무겁고 차가웠다. 그러나 사람들은 늦은 밤에야 겨우 일을 마치고 돌아갈 수 있었다.

파헤쳐진 땅의 줄기는 하루하루 숲 쪽으로 더욱더 나아가고 있었다.

역에서 멀지 않은 곳에 돌기둥만 남은 집이 을씨년스럽게 앙상하니 서 있었다. 뜯어갈 수 있거나 뽑아갈 수 있는 것은 모조리 벌써 오래전에 약탈자의 손이 앗아간 뒤였다. 창과 문은 말할 것도 없고, 페치카도 검은 구멍만 뚫려 있었다. 벗겨진 지붕의 구멍으로는 서까래 뼈대가 얼굴을 내밀고 있었다.

온전하게 남은 것은, 네 개의 널따란 방의 콘크리트 바닥뿐이었다. 이 위에는 흠뻑 젖고, 흙투성이가 된 옷을 입은 채로 400명의 사람들이 누워 있었다. 사람들이 문 앞에서 옷을 쥐어짜면, 흙탕물이 흘렀다. 그들은 이 원망스러운 비와 진창을 저주했다. 그리고 짚은 어설프게 깐 콘크리트 바닥 위에 빼곡히 들어차서 누웠다. 사람들은 서로 몸을 맞대고 온기를 유지하려 했다. 김이 무럭무럭 나는 옷은 마르지 않았다. 창에 걸어놓은 마대에서는 물이 바닥으로 뚝뚝 떨어졌다. 비는 함석 지붕 위에 총탄처럼 쏟아지고, 구멍이 듬성듬성 난 출입문에서는 바람이 마구 불어들어 왔다.

아침이 되자 사람들은 취사장으로 삼고 있는 낡은 가건물에서 차를 한 잔씩 마시고는 둑으로 나갔다. 점심 식사로는 변함없이 지겨운 기름기 없는 렌즈콩과, 무연탄처럼 새까만 1파운드 반의 빵을 먹었다.

도시가 그들에게 줄 수 있는 것은 이것뿐이었다.

볼에 깊이 파인 주름진 얼굴의 깡마르고 키가 큰 노인인 기술지도자 발렐리안 니코디모비치 파토슈킨과 기술자인 바클렌코는 역장 사택에 숙소를 정했다. 그는 거칠게 생긴 얼굴에 코가 유난히 크고 몸이 떡 벌어졌다.

토카료프는 다리가 짧고 수은(水銀)처럼 늘 바삐 움직이는 역 관계 비상위원 홀랴바의 방에서 기거했다.

건설부대는 이를 악물고 버티면서 온갖 어려움을 견디었다.

철로는 하루하루가 다르게 삼림 속으로 깊숙이 파고들어갔다.

건설대에는 이미 9명의 탈주자가 생겼다. 며칠 뒤에는 또 5명이 달아났다.

2주일째에 현장은 첫 번째 타격을 받았다. 저녁 기차로 시내에서 빵이 오지 않았던 것이다.

두바바는 토카료프를 깨우고 이 사실을 전달했다.

당집단(黨集團) 서기는 침대에서 털이 부스스하게 난 다리를 마룻바닥에 내려놓으며 겨드랑이 밑을 괜스레 북북 긁었다.

"웃기고 앉았네!"

재빨리 옷을 입으면서, 그는 콧소리로 혼자 중얼거렸다.

방으로 공처럼 둥글게 생긴 홀랴바가 뛰어들어왔다.

"당장 전화를 걸어서 특별부에 연결하게."

토카료프가 그에게 명했다.

"자네는 빵 이야기를 누구한테도 입 밖에 내서는 안 돼."

그는 두바바에게 경고했다.

홀랴바는 철도교환수들을 상대로 반 시간이 넘도록 고래고래 악을 쓴 끝에, 마침내 특별부 차장인 주프라이와 연결할 수 있었다. 고함소리를 듣는 내내 토카료프는 답답해서 발을 굴렀다.

"뭐라고? 빵이 안 갔다고? 어떤 놈의 짓인지 내가 당장 알아보겠어."

주프라이는 수화기를 향해서 겁주듯이 낮은 목소리로 말했다.

"그나저나 여기서는 내일, 모두에게 뭘 먹여야 할지, 말 좀 해봐요."

토카료프는 수화기에 대고 핏대를 올리며 고함을 질렀다.

주프라이는 뭔가 곰곰 생각하는 듯싶었다. 한동안 침묵이 이어진 끝에, 당 집단 서기의 귀에 다음과 같은 말이 들려왔다.

"빵은 밤중에 보내겠어. 리트케의 아들을 시켜서 자동차로 보내지. 그 아이는 길을 아니까. 늦어도 아침까지는 빵이 거기에 닿도록 할 거야."

새벽에 빵 자루를 가득 실은 진흙투성이 자동차가 역으로 다가왔다. 차 안에서 밤새 눈을 못 붙였기 때문에 해쓱해진 리트케의 아들이 축 늘어진 모습으로 기어나왔다.

철도부설을 위한 싸움은 날이 갈수록 날카로워만 갔다. 철도관리부에서는 침목(枕木)이 없다고 알려 왔다. 도시에서는 레일과 소형기관차를 현장으로 옮겨 갈 방법을 찾지 못하고, 더욱이 그 기관차 자체도 대폭 수리가 필요하다는 것이 드러났다. 제1반은 작업을 거의 끝내고 있었는데, 교대할 조가 없었다. 그렇다고, 맥 빠지고 진이 빠져 지칠 대로 지친 사람들을 더 붙잡아 둘 수도 없었다.

낡은 가건물 안에서는 램프 불빛 아래 밤이 깊도록 우두머리들의 회의가 이어졌다.

아침이 되자 토카료프, 두바바, 클라비체크가 기관차 수리와 레일 운반 문제를 해결하려고 6명을 더 데리고 도시로 떠났다. 클라비체크는 빵 굽는 일이 직업이었으므로 공급부에 검사원으로서 파견되고, 다른 사람들은 푸시차 보지쯔아로 향했다.

비는 여전히 줄기차게 내리고 있었다.

코르차긴은 겨우 끈적끈적한 진흙에서 한쪽 발을 빼냈다. 그 발을 다시 내딛자 발바닥을 도려내는 것같이 차가워졌기에, 장화의 썩은 밑창이 홀랑 벗겨져 버렸음을 알았다. 이곳에 왔을 때부터 늘 젖어 있어서, 진흙탕은 물론 쿨척 쿨척 소리를 내는 이 걸레 같은 장화에는 손을 들고 말았다. 그러던 참에 마침내 이제는 한쪽 밑창이 입을 딱 벌리며 떨어져 나가자, 맨발을 시리도록 차가운 진흙탕 속에 쑤셔박게 된 것이다. 이 장화 덕택에 그는 동료들로부터 낙오되고 말았다. 밑창의 잔해를 진흙탕 속에서 뽑아들고는, 파벨은 절망적으로 그것을 바라보며, 절대로 불평하지 않기로 했던 스스로의 서약을 깨고 말았다. 그는 장화의 잔해를 들고 가건물로 돌아갔다. 취사장 옆에 앉아 진흙투성이가 된 각반을 풀고, 추위로 곱은 발을 페치카 쪽으로 내던졌다. 선로지기의 아내인 오다르카가 조리대 위에서 뭔가를 다지고 있었다. 그녀는 주방장 조수로 일했다. 아직 늙지 않은 이 선로지기의 아내는 자연으로부터 온갖 것을 듬뿍 받아 사내처럼 딱 벌어진 어깨, 거인과 같은 가슴, 야무지고 단단해 보이는 허리를 가졌다. 그녀는 식칼을 능숙하게 다뤘다. 조리대 위에는 금세 다져진 야채가 수북이 쌓여 갔다.

오다르카는 파벨에게 싸늘한 시선을 던지고, 못마땅한 듯이 말했다.

"뭐야, 총각. 벌써 밥 생각이 나서 온 모양인데, 아직 좀 일러. 보나마나 일터에서 슬쩍 빠져나왔겠지? 그 발을 어디다 내밀려고 그러는 거야? 여기는 조리장이야. 목욕탕은 아니니까 알아서 하라고."

그녀는 코르차긴에게 사정없이 퍼부었다.

나이 지긋한 주방장이 들어왔다.

"장화가 형편없이 돼버려서요."

파벨은 취사장에 들어오게 된 사정을 설명했다.

주방장은 망가진 장화를 보고, 오다르카 쪽을 턱으로 가리키며 말했다.

"저 여자 남편이 심심풀이로 구두를 만지고 있으니까, 어떻게 해줄 수 있을지도 모르지. 신발 없이는 꼼짝할 도리가 없으니까."

주방장의 말을 들으면서, 오다르카는 파벨을 뚫어지게 보았다. 미안하다는 생각이 들었던지

"난 또, 댁이 일하기 싫어서 꾀부리는 줄 알았지 뭐야."

그렇게 변명했다.

파벨은 싱긋 웃었다. 오다르카는 제법 전문가인 양 구두를 이리저리 살펴보았다.

"이건 우리 그이도 어떻게 할 수가 없어요. 어디 손을 댈 데가 없으니 말이에

요. 하지만 절름발이로 다닐 수는 없을 테니까, 내가 낡은 덧신을 가져다줄게요. 우리 집에는 그런 것들이 잔뜩 있으니까 말예요. 딱도 하지, 이게 뭐람? 오늘내일 사이에라도 추위가 덮치면 큰일나요."

오다료카는 금방 친절해져서, 그렇게 말하고 나서는 식칼을 놓고 나갔다.

얼마 뒤 그녀는 깊숙한 덧신과 헝겊 조각을 가지고 돌아왔다. 그 헝겊을 발에 감고, 따뜻하게 한 덧신 속에 집어넣고 나서, 파벨은 입으로는 드러내지 않는 감사의 마음을 담아 선로지기 아내를 바라보았다.

토카료프는 불편한 심사로 도시에서 돌아와서는 홀랴바의 방에 우두머리들을 모아 놓고 반갑지 않은 소식을 전달했다.

"곳곳이 꽉 막혔어. 어딜 가나 되는 게 없다고. 아무래도 우리는 흰 거위*³ 놈들을 제대로 잡지 못할 것 같군. 아직도 우글우글하니 말이야."

노인은 모여든 일동에게 보고했다.

"내, 숨기지 않고 털어놓겠는데, 여러분, 사태는 도무지 말도 못할 형편이야. 두 번째로 교대할 사람들은 아직 모으지도 못하고 있는 데다가, 얼마나 보내올지도 지금으로서는 알 수가 없어. 큰 추위는 눈앞에 닥쳐와 있어. 그때까지는 무슨 일이 있더라도 진흙탕만은 돌파해 놓아야만 해. 자, 그런데 말이야, 여러분. 도시에서는 방해자는 엄벌에 처하기로 방침을 굳혔어. 그러니까 우리도 속도를 배로 늘려야만 해. 아무리 희생자가 나더라도, 지선(支線) 부설은 어떻게든 해내야만 한다고. 이것도 못해 내면서 우리가 무슨 볼셰비키라 큰소리칠 수 있겠나? 보잘것없는 오합지졸 소리를 들어도 할 말 없지."

토카료프는 여느 때의 목쉰 낮은 소리가 아닌, 강철처럼 쩅쩅한 목소리로 말했다. 찌푸린 눈썹 아래 빛나는 그 눈은 굳은 결의와 고집이 드러났다.

"오늘이라도 비밀회의를 열어서, 모두에게 설명하자. 그리고 내일부터는 일제히 작업에 들어가는 거야. 아침이 되면 당원이 아닌 자들은 모두 보내버리고, 우리만 남는다. 자, 이게 현위원회의 결의야."

그는 네 겹으로 접은 서류를 판크라토프에게 건네주었다.

이 하역인부의 어깨너머로 코르차긴은 다음과 같은 글을 읽었다.

---

*3 반혁명분자를 일컬음.

'청년공산동맹원 전원을 반드시 현장에 남길 것. 첫 번째 연료가 배급된 다음에 교대를 허락하기로 한다. 현위원회 서기대리 R. 우스티노비치.'

좁은 가건물 속은 비집고 들어갈 틈도 없다. 거기에는 120명이나 되는 사람들이 들어차 있었다. 벽에 기대선 자, 책상 위에 올라앉은 자, 취사장에까지 들어가 있는 사람도 있었다.

판크라토프가 개회를 선언했다. 토카료프는 많은 말을 하지 않았으나, 그의 연설의 마지막 부분은 모두 의지를 보여주었다.

"내일, 당원과 청년공산동맹원은 도시로 돌아가지 않기로 한다."

허공으로 들어올린 노인의 한 손은 이 결정이 움직일 수 없는 것임을 강조했다. 이 몸짓은 시내에 있는 가족들 곁으로 돌아가려는, 즉 이 시궁창에서 빠져나가려고 하는 모든 희망을 산산조각으로 깨어 버렸다. 마지막 순간에는 고함소리 때문에 뭐가 뭔지 알아들을 수가 없었다. 모두의 몸이 움직이기 때문에 빛이 약한 램프 불이 가물거렸다. 어두운 그림자가 모두의 얼굴을 뒤덮었다. 웅성거리는 소리는 더 커졌다.

가정의 즐거움을 꿈꾸듯이 이야기하는 자가 있는가 하면, 흥분해서 횡설수설하는 자도 있었다. 그러나 대부분은 입을 꼭 다물고 있었다. 그중에서 한 사람만 거부 의사를 드러냈다. 그의 흥분한 목소리는 방 한구석에서 들려왔다.

"멋대로들 해! 난 이제 하루라도 더 이 거지 같은 곳에는 남지 않을 거야! 강제노역이란, 죄를 지었을 때 하는 거 아니야. 우리가 도대체 무슨 죄를 지었다는 거야? 2주일 내내 죽을 고생을 했으면—이제 지긋지긋하다고. 이보다 더 이 짓을 할 멍청이가 어디 있어? 결정했다면, 그런 결정을 내린 그놈이 와서 하면 되잖아? 하고 싶은 놈이 와서 이 진흙탕을 파든지 말든지 하라고. 하지만, 내 목숨은 하나밖에 없단 말이야. 난 내일, 가겠어."

이렇게 마구잡이로 날뛰는 자의 앞에 있던 오크네프는, 그 얼굴을 보려고 성냥을 그었다. 성냥불은 한순간 증오에 찬 일그러진 얼굴과 딱 벌린 입을 어둠 속에서 드러냈다. 오크네프는 그가 현식량위원회 회계계의 아들이라는 것을 알 수 있었다.

"뭘 보는 거야? 난 달아나지도, 숨지도 않는다고. 도둑놈이 아니니까."

성냥불은 꺼졌다. 판크라토프가 불쑥 일어섰다.

"거기서 된 소리 안 된 소리 지껄이는 게 누구야? 이 당의 사명을 강제노역에 비유하는 놈은 어느 놈이냐고!"

그는 옆에 선 사람들을 날카로운 눈초리로 돌아보면서, 낮은 목소리로 말하기 시작했다.

"친애하는 동지들, 우리는 무슨 일이 있더라도 도시로 돌아갈 수는 없습니다. 우리가 만일 여기서 뿔뿔이 흩어져 버린다면, 우리의 가족들은 얼어죽어 버린다는 걸 알아야 합니다. 여러분, 빨리 끝내면 그만큼 빨리 돌아갈 수 있소. 지금 저기서 한 사람의 비겁자가 바라듯이 우리가 여기서 달아난다면 우리의 사상과 규율이 우리를 용서하지 않을 것이오."

하역인부는 본디 연설을 좋아하는 편은 아니었지만, 이 짧은 연설조차 조금 전의 그 목소리에 의해서 끊기고 말았다.

"그렇다면, 당원이 아니라면 돌아가도 된다 이 말인가?"

"그렇다."

판크라토프는 잘라서 말했다.

짧은 도시풍 외투를 입은 젊은이가 사람들을 헤치면서 탁자 앞으로 나왔다. 작은 카드가 박쥐처럼 날아오더니 판크라토프의 가슴에 맞고, 다시 탁자 위에 튕겨서, 밑으로 떨어졌다.

"자, 당원증 여기 있소. 받으시오. 이따위 종이쪽지 때문에 건강을 망치고 싶지는 않소!"

그 마지막 말은, 가건물 안의 곳곳에서 터져나오던 사람들의 목소리로 한번에 지워버렸다.

"저놈이 당원증을 집어던져?"

"저런 놈의 새끼! 돈에 눈이 뒤집힌 새끼!"

"콤소몰에 단물이라도 빨려고 들어왔니!"

"저런 자식은 당장 여기서 몰아내!"

"손 좀 봐줄까, 이 티푸스를 옮기는 벌레 같은 새끼야!"

당원증을 내던진 사나이는 목을 움츠리고 출입문 쪽으로 빠져나갔다. 사람들은 그를 페스트 환자이기라도 한 것처럼 한쪽으로 피해서 길을 비켜 주었다. 그의 등 뒤에서 문이 닫히는 소리가 났다.

판크라토프는 내던져진 당원증을 손가락 끝으로 집어서, 그것을 램프 불에 가져갔다.

불이 붙은 종이는 돌돌 말리면서 타기 시작했다.

숲속에 총소리가 울려퍼졌다. 낡은 가건물에서 숲속 어둠으로 한 마리 말이 달려갔다. 학교와 가건물에서는 사람들이 뛰쳐나왔다. 누군가가 문틈에 끼워 놓은 합판 조각에 부딪혔다. 다들 성냥을 그었다. 바람에 흔들리는 불을 옷자락으로 가리면서, 합판 조각을 비췄다. 거기에는 다음과 같은 글귀가 있었다.

"전원, 역에서 본디 장소로 철수하라. 남아 있는 자는 이마에 총알이 박힐 것이다. 마지막 한 놈까지 모조리 죽인다. 누구도 용서하지 않는다. 기한은 내일 밤중까지 유예해 준다."

그리고 "대장 체스노크"라고 서명이 쓰여 있었다.

체스노크는 오를리크 일당이었다.

리타 방의 책상 위에는 일기장이 펼쳐진 채로 놓여 있다.

12월 2일

아침에 첫눈이 내렸다. 지독한 추위다. 계단에서 브야체슬라프 오리신스키를 만나서 함께 걸었다.

"난 첫눈을 바라보는 건 언제나 좋습니다. 이 추위 좀 보세요! 이것도 매력이지요, 안 그래요?"

오리신스키가 말했다.

나는 보야르카 일을 생각하면, 추위도 첫눈도 도무지 즐겁지 않을뿐더러, 도리어 마음이 무겁다고 말하고, 그 까닭을 이야기했다.

"그건, 주관적이에요. 만일 당신의 그와 같은 생각을 확대해 나간다면, 예컨대 전쟁 중에는 웃음이라든가, 일반적으로 낙천적인 모습을 드러내는 일은 금기가 되는 수밖에 없겠지요. 그러나 현실은 그런 게 아니거든요. 비극은 전선 지대에 있는 겁니다. 거기서는 삶이, 머지않아 죽음이 가깝다는 사실에 압도 당하기 때문이지요. 그러나 그곳에서조차 사람들은 웃습니다. 전선에서 떨어진 곳에서의 생활은 전과 조금도 달라지지 않았다는 사실을 알아야 해요."

웃음, 눈물, 슬픔, 기쁨, 구경거리에 대한 갈망과 향락, 분노, 사랑…….

오리신스키의 말에서는 어디까지가 농담인지 알아차리기 어렵다. 오리신스키는 외무인민위원회의 전권위원(全權委員)이며, 1917년 이래 줄곧 당원이다. 옷차림은 서구풍이고, 언제나 매끈하게 면도를 했으며, 향수 냄새를 살짝 풍긴다. 우리 건물의 세갈의 아파트에 살고 있다. 밤에는 종종 나한테도 놀러 온다. 이 사람과 이야기하는 것은 재미가 있다. 그는 서구에 대해 잘 알고 있고, 파리에서 오랫동안 살았다 한다. 하지만 나는 우리 두 사람이 좋은 친구가 될 수 있을 것같이 느껴지지 않는다. 그 까닭은 그는 나를 여자로 보고, 그다음에 비로소 당의 동지로서 보기 때문이다. 하기는 그는 자신의 욕망이나 생각을 숨기지는 않는다. 언제나 용감하게 본심을 털어놓는다. 게다가 요령도 좋다. 그는 그것을 아름답게 보이는 방법을 터득하고 있다. 그래도 나는 그를 좋아하지는 않는다.

나에게는, 주프라이의 거칠지만 소박한 면이 오리신스키의 서구풍 외양보다도 견줄 수 없을 만큼 친근감이 느껴진다.

보야르카로부터 짤막한 보고가 와 있다. 선로 부설은 하루에 100싸젠*⁴씩. 침목을, 얼어붙은 지면 때문에 파놓은 구멍 속에 바로 깔아 나간다. 그곳에 있는 것은 겨우 240명쯤. 제2교대반의 반쯤은 뿔뿔이 달아나 버렸다. 확실히 조건이 나쁜 것이다. 이 추위 속에 그 사람들은 어떻게 일을 하고 있을까?……
두바바는 벌써 일주일이나 그곳에 있다. 푸시차 보지쯔아에서는 기관차 8대 중에서 5대가 마련되었다. 나머지에는 부품이 없다고 한다.

드미트리에게는 전차관리부에서 형사소송을 제기했다. 그는 푸시차 보지쯔아에서 도시로 가는 전차를, 작업반을 인솔해 가서 억지로 꼼짝 못 하게 만들었기 때문이다. 승객을 몰아내고, 그는 거기에 협궤용(狹軌用) 선로를 실었다. 그리고 시가전차(市街電車) 19대에 레일을 싣고 역으로 운반해 왔던 것이다. 전차 종업원들도 모두 응원해 주었다.

역에서는 솔로멘카의 콤소몰 무리가 밤사이에 그 선로를 열차에 싣고, 드미트리는 일행들과 함께 보야르카선으로 가져갔다.

아킴은 두바바 문제를 서기국(書記局)에 제기하는 것을 거부했다. 드미트리

---

*4 러시아의 길이 단위. 1싸젠은 2.13미터.

는 전차관리부의 추태라고 할 만한 태만과 관료주의를 우리에게 이야기해 주었다. 거기서는 차량을 2대 넘게 제공하는 것은 불가능하다고 한마디로 거절했다고 한다. 게다가 투프타는 두바바에게 꼴사납게 설교까지 했다고 한다.

"이제는 게릴라식 전술처럼 엉뚱한 짓은 집어치울 때야. 지금이 어느 세상인데, 그따위 짓 하다가는 감옥에 가기 십상이지. 서로 대화를 해서 말이야, 힘으로 점거하는 따위 짓은 피하고도 방법이 있지 않아?"

우리는 이때처럼 격분한 두바바를 일찍이 본 적이 없다.

"그렇다면, 종이 쪼가리나 중요하게 여기는 그쪽은 왜 대화를 하려고 하지 않았지? 잉크나 빨아먹는 거머리가 이런 데 앉아서 입만 살아가지고 나불거리고 있군. 우리는 선로를 가져가지 않으면 보야르카에서 작업이 중단된단 말이야. 너 같은 놈은, 이런 데서 입이나 놀리면서 사업에 방해되지 않게 현장으로 보내야 되겠소. 토카료프에게 버릇 좀 고쳐달라고 말이오!"

드미트리는 현위원회의 모두에게 그렇게 소리를 질렀다.

투프타는 두바바에 대해서 고소장을 썼다. 그런데 아킴은 나에게 잠깐 자리를 피해 달라고 한 다음 그와 10분쯤 이야기를 나누었다. 투프타는 얼굴이 벌겋게 달아올라 투덜대며 아킴한테서 뛰어나왔다.

12월 3일

현위원회에 새로운 사건이 일어났다. 이번에는 수송비상위원회에서 제기된 것이다. 판크라토프, 오크네프, 그리고 몇몇 동지들이 모토빌로프카 역으로 와서 텅 빈 구내에서 문짝과 창틀 따위를 떼어낸 것이다. 그리고 그것들을 모조리 작업열차에 싣고 있는데 역의 비상위원이 이들을 검거하려고 했다. 그런데 그들 쪽에서 도리어 비상위원들의 무장을 해제시켜 버리고, 열차가 움직이기 시작하자 비로소 권총을, 그것도 실탄은 빼버린 채로 돌려주었다. 다시 말해서, 문짝과 창틀은 모조리 가져가 버렸던 것이다. 그리고 토카료프는 보야르카 창고에서 못을 20푸드나 무단으로 가져갔다고 철도자재부에서 소장(訴狀)이 문제를 제기했다. 토카레프는 벌채장에서 기다란 통나무 토막을 운반해 침목 대신으로 까는 일을 한 농부들에게 보수로서 그 못을 주어 버렸던 것이다.

나는 이 사실을 주프라이에게 이야기했더니 그는 싱긋이 웃으면서 말했다.

"이런 일들은 모두 없었던 걸로 해야지."

현장 상황은 극도로 긴장해서, 하루하루가 귀중했다. 아주 사소한 아무것도 아닌 일도 엄격하게 단속해야 했다. 방해자들을 언제나 현위원회에서 불러들였다. 현장 사람들은 더욱더 형식주의의 틀 밖으로 나가 버렸다.

오리신스키가 나에게 작은 전기난로를 가져다주었다. 나와 올가 율레네바는 거기에 손을 쬔다. 그러나 방은 이런 것쯤으로는 좀처럼 따뜻해지지 않는다. 저 숲속에서는 오늘 밤에는 어떻게들 지내고 있을까? 올가의 이야기로는 병원조차 지독히 추워서 환자들은 담요 밑에서 도저히 기어나올 엄두도 내지 못한다고 한다. 난방은 이틀 뒤부터다. 천만에, 오리신스키 동지, 전선의 비극은 곧 후방의 비극이기도 합니다!

12월 4일

밤새도록 눈이 내렸다. 보야르카에서는 모든 것이 눈 속에 파묻혀 버렸다는 소식이 들어와 있다. 작업은 멈춰 버렸다. 도로에 쌓인 눈을 치우고 있다. 오늘 현위원회는 다음과 같은 결정을 내렸다. 목재 벌채 경계선까지의 제1기 작업은 1922년 1월 1일 안으로 끝내기로 한 것이다. 이 결정을 보야르카에 전달하자 토카료프는 이렇게 대답했다 한다.

"우리는 쓰러지지 않는 한 해내겠다."

코르차긴의 소식은 도무지 들을 수 없다. 그에게 판크라토프의 경우와 비슷한 사건이 일어나지 않는 게 이상하다. 그가 왜 나를 피하는지 나는 여전히 알 수가 없다.

12월 5일

어제, 백파 일당이 현장에 마구 총격을 가했다.

말은 부드럽고 탄력이 있는 눈 속으로 조심스럽게 발을 내디딘다. 말발굽으로 땅에 눌려 붙은 나뭇가지가 눈 속에서 이따금 빠지작 소리를 내면 말은 푸드득거린다. 그리고 섬뜩 물러서다가 쫑긋 세운 귀를 한 대 얻어맞고는 앞에 가는 말을 뒤따라서 빠르게 달린다.

거의 10명이나 되는 말 탄 무리들이 아직 눈으로 덮이지 않은 언덕을 넘어 눈사태처럼 쏟아졌다.

여기서 말을 탄 사람들은 말을 세웠다. 등자가 서로 마주치면서 소리를 냈다. 앞장선 말은 오래 달렸기에 온몸에 땀을 흠뻑 흘리면서 부산스럽게 몸을 떨어댔다.

"놈들이 이런 데까지 기어들어왔어."

앞에 서 있는 자가 말했다.

"이쯤에서 한번 혼쭐을 내주어야지. 두목 이야기로는 그 벌레 같은 인부놈들이 장작 있는 데까지 오고 있다는 건 틀림없는 사실이니까, 어쨌든 내일은 이 망할 놈들을 여기서 몰아내 버리라는 대장의 말씀이시다……."

일행은 협궤철도 옆을 한 줄로 나아갔다. 낡은 학교 옆의 빈터 바로 앞까지 왔다. 그런데 그들은 빈터로는 가지 않고 숲속에 말을 피해서 세웠다.

사격 소리가 어두운 밤의 정적을 내몰았다. 달빛에 비쳐서 은빛이 된 자작나무 가지에서 눈덩이가 다람쥐처럼 미끄러져 떨어졌다. 나무들 사이에 불꽃이 튀기고, 총알이 거칠거칠한 회벽을 뚫었다. 판크라토프가 운반해 온 창틀의 유리가 쨍그랑하더니 서글프게도 산산조각으로 깨져버렸다.

총소리에 사람들은 벌떡 일어났다. 그런데 총알이 기분 나쁜 소리를 내며 방 안을 날아다니자, 사람들은 다시 납작 엎드렸다.

서로 의지하며 몸을 웅크렸다.

"너, 어디 가는 거야?"

두바바는 파벨의 외투 자락을 붙잡았다.

"밖에."

"엎드려, 바보야. 몸을 드러내기만 해봐, 그 자리에서 맞아 죽을 테니."

드미트리가 숨찬 목소리로 소곤거렸다.

그들은 입구 바로 옆방에서 나란히 누워서 자고 있었던 것이다. 두바바는 권총을 잡은 한 손을 입구 쪽으로 뻗으며 바닥에 몸을 숙였다. 코르차긴은 7연발 권총의 탄창을 손가락 끝으로 신경질적으로 더듬으면서 몸을 숙였다. 탄창에는 5발이 들어 있었다. 빈 곳을 더듬어 찾아서 탄창을 돌렸다.

사격 소리가 뚝 그쳤다. 정적이 소름 끼치게 기분 나빴다.

"무기를 가지고 있는 사람은 이리로 모여."

소곤거리는 소리로 두바바가 엎드려 있는 사람들에게 명령했다.

코르차긴은 신중히 문을 열었다. 빈터는 조용하고, 함박눈이 천천히 흩날리며 내리고 있었다.

한편 숲속에서는 10명의 말 탄 무리가 말들을 몰아치며 달려가고 있었다.

점심때 기동차가 도시에서 달려왔다. 주프라이와 아킴이 거기서 내렸다. 토카료프와 홀랴바가 두 사람을 맞았다. 광차에서 맥심 기관총과 그 탄대(彈帶)를 담은 몇 개의 상자, 소총 20정을 내려서 플랫폼에 놓았다.

그들은 작업 현장으로 바삐 걸음을 옮겼다. 표도르의 외투 자락은 눈 위에서 갈지자를 그렸다. 그는 곰처럼 뒤뚱거리는 데다가 마치 파도에 흔들리는 수뢰정(水雷艇) 갑판을 밟은 것처럼 다리를 어기적어기적 옮기는 버릇을 고치지 못했다. 키가 큰 아킴은 표도르와 보조를 맞추어서 걸어갔으므로, 토카료프는 뒤에서 내내 종종걸음으로 달리듯이 따라가야만 했다.

"떼강도 같은 건, 별문제가 아니야. 철도공사를 가로막는 비탈이 있는 게 가장 큰 문제요! 흙을 꽤 파내야만 할걸."

노인은 걸음을 멈추고 바람을 등지고는 손바닥으로 감싸면서 담뱃불을 붙이고, 한두 번 연기를 뿜어내고 나서 앞으로 간 사람들의 뒤를 쫓았다. 아킴은 멈추어 서서 그가 따라오는 것을 기다리고 있었다. 주프라이는 걸음걸이를 늦추지 않고, 부지런히 앞으로 걸어갔다.

아킴은 토카료프에게 물었다.

"선로는 기한 내에 가능할까요?"

토카료프는 곧바로 대답하지 않았다.

"그야, 이 사람아."

그는 겨우 입을 열었다.

"일반적으로 말하자면 될 까닭이 없지. 그러나 해내야만 하겠지. 그러니 문제란 말이야."

그들은 표도르를 따라잡고, 함께 걸었다. 대장장이는 말하기 시작했다.

"바로 여기서부터 그 '그러나'가 시작되는 거야. 지금 여기에 있는 사람들 중에서는 파토슈킨과 나 두 사람만이 이런 악조건과 이런 장비, 이런 노동력으로는 작업은 완성할 수 없다는 걸 알고 있지. 그러나 한편, 해내지 않으면 안 된다는 것은 전원이 모두 잘 알고 있다고. 그렇기 때문에 나는 '우리는 쓰러지지 않는 한 해내겠다' 단언할 수 있었던 거야. 보다시피, 여기서는 벌써 두 달째나 쉬지 않고 일하고 있어. 벌써 네 번째 교대가 일하고 있지 않나? 게다가 그 핵심을 이루는 사람들은 쉴 줄도 모르고, 오로지 젊음만으로 버티고 있어. 그런데 그 반쯤은 감기에 걸렸다고. 이런 젊은 친구들을 보면, 정말 가슴 아프다네. 소중한 친구들이지…… 이런 저주받은 숲속에서 한 사람이라도 저세상으로 보내는 일이 있어서는 안 되지, 암 안 되고말고."

역에서 1킬로미터쯤 되는 곳에서 완성된 협궤철도는 끝나고 있었다.

그 앞의 1킬로미터 반쯤의 다듬어진 노면(路面) 위에는 땅바닥에 박힌 기다란 통나무들이 마치 바람에 쓰러진 울타리처럼 가로놓여 있었다. 이것은 침목이다. 그리고 그 앞의 구릉(邱陵) 있는 데까지는 평탄한 길이 뻗어 있을 뿐이었다.

여기서 일하는 것은 판크라토프의 제1작업반이었다. 40명이 침목을 깔고 있었다. 주홍빛 수염을 기른 농부가 새로 삼은 짚신을 신고 천천히 짐썰매에서 나무를 끌어내려서는 그것을 노면에 늘어놓고 있었다. 그와 같은 썰매가 몇 대 멀리서도 짐을 부리고 있었다. 두 줄기의 기다란 쇠막대가 땅 위에 놓여 있었다. 이것은 선로의 주형(鑄型)으로, 그 밑에 침목을 가지런히 놓는다. 땅을 다지는 데는 도끼와 망치, 삽 따위를 쓰고 있었다.

이 침목 부설 일은 세심한 주의가 필요했다. 게다가 좀처럼 진척되지 않는 일이기도 하다. 침목은 땅 위에 단단히 고정해야 한다. 선로가 그 하나하나 위에 균등하게 놓이도록 고정해야만 하는 것이다.

이 부설 기술을 갖춘 사람은 단 한 사람밖에 없었다. 54세나 되었는데도 흰머리가 하나도 없고, 새까만 구레나룻을 기른 보선감독(保線監督)인 라구친이다. 그는 자진해서 제4교대의 몫까지 일하고, 젊은이들과 함께 온갖 불편을 참으며, 반에서 존경을 한 몸에 얻고 있는 인물이었다. 이 비당원인 타리야의 아버지는 모든 당 회의에서 언제나 상석(上席)을 차지하고 있었다. 그는 이것이 자랑이어서, 노인은 작업을 절대로 버려두지 않겠다고 굳게 약속했다.

"이봐, 내가 어떻게 자네들을 버려둘 수가 있겠나? 내가 없으면 자네들은 선로 부설을 엉망으로 만들어 버릴 거야. 이 일에는 보는 눈이 필요하거든. 실제의 경험으로 얻은 눈이 말이야. 나는 이래 봬도 평생을 온 러시아 땅에 이런 침목을 박아 왔거든……."

그는 교대 때마다 그렇게 말했다. 그리고 뒤에 남았다.

파토슈킨은 그를 믿었으므로, 그가 맡고 있는 곳은 좀처럼 들여다보지조차 않았다. 마침 세 사람이 작업반 쪽으로 다가가자, 판크라토프가 벌겋게 상기된 얼굴로 땀을 흘리며 도끼로 침목 하치장을 만들고 있는 참이었다.

아킴은 이 하역 인부를 보고도 금세 그라는 것을 알아채지 못했다. 판크라토프는 살이 쏙 빠지고, 넓은 광대뼈는 더욱 툭 튀어나와 있었으며, 세수조차 제대로 하지 못한 얼굴은 검게 초췌해 있었다.

"아, 현(縣)의 친구들이 왔군!"

그는 그렇게 말하면서, 뜨겁고 축축한 손을 아킴에게 내밀었다.

삽 소리가 그쳤다. 둘레에 여러 창백한 얼굴이 아킴의 눈에 들어왔다. 벗어던져 놓은 외투와 반외투들이 눈 위에 흩어져 있었다.

라구친과 잠시 이야기를 나누고 나서, 토카료프는 판크라토프를 데리고 손님들을 비탈을 깎아내고 있는 데로 안내했다. 하역 인부는 표도르와 나란히 걸어갔다.

"대체 모토빌로프카에서 비상위원과 일으킨 다툼은 어떻게 된 거야, 판크라토프? 그 무장해제라는 건 좀 지나쳤던 것 같은데, 어때?"

표도르는 말수가 적은 하역 인부에게 정색하고 물었다.

판크라토프는 당황하며 싱긋 웃었다.

"우리는 그의 양해 아래 무장해제를 했어요. 그가 스스로 부탁했거든요. 그는 우리 동지라고요. 사정을 털어놓았더니 그가 이렇게 말하더군요—'여러분, 나에게는 여러분이 창틀과 문짝을 떼어 가는 걸 허용할 권한은 없습니다. 철도 자산의 약탈을 저지하라는 제르진스키 동지의 명령을 받았습니다. 이곳 역장은 나와는 앙숙인데 그놈들은 도둑질을 하고 있어요. 물론 내가 그것을 방해하고는 있지만요. 그래서 내가 여러분들의 일을 묵인한다면 그는 내 직책을 이용해서 틀림없이 나를 고발할 겁니다. 그리고 나는 혁명재판소로 보내지겠지요. 하지만 여러분들은 다들 무장해제하고 빨리 떠나 버리세요. 만일 역장이 밀고만 하지 않는다면 그것으로 끝나는 거니까' 하고 말이에요. 그래서 우리는 그대로 했지요 뭐. 문짝이나 창틀이나 개인을 위해서 떼어 온 건 아니지 않습니까, 안 그래요?"

주프라이의 눈에 웃음이 깃들어 있는 것을 확인하고, 판크라토프는 이렇게 덧붙였다.

"이건 우리가 저지른 일로 하고 동지는 그 젊은이를 문책하지 말아 주세요,

주프라이 동지."

"그 일은 이제 끝났어. 앞으로는 그런 짓은 하지 말게. 규율을 깨는 것이 되니까 말이야. 우리에게는 조직적인 방식으로 관료주의를 깨뜨릴 힘은 충분하니까. 그건 그렇고, 좀 더 중요한 이야기를 하세."

그리고 표도르는 습격 사건에 대해서 상세하게 여러 가지를 묻기 시작했다.

정거장에서 4킬로미터 반이 되는 곳에서는 삽질이 한창이었다. 사람들은 도중에 가로막은 언덕을 허물어 내고 있는 것이었다.

양쪽에는, 홀랴바의 카빈총과, 코르차긴, 판크라토프, 두바바, 호무토프 등의 권총을 빌려서 무장한 일곱 사람이 서 있었다. 이것이 이 부대가 갖고 있는 무기의 전부였다.

파토슈킨은 수첩에 숫자를 꼼꼼히 적어넣으면서 경사진 면에 앉아 있었다. 기술자는 그 혼자만 남아 있었다. 바클렌코는 백파 일당의 총알을 맞고 죽는 것보다는 차라리 직무유기로 재판에 회부되는 편이 낫겠다 싶어서 아침나절에 도시로 달아나 버렸기 때문이다.

"허물어 내는 데 반달은 걸리겠군. 땅이 얼어붙었으니까 말이야."

눈앞에 서 있는 언제나 시무룩하고 듬직하고 말수가 적은 호무토프를 보고 파토슈킨이 작은 소리로 말했다.

"노면을 만드는 데 25일을 잡고 있는데 당신은 허물어 내는 데만 15일이 걸린다는 거요?"

호무토프는 마땅치 않은 듯이 콧수염 끝을 입으로 물면서 대답했다.

"그 기한에는 어림도 없어요. 하긴 난 이제까지 이런 상황에서 이런 친구들과 작업해 본 적은 한 번도 없지만 말이에요."

마침 주프라이와 아킴, 판크라토프가 이쪽으로 다가왔다. 그 모습이 고갯길 위에서 보였다.

"저 봐, 저게 누구지?"

그러면서 손가락으로 가리키며 팔꿈치로 코르차긴을 쿡 찌른 것은 소매가 닳아 빠진 스웨터를 입은 사팔뜨기 청년으로, 페치카 트로피모프라는 공장의 볼트 깎는 직공이었다. 순간 코르차긴은 손에서 삽을 놓지도 않은 채 언덕 아래로 쏜살같이 뛰어갔다. 그의 두 눈은 모자 차양 밑에서 따뜻한 미소를 짓고 있었다. 표도르 쪽에서도 누구보다 오랫동안 그의 손을 잡고 있었다.

"잘 있었나, 파벨. 그게 뭐야, 그런 맞지도 않는 옷을 겹쳐 입고 있으니 알아볼 수가 없잖아."

판크라토프가 억지로 웃었다.

"탈주자들이 파벨의 외투를 훔쳐 갔거든요. 다행히 오크네프도 이곳 코뮌에 들어 있어서, 이 친구가 파벨에게 자기 윗저고리를 주었지요, 뭐. 파블루샤는 따뜻할 거야. 일주일 동안이나 콘크리트 위에서 지냈으니까 말이야. 짚 같은 건 아무 쓸모도 없어. 이러다가는 관 속에 들어갈 날도 멀지 않은 것 같아."

하역 인부는 퉁명스럽게 아킴에게 말했다.

눈썹이 검고 조금 들창코인 오크네프는, 교활해 보이는 눈을 가늘게 뜨면서 그에 반박했다.

"우리가 있으니까 파블루시카가 쓰러지게는 하지 않을 거야. 우리 모두가 결의해서 그를 요리사로서 오다르카의 조수로 취사장에 보내는 거야. 거기라면 멍청이가 아닌 다음에야 실컷 먹을 수도 있고 따뜻하기도 할 테니 말이야."

"난로 옆도 좋고, 오다르카 곁에 있는 것도 나쁘지는 않을걸."

일제히 터진 웃음소리가 그의 말을 감쌌다.

모두가 웃은 것은 이것이 처음이었다.

표도르는 언덕길을 살펴보고 나서, 토카료프와 파토슈킨과 함께 썰매로 벌채장에 들렀다가 다시 돌아왔다. 고갯길 위에서는 여전히 열심히 땅을 파고 있었다. 표도르는 바삐 움직이는 삽들과, 구부리고 있는 등들을 바라보다가 아킴에게 낮은 목소리로 이렇게 말했다.

"집회를 열 필요는 없겠군. 여기서는 선동하려 해도 상대가 없어. 소중한 친구들이라고 당신은 말했지만 확실히 그 말이 맞아, 토카료프. 이런 곳에서야말로 강철은 단련되어 가는 거야."

주프라이의 눈은 기쁨과 벅찬 애정에 찬 자랑스러움으로 넘쳐서 토공(土工)들을 지켜보았다. 얼마 전까지만 해도 이들 토공들의 일부는 반란 전야 총검의 위협 앞에 떨고 있었지 않은가. 그러나 이제 그들은 열과 생명의 뿌리인 귀중한 연료의 보고(寶庫)까지 선로라는 강철의 동맥을 뻗고자 하는 유일한 갈망에 사로잡혀 있는 것이다.

파토슈킨은 2주일 전에 비탈을 깎아내고 개통시킨다는 것이 불가능하다는 것을 정중하지만 확신을 갖고 표도르에게 증언했다. 표도르는 그 말에 귀를 기울이고, 스스로 무언가 마음먹은 바가 있는 것 같았다.

"모두를 언덕에서 철수시키고, 노면 쪽을 더 앞쪽으로 벌리도록 해주시오. 언덕은 다른 방법으로 처리합시다."

역에서 주프라이는 오랜 시간 동안 전화통 앞에 앉아 있었다. 홀랴바는 문 앞에서 망을 보고 있었다. 그에게는 등 너머로 표도르가 굵고 낮은 목소리로 말하고 있는 것이 들렸다.

"내 이름으로 즉시 관구사령관을 부르도록. 푸즈일레프스키 연대를 곧바로 건설구에 보내 주어야겠어. 지구 내에서 백파 일당들을 소탕해 버릴 필요가 있어. 기지에서 폭파수(爆破手)를 태워서 장갑열차를 즉시 보내도록. 다른 일은 내가 직접 명령할 테니까. 밤중에 돌아가게 될 거야. 리트케에게 자동차를 가지고 12시까지 역으로 오도록 전달할 것, 알았나?"

아킴의 짧은 연설이 있은 다음, 가건물 안에서는 주프라이가 이야기하기 시작했다. 동지적인 대화를 나누는 동안에 어느덧 한 시간이나 지나버렸다. 표도르는 1월 1일로 지정된 준공 기일을 어길 수는 없음을 작업원들에게 설명하고 있었다.

"우리는 이 건설을 전시상태 아래로 옮긴다. 이제부터 6개의 작업반으로 나눈다. 이 6개의 작업반에는 모두 확고한 임무가 주어진다. 앞으로 남은 부설공사 구간은 6등분된다. 각 반이 저마다 그 일부씩을 분담한다. 1월 1일까지는 모든 공사가 완료되어야만 한다. 책임 구간을 일찍 완성한 반은 휴식과 함께 도시로 돌아갈 권리가 주어진다. 그 밖에 현(縣)집행위원회 간부회는 이번의 우수한 노동자에게 적기훈장(赤旗勳章)을 수여할 것을 우크라이나 중앙집행위원회에 건의할 것이다."

작업반장으로서 지명된 것은, 제1반—판크라토프, 제2반—두바바, 제3반—호무토프, 제4반—라구친, 제5반—코르차긴, 제6반—오크네프였다.

"건설대장으로서는, 다시 말해서 그 정신적 지도자인 동시에 조직자로서는, 안톤 니키폴로비치 토카료프가 종전대로 유임한다."

주프라이가 말을 맺으면서 덧붙였다.

참새 떼들이 일제히 날아오르는 듯한 박수가 터지고, 사람들의 거친 얼굴에도 미소가 떠올랐다. 그리고 고지식한 평소의 인품에 걸맞지 않는 친근한 농

담을 섞은 주프라이의 마지막 한마디는 폭소로 말미암아 오랫동안 이어졌던 긴장감을 풀어 주었다

　20명쯤이 함께 어울려, 아킴과 표도르를 기동차 있는 데까지 배웅을 나갔다.

　코르차긴과 작별할 때, 눈으로 뒤덮인 덧신을 보면서, 표도르는 작은 목소리로 말했다.

　"장화를 보내 줄게. 발의 동상은 아직 괜찮아?"

　"아직은 그런 것 같아요. 그런데 부어오르기 시작했어."

　파벨은 그렇게 대답했지만, 예전부터 자신의 소망이 문득 떠올라 표도르의 소매를 잡았다.

　"권총 탄창을 몇 개 줄 수 없을까요? 나한테는 쓸 만한 것은 3발밖에 남지 않았거든."

　주프라이는 곤란하다는 듯이 고개를 흔들었으나, 파벨의 눈 속에 낙담한 빛을 보자, 서슴지 않고 자신의 모제르 권총을 벗었다.

　"자, 이게 내 선물이다."

　파벨은 지금 자기가 받은 것이 오랫동안 그처럼 소망하던 것이라고는 얼른 믿어지지 않았다. 그러나 주프라이는 그의 어깨에 벨트를 걸어 주었다.

　"자, 가져, 가져! 전부터 네가 이걸 갖고 싶어 한다는 건 나도 알고 있었어. 다만, 조심해서 다뤄야 해. 잘못하다가 우리 편을 쏘면 안 되니까. 여기에 달린 새 탄창도 3개 주지."

　무척 부러운 듯한 여러 시선이 파벨에게 쏠렸다. 누군가가 고함을 질렀다.

　"파브카, 내 장화와 안 바꿀래? 반코트도 덤으로 붙여 줄게."

　판크라토프가 장난스럽게 파벨의 등을 쿡 찔렀다.

　"펠트 부츠와 바꾸지그래. 어차피 그 덧신을 신고는 크리스마스까지 목숨이 붙어 있기 어렵겠는걸."

　기동차의 발판에 한 발을 올려놓은 채 주프라이는 자신이 준 권총의 휴대 허가증을 쓰고 있었다.

　이른 아침에 장갑열차가 덜커덩거리면서 역으로 들어왔다. 백조의 솜털처럼 흰, 뭉게뭉게 피어오르는 김은 화사한 깃장식처럼 펼쳐지지만, 곧 냉각되어 맑은 대기 속으로 사라져갔다. 장갑차량에서는 가죽옷을 입은 사람들이 내렸다.

몇 시간 뒤에는 이 장갑열차를 타고 온 3명의 폭파수가 2개의 큼직한, 검게 번들번들 빛나는 호박 같은 것을 땅속 깊이 묻고 거기서 기다란 끈을 끌어 놓은 다음에 발파 신호를 했다. 그러자 사람들은 여기저기로 뛰어갔다. 성냥불을 그어대자 끈 한쪽 끝이 칙 하며 불꽃이 타올랐다.

수백 명의 사람들은 한순간 숨을 죽였다. 1분, 2분 이윽고 대지가 흔들흔들 하는가 싶더니, 무서운 힘이 거대한 흙더미를 공중으로 불어 올리며 언덕 꼭대기를 무너뜨렸다. 두 번째 폭파는 더욱 강력했다. 무서운 굉음이 밀림을 꿰뚫고, 박살이 난 언덕에서 일어나는 울림이 주변 일대에 꽉 채우고 넘쳤다.

조금 전까지 언덕이 있던 곳에는, 깊은 구덩이가 입을 딱 벌리고, 주위 수십 미터에 걸쳐서는 산산조각으로 흩어진 흙이 설탕 같은 흰 눈 속에 뒤섞여 있었다.

폭파로 생긴 오목한 곳을 향하여 사람들은 곡괭이와 삽을 들고 달려갔다.

주프라이가 떠나자, 현장에서는 치열한 1위 쟁탈전이 펼쳐졌다.

날이 채 밝기도 전에 코르차긴은 다른 사람의 잠을 깨우지 않도록 조심하여, 가만히 일어나서, 차디찬 바닥 때문에 뻣뻣해진 다리를 끌면서, 취사장으로 나갔다. 물통에 찻물을 끓여 놓고 나서 돌아와, 자기 반원들을 모두 깨웠다.

모두가 눈을 떴을 무렵에는 밖은 이미 밝아오고 있었다.

가건물에서 아침 차를 마시고 있을 때, 두바바가 자기 건설대원들과 앉아 있는 탁자 쪽으로 판크라토프가 끼어들어 왔다.

"봤어, 미차이? 파브카는 아직 날도 밝기 전에 반원들을 깨웠어. 아마 벌써 10싸젠은 깔았을걸. 그 친구들 말에 따르면, 그는 주요 작업장 친구들을 독려해서 25일까지는 자기들 담당구역을 완성하기로 결의했대. 우릴 골탕먹일 생각이야. 하지만 말이야, 안 된 말이지만, 그건 좀 어려울걸!"

그는 두바바에게 괘씸하다는 듯이 말했다.

미차이는 쓴웃음을 지었다. 그는 파벨의 이 행위가 부두 종업원집단의 서기를 자극했는가를 똑똑히 알고 있기 때문이다. 게다가 친구인 두바바를 파벨이 한 대 먹인 꼴이었기 때문이다. 다시 말해서, 그것은 한마디 인사도 없이 전부대에게 도전장을 내민 결과가 되는 셈이었다.

"우정은 우정, 담배는 별도, 라는 이야기군. 요컨대 누가 이기느냐야."

판크라토프가 말했다.

점심때 코르차긴네 반의 맹렬한 작업은 뜻밖에 멈추고 말았다. 총을 세워놓은 옆에 서 있던 보초가 나무들 사이로 기마대의 모습을 발견하고 경고 사격을 했다.

"총을 잡아! 백파 일당이다!"

파벨은 그렇게 소리치고는, 삽을 팽개치고 자신의 모제르총을 걸어놓은 나무 쪽으로 달려갔다.

무기를 잡고, 반원들은 길가의 눈 위에 몸을 엎드렸다. 선두의 기마병들은 모자를 흔들었다. 그리고 그중의 한 사람이 소리쳤다.

"기다려, 동지들! 아군이다!"

붉은 별이 붙은 부됴니 모자를 쓴 기병이 50명쯤 이쪽으로 다가왔다.

그것은 푸즈일레프스키 연대의 1개 소대가 공사 현장을 찾아온 것이었다. 파벨은 대장이 탄 말의 귀가 잘려나가 있음을 보았다. 이마에 흰 얼룩이 있는 멋진 회색빛 말은 그 자리에 서려고도 하지 않고, 기수 밑에서 깡총깡총 날뛰고 있었다. 파벨이 그쪽으로 달려가서 재갈을 잡자, 말은 깜짝 놀라서 뒷걸음질을 쳤다.

"이 대머리 장난꾸러기 말 같으니, 뜻밖에 여기서 너를 만나는구나! 총알을 맞고도 무사했구나, 외짝 귀의 잘생긴 놈!"

그는 말의 목을 다정하게 어루만지며, 부르르 떨고 있는 콧등을 한 손으로 쓰다듬어 주었다. 대장은 뚫어지게 파벨을 보고 있더니, 이윽고 알아보고는 깜짝 놀라며 소리쳤다.

"야, 이거 코르차긴이 아니야? 말만 알아보고 이 세레다는 쳐다보지도 않기야? 이거 얼마만이지, 형제!"

도시에서도 비상이 걸렸다. 자르키는 조직에 남아 있던 자들을 보야르카로 보내, 지구위원회는 텅 비어버렸다. 솔로멘카에 남아 있는 것은 아가씨들뿐이었다. 철도기술학교에서도 자르키는 학생들 무리를 현장에 파견하도록 합의를 보았다.

그 과정을 낱낱이 아킴에게 털어놓으면서 그는 농담삼아 이렇게 말했다.

"남은 것은 나와, 여자 프롤레타리아뿐이야. 그래서 나 대신 라구티나를 앉혀야겠어. 문에는 '여성부'라고 써 붙여 놓고, 나도 보야르카로 갈 작정이야. 아무래도 나는 남자 혼자 여자들 속에서 어정어정하는 건 질색이거든. 아가씨들은 이상한 눈으로 나를 보는 것 같아. 보나마나 속으로는 '모조리 다 일터에 내보내 놓고, 저 혼자만 남아 있다니, 얌체야' 어쩌구, 그런 말들을 수군거리고 있을 게 틀림없어. 나도 보내 줬으면 좋겠어.'

아킴은 웃으면서 그것을 거부했다.

보야르카에는 사람들이 몰려왔다. 철도기술학교 학생 60명도 도착했다.

주프라이는 새로 파견한 노동자들 숙소로서 4개의 여객차량을 보야르카로 보내주도록 철도관리부의 허락을 받았다.

두바바의 반은 현장을 떠나서, 푸시차 보지쯔아로 파견되었다. 이 반에는 현장으로 소형 기관차와 65량의 협궤용무개화차(狹軌用無蓋貨車)를 보내 주도록 명령이 내려졌다. 이 일은 현장의 과업과 똑같이 간주되었다.

출발 전에 두바바는 클라비체크를 공사 현장으로 다시 불러들여서 새로 만들어진 조(組)를 그에게 맡기도록 토카료프에게 일렀다. 토카료프는 두바바가 어떤 동기로 그 체코인을 추천하는지는 의심하지 않고 지시를 내렸다. 그런데, 그 원인은 실은 솔로멘카에서 온 친구들이 전한 안나의 편지였다. 안나는 이렇게 써 보냈다.

"드미트리! 나와 클라비체크는 당신들을 위해서 책을 많이 모았습니다. 당신과 보야르카의 모든 돌격대원에게 열렬한 인사를 보냅니다. 얼마나 멋진 분들이에요! 힘과 에너지가 넘치기를 바랍니다. 어제는 마지막으로 남은 목재를 창고에서 배급해 버렸습니다. 클라비체크가 당신들에게 안부 전해 달라고 하더군요. 훌륭한 사람이에요. 그분은 당신들을 위해서 스스로 빵을 굽고 있습니다. 그는 누구의 손도 빌리지 않고 있습니다. 혼자서 가루를 체에 치고, 반죽도 자기 손으로 만듭니다. 어디서 좋은 가루를 구해 왔는지 내가 받고 있는 것과는 비교할 수 없을 만큼 맛있는 빵을 구워냅니다. 밤이 되면, 라구티나, 아르튜힌, 클라비체크, 그리고 가끔은 자르키 등이 내가 있는 곳에서 모이곤 합니다. 공부도 조금은 하고 있지만, 주로 이런저런 이야기를 나누는데, 가장 많이 화제에 올리는 것은 당신들 일입니다. 여자들은 토카료프가 공사 현장에 보내 주지 않는다고 분개하고 있습니다. 자기들도 다른 사람들과 똑같이 고생을 참고 견딜 수 있다고 단언하지요. 탈랴는 '아빠의 옷을 입고 아빠한테로 갈 거야. 쫓겨나더라도 상관없어' 이렇게 말하지요.

그 아이는 아마 제 말대로 할 거예요. 검은 눈의 그 사람에게 제 안부 좀 전해 주세요. 안나."

눈보라가 갑자기 휘몰아쳤다. 하늘은 잿빛의 낮게 드리운 비구름으로 덮였다. 눈이 펑펑 쏟아지기 시작했다. 밤이 되자 굴뚝 속에서 바람이 사납게 울부짖기 시작하고, 요리조리 피해 가는 눈보라를 쫓아 나무들 사이에서 으르렁거렸다. 위협하는 듯한 휘파람소리를 내며 숲을 소란스럽게 만들었다.

눈보라는 밤새 날뛰며 마음껏 휩쓸었다. 밤새 난로를 피웠는데도 사람들은 뼛속까지 얼어들었다. 역의 허술한 건물은 좀처럼 온기를 보존하지 못했다.

아침이 되자 작업을 시작하려던 부대는 쌓인 눈 속에 못박혀 버렸지만, 나무들 위로 태양이 불타고, 곱게 푸른 하늘에는 한 줌의 구름도 없었다.

코르차긴 조(組)는 담당구역에서 눈을 치우고 있었다. 이제서야 겨우 코르차긴은 추위의 고통이 얼마나 혹독한지를 실감할 수 있었다. 오크네프가 준 윗옷으로는 좀처럼 몸이 따뜻해지지 않았으며, 덧신에는 눈이 가득 찼다. 그리고 몇 번씩이나 눈더미 속에서 벗겨져 버렸다. 한쪽 장화도 이제는 위태위태했다. 맨바닥에 누웠던 탓으로, 목덜미에는 커다랗게 뾰루지가 2개나 돋았다. 목도리 대용으로 쓰라고 토카료프가 자기 수건을 건네주었다.

몸이 야윈 편인 파벨은 퉁퉁 부은 눈을 하고, 널따란 나무 삽으로 눈을 긁어모아 놓고, 정신없이 그것을 퍼올리고 있었다.

이 무렵, 역에 여객열차가 들어왔다. 숨이 넘어갈 듯한 기관차는 이곳까지 자기 몸뚱이를 겨우 끌고 왔다. 연료차량에는 장작이 바닥났으며, 화구에서는 타다 남은 장작숯불이 다 꺼져 가고 있었다.

"장작이 있으면 더 달릴 수 있지만, 그게 없다면, 열차를 미리 대피선 쪽으로 넣어야겠어요!"

기관사는 역장에게 소리 질렀다.

열차는 대피선으로 옮겨졌다. 낙담한 여객들에게도 기차가 멈춘 원인을 알렸다. 꽉 찬 차내에서는 한숨과 욕지거리가 여기저기에서 터져나왔다.

"영감과 상의 좀 해보지그래. 저봐, 저 승강장으로 걸어가고 있는 사람 말이야. 저게 현장 감독이야. 어쩌면 장작을 썰매로 기관차까지 옮겨주라고 명령해 줄지도 모르잖아. 저 친구들은 저걸 침목 대용으로 쓰고 있거든."

역장은 차장들에게 그렇게 일러 주었다. 그들은 토카료프를 만나러 갔다.

"장작은 주지. 하지만 그냥은 안 돼. 이건 우리들 건설 자재니까 말이야. 실은 눈이 쌓여서 골치를 썩이고 있거든. 그래서 말이지, 아이들과 여자는 차내에 남아 있어도 좋지만, 다른 승객들은 삽을 들고—밤까지 눈을 좀 치워 주겠나? 그러면 장작을 주지. 만일 싫다면 차내에서 이해를 넘기든지."

토카료프는 차장들에게 그렇게 말했다.

"야, 저것 봐, 잔뜩 몰려오는데! 저런, 여자도 있군!"

코르차긴 등 뒤에서 깜짝 놀란 듯한 소리들이 터져나왔다.

파벨은 돌아다보았다.

"그쪽으로 100명쯤 보냈으니까 말이야, 일을 지시하고 땡땡이 부리지 않도록 감독해 주게."

토카료프가 옆으로 다가와서 말했다.

코르차긴은 새로 몰려온 사람들에게 일을 나눠 주기 시작했다. 모피 깃이 달린 철도 제복 외투를 입고, 따뜻해 보이는 양피모자를 쓴 키 큰 사나이가 못마땅하다는 듯 삽을 두 손으로 뺑뺑 돌리더니, 자기 곁에 서 있던, 술방울이 달린 해표가죽 모자를 쓴 젊은 여자에게 투덜대고 있었다.

"눈 치우는 일 같은 건 하고 싶지 않은데. 아무도 그런 일을 내게 시킬 권리는 없어. 만일 내게 토목기사로서 부탁한다면 공사 감독쯤이야 할 수도 있지. 하지만 당신이나 나나, 뭣 때문에 눈을 치워야 하느냐 말이야. 그런 일이 무슨 지령서(指令書)에 써 있는 것도 아니고 말이야. 그 영감의 방법이야말로 위법이라고. 어디 내가 책임을 물을 테니까. 도대체 여기 감독은 누구요?"

그는 바로 옆에 있는 노동자에게 물었다.

코르차긴이 다가왔다.

"어째서 당신은 작업을 하지 않는 거요?"

사나이는 상대를 얕보는 눈초리로 발끝에서 머리끝까지 한 번 훑어보았다.

"당신은 뭐하는 사람이요?

"나는 노동자요."

"그럼, 당신과는 이야기가 안 되겠군. 감독이나 아니면 누구든 당신 윗사람을 좀 보내 주시오……."

코르차긴은 그를 힐끗 바라보았다.

"일하고 싶지 않다면, 좋습니다 그러나 승차권에 일했다는 도장이 찍혀 있지 않으면 열차는 탈 수 없소. 건설대장으로부터의 그러한 명령이니까요."

"당신도 거절하는 쪽인가요?"

파벨은 여자 쪽을 돌아보았다. 그리고 순간 깜짝 놀랐다. 눈앞에 서 있는 것은 저, 토냐 투마노바가 아닌가.

그녀도 누더기 같은 옷을 입은 파벨을 겨우 그제야 알아보았다. 해지고 찢어진 옷에 희한하게 생긴 신발을 신고, 목에는 지저분한 수건을 감고, 언제 세수했는지도 알 수 없는 얼굴로 눈앞에 서 있는 것이 파벨이었던 것이다. 다만 눈만은 이전과 변함없이 생기가 돌았다. 틀림없이 그 사람의 눈이다. 부랑자 같은 이 누더기 차림의 사나이가 고작 얼마 전까지만 해도 그녀의 사랑을 받고 있었던 것이다. 모든 일이 어쩌면 이처럼 변했단 말인가!

그녀는 얼마 전에 식을 올리고, 철도관리부의 요직에 있는 남편과 함께 큰 도시로 부임해 가는 길이었다. 그런데 하필이면 바로 이런 곳에서 자신이 처녀 시절에 마음이 끌렸던 사람과 마주치게 된 것이다. 그녀는 손을 내밀기조차 어쩐지 거북했다. 남편 바실리는 어떻게 생각할까? 코르차긴이 이런 꼴로 영락(零落)하다니, 정말 싫어. 역시 화부(火夫) 출신으로는 땅 파는 인부밖에 될 수 없었던 것일까?

그녀는 당황해서 얼굴을 붉히면서 어쩔 줄 몰라하며 서 있었다. 철도기사는 자기 아내에게서 시선을 떼지 못하는 이 누더기를 걸친 사나이의 뻔뻔스런(그에게는 그렇게 생각되었다) 행동에 기분이 상했다. 그는 삽을 땅바닥에 던지고는 토냐 쪽으로 다가와서 말했다.

"갑시다, 토냐. 난 이런 라짜로니*5를 가만히 바라보고 있을 수가 없어."

코르차긴은 《주세페 가리발디》라는 소설을 읽은 적이 있었으므로, 라짜로니가 어떤 인간인지 잘 알고 있었다.

"내가 라짜로니라면 당신은 썩은 부르주아에 지나지 않소."

그는 기사에게 크지 않은 목소리로 그렇게 쏘아붙이고는, 토냐 쪽으로 시선을 옮기면서 매정하게 분명히 말했다.

---

*5 나폴리의 빈민층을 일컫던 말.

"삽을 잡으세요, 투마노바 동지. 그리고 다들 하는 일에 참가하세요. 이런 살만 찐 물소를 본받아서는 안 됩니다. 실례지만 이 사람과 당신이 어떤 관계인지 나는 모르지만 말이지요."

파벨은 토냐의 방한화를 바라보면서, 씁쓸한 미소를 지으며 다시 덧붙여서 말했다.

"여기 있으라고 권할 수 없군요. 요즘은 백파 무리들이 가끔 나타나니까요."

그리고 휙 돌아서서는 처벅처벅 동료들 쪽으로 걸어갔다.

마지막 한마디는 철도기사를 자극했다.

토냐는 그를 설득해서 작업에 참가하도록 했다.

밤이 되어 작업이 끝나자, 모두들 역으로 돌아갔다. 토냐의 남편은 빨리 가서 자리를 잡으려고 앞장서서 걸어갔다. 토냐는 노동자들을 지나쳐 보내면서, 그 자리에 서 있었다. 가장 뒤에서 걸어오는 것은 삽을 들고 축 늘어진 코르차긴이었다.

"잘 지냈니, 파블루샤. 나 솔직히 말해서 이런 일을 하고 있는 너를 만나게 되리라고는 꿈에도 생각지 못했어. 정말 넌 새 정부 밑에서 땅 파는 일밖에 일자리가 없었니? 난 너 같은 사람은 벌써 그 흔한 위원(委員)인지 뭔지, 그런 것 한자리쯤 하고 있는 줄 알았어. 정말 네 생활은 이렇게 꼬여만 가니."

토냐는 그와 나란히 걸으면서 이야기하기 시작했다.

파벨은 걸음을 멈추고 놀란 시선을 토냐에게 던졌다.

"나도 그와 같은 너를 만나리라고는 생각지 않았어…… 그렇게 예전과 똑같이 멈춘 너를 만나게 되다니……."

파벨은 조금이라도 되도록 온건한 표현을 겨우 찾아내어 그렇게 말했다.

토냐의 귓불이 뜨겁게 붉어졌다.

"넌 여전히 신랄한 말만 하는구나!"

코르차긴은 삽을 어깨에 둘러메고는 걷기 시작했다. 그리고 몇 걸음을 걸어가다가 이렇게 대답했다.

"이렇게 말하면 좀 안 됐지만 말이야, 내 이 거친 면이 너의 그 정중함보다는 훨씬 나아, 투마노바 동지. 내 생활에 대해서는 아무 걱정하지 마. 모든 일이 순조로우니까. 그보다도 네 생활은 내가 예상하던 것보다 더 나빠졌군. 2년쯤 전만 해도 넌 그래도 나았어. 노동자에게 손을 내미는 걸 부끄러워하지도 않았어. 그런데 지금 넌 나프탈렌 냄새가 나는구나. 솔직하게 말해서, 난 이제 너와 말도 하고 싶지 않아."

파벨은 아르촘으로부터 편지를 받았다. 자기는 곧 결혼하게 되니까, 파브카도 만사 제쳐놓고 꼭 와 달라는 부탁이었다.

바람이 코르차긴의 손에서 흰 편지지를 채어가, 그것은 비둘기처럼 하늘로 날아올라갔다. 결혼식에 참석하다니, 지금 이런 상황에 이곳을 잠시라도 비운다는 것은 상상조차 할 수 없었다. 어제도 곰 같은 판크라토프는 나의 반을 따라잡고, 다들 어안이 벙벙할 정도의 속도로 계속 전진했지 않은가? 그는 첫째 자리를 노리고 죽자 살자 전진하고 있었다. 그리고 평소의 침착성조차 잃어버린 채, 동료들을 미친듯이 부추기고 있었다.

파토슈킨은 일하는 사람들의 열정을 지켜보고 있었다. 그리고 놀라움으로 관자놀이를 지그시 문지르면서, 자신에게 물었다.

'도대체 어떻게 된 친구들이란 말인가! 이 도무지 이해하기 어려운 힘은 도대체 무엇인가! 만일 날씨가 앞으로 8일만 평온해 준다면, 우리는 벌채장까지도 다다르리라! 평생 학문을 해도 바보는 바보라는 말은 이런 경우를 두고 하는 말인가. 이 친구들이 일하는 걸 보면 모든 이해타산을 뛰어넘고 있지 않은가.'

시내에서 클라비체크가 도착해 막 구워낸 빵을 가지고 왔다. 토카료프를 만나고 나서, 그는 공사 현장에서 코르차긴을 찾았다. 그리고 다정하게 인사를 나누었다. 클라비체크는 싱글벙글 웃으면서, 배낭 안에서 멋진 황색 모피로 만든 스웨덴제 조끼를 꺼내, 그 폭신한 가죽 표면을 손바닥으로 탁탁 치면서, 이렇게 말했다.

"이거 자네 거야. 누가 보냈는지 알겠어?…… 저런! 둔하긴. 이건 말이야, 우스티노비치 동지가 자네 얼어죽지 말라고 보내 준 거야, 바보야! 이 조끼는 오리신스키 동지가 그녀에게 선물했는데, 그녀는 그것을 그의 손에서 받자마자 그대로 나를 주며 코르차긴에게 가져다주라고 하더군. 자네가 윗저고리 하나로 추위 속에서 일하고 있다는 것을 아킴한테서 들었기 때문이지. 오리신스키는 조금 멋쩍은 표정을 지었지만, '내가 그 동지에게 외투를 보내 줄 수도 있습니다' 하더군. 그러자 리타는 웃으면서, '됐어요, 조끼 쪽이 그 사람도 일하기가 편할 테니까'라잖아."

파벨은 놀라서, 이 귀중품을 손으로 꼭 잡았다. 그리고 망설이면서도 그것을 꽁꽁 얼어붙은 듯한 몸에 걸쳤다. 부드러운 털은 이윽고 그의 두 어깨와 가슴을 훈훈하게 해주었다.

리타는 일기에 이렇게 썼다.

12월 20일.

눈보라 천지다. 눈과 바람. 보야르카에서 일하는 사람들은 이제 거의 목표 바로 앞에까지 왔는데, 추위와 눈보라로 발이 묶여 버렸다. 눈 속에 묻혀 있다. 얼어붙은 땅을 파기란 쉽지 않을 것이다. 남은 것은 기껏 3, 4킬로이지만, 이것이 마지막 고비다.

토카료프 말에 따르면, 현장에 티푸스가 발생해, 세 사람이 아프다고 한다.

12월 22일

현 청년공산동맹 총회에 보야르카에서는 한 사람도 참석하지 않았다. 백파 무리들이 빵을 실은 군용열차를 보야르카에서 17킬로 떨어진 지점께서 언덕 아래로 굴러떨어지게 만들다. 식량인민위원부 전권위원(全權委員)의 명령으로 건설부대의 모든 사람들이 그곳으로 갔다.

12월 23일

보야르카에서 또다시 7명이 티푸스에 걸려 도시로 옮겨져 왔다. 그 속에 오크네프가 있었다. 정거장으로 가 보았다. 하리코프에서 온 열차의 완충기(緩衝機)에서 딱딱하게 얼어버린 시체를 내리고 있었다. 병원 안도 춥다. 저주스러운 폭설, 대체 언제나 그칠까.

12월 24일

방금 주프라이로부터의 통지. 역시 사실이었다—오를리크가 어제 야밤에 일당을 모조리 이끌고 보야르카를 습격한 것이다. 적과 아군 사이에는 두 시간이나 교전이 벌어졌다. 백파 무리들이 전화선을 끊었기 때문에, 오늘 아침이 되어서야 겨우 주프라이는 정확한 보고를 받을 수가 있었다. 백파들은 소탕되었다. 토카료프는 가슴에 총을 맞았다. 그래서 그는 오늘 실려온다. 그날 밤 보초장(步哨長)이었던 프란츠 클라비체크는 적의 칼을 맞아 죽었다고 한다. 그는 비적 일당을 확인하고 경보를 알리고 적과 싸우다가 칼을 맞았기 때문이었다. 건설부대에서는 11명이 다쳤다. 지금 그쪽으로는 장갑열차와 기병 2개 중대가 서둘러 가 있다.

공사장 책임자로 판크라토프가 임명되었다. 낮에 푸즈일레프스키 부대는 구르보키 농장에서 비적 일부를 추격하여 마지막 한 사람까지 모조리 참살해 버렸다. 한편, 비당원 간부 중에는 기차를 기다리지 않고, 침목 위를 걸어서 달아나 버린 자도 있었다.

12월 25일
토카료프와 다른 부상자들이 실려 왔다. 대학 부속병원 의사들은 반드시 노인을 살려내겠다고 약속했다. 아직은 의식불명이다. 다른 사람들의 생명은 걱정할 정도는 아니다.

당 지구위원회와 우리는 보야르카에서 다음과 같은 전보를 받았다.

"비적의 습격에 맞서, 이 집회에 모인 우리 협궤철도 건설자들은, '소비에트 주권을 위하여'라는 장갑차의 승무원 및 기병연대의 붉은 병사들과 함께 어떠한 방해가 있을지라도 1월 1일 전으로 도시로 연료를 수송할 것을 여러분 앞에서 약속한다. 전력을 다해 작업을 하고 있음. 집회 의장 코르차긴. 서기 베르진."

솔로멘카에서는 군대식 예를 갖춰 클라비체크의 장례식이 치러졌다.

귀중한 장작은 이제 바로 가까이에 있었다. 그런데 거기까지 다다르기가 좀처럼 쉽지가 않아, 진전이 지지부진했다. 매일같이 티푸스가 귀중한 수십 명의 인력을 빼앗았기 때문이었다.

술에 취한 듯이 비틀거리면서 자꾸만 주저앉으려는 다리를 이끌고 코르차긴은 역 쪽으로 돌아갔다. 그는 훨씬 전부터 고열(高熱)을 무릅쓰고 있었는데, 오늘은 열이 여느 때보다 심하고 심상치가 않았다.

부대를 들쑤셔 놓았던 장티푸스가 파벨에게도 덮쳤던 것이었다. 그러나 무쇠처럼 튼튼한 그의 몸은 그에 저항하여, 5일 동안은 짚을 깐 콘크리트 바닥 잠자리에서 일어나 모두와 함께 작업장으로 나가는 초인적인 힘을 보였다. 그러나 부드러운 조끼도, 이미 동상에 걸린 발에 신은 표도르가 보내 준 방한장화도 그를 구해 주지는 못했다.

한 걸음을 옮길 때마다 어딘가 가슴 언저리가 찌르는 듯이 아프고, 추위에 덜덜 떨리고, 눈앞이 캄캄해지며, 나무들이 기묘한 회전목마처럼 빙글빙글 돌았다.

겨우 역에 다다랐다. 그러자 심상치 않은 웅성거림에 정신이 퍼뜩 들었다. 자세히 보니 열차가 기다랗게 정거장 끝에서 끝까지 가로놓여 있다. 무개화차에는 소형 기관차도 실려 있고, 선로와 침목도 실려 있으며, 열차로 도착한 사람들이 그것을 내리고 있는 참이었다. 그는 다시 대여섯 걸음을 옮겼으나, 거기서 중심을 잃고 말았다. 땅바닥에 머리가 부딪치면서 희미하게 아픔을 느꼈다. 눈(雪)은 달아오른 뺨을 기분 좋게 식혀주었다.

그가 사람들의 눈에 띈 것은 몇 시간이나 지나서였다. 곧바로 가건물로 옮겨졌다. 코르차긴은 호흡이 가빴고, 주위 사람들을 알아보지도 못했다. 장갑열차에서 불려온 의사 말은 다음과 같았다.

'급성 폐렴과 장티푸스. 체온 41.5도. 염증 관절과 목의 종양은 문제가 되지 않는 가벼운 증상. 다만, 앞의 두 가지 증상은 환자를 죽음에 이르게 할 가능성이 있음.'

판크라토프와 방금 기차로 도착한 두바바는 파벨을 살릴 수 있는 온갖 수단을 찾았다.

코르차긴과 한고향 사람인 알료샤 코한스키에게 환자를 고향으로 데리고 가도록 했다.

코르차긴의 전체 대원들의 도움과, 특히 홀랴바가 애쓴 덕으로, 판크라토프는 의식불명의 코르차긴과 알료샤를 콩나물시루 같은 차내에 겨우 태울 수 있었다. 사람들은 발진티푸스가 전염된다며 두 사람을 태우려 하지 않았고, 티푸스 환자인 코르차긴을 도중에 내던져 버리겠다고 하는 사람도 있었다.

홀랴바는 환자를 앉히는 데 방해하는 자들의 코앞에 권총을 들이대면서 소리쳤다.

"이 환자는 전염병자가 아니다! 이 환자는, 당신들 모두가 내리는 한이 있더라도 태우고 가야 한다! 이 버러지 같은 놈들아, 잘 기억해 둬. 만일 누구든 이 환자에게 손가락 하나라도 대는 놈이 있으면 내가 역마다 전화로 연락해서 모조리 열차에서 끌어내려 감옥에 처넣어 줄 테다. 자, 알료샤, 너에게 이 파브카의 모제르 권총을 맡긴다. 환자를 내리려고 하는 자가 있으면 어느 놈이든 상관없이 갈겨버려!"

홀랴바는 겁을 주는 말에 그렇게 덧붙였다.

기차는 움직이기 시작했다. 텅 빈 정거장에서 판크라토프가 두바바 쪽으로 다가갔다.

"어떨까, 회복될까?"

그러나 대답은 없었다.

"자, 가자, 미차이. 하늘에 맡기는 거야. 이제부터는 우리가 모든 책임을 져야지. 기관차는 밤중에라도 내려야 하겠지. 그리고 아침이 되면, 어디 기관(機關)에 불을 넣어 볼까."

홀랴바는 모든 연결역에 있는 동료 비상위원들에게 전화를 걸었다. 그는 환자인 코르차긴을 승객들이 하차시키는 일은 절대로 허용하지 말라고 부탁했다. 그리고 "허용하지 않겠다"는 확약을 받은 다음에야 비로소 잠자리에 들었다.

철도의 한 연결역 객차에서는 차내에서 죽은 누군지 알 수 없는 청년의 시체를 승강장으로 끌어내렸다. 신원도 사인(死因)도 아무도 아는 사람이 없었다. 역 비상위원들은 홀랴바의 부탁을 잊지 않고 있었으므로 끌어내리는 것을 막으려고 차량으로 달려갔다. 그러나 그 청년의 죽음을 확인했으므로 시체를 후송수용소(後送收容所)의 시체실로 옮길 준비를 했다.

보야르카의 홀랴바에게는 곧바로 전화가 걸려와, 그가 그토록 생명을 걱정하던 친구의 사망 소식이 전해졌다.

보야르카로부터의 짤막한 전보는 코르차긴의 사망을 현위원회에 알렸다.

그런데 실은 알료샤 코한스키가 환자인 코르차긴을 가족의 손에 넘겨주고, 고열(高熱)의 티푸스가 전염돼 쓰러져 버린 것이었다.

1월 9일

왜 이토록 괴로운 것일까?

책상 앞에 앉기 전부터 나는 울고 있었다. 이 리타도 울 수 있으리라고는, 그것도 이처럼 심하게 울 수 있으리라고는 누가 상상이나 했으랴. 정말로 눈물은 언제나 의지가 약하다는 표시일까? 오늘의 눈물은 조여들어오는 듯한 슬픔이다. 어째서 이런 슬픔이 나를 엄습했을까? 그것도 다른 때도 아니고, 추위의 공포를 이기고, 철도 정거장마다 귀중한 연료가 산더미처럼 쌓이고, 영웅인 건설자들을 찬양하고 축하하기 위해 시(市) 소비에트의 확대총회에, 다시 말해서 승리의 축전에 내가 참석한 오늘 같은 커다란 승리의 날에, 왜 이토록 큰 슬픔이 나를 찾아왔을까? 물론 이것은 승리임에는 틀림없다. 하지만 이를 위해서 두 사람이 자신의 목숨을 바쳤다. 클라비체크와 코르차긴.

파벨의 죽음은 나에게 진실을 보여주었다. 그는 내가 생각했던 것보다도 나에게 소중한 사람이었다는 사실을.

이것으로 일기는 그만 쓰자. 언젠가, 과연 새로운 일기가 쓰일 수 있을까? 내일은 하리코프에게 편지를 보내, 우크라이나 청년공산동맹 중앙위원회에서 일하겠다고 알려 주자.

3

젊음이 이겼다. 티푸스도 코르차긴을 죽이지 못했다. 파벨은 네 번째 죽음의 고비를 넘어, 삶을 향해 돌아오고 있었다. 겨우 한 달밖에 지나지 않았는데, 살이 쏙 빠지고 창백한 얼굴을 한 그는 비틀거리는 발로 일어나, 벽에 기대면서 방 안을 걸어 보았다. 어머니의 부축을 받으며 창가까지 다가가, 오랫동안 길거리를 내다보았다. 녹기 시작한 눈으로 생긴 물웅덩이가 여러 개 번쩍번쩍 빛나고 있었다. 봄을 앞두고 오랜만에 보는 화창한 날씨였다.

바로 창밖의 벗나무 가지에 잿빛 가슴을 한 참새가, 똘망한 눈으로 파벨 쪽을 두리번두리번 바라보면서, 조잘대고 있었다.

"너와 함께 겨울을 났구나."

손가락 끝으로 유리창을 톡톡 치면서 파벨은 작은 소리로 말했다.

어머니가 깜짝 놀란 듯이 그를 바라보았다.

"너 거기서 누구와 이야기하는 거냐?"

"새 하고요…… 날아가 버렸네, 약은 녀석 같으니."

그리고 빙그레 웃었다.

봄이 무르익었다. 코르차긴은 도시로 돌아갈 것을 생각하기 시작했다. 이제 걸을 수 있을 정도로 회복했지만, 그의 몸은 어쩐지 시원치 않았다. 어느 날, 공원을 산책하다가 등뼈에 날카로운 통증을 갑자기 느껴, 저도 모르게 땅바닥에 쓰러진 적이 있었다. 비틀거리면서 간신히 집으로 돌아왔다. 그 이튿날, 의사가 자세히 그를 진찰했다. 그리고 척추가 조금 들어간 곳에 깊이 파인 데가 있는 것을 발견하고는, 깜짝 놀라면서 물었다.

"이건 어떻게 해서 생긴 거지요?"

"길에 뒹구는 돌에 부딪친 자리예요. 로브노 부근에서, 바로 등 뒤에서 3인치 포탄이 떨어졌는데 그때 길에 있던 돌멩이가 튀어올라 척추를 때렸습니다."

"그래 가지고 용케 걸어다녔군요. 여기가 몹시 아프지 않나요?"

"아니에요, 그때는 두 시간쯤 누워 있었지요. 그리고 곧 말을 탔습니다. 그랬는데, 지금 처음 증상이 나타났지요."

의사는 얼굴을 찌푸리면서 움푹 파인 곳을 살펴보았다.

"아니, 이보세요, 좋지 않은 일이에요. 큰일 납니다. 척추에 그런 충격은 아주 나빠요. 탈이 안 나면 다행이겠는데…… 자, 옷을 입으세요, 코르차긴 동지."

그리고 그는 안타까운 마음을 서투르게 감추면서 동정을 금치 못하겠다는 듯이 자신의 환자를 지켜보았다.

아르촘은 아내 스쵸샤의 가족과 함께 살고 있었는데 영락한 농부 가족이었다. 파벨은 언제였던가, 아르촘에게 들른 적이 있다. 좁고 지저분한 마당에서는 흙투성이가 된 사팔뜨기 사내아이가 뛰어놀고 있었다. 파벨을 보자, 아이는 버릇없이 빤히 쳐다보면서 손가락으로 코를 후비며 물었다.

"왜 왔어? 너, 도둑질하러 왔지? 빨리 가, 우리 엄마 무섭다!"

나지막한 허름한 농가의 작은 창문이 열리고 아르촘이 불렀다.

"들어와, 파블루샤!"

난로 옆에서는, 양피지처럼 노란 얼굴의 노파가 부젓가락을 만지작거리고 있었다. 그녀는 순간 정나미 떨어지는 눈초리로 파벨을 흘낏 쳐다보고 나서, 파벨이 들어오자 쇠막대를 절그럭거리기 시작했다.

짧은 단발머리를 한 어린 두 여자아이가 얼른 페치카 위로 올라가, 거기서 두리번거리며 내려다보았다.

아르촘은 조금 멋쩍은 듯이, 어색하게 탁자 앞에 앉아 있었다. 그의 결혼은 어머니도 동생도 인정하지 않았기 때문이다. 아르촘은 채석공(採石工)의 딸로 재봉사가 된 미인인 갈랴와의 3년이나 된 사이를 왠지 끊고, 보잘것없는 스쵸샤와 결혼, 데릴사위가 되었다. 스쵸샤 가족은 다섯 식구인데, 돈벌이를 하는 사람은 하나도 없었다. 이리로 오고부터 그는 기관고의 일을 마치고는, 기울어진 집안을 바로잡기 위하여 밭을 가는 데 온 힘을 쏟았다.

아르촘은 그 자신의 말에 따르자면, 자신이 소(小)부르주아적인 삶 속으로 떠나버린 것을 파벨이 받아들이지 않고 있음을 알고 있었다. 그리고 지금도 동생이 온 것은 자기의 이런 생활을 관찰하려는 것이라고 생각했다.

두 사람은 한동안 마주 앉아서, 누구나 일상적으로 하는 그다지 의미도 없는 말을 주고받았다. 이윽고 파벨이 돌아가려고 했다. 아르촘은 동생을 붙잡았다.

"좀 있거라, 함께 식사라도 하자꾸나. 이제 스쵸샤가 우유를 가져올 거야. 한데, 그럼, 내일 돌아갈 거냐? 아직 너, 몸이 실하지 않잖아, 파브카."

방으로 스쵸샤가 들어왔다. 그녀는 인사를 하고 나서 광으로 무엇을 나르는 일을 도와달라며 아르촘을 밖으로 불러냈다. 파벨은 말도 걸려고 하지 않는 노파와 함께 단둘이 남았다. 창 너머로 교회 종소리가 울려왔다. 노파는 부젓가락을 움직이던 손을 멈추고 못마땅한 듯이 중얼거리기 시작했다.

"젠장할, 거지 같은 일로 기도할 틈도 없네!"

그리고 머릿수건을 벗고는 낯선 손님을 한 번 흘겨보더니 오래되어 지저분해진 음침한 성상(聖像)이 들어선 구석 쪽으로 다가갔다. 그리고 뼈마디가 굵은 세 손가락을 오므리고, 십자를 그었다.

"하늘에 계신 우리 아버지, 아버지의 이름이 거룩히 빛나시며……."

그녀는 바싹 마른 입술로 주기도문을 외기 시작했다.

마당에서는 사내아이가 귀를 축 늘어뜨린 검정돼지 등에 느닷없이 뛰어올랐다. 아무것도 신지 않은 두 발을 돼지 배에 꼭 붙이면서, 손으로 뻣뻣한 털을 움켜잡고, 빙글빙글 돌면서 꿀꿀거리는 돼지에게 고래고래 소리를 지르고 있었다.

"이랴, 이 새끼야, 어서 가란 말이야! 이랴, 이랴! 어서 가라니까, 돼지 새끼야!"

돼지는 아이를 떨쳐 버리려고 마당을 마구 날뛰며 돌아갔다. 그러나 사팔뜨기 개구쟁이는 죽어라 하고 붙들고 늘어져 있었다.

노파는 기도를 멈추고, 창문으로 얼굴을 내밀었다.

"저 미친놈, 냉큼 내리지 못해! 가만두지 않을 거야. 냉큼 내리지 않으면 콜레라가 옮는다고. 그러다 떨어져 봐라, 절름발이가 될 테니!"

돼지는 마침내 개구쟁이를 떨쳐버리고 말았으므로, 노파는 마음을 놓고 다시 성상 있는 데로 돌아왔다. 그리고 정색을 하고 다시 기도를 이어 갔다.

"아버지의 나라가 오시며……"

문에는 울어서 눈이 퉁퉁 부은 사내아이가 모습을 드러냈다. 까진 코끝을 소맷부리로 문지르며 아파서 비명을 지르면서 보채기 시작했다.

"할머니, 만두 좀 줘!"

노파는 지겹다는 듯이 돌아보았다.

"기도도 못 한다니까, 망나니 녀석 같으니라고. 처먹여 줄 테니 가만있어, 이 악마 같은 녀석아!"

그리고 그녀는 의자 위에서 회초리를 집어들었다. 그 순간 잽싸게 사내아이는 사라져 버렸다. 페치카 옆에서는 여자아이들이 나직이 낄낄거렸다.

노파는 세 번째로 기도에 들어갔다.

파벨은 일어서서 형을 기다리다 못해 밖으로 나와 버렸다. 쪽문을 닫으면서 창문 구석에서 파벨을 쏘아보는 노파의 얼굴을 보았다. 노파는 거기서 그의 뒷모습을 지켜보고 있었던 것이다.

'무슨 악마한테 홀려서 아르촘 형은 이런 곳에 끌려들어 왔을까? 이렇게 되면 이제 죽을 때까지 빠져나오지 못할 거야. 저 스쵸샤는 해마다 아이를 낳겠지. 그리고, 똥통 속의 구더기처럼 자신도 파묻혀 버리고 마는 거야. 게다가 잘못하다가는 기관고 일마저 그만두게 될지도 몰라.'

인적이 없는 거리를 걸어가면서 심란해진 파벨은 이것저것 온갖 생각을 떠올렸다.

'난 형을 정치운동에 끌어들이려고 했는데.'

그는 내일이면 정다운 친구들과 자신에게 소중한 사람들이 있는 큰 도시로 돌아갈 수 있다는 것이 기뻤다. 큰 도시는 그 힘과 활발한 분위기, 그칠 줄 모르는 사람들 물결, 굉음을 울리며 달리는 전차, 자동차 사이렌 소리 등으로 그를 사로잡았다. 그러나 무엇보다 거대한 석조 건물과 그을음으로 우중충해진 공장과 기계와 활차(滑車)가 조용히 삐걱거리는 소리가 매력적이었다. 거인과 같은 커다란 속도조절 바퀴가 엄청난 기세로 돌아가고, 기계 기름 냄새가 나며, 모든 것이 익숙해진 장소 그곳에 그의 마음은 끌리는 것이었다. 그런데 여기처럼 조용한 작은 읍에서는, 거리를 걷고 있노라면, 파벨은 뭔지 묘한 압박감을 느꼈다. 이 거리가 그에게는 인연이 없는, 지루한 곳으로 된 것도 그리 이상한 일은 아니었다. 낮에는 산책조차 나갈 생각이 들지 않았다. 문 앞에 나와 앉아 있는 수다스런 아낙네들 곁을 지나가면, 파벨의 귀에는 그녀들의 재잘거리는 소리가 들려온다.

"저 봐, 저기 저 허수아비 같은 녀석은 어디서 굴러들어왔지?"

"아무래도 폐병쟁이 같은걸."

"꽤 그럴싸한 윗저고리를 걸쳤는데 그래? 어차피 어디서 훔쳤겠지 뭐."

그 밖에 온갖 어처구니없는 수다들을 늘어놓아, 그만 입맛이 싹 가셔버렸다.

벌써 마음은 이곳을 떠나 있었다. 큰 도시가 한결 친근하고 가까운 것으로 느껴졌다. 굳건하고 대범한 우정 그리고 노동.

코르차긴은 어느 사이엔가 소나무숲까지 와버려, 갈림길 있는 데서 걸음을 멈추었다. 오른쪽에는 높고 뾰족한 울타리로 삼림을 가로막은 음침한 낡은 감옥이 있었고, 그 뒤로는 흰 병원건물이 보였다.

이 장소, 이 광장이야말로 발리야와 동지들이 교수형당한 그 자리였다. 그는 전에 교수대가 있던 그 자리에 암담한 심정으로 멍하니 서 있다가, 낭떠러지 쪽으로 걸어갔다. 밑으로 내려가자 동지들의 무덤이 있는 빈터가 나왔다.

어느 인정 넘치는 사람의 손길로 작은 묘지는 푸른 울타리로 둘러쳐졌고, 묘비 앞에는 화환이 꾸며졌다. 낭떠러지 위에는 늘씬한 소나무가 높다랗게 뻗어 있었다. 골짜기 비탈면에는 풀이 파란 비단을 깔아 놓은 듯했다.

이 일대는 변두리였다. 고요하고 쓸쓸하다. 가벼운 나무숲들의 술렁임과 되살아난 대지가 내뿜는 봄 향기. 형제들은 찌든 가난 속에 태어난 데다가 탄생 그 자체가 노예의 시작이었던 그런 이들의 인생을 아름답게 만들고자 여기서 장렬한 최후를 마쳤던 것이다.

파벨이 머리에서 모자를 벗었다. 그리고 이루 말할 수 없는 슬픔으로 가슴이 뻐근해지는 것을 느꼈다.

인간에게 가장 소중한 것—그것은 생명이다. 그것이 인간에게 주어지는 것은 오직 한 번뿐이기 때문에, 목표도 없이 살아온 세월로 인해 뼈저린 고통을 느끼고 괴로워하는 일이 없도록, 비열하고 더러운 과거에 대한 치욕으로 마음이 불살라지는 일이 없도록, 그리고 죽음을 맞닥뜨리더라도 온 생애와 모든 역량을 세계에서 가장 아름다운 일—인류 해방을 위한 투쟁—에 바쳤다고 자신 있게 말할 수 있도록 그 생애를 살아가야만 한다. 더욱이 서둘러서 살아야만 한다. 왜냐하면 엉뚱한 병이라든가, 또는 무슨 비극적인 우연이 그것을 끊어버릴지도 모르기 때문이다.

이런 생각을 하면서, 코르차긴은 공동묘지를 떠났다.

집에서는 어머니가 풀이 죽은 모습으로 아들의 떠날 채비를 챙기고 있었다. 그녀의 모습을 지켜보노라니, 파벨은 어머니가 자기에게 눈물을 보이지 않으려고 애쓰고 있음을 알 수 있었다.

"애야, 여기서 살면 안 되겠니, 파블루샤? 이 나이에 혼자 살기란 정말 힘들단다. 에그, 자식들이란 몇이 있어도 자라기만 하면 다 떠나 버린다니까. 어째서 너는 밖으로만 나가려고 그러는 거냐? 여기서도 얼마든지 살 수 있지 않니? 아니면 너도 어미를 털 빠진 메추리꼴로 밖에 여기지 않는 거니? 나 같은 할망구한테는 아무도 말조차 걸어주지 않는단다. 아르춈 녀석은 결혼하고 나더니 나한테는 이야기도 안 하지. 넌 더 그 이전부터 떠나버렸지. 너희들을 만날 수 있는 건, 아마 둘 다 몸이 불구라도 됐을 때일 거야. 에그 이놈의 팔자야."

새 배낭에 많지도 않은 아들의 일용품들을 넣어 주면서, 어머니는 작은 목소리로 그렇게 말했다.

파벨은 그녀의 두 어깨를 끌어안았다.

"어머니가 메추리라니, 그런 말이 어디 있어요! 하지만 말이에요, 새는 새 나름으로 짝을 찾는 법이에요. 아시겠죠, 어머니? 지금 어머니 말씀대로 말하자면 나도 메추리거든."

그는 어머니를 웃기려고 애썼다.

"난 말이에요, 어머니, 이 온 세계의 부르주아 놈들을 송두리째 없애버리기 전에는 여자한테 정을 주지 않기로 맹세했어요. 그때까지 세월이 오래 걸릴 것 같지요? 아니에요, 어머니. 부르주아는 오래가지 않아요…… 모든 사람을 위한 하나의 공화국이 생기는 거예요. 그리고 어머니처럼, 지금 일하고 있는 할머니 할아버지들은 이탈리아에 갈 수 있게 되는 거예요. 바닷가의 아주 따뜻한 나라거든요. 거기에는 겨울이 처음부터 없어요. 부르주아들의 궁전에 어머니들을 살게 해줄 거예요. 그리고 늙은 몸을 일광욕이나 하면서 따뜻하게 하는 거예요."

"난 네가 말하는 그런 꿈같은 이야기가 눈앞에 펼쳐질 때까지 살아 있지도 않을 거다…… 너의 할아버지라는 어른도 역마살이 낀 분이었지. 뱃사람이 되어서 온통 안 가본 데가 없으셨단다. 이렇게 말하기는 조금 그렇지만, 한마디로 건달패나 다름없었어. 세바스토폴 전쟁에 나갔다가 한 팔, 한 다리를 잃고 돌아오셨지 뭐냐. 가슴에는 십자훈장 둘과, 리본을 단 50코페이카 동전 같은 걸 2개 달고 있었지만, 늙어서는 말할 수 없는 가난 속에서 돌아가셨지. 옹고 집이어서, 짚고 다니는 지팡이로 무슨 관리 나리의 머리를 후려쳤다든가 해서 1년 가까이나 감옥에 들어갔었지. 그곳에 가면 훈장이고 나발이고 소용없더 라. 너를 보면, 보나마나 할아버지 말년처럼 될까 걱정이다."

"어머니, 작별하는 마당에 그런 구질구질한 이야기는 해서 뭘 해요? 그보다 도 아코디언 좀 꺼내 주세요. 벌써 오랫동안 손에 안 잡았네."

그는 조가비로 만든 건반을 들여다보았다. 그의 아코디언 소리는 어머니를 깜짝 놀라게 했다.

그의 아코디언 켜는 솜씨는 예전 같지는 않았다. 마구잡이의 분방함도, 신 나는 고음(高音)도, 젊음에 넘치는 변주도 없었고, 이전에 젊은 아코디언 연주 자로서의 파브카를 온 동네에 유명하게 만들었던 저 기개 높은 호방함 같은 것도 사라졌다. 곡조의 선율은, 힘을 잃지 않고 아름답게 울리며, 점점 깊이를 더해 갔다.

정거장에는 혼자 갔다. 어머니를 억지로 설득해서 집에 있도록 한 것은 작별 할 때 어머니의 눈물을 보고 싶지 않았기 때문이었다.

다들 기를 쓰고 마구 열차 안으로 꾸역꾸역 밀려들었다. 파벨은 가장 윗단 에 빈자리를 차지해, 통로에서 아우성을 치는 눈이 벌개진 사람들을 내려다보 고 있었다.

모두들 저마다 배낭을 하나씩 끌고 와서는, 그것을 의자 밑으로 쑤셔넣었다.

열차가 움직이기 시작하자, 소란은 조금 진정되었다. 그러자 이번에는 다들 무언가를 열심히 먹기 시작했다.

파벨은 이윽고 잠이 들어버렸다.

그가 찾아가고자 했던 첫 번째 집은, 클레시차치카라는 거리의 중심에 있 었다. 천천히 육교를 올라갔다. 주위는 어디나 낯익은 곳이어서, 아무것도 달 라지지 않았다. 육교를 건너가면서 매근매끈한 난간을 한 손으로 만지며 걸어 갔다. 내려가는 계단 앞으로 왔다. 서서 보니 육교에는 아무도 없다. 끝도 없이 높다란 속에 한밤의 장엄한 풍경이 황홀히 눈앞에 펼쳐졌다. 어둠은 검은 비단처럼 지평선을 덮고, 헤아릴 수 없이 별들이 굴절하면서 반짝이며 타오르고 있었다. 아래쪽 대지가 눈에 보이지 않는 경계 언저리에서는, 도시가 무수한 불빛을 어둠 속에 뿌리고 있었다.

코르차긴은 계단을 올라오는 몇 사람을 보았다. 밤의 정적은 이야기에 정신이 팔린 그들의 높은 목소리로 깨지고 말았다. 파벨은 계단을 내려가기 시작했다.

클레시차치카에 가보니, 관구 특별부의 접수 창구 당직 관리자로부터 주프라이는 오래전부터 이 도시를 떠났다는 말을 들었다.

그는 파벨에게 이것저것 캐물은 끝에, 이 청년이 주프라이와 친분이 있는 사람이라는 것을 확인했으므로 표도르는 벌써 2개월이나 전에 타슈켄트로 일 때문에 불려가 투르키스탄 전선으로 떠났다는 이야기를 해주었다. 코르차긴은 완전히 낙담해서 더 이상 묻고 싶은 생각이 사라져 아무 말 없이 거리로 나왔다. 그러나 피로가 한꺼번에 쏟아져, 저도 모르게 입구 계단에 주저앉아 버렸다.

전차가 요란스런 소리를 내며 지나갔다. 거리는 시끌시끌한 사람들의 흐름. 발랄한 도시였다. 여자의 행복한 웃음소리가 들리기도 하고, 남성의 굵은 목소리가 토막토막 들리기도 했으며, 젊은이의 떠드는 소리, 노인의 중얼거리는 쉰 목소리가 들리기도 했다. 사람들 물결은 끝없이 이어지고, 그 발걸음은 언제나 바빠 보였다. 밝은 조명의 전차, 자동차 헤드라이트의 눈부신 빛, 영화관 간판을 둘러싸고 있는 눈부신 전광(電光). 그리고 어디를 가나 그칠 줄 모르는 이야기소리로 거리를 가득 채운 사람들 무리. 대도시의 초저녁 풍경이었다.

표도르가 떠나버렸다는 소식이 가져다준 심한 낙담도 거리의 소란과 혼잡으로 씻겨 갔다. 자, 어디로 간다지? 솔로멘카로 돌아가면 친구들은 있지만 이곳에서 멀다. 그러자, 여기서 가까운 크루글로 우니베르시체토스카야 거리에 있는 한 집이 자연스레 머리에 떠올랐다. 물론 그는 곧 그곳으로 가볼 생각이 들었다. 표도르를 제외한다면 다음으로 그가 가장 먼저 만나고 싶은 동지는 리타였기 때문이다. 아킴이 있는 데라면 거기서 묵을 수도 있다.

멀리서 보아도 이층 구석방에는 불이 켜져 있었다. 침착하려고 애쓰면서 그는 떡갈나무 문을 앞으로 당겼다. 그리고 몇 초 동안 거기 서 있었다. 안쪽 리타의 방에서는 말소리가 들려오고, 누군가가 기타를 치고 있었다.

'저런, 그럼, 이제 기타도 허용되는 모양이지? 생활 양식이 좀 느슨해진 게로 구먼.'

코르차긴은 그렇게 알고 가볍게 노크를 했다. 두근거리는 가슴으로 입술을 깨물었다. 문을 연 사람은 관자놀이 언저리를 발그레하게 화장한, 젊고 낯선 여자였다. 그리고 코르차긴을 아래위로 훑어보았다.

"누굴 찾으세요?"

그녀는 문을 닫지도 않았다. 낯선 방 안을 힐끗 보는 것만으로, 이미 대답은 들은 것이나 마찬가지였다.

"우스티노비치를 만나러 왔는데요."

"그 여자는 없어요. 이미 1월에 하리코프로 떠났어요. 그리고 모스크바로 갔다는 말을 들었습니다만."

"그럼, 아킴 동지는 여기에 있습니까? 아니면 그 또한 떠났나요?"

"아킴 동지도 없어요. 지금 그분은 오데사 현(縣) 청년공산동맹 서기로 있어요."

파벨은 돌아가는 수밖에 없었다. 모처럼 그립던 도시로 돌아왔다는 기쁨도 시들어 버렸다.

이렇게 되면 묵을 곳을 궁리해야 할 판이었다.

이렇게 친구들을 찾아다녀 봤자, 발만 아플 뿐, 아무도 못 만난다. 코르차긴은 서글픈 심정을 억지로 참으면서 쓸쓸히 중얼거렸다. 그러나 한 번만 더 운을 시험해 보자는 생각이 들었다. 판크라토프를 찾아보자. 그는 부두 근처에 살았으니까, 솔로멘카보다는 가까웠다.

맥이 탁 풀린 그는 그래도 그럭저럭 판크라토프의 집까지 찾아갔다. 이윽고 문을 두드리면서 이렇게 결심했다.

'만일 여기서도 헛탕을 치면 이제 더는 헤매고 다니지 말자. 어디 보트 밑바닥에라도 가서 하룻밤을 지내야지.'

문을 열어 준 사람은, 낡은 머릿수건 끝을 턱 밑에 잡아맨 노파로, 판크라토프의 어머니였다.

"이그나트는 집에 있나요, 어머니?"

"이제 막 돌아왔어요. 그런데 댁은 그 아이에게 무슨 볼일이라도 있나요?"

그녀는 파벨을 알아보지 못했다. 그래서 뒤를 돌아보며 소리를 질렀다.

"게니카, 너한테 손님이 오셨다."

파벨은 그녀와 함께 방으로 들어가, 배낭을 바닥에 내려놓았다. 판크라토프는 빵 조각을 한입 물고, 탁자 너머로 이쪽을 돌아보았다.

"나한테 볼일이 있으면 거기 앉아서 잠시만 기다려. 그동안에 보르시치[1] 접시를 얼른 비울 테니까. 아침부터 물밖에 마시지 못했거든."

그리고 판크라토프는 커다란 스푼을 한 손에 잡았다.

파벨은 낡은 의자에 걸터앉았다. 그리고 모자를 벗어, 예전부터의 버릇대로 그 모자로 이마의 땀을 훔쳤다.

'나는 정말 게니카도 몰라볼 정도로 변해 버린 것일까?'

판크라토프는 두 숟갈쯤 보르시치를 입으로 가져갔다. 그런데 손님 쪽에서 아무 대답이 없었으므로 그쪽으로 고개를 돌렸다.

"자, 어서 이야기해 봐요. 나한테 무슨 볼일이 있어요?"

빵 조각을 집은 손이 입으로 가는 도중에서 멎었다.

"아니, 가만…… 이게, 이게 도대체!"

긴장해서 벌개진 그 얼굴을 바라보다가, 코르차긴은 참지 못하고 웃음을 터뜨리고 말았다.

"파브카 아니야? 우리는 자네가 벌써 죽은 것으로 알고 있었단 말이야!…… 그런데 가만있자! 자네 이름이 뭐였지?"

판크라토프가 지르는 소리를 듣고 옆방에서 누이와 어머니가 달려나왔다. 그리고 셋이서 겨우 눈앞에 있는 사람이 틀림없는 코르차긴임을 확인했다.

집안 식구들이 벌써 잠들어 버린 다음에도, 판크라토프는 지난 4개월 동안 있었던 일들을 하나하나 이야기했다.

"겨울 동안에 자르키와 미차이는 하리코프로 떠났어. 그것들이 어디를 간줄 알아? 그 녀석들이 글쎄 공산대학에 간 거야. 바니카와 미차이는 예과(豫科)지만 말이야. 여기서는 응모자가 15명이나 됐었지. 다들 열병이라도 걸린듯이, 나까지 원서를 냈거든. 이 골통 속에 알맹이를 좀 넣어 주려고 말이야. 알다시피 텅 비었잖아. 그런데 말이야, 위원회에서 골탕을 먹었지 뭐야."

생각할수록 화가 난다는 듯이 혀를 한 번 차고는 판크라토프는 다시 말을

---

[1] 러시아식 수프. 홍당무를 주재료로 하여 고기와 채소 따위를 넣고 뻑뻑하게 끓여 샤워크림 (sour cream)을 끼얹어 먹는다.

이었다.

"처음에는 잘 나갔었지. 조건이야 남못지 않거든. 당원증도 있겠다, 청년공산 동맹에서의 사무 경험도 충분하겠다, 환경, 출신, 모두 나무랄 데 없지. 그런데 드디어 정치 시험이라는 걸 치르게 됐는데, 멍청한 짓을 저질렀지 뭐야.

뭐냐하면 위원회 중 한 동지와 말싸움을 벌이고 말았지 뭐야. 그 자식은 나한테 이런 질문을 해왔어―'판크라토프 동지, 철학에 대해서 당신이 어떤 지식을 가지고 있는지 좀 들려줄 수 있겠소?' 그런데, 그런 지식을 내가 눈곱만큼이라도 갖고 있을 리 있어? 하지만 그 순간 내 머리에 떠오른 것은, 하역인부 중 하나로 중학교를 나왔다는 녀석이 언젠가 나한테 해준 이야기였어. 어느 때라던가, 그리스라는 데에 뭐 자신을 잘 알고 있는 학자가 있어서, 그런 사람들을 철학자라고 불렀다던가, 그런 묘한 사람 중에 이름은 뭐라던가, 디오게네스라던가 하는 친구가 평생 통속에 살던 사람이 있었다던가 뭐 그런 이야기였어...... 이런 친구들 사이에서는 검은 것을 희다고, 흰 것을 검다고 40번쯤 증명할 수 있는 자를 훌륭한 전문가로 치고 있었대. 쉽게 말해서 허풍선이지 뭐. 자, 그래서 말이야 나는 이 중학 졸업생의 이야기가 떠올라서 이렇게 생각했지. '이 위원회의 선생인지 뭔지 하는 녀석은, 오른쪽부터 나를 둘러쌀 작정이구나'라고 말이야. 상대방은 교활한 눈으로 나를 훑어보았어. 그래서 나는 임기응변으로 이렇게 말해서 녀석을 깜짝 놀라게 해줬지. '철학이란 건 쓸데없는 허풍인 데다가, 도깨비 장난 같은 헛소리입니다. 나는 말이지요, 동지, 이런 쓸모없는 것에 신경 쓸 생각은 추호도 없습니다. 이것이 당의 역사라든가 뭐 그런 거라면 기꺼이 배울 용의가 있습니다만.' 자, 그러자 녀석들은 내가 어디서 철학에 대한 그런 견해를 얻었는지를 꼬치꼬치 캐묻는 게 아니겠어? 그래서 나는 그 중학교 졸업생 이야기에 적당히 살을 붙여서 이야기해 줬지. 그랬더니 위원회의 몇몇들이 배꼽을 잡고 웃어대잖아. 그래 가만있을 수 있어? '뭡니까, 동지들은 나를 바보 취급을 하려는 겁니까?' 그러고 나서는 모자를 집어들고 돌아와 버렸지 뭐.

나중에 이 위원인지 뭔지 하는 친구와 나는 현(縣) 위원회에서 얼굴이 마주치는 바람에 세 시간쯤 이야기를 나누었는데, 요컨대 그 중학교 나왔다는 자식이 엉터리 소리를 떠들어댔다는 걸 알았지 뭐야. 요컨대, 철학이란 굉장하고 아주 어려운 것인 모양이야.

그런데 두바바와 자르키는 붙었어. 맞아, 미차이 녀석은 머리를 싸매고 공부했지만, 자르키 이놈은 나와 오십보백보로 맹물이었는데 말이야. 바니카는 틀림없이 훈장이 쓸모가 있었던 것 같아. 그리고 보니 나만 헛물켰지 뭐야. 그래서, 결국 이곳 부두에서 경영을 관리하는 자리에 임명됐어. 화물 부두의 주임 대리라나. 전에는 청년부의 이런저런 일로 이곳 간부들과 꽤 싸우기도 했는데, 이번에는 나 스스로 경영을 지도해야 하게 됐어. 때로는 게으름 피는 놈이라든가 멍청한 녀석들을 봐주기도 하지만, 동시에 주임으로서, 그리고 서기로서 그 놈들을 단속도 해야 하거든. 그런 면에서는 알다시피 내 눈은 못 속이지. 내 이야기는 천천히 하겠지만 말이야. 가만있자, 그리고 또 아직 이야기하지 않은 소식이 있던가? 아킴은 들은 바와 같고, 현 위원회의 터줏대감 중에서는 투프타만이 여전히 같은 자리에 버티고 있지. 토카료프는 솔로멘카에서 당 지구위원회의 서기로 있고. 콤소몰 지구위원회에는 자네의 콤소몰 동료였던 오크네프가 있어. 정치교육은 탈랴지. 공장에서는 츠베타예프가 자네 후임이 되었는데, 현 위원회에서 가끔 얼굴을 마주칠 뿐, 난 그 친구는 잘 몰라. 머리가 돌아가는 청년인 모양이지만, 자만심이 강한 것 같더라. 보르하르트 안나 생각나나? 그녀도 솔로멘카에 있지. 당 지구위원회의 여성부장이야. 다른 친구 이야기는 다 했지? 그래, 그리고 말이야, 파블루샤, 당은 많은 사람들을 공부시키러 보냈어. 옛날 적극분자들은 모두 현(縣)의 당 학교에서 독서에 열중하고 있어. 내년에는 나도 보내 준다고 약속했지."

두 사람이 잠자리에 든 것은 벌써 한밤중을 훨씬 지난 무렵이었다. 아침에 코르차긴이 눈을 떴을 때는 이그나트의 모습은 이미 집 안에는 없었고, 부두로 나간 뒤였다. 여동생인 두샤는 오빠를 닮은 얼굴의 건강해 보이는 아가씨로, 그녀는 손님에게 차를 권하고, 이런저런 이야기를 신이 나서 재잘거렸다. 판크라토프의 아버지는 선박 기관사로 항해 중이었다.

코르차긴은 나갈 채비를 했다. 문을 나설 때 두샤가 다짐을 하며 말했다.
"잊지 말아요, 식사 때 기다릴 테니까요."

현 위원회는 여전히 활기로 넘쳤다. 입구의 문은 가만히 멈춰 있을 틈이 없다. 복도와 방마다 사람들이 쉴 새 없이 드나들었고, 관리부의 문 너머로는 요란한 타자기 치는 소리.

파벨은 누구든 아는 얼굴을 만나지 않을까 잠시 복도를 두리번거렸으나, 아무도 눈에 띄지 않았으므로, 서기의 방으로 들어갔다. 커다란 책상을 앞에 놓고 푸른 루바시카를 입은 현 위원회 서기가 앉아 있었다. 짧은 시선으로 코르차긴을 맞고, 고개를 들려고도 하지 않고 무엇인가를 쓰고 있었다.

파벨은 바로 앞에 걸터앉아서, 이 아킴의 후계자를 뚫어지게 바라보았다.

"무슨 일인가요?"

루바시카를 입은 서기는 써넣은 서류에 점을 찍으면서 물었다.

파벨은 자기에게 일어난 자초지종을 그에게 말했다.

"조직명단 속에 나라는 사람을 복적(復籍)시키고, 나를 공장으로 보내주십시오. 동지, 그 수고를 해주시기 바랍니다."

서기는 의자 등에 몸을 던졌다. 그리고 자신 없다는 듯이 말했다.

"복적은 해야지요. 물론, 그에 대해서 문제가 있을 리 없어요. 하지만 당신을 공장으로 보낸다는 건 좀 곤란합니다. 그곳에는 최근에 소집된 현 위원회의 위원으로 있는 츠베타예프가 벌써 일을 하고 있거든요. 그러니까 당신은 다른 곳에서 일하는 게 어때요."

코르차긴의 눈이 가늘게 떠졌다.

"내가 공장으로 가고 싶다는 건, 츠베타예프의 일을 방해하자는 게 아닙니다. 다만 전문인 직장으로 가겠다는 것일 뿐이고, 꼭 종업원조합의 서기가 되겠다는 건 아닙니다. 게다가 어쨌든 몸도 아직은 회복이 덜된 상태라 다른 일에는 보내지 않도록 부탁합니다."

서기는 승락했다. 그리고 서류에 몇 마디 말을 써넣었다.

"동지 투프타에게 이것을 주십시오. 그가 모든 것을 잘해 줄 겁니다."

인사부에서는 투프타가 부하인 조사계를 마구 꾸짖고 있었다. 잠시 파벨은 그 주고받는 말에 귀를 기울이다가, 아무래도 금방 끝날 것 같지가 않았으므로, 흥분한 인사부장에게 옆에서 불쑥 이렇게 말했다.

"그 사람과는 나중에 차근차근 따지지그래, 투프타. 서류를 가져왔는데, 내 신분증명서를 확인하는 절차를 좀 부탁해."

투프타는 서류와 코르차긴의 모습을 번갈아 한참 동안 바라보았다. 그리고 겨우 이해가 간 모양이었다.

"아니! 그럼 자넨 죽은 게 아니었단 말이야? 이게 도대체 어찌 된 일이야?

이를 어떻게 한다? 자네는 명단에서 삭제되었거든. 내가 내 손으로 그 카드를 중앙위원회로 보냈단 말이야. 그리고 자네는 국세조사(國勢調査)를 받지 않았지. 콤소몰 중앙위원회로부터의 통첩에 따르면, 국세조사를 받지 않은 사람은 모조리 제명하라는 거야. 그러니까 남은 방법은 한 가지뿐—일반 규약에 따라, 다시 새로 가입하는 수밖에 없어."

투프타는 도리가 없다는 투로 말했다.

코르차긴은 눈썹을 찌푸렸다.

"자네는 여전히 보수적이군? 젊은 나이에, 현(縣)의 문서과에 있는 늙은 쥐들보다도 더 형편없군그래. 자네가 사람다워지는 건 도대체 언제지, 보로지카?"

투프타는 빈대에게 물린 듯이 펄쩍 뛰었다.

"부탁이야 설교는 그만둬. 난 내 일에 대해서 책임이 있다고. 통첩이라는 건, 그것을 어기라고 보내지는 게 아니라고. 그리고, 늙은 쥐 운운한 모욕은 자네가 책임지기를 바라네."

마지막 한마디를 투프타는 위협하듯이 말하고 나서, 아직 보지 않은 우편물 더미를, 그 행동으로써 이야기는 이제 끝났음을 나타내려고, 자기 앞으로 끌어당겼다.

파벨은 천천히 문 쪽으로 가다가 문득 어떤 생각이 떠올라 다시 책상 쪽으로 되돌아오더니, 투프타 앞에 그대로 놓였던 서기의 메모를 다시 집었다. 인사부장은 파벨의 행동 하나하나를 바라보고 있었다. 파벨은 큼직한 귀를 쫑긋하고 있는 이 고집불통의 시비 걸기 좋아하는 애늙은이가 불쾌하기도 하고 동시에 우스꽝스럽기도 했다.

"좋아."

상대를 비웃는 듯한 냉정함으로 코르차긴은 말했다.

"자네 말대로 '통계를 어지럽혔다'는 것으로 나를 꼼짝 못하게 할 수는 있겠지. 하지만 말이야, 느닷없이 죽여버리고, 그런 것을 미리 헤아리지 못한 자에게는 아무리 자네가 머리를 짜내더라도 이걸 징계처분할 재간은 없겠지? 이런 일은 누구에게나 있을 수 있는 거야. 병에 걸릴 수도 있고, 죽을 수도 있는 거야. 그런데 모르기는 하지만 설마 그런 것까지는 통첩에 없을걸."

"하, 하, 하!"

투프타의 부하는 더는 중립을 지키지 못하고, 요란하게 웃음을 터뜨리고 말았다.

두프타의 손에 쥐어졌던 연필심이 부러졌다. 그는 그것을 바닥에 내던졌다. 그러나 그래도 아직 상대에게 대답을 못했다. 그곳에 시끄럽게 떠들면서, 몇 사람이 무더기로 방으로 들어왔다. 그중에 오크네프가 있었다. 놀람과 질문 공세는 끝이 없었다. 5, 6분이 지났을 때, 방에는 또 한 무리 젊은 친구들이 들어 오는데, 율레네바도 거기에 있었다. 멋쩍지만 기뻐서 어쩔 줄을 모르며 그녀는 한참 동안 코르차긴의 손을 꼭 잡고 있었다.

파벨은 다시 이제까지의 일을 남김없이 되풀이해 이야기하지 않을 수 없었다. 동지들의 마음속 깊이 우러나오는 기쁨, 거짓 없는 친밀함과 동정, 굳은 악수, 그리고 믿음직하고 정다운 그들의 손이 잇따라 등을 두드려, 투프타의 일 따위는 잊어버렸다.

그러나 코르차긴은 이야기 끝에 투프타와 말다툼했음을 동지들에게 전했다. 흥분한 목소리가 여기저기서 터져 나왔다. 오리가는 경멸하는 눈초리를 투 프타에게 던지고는 서기의 방으로 갔다.

"네쥬다노프한테 가자고! 그러면 저 친구의 바람구멍을 청소해 줄 거야."

그렇게 말하고 오크네프는 파벨의 어깨를 잡았다. 그리고 두 사람은 동지들과 함께 오리가의 뒤를 따라서 방을 나갔다.

"저 사람을 그만두게 하고, 1년쯤 하역인부로서, 판크라토프가 있는 부두로 보내야만 해요. 도대체 저 투프타라는 사람은 전형적인 관료 아니에요?"

오리가는 열변을 토했다.

투프타를 인사부에서 면직시켜야 한다는 오크네프와 오리가, 그 밖의 사람들의 요구에 귀를 기울이면서도, 현(縣) 위원회 서기는 소극적으로 웃음을 띠고 있었다.

"코르차긴의 복적은 문제가 없습니다. 당장에 동맹원증을 발행하도록 조치하지요."

네쥬다노프는 오리가를 달래듯이 말했다.

"투프타가 형식주의자라는 의견에는 나도 찬성합니다."

그는 말을 이었다.

"이것은 그의 근본적인 결점입니다. 하지만 그가 일을 매우 솜씨 있게 처리해 왔다는 것도 인정해야만 합니다. 나는 어디서 일했을 때나, 청년공산동맹위원회의 조사와 통계는 마치 통행할 수 없는 밀림 같아서, 그 숫자를 하나도 믿을 수가 없었어요. 그런데 이곳 인사부의 통계는 제대로 돼 있거든요. 투프타가 가끔 한밤중까지 자리에 남아 있다는 건 여러분들도 잘 알고 있을 겁니다. 그래서 나는 이렇게 생각합니다. 그를 그만두게 하는 것은 언제든지 할 수 있습니다. 그러나 그의 후임자가 융통성이 있는 대신 조사 업무에 무능한 인물이라면 관료주의도 없어지지만 조사도 사라져 버립니다. 그러니까 그에게는 일을 시키는 겁니다. 그 대신 내가 알아들을 만하게 경고는 해두겠어요. 한동안은 효과가 있을 겁니다. 그다음은 그때 가서 또 보기로 합시다."

"그럼, 좋습니다. 그런 자식은 내버려 둬 버려!"

오크네프도 한 걸음 뒤로 물러났다.

"자, 파블루샤, 솔로멘카로 가자. 오늘, 우리 클럽에서 간부 모임이 있다고. 자네 일은 아직 아무도 모르니까, 거기에 느닷없이 '코르차긴에게 발언을 허락합니다!' 하면 난리가 날걸. 정말, 죽지 않은 건 참 잘했어, 파블루샤. 도대체 자네가 죽는다고 해서 프롤레타리아트에게 조금도 이익이 되지 않으니까 말이야."

오크네프는 코르차긴을 껴안듯이 복도로 밀어내면서 익살스럽게 그렇게 말했다.

"오리가, 올 거지?"

"그럼요, 꼭."

판크라토프 집에서는 저녁 식사에 코르차긴을 기다리다가 바람을 맞았다. 그는 한밤이 되어도 돌아오지 않았다. 왜냐하면 오크네프가 그를 자기 아파트에 끌고 와버렸기 때문이었다. 회의소 안에 그는 방을 하나 얻어 가지고 있었다. 가능한 한 식사 대접을 하고 나서, 신문뭉치와 청년공산동맹 지구위원회 서기국회의의 두툼한 회의록을 두 권 파벨 앞에 있는 탁자 위에 놓고 이렇게 말했다.

"이걸 대충 훑어봐 두는 게 좋을 거야. 자네가 티푸스 때문에 시간을 허송하는 동안에, 여기서도 온갖 일이 있었거든. 이걸 읽고 무슨 일이 있었으며, 눈앞에 닥친 문제는 무엇인지 대충 머리에 넣어 두라고. 나는 저녁에 돌아올게. 그리고 함께 클럽에 가자. 피곤하면 누워서 푹 자고."

서류, 증명서, 통첩 따위를 여기저기 주머니에 쑤셔 넣고는 (오크네프는 서류 가방 따위는 쓰지 않는 주의였으므로, 그것은 침대 밑에 놓여 있었다.) 이 콤소몰 지구위원회 서기는 방을 한 바퀴 둘러보고 나서 방을 나갔다.

저녁때 그가 돌아오자, 방바닥에는 잔뜩 늘어놓은 신문꾸러미들이 수북하게 쌓이고, 침대 밑에서는 책들이 끌어내져 있고, 그 일부는 책상 위에 쌓여 있었다. 파벨은 침대에 걸터앉아서, 친구의 베개 밑에서 발견한 중앙위원회로부터의 최근 편지를 읽고 있는 참이었다.

"야, 이 형편없는 친구 같으니, 남의 방을 발칵 뒤집어 놓았구나!"

오크네프는 일부러 분개한 듯이 소리쳤다.

"이런, 가만, 가만있어, 동지! 자네 남의 비밀 서류까지 읽고 있잖아! 야, 이거 형편없는 놈을 끌어들였군!"

파벨은 싱글싱글 웃으면서, 비밀 편지를 한쪽으로 밀어놓았다.

"그래 봤자 딱히 서류 같은 건 없더라. 하지만 자네가 램프 갓으로 쓰고 있는 건 분명히 공표해서는 안 되는 문서던걸. 한쪽이 눌어버렸어. 이것 봐, 어때?"

오크네프는 가장자리가 눌어버린 종이를 집어서 제목을 힐끗 보자, 손바닥으로 자신의 이마를 찰싹 때렸다.

"아, 바로 이거야, 내가 사흘이나 찾던 건. 어디서 잃어버렸나 했지. 감쪽같이 사라져 버렸었거든. 이제 생각났는데, 그저께 볼린체프가 이것으로 램프 갓을 만든 거야. 그리고 나중에는 저도 땀을 뻘뻘 흘리며 찾던걸."

오크네프는 그 종이쪽지를 얌전히 접어서 요 밑에 쑤셔 넣었다.

"방은 나중에 정리하자."

그는 달래듯이 말했다.

"먼저 뭘 좀 먹어야지. 그러고 나서 클럽으로 가는 거야. 어서 앉으라고, 파블루샤!"

오크네프는 주머니에서 신문지로 싼 기다란 말린 청어를, 다른 한쪽 주머니에서는 빵을 두 덩이 끄집어냈다. 서류들은 탁자 한옆으로 밀쳐 버리고, 그 빈자리에 신문지를 깔고는 말린 청어 머리를 잡고 그것으로 탁자를 탁탁 치기 시작했다.

탁자에 걸터앉아 입을 오물거리면서, 낙천적인 오크네프는 일 이야기를 하면서도 농담을 섞으면서 파벨에게 온갖 소식을 들려주었다.

클럽에 도착한 오크네프는 직원용 문을 거쳐 무대 뒤 분장실로 코르차긴을 안내했다. 널따란 홀 한구석 무대에는 오른쪽에 놓인 피아노 옆에 철도관계의 청년공산동맹원들이 몰려 있고, 탈랴 라구티나와 보르하르트도 앉아 있었다. 안나의 건너편에는 의자 위에서 몸을 흔들면서 볼린체프가 자리를 차지하고 있었다. 그는 기관고(機關庫)의 콤소몰 서기로, 8월의 사과처럼 혈색이 좋았고, 오래전에는 검은색이었을 테지만 이제는 너무나 낡은 가죽 점퍼를 걸치고 있었다. 볼린체프는 머리털도, 눈썹도 엷은 다갈색이었다.

그 옆에 피아노 뚜껑에 팔꿈치를 기대고 앉아 있는 사람이 츠베타예프였다. 그는 입을 단정히 다문 고운 금발머리 청년으로 루바시카 깃을 열어젖히고 있었다.

동료들 쪽으로 다가가며 오크네프는 안나의 말소리를 들었다.

"아무래도 새로운 동지를 받아들이는 것을 괜히 까다롭게 만드는 사람이 있는 것 같아요. 츠베타예프 씨도 그래요."

"청년공산동맹은 누구나 들르는 마을 앞마당과는 다르니까."

츠베타예프는 노골적으로 경멸하는 빛을 띄면서 정색하며 되받았다.

"어머, 저것 좀 봐! 니콜라이가 오늘은 잘 닦은 사모바르처럼 번쩍번쩍 광을 냈네!"

오크네프의 모습을 발견하고 탈랴가 소리쳤다.

다들 오크네프를 끌어당기더니 질문 공세를 퍼부었다.

"도대체 어디 갔었어?"

"자, 그만 시작하자."

오크네프는 사람들을 달래는 것처럼 한 손을 앞으로 내밀었다.

"자, 자, 그렇게들 서두르지 말라고 동지들. 이제 토카료프도 올 거야. 그러면 시작하지."

"아, 왔어요."

안나가 말했다.

정말 그들 쪽으로 당 지구위원회의 서기가 오고 있었다. 오크네프가 마중하러 달려갔다.

"어서오세요, 아저씨. 분장실로 가요. 아저씨가 낯익은 얼굴을 만나게 해드릴게요. 찜팍 놀라기 마세요!"

"무슨 일이 있나?"

노인은 담배 연기를 후 내뿜으면서 중얼거렸다. 오크네프는 그의 손을 끌어당겼다.

오크네프가 종을 야무지게 흔들었으므로, 한창 재잘거리던 친구들도 얼른 이야기를 그쳤다.

토카료프의 뒤에는 푸른 솔잎으로 화려하게 꾸민 액자 속에 〈공산당선언〉의 천재적인 저자 마르크스의 초상이 걸려 있었다. 오크네프가 개회를 선언하는 동안, 토카료프는 분장실 통로에 서 있는 코르차긴의 모습을 바라보고 있었다.

"동지 여러분! 예에 따라 조직의 의제 심의에 들어가기에 앞서, 한 동지로부터 발언 요청을 받았습니다. 토카료프 동지와 나는 그에게 발언권을 주려고 합니다."

찬성 소리가 여기저기서 들려왔다. 오크네프는 더욱 목청을 높이고 말을 이었다.

"파브카 코르차긴에게 축사를 부탁합니다!"

홀에 있는 백여 명 가운데 80명 남짓은 코르차긴을 알고 있었다. 그리고 전등불 밑에 모두에게 낯익은 그 모습이 나타나 키 큰 창백한 청년이 입을 열었을 때, 장내는 환호하는 소리와 우레와 같은 박수 소리로 가득 찼다.

"친애하는 동지 여러분!"

코르차긴의 목소리는 조용했지만, 짐짓 흥분의 빛은 감추지 못했다.

"동지 여러분! 나는 여러분 곁으로 돌아올 수 있게 되었고 대오에서 내 자리를 찾았습니다. 돌아올 수 있었던 것을 다행스럽게 여깁니다. 왜냐하면 이곳에서는 많은 친구들을 만날 수 있기 때문입니다. 내가 오크네프의 집에서 읽은 바에 따르면, 우리 솔로멘카에서는 새로운 동료들이 3분의 1이나 늘어났다고 하며, 공장과 기관고에서는 반혁명분자들도 손을 들고 있는 상태이고, 기관차 차고에서는 낡은 차량을 끌어내서 대수리를 하고 있다고 합니다. 이것은 다시 말해서, 우리 조국이 새로 태어나서 힘을 쌓고 있다는 말이 됩니다. 그러니 이제 비로소 살 보람이 생긴 것이 아니고 무엇이겠습니까? 참으로 이러한 시대에, 내가 어찌 그렇게 쉽게 죽을 수 있겠습니까?"

코르차긴의 두 눈은 행복으로 넘치는 미소 속에 반짝이기 시작했다.

축복의 소리를 들으며 코르차긴은 홀 쪽으로 단상을 내려와, 보르하르트와 탈랴 등이 앉아 있는 자리로 갔다. 여러 사람들과 번갈아 악수를 했다. 친구들에 둘러싸여 코르차긴은 자리에 앉았다. 그의 손 위에는 탈랴의 손이 놓였다. 코르차긴은 굳게 그 손을 잡았다.

안나의 눈에는 환희의 빛이 넘쳐났고 속눈썹이 떨리고 있었다.

흐르는 듯이 세월이 지나갔다. 평범한 나날이라 부를 수 있는 것은 아니었다. 날마다 무언가 새로운 것을 가져다주었기 때문이다. 그리고 코르차긴은 매일 아침 시간표를 짜면서, 하루의 시간이 모자라기 때문에 계획한 일 가운데 뭔가를 이루지 못하고 남기게 됨을 늘 아쉽게 여겼다.

파벨은 오크네프의 집에 자리잡기로 했다. 그리고 전기기계 조립공 조수로서 일했다.

파벨은 니콜라이와 오랫동안 논쟁한 끝에, 자신이 지도자와 같은 일에서 잠시 손을 뗀다는 데 대해서 겨우 그를 설득해 찬성을 얻어낼 수가 있었다.

"여기서는 손이 모자란다고. 그런데도 자네는 직장에서 혼자 속 편하게 살겠다 이거야? 그렇게 나한테 병을 내세울 건 없어. 나도 티푸스를 앓고 나서 지팡이를 짚고 한 달 가까이 지구위원회에 다녔던 적이 있어. 파브카, 난 네 속을 뻔히 들여다보고 있다고. 사실은 그게 아니지? 진심을 좀 털어놔 봐."

오크네프는 그를 윽박질렀다.

"실은 말이야, 공부를 좀 하고 싶어서그래."

"아, 그렇습니까! 자네는 공부가 하고 싶다. 그럼 나는 하고 싶지 않은 줄 아니? 야, 이 친구야, 그건 에고이즘이라는 거야. 넌 실컷 쫓아다녀라, 난 공부나 하겠다, 이거야? 안 돼, 자네는 내일 당장 조직지도부로 가야 해."

그러나 오랜 격론 끝에 오크네프는 마침내 손을 들었다.

"두 달 동안은 이 이야기는 덮어 두자. 내가 사람이 좋아 탈이라니까. 그런데 말이야, 자넨 츠베타예프와는 함께 일하기 어려울 거야. 그 녀석은 우습게 자만심이 강한 놈이거든."

코르차긴의 공장 복귀를 츠베타예프는 신경을 날카롭게 곤두세우며 받아들였다. 코르차긴이 오면 틀림없이 주도권 다툼이 일어날 것으로 굳게 믿었으므로, 병적으로 자만심이 강한 그는 공격 태세를 굳히고 있었다. 그러나 고작며칠이 지나기도 전에 그는 자신의 예상이 그릇되었음을 확신하기에 이르렀다. 코르차긴은 집단 서기국이 그를 그 일원으로 넣을 작정으로 있음을 알자, 제발로 서기의 방으로 가, 오크네프와의 사전 약속까지 내세우면서, 이 문제를취소해 줄 것을 부탁했다. 청년공산동맹의 직장 속에서 코르차긴은 정치 교육서클을 맡았지만, 서기국 일은 맡으려 하지 않았다. 겉으로는 지도적인 입장에서 떠났지만, 짐짓 코르차긴의 영향은 조합의 모든 활동 속에 느껴졌다. 그가남몰래, 호의로써 츠베타예프를 난처한 처지에서 구해 준 일도 많았다.

한 번은 직장에 들렀을 때, 츠베타예프는 콤소몰의 전체 인원과 30명 가까운 비당원(非黨員)들이 유리창을 닦고, 기계를 청소하고, 오랫동안 쌓인 먼지를긁어내기도 하고, 쓰레기통과 잡동사니들을 밖으로 들어내고 있는 것을 보고놀랐다.

"무슨 일로 당신들은 갑자기 분주하게 청소하는 거요?"

츠베타예프는 이상하다는 듯이 파벨에게 물었다.

"쓰레기 속에서 일하고 싶지 않아서지요. 이곳은 20년 동안 아무도 청소한적이 없거든요. 우리는 일주일 안으로 직장을 깨끗이 단장할 테니 두고 보세요."

코르차긴은 짤막하게 그에게 대답했다.

츠베타예프는 어깨를 으쓱하면서 그대로 가버렸다.

전기공들은 그것만으로는 만족하지 않고, 마당에도 손을 뻗쳤다. 이곳 널따란 마당은 예부터 쓰레기장처럼 되어버려, 온갖 잡동사니들이 산더미처럼 쌓여 있는 지경이었다. 수많은 차축(車軸), 녹슨 고철 더미, 레일, 완충기, 축함(軸函), 몇 천 톤이나 되는 고철이 비바람에 노출되어 녹이 슬 대로 슬어 내버려졌던 것이다. 그런데 관리부는 청소 작업을 중단시켰다.

"좀 더 중요한 일이 있다. 마당 청소 같은 건 급하지 않다."

그러자 전기공들은, 자기네 직장 입구의 빈터를 벽돌로 포장하고, 신발 흙을터는 쇠그물을 그 위에 놓고, 그로써 일을 끝마쳤다. 그러나 직장 내에서의 정리 작업은 일을 마치고 매일 밤 이어졌다. 일주일이 지나서 기사장(技師長)인

스뜨리시가 여기를 들렀을 때, 직장은 몰라보게 달라져 번쩍번쩍 빛나고 있었다. 커다란 유리창은 해묵은 때가 말끔히 씻겨져, 햇빛이 한껏 들어올 길을 터놓고 있었으며, 그 햇빛은 또한 기계실까지 비쳐들어, 디젤 엔진의 번들번들하게 닦인 구리 부분에 번쩍번쩍 비치고 있었다. 기계 속의 중금속 부분은 녹색 페인트칠을 하고, 차문의 축에는 누군가가 얌전하게 화살표까지 그려 놓았다.

"흠, 옳거니……."

스뜨리시도 입을 딱 벌렸다.

저쪽 작업장 구석에서는, 몇 사람이 이제 막 작업을 끝낸 참이었다. 스뜨리시는 그곳으로 가보았다. 그러자, 마침 저쪽에서 녹인 페인트를 넣은 통을 들고 코르차긴이 왔다.

"잠깐, 나 좀 봅시다."

기사장이 그를 불렀다.

"당신들이 하고 있는 일은 나도 감탄했어요. 하지만 대체 누가 당신에게 페인트를 주었지요? 내 허락 없이 이것을 쓰는 것은 금지되어 있을 텐데. 본디 부족한 물건이니까요. 기관차의 각 부분을 칠하는 쪽이, 당신들이 하는 일보다 더 중요하다는 것을 알 텐데."

"이 페인트는 버려진 빈 페인트통에서 긁어모은 것입니다. 이틀 동안 빈통을 모아서, 25리터를 긁어모았습니다. 이건 절대로 규칙을 위반하지는 않은 걸로 아는데요, 기사장님."

기사는 다시 한 번 음, 하고 신음소리를 냈다. 이번에는 좀 더 당황하는 것 같았다.

"그렇다면 물론 좋지요. 음, 그렇지…… 어쨌든 재미있는 일이군요…… 이, 뭐라 할까, 자발적으로 직장 청소를 하는 것은, 도대체 어떻게 설명하면 되는 거지요? 물론 작업시간이 아닌 때 했겠지요?"

코르차긴은 기사장의 말에는 아무래도 마음으로 이해할 수 없다는 듯한 느낌이 있음을 알아차렸다.

"물론이지요. 한데, 당신은 대체 어떻게 생각하셨나요?"

"아, 그야, 하지만……."

"또 '하지만'입니까. 스뜨리시 동지. 볼셰비키는 이런 불결함을 아무렇지도 않게 내버려 두는 법이다, 라는 말이라도 누가 당신에게 했나요? 조금만 더 기

다려 주세요. 우리는 이 일을 더 확대할 작정이니까요. 앞으로도 놀랄 일이 일
어날 겁니다."

그리고 기사에게 페인트를 묻히지 않도록 그 옆을 조심스레 지나면서 코르
차긴은 입구 쪽으로 갔다.

밤마다 코르차긴은 늦도록 공개도서관에 들어앉아 있었다. 그는 이곳에 있
는 세 여자 직원 모두와 아주 가까워졌다. 그리고 온갖 수단을 다 써서, 마침
내 어떤 책이고 마음대로 가져다 읽어도 좋다는, 그토록 바라던 권리를 얻었
다. 커다란 책장에 사다리를 놓고, 파벨은 필요하면서도 흥미로워 보이는 책
을 찾아서 차례차례로 책장을 넘기면서, 몇 시간이고 거기에 앉아 있었다. 대
부분은 낡은 책이었다. 신간은 따로 한 책장에 얌전히 정리되어 있었다. 여기
에는 우연히 구한 국내전(國內戰) 때의 팸플릿도 있었다. 마르크스의 《자본론》,
잭 런던의 《강철군화》,*2 그 밖의 몇몇 책도 있었다. 낡은 책들 가운데 코르차
긴은 소설인 《스파르타쿠스》를 찾아냈다. 이틀 밤 동안 그걸 다 읽고 나서, 파
벨은 그 책을 책장으로 가져가 고리키의 작품들과 나란히 놓았다. 가장 재미
있고, 마음에 드는 책을 이와 같이 자리를 바꾸어 놓는 일은 끊임없이 이어
졌다.

도서관 직원들은 이 일을 굳이 막지는 않았다. 그들에게는 아무래도 상관없
는 일이었던 것이다.

청년공산동맹 집단에서의 단조로운 평온함은, 처음에는 대수롭지 않아 보
이던 한 사건으로 갑자기 깨져버렸다. 중간수리부의 서기국원이고, 들창코에
얼굴이 얽은 코스치카 피진이라는 똑똑지 못한 젊은이가 철판에 구멍을 뚫다
가, 소중한 미국제 드릴을 망가뜨려 버린 것이다. 그것은 용서할 수 없는 태만
으로 일어난 사건이었다. 더욱 심하게 말하면 거의 일부러 그랬다고까지 할 수
있다. 아침에 일어난 일이었다. 중간수리부의 직공장 호도로프가 코스치카에
게 철판에 구멍을 뚫으라고 시킨 데서 비롯된다. 코스치카는 처음에 거절했지
만 직공장이 굳이 시키므로, 철판을 집어서 구멍을 뚫기 시작했다. 이 호도로

---

*2 미국 소설가 런던(Jack London, 1876~1916)이 미래의 파시즘과 비밀 경찰, 노동 귀족 등 자본
주의 사회의 모순을 예언한 장편 소설.

프라는 사나이는 상대에게 잔소리를 하면서 무언가를 시켰기 때문에 직장에서는 인기가 없었다. 그는 예전에는 멘셰비키였다. 사회 활동에는 전혀 참가하지 않고, 콤소몰 무리를 업신여겼다. 그러나 그 대신 자기 일은 잘 알고 있어서, 제가 할 일은 열심히 책임을 다하고 있었다. 직공장은 코스치카가 드릴을 기름에 담그지 않고 '마른 철판 위에' 구멍을 뚫고 있는 것을 발견했다. 직공장은 얼른 쫓아가 그를 말렸다.

"아니, 넌 눈이 멀었어? 아니면 어제오늘 이곳에 처음 온 거야?"

이런 식으로 다루면 드릴은 반드시 망가진다는 것을 알고 있었으므로, 그는 코스치카에게 그렇게 소리 질렀다.

그러나 코스치카는 도리어 직공장에게 대들며 다시 드릴을 움직였다. 호도로프는 직장 주임에게 알리러 갔다. 한편, 코스치카는 간부가 나타나기 전에 모든 일을 제대로 끝내려고 기계를 세우지 않은 채 기름통을 찾으러 갔다. 그런데 기름통을 가지고 돌아오는 동안에 드릴은 이미 망가져 버린 것이다. 이 사건의 전말은 이러했다. 직장 주임은 피진의 해고 통지서를 냈다. 콤소몰 서기국은, 호도로프가 평소에 청년부 활동을 억압했다는 것을 내세워 코스치카를 감쌌다. 그러나 공장 간부 쪽에서도 양보하려 하지 않았으므로 사건의 판정은 조합 서기국으로 넘겨졌다. 일은 여기서부터 시작된 것이다.

서기국원 5명 가운데 셋은 코스치카에게 견책을 가하고, 다른 부서로 옮길 것에 찬성했다. 그중에는 츠베타예프도 있었다. 하지만 다른 두 사람은 코스치카가 나쁘다고는 생각지 않았다.

서기국 회의는 츠베타예프의 방에서 열렸다. 이곳은 붉은 천으로 덮인 커다란 탁자와 목공공장 친구들이 손수 만든 몇 개의 기다란 의자와 스툴이 있고, 벽에는 지도자들 초상이 걸려 있으며, 탁자 뒤에는 벽 가득히 조합기(組合旗)가 펼쳐져 있었다.

츠베타예프는 전임 일꾼이었다. 직업은 철공이지만, 그 재능 덕으로 최근 4개월 동안에 청년조합의 지도적 임무를 맡았던 것이다. 국원(局員)으로서 콤소몰 지구위원회 서기국에 참여하고, 현(縣) 위원회 멤버가 되었다. 철공에 종사했던 것은 기계공장에서의 이야기이고, 제작소에서는 신출내기였다. 그러나 얼마 안 가서 그는 주도권을 단단히 손아귀에 쥐어버렸다. 자만심이 강한 데다가 결단력이 있는 그는 청년들 한 사람 한 사람의 창의성을 금세 짓밟아 버리고, 무슨 일에나 자신이 나서서 손을 대고, 일의 전모(全貌)를 파악하지도 않고 조수늘을 무능하다고 힐책하곤 했다.

이 사무실도 그의 개인적인 감독 아래 장식된 것이었다.

츠베타예프는 선전실에서 이곳으로 가져온 단 한 개의 푹신한 팔걸이의자에 편히 앉아서, 회의를 이끌고 있었다. 이것은 비밀회의였다. 마침 당 조직자인 호무토프가 발언을 요구했을 때, 잠겨 있는 문을 누군가가 두드리는 소리가 났다. 츠베타예프는 눈살을 찌푸렸다. 노크는 이어졌다. 카츄샤 젤료노바가 일어서서 문을 열었다. 문밖에 서 있는 사람은 코르차긴이었다. 카추샤는 그를 안으로 들였다.

파벨이 그대로 빈 의자로 가려 하자, 츠베타예프가 불러 세웠다.

"코르차긴! 지금 비밀회의 중이요."

파벨은 얼굴을 붉혔다. 그는 천천히 탁자 쪽으로 돌아섰다.

"그건 알고 있어요. 나는 이 코스치카 건에 대해서 당신들이 어떻게 생각하는지 관심이 있습니다. 그리고 이와 관련해서 새로운 문제를 제기하려는 겁니다. 그럼, 당신은 내가 동석하는 데 반대한다 이겁니까?"

"반대가 아니요. 하지만 당신도 알다시피 비밀회의에는 위원만이 출석하게 되어 있는 게 아니겠소? 인원수가 많아지면 심의가 복잡해지기 때문이오. 그래도 이미 왔으니 할 수 없지. 앉으시오."

이런 모욕을 코르차긴이 받기는 처음이었다. 양미간이 찌푸려졌다.

"뭘 그렇게 형식을 찾을 필요가 있소?"

호무토프가 불만을 드러냈다. 그러나 코르차긴은 몸짓으로 그것을 제지하고 앉았다.

"그런데, 내가 이야기하고 싶은 것은 말이지요."

호무토프는 이야기를 시작했다.

"호도로프에 관한 한, 그의 행동은 옳다는 사실입니다. 물론 그는 우리와는 다른 존재지요. 하지만 여기서는 규율을 소홀히 여기지 않습니까. 만약에 콤소몰 동맹원들이 모두 이런 식으로 드릴을 망가뜨린다면, 우리에게는 일할 연장이 없어져 버리고 말 거요. 비당원(非黨員)들에 대해서도 더할 수 없는 나쁜 선례를 남기게 될 것입니다. 그러므로 나는 그 청년에게는 경고할 필요가 있다고 생각합니다."

츠베타예프는 그의 발언이 채 끝나기도 전에 반박을 시작했다.

10분쯤 듣고 있으니까, 코르차긴에게는 서기국의 방침이 짐작이 갔다. 표결로 들어가기 직전에 그는 의견을 개진하겠다고 요구했다. 츠베타예프는 떨떠름해하며 그에게 발언을 허락했다.

"동지 여러분, 나도 코스치카 사건에 대하여 의견을 말씀드리고자 합니다."

코르차긴의 목소리는 자신이 예상했던 것보다도 훨씬 날카로웠다.

"코스치카 사건은, 경고와도 같은 것이라고 생각합니다. 문제는 코스치카 한 사람에 있는 게 아닙니다. 어제도 나는 숫자를 조금 보았습니다."

파벨은 주머니에서 수첩을 꺼냈다.

"이것은 근무조사계에서 제공해 받은 숫자인데 잘 들어주세요. 청년공산동맹원의 23퍼센트는 날마다 5분 또는 15분 지각하고 있습니다. 이것은 이제 거의 습관이 되었습니다. 그리고 17퍼센트는 매월 정해 놓은 듯이 하루 아니면 이틀 결근하고 있습니다. 그런데 한편 당원이 아닌 사람들의 결근은 14퍼센트입니다. 숫자는 채찍보다 용서가 없으니까요. 내친김에 나는 몇 가지를 좀 더 메모해 놓았습니다. 당원 중에서도 월 1회씩 게으름 피는 자가 4퍼센트, 지각자도 4퍼센트, 비당원인 어른의 경우는 한 달에 하루씩 게으름을 피는 자는 11퍼센트, 지각자는 13퍼센트, 기구류 파손은 90퍼센트가 청년, 그중에서 신규채용자는 겨우 7퍼센트. 그래서 여기서 다음과 같은 결론이 나옵니다. 다시 말해서 우리는 당원이나 어른인 노동자들보다도 훨씬 일을 소홀히 하고 있다는 것입니다. 물론 이 상태는 어디나 같은 것은 아닙니다. 철공 쪽은 부러울 정도로 좋고, 전공 쪽도 만족스럽습니다. 그러나 그 밖의 곳에서는 서로 큰 차이가 없는 상태입니다. 내 의견에 의하면, 동지 호무토프는 규율에 대해서, 겨우 그 일부가 문제가 된 데 지나지 않는다는 것입니다. 우리에게 주어진 사명은 이 들쭉날쭉을 평균화하는 일입니다. 나는 반드시 선동하거나 집회를 열자는 것은 아닙니다만, 우리는 태만과 불성실에 대해서는 크게 분노함으로써 이를 박멸해야 합니다. 늙은 노동자들은 주인 밑에 있었을 때 더 일을 열심히 했으며, 자본가를 위해서 일했을 때 더 성실했었다고 솔직하게 말하고 있습니다. 그러나 우리 자신이 주인이 된 오늘날에는 그와 같은 변명은 해서는 안 되는 것입니다. 따라서 첫째로 책임을 져야 할 자는, 코스치카도 아니고 그 밖의 사람들도 아닌, 바로 우리들인 것입니다. 왜냐하면 우리는 이 악과 마땅히 올바르게 싸우는 일을 게을리했을 뿐만 아니라, 반대로 이러니저러니 이유를 둘러대면서 코르치킨와 같은 자들을 때로는 감싸왔기 때문입니다.

지금도 사모힌과 부틸랴크가, 피진은 우리의 동지라고 했습니다. 흔히 말하는 '평생 동지'라는 거겠지요. 다시 말해서 한집안 사람이며 열성자로서 무거운 짐을 짊어지고 있다. 그래서 드릴을 망가뜨리더라도 뭐 이 정도쯤 누구나 하는 일이 아닌가, 이렇게 생각합니다. 그 대신 젊은이는 동지지만, 직공장은 남이라고 생각합니다. ……사실 호도로프와는 아무도 함께 일하지 않았지만 그 잔소리꾼은 그래도 일에서는 30년의 경력이 있는 겁니다! 그 사람의 정치적 입장은 거론하지 않겠습니다. 그러나 이 경우는 그가 옳은 것입니다. 남과 같은 사람이라 불리면서도 그는 국가 재산을 소중히 다룬 데 반하여, 우리는 외국에서 가져온 기구를 엉망으로 만들고 있기 때문입니다. 이러한 행위들을 뭐라 하면 좋을까요? 나는, 우리가 당장 이 부분에 대하여 첫 일격을 가하고 공격을 개시해야 한다고 생각합니다.

그래서 제안합니다. 피진을 태만, 불성실, 생산 규율을 어지럽힌 자로서 콤소몰에서 제명하는 것입니다. 그리고 이 사건을 벽보에 쓰고, 당당히 어떠한 물의도 두려워할 것 없이 이 숫자들을 논설에 다루는 것입니다. 우리에게는 힘이 있습니다. 지지자도 있습니다. 콤소몰의 기초를 이루는 대다수의 사람들은 훌륭한 생산자입니다. 그중 60명이 보야르카에서 이곳에 온 사람들인데, 그들은 가장 충실한 한 그룹입니다. 그들의 도움과 참가를 촉구해, 우리는 이 불균형을 고르게 만듭시다. 현재와 같은 일에 대한 이러한 태도만은 완전히 뿌리 뽑아야 합니다."

평소에는 조용하고 말수가 적은 코르차긴도 오늘은 날카롭게 열변을 토했다. 츠베타예프는 이 전기공의 참모습을 새삼스럽게 지켜보고 있었다. 파벨의 말이 옳다는 것은 그도 인정했지만, 짐짓 예의 경계심이 거기에 찬동하는 것을 방해하고 있었다. 그는 코르차긴의 발언을 조직 전반의 상태에 대한 날카로운 비판이며, 동시에 츠베타예프의 권위를 훼손하는 것이라 여겨, 이 전기공을 분쇄해 버리려고 마음먹었다. 그 반박을 그는 먼저, 코르차긴이 멘셰비키인 호도로프를 감싸고 있다고 비난하는 것으로서 시작했다.

뜨거운 토론이 세 시간에 걸쳐서 이어졌다. 밤이 깊어서야 결론이 나왔다. 움직일 수 없는 사실들의 논리적 귀결로써, 분쇄된 츠베타예프는 대다수의 사람들을 코르차긴 쪽으로 빼앗기고 그릇된 한 걸음을 내디디고 말았다. 다시 말해서, 민주주의를 파괴해 버린 것이다. 결정 투표에 앞서서 그는 코르차긴에게 퇴장해 줄 것을 요구했다.

"좋소, 나가지요. 하긴 이건 당신의 명예가 되지는 않겠지만 말이요. 다만, 이것만은 미리 말해 두겠소. 만약에 당신이 자기 주장을 굽히지 않을 작정이라면, 내일 나는 전체회합에 문제를 제기하겠소. 그리고 그렇게 된다면 분명 당신에게 많은 표는 모이지 않을 것이요. 당신은 말이요, 츠베타예프, 잘못을 저지르고 있다는 걸 알아야 해요. 그리고 호무토프 동지, 당신은 이 건을 총회 전에 반드시 당에 넘길 책임이 있다고 생각합니다."

츠베타예프는 덤벼들 듯이 소리쳤다.

"당신은 협박하는 거요? 일일이 이래라저래라 하지 말란 말이요. 우리는 당신에 대한 것도 의제로 삼을 것이요. 자기는 하는 일도 없으면서, 남의 일에 훼방을 놓지 말란 말이요."

문을 닫고 나서, 파벨은 한 손으로 달아오른 이마를 닦고, 덩그러니 빈 사무실을 지나서 입구 쪽으로 갔다. 밖으로 나오자 가슴을 펴고 후유 하고 숨을 내쉬었다. 그리고 담배를 붙여 물고, 토카료프가 살고 있는 바투이예프산의 오두막으로 걸어갔다.

코르차긴은 마침 대장장이가 저녁을 먹고 있을 때 들이닥쳤다.

"자, 이야기나 해보지. 그쪽의 새 소식이나 들을까. 다리야, 카샤*³를 한 그릇 가져다주지그래."

파벨을 식탁에 앉히면서 토카료프가 말했다.

토카료프의 아내 다리야 포미니시나는 남편과는 대조적으로 키가 크고 뚱뚱한 여자였는데, 파벨 앞에 수수죽 그릇을 가져다 놓고는, 젖은 입술을 앞치마로 닦으면서 상냥하게 말했다.

"자, 어서 들어요."

토카료프가 공장에서 일할 무렵에는, 코르차긴은 자주 이 집에 밤늦게까지 앉아 있곤 했지만, 이번에 돌아오고 나서 이 노인을 찾아온 것은 처음이었다.

대장장이는 아무 말 없이 파벨의 말에 귀를 기울이고 있었다. 자신은 한마

---

*³ 물이나 우유에 곡물을 넣어 끓인 러시아 요리.

디도 하지 않고, 혼자서 고개를 끄덕이면서, 그저 숟가락만 움직였다. 죽을 다 먹어치우고 나서, 그는 냅킨으로 콧수염을 닦고, 기침을 하고 가래를 뱉었다.

"그야, 물론 자네 말이 옳아. 벌써 옛날에 그것을 본격적으로 문제 삼아야만 했지. 공장은 지구(地區)의 바탕이 되는 집단이니까 거기서부터 시작해야지. 그렇다면 자넨 츠베타예프와 싸웠군그래? 그건 좀 좋지 않은걸. 그 녀석은 악착같은 놈이거든. 어쨌든 자네는 모두와 함께 일하게 된 거지? 말이 난 김에 묻겠는데, 자네 공장에서는 무슨 일을 하지?"

"전문공장 쪽에 있어요. 이렇게 여러 군데를 조금씩 움직여 가는 거지요, 뭐. 지금은 공장 기초 단체에서 정치 교육 서클을 지도하고 있어요."

"그럼, 서기국에서는 뭘 하고 있어?"

코르차긴은 더듬거렸다.

"나는, 아직은 체력도 예전처럼 돌아오지 않았고, 그리고 공부도 좀 하고 싶은 생각이 들어서, 표면적으로는 지도에 참여하지 않았어요."

"그래?"

토카료프는 못마땅한 투로 말했다.

"몸이 약해진 탓이라 하지만 지금은 어떤가? 조금은 나아졌겠지?"

"예."

"그럼, 정상적으로 일을 맡도록 해야지. 옆에서 한 번씩 건드려 보는 짓 따위는 아무 쓸모가 없어. 방관자는 본디 일에 도움이 안 되는 법이니까. 게다가 누구라도 너에게 책임 회피라고 추궁한다면 할 말이 있나? 내일이라도 당장 그리로 가서, 모든 것을 뜯어고치는 거야. 난 오크네프 녀석에게 좀 따져야겠어."

여전히 못마땅한 어조로 토카료프는 그렇게 말을 맺었다.

"그 친구는 건드리지 말아 주세요, 아저씨."

파벨이 가로막았다.

"일을 맡지 않도록 부탁한 건 바로 나니까요."

토카료프는 어이가 없다는 듯이 파벨을 돌아보았다.

"부탁했다고? 그래서 녀석이 자네 부탁을 들어줬다 이 말이야? 그래? 그건 그렇다 치고, 콤소몰 친구들은 요즘 어떤가?…… 자, 어디 옛날처럼 신문이나 읽어줄래…… 아무래도 내 눈도 요즘은 시원찮아져서 말이야."

당집단의 서기국은 콤소몰 서기국의 다수 의견을 승인했다. 당과 콤소몰의 집단 앞에는 중요하고도 어려운 사명이 주어졌다. 개인의 일로서 근로 규율의 본보기를 보여주라는 것이었다. 서기국에서 츠베타예프는 심한 힐책을 받았다. 처음에는 그도 맞서서 변명하려 했으나, 폐병으로 얼굴이 노란, 로바힌이라는 나이 지긋한 책임서기의 말로 말미암아 궁지에 몰려, 마침내 손을 들고 자신의 과오를 반쯤만 인정했다.

코스치카는 제명되고, 집단 서기국에는 새로운 동지, 새 정치 지도자로 코르차긴이 배속되었다.

네쥬다노프의 이야기를 사람들은 뜻밖에도 정숙한 가운데 참을성 있게 들었다. 그는 새로운 사명과, 철도 공장이 돌입한 새로운 단계를 이야기하고 있었다.

회합이 끝난 다음에, 코르차긴은 길거리에서 츠베타예프를 기다리고 있었다.

"함께 갑시다. 할 이야기가 좀 있으니까."

그는 책임서기 쪽으로 다가갔다.

파벨은 상대의 손을 잡고, 몇 발짝 걸어가서 벤치 옆에 섰다.

"좀 앉읍시다."

그리고 먼저 자신이 앉았다.

츠베타예프의 담뱃불이 붉게 타올랐다 꺼졌다 했다.

"말 좀 해보시오, 츠베타예프, 당신은 어째서 나를 그렇게 못마땅하게 생각하는 거요?"

잠시 침묵이 이어졌다.

"아니, 그 말이요? 난 또 일 이야기인가 했지!"

츠베타예프의 목소리는 흥분으로 떨리며, 일부러 놀란 척하는 눈치가 뚜렷했다.

파벨은 손바닥을 상대 무릎에 올려놓았다.

"그러지 말아요, 지무카. 그런 가면은 외교관이나 쓰는 거야. 자 대답해 봐. 내가 어째서 당신 심기를 불편하게 만드는 놈이 된 거지?"

츠베타예프는 더는 참을 수 없어졌는지, 꿈틀하고 몸을 움직였다.

"뭘 그렇게 꼬치꼬치 캐는 거야? 내가 도대체 뭘 어쨌다는 거야? 이쪽에서

304 강철은 어떻게 단련되었는가

먼저 당신한테 일해 달라고 했잖아. 그것을 거절해 놓고서, 이제 와서 마치 내가 사기를 배척한 것 같은 말투니, 원, 기가 막혀서."

파벨은 상대의 목소리에서 진솔함을 발견할 수가 없었다. 그래서 무릎에서 손을 떼지 않고 흥분해서 말하기 시작했다.

"대답하기 싫으면 내가 말하지. 당신은 내가 당신의 일을 방해할 것이라고 생각하는 거야. 책임서기 자리를 나에게 빼앗기지 않을까 생각하는 거야. 그렇지 않다면, 코스치카 건에서도 그렇게 옥신각신할 까닭이 없잖아. 그런 짓을 하니까 모든 일이 엉망이 되는 거야. 그래서 피해를 보는 게 우리 둘뿐이라면, 그야 별일 아니겠지. 서로 제멋대로 생각하면 되는 일이니까. 하지만 우리 둘은 내일부터 함께 일해야 되지 않아? 이런 식으로 해서 어쩌자는 거야? 응, 잘 들어봐. 우리가 싸우면 뭘 하겠나? 당신이나 나나 젊은 노동자야. 만일 당신에게 가장 소중한 것이 우리의 일이라면, 손을 잡자고. 그리고 내일부터라도 사이좋게 해나가자는 말이야. 하지만 만약에 그 쓸데없는 생각이 도저히 머리에서 사라지지 않고, 앞으로도 아웅다웅할 셈이라면 그 결과로 일어나는 일에서의 온갖 결함에 대해서 사정없이 서로 싸울 용의도 있어. 자, 내가 손을 내밀겠어. 이게 동지의 손일 때 잡아 줘."

코르차긴은 자기 손에 닿는 츠베타예프의 거친 손을 흐뭇한 마음으로 잡았다.

일주일이 지났다. 당 지구위원회에서는 일이 끝나가고 있었다. 각 부도 조용했다. 그러나 토카료프는 아직 일어서려 하지 않았다. 노인은 새로운 자료를 열심히 읽으면서, 팔걸이의자에 앉아 있었다. 문을 두드리는 소리가 들렸다.

"예!"

토카료프는 대답했다.

코르차긴이 들어와 기입된 조사서를 두 통, 서기 앞에 내밀었다.

"뭐지, 이게?"

"이것으로 말이지요, 아저씨, 책임 회피를 면하려고 해요. 지금이 시기가 아닌가 싶어서요. 만일 이의가 없으시다면 밀어 주시기 바랍니다."

토카료프는 제목을 힐끗 보았다. 그러고 나서 몇 초 동안 젊은이를 뚫어지게 바라본 다음, 말없이 펜을 들었다. 그리고 동지 코르차긴 파벨 안드레예비

치를 러시아공산당의 입당 지원자로서 추천하는 자의 당 경력 기입란에 1903
년'이라 분명히 적어 넣고 거기에 서명을 했다.

"자, 이제 됐다, 아들아. 부디 이 흰대가리 늙은이를 욕되게 하는 일이 없기
를 바란다."

실내는 무더워 누구라도 한시바삐, 저 솔로멘카 역 앞의 밤나무 가로수 밑
으로 빠져나가고 싶었다.

"그만하자, 파브카, 난 이제 녹초가 됐어."

땀을 뻘뻘 흘리면서, 츠베타예프가 애원했다. 카츄샤도, 이어서 다른 친구들
도 그에 찬성했다.

코르차긴은 책을 덮었다. 서클은 공부를 끝마쳤다.

모두가 일어섰을 때, 벽에 걸린 구식 에릭슨 전화가 요란하게 울렸다. 츠베타
예프가 받았다.

수화기를 걸어 놓고, 그는 코르차긴 쪽을 돌아보았다.

"역에 폴란드 영사관의 외교관용 차량이 두 대 서 있대. 그런데 한 시간 뒤에
는 열차가 떠나는데 불이 꺼졌다나. 그래서 배선 수리를 부탁한다는 거야. 파
벨, 재료상자를 가지고 좀 가주지 않겠어? 빠를수록 좋대."

두 대의 번듯한 국제 연락열차가 제1승강장에 서 있었다. 창이 넓은 전망차
(展望車)에는 불이 환하게 켜져 있었으나, 옆 차량은 캄캄했다.

파벨은 호화로운 침대 차량으로 다가가, 손잡이를 잡고 안으로 들어가려고
했다.

그러자 정거장 벽에 기대섰던 한 사나이가 갑자기 뛰어나와 그의 어깨를 잡
았다.

"당신은 어디를 가는 거요?"

귀에 익은 목소리였다. 파벨은 고개를 돌렸다. 가죽 조끼, 차양이 넓은 모자
를 쓴, 메부리코, 경계하는 듯한 시선.

아르튜힌은 비로소 그가 파벨이라는 것을 알아보았다. 어깨를 붙잡았던 손
이 풀리고, 얼굴에서도 경계가 사라졌다. 그러나 눈은 여전히 이상한 듯이 상
자를 바라보았다.

"어디를 갈려고?"

파벨은 간단히 설명했다. 차량에서는 다른 사람이 나타났다.

"자민, 지쪽 승무인을 불러볼게."

승무원을 따라서 코르차긴이 들어간 전망차에는, 여행복을 멋지게 차려입은 몇 사람이 앉아 있었다. 장미 무늬 비단보를 덮은 탁자 저쪽에는, 문 쪽에 등을 보이고 한 부인이 앉아 있었다. 코르차긴이 들어왔을 때, 그녀는 마주 보고 서 있던 키 큰 장교와 이야기하고 있었는데, 전기공이 들어오자 이야기를 끝냈다.

후미등(後尾燈)에서 통로로 나온 전선을 재빨리 점검하고 이상이 없음을 확인했으므로, 코르차긴은 계속 고장 난 데를 찾아내려고 전망차를 나왔다. 독수리 무늬를 새긴 커다란 구리 단추가 더덕더덕 달린 제복 차림의 권투선수처럼 생긴 덩치 큰 승무원이 그 뒤를 얼른 따라왔다.

"다음 차량으로 가봅시다. 여기는 이상이 없어요. 축전지도 제대로 작동하고 있고, 고장은 아무래도 저쪽일 거요."

승무원은 문 열쇠를 돌리고, 그들은 어두운 통로로 들어섰다. 회중전등을 비치며 고장 난 곳을 찾아 나갔다. 파벨은 얼마 안 가서 잘려 나간 부분을 찾아냈다. 몇 분 뒤에는 통로에 있는 첫 번째 전등이 창백하고 불투명한 빛을 던지면서 켜졌다.

"별실을 열고, 전구를 바꾸어야 합니다. 끊어졌으니까."

코르차긴은 동행에게 말했다.

"그럼 부인을 모셔 와야지. 그분이 열쇠를 가졌으니까요."

승무원은 코르차긴을 혼자 남겨 놓은 채 가고 싶지 않은지, 그도 데리고 갔다.

별실에는 먼저 부인이 들어가고, 코르차긴이 그 뒤를 이었다. 승무원은 제 몸으로 입구를 막고, 거기에 섰다. 그물 선반에 놓인 사치스러운 가죽 트렁크가 2개, 무심코 소파에 내던져진 실크 망토, 그리고 창가 화장대에 놓인 향수병과 예쁜 공작석(孔雀石)으로 된 분 상자가 파벨의 눈에 들어왔다. 부인은 소파 한구석에 걸터앉아서, 연한 갈색 머리를 매만지면서, 전기공의 일하는 모습을 지켜보았다.

"부인, 잠시 다녀오겠습니다. 소령님이 찬 맥주를 가져오시는군요."

황소처럼 굵은 목을 간신히 굽히며 머리를 숙이고는 승무원이 공손히 말했다. 부인은 노래라도 부르듯이 목소리를 길게 떼며 대답했다.

"좋아요, 다녀와요."

폴란드 말이었다.

복도에서 스며드는 한 줄기 불이 부인의 어깨에 떨어지고 있었다. 파리 일류 재봉사가 만들었을 법한 리옹 실크로 된, 세련된 부인의 옷은 두 어깨와 팔을 드러내 놓고 있었다. 작은 귀에는 물방울 모양 보석이 번쩍번쩍 빛나면서 흔들리고 있었다. 코르차긴의 눈에 비친 것은 부인의 어깨와 팔뿐이었는데, 마치 상아를 갈아서 만든 것 같았다. 얼굴은 그림자로 가려져 보이지 않았다. 재빨리 드라이버를 사용해, 파벨은 천장에 달린 전등갓을 바꿔 달았다. 1분 뒤에는 전등이 켜졌다. 다음은 부인이 앉아 있는 소파 위에 있는 등을 살펴보기만 하면 되었다.

"이 전등을 점검해야 하는데요."

코르차긴은 그녀 앞에 선 채로 그렇게 말했다.

"아, 그래요? 그럼 내가 방해가 되겠군요."

부인은 또렷한 러시아어로 그렇게 말하더니, 가볍게 소파에서 몸을 일으켜, 거의 코르차긴과 나란히 섰다. 이제 그녀의 전신이 눈에 들어왔다. 화살 모양의 눈썹 선과 꼭 다문 입술이 낯익었다. 의심할 바 없이, 눈앞에 서 있는 것은 저 넬리 레슈친스카였다. 이 변호사의 딸 쪽에서도 그의 놀란 눈초리를 알아차리지 못했을 리는 없었다. 그런데 코르차긴 쪽에서 그녀임을 알아보았더라도, 레슈친스카 쪽에서는 지난 4년 동안에 성장한 전기공이 설마 그 말썽꾸러기 이웃이라고는 알아보지 못했다.

그의 놀라는 모습에 경멸하듯이 눈썹을 꿈틀하더니, 그녀는 입구 쪽으로 가, 에나멜 덧신 끝을 연신 바닥에 굴리면서 서성거렸다. 파벨은 등을 고치기 시작했다. 그것을 떼어내 빛에 가까이 대고 살펴보았다. 그리고 스스로도, 아니 레슈친스카에게는 더욱더 뜻밖에 폴란드어로 이렇게 물었다.

"빅토르도 여기 있습니까?

코르차긴은 뒤를 돌아보지 않았다. 그에게 넬리의 얼굴은 보이지 않았다. 그러나 오랜 침묵은 그녀가 당황했음을 알려주고 있었다.

"당신은 나를 아세요?"

"알기만 해요? 우리는 서로 옆집에 살지 않았습니까?"

파벨은 그녀 쪽으로 돌아섰다.

"그럼, 당신은, 파벨이군요. 저…… 아들인?"

넬리는 어물거렸다.

"요리사의 아들이지요."

코르차긴이 덧붙였다.

"어머, 몰라보게 컸네요! 개구쟁이였을 때의 당신을 기억해요."

넬리는 뻔뻔스럽게도 파벨을 발끝에서 머리끝까지 훑어보았다.

"하지만 어째서 빅토르에게 관심이 있지요? 내가 알기로는 당신과는 그리 가깝지 않았던 것 같은데."

넬리는 이 뜻밖의 대면을 심심풀이로 삼으려는 듯, 노래 부르는 듯한 높은 소리로 말했다. 코르차긴은 드라이버로 꾸역꾸역 나사를 벽에 틀어박고 있었다.

"빅토르에게는 빚 받을 게 좀 남아 있어서요. 만일 만나거든 난 아직 그걸 받을 희망을 버리지 않고 있다고 전해 주세요."

"말씀해 보세요. 얼마나 받을 게 있는지. 내가 대신 갚지요."

그녀는 코르차긴이 어떤 종류의 빚 이야기를 하는지 잘 알고 있었다. 페틀류라군과의 사건도 모두 알고 있었지만, 이 젊은 남자를 놀려 주고 모욕하고 싶은 충동이 솟구쳤다.

코르차긴은 입을 다물고 있었다.

"저, 알고 있으면 좀 가르쳐 주시겠어요? 우리 집이 약탈당한 데다가 허물어져 버렸다는 건 사실인가요? 아마, 정자와 화단 같은 것도 엉망이 됐겠지요?"

넬리는 처량하게 물었다.

"그 집은 이제 우리들 것이고, 당신네들의 집은 아닙니다. 괜히 허물어 버리면 우리 손해니까요."

넬리도 비웃듯이 흥, 하고 코웃음을 쳤다.

"어머, 당신도 아마 세뇌된 모양이군요? 하지만 어쨌든, 이건 폴란드 사절단의 전용차예요. 이 별실은 내가 주인이라는 걸 잊지 마세요. 그러나 저러나, 당신은 옛날에도 노예였듯이, 지금도 마찬가지 아니에요? 당신은 지금도 내 방에 불이 켜지도록 내가 이 소파에서 책을 읽기 좋도록 일하고 있지 않아요? 오래전 당신의 어머니는 우리 집 속옷을 빨고, 당신은 물을 길어 날랐지요? 지금 여기서 다시 만났지만, 서로가 역시 옛날 그대로의 처지에 있네요?"

그녀는 승리에 도취해서, 고소한 듯이 그렇게 말했다. 파벨은 나이프로 전선 끝을 깎으면서 노골적으로 이 폴란드 여자를 바라보았다.

"부인, 나는 당신을 위해서는 녹슨 못 하나라도 박아 줄 생각은 절대로 없습니다. 다만 부르주아가 외교관인지 뭔지 하는 걸 생각해 낸 이상, 우리로서도 일단 예의를 다하고 있는 데 지나지 않는다는 걸 알아야 합니다. 하지만 우리는 그들의 목을 자르지도 않고, 지금의 당신과 같은 예의에 어긋난 말도 입에 담지 않습니다."

넬리의 뺨이 벌게졌다.

"만일 당신들이 바르샤바를 점령이라도 한다면, 나 같은 여자는 어떻게 될까요? 토막을 내서 커틀릿이라도 만들어 버릴 건가요, 아니면 당신의 첩으로라도 삼아 줄 건가요?"

그녀는 늘씬한 몸을 구부린 자세로 문 있는 데 서 있었다. 코카인을 즐기는 육감적인 콧구멍이 벌름벌름 떨리고 있었다. 소파 위에 전등이 들어왔다. 파벨은 똑바로 서서 말했다.

"당신을 탐내는 사람은 아무도 없어요. 우리 칼을 빌리지 않더라도, 코카인 때문에 오래 못 살 거요. 난, 당신 같은 사람은 여자로 생각지도 않으니 염려 놓으시지, 이게 여자야?"

코르차긴은 수리함을 옆구리에 끼고 두 걸음쯤 문 쪽으로 다가섰다. 넬리는 옆으로 비켜섰다. 그리고 통로로 나왔을 때, 그는 낮은 그녀의 목소리를 들었다.

"밥맛없는 볼셰비키야!"

이튿날 밤, 코르차긴은 도서관으로 가려다 거리에서 카추샤를 만났다. 그의 옷소매를 꼭 잡고, 젤료노바는 장난스럽게 그의 길을 막았다.

"정치교육쟁이씨, 어디를 그렇게 급히 가는 거예요?"

"도서관에. 이봐, 비켜 줘."

코르차긴은 그렇게 대답하고, 소중한 물건 다루듯이 그녀의 어깨를 붙잡아 보도 옆으로 가만히 밀어놓았다. 카추샤는 그의 손을 놓고, 나란히 걷기 시작했다.

"있잖아요, 파블루샤! 그렇게 늘 공부만 할 거예요?…… 무슨 말인지 알아요? 오늘 밤 모임이 있어요. 지나 글라두이시한테 오늘 모두 모이기로 했어요. 애들이 전부터 당신을 데려와 달라고 내게 부탁했어요. 당신이 정치에만 열중하고 있으니까 그래요. 가끔 기분 전환이나 산책 같은 거 할 생각도 안 들어요? 어때요, 오늘 하루라도 책에서 벗어나면, 오히려 머리가 더 맑아질 거예요."

카추샤는 끈질기게 설득했다.

"밤 모임이라면, 도대체 무엇을 하자는 건데?"

카추샤는 놀리는 듯이 흉내를 냈다.

"무엇들을 한다고! 기도 같은 걸 하자는 건 아니에요. 그저 신나게 시간을 보내는 거지 뭐. 그뿐예요. 당신 아코디언을 연주할 줄 알지요. 난 한 번도 못 들어 봤어요. 그러니까, 날 한 번 즐겁게 해줘 봐요. 지인카네 아저씨한테도 아코디언이 있지만, 아저씨는 솜씨가 엉망이거든요. 애들은 당신한테 흥미를 느끼는데, 당신은 그렇게 책과 씨름만 하고 있을 거예요? 청년공산동맹원은 기분 전환을 하면 안 된다고, 어디에 그런 말이 써 있어요? 내가 당신을 설득할 끈기가 있는 동안에, 어서 가요. 그렇지 않으면 한 달이라도 당신과 싸울 거예요."

눈이 커다란 페인트공인 카치야는 동지로서도 나무랄 데 없고, 또한 훌륭한 청년공산동맹원이었다. 코르차긴은 이 아가씨의 체면을 보아, 그다지 내키지는 않았지만 승낙을 하고 말았다.

기관사 글라두이시의 방에는 사람들이 모여 와글거렸다. 어른들은 젊은이들의 방해가 되지 않도록 옆방으로 가 있고, 커다란 방과 조그만 안마당 쪽으로 나온 베란다에는 청년들과 처녀들이 15명쯤 모여 있었다. 카추샤가 마당을 지나서 파벨을 베란다로 안내하고 갔을 무렵에는, 벌써 거기서는 이른바 '비둘기 먹이 주기'라는 게임이 시작되고 있었다. 베란다 한가운데쯤에 의자가 2개 등을 맞대고 놓여 있었다. 거기에 이 놀이를 이끌어 가는 사람의 지명을 받으면 청년과 처녀가 앉는다. 게임 리더가 "비둘기에게 먹이를 주어요"라고 소리치면, 서로 등을 맞대고 앉은 젊은 남녀는 머리를 뒤로 비튼다. 입술이 맞닿는다. 그리고 두 사람은 모두가 보는 앞에서 입을 맞추는 놀이였다. 그다음에는 '반지'라든가 '우체부'놀이를 했다. 그런데, 그 어떤 놀이도 반드시 입맞춤이 있었다. 특히 '우체부'에서는, 입맞춤 장면을 밝은 베란다에서 장소를 옮겨 이때만 잠깐 불이 꺼진 방으로 옮겨 행했다. 이런 놀이로도 성이 차지 않는 사람들을 위해서, 한구석 탁자 위에 '사랑의 꽃놀이'카드가 놓여 있었다. 파벨의 옆에 있던, 무라라고 하는 16, 7세 되어 보이는 처녀가 푸른 눈에 교태를 띠우며, 그에게 한 장의 카드를 내밀면서 작은 목소리로 말했다.

"제비꽃."

몇 년 전에는 파벨도 이런 종류의 밤 모임을 본 적도 있었고 직접 거기에 참석하지는 않았지만 그래도 그것을 그저 흔히 있는 현상으로 생각하고 있었다. 그러나 소도시의 서민생활과는 영구히 인연을 끊은 지금에 와서 보니, 이날 밤의 모임이 그에게는 뭔가 추악한, 그것도 조금 우스꽝스러운 것으로 여겨졌다.

그것은 어쨌든, 사랑점 카드는 그의 손에 쥐어져 있었다.

제비꽃의 뒷장을 읽어보니 "당신이 나에게는 아주 마음에 든 사람입니다"라고 씌어 있다.

파벨은 처녀를 보았다. 그녀는 당황하는 기색도 없이, 이 시선을 받았다.

"왜지요?"

그의 물음은 딱딱했다. 무라의 대답은 미리 준비되어 있었다.

"장미예요."

그녀는 두 번째 카드를 그에게 내밀었다.

장미의 뒷장 글귀는 다음과 같았다. "당신은 나의 이상(理想)입니다." 코르차긴은 처녀 쪽으로 돌아서서, 말투를 부드럽게 하려고 애쓰면서 물었다.

"왜 아가씨는 이런 웃기는 장난을 하는 거지?"

무라는 당황해서, 어쩔 줄을 몰라했다.

"그럼, 제 고백이 기분 나쁘다는 거예요?"

그녀의 입술은 기분이 상한 듯 샐쭉해졌다.

코르차긴은 그 물음에는 대꾸도 하지 않았다. 그러나 이 말 상대가 도대체 누군지는 알고 싶었다. 그래서 그가 이것저것 묻자, 처녀는 기꺼이 대답을 해주었다. 이윽고 그가 알 수 있었던 바로는, 그녀는 7년제 학교에 다니고 있고, 아버지는 차량 검사계이며, 처녀 쪽에서는 전부터 파벨을 알고 있었을 뿐 아니라, 그와 사귀고 싶어 했다는 것이었다.

"아가씨 이름은 뭐지?"

코르차긴은 물었다.

"볼린세바 무리라고 해요."

"아가씨 오빠는 기관고 서기지?"

"네, 그래요."

그제야 겨우 코르차긴은 상대가 누구인지 알았다. 지구에서 가장 활동적인 콤소몰의 한 사람인 볼린체프로, 아무래도 자기 여동생은 전혀 신경을 써주지 않았는지, 이 처녀는 흔해빠진 속물로 자라고 말했던 것 같다. 작년부터 그녀는 멍청해질 만큼 입맞춤만 하는 저희 또래의 밤 모임에만 싸다니게 되었다. 그러고 보니 코르차긴도 몇 번쯤 제 오빠 집에서 얼굴을 마주친 적이 있는 것 같다.

그제야 겨우, 무라는 상대가 자신의 행위를 마땅치 않게 여기고 있다는 것을 눈치챘다. 그래서 '비둘기 먹이 주기'에 불려갔을 때도, 코르차긴의 일그러진 미소를 보았기 때문에 놀이에서 빠지고 말았다. 두 사람은 그리고 몇 분 동안 앉아 있었다. 무라가 자기의 지나온 이야기를 하고 있었던 것이다. 거기에 젤료노바가 왔다.

"아코디언을 가져와야지. 켜줄 거지요?"

그리고 무라를 힐끗 보았다.

"어때, 친해졌어?"

파벨은 카추샤를 나란히 앉혔다. 그리고 주위에서 웃고, 소리 지르고, 왁자지껄한 것을 핑계로 그녀에게 말했다.

"이런 분위기에서 아코디언이 어울리겠어? 나와 무라는 이제 돌아가야겠어."

"어머, 그럼, 벌써 다 된 거예요?"

젤료노바는 다른 뜻으로 말했다.

"응, 다 됐어. 나와 당신 말고 여기에 또 누군가 동맹원이 와 있어? 아니면, 우리 둘만이 '비둘기 먹이 주기'에 온 건가?"

카추샤는 달래는 듯이 대답했다.

"농담은 이제 그만. 이번에는 춤을 추는 거예요."

코르차긴은 일어섰다.

"그것도 좋겠지. 춤춰요, 당신은. 나와 볼린체바는 아무래도 돌아가야겠어."

어느 날 밤, 보르하르트가 오크네프에게 들린 적이 있었다. 방 안에는 코르차긴이 홀로 앉아 있었다.

"어때요, 지금 바빠요, 파벨? 생각이 있으면 시(市) 소비에트의 총회에 안 가 볼래요? 어차피 갈 바에는 둘이 가는 편이 더 재미있을 거예요. 좀 늦어지기는 하겠지만."

코르차긴은 그러기로 했다. 침대 위쪽에는 모제르 권총이 걸려 있었다. 그러나 그것은 너무 무거웠다. 그래서 그는 탁자 서랍에서 오크네프의 브로닝을 꺼내 주머니 속에 집어넣었다. 오크네프에게는 쪽지를 남기고, 열쇠는 정해진 장소에 갖추어 놓았다.

극장에서는 판크라토프와 오리가도 만났다. 모두 한데 모여 앉아, 쉬는 시간에는 광장을 산책하기도 했다. 회의는 안나의 예상대로 밤늦게까지 이어졌다.

"괜찮다면, 우리 집에서 자고 가지그래. 시간이 늦은 데다가 걸어가자면 좀 멀잖아?"

율레네바가 말했다.

"괜찮아, 벌써 저 사람과 약속이 돼 있으니까."

안나는 사양했다.

판크라토프와 오리가는 큰길을 아래쪽으로 내려가고, 솔로멘카 사람들은 주택가 쪽으로 돌아갔다.

후덥지근하고, 캄캄한 밤이었다. 거리는 잠들어 있었다. 그 조용한 거리를 저마다 곳곳으로 흩어져 가는 것은, 총회에 참석했던 사람들이었다. 그 발소리와 왁자지껄한 말소리들도 차츰 조용해져 갔다. 파벨과 안나는 큰길에서 멀리 떨어져 갔다. 텅 빈 시장에서는 순찰원에게 검문받았으나, 서류를 보고 나서 그대로 보내주었다. 가로수가 늘어선 길을 가로질러서, 빈터 쪽으로 통해 가는 길로 나섰으나 거기에는 불도 켜져 있지 않고 인적도 없다. 왼쪽으로 구부러져서 중앙철도창고를 따라서 나 있는 포장도로를 걸어갔다. 기다란 콘크리트 건물로, 어둡고 음침했다. 안나는 문득 불안해졌다. 그리고 살피듯이 어둠을 바라보면서 코르차긴의 말에도 대충 앞뒤가 안 맞는 대꾸를 하고 있었다. 수상한 그림자를 발견했는데 그것이 그저 전봇대라는 것을 알고는 보르하르트는 웃기 시작했다. 그리고 그런 기분을 코르차긴에게 털어놓았다. 그의 손을 꼭 잡고, 어깨를 그의 어깨에 바싹 다가붙이자, 그로써 마음이 진정되었다.

"나, 아직 스물셋인데, 할머니처럼 신경이 어떻게 됐나봐요. 겁이 많다고 하겠지요? 하시민 그렇기는 않아요. 그저 오늘은 이상하게 잔뜩 긴장해 버렸어요. 하지만 이제 겨우 당신을 곁에 느낄 수 있게 되니까 불안이 사라졌어요. 오히려 이렇게 무서워하고 있었던 게 창피한 생각이 들어요."

파벨의 침착한 태도, 담배에 불을 붙이자 순간 환하게 얼굴 한쪽이 밝아오면서 남성적인 눈썹이 드러났다. 이런 것들이, 캄캄한 밤과 빈터의 적막과 극장에서 들은 보돌리에서의 끔찍한 살인사건 이야기 등으로 부추겨진 공포심을 한 번에 없애 주었다.

창고도 다 지나왔다. 시냇물에 놓인 작은 다리도 지나고, 터널처럼 언덕을 잘라서 낸 길을 향하여 역 앞 큰길을 걸어갔다. 이 길은 선로 밑으로 뚫려 있어, 시내의 이 부분과 철도지구를 연결하고 있었다.

역은 벌써 오른쪽으로 한참 떨어진 곳에 있었다. 열차는 기관고 뒤까지 이어져 선로가 막혀 있었다. 이 언저리는 이제 낯익은 곳이었다. 선로가 깔린 쪽에는 전철기(轉撤機)라든가 신호기 따위가 온갖 빛으로 반짝이고, 기관고 옆에서는 늦은 밤 휴식을 취하러 가는 기동기관차가 증기를 토해 내고 있었다.

터널 입구 위쪽에는 녹슨 갈고리에 등불이 매달려 있어서, 바람이 조금만 불어도 흔들려 희미하고 노란 그 불빛의 그림자가 터널 벽 위를 이리저리 움직이고 있었다.

터널 입구에서 열 걸음쯤 떨어진, 포장도로 곁에 집이 하나 덜렁 서 있었다. 2년 전 여기에 대포가 떨어져 내부를 파괴하고 정면을 폐허로 만들었기 때문에, 이제 이 집은 커다란 입을 벌리고, 마치 길가의 거지처럼 그 지저분한 모습을 드러내 놓고 있었다.

"이제 집에 거의 다 온 것 같군요."

안나가 안심한 듯이 말했다.

파벨은 슬며시 자기 손을 빼내려고 했다. 그러나 안나는 그 손을 놓으려 하지 않았다. 두 사람은 그 허물어진 집 옆을 지나갔다.

등 뒤에서 뭔가 느닷없이 다가오는 기색이 느껴졌다. 서둘러 달려오는 발소리. 헐떡거리는 숨소리. 두 사람을 따라 잡으려는 것 같다.

코르차긴은 손을 놓으려 했다. 그러나 안나는 공포에 사로잡혀서 오히려 꼭 붙잡고 늘어졌다. 그리고 그가 매정하게 그것을 떨쳐버렸을 때에는 이미 늦었다. 파벨의 목은 무쇠와 같은 손가락으로 만든 고리로 꼼짝도 못 하게 눌리고 말았다. 그러고는 옆으로 휙 낚아챘으므로 파벨은 습격한 사람 쪽으로 얼굴을 돌렸다. 한 손이 목젖 있는 데로 다가와 목을 움켜쥐며 천천히 권총 총구 앞에 그의 얼굴을 떠밀었다.

저주에라도 걸린 듯싶은 전기공의 두 눈은 동물적인 긴장감으로 총구를 바라보고 있었다. 죽음이 총구를 통해서 그의 눈을 들여다보고 있었다. 그리고 한시도 총구에서 눈을 뗄 수가 없었다. 그럴 만한 기력도 없었고, 그럴 만큼 목이 움직이지도 않았다. 그는 단념했다. 그러나 총알을 쏘지는 않았다. 그리고 파벨의 크게 뜬 눈에는 이런 짓을 한 자의 얼굴이 비쳤다. 커다란 머리통, 앞으로 튀어나온 턱, 자랄 대로 자란 새까만 턱수염과 콧수염. 눈만은 넓은 모자 차양으로 그림자가 져 있었기 때문에 가려져 있었다.

코르차긴의 눈에 안나의 새파래진 얼굴이 잠시 비쳤다. 그러나 그 순간 그녀는 세 놈 중 한 놈에게 허물어진 집 속으로 끌려가 버렸다. 그녀는 두 팔이 비틀어 올려지고, 땅바닥에 나뒹굴었다. 다시 사람 그림자가 얼핏 파벨의 눈에 들어왔다. 그러나 그것은 터널 벽에 비친 그림자였다. 허물어진 집 속에서는 싸움이 이어졌다. 안나는 필사적으로 저항하는 듯, 그녀의 목 졸려 죽는 것 같은 비명소리가, 입에 물려진 베레모 때문에 끊어졌다. 코르차긴을 붙잡고 있던 머리가 큰 사나이는, 이 폭행의 단순한 증인이 되는 것만으로는 불만을 느껴, 짐승처럼 희생자에 대한 야심을 불태우고 있었다. 이놈은 아마도 두목 격인 모양으로, 어쩌다가 이런 역할 분담을 한 것이 마음에 들지 않는 눈치였다. 그가 눈앞에 꼼짝도 못하게 만들고 있는 젊은이는, 보아하니 아직 나이도 어리고, 차림으로 보아 기관고의 똘마니인 듯싶었다. 이런 똘마니라면 내버려 둔다 해도 감히 위험한 짓을 할 리가 없으리라 여겨졌다.

'길가 말뚝에다 이마를 몇 번 쥐어박아 주고, 그러고 나서 저기 빈터 쪽을 가리키기만 하면 그다음은 뒤도 안 돌아보고 걸음아 날 살려라 하며 줄행랑을 치겠지.'

그래서 그는 목을 움켜잡았던 손을 풀었다.

"냉큼 꺼져…… 뒤로 돌아서 사라지는 거야. 어물어물하다가는 목구멍에 한 방 먹여줄 테니까 말이야."

그리고 머리 큰 사나이는 총신으로 코르차긴의 이마를 툭 쳤다.

"어서 꺼져."

낮은 목소리로 그렇게 말하고 나서, 뒤에서 쏘지 않겠다는 것을 보여주려고 자동소총을 내렸다.

코르차긴은 사나이로부터 시선을 떼지 않고, 처음 두 발짝은 옆으로, 그리고 뒤로 물러났다. 사나이는 이 똘마니가 아직도 한 방 먹지 않을까 두려워하는 모양이라고 착각하고, 자동소총을 내린 채로 집 쪽을 돌아보았다.

코르차긴의 한 손이 주머니 속으로 들어갔다.

'시간이 맞을까, 맞아야 할 텐데!'

느닷없이 돌아서면서 왼손을 앞으로 쭉 뻗으며, 순간, 총구로 머리 큰 사나이를 겨냥해 버렸다.

사나이가 아차, 했을 때는 이미 늦었다. 탄환은 그가 총 쥔 손을 들기보다 먼저 그 옆구리에 꽂혔다.

그 한 발로 사나이는 터널 쪽으로 비틀비틀하더니, 작은 신음소리를 내며 천천히 땅바닥에 주저앉았다. 그러자 허물어진 집에서 낭떠러지 쪽으로 사람 그림자가 미끄러지듯이 빠져나갔다. 그것을 쫓아서 코르차긴은 두 번째 총알을 쏘았다. 또 하나의 그림자가 몸을 앞으로 굽히면서 터널의 캄캄한 데로 달려갔다. 사격. 총알을 맞은 콘크리트가 먼지를 날리는 속을, 그 그림자는 옆으로 휙 하고 비켜서더니, 쏜살같이 어둠 속으로 사라졌다. 그 뒤로 브로우닝 권총 세 발이 밤의 정적을 깨뜨렸다. 벽 옆에서는 벌레처럼 몸을 꿈틀거리며 대갈통이 큰 사나이가 단말마의 몸부림을 치고 있었다.

무시무시한 사건으로 정신이 나가버린 안나는 땅바닥에서 코르차긴이 안아 일으켜도, 아직 자신이 무사하다는 것을 믿지 못하고, 몸부림치는 사나이 쪽을 물끄러미 바라보고 있었다.

코르차긴은 억지로 그녀를 밝은 데서 데리고 나와, 시내 쪽 어두운 곳으로 끌고 왔다. 두 사람은 역으로 달음질을 쳤다. 터널 옆 언덕 위에는 벌써 불빛이 보였다. 그리고 도중에서 경고 사격 총소리가 무겁게 들려왔다.

겨우 그들이 안나의 집까지 왔을 때에, 어딘가 바투이산 부근에서 닭이 울었다. 안나는 침대에 눕고, 코르차긴은 탁자 옆에 앉았다. 그는 담배를 피우면서, 연기의 회색 소용돌이가 뭉게뭉게 올라가서 사라지는 모습을 뚫어지게 바라보고 있었다. ……방금 그는 세상에 태어나서 네 번째 살인을 저질렀던 것이다.

도대체 사람에게 언제나 완벽한 형태로 나타나는 용기 같은 것이 있는 것일까? 자신의 느낌과 체험을 모조리 되씹으면서, 그는 처음 몇 초 동안에 총구의 그 검은 눈이 자신의 심장을 얼어붙게 할 뻔했음을 인정했다. 그 두 놈의 그림자를 혼을 내주지 못하고 놓쳐버린 것은, 과연 자신의 한쪽 눈이 보이지 않았다는 것과, 왼손으로 쏠 수밖에 없었다는 데에만 죄가 있다고 할 수 있을 것인가? 아니다. 몇 걸음밖에 안 되는 거리였기 때문에 좀 더 잘 쏠 수도 있었다. 결국, 명백히 이성을 잃었다는 증거인 긴장과 당황이 방해가 되었던 것이다.

스탠드 불빛이 그의 머리를 비쳤다. 안나는 그의 얼굴에서 드러나는 근육 하나의 움직임까지도 놓치지 않으려는 듯이 코르차긴을 지켜보고 있었다. 그러나 그의 눈초리는 냉정했고, 긴장된 그의 마음은 이마의 주름으로만 드러났다.

"무슨 생각해요, 파벨?"

이 질문에 그는 깜짝 놀라 상념은 연기처럼 밝게 비쳐진 반원(半圓) 저쪽으로 사라져 버렸다. 그는 방금 머리에 떠오른 생각을 그대로 입에 담아서 말했다.

"난 아무래도 사령부에 다녀와야 해. 이 사건을 모조리 보고해야 하니까 말이야."

그리고, 내키지는 않지만 피곤함을 참고 일어섰다.

그녀는 쉽게 그의 손을 놓지 않았다. 홀로 남게 되는 것이 싫었던 것이다. 그러나 문밖까지 따라나왔다. 그리고 이제는 그녀에게 소중한 사람이 된 코르차긴이 밤의 어둠 속으로 사라져 가자 비로소 문을 닫았다.

코르차긴이 사령부로 출두하면서 철도 보안부에게는 이해할 수 없었던 이 살인사건은 풀렸다. 시체의 신원은 곧바로 확인되었다. 수사국에서도 지명수배한 '대갈통 피무카'라는 유명한 강도·살인 상습범이었다.

터널에서의 사건은 이튿날이 되자 모두의 귀에 들어갔다. 그리고 이 사태는 파벨과 츠베타예프 사이에 생각지도 못한 충돌을 불러왔다.

근무 중에 츠베타예프가 들어와 코르차긴을 불렀다. 츠베타예프는 그를 복도로 불러냈다. 그리고 후미진 한구석으로 가, 흥분한 나머지 어떻게 말문을 열지 망설이는 눈치를 보이다가 마침내 입을 열었다.

"어젯밤 일을 좀 알았으면 해서."

"자네도 알고 있잖아."

츠베타예프는 안절부절못하는 모습으로 어깨를 움찔했다. 터널에서의 그 사건에 츠베타예프는 다른 사람보다도 강한 충격을 받았다는 사실을 전기공은 알지 못했다. 그리고 그는 이 대장장이가 냉담한 겉모습과는 달리, 마음속으로는 결코 저 보르하르트라는 처녀에게 무관심하지 않았다는 사실도 알지 못했다. 안나는 그 한 사람만의 마음에 애정을 불러일으키고 있었던 것은 아니지만, 츠베타예프의 경우에는 이 감정이 복잡하게 생기고 있었다. 그리고 라구티나로부터 방금 막 들은 터널 사건은 그의 의식 속에 괴롭고도 풀기 어려운 문제를 남기게 되었던 것이다. 더구나 이 문제는 속 시원히 전기공에게 털어놓을 수는 없었지만, 해답만은 알고 싶었다. 의식 한구석에서는 그도 자신의 이기적인 추악함도 모르지는 않았지만, 그의 온갖 감정의 모순된 싸움 속에서, 이번에는 원시적인, 동물적인 것이 승리를 차지했던 것이다.

"저기 말이야, 코르차긴."

그는 낮은 목소리로 이야기하기 시작했다.

"이 이야기는 우리 둘만의 것으로 하자고. 자네가 그 이야기를 하고 싶지 않은 것은 안나를 괴롭히고 싶지 않기 때문이라는 것을 나도 잘 알아. 하지만 나는 믿어도 돼. 그래서 한 가지 알고 싶은 게 있는데, 한 놈이 자네를 붙잡고 있을 때 다른 놈들이 안나를 겁탈하지 않았어?"

말 끝 부분에서는 츠베타예프도 평정을 유지하지 못하고, 눈을 옆으로 돌리고 말았다.

코르차긴은 겨우 어슴푸레하게나마 상대의 속마음을 짐작하기 시작했다.

'만일 안나가 그에게 관심이 없는 처녀라면, 츠베타예프는 이처럼 안절부절 못하지는 않을 것이다. 하지만 만일 안나가 그에게 소중한 존재라면……'

파벨은 안나를 대신해서 화가 났다.

"왜 자네는 그런 걸 묻지?"

츠베타예프는 뭔가 맥락이 닿지 않는 소리를 늘어놓기는 했으나, 제 속마음이 드러났다고 느끼자 초조해졌다.

"자네, 안나를 사랑하나?"

침묵. 그다음에 멋쩍은 듯한 츠베타예프의 말이 이어졌다.

"그래."

코르차긴은 억지로 노여움을 죽이면서, 휙 돌아서더니 돌아보지도 않고 복도를 걸어가 버렸다.

……오크네프가 침대 옆에서 우물쭈물 서성거리고 있더니, 옆에 걸터앉아 파벨이 읽고 있던 책에다 한 손을 놓았다.

"이봐, 파블루시카, 자네에게 어떤 한 가지 일에 대해서 이야기를 좀 해야겠어. 어찌 보면 대수롭지 않은 일일 수도 있지만 생각하기에 따라서는 그 반대거든. 나와 탈랴 라구티나 사이에 오해가 조금 생겼는데 말이야. 처음에는 말이지, 알고 있는지 모르겠지만 그녀가 내 마음에 들었거든."

오크네프는 미안하다는 몸짓으로 구레나룻 언저리를 긁었다. 그러나 친구가 그다지 웃지 않는 것을 보고, 용기를 내어 말을 이었다.

"그러는 중에 탈랴 쪽에도…… 말하자면 그와 같은 감정이 생겨서 말이야, 어쨌든 난 그런 일을 일일이 자네에게 이야기하고 싶지는 않다고. 어차피 숨기더라도 다 알고 있는 일이니까. 그래서 우리는 어제 결정했어. 둘이서 새 생활을 꾸미며, 한 번 우리 운을 시험해 보자고 말이야. 나도 스물두 살이니까, 두 사람 모두 투표권은 있겠다, 난 평등주의로 탈랴와 생활을 창조해 보려고 하는데 어떨까 파벨?"

코르차긴은 생각에 잠겼다.

"나한테 뭘 대답하라는 거야, 콜랴? 자네들은 둘 다 내 친구고, 출발부터가 비슷했고 말이야. 다른 것들도 같잖아. 게다가 탈랴는 누구보다도 좋은 처녀야…… 조금도 이상할 게 없잖아."

이튿날, 코르차긴은 자기 소지품들을 챙겨서 기관고 부속의 기숙사 내 동료들한테로 옮겼다. 며칠 뒤에 안나의 집에서 식사도 마실 것도 없는 동지들의 밤 모임이 있었는데 그것은 탈랴와 니콜라이의 동거를 축하하는 공산주의적인 파티였다. 그것은 추억담의 모임이었으며, 또한 책에서 가장 감동적인 구절을 발췌해 낭독하는 모임이기도 했다. 노래도 몇 곡이나 솜씨 있게 불렸다. 그다음, 카추샤 젤료노바와 볼린체바가 아코디언을 가지고 와, 굵은 저음과 높은 음들이 방을 가득 채웠다. 이날 밤, 파브카는 드물게 멋진 솜씨를 보였다. 그리고 모두가 놀라는 속에, 키다리 판크라토프가 춤을 추기 시작했을 때 파브카는 흥이 절정에 이르러, 아코디언도 다른 선율로 불을 뿜듯이 울려 퍼졌다.

아 거리여, 거리여!
데니킨 녀석도 실망이야,
시베리야 체카에 콜차크를.
뒤바뀌어진다면, 실망이야……

아코디언은 지난날의 추억과, 포화 속에 흘러간 세월, 오늘의 우정, 투쟁, 환희를 온갖 곡조로 연주했다. 그런데 아코디언이 볼린체프에게 건네지고, 이 철공이 열정적인 '야블로치코'*4를 신나게 연주하자, 코르차긴은 마구잡이로 뛰쳐나와 춤을 추었다. 미친 듯한 빠른 박자로 코르차긴은 태어나 세 번째의, 그리고 마지막 춤을 추고 있었다.

---

*4 러시아 민속춤 또는 춤곡.

경계선 이것은 두 기둥이다. 적대 관계를 무언으로 드러내는 이 두 기둥은 두 세계를 상징하며 마주 보고 서 있다. 하나는 매끈하게 깎아서 마치 경찰초소처럼 검은 줄과 흰 줄을 페인트로 칠했다. 꼭대기에는 독수리 한 마리가 튼튼하게 고정되어 있다. 이 독수리는, 발톱으로 줄무늬 기둥을 거머쥐듯이, 날개를 펴고 정면의 금속판을 날카로운 눈초리로 지켜보며, 구부러진 부리는 쑥 내밀어져 힘을 주고 있다. 마주 보고 6보 떨어진 곳에 또 하나의 기둥이 있다. 둥글고 거칠게 다듬은 떡갈나무 기둥으로 땅속 깊이 묻어 놓았다. 이 기둥에는 주물 철판이 붙어 있는데, 낫과 망치가 어우러져 있다. 이 두 기둥은 평탄한 땅 위에 세워졌는데, 두 세계 사이에는 심연(深淵)이 가로놓여 있다. 여섯 걸음을 옮겨 저쪽으로 건너간다는 것은 목숨을 걸지 않고는 할 수 없다.

여기는 국경이다.

흑해에서 북극까지 몇 천 킬로에 걸쳐서, 철판에 노동의 상징을 붙인 소비에트 사회주의공화국의 이들 묵묵한 보초의 흔들림 없는 대열은 멀리 북빙양(北氷洋)을 향하여 늘어서 있다. 날개를 펼친 독수리가 붙어 있는 그 기둥 있는 데서 소비에트 우크라이나와 폴란드의 경계가 시작된다. 베레즈도프는 밀림 속에 남겨진 듯한 궁벽한 마을이었다. 여기서부터 폴란드령 마을 코레츠에 면하여 10킬로 되는 곳이 국경인 것이다. 슬라부타 마을에서 아나폴 마을까지가 N국경수비대대의 관할구역이다.

국경선 기둥은 눈 쌓인 광야를 달려서 숲속을 빠져나가, 낭떠러지로 내려가고, 다시 절벽을 타고 올라와서 언덕에 나타나, 강가에 이르러 눈으로 덮인 다른 나라의 평원을 높다란 강가에서 감시하고 있다.

매서운 추위다. 방한 장화 밑에서 눈이 빠드득거린다. 망치와 낫이 그려진 기둥으로부터 떨어져 걸어가는 사람은 옛 영웅들이 썼던 것 같은 철갑모를 쓴 몸집이 큰 사나이이다. 그는 무거운 듯이 발을 옮기면서, 담당구역 순찰을 나간다. 이 키 큰 붉은 병사는 녹색 깃이 달린 회색 모피 외투를 입고, 방한 장화를 신고 있다. 외투 위로 또, 아주 폭이 넓은 깃이 달린 커다란 양털 외투를 두르고, 머리에는 따스한 모직천으로 만든 끝이 뾰족한 군모를 썼다. 손에는 양털로 만든 장갑을 꼈다. 외투는 발뒤꿈치에 닿을 만큼 길어, 이 정도라면 제아무리 맹렬한 눈보라 속에서도 따뜻하다. 어깨에는 외투 위로—총을 메고 있다. 붉은 병사는 외투를 눈 위에 질질 끌면서, 손으로 만 마호르카 담배 연기를 맛있는 듯이 들이마시면서, 보초선을 왔다 갔다 한다. 소비에트 쪽 국경에서는, 보초는 시야가 트인 들판 속에서, 한눈으로 옆의 보초를 볼 수 있도록, 서로 1킬로미터 간격으로 서 있는데, 폴란드 측에서는 2킬로미터쯤의 간격으로 서 있다.

이 붉은 병사와 마주 보고, 폴란드 쪽 용병(傭兵)도 그쪽 보초선을 걸어온다. 이쪽은 볼품없는 군화를 신고, 위아래 모두 쥐색 비슷한 녹색 군복 차림인데, 그 위로는 두 줄로 번쩍번쩍한 단추가 달린 검정 모피 외투를 걸치고 있다. 머리에는 네모난 폴란드 모자. 모자에는 흰 독수리가 붙어 있고, 나사로 된 견장(肩章)에도, 윗옷의 깃에도 독수리가 붙어 있는데, 그렇다고 해서 그로써 병사가 따뜻해지는 것도 아니다. 혹독한 추위는 그를 뼛속까지 얼어붙게 만들었다. 그는 감각이 사라진 귀를 비비며 걸으면서 뒤꿈치와 뒤꿈치를 딱딱 부딪치고 있다. 얇은 장갑을 꼈을 뿐인 손도 얼기 시작했다. 이 폴란드 병사는 단 1분 동안도 가만히 서 있을 수는 없었다. 혹독한 추위가 그 순간 팔다리 관절을 뻣뻣하게 굳게 만들기 때문이다. 그래서 병졸은 끊임없이 몸을 움직였으며, 때로는 달음질을 치기도 한다. 보초끼리 스쳐 지나가게 됐다 싶었을 때, 폴란드 병은 '뒤로 돌아' 외치며 붉은 병사와 평행해서 걷기 시작했다.

국경에서는 말을 주고받을 수 없다. 그러나 근처에는 인적도 없고, 겨우 1킬로미터쯤 떨어져서 사람 그림자가 보일 뿐인 이런 상황에서, 이 두 사람이 입을 다물고 걷는지, 아니면 국제법을 어기고 있는지를 판별할 수 있는 사람은 없을 것이다.

폴란드 병사는 담배가 피우고 싶었다. 그런데 성냥을 병영에 두고 왔다. 게다가 바람은 얄밉게도 소비에트 쪽에서 마호르카 담배의 구수한 냄새를 전하고 있다. 폴란드 병사는 얼어붙은 귀를 비비는 것을 멈추고, 뒤를 돌아다보았다. 흔히 기병상사(騎兵上士)의 순찰이 있기도 했고, 때로는 중위가 국경 감시를 나왔을 때, 초소 검사 도중 느닷없이 언덕 너머에서 나타나는 수도 있기 때문이었다. 그러나 주위에 인적은 없었다. 눈부실 정도로 눈(雪)이 햇빛에 반짝이고 있다. 하늘에는 한 조각 구름조차 없다.

"동무, 불 좀 주시겠소?"

먼저 폴란드 병사 쪽에서 신성한 규정을 어기고 탄알을 가득 장전한 총검이 달린 프랑스식 소총을 등 쪽으로 밀치며 굽은 손가락으로 겨우 외투 주머니에서 싸구려 담배 한 줌을 끄집어내었다.

붉은 병사는 폴란드 병사의 부탁을 들었다. 그러나 국경근무야전령에 의해서 병사는 상대 여하를 막론하고 외국 수비병과 어떤 접촉도 할 수 없었다. 게다가 그는 그 병졸이 한 말을 잘 알아들을 수가 없었다. 그래서 그는 따뜻하고 포근한 방한 장화를 신은 발로 삐걱거리는 눈 위를 단단히 내디디면서 그대로 걸어갔다.

"볼셰비키 동무, 담뱃불 좀 빌려달라니까, 성냥갑을 던져 달라고." 폴란드 병사는 이번에는 러시아어로 말했다.

붉은 병사는 이웃 친구를 위아래로 훑어보았다.

'옳지, 이 친구, 추위가 오장육부에까지 스며들었다 이거지. 부르주아 병사라는 꼴에, 불쌍한 몰골이군. 이 추위에 싸구려 외투 하나로 나와 있으니까, 저것 봐, 들토끼 마냥 깡충깡충 뛰고 있잖아. 담배라도 피우지 않고는 못 견디겠지.'

그래서 붉은 병사는 옆은 쳐다보지 않고, 성냥갑을 던져 준다. 폴란드 병사는 그것을 공중에서 받아 가지고는, 몇 번인가 실패한 끝에 겨우 불을 붙였다. 성냥갑은 똑같은 과정으로 다시 국경을 넘었다. 그리고 그때, 붉은 병사는 저도 모르게 법을 어기고 말았다.

"넣어 둬, 이쪽에는 또 있으니까."

그러나 국경 너머에서의 대답은 다음과 같았다.

"아니, 고맙지만 이런 걸 갖고 있다가는 2년쯤 감옥에 가야 할걸."

붉은 병사는 성냥갑을 보았다. 비행기 그림이 그려져 있는데 프로펠러 대신에 큼직한 주먹이 그려져 있고, '최후통첩'이라고 써 있다.

'확실히 이건 곤란하겠군.'

폴란드 병사는 계속 붉은 병사와 같은 방향으로 걷는다. 인적 없는 광야에서 혼자서는 외로운 것이다.

안장이 규칙적으로 삐걱거리고, 말들의 속보도 조용하고 매끄럽다. 검게 윤이 나는 암말의 얼굴과 콧구멍 언저리, 갈기에는 서리가 내려 있고, 말이 숨을 내쉴 때마다 허연 김이 피어올라 공중에서 사라진다. 대대장을 태운 얼룩말은 발걸음도 가볍게, 긴 목을 끄덕이면서, 고삐를 흔들어대고 있다. 기수(騎手) 두 사람은 모두 칼을 차는 벨트를 맨 회색 모피 외투를 입고, 두 소매에는 붉은 별이 3개씩 달려 있다. 대장 가브릴로프 쪽은 옷깃 기장이 초록색인데, 동행자 쪽은 붉은색이다. 가브릴로프는 국경경비책임자이다. 바로 그가 자기 대대의 경비병들을 70킬로미터 거리에 늘여 세웠다. 그는 이곳 '책임자'인 것이다. 동행자는 베레즈도프에서 온 손님으로, 일반 군사교육의 대대군사위원 코르차긴이었다.

밤에는 눈이 내렸다. 이제 그것이 솜털처럼 폭신하게 쌓여, 아직까지 말발굽에도 사람 발자국에도 더럽히지 않은 채로 깨끗이 있다. 기수들은 산림지대를 나와, 들판으로 말을 달렸다. 40보쯤 앞 옆쪽에 다시 2개의 기둥이 나타났다.

"워워!"

가브릴로프는 고삐를 힘껏 당겼다. 코르차긴은 왜 멈추는지, 그 까닭을 알려고 말머리를 돌렸다. 가브릴로프는 안장에서 몸을 뻗치고, 눈 위 흔적이 기묘하게 이어져 있는 것을 주의 깊게 들여다보고 있다. 마치 누군가가 톱니바퀴라도 끌고 간 것 같다. 약아빠진 동물이 한 걸음 가서는, 일부러 뒹굴어서 제 발자국 흔적을 지우면서 이곳을 지나간 것일까? 어디서부터 이 발자국이 시작됐는지도 얼른 알아보기 어려웠다. 그러나 짐승의 발자국이 아니라는 판단이 대대장의 발을 멈추게 했던 것이었다. 흔적이 이어진 데서 두 발짝 되는 곳에 눈으로 덮인 다른 발자국이 있었다. 이것은 사람이 지나간 자국이다. 그 사람은 자신의 발자국을 지우지도 않고, 숲 쪽으로 똑바로 걸어가고 있다. 그리고 그것이 폴란드 쪽에서 온 것임은, 발자국을 보면 뚜렷이 알 수 있었다. 대대장이 말을 몰아서 따라가 보니, 발자국은 보초선 쪽으로 향하고 있었다. 폴란드 쪽으로 들어간 10걸음 위치에 확실히 발자국이 보였다.

"밤중에 누군가가 국경을 넘었다."

대대장은 중얼거렸다.

"또 제3소대에서 실수를 했군. 그런데도 아침 보고서에는 아무 말도 없어! 제기랄!"

가브릴로프의 희끗희끗한 콧수염은 따뜻한 입김 때문에 거기에 붙었던 서리로 하얗게 물들어 버리고, 입술 밑으로 거칠게 매달려 있었다.

그들 쪽으로 두 사람이 오고 있다. 한 사람은 작고 검은 프랑스식 총검을 메고 있었고, 다른 한쪽은 크고 누런 양털 외투를 뒤집어쓰고 있다. 얼룩무늬 암말을 재촉해 기수들은 금방 이쪽으로 걸어오는 사람들에게 다가간다. 붉은 병사들은 견대(肩帶)를 바로잡고, 다 태운 궐련을 눈 위에 던져버렸다.

"수고하네, 동지! 이쪽 구역은 어떤가?"

대대장은, 키가 큰 붉은 병사에게 거의 몸을 굽히지도 않고, 말 위에서 한 손을 내밀었다. 키다리는 얼른 장갑을 손에서 벗으려고 한다. 대대장은 초병(哨兵)과 인사를 나누었다.

폴란드 병사는 떨어진 데서 이 광경을 지켜보고 있었다. 두 붉은 병사 장교가 마치 친구처럼 병졸과 인사를 나누고 있다. 순간 문득, 그는 자신이 대장인 자쿠르제프스키 소령에게 손을 내민 장면을 머리에 그려 보았다. 그리고 이 헛된 생각을 저도 모르는 사이에 지워 버렸다.

"방금 보초 교대를 했습니다, 대대장 동지."

붉은 병사는 보고했다.

"저기 있는 발자국을 보았나?"

"아니요, 아직 못 보았습니다."

"지난밤 2시에서 6시까지는 누가 서 있었나?"

"슬로렌코입니다, 대대장 동지."

"그래? 좋아, 양쪽을 잘 살피도록."

그리고 벌써 떠날 기색을 보이면서, 단단히 일렀다.

"이런 일로 되도록 말을 듣지 않도록 하기 바란다."

말이 구릉과 베레즈도프 마을 사이로 빠지는 넓은 길을 빠르게 달리는 사이에, 대대장은 다음과 같은 이야기를 들려주었다.

"국경에는 눈(眼)이 있지. 잠시라도 졸았다가는 크게 후회하게 되지. 우리의 근무는 밤이고 낮이고 없어. 낮에는 쉽게 국경을 넘을 수 없지만, 그 대신 밤에는 귀를 쫑긋 세우고 있어야만 해. 한번 생각해 봐요, 코르차긴 동지. 내 지구에는 반 조각이 난 마을이 네 곳이나 있어요. 이곳은 말할 수도 없이 골칫덩어리야. 아무리 보초선을 엄중히 친다 하더라도, 결혼식이다, 무슨 잔치다 할 때마다 경비망을 뚫고 일가 친척들이 줄지어 오는 거야. 그야 오지 말라는 쪽이 무리지. 글쎄 저쪽 집에서 이쪽 집까지 20걸음 정도의 거리니까, 암탉이라도 시냇물쯤은 걸어서 건너버리는 거야. 밀수입도 없을 수는 없지. 하긴, 그것들은 모두 대수롭지 않아. 농가의 아낙네가 40도짜리 폴란드 보드카를 두 병쯤 가져온다든가 그런 정도니까. 그 대신 큰돈을 가진 놈들이 은밀히 활동하는 데서는 대규모 밀수업자 수도 적지는 않지. 폴란드인들이 무슨 짓을 하는지, 동지 알겠나? 곳곳의 국경 마을에 글쎄 백화점을 열었다고. 무엇이든 원하는 것을 살 수 있다 이거지. 물론, 이것은 자기 나라의 거지 같은 농민들을 위해서 만든 것은 아니지만 말이야."

코르차긴은 흥미롭게 대대장의 이야기에 귀를 기울였다. 국경의 생활은 끊임없는 정찰과 같았다.

"그래서 가브릴로프 동지, 밀수품 반출 말고 다른 문제는 없나요?"

대대장은 우울한 듯이 대답했다.

"실은 문제는 바로 그거야!……"

벽촌인 베레즈도프. 이곳은 외딴 시골로, 본디 유대인 거주구역이었다. 숫자로 한 2, 3백쯤 될까 한 오두막집들이 제멋대로 여기저기 무질서하게 늘어서 있다. 널따란 장터 광장이 있어서, 광장 한가운데에 20채쯤의 조그만 가게들이 차려져 있다. 광장은 지저분해, 똥이 마구 널려 있다. 이 마을 농가의 마당으로 뺑 둘러싸여 있었다. 유대인 지구 중심에는, 도살장으로 가는 길가에 낡은 유대 교회가 있어 그 낡은 건물은 쓸쓸한 분위기를 자아냈다. 하기는 이 교회도 토요일만 되면 결코 사람 출입이 없다고 불평할 것도 없는데, 그래도 이제는 예전과 같지는 않아서, 목사들의 생활도 꽤 어려운 처지가 되었다. 아무래도 1917년에는 아주 골치 아픈 일이 일어났던 모양이어서, 이런 외진 곳에서도 젊은 친구들이 목사를 보는 눈에는 마땅히 있어야 하는 존경이 사라지고 있었다. 나이 먹은 사람들은 '금단의 음식'을 입에 대려고는 하지 않지만, 그렇다 치더라도 신의 저주를 받은 돼지 순대 같은 것을 먹는 아이들이 어찌 이리도 많단 말인가? 제기랄, 생각만 해도 저주받을 일이다! 목사 보루크는 먹을 것을 찾아서 퇴비를 열심히 파헤치고 있는 돼지를 한 발로 냅다 걷어차 버렸다. 그 것은 그가 목사이기 때문에 베레즈도프 마을이 지구(地區) 중심이 되었다는 사실은 그다지 반가운 일은 아니었다. 어디서 왔는지 모르지만 이따위 공산주 의자 놈들이 잇달아 줄지어 와서는 모조리 뒤죽박죽을 만들어 놓아 날마다 뭔가 새로운 좋지 못한 일들이 일어나기 때문이다. 어제도 그는 목사의 집 문 에 '우크라이나 청년공산동맹 베레즈도프지구위원회'라는 새 간판을 보았다.

이런 간판을 걸어 놓은 것만 보아도 어차피 또 요상한 일이 벌어지겠지. 시 름에 잠겨서 걸어오던 목사도 자기 교회의 문에 붙은 작은 전단지에 부딪친 것도 몰랐다.

"오늘, 클럽에서 일하는 청년의 공개 집회를 개최합니다. 연설자는 집행위원 회 의장 리시친 및 지구청년공산동맹위원회 서기대리인 코르차긴 동지. 집회 뒤, 9년제 학교 학생들이 콘서트를 엽니다."

목사는 화가 머리끝까지 나서, 그 전단지를 문에서 잡아떼어 버렸다.

'이것 좀 보라지, 마침내 시작했군!'

양쪽에서 이 마을 교회를 끌어안고 있는 것처럼 된 것은 목사의 저택 큰 정 원인데, 그 낡은 정원 한가운데에는 널따란 집이 한 채 있다. 어느 방도 곰팡 내 나는 지루한 공허함이 지배하고 있어, 거기에는 이 집과 마찬가지로 늙고, 할 일 없는 목사 부부가 벌써 이미 오래전에 서로 싫증이 난 채로 살고 있었던 것이다. 그런데 새 거주자들이 이 집으로 들어오자, 할 일 없이 심심하기만 했 던 기분은 그날부터 날아가 버렸다. 경건한 이 집 주인들이 교회 기념제 때에 만 손님을 청했던 넓은 홀에는, 이제는 언제나 사람들의 출입이 끊이지 않았 다. 목사의 집이 베레즈도프 마을의 당위원회가 된 것이다. 정면 입구에서 오 른쪽에 있는 작은 방 문에는 분필로 '지구청년공산동맹위원회'라 씌어 있었다. 일반군사교육의 제2대대 군사위원의 일과 창립 초창기의 지구청년공산동맹위 원회 서기 임무를 겸하던 코르차긴은 하루 일부를 이곳에서 보냈다.

안나의 집에서 그들이 우정이 넘치는 친목 모임을 가졌던 그날부터 8개월이 흘렀다. 그런데, 그것은 바로 최근 일처럼 느껴진다. 코르차긴은 서류 더미를 옆으로 밀어놓고 의자에 등을 기댄 채 생각에 잠겼다…….

집 안은 조용하다. 밤도 깊었고, 당위원회도 모두 나갔다. 마지막까지 남아 있던 당지구위원회의 서기 트로피모프도 조금 전에 돌아가고, 이제 코르차긴만 홀로 집 안에 남았다. 유리창은 자주 얼어붙어서 기묘한 무늬를 이루고 있었다. 탁상에는 석유램프가 놓여 있고, 난로는 따뜻하게 타오르고 있었다. 코르차긴은 최근의 일을 이것저것 머리에 떠올렸다. 그가 공장 집단에서 청년공산동맹의 조직자로서 수리열차(修理列車)와 함께 예카테리노슬라브로 파견된 것은 8월의 일이었다. 그리고 가을이 깊어지기까지 150명이 역에서 역으로 이동하면서, 전쟁과 파괴로 인한 유물들과 불타거나 파괴된 차량들을 수리하고 다녔다. 그들의 경로는 사넬리니코프에서 폴로그에까지 미쳤다. 이 부근은 이전에 마흐노 일당의 세력권으로, 가는 곳마다 파괴와 소탕의 흔적이 있었다. 글랴이 폴레에서는 급수탑 석조건물을 일주일이 걸려서 수리했고, 다이나마이트로 파괴된 저수탱크 옆구리에 철판을 대고 메웠다. 전기공 출신의 코르차긴은 비록 철공 일에 서투르기는 했지만, 드라이버를 잡은 그의 손은, 녹슬어버린 나사를 천 개 이상이나 조였다.

가을이 깊어서 수리열차는 옛집으로 돌아왔다. 그리고 공장은 다시 150명의 일손을 되찾을 수 있었다.

안나의 집에서는 전보다도 자주 전기공의 모습을 볼 수 있게 되었다. 그의 이마에는 주름살이 사라지고, 그의 방에서는 유쾌한 웃음소리가 곧잘 들리곤 했다.

기계 기름에 찌든 청년들은 서클에서 코르차긴이 말하는 지난 투쟁시대의 이야기에 귀를 기울이게 되었다. 제위(帝位)에 오른 괴물을 쓰러뜨리기 위한 폭동, 헐벗고 굶주렸던 시기와 노예 상태에 놓였던 러시아의 온갖 투쟁에 대해서, 그리고 스테판 라진과 푸가초프의 반란에 대해서.

어느 날 밤, 안나의 집에 젊은이들이 많이 모였을 때, 코르차긴은 뜻밖에도 오래된 나쁜 건강 습관을 벗어던지게 되었다. 거의 소년기부터 담배를 피웠던 그가, 단호한 투로 선언했다.

"난 이제부터 담배를 끊겠어."

이것은 생각지도 않던 일로 비롯되었다. 누군가가 습관은 인간보다도 강하다는 주장을 끄집어내더니, 그 예로써 흡연을 들었다. 온갖 의견이 오갔다. 코르차긴은 논쟁에는 참가하지 않았으나, 탈랴가 이끌자 자기 생각을 밝히지 않을 수 없게 되었다. 그는 생각하던 바를 그대로 말했다.

"인간이 습관을 지배하는 거야. 그 반대가 아니야. 그렇지 않다면, 굳이 여기서 그런 이야기를 끄집어낼 필요도 없지 않아?"

츠베타예프가 한쪽 구석에서 큰 소리로 말했다.

"크게 나오는군그래. 코르차긴의 장기가 나왔군. 그렇다면 만일 그 말이 헛소리로 돌아간다면 결과는 어떻게 되는 거요? 동무는 담배를 피우고 있지 않던가? 피우고말고. 흡연이 아무 쓸모도 없다는 것을 알고 있을까? 물론 알고말고. 그럼, 끊으면 될 텐데. 의지가 약한 거야. 요즘은 서클에 '문화를 심는다던가' 하고 계시다나."

거기까지 말하고 나서는, 이번에는 어조를 바꾸고, 츠베타예프는 비웃듯이 물었다.

"전매특허인 욕설은 어떻게 되었는지, 어디 대답 좀 해보시지? 파브카를 아는 사람은 틀림없이 이렇게 말하겠지. 그는 웬만해서 욕은 하지 않지만 그 대신 신랄하지, 이렇게 말이야. 성자(聖者)가 되기보다는 설교를 하고 있는 편이 쉬우니까 말이야."

다들 굳게 입을 다물었다. 츠베타예프의 거친 말투는 모두에게 불쾌하게 들렸다. 코르차긴은 곧바로 대답하지 않았다. 입에서 담배를 천천히 빼들고는 손가락으로 비벼버리고 나서, 작은 목소리로 말했다.

"담배는 이제 피우지 않겠다."

한참 침묵하다가, 덧붙여서 말했다.

"이건 나 자신을 위하고, 얼마쯤은 지무카 츠베타예프를 위해서 하는 거야. 나쁜 습관을 버리지 못하는 사람은 서푼어치 가치도 없어. 이제 나한테 남아 있는 건, 욕설하는 습관뿐이야. 나는 아직 이 습관을 완전히 버리지는 못해. 그러나 내가 욕설하는 건 그리 많지 않다고 지무카조차도 인정하고 있어. 말이라는 것은 담배를 피우는 것보다 쉽게 입에서 나와버리는 법이야. 그러니까, 난 욕설도 그만두겠다고 지금 당장 말하지 않겠어. 하지만 곧 욕설도 정복하고 말 거야."

겨울이 눈앞에 다가왔을 무렵, 강은 장작더미로 가득 찼다. 그런데 가을장마가 시작되어 강물이 넘치면서 모처럼의 연료는 쓸모없게 된 채 하류로 떠내려갔다. 그래서 솔로멘카에서는 이 귀중한 목재를 구하고자 다시 집단을 파견했다.

집단에서 탈락되고 싶지 않았던 코르차긴은 심한 감기를 동지들에게 숨겼다. 그러나 일주일 후에 건져 올린 장작들이 부둣가에 산더미처럼 쌓일 무렵이 되자, 살을 에이는 차가운 물과 늦가을의 습기는 핏속에서 잠자던 악마를 눈뜨게 했다. 코르차긴은 고열에 시달렸다. 2주일 동안이나 심한 류머티즘으로 몸이 엉망이 되어, 병원에서 퇴원했을 때도, 의자에 앉지 않고는 압착기 옆에서 일을 할 수 없을 지경이었다. 직공장은 고개를 내저을 뿐이었다. 며칠 후에, 의료위원회는 그를 노동할 수 없다고 판정했다. 그리고 그는 급료가 지급된 다음 해고되고, 연금을 받을 권리가 주어졌다. 그러나 그는 홧김에 그것을 거절해 버렸다.

무거운 마음으로 그는 공장을 떠났다. 그리고 지팡이에 의지하여 천천히 고통을 참으면서 걸어갔다. 어머니는 몇 번이나 편지를 보내 제발 다녀가라고 했는데, 지금 그는 이 늙은 어머니와 작별할 때 했던 말이 떠올랐다. '나는 너희들이 몸을 다치지 않고는 만나지 못하는구나.'

현위원회에서는 돌돌 만 개인 앞으로 된 서류를 2통 주었다. 청년공산동맹과 당에서 주는 것이었다. 그는 서글픈 감정을 느끼고 싶지 않아서 누구에게도 작별 인사를 하지 않고 어머니의 집으로 돌아왔다. 노파는 2주일 동안 그를 위하여 부어오른 두 다리를 찜질도 해주고, 주물러 주기도 했다. 한 달이 지나자 그는 어느덧 지팡이 없이 걸어다닐 수 있게 되었다. 가슴은 기쁨으로 뛰고, 황혼은 다시 광명으로 변했다. 열차는 그를 현의 중심부로 태워다 주었다. 3일 뒤에 그는 조직부에서 지령서(指令書)를 받고, 그에 따라서 군사교육을 조직화하는 정치공작원으로 채용되어 현군사위원부(縣軍事委員部)로 갔다.

다시 일주일 뒤에는, 그는 제2대대 군사위원으로서 눈 속에 파묻힌 이 벽촌으로 부임했던 것이다. 청년공산동맹 관구위원회에서는 흩어진 동맹원들을 모아서, 새 지구에 조직을 만들도록 사명을 부여받았다. 그의 생활은 이처럼 완전히 달라졌다.

집 밖은 타는 듯이 무덥다. 집행위원회 의장의 방, 활짝 열린 창 너머로는 벚나무 가지가 보인다. 집행위원회실의 정면에는 가톨릭 성당이 도로를 사이에 두고 서 있어, 그 고딕풍의 종루(鐘樓)에는 금빛 십자가가 햇빛을 받고 서 있다. 창문 앞 뜰에서 부지런히 먹이를 찾는 보드라운 솜털에 싸인, 둘레의 어린 풀처럼 연둣빛 귀여운 새끼오리는, 위원회실의 여성관리인이 키우는 것이었다.

집행위원회 의장은 방금 받은 전보를 다 읽으려는 참이었다. 그의 얼굴을 어두운 그림자가 스치고 지나갔다. 큼직하고 마디가 굵은 한 손이 덥수룩한 고수머리 속으로 파고 들어갔다.

니콜라이 니콜라예비치 리시친이라는 이 베레즈도프 마을 집행위원회 의장은 이제 겨우 24세가 되었을 뿐이었는데, 그 사실은 동료와 당 노동자들 가운데 아무도 아는 사람은 없었다. 몸집이 크고, 힘도 센 데다가, 평소에 근엄하고, 때로는 위엄까지 느껴지는 그는 얼핏 35세로도 보였다. 건장한 체격, 튼튼해 보이는 목 위에 자리잡은 커다란 머리, 시원스럽고 쏘아보는 듯한 갈색 눈동자, 정력적이고 단정해 보이는 턱 선. 푸른 승마바지와 회색의 '산전수전 다 겪은 것 같아 보이는' 윗옷을 입었는데 왼쪽 가슴 주머니 위에는 적기훈장(赤旗勳章)이 달려 있다.

10월 혁명 때까지는 리시친은 툴라의 병기공장에서 선반일을 지휘하고 있었다. 이 병기공장에서 그의 할아버지도, 아버지도, 그리고 그 자신도 거의 어렸을 때부터 쇠를 깎기도 하고, 닦기도 했던 것이다.

그런데, 이제까지 그저 만들고만 있던 총을 비로소 자기 것으로서 손에 잡았던 그 가을 밤 이후부터, 콜랴 리시친은 폭풍 속으로 뛰어든 것이었다.

그리고 이 툴라의 총기제조공은 붉은 병사에서 전투지휘관, 연대 군사위원에 이르는 빛나는 과정을 거쳐왔다.

전쟁도 총성도 지나간 것이 되고, 그 니콜라이 리시친은 이제 이 국경지구에 와 있는 것이다. 생활은 평온하게 흘러갔다. 그는 밤늦게까지 수확보고를 검토했는데, 거기에 이 전보가 날아왔으므로, 한순간 최근 일이 다시 머리에 떠올랐던 것이다.

짧은 전신용어로 전보는 다음과 같이 경고를 알렸다.

'극비. 베레즈도프 집행위원회 의장 리시친 앞.

국경에 대규모의 폴란드인 일당이 활발히 잠입하고 있는 징조 발견됨. 귀 지구를 위협할 위험성 있음. 모든 대책을 마련하기 바람. 징수한 세금은 귀 지구에 보관하지 말고, 재무부의 귀중품도 관구로 이송할 것.'

방의 창문으로는, 지구위원회로 들어오는 사람이 빠짐없이 보인다. 계단 앞에 코르차긴이 나타났다. 1분 뒤에는 문을 두드리는 소리가 들렸다.

"앉으시요. 할 이야기가 있어요."

그리고 리시친은 코르차긴의 손을 잡았다.

거의 한 시간 동안, 의장은 아무도 방에 오지 못하게 했다.

코르차긴이 방을 나섰을 때는 이미 점심때였다. 마당에서 리시친의 어린 여동생 눌라가 달려왔다. 파벨은 그녀를 늘 아뉴트카라 불렀다. 수줍고 나이에 어울리지 않게 고지식한 이 소녀는 코르차긴과 얼굴을 마주치면 언제나 상냥하게 미소짓곤 했는데, 오늘은 머리카락을 이마에서 걷어올리면서 쑥스러운 듯이 어린 티가 나게 인사했다.

"콜랴한테 아무도 손님이 없지요? 마리야 미하일로브나가 아까부터 점심 식사에 기다리고 있어요."

눌라가 말했다.

"가보렴, 눌라. 오빠는 혼자 있으니까."

그 이튿날, 아직 날이 밝으려면 한참 더 있어야 할 시간에, 집행위원회실 앞에 건장해 보이는 말이 끄는 세 대의 짐수레가 도착했다. 거기에 탄 사람들은 수군수군 이야기를 주고받고 있었다. 재무부에서는 봉인된 행낭이 몇 개 옮겨져 마차에 실리고, 몇 분 뒤에는 바퀴 소리도 요란하게 포장도로를 달려갔다. 코르차긴의 지휘 아래 있는 부대가 짐수레를 경비했다. 관구 중심부까지의 40킬로미터를(그중 25킬로미터는 숲속을 지나서 갔는데) 무사히 통과, 귀중품은 관구 재정부의 금고로 이관(移管)되었다. 그런데 며칠 뒤에 국경 방면에서 베레즈도프 마을로 말을 달려온 기병이 있었다. 고장 사람들은 그 기수와 땀으로 범벅이 된 말을 그저 바라보고만 있을 뿐이었다.

집행위원회의 문 앞에 이르자, 기병은 훌쩍 뛰어내려, 한 손으로 칼자루를 잡고 무거운 커다란 장화소리를 내면서 계단을 올라갔다. 리시친은 찌푸린 얼굴로 그로부터 서면을 받아 편지를 뜯고, 봉투에 '수령필'이라 썼다. 그러자 말에게 숨 돌릴 틈도 주지 않고, 국경수비대원은 안장에 올라타고는 속력을 내어 왔던 길을 다시 달려갔다.

편지 내용은 방금 이것을 읽은 집행위원회 의장 말고는 아무도 몰랐다. 그러나 고장 토박이들은 일종의 사냥개와도 같은 후각을 가지고 있다. 이곳에서는 장사꾼이 셋이 있으면, 그 가운데 둘은 반드시 소규모의 밀수업자였다. 그리고 이 장삿속이 그들에게 자기 몸의 위험을 알아차리는, 말하자면 본능적이라고도 할 만한 능력을 발달시켜 주고 있었던 것이다.

군사교육대대본부 쪽으로 빠르게 지나간 두 사나이가 있었다. 한 사람은 코르차긴이다. 그는 언제나 무장하고 있는데, 이것은 주민들도 다 알고 있는 사실이었다. 그러나 또 한 사람인 당위원회 서기 트로피모프까지도 권총을 차고 있었다. 이는 분명 예삿일이 아니었다.

5, 6분이 지나자 본부에서는 15명쯤의 사람들이 뛰어나와, 총검이 달린 총을 잡은 채 십자로에 서 있는 물레방앗간 쪽으로 달려갔다. 나머지 당원들과 청년공산동맹원들은 당위원회에서 무장을 하고 있었다. 가죽 모자를 쓰고, 늘 그렇듯이 모제르 권총을 허리에 찬 위원회 의장이 말을 달리고 지나갔다. 틀림없이 뭔가 심상치 않은 사태가 터진 듯, 넓은 광장은 물론 인적이 없는 골목길도 마치 모두 죽어버린 듯이 사람의 그림자조차 찾아볼 수 없다. 이윽고 작은 가게들은 커다란 중세기풍의 자물쇠를 굳게 잠그고, 덧문을 내렸다. 고작 무서운 것을 모르는 닭들과 더위에 지친 돼지들만이, 쓰레기 더미를 끊임없이 뒤지고 있을 뿐이었다.

마을 변두리에 있는 과수원 안에 경비대의 임시 대기소가 설치되었다. 그 근처부터 들판이 시작되었고, 직선도로가 멀리까지 내다보였다.

리시친이 받은 보고는 간단한 것이었다.

지난밤 포두브쯔이 지구에서 칼과 총으로 무장한 기마(騎馬) 비적대(匪賊隊)가 교전하면서 국경을 돌파, 소비에트 영내에 침입했음. 대책 마련 바람. 비적의 발자국은 슬라부타 숲속으로 사라졌음. 그리고 낮에 적을 추적하여 붉은 카자흐 병 100명, 베레즈도프 마을을 지날 예정이므로 혼란 없도록 사전에 경고하는 바임.

국경 독립경비대대장
가브릴로프

벌써 한 시간 뒤에는 마을로 통하는 길 위에 기병이 한 사람 나타나고, 그 배후 1킬로미터 되는 곳에는 기마 무리가 진출해 왔다. 코르차긴은 전방을 바라보고 있었다. 그 기병은 신중히 접근해 왔지만, 과수원 속 경비대 초소는 알아차리지 못했다. 그들은 붉은 카자흐 제7연대의 젊은 적군병으로, 정찰은 아직 신출내기였기 때문에, 과수원에서 길가로 후닥닥 튀어나온 사람들에게 느닷없이 둘러싸였을 때는, 그들의 윗저고리에서 킴*¹ 표식을 보고는, 얼른 싱긋 웃었다. 짧은 말을 주고받고 나서, 그는 말을 돌려 뒤에서 빠르게 말을 달려오는 기병중대 쪽으로 뛰어갔다. 경비대는 이 붉은 카자흐들을 통과시켜 놓고, 다시 과수원 속에 몸을 엎드렸다.

불온한 날이 며칠 지나갔다. 리시친이 받은 보고에 따르면, 비적은 교란 행위를 전개하는 데 실패했다. 붉은 기병대의 추적으로 인해 국경선 너머로 빠르게 철퇴하지 않을 수 없었기 때문이다.

구역 전체에서 겨우 19명이라는 극히 소수의 볼셰비키 무리는 소비에트 건설을 위하여 결사 활동을 이어갔다. 방금 탄생한 젊은 이 지구에서는 새로 무엇이든 만들어 나갈 수밖에 없었다. 국경이 가까웠기에 모두가 끊임없이 경계를 게을리하지 않았다.

대의원회의 개선, 비적과의 싸움, 문화 공작, 밀수입 단속, 군·당 및 청년공산동맹 활동 등 이러한 일들을 위하여 그들이 모은 소수의 활동분자들의 생활은 새벽부터 늦은밤에 이르기까지 눈코 뜰 새 없이 바빴다.

말 등에서 책상으로, 책상에서 청년들의 훈련이 실시되는 광장으로. 클럽, 학교, 몇몇 회의가 이어지고 밤에는 밤대로 말을 타고, 모제르총을 허리에 차고 돌아다닌다. "누구야? 거기 서라." 하는 날카로운 명령 소리와 밀수품을 싣고 도주하는 마차 바퀴 소리, 제2대대 군사위원 일상생활의 대부분은 이런 일들로 이루어져 있었다.

베레즈토프 마을의 청년공산동맹 지구위원회는 코르차긴, 여성부장으로 있는 볼가 태생의 리다 폴레비프, 그리고 라즈바리힌 제니가인데—이 사나이는 키다리로, 얼굴이 가무잡잡하고 얼마 전까지 중학생이었던 '부리가 노란 햇병아리'이고, 모험을 좋아하며 셜록 홈스와 루이 부세나르*² 라면 훤하다. 라즈바리힌은 당지구위원회의 주사(主事)로서 일하고 있고, 4개월쯤 전에 청년공산동맹에 들어갔는데, 동맹원들 속에서는 '고참 볼셰비키' 행세를 하고 있었다. 베레즈도프로 보낼 인물이 마땅치 않았으므로, 관구위원회는 고심 끝에 이 라즈바

---

*1 КИМ. 국제청년공산동맹.
*2 프랑스의 모험 소설 작가(Louis Henri Boussenard, 1847~1910).

리힌을 정치계몽원으로서 파견했다.

한낮이 되었다. 폭염은 꼭꼭 숨은 구석에까지도 고루 퍼져, 살아 있는 것은 모두 지붕 밑으로 모습을 감추었다. 강아지조차도 헛간 밑으로 기어들어가서 길게 누워, 더위에 지쳐서 축 늘어진 채, 졸린 눈을 하고 있었다. 살아 있는 것은 모조리 마을을 버린 듯했으며, 진흙투성이 돼지가 좋아라고 우물가 웅덩이에서 코를 묻고 있는 것이 고작이었다.

코르차긴은 말을 풀었다. 그리고 무릎 통증에 입술을 깨물며 안장에 올라앉았다. 여교사는 손바닥으로 햇볕을 가리면서, 학교 입구 계단 앞에 서 있었다.

"잘 다녀와요, 군사위원 동지."

생긋 웃었다.

말은 조급하게 한 발을 구르며, 목을 구부리면서 고삐를 당겼다.

"안녕, 라키치나 동지. 그럼, 결정됐으니까 내일은 첫 수업을 부탁해요."

말은 고삐가 느슨해진 것을 느끼고, 곧바로 달리기 시작했다. 그때, 째지는 듯이 울부짖는 소리가 코르차긴의 귀에 들어왔다. 마을에서 불이 났을 때 곧잘 여자들이 이런 비명소리를 낸다. 고삐를 힘껏 당기고 말머리를 돌리고 보니, 그의 눈에 들어온 것은, 마을 변두리 쪽에서 숨을 헐떡이며 달려오는 젊은 농촌 아낙의 모습이었다. 라키치나도 길 가운데로 뛰어나와 그녀를 붙잡았다. 이웃집들 문밖에도 사람들이 나왔지만, 거의가 할아버지와 할머니들이었다. 남자들은 모두 들에 나가 있었던 것이다.

"이것들 봐요, 모두들, 엄청난 일이 일어났다고요! 아이고 죽겠다, 아이고 죽겠다!"

코르차긴이 달려갔을 때에는, 이미 곳곳에서 사람들이 몰려와 있었다. 여자는 여기저기에서 마구 퍼붓는 질문에 횡설수설할 뿐, 맥락이 없는 그 말은 도무지 알아듣기 어려웠다.

"죽었어! 반죽음이 됐어! 칼로……."

그녀는 그저 그렇게 소리칠 뿐이었다. 턱수염이 더부룩한 한 노인이, 한 손으로 삼베 바지를 움켜쥐고, 묘한 모습으로 뛰어나오더니, 그 젊은 여자를 획 낚아 잡았다.

"정신 나간 사람처럼 소리 지르지 마! 도대체 어디서 일이 났다는 거야? 왜 소리만 지르는 거야? 익 좀 그만 쓰라니까! 이런 빌어먹을!"

"우리 마을과 포두브쯔이 놈들과 싸움이 붙었어…… 경계선 때문에! 포두브쯔이 놈들이 우리를 초주검으로 패고 있다고!"

다들 진상을 알게 되었다. 거리에는 여자들의 비명소리가 일어나고, 늙은이들도 흥분해서 악을 쓰기 시작했다.

"포두브쯔이 놈들이 경계선 때문에 우리 마을 사람들을 낫으로 찍어죽이고 있대!"

이런 소문은 마치 경종(警鐘)처럼 순식간에 온 마을에 퍼져, 집집마다 들쑤셔 놓았다. 몸을 움직일 수 있는 사람들은 빠짐없이 길가로 튀어나왔다. 그리고 저마다 쇠스랑, 도끼, 곡괭이 심지어는 울타리의 말뚝까지 뽑아든 채였다. 그들은 두 마을이 연례행사처럼 경계선 때문에 피비린내 나는 싸움을 벌이는 들판으로 돌진해 갔다.

코르차긴이 힘껏 채찍을 휘두르자, 말은 전속력으로 달렸다. 잦은 박차에 말은 달려가는 마을 사람들을 지나쳐서 질풍처럼 달려갔다. 두 귀를 머리에 착 붙이고, 다리를 높이 들어올리면서, 말은 점점 더 속도를 냈다. 언덕 위에는 마치 가는 길을 가로막듯이 풍차가 날개를 벌리고 있었다. 풍차에서 오른쪽은 낮은 지대로 강가이다. 이 강가는 초원으로 이루어졌다. 왼쪽으로는 눈길이 닿는 한, 올라가서는 구릉이 되고, 내려가서는 골짜기가 되어 이삭 보리밭이 끝없이 펼쳐졌다. 바람이 손으로 쓰다듬 듯이 익은 보리 이삭 위를 지나갔다. 길가에 양귀비꽃이 빨갛게 피어 있다. 이 근처는 조용하지만 무척 덥다. 멀리 떨어진 아래쪽, 시냇물이 은빛 뱀처럼 햇빛에 반짝이는 언저리에서 사람들의 아우성소리가 들려왔다.

아래쪽 풀밭을 향해서 말은 무서운 속도로 달려 내려간다. '한 발만 헛디디면 이놈도 나도, 저세상 행이다.' 문득 그런 생각이 파벨의 머릿속을 스쳐갔다. 그러나 이제 말을 멈출 재간은 없었다. 그 목에 몸을 착 붙이고, 파벨은 귓전에서 바람이 울리는 소리를 듣고 있었다.

미친 듯이 초원으로 뛰어들자, 그곳에서는 사람들이 짐승처럼 서로 싸우고 있었다. 피투성이가 되어 땅바닥에 쓰러진 자도 여럿이 있었다.

얼굴이 피범벅이 된 젊은이를 뒤쫓아 큰 낫자루를 들고 쫓아가는 털북숭이 사나이를 말이 가슴팍으로 땅바닥에 밀쳐 넘어뜨렸다. 새까맣게 그을린 건장한 농부는 어딘가 '급소'에 한 방 먹이려고 내내 겨냥하면서 땅바닥에 쓰러진 그 적을 커다란 장화발로 쿵쿵 짓찧고 있었다.

코르차긴은 말이 달려온 속도 그대로 사람들 무리 속으로 뛰어들어, 한창 뒤엉켜 있는 자들을 곳곳으로 쫓아 흩뜨렸다. 이어서 정신 차릴 틈도 주지 않고 말머리를 돌리고는, 그것을 폭도들의 한가운데로 몰고 들어갔다. 그리고 이 피투성이가 된 사람들의 떼를 흐뜨리는 데는 똑같이 거친 수단과 위협을 쓰는 방법밖에는 없다고 순간 생각했으므로, 미친 듯이 큰 소리로 고함을 질렀다.

"당장 떨어지지 못해, 이 버러지 같은 새끼들아! 어느 놈이고 쏴 죽인다. 이 비적들아!"

그리고 모제르 권총을 꺼내어, 증오로 일그러진 한 놈의 이마 위를 겨냥해서 쏘았다. 날뛰는 말과 마구 쏴대는 권총, 어떤 사람은 큰 낫을 내던지고 후닥닥 돌아섰다. 군사위원은 모제르총을 마구 쏴대면서 들판을 이리 뛰고 저리 뛰고 하여, 가까스로 목적을 이룰 수가 있었다. 사람들은 자기에게 책임을 물을까봐, 또 끝도 없이 탄알을 쏘아대는 어디서 나타났는지 알 수 없는 이 망나니 같은 사나이의 손아귀에서 벗어나기 위해, 초원에서 사방으로 뿔뿔이 흩어져 버렸다.

얼마 있다가 포두브쯔이에 지구재판소장이 왔다. 인민판사는 증인들을 신문하고 갖은 고생을 다했으나, 여전히 주모자를 찾아낼 수는 없었다. 그런데 이 싸움에서 죽은 사람은 하나도 없고, 부상자도 목숨은 건졌다. 판사는 눈앞에 어두운 표정으로 늘어선 농민들을 보고, 그들이 저지른 짓이 야만스럽고 용서받기 어려운 짓이라는 것을 끈질기게 볼셰비키적 인내심을 갖고 설명하는 데 힘썼다.

"나쁜 건 경계선이에요, 판사님. 우리 고장의 경계선이 복잡하게 마구 얽혀서요. 그래서 해마다 싸움이 일어나곤 해요."

그러나 누군가가 피고로서 법정에 서야만 했다.

일주일 후에는, 위원회가 들판을 돌아다니면서 분쟁 지점에 말뚝을 박았다. 늙은 측량기사는 지독한 더위와 강행군에 지칠 대로 지쳐, 땀으로 뒤범벅이 되어, 줄자를 되감으면서, 코르차긴에게 말했다.

"벌써 내가 측량을 시작한 지 30년이 되는데, 어딜 가나 이놈의 경계선이 싸움의 씨앗이라니까. 너리를 기든지 그 경계선을 한 번 봐요, 이놈이야말로 참으로 웃기는 것이지! 아마 주정뱅이도 그보다는 더 반듯하게 걸을 수 있을걸. 손바닥만 한 지대에 경계선과 경계선이 이리저리 엇갈렸구먼. 이런 걸 일일이 떼어놓고 있다가는, 그야말로 미쳐버린다니까요. 게다가 이게 해마다 점점 더 세분화되거든. 아들이 아비한테서 독립하면, 경계선도 반으로 줄어드는 겁니다. 이런 식이니까 이제 앞으로 20년쯤 지나면 밭은 온통 경계선투성이가 돼서 씨 뿌릴 데도 없어져 버릴 거야, 아마. 지금도 땅의 1할은 경계선이랍시고 쓰이지 않고 있거든."

코르차긴은 벙긋 웃었다.

"20년쯤 지나면, 그런 경계선 같은 건 모조리 없어질걸요, 기사님."

노인은 조금 신중한 눈치로 상대를 보았다.

"그건, 공산주의 사회를 말하는 모양인데, 하지만 말이지요, 그건 아직은 먼 뒷날 이야기가 아닌가요?"

"하지만, 부다노프카의 콜호스*3는 알고 계시지요?"

"아, 그거?"

"예."

"부다노프카에는 나도 가봤지요…… 하지만 아무래도 그건 예외라고 보아야지요, 코르차긴 동무."

위원회는 측량을 마쳤다. 젊은이 둘이서 말뚝을 박고 다녔다. 들판 양쪽에는 농민들이 늘어서서, 풀 속에서 여기저기 나와 있는 거의 썩은 말뚝에 의하여 알아볼 수 있는 이전의 경계선 자리에, 틀림없이 이번 말뚝도 박혔는지 어떤지를, 눈을 크게 뜨고 지켜보고 있었다.

입심 좋은 마차꾼이 세 마리 중 마른 말을 채찍으로 휙 내리치고는 승객들 쪽을 돌아보며 지껄이기 시작했다.

"도대체 어떻게 해서 그놈의 청년공산동맹인지 뭔지 하는 녀석들이 이 고장에 들어오게 됐는지, 원. 전에는 그런 요상한 건 없었거든. 애당초는, 그, 왜, 저

---

*3 소련의 집단 농장.

라키치나라는 이름의 여선생 탓인데, 알고 있어요? 아직 젊은, 그야말로 다 큰 처녀가 말이야. 싸가지가 없어서는 마을 아낙들을 모조리 부추겨 불러 모아놓고 뭣들 하는 건지, 어차피 뻔한 거지 뭐. 도대체가 여자라는 건 말이야, 말을 안 들으면 그저 귀싸대기를 냅다 갈겨 줘야 하는 거야. 암 그래야 하고말고. 전에는 그러면 눈물이나 찔끔 짜고는 그걸로 끝났거든. 그게 요즘은, 좀 건드려 놓으면 뭐가 어떻고 저떻고 해대는데, 아이구 골치 아파. 이건 어떻게 해볼 수가 없다니까. 뭐 인민재판이 어떻니, 뭐가 어떻니 따지고 들기가 일쑤야. 좀 더 젊은 여자는 이번에는 툭하면 이혼을 내세우며 법률이 어떻고 하며 있는 대로 늘어놓는 거야. 우리 여편네만 해도, 이제까지는 얌전하고 착한 여자였는데, 지금은 뭐 대표위원이라든가 뭔가가 되더니 툭하면 아는 체를 하기 시작하잖아. 미치겠어 정말. 이건, 말하자면 여자들 왕초 비슷한 것인가봐. 그러니까 온 마을에서 그 여자한데 몰려가는 거야. 나도 처음에는 아내를 말고삐로 한 대 갈겨 줄까 했지만 이젠 손들었다니까. 제멋대로 놀게 내버려 두는 거야. 우리 마누라는 그래도 그런 대로 살림은 남처럼 꾸려 갈 줄은 아니까 말이야."

마부는 앞자락을 펼친 삼베 셔츠 사이로 보이는 털북숭이 가슴팍을 긁적거리며, 다시 말 옆구리에 슬쩍 채찍을 대었다. 마차에 탄 사람은 라즈바리힌과 리다였다. 두 사람 모두 포두브쯔이에 볼일이 있어서 왔는데, 리다는 여성대표 위원들의 회의를 열 작정이었으며, 라즈바리힌은 초급 단체사업을 조정하기 위해 가는 길이었다.

"그럼, 당신은 공산동맹원들이 마음에 들지 않는다는 말이군요?"

농담처럼 리다가 마부에게 물었다.

상대는 턱수염을 잡으며, 당황하지도 않고 대답했다.

"아니, 뭐. 그런 건 아니고…… 한창때니까 노는 것도 좋겠지, 뭐, 연극 같은 것을 하는 것도 좋을 거요. 나도 볼 만한 연극은 좋아하는 편이거든. 희극 같은 건 더 좋고 말이야. 난 처음에는 이것들이 마구 놀아나는 게 아닌가 했는데, 두고 보니까 그게 아니더군. 누구한테 들은 이야기지만, 술에 취한다든가, 거칠게 논다든가 하는 건, 그 친구들 사이에서는 꽤 엄격하다더군. 그보다도 공부를 억세게 하는 모양이요. 한 가지 곤란한 건, 하느님에게까지 손을 대서, 모든 교회 문을 닫고, 클럽으로 만들어 버리는 일이야. 이건 곤란한 이야기거든. 그러니까 나이 먹은 사람들이 눈살을 찌푸리고, 그 사람들을 좋게 생각하지 않는 거요. 하지만 그것도 그렇게 된 이상 어쩔 수 없는 거고, 한데, 그 친구들이 요상한 건, 날품팔이 농사꾼이라든가 찢어지게 가난한 사람들만 받아 주고, 나리 집 아들 같은 건 절대 붙여주지 않는다는 점이에요."

마차는 언덕길을 내려가, 학교를 향해서 달려가고 있었다.

수위는 손님들을 위해서 자기 방에 잠자리를 마련하고, 자신은 마른풀을 두는 헛간으로 자러 갔다. 리다와 라즈바리힌은 오래 끌었던 집회에서 방금 돌아온 참이었다. 집 안은 어둡다. 신발을 벗고 리다는 잠자리에 들어가 곧 잠이 들었다. 그런 그녀의 눈을 뜨게 한 것은, 체면도 잊은 목적이 뻔히 들여다보일 만큼 노골적인 라즈바리힌의 손이었다.

"왜 그래요?"

"쉬, 리다, 큰 소리 낼 것 없잖아. 난 말이야, 이것 좀 봐, 이렇게 혼자 누워 있는 게 쓸쓸해서 그래. 당신도 잠만 자지 말고, 좀 더 재미있는 일이 있잖아?"

"손을 썩 치우고, 당장 내 침대에서 비켜요!"

리다는 그를 떼밀었다. 그녀는 라즈바리힌의 속이 검은 음탕한 웃음을 이전부터 못마땅하게 느끼고 있던 참이었다. 지금이야말로 리다는 라즈바리힌에게 뭔가 따끔하게 경멸과 조소가 담긴 말을 해주고 싶었다. 그러나 잠이 쏟아져, 그대로 눈을 감으려 했다.

"괜히 잘난 체하지 말라고. 그게 인텔리의 행동이라고 착각하는 게 아니야? 내가 알기로 당신은 귀족 여학교 출신도 아닌 것 같던데? 아니면 그렇기라도 하단 말인가? 당신도 뭘 좀 아는 여자라면, 먼저 내 요구를 채워 주고, 그리고 나서 얼마든지 자면 되잖아?"

그 이상 말은 필요 없다고 생각했는지, 그는 다시 의자에서 침대로 옮겨 앉아, 염치없게도 억지로 요구하는 남편처럼 한 손을 리다의 어깨에 올려놓았다.

"어서 썩 비키지 못해요!"

금방 잠이 깨어 그녀는 말했다.

"내일 틀림없이 코르차긴에게 일러 줄 거야."

라즈바리힌은 그녀의 손을 잡고, 조급하게 속삭였다.

"코르차긴을 누가 무서워할 줄 알아? 쓸데없이 고집을 부리지 마. 난 어차피 내 소원대로 하고 말 테니까."

그와 리다 사이에는 잠시 실랑이가 일어나고, 밤의 고요 속에 따귀를 갈기는 소리가 높이 울렸다. 한 번, 두 번…… 라즈바리힌은 옆으로 비켜섰다. 리다는 어둠 속에서 다행히 문 쪽으로 뛰어가, 문을 열고 마당으로 뛰쳐나갔다. 그리고 분한 마음을 이기지 못하여 달빛 아래 서 있었다.

"어서 안으로 들어와! 바보같이!"

라즈바리힌이 소리쳤다.

라즈바리힌은 자기 잠자리를 처마 밑으로 들어내, 밖에서 잘 채비를 했다. 리다는 방 안으로 들어가 문을 걸어 잠그고 나서, 잠자리에 들어가 새우처럼 몸을 구부렸다.

아침에 마차로 돌아가는 길에 제니가는 늙은 마부와 나란히 앉아, 담배만 줄곧 연달아 마구 빨아대었다.

'이놈의 계집은 성미가 고약하니까, 정말 코르차긴에게 지껄일지도 모른다. 거지 같은 년 같으니! 저게 인물이라도 반반하다면 또 몰라. 그러나 저러나 그대로 두었다가는 안 되겠다. 어떻게 잘 구슬려 놓아야지 잘못하면 소동이 일어날지도 몰라. 코르차긴에게도 나쁘게 보이게 될 테고.'

라즈바리힌은 리다의 옆으로 자리를 옮겼다. 그는 어쩔 줄 모르는 시늉을 했다. 눈도 아주 후회하는 듯이 보인다. 그는 어물어물하면서 변명 비슷한 소리를 입에서 나오는 대로 지껄였다. 완전히 후회하고 있다는 태도였다.

라즈바리힌이 바라는 대로 맞아들어갔다. 마을 어귀까지 왔을 때, 리다는 어제 일을 아무에게도 입 밖에 내지 않겠다고 약속했다.

국경에 가까운 마을들에는 속속 청년공산동맹의 단체가 조직되었다. 지구의 동맹원들은 공산주의 운동의 새싹을 키워 나가는 데 많은 힘을 기울였다. 코르차긴과 리다 폴레비프도 이들 마을에서 여러 날을 보냈다.

라즈바리힌은 마을에는 나가려 하지 않았다. 그는 농가의 젊은이들과 가까워진다든지, 그들의 신뢰를 얻는다든지 하는 일은 하지 못하고, 오히려 망쳐버리기 일쑤였다. 그러나 폴레비프와 코르차긴의 경우에는 그것이 쉽게 자연스레 이루어졌다. 리다는 자기 주위의 처녀들을 모아서 일단 친구가 되면, 저도 모르는 사이에 처녀들이 동맹원들의 생활이나 일에 관심을 갖도록 이끌면서, 그다음에는 그녀들과의 관련을 잃는 법이 없었다. 지구 내의 젊은 남녀들 사이에서는 코르차긴을 모르는 사람이 없었다. 제2군사교육대대는 1천 6백 명에게 군사교련을 실시하고 있었다. 이곳 길거리에서 진행되는 농촌 밤 모임에서처럼 아코디언이 선전에 큰 역할을 한 적은 없었다. 아코디언 때문에 코르차긴은 '우리 형님'으로 떠받들어지게 되었다. 코르차긴은 아코디언으로 때로는 빠른 박자로 마음을 정열적으로 들뜨게 하는가 하면, 때로는 우크라이나 민요의 구슬픈 변주(變奏) 속에 사랑스럽고 정다운 선율을 연주했다. 이 매력적인 그의 아코디언 소리 때문에, 더벅머리 총각들이 청년공산동맹의 길로 들어선 일도 한두 번이 아니었다. 사람들은 아코디언 소리에도 귀를 기울였지만, 공원(工員) 출신으로 이제는 군사위원이고, 청년공산동맹의 '서기님'인 연주자의 노랫소리에도 반했다. 그들의 마음속에서는 아코디언의 노래와 젊은 군사위원이 이야기하는 내용이 저항 없이 하나를 이루었다. 마을들에서는 새로운 노랫소리가 들려오게 되고, 집집마다 성경과 꿈풀이 책 외에, 다른 책도 나타나게 되었다.

밀수꾼들은 경기가 시원찮아지고, 신경 쓸 상대도 국경경비대 말고 또 늘어났다. 소비에트 정권 밑에서 젊은 친구들과 열성적인 조력자들이 활동하기 시작했기 때문이었다. 때로는 내 손으로 나쁜 놈들을 잡아내겠다는 충동으로 국경 근처의 단체들이 지나친 행동으로 나오는 수도 있었다. 그럴 때면 코르차긴은 자신의 부하들을 구해야 했다. 한 번은, 포두브쯔이 초급 단체의 서기이며, 손이 빠르고, 논쟁을 좋아하는 반종교운동원인 그리슈트카 홀로보디코라는 파란 눈의 사나이가 자신의 정보망을 통해 밤중에 밀수품이 마을 방앗간으로 운반되어 온다는 정보를 입수하고, 모든 조직원들을 동원했던 적이 있었다. 교련용 소총과 총검 2개를 무기로, 조직원들은 그리슈트카를 앞세우고, 한밤중에 방앗간을 포위, 잠복하고 있었다. 한편 국가보안부의 국경 초소에서도 밀수 건을 탐지하고 경비원을 동원했다. 그리고 밤중에 이 쌍방이 충돌했는데, 다행히 국경경비대원이 자제했기 때문에 그때의 난투극에서도 동맹원들은 목숨을 건질 수가 있었다. 그들은 무장이 해제되고 4킬로미터 떨어진 이웃마을까지 연행되었다.

코르차긴은 그때 가브릴로프한테 가 있었다. 아침에 대대장은 막 받은 전보에 대하여 그에게 이야기하고, 지구 청년공산동맹위원회 서기 코르차긴은 청년들을 꺼내 오려고 말을 달려갔다.

"이렇게 하는 게 어떨까 하오, 코르차긴 동지. 모두 좋은 청년들이니까, 우리로서도 그들을 어떻게 할 생각은 없어요. 다만, 앞으로는 우리 쪽 직무에 끼어들지 않도록 당신이 단단히 주의해 주시오."

보초가 헛간 문을 열자, 11명의 젊은이들이 땅바닥에 앉았다가 부스스 일어나 멋쩍은 듯이 서 있었다.

"봐요, 이 친구들이에요."

전권위원은 기가 차다는 듯이 두 팔을 벌려보였다.

"못된 짓들을 저질렀으니까, 우리로서는 관구(管區)로 보내는 수밖에 없어요."

그러자, 그리슈트카가 흥분해서 입을 열었다.

"사할로프 동지, 우리가 대체 무슨 짓을 했다는 겁니까? 우리는 소비에트 정권을 위해서 일어섰던 겁니다. 그 부농(富農)의 방앗간을 우리는 예전부터 감시하고 있었다고요. 그런데 당신들은 마치 우리를 강도라도 되는 것처럼 감금하다니."

그는 분하다는 듯이 고개를 돌렸다.

코르차긴과 사할로프는 한동안 의견을 나누었다.

"만약에 당신이 그들의 보증인이 되어, 그들이 앞으로 국경에 접근하지 않고 협력은 다른 형태로 해주겠다고 우리에게 약속한다면, 나도 깨끗이 저 친구들을 석방하지요."

사할로프는 코르차긴에게 말했다.

"좋습니다. 그럼 내가 책임지지요. 이제 그들도 더는 나를 난처하게 만들지는 않으리라 생각합니다."

그들은 노래를 부르면서 포두브쯔이로 돌아갔다. 사건은 더 확대되지 않고 마무리지어졌다. 그리고 방앗간 주인은 결국, 얼마 뒤에 체포되었다. 이번에는 정식으로 법률에 따라서 처분되었다.

마이단 빌라의 삼림부락의 독일인 개척민들은 풍족하게 살고 있다. 이웃집끼리 반 킬로미터 간격을 두고, 큼직한 부농의 집들이 늘어서고, 어느 집에도 작은 요새처럼 별채가 하나씩 붙어 있다. 이 마이단 빌라에는 안토뉴크의 비적단이 그 부하들을 숨겨 두고 있었다. 제정시대에 육군 중사였던 이 사나이는 자기 친척들 가운데서 도적 7인조를 만들어 가지고, 근처 일대에서 일을 시작해 서슴없이 세력을 넓혀 나가 피를 흘리고, 상대가 누구든 가리지 않음은 물론, 소비에트 측의 요원이라 해도 용서가 없었다. 안토뉴크는 솜씨가 민첩해, 오늘은 마을의 공동조합원 두 사람을 덮쳤는가 하면, 내일은 벌써 20킬로미터나 떨어진 지점에서 우체국원의 무장을 벗겨버리고, 마지막 한 푼까지 모조리 털어갔다. 안토뉴크는 같은 비적 중에서 고르다라는 자와 경쟁관계에 있는데, 서로 위아래를 따지기 어려운 악당으로, 관구 내 경찰과 국가 정보부도 꽤 골머리를 썩이고 있는 자들이었다. 이 안토뉴크가 베레즈도프 마을의 바로 코앞에 출몰하고 있었기 때문에, 거리를 지나서 시내로 나가는 것은 위험해졌다. 이 비적의 체포는 쉽지 않았다. 신변이 위태로워지면 국경 너머로 가서 은신했다가는, 얼마 뒤 다시 모습을 나타내는 것이었다. 이 골치 아픈 야적(野賊)의 피비린내 나는 출현 소식이 전해질 때마다, 리시친은 울화가 치밀어서 입술을 깨물었다.

"이놈은 도대체 언제까지 우리를 못살게 굴 작정이지? 똥개 같은 놈, 두고 봐라, 언젠가는 내가 꼭 잡아 줄 테다."

그러면서 꽉 다문 입술 속에서 중얼거리는 것이었다. 그리고 사실, 이 집행위원회 의장은 두 번이나 코르차긴과 다른 당원 셋과 함께 비적의 생생한 발자국을 쫓아갔던 적도 있었는데, 안토뉴크는 이미 모습을 감춘 뒤였다.

관구에서는 비적토벌대가 베레즈도프 마을에 파견되어 왔다. 지도자는 필라토프라는 멋쟁이였다. 젊은 수탉처럼 오만불손한 그는 국경법규의 규정대로 집행위원회의 장에게 신고할 필요는 없다고 생각하고, 근처의 세마키 마을에 부대를 이끌고 들어갔다. 그리고 밤중에 그곳에 도착하자 마을 어귀의 한 농가에 부대와 함께 숙소를 잡았다. 이처럼 남의 눈을 피해서 행동하는 낯선 무장병들의 모습은 이웃집에 있는 동맹원의 주의를 끌어, 곧바로 마을 소비에트 의장에게 보고되고, 그런 부대에 대해서는 아무것도 아는 바 없는 의장은 이들을 틀림없는 비적이라고 믿었다. 그래서 콤소몰 요원들은 기마전령사(騎馬傳令使)로서 지구위원회로 달려갔다. 필라토프의 그릇된 오만은 자칫 많은 생명을 앗아갈 뻔했다. 리시친은 한밤중에 '비적'에 대한 보고를 듣자, 즉각 민경(民警)을 동원하여, 10명쯤을 거느리고 세마키 마을로 쳐들어갔다. 농가 앞까지 다다르자, 말에서 내려 울타리를 넘어서 집으로 다가갔다. 문 앞에 있던 보초는 모제르 총자루로 머리를 한 방 얻어맞고 그 자리에 쓰러졌으며, 리시친이 문을 어깨로 쿵 하고 밀어 열고는, 일행은 천장에 매달린 램프 불이 희미한 방으로 쏟아져 들어갔다. 수류탄을 던질 자세로 한 손을 뒤로 끌고, 한 손에는 모제르를 잡은 채로 리시친은 유리창이 흔들릴 만큼 큰 목소리로 소리쳤다.

"항복해라, 아니면 가루가 된다!"

하마터면 방바닥에서 벌떡 일어난 잠이 덜 깬 친구들에게 총알을 퍼부을 뻔했다. 그러나 수류탄을 잡은 사나이의 무시무시한 모습은 모두가 손을 들게 했다. 그리고 대원들이 셔츠 바람으로 손이 들린 채 마당으로 내몰려 갔을 때, 리시친의 윗저고리에 달려 있는 훈장이 필라로프에게 모든 것을 털어놓게 하는 결과가 되었다.

리시친은 홧김에 줄곧 침을 탁탁 뱉고 있다가, 상대를 내려다보며 한없는 경멸을 가지고 내뱉듯이 고함을 질렀다.

"이 머저리 같은 새끼!"

독일 혁명 소문은 이 지방까지 전해졌다. 함부르크 바리케이트에서의 총격전 소식도 들려왔다. 국경은 불안해졌다. 신문이라는 신문은 긴장된 기대 속에 읽혔으며, 서유럽에서도 10월의 바람이 불어왔다. 콤소몰 지구위원회에는 의용병으로서 붉은 군대에 참가시켜 달라는 탄원서가 물밀 듯 쏟아졌다. 코르차긴은 소비에트라는 나라의 정책은 평화정책으로, 현재로서는 이웃의 어느 나라와도 전쟁을 할 의사가 없다는 것을, 각 단체의 대표들을 통하여 설명하느라고 진땀을 뺐다. 그러나 이것도 그다지 효과는 없었다. 마을에는 일요일만 되면 모든 콤소몰 회원들이 모여, 널따란 목사의 집에서는 지구의 집회가 열리곤 했다. 한번은, 한낮에 지구위원회의 넓은 마당에, 대오도 흐트리지 않고 포두브쯔이의 콤소몰 조직원들이 도착했다. 코르차긴은 창 너머로 그것을 보고, 계단 앞으로 나가 보았다. 홀로보디코를 앞세우고 11명의 젊은이가 장화를 신고, 어깨에는 커다란 자루를 메고 입구에 섰다.

"무슨 일이야? 그리샤?"

코르차긴은 놀라서 물었다.

그러나 홀로보디코는 그에게 눈으로 신호를 보내고 나서, 코르차긴과 함께 집 안으로 들어갔다. 리다, 라즈바리힌, 그리고 다른 두 동맹원에게 둘러싸였

을 때 홀로보디코는 문을 닫고, 정색하며, 털이 빠진 눈썹에 주름을 잡으면서, 다음과 같이 보고했다

"실은 여러분, 난 지금 전투준비 예비조사를 하는 중입니다. 난 오늘, 농묘들에게 이렇게 말했어요. 지구에서 전보가 왔다. 물론 극비인데, 그에 따르면 이미 독일의 부르주아들과 전쟁이 시작되었다. 이제 곧 폴란드의 귀족들과도 붙을 모양이다. 그래서 모스크바로부터의 명령은, 콤소몰의 조직원들은 모두 전선에 출동해야 한다는 것이다. 다만, 두려워하는 자는 신고하게 한다. 그렇게 하면 집에 남을 수 있다. 전쟁이라는 건 절대로 비밀을 지키라고 단단히 일러 놓고, 커다란 빵과 라드를 한 덩이, 라드가 없는 사람은 마늘이나 파를 지참하도록. 그리고 한 시간 뒤에 은밀히 마을 어귀에 집합하도록 명령했어요. 우리는 지구위원회에 출두한 다음, 관구로 가서, 거기서 무기를 받도록 되어 있다, 라고 했지요. 이게 모두에게 꽤 효과가 있었던 것 같아요. 온갖 질문이 나왔지만, 난 질문은 허용하지 않는다. 이상 끝! 사퇴하고 싶은 사람은—사퇴서를 써라. 어디까지나 자유의사를 존중할 테니까, 그렇게 이야기해 주었어요. 다들 흩어져 갔는데, 나는 속이 두근두근했어요. 만일 아무도 오지 않으면 어쩌나? 그때는 단체를 해산하고, 나는 다른 데로 가는 수밖에 없다는 생각을 하며, 난 마을 어귀에 앉아서 둘레를 바라보았어요. 그러자 하나씩 나타나는 게 아니겠어요? 울어서 눈이 퉁퉁 부은 놈도 있었지만, 그런 눈치는 물론 보일 리가 없지요. 한 사람의 탈락자도 없이 10명이 모조리 왔어요. 어때요, 역시 포두브쯔이의 조직원이지요?"

그리슈트카는 신이 나서 주먹으로 가슴을 쾅 친 다음, 말을 마쳤다.

분개한 폴레비프가 그를 몰아세우자, 그는 이상하다는 듯이 그녀를 보며 말했다.

"내가 뭘 어쨌다고 그래요? 이거야말로 가장 적당한 예비조사가 아니고 뭐예요? 이렇게 하면, 한 사람 한 사람을 잘못 본다든지 하는 일은 없는 셈이지요. 난, 더욱 그럴듯하게 보이려고 관구까지 모두를 끌고 가려고 했지만, 저 친구들이 조금 피곤한 것 같거든. 이쯤 하고 집으로 돌려보내야겠는데, 다만 코르차긴, 당신만은 그들에게 한마디해 줘야겠어요. 암, 그렇고말고. 이런 때 연설이 없으면 안 되지…… 이렇게 말해 줘요. 동원은 취소되었다. 그러나 여러분의 용맹함은 실로 훌륭하고 모범적이다, 이렇게 말예요."

관구의 본부로 코르차긴이 나가는 일은 웬만해서는 없었다. 일단 나서면 5, 6일은 빼앗기는 데다가, 일로 보더라도, 날마다 지구위원회에 얼굴을 내밀어야 했기 때문이다. 그 대신 시내에는 다른 지장이 없는 한, 라즈바리힌이 가기로 되어 있었다. 그는 머리끝부터 발끝까지 완전무장을 하고, 속으로는 쿠퍼*⁴의 소설 주인공이라도 된 양, 신나게 출장을 떠나는 것이었다. 숲속에서는 까치라 든가 다람쥐 따위를 쏴 보기도 하고, 혼자 다니는 통행인을 불러세워 놓고, 신 분이나 출발지, 목적지 등을 진짜 단속관처럼 신문해 보기도 한다. 시내 가까 이까지 오면 라즈바리힌은 무장을 풀고, 소총은 마른풀 밑에, 권총은 주머니 에 감추고, 시치미를 뚝 떼고 관구 콤소몰 위원회에 들어간다.

"여, 베레즈도프 마을 쪽에는 무슨 좋은 소식이라도 있소?"

관구위원회 서기 페도토프의 방은 언제나 사람들로 가득 차 있었다. 다들 남에게 질세라 떠들고 있다. 이 안에서 일도 하고, 한꺼번에 네 사람의 이야기 도 듣고, 그리고 다섯 번째 사람을 위해 무엇을 쓰기도 하고, 말대꾸도 해야 한다. 페도토프는 아직 아주 젊지만, 그의 당원증은 1919년 이래의 것이다. 반 란 시대였으므로 겨우 열다섯 살쯤에 당원이 될 수 있었던 것이다.

페도토프의 물음에 라즈바리힌의 대답은 퉁명스러웠다.

"뉴스 전부를 어떻게 다 이야기합니까? 아침부터 저녁까지 눈코 뜰 새가 없 어요. 구멍을 메우는 데도 진땀이지요. 도대체가 아무것도 없는 데다가 하나부 터 열까지를 새로 만들어야 하니 어디 쉬운 일입니까? 또 단체를 두어 개 새 로 만들었지요. 그런데 호출한 용건은?"

그리고 그는 제법 실무가답게 팔걸이의자에 걸터앉았다.

경제부장인 클림스키는, 잠시 서류더미에서 눈을 떼고 주위를 둘러보았다.

"우리는 코르차긴을 부른 것이지 당신이 아니오."

라즈바리힌은 담배 연기를 한 모금 입에서 뱉어냈다.

"코르차긴은 여기에 오는 걸 좋아하지 않아요. 덕분에 나만 골탕먹는 셈이 지만…… 도대체 서기란 자리는 괜찮은 자리거든. 일은 아무것도 하지 않고, 나 같은 당나귀나 부리면 되니까 말이야. 코르차긴은 국경으로 갔다 하면 2, 3주 일 동안은 자리를 비우니까, 일은 몽땅 나한테 돌아오기 마련이지요."

---

*4 미국 소설가(James Fenimore Cooper, 1789~1851). 내티 범포의 생애를 다룬 연작소설 《가죽 각 반 이야기》로 유명하며, 그의 소설은 개척자들이 차례차례 정착하는 모습을 주로 다룬다.

라즈바리힌은 자기야말로 청년공산동맹 지구위원회에 알맞는 서기다, 라는 것을 노골적으로 내비쳤다.

"난 아무래도 저놈의 거위 녀석은 영 마음에 안 들어."

라즈바리힌이 나가자마자, 페도토프는 관구위원들에게 노골적으로 털어놓았다.

라즈바리힌의 간교함은 우연한 일로 드러났다. 그것은 리시친이 페도토프에게 우편물을 가지러 들렀을 때의 일이었다. 지구에서 나온 사람은 누구든 모두의 우편물을 대신 받아가기로 되어 있었던 것이다. 페도토프는 오랜 시간 동안 리시친과 이야기를 나누는 동안에 라즈바리힌의 간계(奸計)가 들통이 났던 것이다.

"하지만 아무래도 코르차긴을 좀 나오라고 했으면 좋겠어. 여기서는 라즈바리힌을 다들 잘 모르니까 말이야."

그렇게 말하고, 페도토프는 집행위원회 의장과 헤어졌다.

"그야 어렵지 않지. 단, 조건이 있네. 그를 우리한테서 빼내 가려고 한다면 그건 곤란해. 알겠지? 혹시라도 그런 마음을 먹는다면 우리는 단호히 항의할 테니까 그리 알게."

이해 10월 혁명 기념제는, 국경에서는 전에 없이 흥분 속에 지나갔다. 코르차긴은 변경의 여러 마을들에 만들어진 10월 위원회의 의장으로 뽑혔다. 근처 여러 마을에서 나온 남녀 5천 명에 이르는 농민들은 포두브쯔이에서의 집회가 끝난 다음, 반 킬로미터에 이르는 대오를 짜고, 악대와 군사교육대를 앞세우고, 붉은 깃발을 나부끼며 마을에서 국경으로 향했다. 행렬은 가지런한 질서와 통제를 지키면서 국경의 표지를 따라서 소비에트 영토 내에서 행진하여, 국경선 때문에 둘로 갈라진 마을들 쪽으로 향했다. 이러한 장관은 국경의 폴란드인들이 일찍이 본 적도 없는 것이었다. 행렬 선두에는 대대장 가브릴로프와 코르차긴이 말을 타고 가고, 그 뒤로는 나팔 소리, 깃발의 펄럭임, 그리고 노랫소리에 이은 노랫소리들! 마을 청년들도 축제 기분으로 나들이옷을 차려입고 나왔다.

처녀들의 웃음소리가 여기저기서 들려오고, 어른들의 표정은 진지했으며, 노인들의 얼굴은 자랑스러움으로 넘쳤다. 이 인간 강물이 흘러가는 그 강가는 국경선이었지만, 소비에트 영토에서는 한 발자국도 금지선으로 내딛는 사람이 없었다. 코르차긴은 사람들의 물결을 쳐다보았다. 동맹원들의 노랫소리가 울려 퍼진다.

밀림 끝에서,
브리튼 바닷가에 이르기까지
붉은 군대가 모든 것을 제압한다!

이번에는 처녀들의 합창이 그 노래를 받는다.

오, 아득히 먼 언덕에서
보리를 베는 사람들……

소비에트의 보초병들은 즐거운 듯 미소를 띠고 행렬을 축복했지만, 폴란드 측의 보초병들은 당황하고 곤혹스런 표정으로 이 광경을 지켜보았다. 국경을 따라서 행진한다는 것을 폴란드 측 사령부에도 미리 통보했으나, 그래도 짐짓 그쪽에서는 불안을 불러일으켰다. 말을 탄 헌병대가 바삐 움직이고, 보초병 수도 5배로 늘어났으며, 오목한 지형에는 만약의 사태에 대비하여 후비병들이 잠복해 있었다. 그러나 명랑하고 유쾌한 행렬은 환희에 넘치는 분위기로, 노랫소리를 드높이면서, 자국의 영토를 행진해 갔다.

언덕에 폴란드 보초병이 서 있었다. 질서 정연한 대열은 흔들림 없다. 행진곡 첫 소리가 들리자 폴란드병은 어깨에서 소총을 내리고, '받들어총'을 했다. 코르차긴은 똑똑히 들었다.

"코뮌이여, 영원하라!"

병사의 눈은, 이 말을 한 사람은 나라고 말해 주고 있다. 파벨은 눈을 떼지 않고 그를 지켜보았다.

동지다! 이 사나이의 병졸 외투 속에서는 틀림없이 우리의 행렬에 함께 뛰는 심장이 고동치고 있으리라. 그래서 코르차긴은 폴란드어로 나직하게 대답했다.

"안녕, 동지!"

폴란드 보초병의 모습은 뒤로 처졌다. 그는 총을 같은 위치로 한 채 행렬을 보내고 있다. 파벨은 몇 번이나 뒤돌아보며, 그 검고 작은 모습을 바라보았다. 이윽고 또 다른 폴란드 병사가 앞에 나타났다. 희끗희끗한 콧수염의 그는 니켈로 도금한 폴란드 모자 차양 아래 깜빡하지 않는 눈동자가 보였다. 방금 전의 감동이 남아 있던 코르차긴은, 이번에는 자기 쪽에서 혼잣말이라도 하듯이 폴란드어로 말을 걸었다.

"안녕하시오, 동지!"

그러나 대답은 없었다.

가브릴로프가 싱긋이 웃었다. 이제까지의 일을 모두 듣고 있었던 것이다.

"자네도 욕심이 많군그래."

그는 말했다.

"여기에는, 보통의 보병 병졸 말고도, 헌병도 있다고. 저 친구 소매에 완장을 봤지? 헌병 표시라고."

행렬 선두는 국경으로 둘로 갈라진 마을 쪽으로 향하여, 벌써 언덕을 내려가고 있었다. 소비에트 측의 마을에서는 성대한 환영 준비를 마련해 놓고 있었다. 국경의 다리 밑에도, 시냇가에도, 소비에트 측 온 마을 사람들이 몰려와 있었다. 처녀들과 청년들은 길 양쪽에 늘어서 있었다. 폴란드 측 마을에서의 사람들은 마구간과 헛간 지붕에 다닥다닥 올라가, 건너편 광경을 열심히 지켜보고 있었다. 농가의 문지방 위와 담장 옆에도 농민들 무리로 꽉 차 있었다. 대열이 사람들이 죽 늘어선 가운데로 들어가기 시작할 무렵, 악대는 '인터내셔널가(歌)'를 연주하고 있었다. 임시로 만들어 놓은 푸른 나뭇잎으로 꾸며진 연단 위에서는 젊은 청년과 백발 노인들이 번갈아 연설을 했다. 코르차긴도 모국어인 우크라이나어로 한마디했다. 그의 연설은 국경을 넘어서 건너편에도 들렸다. 그곳에서는 이 연설로 사람들 마음이 들뜨게 될까봐 잔뜩 경계하고 있었다. 그래서 말을 탄 헌병이 마을을 돌아다니며, 채찍을 휘둘러 주민들을 집 안으로 몰아넣기도 하고, 지붕을 향해 공포를 쏘기도 했다.

길거리에서는 사람들의 모습이 사라졌다. 총알로 말미암아 청년들은 지붕에서 모습을 감추었다. 그런데 이런 모습을 지켜본 소비에트 측 사람들은 모두 얼굴을 찌푸렸다. 연단에는 청년들의 부축을 받으며 한 늙은 양치기가 올라섰다. 그리고 노여움과 흥분한 표정으로 입을 열었다.

"저것을 봐라! 잘 봐 둬라, 아들들아! 저렇게 우리도 옛날에는 매를 맞고 살았다. 하지만 오늘날에는 관리가 백성을 채찍으로 때리는 것을 우리 마을에서 누가 본 적이 있는가? 지주들을 없애버렸기 때문에, 우리 등을 때리던 채찍도 사라졌다. 아들들아, 이 권력을 꼭 쥐고 있거라. 난, 늙어서 이야기를 잘할 줄 모르지만, 내가 하고 싶은 이야기는 너무도 많다. 우리는 한평생을, 마치 달구지를 끄는 소처럼 차르 밑에서 살아왔다. 그리고 저 사람과 똑같이 핍박받으며 살아왔단 말이다!……"

그러고는 뼈마디가 굵은 한 손을 국경 저쪽으로 내밀더니 끝내 울음을 터뜨리고 말았다. 그것은 어린아이나 늙은이에게서만 볼 수 있는 울음소리였다.

노인 다음에 연단에 올라선 사람은 그리슈트카 홀로보디코였다. 격렬한 그의 연설에 귀를 기울이면서도 가브릴로프는 말 위에서 두리번거렸다. 건너편에서 누군가가 이 연설을 몰래 받아쓰고 있지나 않을까 하는 걱정에서였다. 그러나 건너편에는 이제 사람의 모습은 보이지 않았으며, 다리 밑에 있던 보초병도 철수하고 없었다.

"이 정도라면, 외무인민위원부가 항의문을 받지는 않을 것 같군."

그는 농담조로 그렇게 말했다.

11월도 다 지난 비가 부슬부슬 내리는 가을날의 한밤중에, 비적 안토뉴크와 그 부하들의 피비린내 나는 악행은 종말을 고했다. 마침 이 이리 떼가 마이단 빌라에 사는 부유한 독일 개척민의 혼례 잔치에 참석했다가, 클로린스키의 공산주의자들에 의하여 모두 사살되었기 때문이다.

개척민 집의 결혼식에 이 엄청난 손님이 참석하고 있다는 소식은 아낙네들의 입에서 입으로 전해졌다. 곧바로 12명의 조직원들이 저마다 무장을 하고 소집되었다. 마차를 타고 마이단 빌라의 농가로 달려가는 한편, 베레즈도프 마을로 전령을 보냈다. 전령은 세마키 마을에서 필라토프의 부대를 만났다. 그래서 필라토프는 부하들을 이끌고 현장으로 서둘러 말을 달려갔던 것이다. 그러자 벌써 클로린스키의 공산주의자들은 농가를 포위하고, 그들과 안토뉴크 일당 사이에는 총격전이 벌어지고 있는 참이었다. 안토뉴크와 그 부하들은 조그만 별채를 점령하고, 상대를 가리지 않고 무차별 사격을 가했다. 그러고는 죽기 살기로 빠져나가려고 시도했으나, 클로린스키 무리에게 7인조 가운데 한 명이 사살되자, 다시 별채로 쫓겨 들어가고 말았다. 안토뉴크는 이제까지 여러 번 이와 같은 사격진을 겪었고, 그때마다 언제나 무사히 피할 수가 있었던 것은, 수류탄과 밤의 어둠이라는 방패가 있었던 덕분이었다. 그러니까 이번에도 무사히 빠져나갈 수 있었다. 공산주의자들은 총격전으로 이미 두 사람을 잃었으니까. 그런데, 거기에 필라토프가 마침 달려왔던 것이다. 안토뉴크도 어물어물하다가는 이번에는 끝장이 날지도 모르겠다는 것을 깨달았다. 아침까지 별채의 창문마다 총탄이 빗발쳤으나, 마침내 이곳도 새벽에 점령되고 말았다. 7인조 일당들은 한 놈도 항복하지 않았다. 이 이리 떼를 소탕하는 데 네 사람의 목숨을 희생하고 말았는데, 그중 세 명은 창설한 지 얼마 안 되는 클로린스키 청년공산동맹 사람들이었다.

코르차긴의 대대는 지방 부대의 가을 훈련 연습에 동원되었다. 지방사단의 본부까지 40킬로미터를, 그의 대대는 이른 아침에 출발해 비를 맞으며 온종일 걸어서 심야에 도착했다. 대대장 구세프와 그의 부대는 간신히 병영에 도착하자, 곧 쓰러져서 잠에 빠져버렸다. 다음 날 아침, 훈련이 시작되었으나 지방사단본부가 이 대대의 소집을 늦추었다. 새로 온 대대는 검열을 받아야만 했기 때문이다. 대대는 연병장에 모두 정렬했다. 이윽고 사단본부에서는 몇 사람이 말을 타고 달려왔다. 대대는 이미 군복과 소총이 지급되어 있었으므로, 몰라보게 달라져 있었다. 전투지휘관인 구세프와 코르차긴은 두 사람이 모두 자신의 대대에 많은 노력과 시간을 쏟아왔기 때문에 자기 부대에 대해서는 자신감이 있었다. 검열이 끝나고, 대대가 기동훈련과 재편훈련(再編訓練)을 벌여 그 능력을 뽐내고 있을 때, 잘생겼으나 얼굴이 조금 부은 지휘관이 코르차긴에게 날카롭게 물었다.

"당신은 왜 말을 탔소? 여기서는 군사교육대대의 지휘관과 군사위원은 말을 쓸 수 없어요. 말을 마구간에 돌려보내고, 걸어서 연습에 참여하도록 하시오."

코르차긴은 말에서 내리면 연습에 참가하기는커녕, 단 1킬로미터도 자기 발로는 걸어갈 수 없음을 알고 있었다. 그러나 그 사실을 어깨띠나 벨트 같은 것을 10개나 주렁주렁 메고 있는, 꽤 까다로운 이 겉만 번지르르한 지휘관에게 어떻게 설명할 수가 있을까?

"저는 말 없이는 연습에 참가할 수 없습니다."

"무슨 이유지요?"

달리 이유를 설명할 수가 없겠다고 판단한 코르차긴은 퉁명스럽게 대답했다.

"저는 다리가 부었기 때문에, 일주일이나 뛰거나 걷거나 할 수가 없습니다. 그리고 동지, 나는 당신이 누구인지도 모릅니다."

"나는 당신 연대의 참모장이요. 말에서 내리도록 다시 한 번 명령하오. 설사 당신이 불구자라 하더라도, 당신이 군에 복무하고 있는 것이 내 탓은 아니오."

코르차긴은 채찍으로 한 대 얻어맞은 느낌이었다. 저도 모르게 말고삐를 꽉 잡았지만, 구세프의 한 손이 그를 말렸다. 파벨의 마음속에서는 분노와 인내 두 감정이 한동안 싸웠다. 그러나 파벨 코르차긴은, 앞뒤 생각도 없이 이 부대에서 저 부대로 마음대로 옮겨 다닐 수 있었던 예전의 일개 붉은 병사는 아니었다. 지금의 그는 대대의 군사위원이며, 그의 뒤에는 이 대대가 있다. 그렇다면 코르차긴 스스로 규율에 대해서 어떤 모범을 보여야 할 것인가. 그릇된 모범을 보이려고 자신의 대대를 교육해 왔던 것은 아니다. 그는 등자에서 발을 떼고, 말에서 내렸다. 그리고 관절에서 느껴지는 심한 통증을 참으면서 오른쪽으로 걸어갔다.

며칠 동안은 드물게 보는 활짝 갠 날씨였다. 훈련은 거의 끝나가고 있었다. 닷새째에는 마지막 지점인 셰페토프카 부근에서 연습이 실시되었다. 베레즈도프의 대대는 클리멘토비치 마을 쪽에서 정거장을 점령하라는 임무를 받았다.

지리에 밝은 코르차긴은 구세프에게 모든 공략법을 상세히 가르쳐 주었다. 두 갈래로 갈라진 대대는 깊숙이 우회해, '적'에게 눈치채이지 않게 그 배후에 나타나 '만세!' 함성을 지르며 정거장으로 돌입했다. 훈련 심판관의 판정에 따라서, 이 작전은 잘 시행된 것으로 평가받았다. 정거장은 베레즈도프 대대 수중에 떨어지고, 이곳을 방비하던 대대는 그 절반 병력을 잃은 것으로 판정되어, 숲속으로 물러났다.

코르차긴은 대대의 절반 병력의 지휘를 맡았다. 보초선을 배치하는 명령을 내리면서, 코르차긴은 제3중대 지휘관과 정치지도원들과 함께 길 한가운데에 서 있었다.

"군사위원님."

붉은 병사 한 사람이 코르차긴 쪽으로 뛰어왔다.

"건널목은 기관총대가 점령했는지 어떤지를 대대장님이 물으십니다. 지금, 위원회 일행이 오고 게십니다."

숨을 헐떡이면서 그는 코르차긴에게 보고했다. 파벨은 지휘관과 함께 건널목 쪽으로 가 보았다. 건널목에는 연대 사령부 요원들이 모여 있었다. 구세프는 뛰어난 작전 솜씨를 칭찬받았다. 격파된 대대의 간부들은 변명도 못 하고, 멋쩍은 듯이 발만 구르고 있었다.

"이건 제 공이 아닙니다. 여기 있는 코르차긴 동지가 이 고장 출신이라 저를 이끌어 준 덕입니다."

참모장은 파벨의 바로 옆으로 말을 타고 다가와 비웃듯이 말했다.

"역시, 당신은 뛰어다닐 수 있군요, 동지. 말을 타고 있었던 것은 보아하니, 체면을 차리기 위해서였던 모양이지요?"

그는 뭐라고 한마디 더 하려다가, 코르차긴의 눈초리를 보더니 그대로 입을 다물고 말았다.

사령부 요원들이 가 버리고 나서, 코르차긴은 작은 목소리로 구세프에게 물었다.

"저 사람 이름을 아세요?"

구세프는 그의 어깨를 가볍게 두드렸다.

"그만둬요, 그만둬. 저따위 건달 같은 녀석 신경 쓸 것 없다니까. 저 친구 이름은 추자닌이라고 하는데, 이전에 군대에서 하사로 있었다지 아마?"

이날, 몇 번이나 코르차긴은 이 이름을 어디서 들었었는지 생각해 내려고 애썼으나, 아무래도 생각이 떠오르지 않았다.

연습은 끝났다. 우수한 성적을 거둔 대대는 베레즈도프로 돌아가고, 코르차긴은 육체적으로 완전히 지쳐버려 이틀쯤 어머니 집에서 묵었다. 말은 아르촘네 집에 맡겼다. 이틀 동안 파벨은 열두 시간씩이나 잠을 자고, 사흘째에야 기관고의 아르촘에게 찾아갔다. 이 그을음투성이 건물 안에 있으면, 짐짓 고향에 돌아왔다는 포근한 느낌이 들었다. 석탄 연기를 일부러 킁킁 맡아 보기도 했다. 어릴 적부터 낯익은, 그 속에서 자랐고, 친숙해진 분위기에 강하게 끌렸다. 마치 무언가 소중한 것을 잃어버린 듯했다. 기관차 기적 소리를 얼마 동안이나 듣지 못했을까? 끝없는 바다의 짙푸른색이, 거기서 오래 떨어져서 살던 뱃사람의 마음을 뒤흔들어 놓듯이 지금도 이 화부(火夫), 전기공(電氣工)의 마음을 잡아끈 것은 예전 그대로의 그리운 일들이었다. 이 기분을 떨쳐내기란 그리 쉬운 일은 아니었다. 형과는 그다지 말을 나누지 않았다. 아르촘의 이마에는 주름이 늘었다. 그는 용광로 옆에서 일하고 있었다. 벌써 아이가 둘이나 있었다. 살아가는 형편도 좋을 리가 없었다. 그런 말은 아르촘은 입에 담지도 않았다. 그러나 보지 않아도 뻔한 일이었다.

두 사람은 한두 시간 함께 있다가 헤어졌다. 파벨은 건널목에서 말을 멈추고, 오랫동안 정거장을 지켜보고 있다가, 이윽고 말을 채찍질하여 숲속으로 단숨에 달려갔다.

숲속 길도, 이제 통행하기에 위험하지 않았다. 이런저런 비적들은 볼셰비키가 소탕하고, 소굴도 불태워 버렸으므로, 지구 내 마을들은 살기가 전보다는 평화로워졌다.

코르차긴은 베레즈도프 마을에 점심때가 가까워 도착했다. 지구위원회 입구에서 그를 반가이 맞아 준 이는 폴레비프였다.

"이제야 왔군요? 당신이 없어서 심심해서 혼났어요."

그리고 그의 두 어깨를 끌어안듯이 하고 리다는 함께 집으로 들어갔다.

"라즈바리힌은 어디 있지?"

코르차긴은 외투를 벗으면서 그녀에게 물었다.

리다는 묘하게 내키지 않는 듯이 대답했다.

"그 사람, 어디 있는지 몰라요. 아, 그렇지. 참! 당신 대신에 사회학을 가르치러 학교에 간다고 아침에 그러더군요."

"이건 내 쪽이 전문이지, 코르차긴의 분야가 아니라고, 어쩌고 하던데요."

이 소식에 파벨은 놀라는 한편으로는 불쾌했다. 평소부터 그는 라즈바리힌이 마땅치가 않았다.

'그 녀석, 학교에서 또 무슨 엉터리를 저지르려는지.'

코르차긴은 못마땅한 기분으로 그렇게 생각했다.

"그래? 내버려 두지 뭐. 그건 그렇고 이야기 좀 해봐. 글루셰프카를 다녀왔지? 그곳 친구들은 어때? 잘들하고 있던가?"

폴레비프는 그에게 모조리 이야기했다. 코르차긴은 소파에서 쉬면서 다리를 주무르고 있었다.

"엊그저께 라키치나가 당원 후보로 채용되었어요. 이제 우리 포두브쪼이 조직은 더욱 난난해질 기예요. 라키치나는 멋진 처녀예요. 그 애, 난 참 좋아요. 당신도 알다시피, 선생들 사이에도 벌써 커다란 변화가 일어나서 전면적으로 우리한테 옮겨오는 사람들도 있어요."

이따금 저녁때부터 리시친 집에서 커다란 탁자에 둘러앉아, 세 사람이 밤늦게까지 이마를 맞대고 있었다. 주인인 리시친과, 코르차긴, 그리고 당지구위원회의 신임서기(新任書記) 루이치코프였다.

침실로 통하는 문은 닫혀 있었다. 아뉴트카와 의장의 아내는 잠들어 있었다. 그러나 세 사람은 탁자 앞에서 조그만 책을 펴놓고 있었다. 리시친에게도 밤늦게밖에 공부할 시간이 없었던 것이다. 파벨은 마을에서 돌아왔을 때에도 리시친 집에서 며칠을 지냈는데, 루이치코프와 니콜라이가 훨씬 앞질러 진도를 나가고 있음을 알고 풀이 죽었다.

포두브쪼이에서, 한밤중에 누군가의 손에 그리슈트카 홀로보디코가 살해되었다는 소식이 급히 전해졌다. 이 소식을 듣고, 코르차긴은 즉각 집행위원회의 마구간으로 발이 아픈 것도 잊고 몇 분만에 거기까지 달려갔다. 그리고 정신없이 말에 안장을 얹고 말 위에 올라탔다. 말 옆구리를 힘껏 걷어차고, 채찍을 휘두르며 국경 쪽으로 전속력으로 달려갔다.

마을 소비에트의 텅 빈 방 안에는 푸른 나뭇잎으로 장식된 탁자 위에 소비에트 깃발에 덮여서, 그리슈트카가 눕혀 있었다. 사직 당국에서 오기까지는 누구도 접근할 수 없었다. 문 앞에는 국경경비대 붉은 병사와 콤소몰 동맹원이 지키고 있었다. 코르차긴은 방으로 들어가 기를 벗겨 보았다.

그리슈트카는, 밀랍처럼 창백하게 머리를 조금 옆으로 기울인 채, 죽음 전고뇌의 흔적이 남아 있는 눈을 크게 뜨고 누워 있었다. 뭔가 날카로운 것에 찔린 뒷머리는 전나무 잔가지로 가려 놓았다.

제분소의 고용자로 있었으며, 나중에는 마을 빈농위원이었던 남편을 혁명으로 잃은 과부 홀로보치카의 하나뿐인 아들인 이 청년을 누가 살해했단 말인가?

아들의 사망 소식에 늙은 어머니는 앞이 캄캄해져 까무러쳤다. 그녀를 이웃 사람들이 돌보고 있었다. 그러나 아들은 자신의 죽음을 수수께끼로 남겨둔 채 말없이 누워 있었다.

그리슈트카의 죽음은 마을을 불안으로 몰아갔다. 이 젊은 콤소몰 지도자, 가난한 농부들의 보호자에게는 마을에서 적(敵)보다도 친구가 더 많았기 때문이다.

이 죽음에 충격을 받은 라키치나는, 자기 방에 틀어박혀서 울고 있었다. 코르차긴이 방에 들어갔을 때에도 얼굴을 들려고 하지 않았다.

"어떻게 생각해, 라키치나, 누가 죽였을까?"

코르차긴은 무겁게 의자에 걸터앉으면서, 조용히 물었다.

"누군 누구겠어요? 저 방앗간 집 패거리들이에요! 그 밀수꾼들에게는 그리슈트카가 눈엣가시였으니까요."

그리슈트카의 장례에는 두 마을 사람들이 모여들었다. 코르차긴은 자신의 대대를 이끌고 왔으며, 콤소몰의 조직원들도 모두가 동지에 대한 마지막 의무를 다하기 위하여 참석했다. 가브릴로프는 국경중대원 250명의 병사들을 마을 소비에트 광장에 정렬시켰다. 장송행진곡이 비참하게 연주되는 가운데 붉은 깃발에 싸인 관이 운반되어, 국내전 때 희생된 볼셰비키 파르티잔들의 묘들과 나란히 자리를 잡은 광장에 안치되었다.

그리슈트카의 피는 그가 늘 전력을 다하여 지켜왔던 사람들을 굳게 맺어주었다. 그리고 연단에 선 사람들은 누구나가 분노에 불타올라 살인자들에게 죽음을 요구하며 그들을 찾아내어 누구에게나 원수의 얼굴이 보이도록, 광장의 이 묘 옆에서 재판해 달라고 했다.

일제사격 소리가 세 번 울려퍼지고, 새 묘에는 침엽수 가지가 놓였다. 그날 밤, 조직은 새 서기로서 라키치나를 선출했다. 국가정보부의 국경초소에서는 살인범들의 발자국을 발견했다는 소식이 코르차긴에게 전해졌다.

일주일 뒤에는 마을의 극장에서 제2회 소비에트 지구대회가 열렸다. 엄숙한 표정의 리시친이 무겁게 보고연설을 시작했다.

"동지 여러분, 나는 지난 1년 동안에, 우리 모두가 많은 일들이 수행했음을 기쁨으로써 이 대회에 보고하는 바입니다. 우리는 당지구 내에서 소비에트 권력의 뿌리를 깊이 굳히는 동시에, 강도들을 뿌리 뽑았고, 밀수꾼들을 몰아냈습니다. 여러 마을에는 빈농들의 조직이 굳세게 자라고, 청년공산동맹의 조직은 10배로 늘었으며, 당의 조지도 확대되었습니다. 우리의 홀로보디코 동지가 그 희생이 되어 쓰러진 포두브쯔이에서의 최근 부농의 폭거가 드러났으며, 살해자인 제분소 주인과 그 사위는 체포되어, 머지않아 현(縣) 재판소 법정에서 재판받을 예정입니다. 간부회는 각 마을의 많은 대표단으로부터 비적, 테러리스트들에게 극형을 내릴 것을 요구하는 탄원을 받은 바 있습니다……."

넓은 홀에서는 웅성거리기 시작했다.

"좋소! 소비에트 권력의 적은 사형이다!"

옆문으로 폴레비프가 나타났다. 그녀는 파벨을 손가락 끝으로 불렀다.

복도에서 리다는 '지급'이라고 적힌 봉투를 그에게 건네주었다. 열어 보니 다음과 같은 내용이었다.

'베레즈도프 청년공산동맹 지구위원회. 당지구위원회의 사본. 현(縣)위원회 사무국의 결정에 따라서 코르차긴 동지를 청년공산동맹 관계의 책임 있는 업무를 맡기기 위하여 지구로부터 현위원회의 지령 아래 소환하는 바임.'

코르차긴은 1년 동안 일해 온 지구를 떠나게 되었다. 당지구위원회의 최근 회의에서는 두 가지 문제가 심의되었다. 첫째는 코르차긴 동지를 공산당원으로 할 것, 둘째는 청년공산동맹 지구위원회 서기 직을 해임하고 나서 그에 대한 표창을 확인할 것.

리시친과 리다는 아플 만큼 파벨의 손을 꼭 잡고 다정하게 포옹했다. 그리고 말이 마당에서 거리 쪽으로 머리를 돌렸을 때, 그를 축하하는 축포를 쏘아 올렸다.

전차는 요란한 소리를 내면서 푼두클레예프스카야 거리를 올라갔다. 그리고 오페라 극장 옆에서 섰다. 젊은이들이 왁자지껄하며 내리고, 전차는 다시 올라갔다…….

판크라토프가 뒤처지는 친구들을 재촉했다.

"모두들, 빨리 좀 오라고. 우리는 틀림없이 지각이야."

오크네프는 겨우 극장 입구에서 그를 따라잡았다.

"생각나지, 게니카? 3년 전에도 자네와 이렇게 여기에 온 적이 있었잖아. 그때 두바바는 노동자 반대파와 함께 우리 곁으로 돌아왔던 거야. 좋은 밤이었지. 그런데 오늘은 또다시 두바바와 싸우게 되는 거야."

판크라토프는 입구에 서 있는 검열원들에게 영장(令狀)을 보이고 안으로 들어가서 오크네프에게 대답했다.

"음, 미차이 건으로는 여기서 또 문제가 되풀이되겠지."

두 사람에게 사람들이 앉으라고 했다. 그래서 아무 데나 가장 가까운 자리에 앉았다. 프로그램은 이미 시작되었던 것이다. 연단에는 여성이 서 있었다.

"마침 잘 왔군. 자, 가만히 앉아서, 미인의 말씀이나 어디 들어볼까."

판크라토프는 팔꿈치로 오크네프의 옆구리를 쿡쿡 찌르며 속삭였다.

"……우리는 토론에 꽤 힘을 기울였습니다. 그러나 그 대신 여기에 참가한 젊은이들은 많은 것들을 배웠습니다. 우리 조직 속에서 트로츠키 일당이 눈앞에서 궤멸했다는 사실을 우리는 커다란 만족감을 갖고 강조하는 바입니다. 그들은 발언이 허용되지 않았다든가, 견해를 충분히 밝힐 수가 없었다든가 하는, 그러한 불평은 할 수 없을 것입니다. 아니, 결과는 오히려 반대였습니다. 그들이 여기서 얻었던 행동의 자유는, 그들 측에서 당 규율을 심하게 어기는 일까지도 종종 초래하기에 이르렀습니다."

탈랴는 흥분해 있었다. 머리카락이 이마로 자꾸 흘러내려, 말하는 데 방해가 되었다. 그녀는 머리를 뒤로 젖혔다.

"우리는 지구 대표인 많은 동지들로부터 여기서 이야기를 들었습니다. 그리고 모두가 트로츠키파들이 이용한 수단을 이야기했습니다. 이 회의 자리에도 그들은 상당수가 참석하고 있습니다. 각 지구에서는, 이 도시의 당회의에서 다시 한 번 그들의 의견을 들어보기 위하여 일부러 그들에게 위임장을 주었던 것입니다. 따라서 그들의 발언이 그리 많지 않다고 하더라도, 그것은 이미 우리가 나쁜 것은 아닙니다. 지구와 조직에서의 완전한 실패는 그들에게도 좋은 약이 되었을 것입니다. 그러므로 지금 이 연단에서 겨우 어제 이야기했던 것을 다시 되풀이하는 것은 곤란하리라 생각합니다."

홀 오른쪽에서 누군가의 격렬한 목소리가 탈랴를 가로막았다.

"우리는 아직도 할 말이 있소!"

라구티나는 돌아보았다.

"좋습니다, 두바바. 나와서 이야기해 주십시오. 우리는 듣지요."

그녀도 지고만 있지는 않는다.

두바바는 그녀를 한참 쏘아보더니, 신경질적으로 입술을 일그러뜨렸다.

"시기가 오면 말하겠소!"

그는 그렇게 소리쳤다. 그리고 자신의 얼굴이 알려진 자신의 소속 지구에서의 어제 참패를 머리에 떠올렸다.

불만이 홀 곳곳에서 터져나왔다. 판크라토프는 더는 참지 못하고 외쳤다.

"뭐라고? 그러고도 또 당을 동요시킬 작정이야?"

두바바는 그것이 판크라토프의 목소리임을 알았다. 그러나 돌아보지도 않고, 그저 아플 정도로 입술을 깨물면서 고개를 떨구었다.

탈랴는 말을 계속했다.

"트로츠키파들이 당 규율을 얼마나 어기고 있는지에 대한 명백한 실례로 두바바를 들어도 좋으리라 생각합니다. 그는 우리의 오랜 동료인 청년공산동맹의 활동원으로, 많은 사람들에게 알려지고, 특히 병기공장에서는 유명한 인물입니다. 두바바는 하리코프 공산대학 학생인 것입니다. 그런데 그는, 우리 모두 알고 있듯이, 벌써 3주일째나 슘스키와 함께 이곳에 머무르고 있습니다. 대학에서 강의를 받고 있던 도중에 그들을 이곳으로 끌어들인 것은 도대체 무엇일까요? 시내 어느 지구에서도, 그들이 연설하지 않은 곳은 없습니다. 하기는, 미하일로는 최근 정신이 좀 들기 시작한 것 같습니다. 이 사람들을 이곳에 보낸 자는 누구일까요? 그들 말고도 여러 조직에서 이곳에 많은 트로츠키주의자들이 와 있습니다. 그들은 모두 이전에 이곳에서 일하던 사람들로, 지금 이곳으로 온 것은, 당내 투쟁에 불을 붙이기 위한 것입니다. 당 조직은 그들의 체제를 승인하는 것일까요? 물론, 아닙니다."

회의가 트로츠키주의자들로부터 기대하던 것은, 그들이 자신들의 잘못을 인정하는 연설이었다. 탈랴도 그것을 인정하는 방향으로 그들을 이끌려고 하고 있었다. 그러므로 그녀의 어조는 연단에서 호소하는 것이 아닌, 동지적인 회합에서 이야기하는 듯했다.

"기억납니까? 3년 전, 똑같은 이 극장에서, 두바바가 전의 '노동자 반대파' 사람들과 함께 우리 곁으로 되돌아왔을 때의 일을. 그가 한 말이 떠오릅니다. '당 깃발을 우리는 결코 손에서 놓는 짓은 하지 않는다'라고 했지 않습니까? 그런데 그로부터 3년도 채 지나기 전에, 두바바는 그것을 손에서 놓아버렸습니다. 그렇습니다. 나는 분명히 선언합니다. 당의 깃발을 그는 손에서 놓은 것입니다. 조금 전에 그가 '시기가 오면 말하겠소'라고 한 것은, 그뿐만 아니라, 그와 똑같은 생각을 가진 트로츠키주의자들이 아직도 전진할 생각을 가지고 있다는 사실을 말해 주는 것이 아니겠습니까?"

뒤쪽 좌석에서 누군가가 소리 질렀다.

"투프타에게 기압계 이야기나 시켜라. 저 패거리에서는 그래도 기상학자인 체하고 있으니까."

흥분한 소리가 일어났다.

"농담 작작해!"

"답변을 시키면 되잖아. 그들은 당과의 싸움을 그만두는 거야, 그만두지 않는 거야?"

"당에 반대 선언서를 쓴 건 누구야? 그들에게 이야기를 시켜라!"

흥분은 차츰 고조되어 가기만 했다. 의장은 종을 계속 울려대고 있었다.

시끄럽게 웅성거리는 소리에 탈랴의 음성은 들리지 않았는데, 이윽고 폭풍이 잦아들자, 라구티나의 말이 다시 들려왔다.

"우리는 지방기관으로부터 동지들의 편지를 많이 받고 있습니다. 그들은 우리와 손을 잡고 있습니다. 그리고 이 사실은 우리를 북돋워 줍니다. 여러분의 허락을 얻어, 그 편지의 일부를 여기서 낭독하고자 합니다. 이것은 올가 율레네바의 편지로, 그녀를 알고 있는 사람들은 이곳에도 많은 것으로 압니다만, 현재는 청년공산동맹 관구위원회의 조직부장으로 있는 분입니다."

탈랴는 서류 뭉치에서 한 장을 꺼내, 그것을 한 번 훑어보고 나서 읽기 시작했다.

"실행 운동은 정체상태입니다. 지구 사무국은 어디나 벌써 4일째 이런 상태입니다. 트로츠키파들은 전에 없이 거세게 투쟁을 전개했습니다. 어제는 조직전체를 흔들어 놓은 사건이 일어났습니다. 야당파는 시내 어디의 조직에서도 다수를 얻지 못했기 때문에, 관구계획부와 문화사업부의 공산주의자들이 들어가 있는 관구군사위원부의 단체로 결집된 세력을 가지고 싸움을 걸어오기로 결정했던 것입니다. 조직에는 42명이 있는데 트로츠키주의자들은 모두 여기에 모였습니다. 우리는 이 회의에서처럼 당에 반대하는 연설은 이제까지 들어본 적이 없습니다. 군사위원부의 한 사람이 발언하며, 느닷없이 이런 말을 했습니다. '만약에 당의 기관이 항복하지 않는다면, 우리는 힘을 써서라도 이를 분쇄한다.' 야당파는 이 선언을 박수로써 호응했습니다. 이때, 코르차긴이 다음과 같이 말했습니다. '여러분은 당원이면서, 감히 이 파시스트에게 박수를 치다니!' 일동은 의자를 두드리거나, 고함을 지르면서 코르차긴의 말을 막았습니다. 조직원들은 난장판인 데에 격분해서, 코르차긴의 발언을 끝까지 하도록 요구했습니다. 그러나 파벨이 입을 열자, 다시 방해가 일어났습니다. 파벨은 그들에게 소리쳤습니다. '여러분의 민주주의는 과연 대단하군! 그러나 어쨌든 나는 발언을 계속하겠소!' 그러자 몇 사람이 단상으로 뛰어올라와 그를 연단에서 끌어 내리려고 했습니다. 무지막지한 난투가 벌어졌습니다. 파벨은 그것을 밀치고 계속 발언했습니다. 그러나 그는 연단 뒤쪽으로 질질 끌려가, 옆문을 열고, 계단으로 내동댕이쳐졌습니다. 한 비열한 자가 피가 흐르도록 그의 얼굴을 때렸습니다. 거의 모든 조직원들은 퇴장해 버렸습니다. 이 사건은 많은 사람들의 눈을 뜨게 했던 것입니다."

탈랴는 연단에서 내려왔다.

세갈은 벌써 두 달 동안이나, 당 현위원회(縣委員會)의 선전부장으로서 활동하고 있었다. 지금 그는 간부석에 토카료프와 나란히 앉아서, 시의 당회의 대표들의 연설을 주의 깊게 듣고 있었다. 아직까지 발언한 사람들은 청년공산동맹에 가입해 있던 청년들뿐이었다.

'이 친구도 몇 해 사이에 많이 자랐군!'

세갈은 이렇게 생각했다.

"야당파도 말이 아니군요."

그는 토카료프에게 말했다.

"하지만 아직 큰 대포는 쏘지도 않은 셈인데 젊은 친구들이 트로츠키파들을 포격할 거예요."

연단에 투프타가 뛰어올랐다. 장내는 불만스러운 듯 우 하는 소리와 비웃음으로 그를 맞았다. 투프타는 간부석을 돌아보고, 이러한 청중의 반응에 항의하려고 마음먹었다. 그러나 장내는 이미 조용해져 있었다.

"방금 누군가가 나를 가리켜 기상학자라고 했습니다. 다수파 여러분, 이처럼 여러분은 나의 정치적 견해를 비웃고 있는 것입니다!"

그는 다짜고짜로 퍼부었다.

뜻밖의 커다란 웃음소리가 그의 말을 지워버렸다. 투프타는 발끈하여 간부석을 보고 장내 쪽을 가리키며 말했다.

"아무리 비웃더라도, 나는 다시 한 번 말하고 싶습니다. 청년은 기압계, 라고. 레닌도 몇 번이나 이 사실에 대해서는 쓰고 있습니다."

장내는 갑자기 조용해졌다.

"뭐라고 썼어?"

누군가가 물었다.

투프타는 용기가 났다.

"10월 봉기가 준비될 무렵, 레닌은 과감하게 활동하는 청년들을 모아서 이들을 무장시켜서 수병들과 함께 가장 책임 있는 부문에 투입하도록 자주 지령을 내렸습니다. 원한다면 그 부분을 읽어드릴 수도 있습니다. 인용문은 카드를 만들어서 모두 여기 가지고 있으니까요."

그리고 투프타는 손가방을 뒤지기 시작했다.

"알았어, 알았어!"

"레닌은 단결에 대해서는 뭐라고 썼나?"

"당의 규율에 대해서는 어때?"

"레닌은 언제 청년들을 고참자들에게 대립시켰나?"

투프타는 말의 실마리를 잃어버렸으므로, 다른 주제로 옮아갔다.

"지금, 라구티나가 율레네바의 편지를 읽었습니다. 우리는 토론이 조금 평탄하지 않다고 해서 그 책임을 질 수는 없습니다."

슙스키와 나란히 앉아 있던 츠베타예프는 흥분해서 속삭였다.

"저런 멍청이는 기도나 하라고 해야지, 스스로가 제 이마빡에 상처를 내고 있군!"

슙스키도 작은 목소리로 대꾸했다.

"정말이야! 저 멍청이 때문에 우리들도 나중에는 난처해지겠어."

투프타의 가늘고 깽깽거리는 목소리는 줄곧 사람들의 귀를 괴롭혔다.

"만일 여러분이 다수파라는 당파를 조직했다면, 우리에게도 소수파라는 당파를 조직할 권리가 있는 게 아닙니까!"

장내에는 폭풍이 일어났다.

분노에 찬 고함 소리 때문에 투프타의 말은 지워져 버렸다.

"그게 무슨 말이야? 또 볼셰비키와 멘셰비키 이야기야!"

"러시아 공산당은 의회가 아니다!"

"놈들은 만인을 위하여 봉사한다는 거지, 미아스니코프*¹에서 마르토프*² 까지 포함해서 말이야!"

투프타는 마치 헤엄이라도 치듯이 두 손을 허우적거렸다. 그리고 마구잡이로 떠들어대기 시작했다.

"그렇습니다. 필요한 것은 결사에 대한 자유입니다. 그렇지 않으면, 우리처럼 다른 생각을 가진 이들이 이와 같이 규율로써 조직되고 결속된 다수를 상대로 하여, 어떻게 자신의 주장을 펼치고 싸울 수 있겠습니까?"

장내의 웅성거림은 더욱더 높아졌다. 그러자 판크라토프가 일어서서 소리쳤다.

"그가 의견을 말하도록 합시다. 이건 우리에게도 약이 되는 이야기요! 투프

---

*1 러시아 공산주의 혁명가(Gavril Ilyich Myasnikov, 1889~1945). 우랄 출신 금속노동자로, 볼셰비키 안에서 좌익 분파인 '노동자 그룹'을 이끌었다.

*2 러시아 정치가(Julius Martov, 1873~1923). 레닌의 동료였다가 러시아사회민주노동당 제2차 대회에서 레닌과 대립, 멘셰비키파 지도자가 되었다.

타는 다른 사람들이 입을 다물고 있는 사실을 말하고 있소."

조용해졌다. 투프타도 조금은 지나쳤다고 느꼈다. 이런 일은 아마도 지금 말할 필요는 없었던 것이다. 그런데 그의 생각은 완전히 빗나가 버렸다. 그래서 그는 자기 발언을 어물어물 끝내버렸다.

"물론 여러분은 우리를 제명할 수도, 한구석으로 밀어붙일 수도 있겠지요. 그건 이미 시작되고 있습니다. 당장에 나 자신은 벌써 현(縣)의 청년공산동맹 위원회에서 쫓겨난 몸입니다. 하지만 그게 어쨌다는 겁니까? 누가 옳은지 언젠가는 알게 될 것입니다."

이렇게 말하고는 그는 무대에서 홀로 뛰어내려 버렸다.

두바바는 츠베타예프로부터 메모를 받았다.

"미차이, 즉각 발언하라. 하기는, 그렇게 한다 해도 이제는 형세는 바꾸기 어려울 것이다. 우리의 패배는 뚜렷해졌다. 그러나 투프타의 오류를 바로잡을 필요는 있다. 그 녀석 바보인 데다가 말이 많다."

두바바가 발언을 요청하자 곧바로 허용되었다.

그가 등단하자, 장내는 조용해졌다. 연설 전의 이 흔한 침묵에도 두바바는 소외감과 냉정함을 느꼈다. 그에게는 이제 기초 단체에서 연설하던 때 같은 정열은 없어졌다. 붉은 날이 갈수록 꺼져 가고, 지금의 그는 물을 부은 장작불처럼, 숨이 막힐 듯한 연기에 휩싸여 있다.

그리고, 그 연기란 숨길 수 없는 패배와 오랜 친구들로부터의 냉혹한 반격으로 상처 입은 병적인 자존심인 동시에, 또한 자기가 옳지 않다는 것을 인정하기를 거부하는 오기와 같은 심정이었다. 그는 막무가내로 뚫고 나가려고 마음을 굳혔다. 그러면서도, 그런 짓을 하면 다수파로부터 더욱더 자신이 멀어진다는 것은 분명 알고 있었다. 그는 공허한 목소리로, 그러나 똑똑히 발언을 해 나갔다.

"내 이야기를 야유로 중단시키거나, 말꼬리를 잡지 말라고 미리 부탁합니다. 나는 우리의 입장을 숨김없이 이야기하고자 합니다. 물론, 그것이 헛수고라는 것은 이미 알고는 있습니다. 당신들은 다수파니까요."

그의 연설이 끝나자, 장내는 마치 폭탄이라도 터진 듯이 소란스러워졌다. 고함소리가 폭풍처럼 두바바를 덮쳤다. 마치 채찍으로 뺨을 때리듯이 분노한 고함소리가 드미트리에게 쏟아졌다.

"파렴치한!"

"분파주의자들을 몰아내라!"

"그만해! 진흙탕 싸움은 집어치워!"

단상에서 내려온 그의 등 뒤에서 비웃는 듯한 웃음소리가 일어났다. 그 웃음소리가 그의 폐부를 찔렀다. 차라리 흥분하고 격분해서 악을 써준다면, 그로서도 만족했을지 모른다. 그러나 우스꽝스럽게 노래 부르다가 망신당한 가수처럼, 그는 비웃음을 사버리고 말았다.

"슙스키, 발언하십시오."

의장이 말했다. 미하일로는 일어섰다.

"나는 발언을 거절합니다."

그러자 뒷줄에서 판크라토프의 낮은 목소리가 들려왔다.

"발언권을 청합니다."

목소리 음색으로 두바바는 판크라토프의 심정을 짐작할 수 있었다. 이와 같은 투로 말할 때는, 그가 누군가에게 심한 모욕을 당했을 경우인 것이다. 그래서 약간 구부정한 그가 종종걸음으로 연단 쪽으로 걸어가는 모습을 어두운 눈초리로 바라보면서, 두바바는 불안감을 느꼈다. 그는 판크라토프가 무슨 말을 하려는지도 알고 있었다. 솔로멘카에서 오랜 친구들과 만났을 때의 일이 생각났다. 그때, 모두들 정다운 이야기 속에 그를 야당파와 인연을 끊게 하려고 시도했던 것이다. 츠베타예프와 슙스키도 함께 토카료프의 집에서 모였다. 참석자는 이그나트, 오크네프, 탈랴, 볼린체프, 젤료노프, 스타로벨로프, 그리고 아르튜힌이었다. 두바바는 단결을 굳히려고 하는 이 시도에 대해서는, 듣지 못한 척 아무 말도 하지 않았다. 한창 이야기가 진행되는 동안에, 그는 자기 견해의 오류를 인정할 의사가 없음을 강조하기 위하여, 츠베타예프와 함께 퇴장해 버렸다. 슙스키는 그때 뒤에 남았다. 지금도 그는 발언을 거부했다.

'비겁한 인텔리 새끼! 놈들의 선전에 넘어간 게 틀림없어.'

두바바는 증오하며 그렇게 생각했다. 이 무모한 싸움으로, 그는 친구 대부분을 잃었다. 사무국에서 '48명' 성명에 날카롭게 반대한 자르키와의 공산대학에서부터의 오랜 우정에도 금이 가고 말았다. 그 후 의견 차이가 심해지자, 그는 자르키와는 말을 주고받는 것을 그만두고 말았다. 그러나 몇 번인가 그는 자르키를 자기 집, 안나의 방에서 보았다. 안나 보르하르트는 이제 두바바의 아내가 된 지 1년이 지나고 있었다. 그와 안나는 각방을 쓰고 있었다. 두바바는 자신의 의견에 찬동하지 않는 안나와의 부자연스런 관계가, 자르키가 안나를 자주 찾아온다는 사실로도 악화되고 있다고 생각했다. 거기에 질투심은 없었으나, 두바바에게는 말도 걸지 않는 자르키가 안나와 가깝게 지내고 있다는 사실이 그의 속을 태웠다. 안나에게 이 이야기를 했다. 그러나 심한 말다툼이 되었을 뿐, 두 사람 사이는 더욱더 냉정하게 되고 말았다. 그가 여기에 온 것도, 안나는 알지 못했다.

잇달아 그의 머리에 떠오른 온갖 생각은 이그나트로 말미암아 중단되었다. 이그나트는 이미 발언을 시작하고 있었다.

"동지 여러분!"

판크라토프는 힘을 주어서 말했다. 그는 연단에 올라 램프 바로 옆에 섰다.

"동지 여러분! 우리는 야당파의 연설을 9일 동안 들었습니다. 솔직히 말하자면, 그들의 연설은 전우(戰友)의 그것도 아니고, 혁명투사, 또는 계급투쟁을 통한 우리 친구의 그것도 아닙니다. 그들의 연설은 깊은 적의(敵意)를 감추고 있으며, 용서하기 어려운 증오와 중상(中傷)에 가득 차 있습니다. 그렇습니다. 동지 여러분, 중상에 가득 차 있습니다! 그들은 우리 볼셰비키를 당 내에서의 억압제도를 주장하는 이들로서, 자신의 계급과 혁명의 이익을 팔아넘기는 일당으로서 비난하려고 시도했습니다. 그리고 우리 당의 가장 뛰어난, 누구보다 경험이 풍부한 부대를, 영광된 오랜 볼셰비키 친위대를, 러시아 공산당을 탄생시키고 육성해 온 사람들을, 레닌 동지를 지도자로 하여 세계의 멘셰비즘과 트로츠키와 가차 없는 투쟁을 해온 사람들을, 그들을 당내 관료주의의 대표자로서 비난하고자 시도했습니다. 적이 아니고 누가 이와 같은 말을 입에 담을 수가 있었겠습니까? 당과 그 기관과는 일심동체가 아니라는 말입니까? 그렇다면 그것은 무엇이란 말입니까? 젊은 붉은 병사들을 사령관과 군사위원과, 사령부에게 반대하도록 부추기는 그런 이들을 우리는 무엇이라 불러야 한단 말입니까? 더구나 그것은 모두 부대가 적에게 포위되어 있을 때의 일입니다! 만약 내가 현재 대장장이라면, 나는, 트로츠키주의자들의 생각으로는 아직 자신을 '올바른' 사람이라 생각해도 되지만, 만약에 내일이라도 위원회의 서기라도 된다면, 나는 이미 '관료주의자'이고 '기관 사람'이라는 것입니까? 동지 여러분, 관료주의에 반대하고, 민주주의를 위해서 싸우고 있다는 야당파 중에, 예컨대 최근에 관료주의 때문에 자리에서 쫓겨난 투프타 같은 자라든가, 솔로멘카 사람들 사이에 ㄱ '민주주의'로 매우 유명한 츠베타예프라든가, 또는 보도리자 구에서 독단과 억압적인 태도 탓으로 세 번이나 현위원회에서 면직당한 아파나셰프와 같은 인물들이 있다는 것은 기괴한 일이 아닐까요? 그런데 당에 대한 투쟁에서는, 전에 당으로부터 당했던 사람들이 모두 합동했다는 것은 사실이 아닙니까? 트로츠키의 '볼셰비즘'에 대해서는 오래된 볼셰비키들에게 물어보십시오. 청년들은 볼셰비키에 대한 트로츠키의 투쟁 역사, 다시 말해서 그가 한 진영에서 다른 진영으로 끊임없이 옮겨가고, 투항하고 있었다는 것은 꼭 알아야 되는 사실입니다. 야당파에 대한 우리의 투쟁은 우리 동지들을 단결시키고, 청년들을 사상적으로 강화했습니다. 볼셰비키당과 청년공산동맹이 단련된 것도 소(小)부르주아적 풍조에 대한 투쟁 속에서였습니다. 야당파 가운데 신경질적인 겁쟁이들은 우리에 대하여 완전한 경제적, 정치적인 붕괴를 예언했습니다. 우리의 내일은 이 예언의 진가(眞價)를 알게 해줄 것입니다. 그들은, 우리 동지들 중의 노인, 예컨대 토카료프 같은 사람들을 공장기계 쪽으로 돌리고, 그 자리에 당에 대한 싸움을 하나의 영웅주의로 내세우려 하는 두바바와 같은 나사가 느슨해진 기압계를 앉히라고 요구하는 것입니다. 그러나 그건 안 됩니다. 동지 여러분, 우리는 거기에는 찬성하지 않습니다. 노인은 교대할 때도 있겠지요. 그러나 그들과 교대하는 자는, 어려움에 부딪칠 때마다 당의 방책을 무턱대고 공격만 하는 그런 자여서는 안 될 것입니다. 우리 위대한 당의 일치단결을 무너뜨리는 그런 짓은 용서할 수가 없습니다. 우리의 부대는 젊고 늙었고를 가리지 않고 결코 분열하는 일 따위는 없습니다. 소부르주아적 풍조에 대한 결전에서, 우리는 레닌의 깃발 아래 반드시 승리에 이를 것입니다!"

판크라토프는 단상에서 내려왔다. 그에게 맹렬한 박수가 보내졌다.

그 이튿날, 투프타의 집에 10명 남짓 사람들이 모였다. 두바바는 다음과 같이 말했다.

"슘스키와 나는 오늘 하리코프로 돌아간다. 우리는 이제, 이곳에 있어도 할 일이 없다. 역량이 흩어지지 않도록, 모두 함께 힘쓰자고. 정세 변화를 기다리는 수밖에 없어. 온 러시아회의가 우리를 비난할 게 틀림없어. 그러나 나는 지금부터 탄압을 예상하는 것은 너무 이르다고 봐. 다수파는 다시 한 번 우리와 실적을 검토하기로 결정했다. 그러니까 회의가 있은 이후인 지금에 공개적으로 투쟁을 계속한다는 것은 출당을 피하기 어려운 행위가 되는 것이니까, 우리의 행동 계획에는 들어갈 수가 없어. 앞으로 어떻게 될 것인가 하는 예측은 곤란해. 이제 더 이상 할 말도 없겠지."

두바바는 일어서서 돌아가려고 했다.

여위고 입술이 얇은 스타로벨로프도 일어섰다.

"난 자네 말을 이해할 수가 없어, 미차이."

조금 망설이며 더듬거리면서 그가 말했다.

"그럼, 회의의 결정은 우리에게는 의무적인 것은 아니라는 거야?"

츠베타예프가 그를 날카롭게 가로막았다.

"형식적으로는 절대지. 그렇지 않으면 당원증을 빼앗길 테니까 말이야. 하지만 어떻게 돌아가게 될지는 앞으로의 일이다, 이거야. 자, 오늘은 일단 이만 흩어지자."

투프타는 불안한 듯이 의자 위에서 몸을 떨고 있었다. 슙스키는 요즘 잠을 잘 못 잤기에 눈 가장자리에 푸르스름한 멍 같은 것이 생겼다. 그는 심란하고도 창백한 얼굴로 창가에 앉아서 손톱을 깨물고 있었다. 츠베타예프의 마지막 말에 그는 괴로운 마음을 떨쳐버리고 무리 쪽으로 돌아섰다.

"나는 그와 같은 편법에는 반대야."

그는 작은 목소리로 그렇게 말하더니 갑자기 흥분했다.

"나는 회의의 결정은 절대적이라고 생각해. 우리는 자기 신념을 주장했어. 그러나 회의의 결정에는 마땅히 따라야만 하는 거야."

스타로벨로프도 동감한다는 듯이 그를 바라보았다.

"나도 그 말을 하고 싶었어."

그는 속삭이듯 말했다.

두바바는 슙스키를 뚫어지게 바라보더니, 일부러 그러는 것처럼 놀리듯이 천천히 대꾸했다.

"아무도 자네에게 뭘 어떻게 해 달라고는 하지 않았어. 지금부터라도, 아직 현(縣)의 회의에서 '참회'할 수도 있으니까 말이야."

슙스키는 느닷없이 일어섰다.

"그 말투가 뭐야, 드미트리! 솔직히 말해서, 그런 말이 자네로부터 나를 멀어지게 하는 거야. 그리고 이제끼지의 태도를 다시 돌아보게 만드는 거야."

두바바는 그를 떨쳐버렸다.

"자네에게는 그 밖에 방법이 없어. 늦기 전에 가서 참회하는 거야."

그리고 두바바는 작별 인사를 하면서, 투프타와 다른 친구들에게 손을 내밀었다.

그 뒤를 따라, 이윽고 슘스키와 스타로벨로프도 돌아갔다.

1924년은 혹독한 추위로 역사에 기록을 남겼다. 1월은 혹한이 눈 덮인 땅을 한층 얼어붙게 했고, 중순부터는 큰 눈보라와 잇따른 폭풍설이 몰아쳤다.

서남 철도에서는 선로가 눈 속에 파묻혀 버렸다. 사람들은 사나운 자연과 씨름했다. 제설차가 열차에 길을 열어 주면서 강철 프로펠러를 눈더미 속에 파묻어 나갔다. 혹한과 눈보라로 얼어붙은 전선이 끊어져 버려 12줄 가운데 고작 세 줄—인도 유럽선과 직통선 두 줄—만 통할 뿐이었다.

'제1세페토프카'역 전신실에서는 3대의 모르스 전신기가 경험 있는 귀로밖에 알아들을 수 없는, 지칠 줄 모르는 전신부호를 끊임없이 받았다.

어린 여자 통신수들이 받아쓴 수신지 길이는 그들이 일한 첫날부터 헤아려, 동료인 노인이 벌써 300킬로미터를 넘었는데도, 아직 20킬로를 넘지 않는다. 노인은 그녀들처럼 테이프를 읽는다든지, 까다로운 자구(字句)를 만들 때 이맛살을 찌푸린다든지 하지는 않는다. 그는 기계 소리에 귀를 기울이면서 수신지에 잇달아 말을 차근차근 적어나간다. 지금도 귀에 들리는 대로 "모든 인민에게! 모든 인민에게! 모든 인민에게!"라고 받아썼다.

'아마 또 눈 더미 제설작업에 대한 전보겠지.'

이렇게 생각했다. 창밖에는 눈보라가 몰아쳐 바람이 눈덩이를 유리창에 마구 날리고 있다. 전신수는 누군가가 유리창을 두들기는 것 같아, 고개를 돌리고 유리에 곱게 그려진 성에 무늬에 자기도 모르게 시선을 빼앗기고 있었다. 이처럼 신기한 잎과 가지들을 아로새긴 섬세한 판화(版畵)를 조각한다는 것은 누구의 손으로도 불가능하리라.

이 광경에 눈이 팔린 그는 수신기를 듣는 것도 멈추고 말았다. 그런데 창문에서 눈을 떼자 방금 놓친 말을 적으려고, 수신지를 잡았다. 수신기가 전하던 전문은—"1월 21일 6시 50분……"

통신사는 읽은 부분을 재빨리 적어 놓고, 수신지를 내던지고, 턱을 괸 채로 듣기 시작했다.

"어제 고리키시에서 사망하다……."

통신사는 천천히 적어 갔다. 이제까지도 그는 얼마나 많은 기쁜 소식과 슬픈 소식들을 들어왔을까? 그는 언제나 가장 먼저 남의 비애와 행복을 아는 것이었다. 그리고 벌써 오래전부터, 짧게 토막 난 자구(字句)의 뜻을 생각하기를 그만두고, 그저 귀로 듣고 그것을 기계적으로 종이에 쓰기만 하고, 내용 같은 것은 생각하지 않았다.

지금도 누군가가 죽어서, 그것을 누군가에게 전하는 것이다. 전신수는—"모든 인민에게, 모든 인민에게, 모든 인민에게"라고 했던, 제목은 잊고 있었다. 수신기가 두들기는 소리는 "블·라·디·미·르·일·리·치"—늙은 전신수는 그 소리를 글자로 번역해 나갔다. 그는 조용히 앉아 있었다. 조금 피곤한 듯했다. 어딘가에서 블라디미르 일리치 아무개가 죽었다. 자기는 지금 누군가에게 보내는 이 슬픈 소식을 받아 적고 있는데, 그 누군가는 절망과 비탄 속에 아마도 통곡하겠지. 하지만 자기에게는 그것들은 모두 관련이 없는 일로, 자기는 방관자에 지나지 않은 것이다. 기계는 두드린다. 그는 귀에 익은 소리에서 벌써 첫째 글자를 짜맞추어, 그것을 종이에 옮겼다. 그 글자는 'L'이었다. 이어서 그는 둘째 글자 'E'를 썼다. 다시 그와 나란히 정신없이 'N'을 쓰고, 바로 그에 이어서 'I', 그리고 이제는 자동적으로 마지막 글자 'N'을 썼다.

수신기는 종지부를 두들기고 있었다. 그리고 전신수는 자기가 적은 단어 위에 10분의 1초 동안 시선을 보냈다—'레닌'.

기계는 여전히 두들기고 있었다. 그런데 어디서 많이 듣던 이름이라는 생각에 그는 다시 훑어보았다. 전신수는 다시 한 번, 마지막 단어에 눈길을 보냈다. —'레닌'. 뭐? 레닌이라고? 그의 눈동자는 전보의 전체 내용을 황망하게 훑고 있었다. 한동안 전신수는 종이를 바라보았다. 32년 동안 근무하면서 처음으로 자기가 쓴 것이 믿어지지 않았다.

그는 여러 차례 훑어보고 또 훑었다. 그러나 문장은 고집스레 한 가지 사실을 되풀이하고 있을 뿐이었다.

'블라디미르 일리치 레닌 사망하다.'

노인은 두 발로 벌떡 일어나 나선 모양으로 감긴 수신지를 빼내어, 거기에 나시 눈을 못 박았다. 2미터의 그 수신지는 그가 믿을 수 없었던 사실을 확증하고 있지 않은가! 그는 동료들 쪽으로 사색이 된 얼굴을 돌렸다. 그리고 그들은 놀라운 소리를 들었다.

"레닌이 서거했다!

이 커다란 상실의 뉴스는 전신실에서 거리로 미끄러져 나가, 질풍처럼 정거장을 휩쓸고, 눈보라 속을 돌진하여, 선로와 전철기를 에돌아, 얼음과 같은 외풍과 함께 반쯤 열린 기관고 철문 속으로 새어 들어갔다.

기관고에서는 1호 수리교(修理橋) 위에 기관차가 올라가 있고, 경수리반(輕修理班)이 그것을 수리하는 참이었다. 폴렌톱스키 노인은 몸소 수리교로 가 그 기관차 차체 밑으로 기어들어가, 철공들에게 파손된 곳을 가르쳐 주고 있었다. 자하르 부르자크는 아르촘과 함께 뗏장을 두들겨 펴고 있었다. 그가 모루 위에 그것을 올려놓으면 아르촘이 망치로 내리쳤다.

자하르는 최근 많이 늙었다. 고된 인생이 이마에 깊은 홈과 같은 주름을 남겼고, 흰머리가 늘었으며, 등은 굽고, 깊이 파인 눈은 희부옇게 되었다.

기관고 문의 밝은 틈새 있는 곳에 얼핏 사람 그림자가 보였다가, 해질녘의 어둠 속으로 삼켜져 버렸다. 쇠를 치는 소리에 이 사나이의 최초 외침은 지워졌으나, 기관차 옆에 있던 사람들 쪽으로 그가 달려오자, 망치를 높이 쳐든 아르촘은 그대로 그것을 내리지 않고 있었다.

"동지들! 레닌이 서거했소!"

망치는 그대로 어깨에서 미끄러져 내리고, 아르촘의 한 손은 소리도 없이 그것을 시멘트 바닥에 떨어뜨렸다.

"뭐라고?"

아르촘의 손은 이 무시무시한 소식을 가져온 사나이가 입은 외투를 움켜잡았다.

눈을 뒤집어쓴 그 사나이는 괴로운 듯이 숨을 내쉬며 힘없이, 맥빠진 듯이 되풀이했다.

"그래, 동지들, 레닌이 돌아가셨소."

이 사나이가 이제는 소리를 고래고래 지르지도 않을 만큼 아르촘은 무서운 진실을 이해했던 것이다. 그리고 그대로 상대의 얼굴을 들여다보았다. 그는 당

조합(黨組合) 서기였다.

사람들도 수리교 속에서 기어나와 온 세계가 그 이름을 아는 사람의 죽음을 묵묵히 듣고 있었다.

문 옆에서는 모두가 전율할 만큼 기관차가 기적을 울리기 시작했다. 그에 호응하여 정거장에서 제2, 제3의 기적이 울렸다……. 그 우렁차고 슬픔에 사무친 기관차 기적 소리에 산탄이 터지는 듯 높고도 쩽쩽한 발전소의 사이렌이 합세했다. 그러자 아름다운 고속열차 C형이 맑은 기적 소리로 그것들을 감싸 덮었다. 이것은 키예프행 여객열차의 기관차였다.

셰폐토프카와 바르샤바 간 직통의 폴란드 측 기관차의 기관사가 이 요란스러운 기적 소리의 이유를 알고, 한동안 그것을 듣더니 조용히 한 손을 들고 기적(汽笛) 밸브를 열고 사슬을 밑으로 잡아당겼을 때, 국가정보부 근무원은 그 뜻밖의 행동에 놀랐다. 기관사는 이런 일을 함으로써 쫓겨날 것이므로 기적을 울리는 것도 이게 마지막이라는 것을 잘 알고 있었다. 그러나 그의 손은 사슬에서 떨어지지 않았다. 그리고 이 기관차의 기적소리에 별실의 푹신한 소파 앉아 있던 폴란드 외교관들은 깜짝 놀라서 벌떡 일어났다.

기관고로 사람들이 구름처럼 몰려들었다. 그들은 문이라는 문마다 들어왔다. 그리고 그토록 큰 건물이 초만원을 이루었을 무렵, 애도의 침묵 속에 첫 말소리가 들렸다.

그는 당의 셰페토프카 관구위원회 서기로, 고참 볼셰비키인 샤라블린이었다.

"동지 여러분! 세계 프롤레타리아트의 지도자 레닌이 서거하셨습니다. 당은 말할 수 없는 손실을 입었습니다. 적에 대한 의연한 태도 속에 볼셰비키당을 낳고, 길러온 바로 그 사람이 세상을 떠난 것입니다…… 당 및 계급의 지도자의 이 죽음은 프롤레타리아트의 뛰어난 자손들에게 우리의 대열에 참여하라고 호소하고 있는 것입니다……."

장송행진곡의 선율 소리. 모자를 벗은 수많은 머리. 지난 15년 동안 눈물 한 번 보인 적이 없었던 아르촘은 목구멍이 떨리는 것을 느꼈다. 그 우람한 어깨도 떨렸다.

사람들이 너무 많이 몰려 철도국의 벽이 그 압력을 견디기 벅찬 듯했다. 밖은 혹심한 추위로, 입구 옆에 서 있는 두 그루의 전나무는 눈과 고드름으로 된 옷을 입고 있었다. 그러나 장내는 후끈하게 타오르는 페치카와, 당조합의 추도회에 참석한 600명 남짓한 사람들의 훈기로 가득 찼다.

장내에는 여느 때처럼 웅성거림도 소곤거리는 소리도 없었다. 엄청난 슬픔에 압도되어 사람들은 그저 고개를 떨구고 있었다.

사무국원들도 간부석 탁자 앞에 마찬가지로 말없이 앉았다. 땅딸막한 실로첸코가 서서히 종을 집어 들고, 그저 조금 흔들고 그것을 다시 탁자 위에 놓았다. 그로써 충분했다. 엄숙한 침묵이 장내를 지배했다.

보고가 끝나자 조합 특별서기 실로첸코는 일어섰다. 그의 말은 추도회에서는 낯선 것이었으나, 아무도 놀라는 사람은 없었다. 실로첸코는 다음과 같이 말했다.

"37명의 동지들이 서명한 입당청원서를 이 회의에서 검토해 달라는 요청이 있었습니다."

그리고 그는 그 청원서를 낭독했다.

"셰페토프카역 및 서남철도의 볼셰비키 공산당 철도종업원 조합 앞.

지도자의 죽음은 우리를 볼셰비키 동지로서 참가할 것을 호소하고 있다. 그래서 우리는 오늘의 회의가 우리를 심의한 다음, 레닌의 당에 받아들여 줄 것을 요청한다."

이 짧은 글 다음에는 두 줄의 서명이 있었다. 실로첸코는 그것들을 장내에 모인 사람들이 알고 있는 이름을 확인할 수 있도록, 하나하나를 몇 초씩 간격을 두고 읽어 나갔다.

폴렌톱스키 스타니슬라프 지그문드비치—기관사, 근속 36년.

장내에 찬성을 뜻하는 웅성거림이 지나갔다.

코르차긴 아르촘 안드레예비치—철공, 근속 17년.

부르자크 자하르 필리포비치—기관사, 근속 21년.

장내의 웅성거림은 점점 커져 갔다. 그러나 탁자 앞에 선 사람은 계속해서 이름을 읽어내려가고, 장내의 사람들도 손이 기름투성이며 강철처럼 굳어진 노동자들의 후예인 간부들의 이름에 귀를 기울였다.

첫 서명자가 탁자로 가까이 다가가자, 장내는 조용해졌다.

폴렌톱스키 노인은 자신의 생애를 이야기하는 동안에 흥분하지 않고는 못

배겼다.

"……동지 여러분, 내가 무슨 할 말이 더 있겠소? 옛날의 노동자 생활이 어떠했는지, 여러분도 다 아시는 바와 같습니다. 노예와 같은 생활을 하다가, 늙어서는 거지밖에 될 게 없었어요. 아니, 정직하게 말하자면, 혁명이 시작되었을 때, 나는 이제 늙었다고 생각했어요. 가족을 거느리고 있기 때문에 당에 들어갈 길도 놓쳐버렸어요. 싸움 때에는 적을 돕는 일이야 한 번도 하지 않았지만, 스스로 참가하지도 못했어요. 1905년에는 바르샤바 공장에서 파업위원회에 들어가 볼셰비키들과 함께 뭉쳐서 싸웠습니다. 그 무렵에는 그대로 아직 젊음이 있었으니까, 하는 일에도 의욕이 있었지요. 하지만, 이제 와서 늙은이의 추억담이 무슨 소용이 있겠소! 일리치의 죽음은 완전히 나에게 충격을 주었어요. 나는 나를 위해서 애써 준 친구를 영원히 잃어버린 것이오. 이제 나도 나이를 먹었다고 가만히 앉아 있을 수만은 없게 됐어요! 누군가 좀 더 솜씨 있게 내 심정을 말해 주시오. 난, 말을 하는 건 아무래도 재주가 없어요. 이것 한 가지만은 단단히 말해 두지만, 내 동행자는 볼셰비키뿐이고, 그 밖에 절대로 없다는 사실입니다."

기관사의 희끗희끗한 머리가 고집스럽게 흔들렸다. 흰 눈썹 밑에서는 눈동자가 뚫어지게 장내를 응시했다.

백발의 이 키 작은 사나이에게 이의를 내세우는 손은 하나도 없었다. 사무국이 비당원들에게 의견을 요청했을 때에도 반대하는 사람은 한 명도 없었다.

이리하여 폴렌톱스키는 공산당원이 되어 단상에서 내려왔다.

장내 사람들은 누구나, 지금 놀라운 사건이 일어나고 있음을 이해하고 있었다. 지금까지 기관사가 서 있던 자리에는 어느덧 아르촘의 덩치 큰 모습이 서 있었다. 그는 자기의 긴 두 손을 어디다 둘지를 몰라서 귀가 달린 모자를 꼭 쥐고 있었다. 가장자리가 해진 양털 반외투는 앞이 열려 있었지만, 회색 윗옷 깃은 구리 단추로 단정하게 잠가서 그의 모습을 마치 축제일처럼 제법 말쑥하게 만들고 있었다. 아르촘은 장내 쪽으로 얼굴을 돌렸다. 얼핏 그곳에서 낯익은 여자의 얼굴을 보았다. 재봉공장에서 와 있는 동료들 틈에 끼어 채석공(採石工)의 딸 갈리나가 앉아 있었던 것이다. 그녀는 그를 용서한다는 듯이 싱긋 미소를 띠었다. 그 미소에는 찬성의 의미와 입술 한구석에 감추어져 말로는 할 수 없는 어떤 의미가 담겨 있었다.

"이력을 이야기해 주게, 아르촘!"

칠공은 쉴로첸코의 목소리를 들었다.

코르차긴의 형은 겨우 말을 시작했다. 이처럼 큰 모임에서 이야기하는 데에는 익숙지 않았던 것이다. 이제 와서야 그는 자기가 살아온 일생을 다 이야기할 수 없음을 깨달았다. 말을 제대로 짜맞춘다는 것도 쉬운 일이 아닌데, 너무나 흥분해서 말이 제대로 나오지 않았다. 그는 자기 생활이 중대한 위기에 처하게 되었다는 것, 자기가 스스로 거칠고 허술한 존재를 의미 있는 것으로 만들어 주는 것에 대한 첫걸음을 내디디려 하고 있다는 것을 분명히 의식하고 있었다.

"우리 어머니는 네 식구가 있었습니다."

아르촘은 말문을 열었다.

장내는 조용해졌다. 6백의 청중은 매부리코에 길고 검은 털이 눈썹 밑에 감추어진 눈을 가진 이 키 큰 철공의 말에 주의 깊게 귀를 기울였다.

"어머니는 이곳저곳의 나리들 집에서 식모로 일했지요. 아버지 일은 기억이 잘 없지만, 어머니와의 사이는 원만치 못했던 것으로 기억합니다. 아버지는 마구 술을 퍼마시기 시작했어요. 나는 어머니와 함께 살고 있었는데, 여자 한 몸으로는 도저히 우리를 제대로 먹여 살리기가 어려웠습니다. 나리들에게 받는 어머니의 월급이라야 거기서 먹고 한 달에 4루블인데, 그런데도 새벽부터 밤중까지 뼈가 부서지게 일했어요. 그래도 나는 두 겨울을 학교에 들어가서 읽고 쓰는 법을 배웠지요. 그런데 열 살 되었을 때, 어머니는 도저히 어떻게 할 수 없게 되어, 나를 철공장의 수습으로 보내기로 했어요. 월급은 없고, 그저 먹여만 준다는 이야기였지요…… 공장 주인은 독일인인데, 이름이 페스데르라고 했어요. 처음에는 그 사람은 내가 나이가 너무 어리다고 해서 쓰기를 꺼려했어요. 그러나 나는 성숙한 편이었기 때문에 어머니는 내 나이를 두 살쯤 올렸지요. 나는 이 독일인한테 3년을 있었습니다. 그런데 일은 가르쳐 주지 않고, 잔심부름과 보드카 심부름이나 시키곤 했지요. 꽤나 술을 좋아하는 주인이었어요. 석탄과 철을 운반한 일도 있지요…… 그리고 주인 마누라라는 게 마치 자기 노예라도 되는 것처럼 부려먹어서, 접시닦이다, 감자 껍질 벗기기다, 한시도 나를 내버려 두지 않았지요. 모두가 나만 보면 동네 개 패듯 툭툭 손찌검을 하곤 했어요. 아무 까닭도 없이, 그저 그게 버릇이었지요. 예를 들면 주인

마누라가 무슨 못마땅한 일이 있으면—남편이 술고래여서 가끔 지랄을 부리곤 했는데—무조건 내 얼굴을 두세 대쯤 패는 것이었어요. 길거리로 뛰어나가 달아나 봤자 갈 곳도 없고, 하소연할 상대가 있는 것도 아니지요. 어머니가 있는 데는 40베르스타나 되지, 거기 가 봤자 내 잠자리가 있는 것도 아니고······ 이래서 말이 공장이지 이건 아무것도 아니었어요. 여기서는 주인의 동생이라는 게 제멋대로 굴고 있었는데, 이놈이 또 나한테 골탕먹이는 걸 취미로 삼고 있어서, '야, 이놈아, 저기 가서 저 쇳덩이를 가지고 와' 하며 구석 쪽을 가리키는 거예요. 나는 거기 가서 그 쇳덩이를 들려고 한 손으로 덥석 잡았는데, 이건 놈이 방금 노에서 꺼내 막 두들기고 난 것이에요. 땅바닥에 놓으면 그저 시커멓지만, 잡아보면 손가락이 모두 타버릴 정도로 데어버리지요. 내가 비명을 지르면 놈은 재미있다고 웃어대는 것이었습니다. 나는 도저히 더는 참지 못하고, 뛰쳐나와서 어머니한테 돌아갔어요. 하지만 어머니도 어떻게 할 도리가 없었습니다. 어머니는 나를 다시 독일인한테 데리고 갔지요. 가면서 내내 울었던 기억이 납니다. 3년째가 되자, 대장일을 조금씩 가르쳐 주었는데, 툭하면 손찌검을 하는 건 매한가지였어요. 그래서 나는 다시 뛰쳐나와서, 스타로 콘스탄티노프로 갔지요. 여기서는 소시지 공장에 어떻게 일자리를 얻어, 돼지 창자를 씻으면서 1년 반쯤 그럭저럭 지냈어요. 그런데 이곳 주인은 장사가 망하자, 우리에게 4개월이나 동전 한 푼도 주지 않는 겁니다. 그러다가 어디론가 달아나 버리고 말았어요. 어쩔 수 없이 나도 이 지저분한 도시에서 떠나 기차를 타고 주메린카에서 내려서 일자리를 찾아다녔지요. 운 좋게도 어느 기관고 사람이 내 처지를 동정해 주었지요. 내가 대장일을 조금은 안다는 것을 알고 나를 친조카처럼 생각해서 자기 상사에게 부탁해 주었습니다. 내가 키가 크기 때문에 열일곱 살이라 하고, 철공 수습생이 됐지요. 나는 여기서 햇수로 9년을 일했습니다. 이것이 나의 이전 생활입니다. 이 고장으로 와서부터의 일은 여러분이 모두 알고 있는 바와 같습니다."

아르촘은 모자로 이마를 닦고 나서, 깊이 숨을 내쉬었다. 이제부터 가장 중요한 일을, 자기에게 가장 괴로운 일을 누가 묻기 전에 이야기해야만 했기 때문이었다. 그래서 정신을 가다듬고 그는 이야기를 이어 나갔다.

"누구든 나한테 물을지도 모릅니다. 벌써 불이 타오르고 있었는데, 왜 너는 볼셰비키에 들어가지 않았느냐?라고. 이건 어떻게 대답하면 될까요? 내가 늙어서 노망이 들려면 아직 세월이 더 남았는데, 실은 여기까지 온 지금에 와서야 내가 길 길을 깨닫게 된 것입니다, 이제 와서 숨기면 무얼 하겠습니까만, 우리는 이 길을 여태껏 잡지 못하고 있었습니다. 우리가 독일인에 대해 파업한 것은 1918년이었는데, 그 무렵부터 시작했어야 했던 것입니다. 수병 주프라이가 몇 번이나 우리에게 이야기를 들려주곤 했는데, 내가 총을 잡은 것은 겨우 20년이 되어서였어요. 소동이 끝나고, 백군(白軍)을 흑해(黑海)에 집어 던지고 우리는 다시 돌아왔지요. 거기에는 가족이, 자식이 있었습니다…… 나는 가족에 얽매이고 말았어요. 그러나 우리의 동지 레닌이 죽고, 당이 우리를 부르는 이 마당에, 나는 자신의 생활을 되돌아보고, 거기에 무엇이 빠졌는가를 비로소 깨달은 것입니다. 소비에트 정권을 지키는 것만으로는 안 된다. 소비에트 정권을 태산처럼 끄떡없이 단단히 세워놓으려면 우리 모두가 레닌을 대신해서 일어서야 하는 것입니다. 그러니까 마땅히 우리는 볼셰비키가 되어야 하는 것입니다. 당은 우리의 것이 아닙니까?"

해보지 않던 연설이어서 자신의 모습이 낯설었다. 그러나 서툴어도 진심을 담은 거짓 없는 말로써 철공은 이야기를 마쳤다. 그리고 어깨에서 무거운 짐을 내려놓은 듯이 허리를 쭉 펴고는 질문을 기다렸다.

"질문하실 분 있습니까?"

정적을 깨고 실로첸코가 말했다.

장내가 웅성거리기 시작했다. 그러나 그들은 곧바로 대답하지 않았다. 그러자 기관차에서 바로 이 모임에 달려온, 딱정벌레처럼 새까만 화부가 시원스럽게 말했다.

"뭘 질문하라는 겁니까? 우리가 그를 모르기라도 한단 말입니까? 당원증을 내주시오. 그 말밖에 할 말이 없어요!"

열기와 긴장으로 새빨개진, 땅딸보 길랴카라는 대장공이 감기라도 걸린 듯한 쉰 목소리로 말했다.

"탈선할 친구가 아니야. 야무진 동지가 될걸. 두말할 것 없어요, 실로첸코!"

콤소몰 멤버들이 앉아 있던 뒷자리에서, 한 사람이 일어서서 물었다.

"코르차긴 동지에게 대답을 요청합니다. 그는 왜 흙에 파묻혀 있었는지, 농사일은 그를 프롤레타리아 정신에서 벗어나게 하지는 않았는지?"

장내에는 불만스러운 가벼운 웅성거림이 지나갔다. 누군가의 목소리가 그에 항의했다.

"좀 더 쉬운 말로 하는 게 어때! 쓸데없는 소리를……."

그러나 아르춈은 벌써 대답을 시작하고 있었다.

"아니, 상관없어요, 동지. 내가 흙에 묻혀 있었다고 청년이 말한 것은 맞는 말입니다. 사실이 그랬습니다. 그러나 그 때문에 나는 노동자의 양심을 잃지는 않았습니다. 그런데, 그것도 오늘로 끝났습니다. 기관고 가까운 곳에, 가족을 데리고 이사하기로 했습니다. 그래야만 하겠어요. 흙이나 만지고 있다가는 나도 숨이 막힐 것 같아요."

아르춈의 심장은 수풀처럼 번쩍 쳐든 모두의 손을 보았을 때, 다시 한 번 높이 뛰었다. 그리고 이제는 자기 몸의 무게도 느껴지지 않듯이 허리도 굽히지 않고, 자기 자리로 돌아갔다. 등 뒤에서 실로첸코의 목소리가 들렸다.

"모두 이의 없는 것으로 인정합니다."

마지막으로 간부석 탁자 옆에 선 사람은, 자하르 부르자크였다. 이전에는 폴렌톱스키의 조수였는데, 벌써 한참 전에 기관사가 된 이 말수 적은 사나이는, 자신의 노동 생활에 관한 이야기를 마치고, 최근의 일에 이르자, 목소리를 낮추어서 말했다. 그러나 그것은 모두에게 잘 들렸다.

"나는 내 자식들을 위해서 해내야만 해요. 그들이 죽었다고 해서, 내가 뒷방에 들어앉아서 비탄에만 빠져 있으라는 법은 없습니다. 그들이 죽었을 때는, 나는 아무것도 해줄 수 없었어요. 하지만 이제야말로 지도자의 죽음은 내 눈을 뜨게 해주었습니다. 지난 일은 묻지 말아 주십시오. 참된 우리의 생활이 새로 시작되는 것입니다."

자하르는 착잡하고도 침통한 표정으로 얼굴을 찌푸렸다. 그러나 날카로운 질문은 하나도 없이, 모두가 손을 들어 입당을 찬성하자, 그의 눈은 빛나기 시작하고, 백발이 성성한 그의 머리도 다시는 수그러지지 않았다.

기관고에서는 밤늦게까지 입당 지원자의 심사가 이어졌다. 가장 뛰어나고, 모두가 잘 알며 경력이 남김없이 심사된 자만이 입당할 수 있었다.

레닌의 죽음은 수십만 노동자들을 볼셰비키로 만들었다. 지도자의 죽음도 당의 체계를 흩트리지 못했다. 이렇게 강인한 뿌리를 땅에 깊이 뻗은 나무는, 비록 가지가 잘리는 일이 있을지라도 결코 말라죽지 않는 법이다.

6

호텔 콘서트홀 입구에, 두 사람이 서 있었다. 그들 중 키가 더 큰 사나이는 코안경을 쓰고 옷소매에는 '관리원'이라 적힌 붉은 완장을 차고 있다.

"우크라이나 대표위원 회의는 여기서 하나요?"

리타가 물었다.

키 큰 사나이는 사무적으로 대꾸했다.

"그렇습니다! 용건은?"

"들어가려고요."

키 큰 사나이는 출입구를 반쯤 막고 있었다. 그는 리타를 훑어보며 말했다.

"서류는? 표결권과 발의권이 있다는 증명서가 있는 대표만 들어갈 수 있습니다."

리타는 가방에서 금박 글자로 인쇄된 카드를 꺼냈다. 키 큰 사나이는 거기에 적힌 '중앙위원회'라는 글자를 보았다. 그러자 딱딱한 태도는 완전히 사라지고, 갑자기 공손하게, 동지를 대하듯 부드러워졌다.

"어서 들어가십시오. 저 왼쪽에 빈자리가 있습니다."

리타는 의자들 사이를 빠져나가, 빈자리를 찾아서 앉았다. 대표위원 회의는 아마도 거의 끝나 가는 듯싶었다. 리타는 의장의 연설에 귀를 기울였다. 그 목소리는 어딘지 귀에 익었다.

"그럼, 동지 여러분, 대표위원 여러분들 가운데서, 전(全) 러시아 대회 각 지구 간부회 및 대표위원 평의회 대표가 선출되었습니다. 개회까지는 아직 두 시간이 남았으므로, 다시 한 번 대회에 오신 대표위원들의 명단을 확인하기로 하겠습니다."

리타는 그가 아킴이라는 것을 알았다. 그가 읽어가는 명단에 따라 대표위원들이 손을 들었다.

리타는 긴장해서 주의 깊게 듣고 있었다.

아는 이름이 하나 들렸다.

—판크라토프.

리타는 손을 번쩍 든 쪽을 보았는데, 거기 앉아 있는 사람들 가운데서, 낯익은 그의 모습을 볼 수는 없었다. 계속 이름이 불렸다. 그리고 그중에 다시 아는 이름 '오크네프'가 있었다. 이어서 또 하나 '자르키.'

리타는 자르키 쪽을 보았다. 그는 그녀 쪽으로 반쯤 등을 돌리고 바로 옆에 앉아 있다. 잊고 있던 그 옆모습이었다. ……그래, 저건 틀림없이 바냐다. 그녀는 벌써 여러 해 동안 그를 만나지 못했다.

명단은 더 이어졌다. 그리고 그중의 하나가, 느닷없이 리타를 깜짝 놀라게 했다.

—코르차긴.

멀리 앞줄에서 손이 올라가고, 이윽고 내려갔다. 그리고 이상하게도 우스티노비치는 그녀의 죽은 친구와 똑같은 이름인 그 사나이가 견딜 수 없을 만큼 보고 싶었다. 그녀는 눈을 떼지 않고 손이 올라갔던 쪽을 응시했으나, 누구의 머리나 모두 똑같이 보였다. 리타는 일어서서, 벽쪽 통로를 따라서 앞줄 쪽으로 갔다. 아킴의 호명이 끝났다. 의자를 밀치는 소리가 한동안 소란스럽게 울리고 대표위원들은 큰 소리로 이야기들을 시작하고, 여기저기서 웃음소리도 터져나왔다. 아킴은 장내의 잡음에 지지 않으려는 듯이 큰 소리로 고함을 질렀다.

"지각하지 않도록 부탁드립니다!…… 대극장에서, 일곱 시입니다!……."

출입구 언저리는 심하게 혼잡했다.

리타는 이런 틈바구니에서는 조금 전 이름을 들은 사람들을 찾아내기가 어려우리라고 생각했다. 아킴의 모습을 잃지 않도록 주의를 기울였다가, 그에게 다른 사람들을 찾아 달라고 하는 수밖에 없었다. 그래서 그녀는 대표위원들의 마지막 한 무리들을 지나쳐 보내 놓고, 아킴 쪽으로 발을 돌리려 했다.

"어때서 그래요, 코르차긴? 우리도 갈 테니까, 선배!"

그녀는 등 뒤에서 그런 소리를 들었다.

그리고 그토록 그립던, 저 잊을 수 없는 목소리가 그에 대답했다.

"그럼 가지."

리타는 재빨리 돌아다보았다. 눈앞에 카키색 제복 차림의 키가 큰 가무잡잡한 청년이 서 있었다. 가는 캅카스식 밴드로 허리를 매고, 푸른 승마 바지를 입고 있다.

크게 뜬 눈으로 리타는 그를 바라보았다. 그리고 두 손이 그의 몸을 따뜻하게 끌어안고, 떨리는 목소리가 가만히 "리타"라고 했을 때, 그녀는 그가 파벨 코르차긴임을 확인했다.

"살아 있었군요?"

이 말로 그는 모든 것을 알았다. 그녀는 그의 사망 소식이 잘못된 것이었음을 몰랐던 것이다.

홀은 텅 비고, 열린 창문으로는 도시의 강한 동맥인 토베르스카야 거리의 소음이 울려오고 있었다. 시계가 큰 소리로 6시를 쳤다. 그러나 두 사람은 바로 4, 5분 전에 만난 듯한 기분이었다. 그러나 시계는 대극장으로 어서 가라고 재촉하고 있었다. 함께 넓은 계단을 내려가면서, 그녀는 다시 한 번 시선을 파벨에게 던졌다. 그는 이제 머리의 반만큼 그녀보다 키가 컸다. 다른 것은 모두 옛날과 똑같고 변한 것이 없었으나, 다만 더욱 늠름해졌고 태도가 신중해져 있었다.

"어머, 나 좀 봐, 당신이 어디서 일하고 있는지도 아직 묻지 못했군요."

"난 청년공산동맹 관구위원회 서기를 하고 있어요. 아니 두바바의 말로 하자면 '책상지기'가 된 셈인가?"

그러면서 파벨은 싱긋 웃었다.

"그 사람을 만났어요?"

"응, 만났지요. 덕택에 불유쾌한 추억을 남기게 됐지만."

그들은 거리로 나왔다. 질주하는 자동차의 사이렌 소리, 군중의 움직임과 사람들의 시끄러운 소리뿐이다. 대극장까지 두 사람은 거의 입을 열지 않고, 서로 어떤 한 가지 일만을 줄곧 생각했다. 극장에 도착하니 마구 뒤엉키고 밀치고 있는 사람의 물결이 그들을 기다리고 있었다. 그들은 극장의 커다란 석조 건물을 향하여 밀려들고, 붉은 병사들이 경비하는 출입금지 팻말이 나붙은 출입구를 뚫고 들어가려고 애쓰고 있었다. 그러나 엄숙한 얼굴을 하고 서 있는 경비병들은, 대표위원들밖에 들여보내지 않았다. 그러므로 대표들은 자랑스럽게 서류를 내보이면서 유유히 들어갔다.

극장을 둘러싼 사람들 물결은 청년공산동맹원들이었다. 이들은 모두 입장권은 얻지 못했으나, 어떻게든지 대회 개회식에는 참석하고자 기를 쓰고 있었다. 그중에서 약삭빠른 친구는 대표위원들 속에 끼어들어, 똑같이 제법 신분증인 것처럼 붉은 종이쪽지 비슷한 것을 보이면서, 때로는 출입구 바로 앞까지 통과했다. 문 안까지 무사히 끼어 들어간 이들도 몇몇 있었다. 그러나 방청자는 관람석으로, 대표위원들은 홀로 각각 안내하고 있는 중앙위원회의 당직원이나 관리원을 마주치게 된다. 마침내 문밖으로 끌려 나와, 문밖에서 기다리던 표 없는 사람들의 야유를 들었다.

극장은 입장을 바라는 사람들의 20분의 1도 수용할 수 없었다.

리타와 파벨은 간신히 사람들 틈을 비집고 출입문 앞까지 나갔다. 대표위원들은 모두 모였다. 전차와 자동차로 온 것이다. 출입구는 붐볐다. 붉은 병사들도—이들도 청년공산동맹원이었다—고전을 면치 못해, 도리어 벽 쪽으로 밀려가는 지경이었다. 곳곳에서 큰 소리가 터졌다.

"더 밀어, 밀어, 혁명파!"

"밀어라, 형제들아, 우리가 이긴다!"

"맙소사!"

코르차긴과 리타와 함께, 킴 표식을 단 눈이 날카로운 젊은이가 하나 미꾸라지처럼 출입구 안으로 빠져들어가, 관리원을 피하더니 쏜살같이 로비 쪽으로 뛰어갔다. 그러고는 눈 깜짝할 사이에 대표위원들의 물결 속으로 사라져 버렸다.

"여기 앉아요."

리타는 그들이 홀에 들어서자, 안락의자 뒷좌석을 가리켰다.

두 사람은 구석 쪽에 자리잡았다.

"나 말예요, 한 가지 대답을 듣고 싶어요."

리타가 말했다.

"이제 지난 일이지만, 대답해 줘요. 왜 당신은 그때, 우리의 공부와 우정을 끊어버렸어요?"

이 물음은 두 사람이 만났던 첫 순간부터 그도 예상했던 것이었다. 그러나 짐짓 당황하지 않을 수 없었다. 두 사람의 눈이 마주쳤다. 그리고 파벨은 리타가 모든 것을 알아차렸음을 깨달았다.

"리타, 난 당신은 다 알고 있을 줄 알았소. 이미 3년 전 일이니까. 지금의 나로서는, 예전의 나를 탓할 수밖에 도리가 없소. 나란 사람은 이제까지 크고 작은 온갖 잘못을 저질러 온 인산이고, 당신이 묻고 있는 일도 그중의 하나였소."

리타는 생긋 웃었다.

"꽤 훌륭한 서론이군요. 하지만 나는 꼭 대답을 들어야겠어요!"

파벨은 낮은 목소리로 이야기하기 시작했다.

"내 탓만은 아니오. 저 《등에》라는 소설의 혁명적인 로맨티시즘 탓도 있소. 웅장한 데다가 정신도 의지도 강하고, 두려움을 모르고, 우리의 사업에 신명을 걸고 전념하는 혁명가의 모습이 또렷하게 그려진 그런 책은 내 마음에 지울 수 없는 인상과 함께 나도 그런 인물이 되고 싶다는 희망을 심어주었소. 그래서 저 《등에》를 읽었을 때의 기분으로 당신을 향한 내 감정이 충돌했던 거요. 이제 와서 생각하면 우스꽝스런 이야기이고, 도리어 실수했다는 생각이 들 정도니까."

"그렇다면, 《등에》를 과대평가했다는 말예요?"

"아니요, 리타. 근본은 그런 게 아니요! 다만 그 소설에서는 자기 의지를 시험하기 위한 고행을 그린 비극적인 면만 제외하고는 《등에》의 기본 정신은 찬성하오—그 웅장함, 무한한 인내력, 고통을 누구에게도 드러내 보이지 않으며 견디어 나갈 수 있는 그런 유형의 인간을 나는 존경하오. 전체와 비교해서 개인의 일 같은 건 하찮게 여기는 그런 혁명가 유형을 나는 좋아하거든."

"그 이야기, 마땅히 들려주어야 했을 시기보다 3년이나 늦은 오늘에야 듣게 되다니, 정말 유감이에요, 파벨."

리타는, 뭔가 심란한 듯한 가운데서도 미소를 잃지 않고 말했다.

"유감이라는 건, 내가 끝내 당신에게 동지 이상의 사람이 되지 못해서라는 뜻인가요, 리타?"

"아녜요, 파벨. 당신은 그 이상의 사람이 될 수 있었어요."

"그럼, 지금이라도 그렇게 할까?"

"좀 늦었어요, 《등에》 동지."

리타는 자신의 농담에 생긋 웃으며, 그 이유를 설명했다.

"내겐 작은 딸아이가 있어요. 그 아이에게는 아버지가 있고. 그이는 나와 더 없는 친구예요. 우리는 셋이서 행복하니까, 아무래도 깨지지 않을 거예요."

그녀의 손가락 끝이 파벨의 한 손에 닿았다. 이것은 그를 염려하는 동작이었다. 그러나 그녀는 곧, 그런 몸짓이 부질없음을 깨달았다. 그렇지, 그는 지난 3년 동안에 육체적으로만 성장한 것은 아니었다. 그녀는, 그가 지금 괴로워한다는 것을 알 수 있었다. 그의 눈이 그것을 말해 주고 있었다. 그렇지만 그는 아무렇지도 않은 듯 진술하게 말했다.

"하지만 나에게는 방금 잃은 것보다 비교가 안 될 만큼 많은 것이 남아 있소."

파벨과 리타는 일어섰다. 이제는 무대에 한결 가까운 자리를 잡아 둘 시간이었다. 두 사람은 우크라이나 대표위원들이 앉아 있는 자리 쪽으로 갔다. 오케스트라 연주가 시작되었다. 새빨간 커다란 천에 새겨진 '미래는 우리의 것이다!'라는 글자가 빛나고 있었다. 홀도, 단상도, 일반 관람석도 모두 만원이었다. 이들 수천 명의 사람들은 이곳에서 끝없이 전력을 보내는 하나의 강한 변압기에 합류하는 듯했다. 대극장은 위대한 공업건설자들의 꽃 같은 청년 근위대를 맞이했다. 그들의 눈동자에는 무대에 걸린 '미래는 우리의 것이다!'라는 말이 불꽃처럼 비치고 있다. 인파는 아직도 끊임없이 밀려오고 있었다. 이제 몇 분만 지나면 무거운 비로드 커튼이 서서히 열리고, 러시아 청년공산동맹 중앙위원회의 서기가 그 순간의 말할 수 없는 장중한 분위기에 저도 모르게 흥분한 목소리로 '러시아 청년공산동맹의 제6회 대회를 개회하겠습니다'라고, 개회를 선언하리라.

코르차긴은 혁명의 위대함과 힘을 이처럼 똑똑히, 이처럼 깊이 느껴 본 적은 한 번도 없었다. 또한 사는 보람을 느끼고, 투사로서 건설자로서 볼셰비즘의 젊은 근위대의 이 승리의 제전에 초청된 말로 다할 수 없는 긍지와, 두 번 다시 없는 기쁨을 이처럼 똑똑히, 깊이 느껴 본 적은 없었다.

대회는 이른 아침부터 한밤중까지 이어졌기 때문에, 파벨은 마지막 회의를 할 때에야 겨우 리타를 만날 수 있었다. 그는 우크라이나 대표들 속에서 그녀를 발견했다.

"내일, 대회가 끝나는 대로 나는 곧 떠나려고 해요."

그녀가 말했다.

"작별 인사도 할 틈이 있을지 어떨지 모르겠군요. 그래서 오늘 내 옛날 일기 두 권과 간단한 편지를 당신에게 드리기로 했어요. 다 읽거든 우편으로 부쳐 주세요. 이제까지 이야기하지 않았던 일도 그걸 읽으면 알게 될 거예요."

그는 리타의 손을 잡았나. 그리고 상대의 얼굴 생김새를 잘 새겨 두려는 듯이, 찬찬히 그녀를 바라보았다.

그들이 이튿날, 약속해 둔 대로 중앙 입구 있는 데서 만나자, 리타는 서류 꾸러미 같은 것과 봉투에 넣은 편지를 그에게 건네주었다. 둘레에 남의 눈도 있었으므로, 그들은 서먹한 작별을 했다. 그럼에도 파벨은 그녀의 조금 피곤해 보이는 눈 속에 깃든 따뜻함과 얼마쯤 슬픈 빛을 감지했다.

하루 후에는, 열차는 두 사람을 저마다 다른 방향으로 데려갔다.

우크라이나 대표들은 열차 몇 칸에 나눠서 타고 있었다. 코르차긴은 키예프 조 속에 있었다. 밤이 되어 모두가 잠자리에 들고, 옆 침대에 있던 오크네프가 코를 골기 시작했을 때, 코르차긴은 등 옆으로 다가가 편지를 뜯었다.

친애하는 파블루샤!

나는 당신에게 이 이야기를 직접 말할 수도 있었습니다. 그러나 이렇게 하는 게 더 나을 줄로 믿어요. 내가 오로지 바라는 것은, 대회가 시작되기 전에 당신과 주고받은 이야기가 당신에게 상처가 되지 않기를 원한다는 것입니다. 나는, 당신이 강한 분임을 잘 알고 있습니다. 그러므로 당신의 말을 믿습니다. 나는 생활을 형식적으로 보지는 않습니다. 때로는 예외가 있어도 되지 않을까 합니다. 물론, 아주 드문 일이기는 하지만 개인 관계에서 그 관계가 크고 심각한 감정을 일으킬 때엔 있을 수 있다고 생각해요. 당신이 여기에 해당하는 분입니다. 그러나 나는, 우리의 청춘 의무를 다하고 싶다는 최초의 희망을 물리쳐 버렸습니다. 지금도 그것은 우리에게 큰 기쁨을 가져다주지는 못했을 것이라는 느낌이 드는군요. 파벨, 자신에게 너무 엄격해질 필요는 없다고 생각합니다. 우리의 생활에는 투쟁뿐만 아니라, 아름다운 감정의 환희라는 것도 있는 법이니까요.

앞으로 당신의 생활, 다시 말해서 근본적인 내용에 대해서는, 나는 어떤 불안도 느끼지 않고 있습니다. 당신의 손을 굳게 잡으면서……

리타

파벨은 망설이면서도 편지를 찢어버렸다. 그리고 두 손을 창문으로 내놓자,

바람이 그의 손가락에서 종이 조각을 빼앗아 갔다.

아침까지 두 권의 일기장도 다 읽고, 종이에 싸서 묶었다. 하리코프에서는 우크라이나 대표 일부가 하차했다. 그 속에는 오크네프, 판크라토프, 그리고 코르차긴도 섞여 있었다. 니콜라이는 안나의 집에 남아 있는 탈랴를 데리러 키예프로 떠나야만 했다. 우크라이나 청년공산동맹의 중앙위원이 된 판크라토프도 자기 볼일이 있었다. 코르차긴은 그들과 함께 키예프까지 가서, 간 김에 자르키와 안나를 찾아볼 생각이 들었다. 그는 리타에게 일기를 보내기 위하여, 역 구내 우체국에서 시간을 조금 빼앗겼기 때문에 열차가 있는 곳으로 나가 보니, 친구들은 한 사람도 없었다. 그래서 전차로 안나와 두바바가 살고 있는 집으로 가보았다. 파벨은 계단을 올라가서 2층으로 가, 안나가 있는 왼쪽 문을 노크했다. 그러나 대답하는 사람이 없었다. 이른 아침이었으므로 안나도 아직 일터에 나갔을 리는 없다.

'그녀는 아직 자고 있겠지.'

그는 그렇게 생각했다. 옆문이 열리면서, 잠이 덜 깬 얼굴로 두바바가 나왔다. 좋지 않은 안색으로, 눈밑이 푸르스름하다. 그에게서는 코를 찌르는 파 냄새와, 또한 즉각 코르차긴의 예민한 후각이 알아차린 술냄새가 나고 있었다. 조금 열린 문으로는, 침대 위에 어떤 뚱뚱한 여자가, 더 정확히 말하면 살이 피둥피둥 찐 그 알몸의 다리와 어깨가 코르차긴의 눈에 들어왔다.

두바바는 그 시선을 알아차리고 발로 문을 닫았다.

"자네, 웬일이야, 보르하르트 동지한테 온 거야?"

그는 어딘지 허공을 바라보면서, 쉰 목소리로 물었다.

"그 여자는 이제 여기에 없다고. 자네 몰랐나?"

찌푸린 얼굴로 코르차긴은 무언가를 살피듯이 그를 훑어보았다.

"그건 몰랐는데. 그래, 어디로 이사했는데?"

그는 물었다.

그러자 두바바는 느닷없이 화를 내었다.

"그런 거 난 관심없어."

그리고 꾹 하고 딸꾹질을 한 번 하고는, 증오에 찬 목소리로 덧붙였다.

"자네 그 여자와 재미 볼려고 온 거지? 마침 잘됐군그래. 그 여자는 독수공방이니까 말이야. 잘해 봐. 특히 자네라면 거절 못 할 거야. 자네를 좋아한다든가 어떻다든가, 뭐 그런 소리를 들은 것도 같아. 기회를 놓치지 마. 이제 드디어 정신과 육체의 통일이 이루어질 테니까. 언제?"

파벨은 볼이 화끈해지는 것을 느꼈다. 그러나 억지로 진정하면서 조용히 말했다.

"자네도 갈 데까지 다 갔군, 미차이! 이런 건달패 꼴의 자네를 보게 되리라고는 생각지 않았어. 본디 착실한 청년이었잖아? 어쩌다 이렇게 거칠어졌어?"

두바바는 벽에 기대어 섰다. 맨발로 시멘트 바닥에 서 있으려니 추운 모양으로, 몸을 웅크리고 있었다. 문이 열리고 거기서 졸린 눈의 볼이 터질 듯한 여자가 내다보았다.

"자기 뭘하는 거야. 빨리 와요. 왜 그런데 서 있지?"

두바바는 여자에게 끝까지 말을 시키지 않고, 문을 쾅 닫아버리고, 자기 몸으로 그것을 떠받쳤다.

"한심하군……."

파벨은 말했다.

"도대체 무슨 놈의 여자를 끌어들이고 있는 거야. 이런 짓을 하다가 앞으로 어떻게 될려고 그래?"

두바바는 잔소리는 이제 지긋지긋한 모양이었다. 그는 큰 소리로 고함을 쳤다.

"자네들은 아직도 나한테 누구와 같이 자라고 명령할 참이야? 찬송가 낭독은 이제 질색이야! 어서 썩 꺼져버려! 돌아가서 여기저기 떠들고 다니라고. 두바바는 술만 처먹고, 갈보와 함께 자고 있다고 말이야!"

파벨은 그의 옆으로 다가가서 흥분하면서 말했다.

"미차이, 저 여자 어서 보내버려. 난 이제 마지막으로 다시 한 번 자네와 이야기를 나누고 싶어……."

두바바의 얼굴이 어두워졌다. 그는 돌아서더니 그대로 방으로 들어가 버렸다.

"어휴, 빌어먹을!"

코르차긴은 천천히 계단을 내려가면서 그렇게 중얼거렸다.

2년이 지났다. 속절없는 세월은 시시각각으로 날과 달을 거듭하며 흘러갔다. 그러는 가운데 진지하고 각양각색인 생활은 겉보기에는 단조로운 나날들을 늘 뭔가 새로운, 어제와는 다른 것으로 채워 나갔다. 세계에서 처음으로 드넓은 땅과, 무한한 천연자원을 가진 주인이 된 위대한 민족을 형성하는 1억 6천만의 사람들은 꿋꿋하고도 격렬한 노동 속에 전쟁으로 파괴된 국민 경제를 부흥시키고 있었다. 나라는 튼튼해지고, 힘에 넘쳤으며, 바로 얼마 전까지 인적도 없이 버려진 채로 있던 공장에서도 굴뚝마다 연기를 토해 내고 있는 모습을 볼 수 있었다.

지난 2년 동안 코르차긴은 그저 오로지 활동 속에 지내었으며, 세월이 흐르는 것조차 의식하지 못했다. 그는 하품과 함께 아침을 맞고 10시에는 반드시 잠자리에 드는 그런 조용한 생활은 할 수 없었다. 그는 생활을 서둘렀다. 자신만이 서두르는 것이 아니고, 남도 서두르게 했다.

잠자는 시간까지 인색하게 쪼갰다. 그의 방 창문은 자주 밤늦게까지 불이 켜져 있었다. 그리고 거기에는 탁자 앞에 앉은 사람들 모습이 보였다. 그들은 공부를 하고 있었다. 지난 2년 동안에 《자본론》 제3권 연구가 끝났다. 자본주의적 착취 체계를 이해하게 되었다.

코르차긴이 일하던 관구에 라즈바리힌이 나타났다. 청년공산동맹 지구위원회 서기로 쓰라는 지령과 함께 현위원회에서 파견되어 온 것이었다. 마침 코르차긴은 출장 중이었다. 그리고 그가 없는 틈을 타서 사무국은 라즈바리힌을 관구의 한곳에 보내왔다. 코르차긴은 출장에서 돌아와서 이 사실을 알았으나 아무 말도 하지 않았다.

한 달이 지났을 무렵, 코르차긴은 예고 없이 라즈바리힌의 지구를 찾아갔다. 그는 몇 가지 사실을 발견했는데, 그중에는 분명히 라즈바리힌이 술을 많이 마시고 있다는 사실, 아첨 잘하는 친구들을 주위에 모아 두고 있다는 사실, 그리고 뛰어난 친구들을 억압하고 있다는 사실 등도 포함되어 있었다. 코르차긴은 그것을 남김없이 사무국에 보고했다. 그리고 모두가 라즈바리힌에게 엄중 경고를 주자고 찬성했을 때, 느닷없이 코르차긴은 이렇게 말했다.

"청년공산동맹 가입권을 박탈하고 제명해야 해."

이 의견에는 모두가 놀랐다. 조금 심한 듯 여겨졌기 때문이다. 그러나 코르차긴은 다시 한 번 되풀이했다.

"그런 형편없는 인간은 제명이야. 그에게도 훌륭한 인간이 될 수 있는 기회는 얼마든지 주어져 왔어. 그런데 그는 아첨만을 일삼아 왔어."

파벨은 베레즈도프 마을에서의 사건을 이야기했다

"나는 코르차긴의 제의에 단호히 항의하겠소. 이건 개인적인 보복이요. 나를 중상하는 자는 얼마든지 있을 수 있겠지요. 코르차긴에게 증거 서류를 자료로 제출하게 하기 바랍니다. 나도 그가 밀수입을 했다고 꾸며낼 수도 있단 말입니다. 그렇게 말만으로 코르차긴을 제명해야 된다, 그게 가능하단 말이요? 웃기지 좀 말아요. 그러니까 증거 서류를 내놓으라고!"

라즈바리힌은 악을 썼다.

"좋아, 증거를 내놓지."

코르차긴이 대꾸했다.

라즈바리힌은 방을 나가버렸다. 반 시간 뒤에 코르차긴은, 다음 결의를 마침내 채택시키고 말았다.

"이색분자로서 라즈바리힌을 청년공산동맹에서 제명한다"

여름이 오자, 친구들은 잇달아 휴가를 떠났다. 건강이 좋지 않은 사람은 바닷가로 갔다. 여름에는 누구나 휴가를 꿈꿨다. 코르차긴은 동료들에게 휴가를 얻도록 해주고, 그들에게 요양소행 버스표와 보조금을 타게 해주었다. 초췌하고, 지칠대로 지친 그들은, 그러나 즐거운 모습으로 떠나갔다. 그들의 일은 그의 두 어깨로 넘어오고, 그는 순한 말이 짐수레를 끌고 비탈길을 올라가듯이 그 일을 짊어졌다. 동료들은 볕에 그을려 유쾌한 모습으로, 에너지에 넘쳐서 돌아온다. 그러면, 다음 조가 또 떠난다. 하지만 여름 내내 누군가가 부재중이었는데도, 생활은 그 걸음걸이를 그치지를 않았다. 그리고 코르차긴이 그의 방을 비운 날이란 생각할 수가 없었다.

이렇게 여름이 지나갔다.

가을과 겨울을 파벨은 그리 좋아하지 않았다. 그 모두가 그에게 많은 육체적인 고통을 가져다주기 때문이었다.

이번 여름은 특히 기다려졌다. 체력이 해마다 떨어진다는 것을 스스로 인정하는 것조차 그에게는 괴로운 일이었다. 방법은 두 가지가 있었다─격심한 노동의 고통을 견디어 낼 능력이 자기에게는 없다고 인정하는 것, 다시 말해서 스스로 능력이 없는 사람으로 인정하든지, 아니면 힘이 미치는 한 버텨 나가든지이다. 그리고 그가 선택한 것은 두 번째 길이었다.

한번은 당 관구위원회 사무국에서, 나이 많은 지하운동가로, 관구 보건부장을 하고 있는 바르테리크라는 의사가 그의 옆으로 와서 걸터앉았다.

"자네는 아무래도 안색이 무척 나쁘군, 코르차긴. 의료위원회에 가봤나? 건강은 어떤가? 안 가봤지? 아무래도 내 기억에는 없거든. 하지만 한 번 진찰을 할 필요가 있겠어. 자네 목요일 저녁때에 오게나."

파벨은 위원회에 가지 않았다. 시간이 나지 않았던 것이다. 그러나 바르테리크는 그의 일을 잊지 않고 있다가, 마침내 그를 자기 곁으로 불렀다. 신중한 진찰 결과(바르테리크 자신도 신경병리학자로서 그에 참가했다) 다음과 같은 진단서를 썼다.

"의료위원회는 크림에서 장기요양을 위한 휴가를 즉시 줄 것과 앞으로 본격적 치료가 절대 필요하다고 봄. 그렇지 않으면 중대한 결과를 피할 수 없을 것임."

이 진단 앞에는 라틴어로 쓰인 여러 가지 병 이름이 줄줄이 적혀 있었는데, 코르차긴이 거기에서 이해할 수 있었던 것은, 자기의 주된 환부(患部)는 다리가 아니라 중추신경계통이라는 사실뿐이었다.

바르테리크는 사무국을 통하여 위원회의 결정을 실행에 옮겼다. 코르차긴이 즉시 일에서 벗어난다는 데는 아무도 이의가 없었다. 그러나 정작 당사자는 청년공산동맹 관구위원회 조직부장인 스비트네프가 휴가에서 돌아올 때까지 기다리겠다고 제안했다. 코르차긴은 위원회가 공백 상태가 되는 것을 두려워했다. 바르테리크가 이의를 제기했으나, 모두가 그것을 받아들였다.

태어나 처음인 휴가까지 3주간의 시간이 있었다. 탁상에는 예프파토리야 요양소 패스가 놓여 있었다.

이 기간 동안, 코르차긴은 일에 전념해 청년공산동맹 관구위원회 총회를 열고, 마음 놓고 떠날 수 있도록 힘을 아끼지 않고 착착 일을 마무리지어 나갔다.

마침 이때, 휴가를 바로 눈앞에 두고, 태어나 여태껏 구경한 적 없는 바다를 곧 보게 될 판에, 생각지도 않던 어처구니없는, 엉뚱한 사건이 일어났다.

파벨은 일을 마치고 나서 당 선전부에 들러, 책장으로 가려진 들창에 걸터앉아, 선전부 회의가 끝나기를 기다리고 있었다. 그가 들어왔을 때는 방에 아무도 없었는데, 이윽고 몇 사람이 들어왔다. 파벨은 책장으로 가려져 있었기 때문에 그들에게는 보이지 않았다. 그런데 그 가운데 한 사람의 목소리는 귀에 익었다. 그는 파일로라는 관구 경제부장인데, 키가 크고 군인형의 잘생긴 사내였다. 그가 술을 즐기고, 반반한 여자만 보면 꽁무니를 따라다닌다는 소문을 파벨도 여러 번 들었다.

파일로는 전에 게릴라전에 참가한 적이 있어서, 마흐노 일당의 목을 하루에 10명씩이나 잘랐다는 이야기를 기회 있을 때마다 자랑삼아 하고 있었다. 코르차긴에게는 이 사나이가 도저히 못 봐줄 친구였다. 어느 날 파벨에게 한 여자 청년공산동맹원이 찾아와 울면서 이야기한 바에 따르면, 파일로는 그녀와 결혼을 약속하고 일주일 동안 동거하더니 안면을 싹 바꾸어 버렸다. 통제위원회에서 파일로는 처녀 쪽에 증거가 없었던 것을 기회로 교묘히 책임을 회피하고 말았다. 그러나 파벨은 그녀를 믿었다. 지금도 코르차긴은 가만히 귀를 기울이고 있었다. 방으로 들어온 친구들은 설마 그가 거기에 있으리라고는 꿈에도 생각지 않았다.

"그런데 파일로, 요즘 그건 잘돼 가고 있어? 이번 것은 벌써 버릴 때가 됐나?"

이렇게 물은 사람은 그리보프라는 파일로의 친구로, 그의 단짝이라고 할 만한 사나이였다. 그리보프는 지능이 매우 뒤떨어진, 저급하고 우둔한 사나이였는데, 어떻게 된 건지 선전원으로 통하고 있었다. 그런데 그 자신은 이 유세가라는 직함이 썩 마음에 드는지, 제가 어울리는지 어떤지는 아랑곳없이 기회만 있으면 그것을 내세웠다.

"사실은 축하라도 받고 싶은 기분이라고. 실은 말이야, 난 어제 마침내 코로타예바를 함락시켰거든. 자네 뭐랬어, 도저히 어려울 거라고 했지? 그런데 그렇지도 않던걸. 이봐, 내가 일단 눈독을 들였다 하면 그게 어디 가나?"

그러면서 파일로는 입에 담기 어려운 상스러운 말을 그다음에 덧붙였다.

코르차긴은 등골이 오싹해져 옴을 느꼈다. 그가 심하게 비위가 상했을 때의 징조였다. 코로타예바라는 여성은 관구 여성부장이었다. 그녀가 여기에 온 것은 그와 같은 때여서, 파벨도 일을 함께하면서 이 마음씨 고운 여자당원과 가까워졌다. 그녀는 모든 여성에 대하여, 그리고 그녀에게 보호와 조언을 구하러 오는 사람들에게 동정을 보내고, 자상한 배려를 했다. 그러므로 위원회에서 근무하는 사람들 중에서도 코로타예바는 존경을 받고 있었다. 그녀는 독신이었다. 파일로가 말하고 있는 것은 틀림없이 그녀에 관해서였다.

"거짓말 아니야, 파일로? 아무래도 그 여자는, 좀 상상하기 어려운데."

"거짓말이라고? 야, 이 사람, 도대체 나를 어떻게 보고 이래? 하긴 나도 여태까지 그런 여자를 무너뜨렸던 적은 없었지. 하지만 별게 아니야. 요령만 터득하면, 어려운 일이 아니거든. 여자란 저마다 다루는 법이라는 게 있다고. 이틀이면 떨어지는 여자가 있는데, 사실 이런 건 제대로 된 게 없지. 그런가 하면, 한 달씩이나 속을 썩이는 여자도 있지. 요는 상대의 심리를 파악하는 거야. 접근 방법은 임기응변이지 뭐. 이건 말이야, 이봐, 완전한 학문이라고. 게다가, 알다시피 난 이 방면에는 프로가 아닌가. 하, 하, 하, 하!"

파일로는 신바람이 나서 웃다가 사레가 들려버렸다. 듣는 친구들은 이야기를 계속하라고 재촉했다. 그들은 좀 더 자세한 내용이 듣고 싶어서 속이 근질근질한 것이다.

코르차긴은 당황하면서도 심장이 마구 뛰는 것을 느끼며, 주먹을 불끈 쥐고 벌떡 일어섰다.

"나도 설마 코로타예바를 농락하려고는 생각지 않았는데, 이걸 놓치기도 아깝지 뭐야. 더구나 이 그리보프와는 와인 한 상자를 내기로 걸었잖아. 그래서 난 공격을 개시했지. 한두 번 그 여자에게 들렀지. 슬쩍 살펴보니까 저쪽에서는 수상한 눈초리로 쳐다보는 거야. 게다가 나에 대해서는 여러 가지 좋지 못한 소문도 나 있고 말이야. 그녀도 그런 이야기를 들었을지도 모르겠지…… 한마디로 측면에서는 실패였어. 그래서 이번에는 우회작전으로 나갔지. 우회작전 말이야, 하, 하!…… 그래서 난 이렇게 말했지. 아시다시피 난 전쟁에 나가서 사람을 많이 죽였습니다. 여기저기 방랑하다 보니, 혈기 탓으로 술도 어지간히 퍼마셨습니다. 그러나 좋은 반려자가 돼줄 여성도 못 만난 채, 외롭게 이런 꼴로 살고 있답니다. 누구 하나 나를 끔찍이 아껴 주는 사람도 없고, 반겨 주는 사람도 없이…… 뭐 이런 식으로, 신파조로 연극 좀 했지. 즉 상대의 약점을 찌른 거야. 그 여자는 정말 꽤 애를 먹이더군. 한때는, 제기랄 될 대로 되라는 생각이 들어서, 이따위 희극은 그만 집어치울까 마음먹은 적도 있었지. 하지만 이렇게 되니, 이제 오기가 나더군. 오기로도 난 그 여자에게서 손을 뗄 수가 없었단 말이야…… 그리고 마침내 손을 잡는 데까지 성공했어. 내 이 인내심

덕으로 말이야. 유부녀 아닌 숫처녀를 드디어 손에 넣게 됐다, 이런 이야기지. 핫, 하, 하! 웃기는 이야기야!"

그리고 파일로는 이어 그 차마 입에 담을 수 없는 이야기를 늘어놓았다.

코르차긴은 어떻게 해서 자신이 파일로 옆에 뛰쳐나갔는지, 잘 기억이 나지 않았다.

"이 개새끼야!"

파벨이 고함을 질렀다.

"개새끼란 나 말이냐, 아니면 남의 이야기를 엿듣고 있던 너 말이냐?"

그리고 파일로가 파벨의 멱살을 잡았으므로, 파벨 쪽에서도 무어라고 말했다.

"이 새끼, 날 모욕하는 거야!"

그러고는 주먹으로 코르차긴을 한 방 먹였다. 파일로는 술에 취해 있었다.

코르차긴은 떡갈나무 걸상을 잡더니, 단숨에 파일로를 바닥에 쓰러뜨려 버렸다. 코르차긴의 주머니에는 마침 권총이 없었다. 그래서 파일로는 간신히 목숨을 건진 셈이었다.

그런데 이로 인한 사태는 어처구니없이 발전하게 되었다. 크림으로 떠나려 했던 날에, 코르차긴은 당의 심판 앞에 서게 된 것이다.

시내 극장에는 당 조직의 전원이 모였다. 선전부의 사건은 모두의 불안을 불러일으켜, 재판은 엄격한, 일상생활 토론회로 발전했다. 일상생활, 사적인 상호관계 및 당 윤리 등의 문제가 이미 심의 중인 소송사건을 제쳐버리게 되었다. 사건은 하나의 신호가 된 셈이었다. 파일로는 재판 중에 도전적인 태도를 보이며, 뻔뻔하게 웃고 있었다. 그리고 이 사건은 마땅히 인민재판소가 심리해야 하며, 코르차긴은 자기 머리를 다치게 했으므로 강제노동 처분을 받을 게 틀림없다고 말했다. 그는 신문에 답변하기를 단호히 거부했다.

"도대체 뭡니까? 내 답변으로 쓸데없는 화제라도 삼을 작정입니까? 사양하겠습니다. 나에 대해서는 마음대로 꾸며대십시오. 여자들이 나를 가지고 이러쿵저러쿵하는 모양이지만, 그건 내가 그 여자들을 거들떠보지도 않았기 때문입니다. 이 사건은 알맹이를 다 먹고 난 달걀 껍데기만큼의 값어치도 없습니다. 이게 만일 1918년의 사건이었다면, 나도 이 미치광이 코르차긴에게 나 나름의 분풀이를 했을 겁니다. 그러나 지금이라면, 이곳에 내가 없어도 올바른 처분을 해 줄 것입니다."

그러고는 퇴장해 버렸다.

의장이 코르차긴에게 충돌사건에 대해서 진술하도록 요청했을 때, 파벨은 조용히 이야기하기 시작했다. 그러나 그가 가까스로 자신을 억제하고 있다는 것은 누구나 알 수 있었다.

"지금 여기서 문제가 되는 일은, 모두가 제가 자신을 억누르지 못했던 데서 일어난 일입니다. 내가 일을 하는 데에도 머리보다도 주먹을 썼던 시대는 이미 지나갔습니다. 문제가 생겼을 때, 나는 스스로 앞서 말씀드린 사실을 상기하기에 앞서, 파일로의 머리에 일격을 가해 버렸던 것입니다. 지난 몇 년 동안에 이런 게릴라 전술로 나간 것은, 내게는 이것이 유일한 경우입니다. 그리고 이 방법이 옳지 않다는 것을 스스로 인정합니다. 다만 구타 그 자체는, 사실상은 옳다고 봅니다. 파일로는 우리들 공산주의자 생활에서 타도해야 할 존재입니다. 나는 혁명가이자 코뮤니스트가 동시에 파렴치하고, 부랑배여도 된다는 것은 이해할 수가 없으며, 그런 생각을 받아들일 수는 도저히 없습니다. 이번 사건은 우리로 하여금 일상생활에 눈을 돌리게 했습니다. 이것이 사건 전반을 통한 유일한 수확이라 생각합니다."

당조합은 압도적 다수로 파일로의 당 제명에 찬성표결을 했다. 그리보프는 허위 진술을 했기에 경고와 더불어 엄중한 견책을 받았다. 그 이야기 자리에 동석했던 다른 친구들도 자백하고, 마찬가지로 견책을 받았다.

바르테리크가 파벨의 건강 상태를 이야기했다. 당의 예심판사가 코르차긴에 대해서도 견책 선고를 하도록 제의하자, 집회에 참여한 이들이 맹렬히 반대했으므로, 예심판사도 그 제의를 철회했다. 파벨은 무죄로 인정되었다.

며칠 뒤에, 코르차긴은 열차를 타고 하리코프로 떠났다. 당 관구위원회는 우크라이나 청년공산동맹 중앙위원회 산하로 자신을 옮겨 달라는 그의 간절한 희망에 동의했다. 그리하여 파벨은 훌륭한 고과표(考課表)를 갖고 떠났다. 중앙위원회 서기 가운데에는 아킴이 있었다. 파벨은 그에게 들러 모든 일을 이야기했다.

아킴은 파벨의 고과표에서 '당에 헌신적으로 충실함'이라는 구절 다음에 덧붙여진 구절을 다음과 같이 읽었다.

'당원으로서 일관성을 갖추고 있음. 다만, 매우 드물게 자제를 잃을 만큼 격분하는 수가 있음. 원인은 신경계통의 중대 질환임.'

"모처럼의 훌륭한 서류에 역시 이 말을 덧붙였군그래, 파블루샤. 하지만 낙담할 건 없어. 몸이 튼튼한 사람이라도 때로는 이런 일이 있는 법이니까. 남쪽으로 가서 강한 사나이가 돼서 돌아오라고. 어디서 일할지는, 돌아와서 함께 상의하기로 하지."

그리고 아킴은 그의 손을 꼭 잡았다.

이곳은 중앙위원회의 요양소 '콤나르'이다. 장미가 흐드러진 화단, 불꽃처럼 반짝이며 뿜어대는 분수, 포도 넝쿨이 얽혀 있는 정원 내의 건물. 휴양자들의 흰옷과 수영복이 눈에 띄었다. 젊은 여의사가 성명을 기록했다. 구석 쪽 건물 안의 널찍한 방, 눈이 부실 정도로 하얀 침대, 청결, 그리고 무엇으로도 깨지지 않는 조용함. 코르차긴은 옷을 갈아입고, 목욕을 하고 나서 상쾌해진 기분으로 바다 쪽으로 마구 뛰어갔다.

어디를 바라보든 윤을 낸 대리석처럼 빛나는 검푸른 바다의 웅대하고 평온한 광경이 한눈에 들어왔다. 그 끝은 어딘가 아득히 먼 푸른 안개 속에 사라지고, 이글이글 타오르는 태양이 그 앞에 불타는 듯한 섬광이 되어 미치고 있었다. 멀리 아침 안개 속으로 산봉우리들이 우뚝 솟아 있었다. 가슴은 바다의 신선한 바람을 실컷 마시고, 눈은 바다의 짙푸른 웅대한 정적에서 뗄 수 없었다. 권태로운 듯한 물결이 가만히 발밑으로 다가와, 물가의 금빛 모래를 핥고 있었다.

7

중앙위원회의 요양소와 나란히 중앙병원의 커다란 정원이 있다. 콤나르에서 요양하는 사람들은 바다에서 돌아올 때에는 이곳을 지나갔다. 이곳에서 코르차긴은 높은 쥐색 석회담 옆의 잎이 우거진 플라타너스 나무 그늘에서 쉬는 것을 즐겨했다. 여기라면 사람들 발길이 드물었다. 여기서는 가로수가 늘어선 길과 정원의 오솔길을 오가는 사람들의 활기찬 움직임을 지켜볼 수가 있었고, 저녁에는 큰 요양소의 복잡한 틈바구니에서 멀리 떨어져 음악을 들을 수도 있었다.

그래서 오늘도 코르차긴은 이곳에 와 있었다. 느긋한 기분으로 등나무 흔들의자에 길게 누워, 해수욕과 햇볕으로 노곤해져 잠시 졸고 있었다. 옆 의자에는 수건과 아직 다 읽지 못한 푸르마노프[1]의 《반란》이 놓여 있었다. 처음 요양소에 왔을 때는 신경과민상태에서 미처 벗어나지 못했을 뿐만 아니라 두통이 멎지 않았다. 교수들은 아직도 이 희귀하고 복잡한 병을 내내 연구하고 있었다. 거듭되는 진료는 파벨을 지겹게 만들었다. 예루살림치크라는 별난 이름의 주치의는 친절한 여자 당원이었는데, 그녀는 언제나 간신히 자기 환자를 찾아내 가지고는, 인내심 있게 설득해서 함께 전문의에게 데리고 가곤 했다.

"솔직히 말해서, 난 이제 지쳤습니다."

파벨은 그때마다 말했다.

"하루에 다섯 번씩이나 똑같은 말을 되풀이하게 만드니 말입니다. 당신의 할머니는 정신병력이 있지 않습니까? 증조부는 신경통을 앓지 않았습니까? 아니 증조할아버지가 어떤 병에 걸렸었는지, 어떻게 압니까? 내가 보지도 못한 분을 말이에요! 그러고 나서 이번에는 한 사람 한 사람이 나에게 임질이라든가 어쨌든 무엇이든 고약한 병에 걸린 적이 없는지 고백하게 만들려고 덤비는

---

[1] 소련 소설가(Dmitrii Andreevich Furmanov, 1891~1926). 기록 문학의 기초를 마련했으며 작품에 《차파예프》, 《반란》 등이 있다.

거예요. 이런 식으로 나를 다룬다면 난 정말 정직하게 말해서, 상대의 대머리를 한 대 갈기고 싶어진다니까요. 도대체 날 좀 그냥 쉽게 해줄 수는 없어요? 만약에 그렇지 않고, 앞으로도 한 달쯤이나 더 나를 연구거리로 삼다가는, 난 사회적으로 위험한 놈이 될지도 모르니까 알아서 하세요."

예루살림치크는 싱글벙글 웃으면서, 그 말에는 농담으로 대꾸한다. 그러나 몇 분 뒤에는 이미 그의 손을 잡고, 도중에 무슨 재미있는 이야기를 하면서 외과의사에게 데리고 가는 것이었다.

오늘은 진찰이 없는 날이었다. 식사 시간까지는 한 시간이 있었다. 잠결에 파벨은 누군가의 발소리를 들었다. 하지만 잠든 줄 알면 가버리겠지, 하는 생각에 눈을 감고 있었다. 그러나 그 기대는 어긋났다. 흔들의자가 삐걱거리는 소리가 들려왔다. 누군가가 앉은 모양이었다. 희미한 향수 냄새로, 앉은 사람이 여자라는 것을 알 수 있었다.

그는 눈을 떴다. 파벨의 눈에 맨 처음 들어온 것은 눈부실 정도로 하얀 옷과 산양가죽 구두를 신은 햇볕에 그을린 발인데, 이어서 소년처럼 치켜 깎은 머리, 커다란 두 눈, 가지런한 이를 보았다. 여자는 멋쩍은 듯이 싱긋 웃었다.

"미안해요. 내가 방해를 했나요?"

코르차긴은 입을 다물고 있었다. 좀 무뚝뚝한 태도였다. 그러나 그는 그렇게 하면 여자가 빨리 가버릴 것이라는 기대가 있었다.

"이거, 당신 책이에요?"

여자는 《반란》 책장을 몇 장 넘겼다.

"예, 내 겁니다……."

침묵이 이어졌다.

"당신은 콤나르 요양소에서 오셨지요, 동지?"

코르차긴은 더 참을 수 없어서, 몸을 움직였다.

'이건 또 어디서 나타난 도깨비야? 내가 실컷 휴식한 줄 아는 모양이지? 이제 곧 무슨 병이세요? 어쩌구 나오겠지? 아무래도 자리를 뜨는 게 낫겠다.'

그래서 그는 퉁명스럽게 대답했다.

"아니요."

"하지만 거기서 뵌 것 같은데요."

파벨이 그만 일어서려 하는데, 등 뒤에서 낮은 여자의 목소리가 들렸다.

"너, 뭣하러 이런 데까지 왔니, 도라?"

볕에 그을리고 뚱뚱한 금발 여자가 요양소 옷을 입고 흔들의자 끝에 걸터앉았다. 그녀는 힐끗 코르차긴을 보았다.

"어디서 많이 본 분 같네요, 동지. 혹시 하리코프에서 일하시지 않았어요?"

"예, 하리코프에 있었지요."

"무슨 일을 하셨어요?"

코르차긴은 이런 귀찮은 대화를 그만 집어치우기로 마음먹었다.

"위생청소대요!"

이윽고 두 사람의 깔깔거리는 웃음을 듣자 뜨끔했다.

"당신도 꽤 붙임성이 없는 분이군요, 동지."

이렇게 해서 그들과의 교제가 시작되었다. 그리고 당 하리코프 시위원회 사무국원인 도라 로드키나는 이 첫 만남의 우스꽝스러운 이야기를 나중에도 여러 번 했다.

한번은 식사 후 음악연주를 들으러 간 요양소의 탈라사 정원에서, 코르차긴은 뜻밖에도 자르키를 만났다. 묘하게도 두 사람을 만나게 한 것은 폭스트롯*²이었다.

열심히 손짓 몸짓을 다해 〈사랑의 기쁨으로 밤은 불타고〉를 노래한 뚱뚱한 여가수 다음으로, 무대 위에 올라온 한 쌍의 남녀가 있었다. 남자는 빨간 실크해트를 쓴 반나체로 허리둘레에는 뭔가 색깔이 울긋불긋한 것을 두르고, 넥타이를 매고 있다. 야만인을 서투르게 흉내낸 모양이다. 여자는 인물이 훤한데 몸에 덕지덕지 헝겊을 두르고 있다. 이 한 쌍이, 요양소 환자들 앞에서 비실비실한 폭스트롯을 무대 위에서 추기 시작했다. 이루 말할 수 없을 만큼 보기 흉한 광경이었다. 엉뚱하게 실크해트 따위를 쓴, 살이 디룩디룩 찐 남자와 여자가 서로 엉겨붙어서 온갖 외설스러운 몸짓으로 꿈틀거리고 있다. 코르차긴이 가려고 돌아섰을 때, 앞줄 무대 바로 옆에서 누군가 일어서더니 느닷없이 고함을 질렀다.

"그 음란한 춤 따위 집어치워! 어서 썩 치우지 못해!"

---

*2 1910년대 초기에 미국에서 시작한 사교춤곡 또는 그 춤.

파벨은 그가 자르키라는 것을 알았다.

아샤는 연주를 멈추고, 바이올린이 마지막으로 찌익 울리면서 조용해졌다. 무대 위의 남녀도 몸을 흔들기를 멈추었다. 방금 소리를 지른 사람에 대하여, 의자 뒤에서 분개하는 소리가 일어났다.

"뭐야, 뭐야 왜 하다가 그만두는 거야!"

"유럽에서는 어디서나 즐기는 춤이라고!"

"뭐 이래!"

그러나 콤나르 요양자들의 무리 중에서, 청년공산동맹 첼레포베츠 군(郡) 위원회 서기인 세료자 지바노프라는 친구가, 네 손가락으로 휙 하고 휘파람을 불었다. 다른 친구들도 그것을 응원했으므로, 춤을 추던 두 남녀는 재빨리 무대에서 사라졌다. 싱거운 소리 잘하고 말이 많은 사회자가 무대는 이로써 끝내겠다고 관중들에게 인사했다.

"말라야 스파스카야 거리를 소시지처럼 굴러가라!"

요양소 옷을 입은 한 젊은이가 사회자 뒤에서 이렇게 외치자 모두가 와 하고 웃었다.

코르차긴은 앞줄 틈바구니에서 자르키를 찾아냈다. 두 사람은 파벨의 방에서 오랫동안 앉아 있었다. 바냐는 어느 당 관구위원회의에서 선전선동부 부장으로 일하고 있었다.

"자네 알고 있던가? 나, 마누라를 얻었어. 이제 곧 딸이나 아들이 생길 거야."

자르키가 말했다.

"그래? 누구야, 자네 부인은?"

코르차긴은 놀라서 물었다.

자르키는 옆 주머니에서 사진을 꺼내 파벨에게 보여주었다.

"기억나지?"

사진에는 그와 안나 보르하르트가 있었다.

"두바바는 어디 있지?"

더욱 놀라면서, 파벨은 물었다.

"두바바는 모스크바에 있어. 그 친구는 당에서 제명당한 뒤로는, 공산대학도 퇴학당하고, 지금은 모스크바 고등공업에 가 있지. 복당(復黨)됐다는 말도 있지만, 그건 헛소문이야! 그 녀석은 인간이 썩었으니까…… 이그나트가 어디 있는지 알아? 그는 지금 조선소의 부소장이야. 다른 친구들은 난 잘 몰라. 다들 참, 뿔뿔이 흩어졌지 뭐야. 국내의 온갖 구석구석에서 일하고 있는 셈인데, 여기서 이렇게 만나 옛날이야기를 나누다니, 참 꿈만 같구나."

자르키가 말했다.

방 안으로 도라를 비롯한 몇 사람이 함께 들어왔다. 키가 큰 탐보프 태생의 사나이가 문을 닫았다. 도라는 자르키의 훈장을 보고 파벨에게 물었다.

"당신 친구는 당원인가요? 어디서 일하지요?"

코르차긴은 자르키에 대해서 간단히 설명해 주었다.

"그럼 여기 좀 더 계세요. 방금 모스크바에서 동지들이 도착했어요. 이분들은 최근의 당 소식을 우리에게 이야기해 주기로 되어 있거든요. 그래서 당신방에서, 일종의 비밀회의를 열기로 한 거예요."

도라가 설명했다.

모인 사람들의 대부분은, 파벨과 자르키를 제외하고, 고참 볼셰비키였다. 모스크바 통제위원회의 일원인 바르타셰프가, 트로츠키, 지노비예프, 카메네프 등이 이끌고 있는 새로운 야당에 대해서 이야기했다.

"이런 긴박한 시기에는, 우리가 현장에 꼭 있어야 합니다. 그래서 나는 내일이라도 떠날 작정이에요."

바르타셰프는 이야기를 마쳤다.

파벨의 방에서 모임이 있었던 3일 뒤에는, 요양소는 때아니게 텅 빈 상태가 되고 말았다. 파벨도 정해진 기간을 채우지 않고 떠났다.

청년공산동맹의 중앙위원회에서도 그를 오래 붙잡아 두지는 않았다. 코르차긴은 어느 공업지구의 청년공산동맹 관구위원회 서기가 되도록 임명되었다. 그리고 어느덧 일주일 뒤에는, 시내의 조직 활동분자들은 그의 첫 연설을 듣고 있었다.

가을도 깊어진 어느 날, 코르차긴과 두 사람의 근무원을 태운 당 관구위원회의 자동차가 시내에서 떨어진 어떤 지구로 향하던 도중, 도로 옆에 있는 물길에 빠져서 전복했다.

모두가 크게 다쳤다. 코르차긴은 오른쪽 무릎을 다쳤다. 며칠 뒤, 그는 하리코프의 외과 병원으로 옮겨졌다. 의사들은 그의 부어오른 무릎을 진찰하고,

뢴트겐 촬영*3을 한 다음, 곧바로 수술해야 한다고 말했다.

고르치긴은 동의했다.

"그럼, 내일 아침에 합시다."

진단을 이끌었던 몸집이 뚱뚱한 의사가 그렇게 말하고 일어섰다. 다른 의사들도 그 뒤를 따라서 나갔다.

작고 밝은 병실. 더할 나위 없이 깨끗했으며, 한동안 잊었던 병원 특유의 냄새가 났다. 코르차긴은 주위를 둘러보았다. 하얀 커버를 덮은 작은 탁자와 하얀 의자밖에 없다.

간호사가 야식을 가져왔다.

그러나 파벨은 그것을 사양했다. 침대에 걸터앉아서, 그는 편지를 썼다. 다리의 통증이 생각하는 데 방해가 되고, 식욕도 생기지 않았다.

네 통째의 편지를 다 썼을 때, 병실 문이 살그머니 열렸다. 코르차긴은 자기 침대 옆에, 흰 가운과 흰 모자를 쓴 젊은 여인의 모습을 보았다.

어둠이 덮이기 시작한 어스름한 속에 그는 그 여성의 가늘게 그은 눈썹과 커다란 검은 눈을 보았다. 한 손에 서류 가방을 들고, 다른 한 손에는 종이와 연필을 들었다.

"내가 당신의 담당의사예요."

그녀가 말했다.

"오늘은 당직입니다. 이제부터 질문을 할 텐데, 당신은 자신에 대한 일을 무엇이든 대답해 주셔야 해요."

그 여성은 상냥하게 웃었다. 그 미소가 '질문'이라는 단어의 불쾌감을 덜어 주었다. 꼬박 한 시간이 걸려서, 코르차긴은 자신의 일뿐만 아니라, 증조모에 관한 일까지 모두 이야기했다.

수술실에는 마스크로 코를 가린 몇 사람이 있었다. 니켈 도금을 한 수술 도구가 번쩍였고 좁은 수술대 밑에는 커다란 대야가 놓여 있었다. 코르차긴이 수술대 위에 누웠을 때, 교수는 마침 손을 다 씻은 참이었다. 뒤에서는 착착 수술 준비가 진행되고 있었다. 코르차긴은 주위를 둘러보았다. 간호사가 수술

---

*3 엑스선의 투과도가 물질에 따라 차이가 나는 것을 이용하여 인체 내부를 검사할 목적으로 사진을 찍는 일.

도구와 겸자(鉗子)를 늘어놓고 있었다. 담당의사인 바자노바는 다리의 붕대를 풀고 있었다.

"이쪽을 보지 말아요, 코르차긴 동지. 신경에 거슬리니까요."

작은 소리로 그녀가 말했다.

"신경이라고요, 누구의 신경 말입니까, 선생님?"

그렇게 말하고 나서, 코르차긴은 우스워 죽겠다는 듯이 싱긋 웃었다.

몇 분 뒤 마스크가 그의 얼굴을 덮었다. 의사가 말했다.

"흥분하지 말아요. 이제부터 클로로포름을 쓸 테니까. 코로 깊이 숨을 들이 쉬고, 그리고 수를 세어봐요."

짓눌린 목소리가 마스크 밑에서 침착하게 말했다.

"알았어요. 해괴한 욕지거리가 나올지도 모르니까, 미리 용서를 구해 둡니다."

의사는 미소를 참지 못했다.

클로로포름의 첫 몇 방울은 질식할 것처럼 지독한 냄새를 풍겼다.

코르차긴은 깊이 숨을 들이쉬었다. 그리고 똑똑히 발음하려고 애쓰면서, 수를 세기 시작했다. 이리하여 그는 자신의 비극의 제1막으로 들어섰다.

아르촘은 거의 반을 잘라내듯이 봉투를 뜯었다. 그리고 까닭 없이 불안한 마음으로 편지를 펼쳤다. 처음 몇 줄을 먼저 훑어보고 나서, 그대로 단숨에 읽어내려갔다.

"아르촘 형님! 우리는 서로 웬만해서 편지를 쓰는 법이 없었지요? 1년에 한 번이나, 잘해야 두 번쯤으로 말이지요. 하지만 편지 횟수는 문제가 아니지요. 형님의 편지로는, 셰페토프카에서 가족이 모두 카자친의 기관고로 옮긴 것은 뿌리를 끊어버리기 위해서라고 하셨지요? 그 뿌리라는 것은, 나도 알 것 같습니다. 그건 스쵸샤처럼 잔돈푼이나 모으는 사람의, 시대착오적인 심리라든가, 그녀의 일가붙이 따위를 가리키는 것이지요? 그런데 스쵸샤와 같은 사람들을 개조한다는 것은 그리 쉬운 일이 아닙니다. 어쩌면 형님도 성공하기가 어렵지 않을까, 하고 그게 걱정입니다. 편지로는 '나이를 먹고 나서 하는 공부는 힘이 든다'고 하셨는데, 형님의 경우는 그렇지만도 않은 것 같더군요. 형님이 생산대에서 시(市) 소비에트 의장 자리로 옮기는 것을 그처럼 굳이 사양한 것은 잘못입니다. 형님은 정권을 지키고자 싸웠지 않습니까? 그렇다면, 그 일을 맡으세요. 내일이라도 시 소비에트의 일을 맡아서, 당장에 일을 시작하십시오.

이번에는 나에 관한 일. 나는 아무래도 몸 상태가 썩 좋지 않은 것 같습니다. 병원에도 가끔씩 다니게 되었고, 수술도 두 번 해서 피도 꽤 흘렸고, 체력도 꽤 소모했는데, 언제나 이따위 일이 끝날지, 아직 아무도 확답해 주는 사람이 없습니다.

나는 일에서 떠나, '환자'라는 새 직업을 얻은 셈입니다. 적지 않은 고통에도 견디고 있지만, 그 결과는 오른쪽 무릎을 움직일 수 없다는 것, 몸에 꿰맨 자리가 몇 군데 생겼다는 것, 게다가 최근 의사의 발견에 따르면, 7년 전에 나는 척추를 다쳤는데, 그 상처가 더 깊어질 수 있다는 것입니다. 그러나 나는 전열(戰列)로 돌아갈 수만 있다면, 어떤 일에도 견디어 낼 각오로 있습니다.

나는 인생에서 전열에서 탈락하는 것만큼 무서운 일은 없습니다. 그런 일은 상상조차 할 수 없어요. 바로 그렇기 때문에, 나는 무슨 일이라도 시도하는 것입니다. 그런데 좀처럼 병세는 호전되지 않고, 먹구름은 점점 더 어두워지기만 합니다. 첫 수술이 끝나자, 나는 걸을 수 있기까지 기다려서 바로 일터로 돌아갔지만, 얼마 뒤 다시 되돌아오고 말았습니다. 방금 예프파토리야의 '마이나크'라는 요양소행 패스를 받았습니다. 내일 떠날 겁니다. 하지만 아르촘 형님, 결코 상심하지는 마세요. 나는 그리 쉽게 죽지는 않으니까요. 내 목숨은 적어도 세 사람 몫은 됩니다. 우리는 아직 멀었지 않아요, 형님? 몸을 아끼시고, 한꺼번에 10푸드씩이나 등에 메는 짓은 제발 그만하세요. 나중에 결국, 그것을 고치는 데 당이 비싼 값을 치르게 되니까요. 세월과 더불어 경험도 생기고, 공부하면 지식도 얻을 수 있습니다. 그리고, 그것들은 모두 할 일 없는 병원 생활을 하기 위해서 있는 것은 아니거든요.

형님의 손을 굳게 잡습니다. 파벨 코르차긴.''

아르촘이 송충이 같은 눈썹을 찌푸리며 동생의 편지를 읽고 있었을 무렵, 파벨은 병원에서 바자노바와 작별을 고하고 있었다. 그에게 손을 내밀면서, 그녀가 물었다.

"크림으로는 내일 떠나시는 거죠? 그럼, 오늘은 어디서 지낼 거예요?"

코르차긴은 대답했다.

"곧, 로드키나 동지가 와줄 거예요. 오늘은 낮과 밤을 그녀의 집에서 보내고,

아침이 되면 역까지 바래다 달라고 하겠습니다."

바자노바는 자주 파벨을 찾아왔던 도라를 알고 있었다.

"코르차긴 동지, 언젠가 내가 한 이야기 기억하고 있지요? 떠나기 전에 우리 아버지를 한 번 만난다는 이야기 말이에요. 당신의 상태는 아버지에게 자세히 말씀드려 두었어요. 아버지가 한 번 보시는 게 좋을 것 같아요. 오늘 밤이 좋겠는데, 어때요?"

코르차긴은 그 자리에서 그렇게 하기로 했다.

그날 밤, 일리나 바실리예브나는 아버지의 넓은 서재로 파벨을 안내했다.

유명한 외과의사는 딸이 참여한 가운데 찬찬히 코르차긴을 진찰했다. 일리나는 병원에서 뢴트겐 사진과 분석한 자료 등을 모조리 가지고 와 있었다. 파벨은, 아버지가 라틴어로 이야기한 다음에, 일리나 바실리예브나의 얼굴에 갑자기 창백한 빛이 서리는 것을 알아차렸다. 코르차긴은 외과의사의 커다란 대머리를 바라보며 그 상대의 눈초리 속에서 뭔가를 읽어내려고 애써 보았다. 그러나 그의 속마음은 짐작할 수도 없었다.

파벨이 옷을 입자, 바자노바 교수는 깍듯이 그에게 작별 인사를 했다. 바자노바는 회의에 참석해야 했기 때문에 진단 결과는 딸에게 전하기로 했다.

세련된 가구를 갖춘 일리나 바실리예브나의 방에서, 코르차긴은 바자노바가 이야기를 꺼내기를 기다리면서 소파에 편히 앉아 있었다. 그런데 그녀는 어떻게 입을 열면 될지, 뭐라고 하면 좋을지, 매우 어색해하고 있었다. 아버지가 그녀에게 이야기한 바로는, 코르차긴의 몸에서 진행 중인 염증의 파괴작용을 막을 수 있는 수단이 현재로서는 없다는 것이었다. 그리고 그는 외과수술을 반대했다.

"이 청년의 장래에 기다리는 것은 전신불수라는 비극이다. 더구나 우리에게는 이것을 미리 막을 힘도 없다."

의사로서도 또한 친구로서도, 그녀는 모든 사실을 알릴 수는 없다고 생각했다. 그리고 표현에 신경을 쓰면서 진실의 극히 일부분만을 코르차긴에게 전했다.

"코르차긴 동지, 예프파토리야의 진흙요법이 도움이 될 것 같군요. 그리고 가을에는 직장으로 돌아갈 수 있게 될 거예요."

그렇게 말하면서, 그녀는 날카로운 두 눈동자가 끊임없이 자신을 지켜보고 있음을 잊고 있었다.

"당신의 말보다도, 당신이 말하지 못한 모든 것에서 내 증상이 심상치 않다는 것을 짐작하겠소. 당신에게는 평소부터 있는 그대로 말해 달라고 부탁하지 않았습니까? 나에게는 아무것도 숨길 필요가 없어요. 나는 기절해서 쓰러지지도 않을 테고, 칼로 목을 찌르고 죽는다든가 그런 것도 안 합니다. 그러나 나는 앞으로 나를 기다리는 것이 무엇인가에 대해 꼭 알고 싶습니다."

파벨은 말했다.

바자노바는 농담을 하며 어물쩍 그 자리를 넘겨버렸다.

그날 밤도 파벨은 여전히 자신의 내일에 관한 진실을 알아낼 수는 없었다. 두 사람이 작별할 때가 되자, 바자노바는 조용히 말했다.

"당신에 대한 나의 친근한 심정을 잊지 말아 주세요, 코르차긴 동지. 당신의 생활에도 여러 일이 일어나겠지요. 만일 내가 도와줄 일이 있다든가, 상의할 일이 있으면 편지를 주세요. 내가 내 힘으로 할 수 있는 일이라면, 무엇이든 할 테니까요."

그녀는 가죽 조끼를 입은 키 큰 청년이 지팡이에 간신히 몸을 의지하면서, 마차 쪽으로 걸어가는 모습을 창 너머로 지켜보고 있었다.

다시 예프파토리야. 남쪽의 폭염. 금실로 수놓은 둥그런 모자를 쓴, 볕에 그을린 수다스러운 사람들의 모습. 자동차는 10분이면 승객들을 잿빛 석회석으로 된 '마이나크' 요양소 2층집으로 실어다 준다.

당직 의사가 도착한 사람들에게 방을 배정하고 있다.

"당신은 어느 기관의 요양권을 갖고 왔지요, 동지?"

그는 11호실 앞에서 멈추고, 코르차긴에게 물었다.

"우크라이나 공산당 중앙위원회 것입니다."

"그럼 에브네르 동지와 함께 이 방에서 지내세요. 이분은 독일인인데, 러시아인 친구를 원하고 있어요."

의사는 그렇게 설명하고 나서 문을 두드렸다. 방 안에서는 서툰 러시아어가 들려왔다.

"들어오세요."

안으로 들어가자 코르차긴은 자신의 트렁크를 놓고, 침대에 누워 있는 아름답고 생기 넘치는 푸른 눈을 가진, 밝은 머리털의 사나이 쪽을 돌아보았다. 독일인 쪽에서도 미소를 띠고 그를 맞았다.

"구텐 모르겐, 게노세.*4 나, 인사하고 싶었습니다."

그 사나이는 그렇게 고쳐 말하고, 긴 손가락의 한 손을 파벨에게 내밀었다.

몇 분 뒤에 파벨은 그의 침대에 걸터앉아 있었다. 그리고 두 사람 사이에서 언어는 2차적인 역할밖에 하지 못했고, 알 수 없는 말은 상상, 손짓, 얼굴 표정 등, 그야말로 공용어 에스페란토의 모든 수단을 써서 활기 넘치는 대화가 벌어지고 있었다. 파벨은 이미 에브네르가 독일 노동자라는 것을 알았다.

1923년의 함부르크 폭동 때, 에브네르는 허리에 탄환을 맞아, 그 묵은 상처가 이제 와서 탈이 나, 그를 병상에 눕게 만들었던 것이었다. 고통이 있어도 그는 원기를 잃지 않았다. 그리고 그로 말미암아 그는 금세 파벨의 존경을 얻었다.

코르차긴은 이보다 좋은 이웃을 가진다는 것은 상상할 수 없었다. 이 사나이라면, 아침부터 저녁까지 늘 제 병에 대한 이야기만 하며 징징거리는 소리는 하지 않을 것이다.

오히려 그와 함께 있으면 자신의 불행마저 잊으리라.

'다만 내 독일어가 너무 엉터리라서 유감인걸.'

그는 생각했다.

정원 구석 쪽에 흔들의자 몇 개, 대나무 탁자, 그리고 이동의자가 2개 놓여 있다. 여기서 환자들이 '국제 공산당 집행위원회'라 별명을 붙인 5인조가 치료를 받은 다음 하루해를 보내곤 했다.

한 휠체어에는 에브네르가 몸을 반쯤 눕히고, 또 한 대에는 보행이 금지된 코르차긴과 나머지 세 사람, 즉 어느 공화국의 무역인민위원부에서 일하는 바이만이라는 뚱뚱한 에스토니아인과, 갈색 눈의 앳돼 보이는 젊은 라트비아 여자 마르타 라울린과 구레나룻이 허옇게 센, 시베리아 출신의 키가 큰 호걸 레제네프이다. 이곳에는 독일인, 에스토니아인, 라트비아인, 러시아인, 우크라이나인이라는 다섯 민족이 함께 있었던 셈이었다. 마르타와 바이만은 독일어가

---

*4 Guten Morgen, Genosse. 독일어로 '좋은 아침입니다, 동지'라는 뜻.

유창했으므로 에브네르는 그들의 통역에 의지하고 있었다. 파벨과 에브네르 사이에는 같은 방에서 지낸다는 친분이 있었다. 그리고 독일어를 안다는 것이 마르타와 바이만을 에브네르와 가깝게 만들었고, 레제네프와 코르차긴을 맺어준 것은 장기였다.

인노켄치 파블로비치 레제네프가 이곳에 오기 전까지 코르차긴은 요양소 안에서 장기 챔피언이었다. 그는 끈질긴 왕위 쟁탈전 끝에 바이만으로부터 이 타이틀을 빼앗았던 것이다. 패배한 에스토니아인 바이만은 태연한 척했으나 속으로는 못내 아쉬웠다. 그런데 얼마 후 이 요양소에, 나이는 50이라지만 매우 젊어보이는 키가 큰 노인이 나타나 코르차긴에게 도전했다. 코르차긴은 마음 놓고 아무런 경계도 없이 일부러 처음에 여왕을 잡게 했는데, 레제네프는 중앙의 졸(卒)을 내밀어서 이에 응했다. 챔피언인 이상, 파벨은 새로 나타난 장기꾼과는 누구든 대전해야만 했다. 이런 대전에는 늘 많은 구경꾼들이 모여들었다. 벌써 9수째부터 코르차긴은 레제네프의 졸이 일정한 보조로 착착 공세하자 자신이 밀리고 있음을 알아차렸다. 상대가 보통이 아닌 고수(高手)임을 알았다. 이 승부에 그가 이런 허술한 수를 썼던 것은 무의미했던 것이었다. 세 시간에 이르는 접전 끝에 온갖 노력을 기울이고, 긴장을 거듭했음에도, 파벨은 마침내 손을 들지 않을 수 없게 되었다. 그는 자기 주위에 있는 누구보다도 빨리 자신이 졌다는 것을 알았다. 상대 얼굴을 보자, 레제네프는 아무런 악의 없이 싱긋 웃었다. 그도 파벨이 졌다는 것을 훤히 내다보고 있었던 것이다. 에스토니아 사람은 코르차긴이 지기를 바라면서 조마조마한 마음으로 장기판을 들여다보고 있었으나 아직 아무것도 눈치채지 못했다.

"저는 항상 마지막 졸까지 버팁니다."

코르차긴은 말했다. 그러자 레제네프는 자기만 알아듣는 이 말에 대하여, 동의한다는 듯이 고개를 끄덕여 보였다.

코르차긴은 인노켄치 파블로비치와 닷새 동안에 열 판을 벌여, 그중 일곱 번을 지고 두 판 이겼으며 남은 한 판은 승부를 가리지 못했다. 바이만은 신이 났다.

"야, 고맙소, 레제네프 동지! 멋지게 때려눕혔군요! 암 이래야지! 이제까지, 우리 나이 먹은 기사(棋士)가 모두 그에게 꼼짝 못 했는데, 이번에는 저쪽에서 늙은이한테 졌어, 핫, 핫, 하!"

"어때, 진다는 건 그리 기분 좋은 일이 아니지?"

그는 전에 자신을 패배시켰던 승리자에게 약을 올렸다.

코르차긴은 챔피언 타이틀을 잃었다. 그러나 이 놀이에서의 명성 대신에 인노켄치 파블로비치라는 뒷날 그에게 귀중하고도 친근한 존재가 되는 인물을 찾아낸 것이었다. 장기에서 코르차긴의 패배는 결코 우연은 아니었다. 그는 장기의 피상적인 전법밖에 알지 못했기 때문에, 장기의 오묘한 이치까지 터득하고 있는 명인에게 패배당한 것은 마땅한 일이었다.

코르차긴과 레제네프에게는 공통된 날짜가 하나 있었다. 코르차긴이 태어난 해에 레제네프가 입당했기 때문이다. 늙고 젊은 차이는 있지만, 두 사람 모두 볼셰비키 친위대의 전형적인 대표자였다. 한 사람이 생활과 정치적 경험이 많고 지하운동과 차르 감옥, 그리고 커다란 국가적 활동의 오랜 세월에 걸친 시련을 겪었다면, 다른 한쪽은 불꽃과 같은 젊음, 겨우 8년에 지나지 않지만 목숨 이상의 것이라도 불태워 버릴 수 있을 만한 투쟁의 경험이 있었다. 게다가 그들은 노인, 청년의 차이는 있었지만 뜨거운 심장을 지녔고, 건강을 상한 사람들이었다.

밤이 되면, 에브네르와 코르차긴의 방은 클럽이 되었다. 여기에서는 온갖 정치 뉴스가 전해졌다. 11호 병실은 매일 밤 붐볐다. 언제나 바이만은 자기가 즐기는 음담패설을 꼭 한 번씩 끄집어내려고 했지만, 그때마다 마르타와 코르차긴으로부터 이중 공격을 받고 입을 다물곤 했다. 마르타는 날카롭고도 신랄한 조소로 그의 의도를 뭉개버리는 요령을 터득하고 있었는데, 그래도 효과가 없을 때에는 코르차긴이 합세했다.

"바이만, 잘 생각해 보세요—당신의 그 재담도 우리들 취향에는 전혀 안 맞을지도 모르는 일 아니겠어요?……"

"대체 자네 머릿속에는 어쩌다 그런 생각이 자리잡고 있는지 정말 모르겠어……."

코르차긴은 정색하며 말을 꺼냈다.

그러자 바이만은 두꺼운 입술을 내밀었다. 그리고 그 가느다란 눈은 모두의 얼굴을 비웃듯이 스치고 지나갔다.

"그렇다면, 정치교육기관 감독국에 도덕감시부라도 만들어서, 코르차긴을 책임감시원으로 추천해야겠군. 난 마르타의 기분은 그래도 알 수 있어요. 그녀는 여자니까 내 이야기가 듣기 싫을 수도 있지. 그런데 코르차긴은 자신을 순진무구한 수녀처럼 보이려 하고 있는 거야. 말하자면 청년공산동맹의 천진한 아이처럼 말이야…… 그리고 도대체 난 달걀이 닭을 가르치려 드는 건 마땅지 않아."

공산주의자 윤리에 관한 이와 같은 갑론을박 끝에, 음담패설에 관한 문제가 본격적인 토론 주제가 되었다. 마르타는 서로의 의견을 에브네르에게 통역해서 들려주었다.

"색정적인 화제는 그리 좋지 않아. 난 파블루샤와 같은 생각."

아담 에브네르는 그렇게 말했다.

바이만은 수그러들었다. 그는 어떻게 그 자리를 농담으로 얼버무리고 말았지만, 그 뒤부터 그런 이야기는 입에 담지 않게 되었다.

코르차긴은 마르타를 여자 콤소몰 일원이라고만 알고 있었다. 얼핏 보기에는 18, 9세로 보였다. 그런데 어느 날 그녀와 이야기 도중에, 그녀가 1917년부터 당원이고, 서른 한 살인 데다가 라트비아 공산당의 적극적인 활동분자 중 한 사람이라는 것을 알았을 때는, 깜짝 놀라고 말았다. 1918년에 백군은 그녀에게 총살을 선고했는데, 그 후 소비에트 정부에 의하여 다른 동지들과 함께 인질 교환으로 살아남은 것이다. 지금 그녀는 《프라우다》[5]에서 일하며, 동시에 대학 졸업을 앞두고 있었다. 두 사람이 어떻게 가까워지기 시작했는지, 코르차긴 스스로도 잘 알 수 없었지만 자주 에브네르에게 찾아오는 이 몸집 작은 라트비아 여성은, 5인조의 끊으려야 끊을 수 없는 동지가 되어버렸다.

같은 라트비아인으로 지하운동가인 에글리트라는 친구가 심술궂게 가끔 그녀를 놀리곤 했었다.

"마르토치카, 오조르는 지금 모스크바에서 어떻게 지내지? 안 됐다. 이런 장면 보기 거북한데!"

매일 아침, 종이 울리기 바로 전에, 요양소에서는 수탉이 요란스럽게 울어댔다. 에브네르는 그 흉내를 참으로 박진감 있게 냈다. 어디서 그런 수탉이 요양소 안으로 들어왔는가 하고 모두가 녀석을 찾으려고 온갖 애를 썼으나, 그 노력은 모두 헛수고였다. 에브네르는 그것이 말할 수 없이 즐거운 모양이었다.

---

[5] 1912년에 창간된 옛 소련 공산당 기관지였으나 1991년 일반 신문으로 바뀌었다. '프라우다'는 러시아어로 '진리'라는 뜻.

월말이 되자 코르차긴은 상태가 나빠졌다. 의사들은 그를 침대에 눕히고 일어나지 못하게 했다. 그 사실은 에브네르를 매우 슬프게 했다. 결코 징징대는 소리를 하지 않고, 낙천적이고, 솟아오르는 에너지를 지녔으면서도, 이처럼 일찍 건강을 잃은 이 젊은 볼셰비키를 그는 사랑했던 것이다. 의사들이 코르차긴의 비극적인 미래를 예언하고 있다는 말을 마르타에게서 들었을 때, 아담의 마음은 아팠다.

이 요양소를 퇴원하기까지 코르차긴은 걷지 못하도록 처방이 내려졌다.

파벨은 주위 사람들에게 자신의 고뇌를 교묘히 감추었으나, 마르타만은 그의 얼굴이 유난히 창백한 것으로써 짐작할 수 있었다. 떠나기 일주일 전에 파벨은 우크라이나 청년공산동맹 중앙위원회로부터 한 통의 편지를 받았는데, 거기에는 그의 휴가가 2개월 연장되었다는 것과, 요양소에서의 진단에 따라서 현재 건강 상태로는 복직이 불가능하다는 내용이 적혀 있었다. 서신과 함께 돈도 함께 들어 있었다.

파벨이 현재의 건강 상태로는 복직이 불가능하다는 편지를 보고 받은 타격은, 마치 옛날에 그에게 권투를 가르쳐 주었던 주프라이에게 일격을 얻어맞았을 때와 같았다. 그때도 쓰러졌다. 그러나 바로 일어섰다.

그런데 또 뜻밖으로 어머니로부터 편지가 왔다. 어머니가 써 보낸 바에 따르면 예프파토리야 근처에 있는 어떤 항구도시에 15년이나 만나지 못한 그녀의 옛 친구인 알비나 큐짬이라는 분이 있다며, 꼭 좀 거기에 한 번 들러 달라고 간곡히 부탁하고 있었다. 이 우연히 받은 편지는 파벨의 생애에 커다란 역할을 하게 되었다.

일주일 뒤에, 요양소 친구들은 따뜻한 마음으로 코르차긴을 부두까지 데려다주었다. 작별할 때 에브네르는 형처럼 열렬히 코르차긴을 껴안고, 입을 맞추었다. 마르타의 모습은 보이지 않았으므로, 파벨은 그녀와 작별 인사도 나누지 못하고 떠났다.

이튿날 아침, 코르차긴을 항구에서 태운 마차는 좁은 뜰이 있는 자그마한 집 옆으로 데려다주었다. 코르차긴은 안내인을 보내, 거기 사는 사람이 큐짬일가인지 아닌지를 알아보게 했다.

큐짬네 가족은 다섯 식구였다. 알비나 큐짬은 그 집 어머니로, 중년의 뚱뚱한 여성인데 그 검은 눈동자는 상대를 압도하는 듯했지만, 주름진 얼굴에는 어렸을 적의 아름답던 모습을 짐작케 하는 자취가 남아 있다. 그리고 그녀의 두 딸로 룔랴와 타야, 그 밖에 룔랴의 귀여운 아들과 큐쨤 영감이 있었는데, 이 영감은 멧돼지를 닮은, 인상이 좋지 않은 뚱뚱보였다.

영감은 협동조합에 근무하고, 막내딸 타야는 잡역(雜役)을 나가고, 언니 룔랴는 전에 타이피스트였는데, 최근에 주정뱅이이자 건달인 남편과 헤어져, 직장에 나가지 않고 집에 와 있었다. 날마다 그녀는 집에 머물면서 아들도 돌보고, 어머니의 살림도 돕고 있었다.

딸들 말고도 죠르지라는 아들이 있었는데, 지금은 레닌그라드에 있었다.

큐쨤 일가는 반갑게 코르차긴을 맞아 주었다. 다만 영감만은 심술궂고 경계하는 듯한 눈초리를 손님에게 던졌다. 코르차긴은 자신의 가족에 관한 이야기를 아는 한은 모조리 알비나에게 이야기해 주고, 이쪽에서도 상대의 사는 형편에 대해서 이것저것 물어보았다.

룔랴는 22세였다. 갈색 머리를 짧게 자르고, 대범하고 명랑한 얼굴을 한 그녀는 곧 파벨과 친해져, 가정 안의 일을 비밀까지도 모조리 자진해서 그에게 들려주었다. 그 이야기로 코르차긴은 영감이 온 식구들을 독재자처럼 횡포로써 억압하고, 어떠한 창의적인 의견이나, 사소한 의사표시도 무참하게 짓밟아 버리는 사람이라는 것을 알았다. 우둔한 데다가, 속도 좁고, 매사에 트집만 잡기를 좋아하는 이 영감은 가족들을 끊임없는 공포 속에 가두어 놓고 있었으므로, 자식들의 깊은 원망을 받았으며 또한 그의 횡포와 25년 동안 싸워 온 아내에게 깊은 미움을 사고 있었다. 딸들은 언제나 어머니 편에 섰다. 그리고 이 쉴 새 없는 가정 내의 갈등과 아귀다툼이 생활을 엉망으로 만들고 있었다. 이리하여 언제 끝날지도 모르는 크고 작은 온갖 모멸에 찬 나날이 흘러가고 있었던 것이다.

집안의 두 번째 두통거리는 아들 죠르지였다. 룔랴의 말로 짐작건대 이 녀석은 전형적인 파렴치한으로 건방지고, 잘난 체하는 데다가 호의호식을 즐기고, 게다가 술주정뱅이였다. 어머니의 총애를 받는 죠르지는 9년제 학교를 졸업하고는, 도시로 나가겠다고 돈을 달라고 졸랐다.

"난 대학에 가야 해. 룔랴는 반지를 팔고, 엄마는 뭐든지 팔아서 돈을 만들어 줘. 난 돈이 필요하단 말이야. 어디서 어떻게 만든 돈이건, 난 상관없단 말이야."

죠르지는 어머니가 자기에 대해서는 어떤 일이라도 거절하지 못한다는 것을 잘 알고 있어서, 이것을 실로 양심도 없이 이용하고 있었다. 누나들에게는 상대를 완전히 얕보는 태도로 대했고, 그녀들을 자기보다 천한 존재로 여기고 있었다. 어머니는 영감에게서 간신히 얻어낸 돈과, 거기다 타야의 월급까지도 몽땅 아들에게 보내주었다. 그러나 그쪽에서는 시험에 떨어졌으면서도, 백부집에서 빈둥빈둥 놀면서, 끊임없이 돈을 보내라는 전보로 자주 어머니의 가슴을 철렁 내려앉게 만들곤 했다.

밤늦게야 코르차긴은 막내인 타야를 보게 되었다.

어머니가 문 앞에서 작은 목소리로 손님이 왔음을 그녀에게 말하고 있었다. 파벨과 인사를 나누면서 그녀는 부끄러운 듯이 한 손을 내밀며, 이 낯모르는 청년 앞에서 귀여운 귓불까지도 새빨개졌다. 파벨은 마디가 굵고 거칠어진 손을 바로 놓지 않았다.

타야는 열아홉 살이었다. 미인은 아니었으나, 커다란 갈색 눈과 몽고인의 그림에 있는 것 같은 가는 눈썹, 오뚝한 콧날, 꼭 다문 입술 등은 사람을 끄는 데가 있었다. 젊고 탄력 있는 가슴은 줄무늬 작업복 밑에서 터질 듯 부풀어 올랐다.

자매는 각각 작은 방에서 지냈다. 타야의 방에는 좁은 쇠침대, 자질구레한 것들과 조그만 거울을 놓기도 한 옷장이 있었으며 벽에는 30매쯤의 사진과 엽서 따위가 붙어 있다. 창가에는 새빨간 제라늄과 연장밋빛 국화를 심은 화분이 2개 놓였고, 모슬린 커튼이 파란색 무명끈으로 걸어 매어져 있다.

"타야는 남자가 제 방에 들어오는 것을 싫어해요. 하지만 당신만은 예외인 것 같군요."

롤랴가 동생을 놀렸다.

이튿날 밤, 가족들은 노인들 방에서 차를 마셨다. 타야는 자기 방에서 나오지 않고, 거기서 모두의 이야기에 귀를 기울이고 있었다. 큐쨤은 컵 안의 설탕을 줄곧 저으면서, 자기 앞에 앉은 이 젊은 손님을 안경 너머로 심술궂게 바라보고 있었다.

"지금의 혼인법이라는 건 도대체 돼먹지 않았어."

그는 말했다.

"마음이 내키면 결혼한다. 싫증나면 헤어진다. 이건, 불쌍놈들이나 하는 짓이지, 원."

영감은 사레가 들려서 기침을 하기 시작했다. 그러나 호흡이 가라앉자, 룔랴를 손으로 가리켰다.

"이 애만 해도 제멋대로 못된 바람둥이와 붙었다가는 또 제멋대로 갈라섰잖아. 덕택에 이제는 이 애와 어느 놈의 씨인지도 모르는 것을 내가 먹여 살리게됐으니, 잉, 꼬락서니 하고는!"

룔랴는 괴로운 듯이 얼굴을 붉히고, 눈물이 글썽하게 맺힌 눈을 파벨 앞에서 돌렸다.

"그럼 도대체 영감님 생각으로는 따님은 그 기생충 같은 놈과 계속 함께 살아야만 했다는 말씀이세요?"

파벨은 불같은 시선을 노인에게서 떼지 않고 물었다.

"저것이 시집갈 상대를 똑똑히 보지 않았기 때문에 이렇게 된 거지."

알비나도 이야기에 끼어들었다. 분통이 터지는 것을 억지로 참으면서 그녀는 더듬더듬 말을 했다.

"아니 영감, 하필이면 손님 있는 데서 그런 이야기는 꺼내고 그래요? 그런 이야기 말고 딴 이야기는 없어요?"

영감은 그녀 쪽으로 돌아앉았다.

"내가 말하는 것쯤은 나도 알고 있어! 도대체 언제부터 당신은 나한테 이래라저래라 하게 됐어?"

밤이 깊어서도 파벨은 오랫동안 이 큐짬 일가의 일이 머리에서 떠나지 않았다. 우연히 이곳에 오는 바람에, 그는 어느 틈엔가 이 가정의 비극의 일원이 되고 말았다. 그는 어머니와 딸들이 이 노예와도 같은 처지에서 빠져나가는 것을 도와주려면 어떻게 해야 될지를 생각했다. 그 자신의 생활이 진행을 멈추려 하고 있고, 눈앞에는 해결 못 한 문제가 쌓여 있다. 그러므로 지금, 결정적인 행동을 꾀한다는 것은 어떤 때보다도 어려운 셈이었다.

출구는 단 하나였다. 가족들을 흩어지게 해서 어머니와 딸들이 영구히 영감 곁에서 떠나는 길밖에 없다. 그러나 이것은 그리 간단하지가 않았다. 이 가족 혁명을 그가 할 수는 없었다. 며칠 뒤에는 이곳을 떠나야 할 몸이기도 한데다가, 그 뒤로는 이 사람들과는 결코 만나는 일이 없을지도 모르기 때문이었다. 모든 것을 그저 흘러가는 데로 맡겨 두고, 이 낮고 좁은 집안과 먼지를 휘젓지 말고 내버려 두어야만 할까? 그러나 영감의 밉살스런 모습이 눈에 어른거려 마음이 불편했다. 파벨은 몇 가지 계획을 세워 보았으나, 어느 것도 실행은 가망이 없을 것 같았다.

이튿날은 일요일이었다. 코르차긴이 시내에서 돌아와서 보니까, 집에는 타야 혼자밖에 없었다. 다른 가족들은 친척 집에 다니러 간 것이다.

파벨은 그녀의 방에 들러, 피곤해 의자에 걸터앉았다.

"왜, 산책이나 기분 전환하려고 나가지 않지?"

그는 그녀에게 물었다.

"하지만 난 아무 데도 가고 싶지 않은걸요."

그녀는 가만히 대답했다.

그는 어젯밤 자신이 세운 몇 가지 계획이 생각나, 마음을 떠볼 생각이 들었다.

아무에게도 방해받지 않는 틈에 말해야겠다는 급한 마음에 단도직입적으로 말을 꺼냈다.

"이봐 타야, 우리 터놓고 이야기해 보자고. 중국식 겉치레 같은 건 우리에게는 필요 없잖아, 그렇지? 나는 이제 곧 이곳을 떠날 몸이야. 마침 나 자신이 곤경에 처해 있을 때 너희들과 만나게 됐지 뭐야. 그렇지만 않으면 무슨 수라도 내봤을 텐데. 이게 만일 1년 전이라면, 우리 모두 함께 여기서 떠날 수도 있었을 거야. 너나 룔랴처럼 부지런한 사람에게 일자리는 얼마든지 있을 거야. 영감님은 이제 손을 떼지 않으면 안 돼. 이제 새삼스럽게 설득해 봤자 소용없다고. 그런데 지금은 시기가 안 좋아. 나 자신도, 내가 어떻게 될지 아직 모르거든. 무장해제당한 병사나 마찬가지니까 말이야. 앞으로 어떻게 할지 그게 문제야. 나로서는, 어떻게든 직장으로 복귀하고 싶어. 의사들이 내 상태에 대해서 쓸데없는 걸 적어 놓았기 때문에, 동지들은 언제까지나 무한정 나를 요양하라고 말하는 거야. 그런데, 이 집 문제는 내가 그리로 가서 어떻게든 해결 방법을 찾아볼 생각이야…… 어머니와도 연락해서, 어떻게 하면 이 일을 해결할 수 있을지 궁리해 볼게. 나로서는 어쨌든, 너희들을 이대로 내버려 두지는 않을 거야. 다만 거기서 문제는 말이야, 타유샤. 너희들의 생활, 특히 네 생활을 뒤집어 엎어야만 하는데, 너에게 그럴 힘과 그럴 생각이 있을까?"

타야는 숙였던 고개를 들고, 작은 목소리로 대답했다.

"그럴 생각은 있어요. 하지만 힘은 어떨지."

이 시원치 않은 대답은 크르차기에게도 무리는 아닌 것처럼 여겨졌다.

"아니야, 그건 걱정할 것 없어, 타유샤. 마음만 먹는다면 다 되는 법이야. 그건 좋은데 가족들은 아무래도 너를 놓아주지 않을 게 아니야?"

뜻밖의 물음에 타야도 대꾸할 말이 없었다.

"나, 엄마가 불쌍해요."

그녀는 겨우 말했다.

"아버지한테는 평생 구박만 받았지, 이제는 죠르카한테 몽땅 빼앗겨 버리지. 정말 불쌍해서, 불쌍해서…… 그래도 어머니는 나를 죠르카만큼 생각해 주지 않아요."

이날, 그들은 여러 이야기를 나누었다. 이윽고 다른 가족들이 돌아올 시간이 다 됐을 무렵, 파벨은 농담처럼 이렇게 말했다.

"영감님이 너를 일찌감치 어디든 시집을 보내지 않는 게 이상하군."

타야는 놀란 듯이 손을 저었다.

"난 시집 같은 거 절대 안 가요. 룔랴를 보니까 지긋지긋해요. 무슨 일이 있더라도 안 갈 거야!"

파벨은 싱긋 웃었다.

"평생, 맹세했다, 이 말이야? 그럼, 만일 누군가 멋진 청년이, 즉 좋은 사람이 나타나면, 그때는 어떻게 할 거야?"

"안 가요! 남자란 모두 창문 아래서 기다릴 때만 훌륭해 보여요."

파벨은 한 손을 그녀의 어깨에 달래듯이 놓았다.

"그래, 독신생활도 나쁠 건 없지. 다만 넌 젊은 남자에게는 유별나게 퉁명스러운 것 같군. 나도 타야에게 결혼하자고 하지 않아서 다행이야. 그렇지 않으면 코를 뗄 뻔했지 뭐야."

그리고 그는 부끄러워하는 처녀의 손을 자신의 한 손으로 다정하게 어루만졌다.

"당신 같은 분은 좀 더 다른 부인을 찾아야 해요. 나 같은 사람은 발밑에도 못미쳐요."

그녀는 조용히 그렇게 말했다.

며칠 후 기차는 코르차긴을 하리코프로 실어 갔다. 역에는 타야, 롤랴, 그리고 알비나가 동생 로자를 데리고 전송을 나왔다. 작별할 때, 알비나는 그에게 딸들의 일을 잊지 말고, 이 곤경에서 빠져나가도록 도와줄 것을 다시 한 번 부탁했다. 누구나 가족을 보내듯이 그와 작별했다. 타야의 눈에는 눈물이 글썽했다. 차창으로는 롤랴의 손에 쥐어진 흰 손수건과 타야의 줄무늬 옷이 언제까지나 보였다.

하리코프에서는 도라에게 폐를 끼치지 않으려고, 친구인 페차 노비코프네 집으로 갔다. 그곳에서 조금 쉰 다음에 중앙위원회로 나갔다. 겨우 아킴을 만날 수 있었으므로, 단둘이 되자 그는 당장 일자리로 보내 달라고 부탁했다. 아킴은 고개를 저었다.

"그렇게는 안 돼, 파벨! 여기에는 의료위원회와 당중앙위원회의 명령이 와 있는데, 거기에는 '중태이므로 복직은 불가, 치료를 위하여 신경병리학연구소로 보낼 것'이라고 씌어 있단 말이야."

"그야, 그 친구들은 무슨 말은 못 할까, 아킴! 부탁이야. 일하게 해줘! 이따위 병원이나 돌아다녀서 어쩌자는 거야."

아킴은 줄곧 거부했다.

"우리는 결정 사항을 번복할 수는 없어. 알잖아. 그리고 생각해 봐, 파블루시카. 그쪽이 자네를 위한 것 아니야?"

그러나 코르차긴은 끈질기게 고집을 부렸으므로, 아킴도 더는 거절을 못 하고, 마침내 승낙하고 말았다.

다음 날, 코르차긴은 벌써 중앙위원회 비서과의 기밀부(機密部)에서 일하고 있었다. 그는 소모된 체력이 회복되면 일을 시작해도 괜찮을 것으로 알았다. 하지만 그것이 잘못된 결정임을 첫날에 스스로 알았다. 아침 식사와 점심 식사를 하려고 3층에서 옆 건물인 식당으로 내려가는 것이 도저히 자신의 힘으로는 어림도 없다는 것을 알았으므로, 그는 먹지도, 마시지도 않고 여덟 시간 내내 붙박이로 방에 그대로 앉아 있었다. 때때로 손발이 저렸다. 어떤 때는 온몸이 움직일 힘을 잃고 열이 났다. 아침에 문득 잠자리에서 일어날 기력조차 없다는 것을 깨달을 때도 있었다. 그리고 그것이 나을 때까지, 그는 어쩔 수 없이, 한 시간 지각하겠군, 하고 생각하는 것이었다. 마침내 지각 건으로 그는 주의를 받았다. 그리고 그에게는 이것이, 생애에서 가장 두려워했던 일, 전열(戰列)에서 탈락하는 첫걸음임을 알았다.

아킴은 그래도 두 번이나 그를 도와 다른 부서로 옮겨주는 등 애를 써주었다. 그러나 마침내 막다른 사태가 발생했다. 두 달째에 파벨은 자리에서 못 일어나게 되었던 것이다. 그제야 그는 작별할 때 바자노바의 말이 떠올라, 그녀에게 편지를 썼다. 그녀는 그날로 달려와 주었다. 그리고 그는 가장 알고 싶었던 문제, 그가 반드시 병원에 입원해 있어야만 하는 것은 아니라는 것을 알아냈다.

"그럼, 치료할 필요가 없을 만큼 내 상태가 좋아진 셈이군요."

그는 농담삼아 그렇게 말했지만, 그것은 농담은 되지 않았다.

체력이 조금 회복되자, 파벨은 다시 중앙위원회에 나왔다. 그러나 이번에는 아킴 쪽이 강경했다. 병원에서 누워 있으라는 그의 강한 권고에 코르차긴은 쓸쓸하게 대답했다.

"아무 데도 안 가. 가봤자 아무 소용이 없거든. 믿을 수 있는 사람에게 들었어. 난 이제 연금을 받고 퇴직하는 수밖에 없는 거야. 하지만 도저히 그렇게는 못 하겠어. 자네들도 나를 일에서 떼어놓을 수는 없다고. 내 나이 이제 고작 스물넷이야. 이제부터 평생을, 직무불능자수첩을 가지고 살며, 아무 소용도 없다는 것을 알면서 병원 순례 같은 건 난 못 해. 그러니까 자네들이 내 상태에 알맞은 일을 시켜 달라고. 집에서 일한다든가, 어디 무슨 시설에 살면서 일한다면 할 수 있을거야…… 다만, 발송부에서 번호나 매기는 서기 같은 건 사절이야. 내가 외톨이라고 느끼게 하지 않는 일을 주어야만 해."

파벨의 목소리는 차츰 흥분해서 높아져 갔다.

아킴은 바로 얼마 전까지만 해도 불같이 격렬했던 이 젊은이를 지금 어떠한 감정이 흔들고 있는지를 알 수 있었다. 파벨의 비극도 이해할 수 있었으며, 짧은 생애를 당에 바쳐온 코르차긴에게 투쟁에서 낙오되어 멀리 후방으로 홀로 옮겨진다는 것이 얼마나 두려운 일인지도 잘 알고 있었다. 그래서 그는 자기가 할 수 있는 일이라면, 무엇이든 해주자고 마음을 굳혔다.

"좋아 파벨, 마음 쓰지 마. 내일 여기서 서기국 회의가 있어. 자네 일을 거론해 볼게. 무슨 일이 있어도 내가 최선을 다해서 대책을 마련할게."

코르차긴은 힘겨운 듯이 일어서서 손을 내밀었다.

"이봐, 아킴. 생활이 나를 한구석으로 밀어붙이고, 밀떡처럼 납작하게 짓눌러

버린다는 거, 정말 자네, 그런 일을 상상이나 할 수 있겠나? 내 심장이 여기서 이렇게 고동치고 있는데도 말이야."

그러면서 그는 억지로 아킴의 손을 자기 가슴에 가져다 대었다. 아킴은 심장이 고동치고 있음을 똑똑히 감지했다.

"심장이 뛰는 동안에는 말이야, 나를 당에서 떼어놓을 수는 없다고. 대오에서 나를 데려갈 수 있는 건 죽음뿐이야. 이걸 잊지 마, 아킴."

아킴은 묵묵히 있었다. 이것이 결코 화려한 미사여구도 아니고, 중상(重傷)으로 헐떡이는 전사(戰士)의 외침임을 알고 있기 때문이다. 이런 사람들은 이렇게밖에는 말할 수도, 느낄 수도 없다는 것을 너무나 잘 알고 있기 때문이었다.

이틀 뒤에 아킴은 중앙 기관지 편집부에서 중요한 일자리를 얻을 수 있을지도 모른다고 파벨에게 알렸다. 다만 거기에는 문필 분야에서 그가 쓸모 있는지 어떤지를 시험해 봐야 했다. 편집위원회에서는 친절하게 파벨을 대해 주었다. 오래된 여성 지하운동가이자, 우크라이나 중앙통제위원회 간부 일원이기도 한 편집 차장이 그에게 몇 가지 질문을 했다.

"당신의 학력은, 동지?"

"소학교 3학년까지 다녔습니다."

"당정치학교에는 다닌 적 없습니까?"

"안 갔습니다."

"그거야 뭐 상관없습니다만, 그런 데를 가지 않고도 훌륭한 기자는 될 수 있으니까요. 당신에 대해서는 아킴 동지에게서 들어서 알고 있습니다. 우리로서는 당신에게 꼭 여기서가 아니더라도, 집에서 할 수 있는 일을 부탁할 수도 있어요. 어쨌든, 당신에게 알맞는 조건을 찾아 드리지요. 그런데 이 일에 꼭 필요한 것은 무엇보다도 넓은 지식입니다. 특히 문학과 언어 지식 말이지요."

이것은 모두가 파벨에게 패배를 예고했던 셈이었다. 반 시간쯤의 대담에서 그 지식의 부족이 뚜렷하게 드러났으며, 또한 그 여성 차장은 그가 쓴 문장에 붉은 연필로 30개가 넘는 문장의 잘못과, 꽤 많은 잘못된 철자법을 지적했다.

"코르차긴 동지! 당신에게는 소질이 있습니다. 좀 더 깊이 공부해 나간다면, 앞으로 저술가가 될 수 있는 분입니다. 하지만 현재 당신의 상태로는 자유로이 읽고 쓰고 할 수 있다고는 볼 수 없습니다. 당신이 러시아어를 잘 모른다는 것은, 이 문장을 보아도 알 수 있습니다.

　물론, 당신은 공부할 틈이 없었던 것이니까, 이건 조금도 이상한 일이 아니지요. 그러나 당신의 손을 빌린다는 것은, 우리로서는 유감이지만 어렵겠군요. 다만 다시 한 번 되풀이하지만, 당신에게는 훌륭한 소질이 있습니다. 만일 당신의 글에 내용을 바꾸지 않고 문장만 손질한다면, 훌륭한 글이 됩니다. 그런데 우리가 필요한 사람은 남의 문장에 손질을 할 수 있는 사람들이거든요.”

　코르차긴은 지팡이에 의지해 일어섰다. 오른쪽 눈썹이 경련이 이는 것처럼 움직였다.

　“유감이지만, 나도 그 말씀이 맞다고 생각합니다. 내가 어떤 문학자가 될 수 있겠습니까? 나는 우수한 화부였고, 전기공으로서도 그 솜씨는 남에게 지지 않았습니다. 말 타는 것도 남이 알아줄 정도였으며, 청년공산동맹원들을 움직이는 것도 어렵지 않았습니다. 하지만 나는 이 분야에서는 쓸모없는 무능력자입니다.”

　작별을 고하고, 나왔다.

　복도 모퉁이에서는 금세라도 쓰러질 것만 같았다. 서류 가방을 든, 어떤 여자가 부축해 주었다.

　“괜찮으세요? 안색이 좋지 않군요!”

　코르차긴은 몇 초가 지나자 정신을 차렸다. 그리고 가만히 여자 곁에서 물러나, 지팡이에 의지하면서 걷기 시작했다.

　이날부터 코르차긴의 생활은 내리막길로 들어섰다. 일은커녕, 빈번히 누워서 지내는 날이 갈수록 많아졌다. 중앙위원회는 그를 사업에서 해임하고, 그에게 사회보장금을 지불할 것을 사회보험관리부에 신청했다. 연금은 노동불능자 수첩과 함께 그에게 주어졌다. 중앙위원에서도 돈을 지급해 주었으며, 게다가 어디라도 원하는 곳으로 여행할 수 있는 개인증명서도 발부해 주었다. 거기에 마르타에게서 편지가 왔다. 그녀는 자기 집에 손님으로 와서, 한동안 휴식을 취하지 않겠느냐고 권유했다. 파벨은 그 일이 아니었더라도 전동맹(全同盟) 중앙위원회에서 혹시나 행운을 만날 수 있을지도 모른다는, 다시 말해서 몸을 쓰지 않아도 할 수 있는 일거리를 찾겠다는 실오라기 같은 희망을 안고 모스크바로 갈 작정을 하고 있던 참이었다. 그러나 모스크바에서도 역시 요양하라는 권고를 했고, 좋은 병원에 입원시켜 주겠다는 약속까지 했다. 그러나 그는 그것을 사양했다.

파벨이 마르타와 그녀의 친구 나자 페테르손의 방에서 지내는 동안 어느덧 19일이 흘렀다. 언제나 종일 그는 홀로 남아 있었다. 마르타와 나자는 아침에 나가서 밤늦게 돌아왔다. 마르타는 책이 많았으므로, 파벨은 마구잡이로 독서를 했다. 밤에는 남자나 여자 친구들 가운데 누군가가 놀러 왔다.

항구도시에서도 편지가 왔다. 큐쨤네 집 가족들도 다녀가라는 편지를 보내왔다. 생활이 막다른 골목에 다다른 상태가 되자, 그의 도움을 간절히 바라고 있었던 것이다.

어느 아침, 코르차긴의 모습은 그샤토니코프 골목의 이 조용한 방에서 사라졌다. 열차는 남쪽 바다를 향해서 그를 싣고 가, 축축하고 비가 자주 내리는 가을로부터 남부 크림의 따뜻한 해안으로 그를 데려갔다. 그는 차창에 어른거리는 전주(電柱)들을 바라보고 있었다. 그 표정은 긴장되고, 어두운 눈에는 고집스러운 빛이 서려 있었다.

8

질서도 없이 쌓여 있는 아래쪽 돌무더기 언저리에서 파도 소리가 들린다. 멀리 터키에서 불어오는 이른바 '뱃사람'이라 불리는 건조한 바람이 얼굴을 스친다. 바다를 막은 항만의 콘크리트 방파제가 해안을 굽이굽이 감돌았다. 바닷가에는 절벽이 깎아 세운 듯이 우뚝 솟아 있다. 그리고 멀리 위쪽 산허리에는 교외의 작은 주택들이 장난감처럼 하얗게 다닥다닥 늘어섰다.

오래된 교외의 공원은 조용하기만 하다. 언제부턴지 사람 손길이 닿지 않은 오솔길에는 잡초가 우거지고, 가을바람에 누렇게 된 단풍잎이 우수수 쏟아진다.

시내에서 코르차긴을 이리로 싣고 온 것은 페르시아인인 늙은 마차꾼이었다. 그는 이 기묘한 손님을 마차에서 내려놓으면서, 보다 못해 이렇게 말했다.

"여기 뭣하러 왔수? 아가씨도 없고 극장도 없고, 돌아다니는 거라곤 들개 뿐이야. 이런 데서 뭐해, 돌아가시우!"

코르차긴은 요금을 주고, 노인도 돌아갔다.

공원에는 인적도 없다. 파벨은 바다 쪽으로 튀어나가 있는 쪽에 벤치를 하나 찾아, 이제는 뜨겁지 않은 가을 햇살 아래 볕을 쬐며 거기에 앉았다.

이 고요함을 찾아서 그가 여기에 온 것은 생활이 도대체 어떤 모양으로 되어 나가는가, 그리고 그 생활을 어떻게 할 것인가에 대해서 생각해 보기 위해서였다. 이제야말로 총결산을 짓고, 결론을 낼 때가 온 것이다.

그가 다시 이곳에 오고부터는 큐짬네 가족 사이의 갈등은 아주 심해졌다. 영감은 그가 돌아온 것을 알자, 화가 머리끝까지 나서 집안에 온통 소동을 불러일으켰다. 저항의 지도자 역할은 당연히 코르차긴에게 넘겨졌다. 영감은 딸들과 마누라로부터 생각지도 않던 강경한 공격을 받았다. 코르차긴이 두 번째로 찾아온 그날부터 집안은 둘로 갈라져, 서로 적대하고 증오하고 있었다. 영감 방으로 가는 통로는 못질을 해서 막아버리고, 한 귀퉁이의 작은 방이 셋방으로써 코르차긴에게 주어졌다. 방값은 미리 영감에게 건네주었고, 그쪽에서는 이윽고 딸들도 자기로부터 떨어져 가버린 이상, 생활비를 대지 않아도 되겠다 싶어 차라리 잘된 것으로 생각하는 눈치였다.

알비나는 남편을 중재할 생각으로 영감 방에 머물러 살기로 했다. 영감은 보기 싫은 녀석과 얼굴을 맞대는 것이 싫어서 젊은이들 쪽은 들여다보지도 않았지만, 그 대신 마당에서는 내가 이 집 주인이라는 것을 과시하기 위하여 기관차처럼 김이 나도록 고함을 질러댔다.

영감은 공동조합에서 일하기 전에 신기료장수와 목수라는 두 직업을 가졌던 경험이 있었다. 그래서 헛간에 작업장을 꾸며 놓고, 틈이 있을 때는 가외 일을 하고 있었다. 그러다가 동거인에 대한 심술로, 그는 그 일판을 일부러 상대의 창문 바로 밑으로 옮겼다. 영감은 일부러 탕탕 망치질을 하며, 혼자 고소해하고 있었다. 그것이 코르차긴이 책을 읽는 데 방해가 된다는 것을 잘 알고서 하는 짓이었다.

"두고 봐라, 이제 곧 네놈을 여기서 몰아낼 테니……."

밉살머리스럽다는 듯 그는 그렇게 중얼거렸다.

기선은 연기를 내뿜으며 아득히 멀리, 지평선 위에 검은 구름을 늘여놓았다. 갈매기 떼가 해면을 보고 날면서 째지는 소리로 울고 있다.

코르차긴은 두 손으로 머리를 감싸고, 침통한 생각에 잠겼다. 어려서부터 최근까지 그의 전 생애가 눈앞으로 지나갔다. 자신은 지난 24년을 훌륭히 살아왔을까, 아니면 무익하게 지내왔을까? 한 해 한 해를 기억 속에 떠올리면서, 마치 공평한 재판관처럼 자기 생애를 검토해 보았다. 그리고 평생을 그렇게 안일하게는 살아오지 않았다고 판정하고는 깊은 만족을 느꼈다. 그러나 또한 어리석음과 젊음과 특히 무지(無知) 때문에 저질렀던 실수도 적지는 않았다. 하지만 가장 중요한 점은 격동적인 시기는 결코 잠자면서 지내지는 않았다는 사실이다. 권력을 쟁취하는 철의 투쟁 속에 자신도 참여했다. 그리고 혁명의 붉은 깃발 속에는 자신의 피 몇 방울도 스며 있다.

힘이 다하기 전에는 그는 대오를 떠나는 짓은 하지 않았다. 그러나 이제는 상처 입은 몸이 되어 전신을 지탱하지 못한다. 그리고 그에게 남겨진 것은 오직 후방의 병원뿐이었다. 지금도 잊을 수 없는 그때, 바르샤바로 질풍처럼 진격해 갔을 때, 총에 맞은 병사가 있었다. 그는 땅 위에, 말발굽 밑에 쓰러졌다. 동료들은 재빨리 부상자에게 붕대를 감아 주고 위생병에게 넘겨준 다음에 다시 적을 추격해서 나아갔다. 전투원 한 사람을 잃은 것쯤으로는 기병대대는 그 전진을 멈추지 않았다. 위대한 사업을 위한 싸움에서는 그것이 보통이었고, 또한 당연했다. 하기는 예외가 없지는 않았다. 그는 2륜차에 올라탄 다리 없는 기관총 사수(射手)들을 본 적이 있다. 그들은 적에게는 무서운 존재로, 그들의 기관총은 죽음과 섬멸을 가져왔다. 그들은 무쇠와 같은 의지와 정확한 조준으로써 연대의 자랑거리가 되었다. 그러나 그와 같은 사람들은 그리 흔치는 않다.

그런데 파멸의 몸이 되어 대오로 돌아갈 희망조차 사라져 버린 지금, 그는 자기 자신을 어떻게 처신해야만 할까? 장래에는 더 무서운 무엇인가가 기다리고 있다고 바자노바가 말하지 않았던가? 어떻게 하면 좋단 말인가? 이 해결하기 어려운 의문은 그에게 덮쳐 오듯이 그 앞을 가로막고 있었다.

가장 중요한 것. 투쟁력을 이미 잃고 난 지금, 삶의 목적은 어디에 있는가? 현재 및 기쁨이 없는 내일의 어디에 삶의 보람이 있는가? 생활을 충만하게 해 줄 무엇이 있단 말인가? 그저 먹고, 마시고, 숨을 쉬기 위해서? 싸우면서 나아가는 동지들의 힘없는 방관자가 되기 위해서? 부대의 짐이 되기 위해서? 나를 배반한 이 육체를 쏴죽이면 어떨까? 심장에 탕 하고 한 발이면 그로써 모든 것이 끝나지 않는가? 떳떳하게 살아온 나다. 죽는 시기도 중요하다. 죽음의 고통을 바라지 않는다고 해서 누가 전사(戰士)를 비난할 것인가?

그의 한 손은 주머니 속에서 브라우닝 권총의 총신을 더듬고, 손가락은 익숙한 동작으로 자루를 잡았다. 그리고 천천히 권총을 꺼냈다.

네가 이런 날까지 목숨을 부지하리라고는 누가 예상했을 것인가?

총구가 비웃듯이 그의 눈을 들여다보았다. 파벨은 권총을 무릎 위에 놓고 매섭게 자기를 꾸짖었다.

"이런 건 모두 값싼 영웅주의야, 인마! 자신을 죽이는 것쯤 아무리 바보 천치라도, 언제 어느 때라도 할 수 있어. 그건 가장 비겁하고도 안이한 탈출구야. 사는 게 어려워지면 죽는다 이 말이야? 하지만 네놈은 이 생활을 극복해 보려고 애쓴 적이 있어? 쇠고랑을 끊어버리려고 온갖 짓을 다 해왔단 말이야? 저 노브고로드 볼린스키 부근에서 하루에 열일곱 번이나 공격해서 마침내 모든 저항을 물리치고 그곳을 점령했던 일을 잊었는가? 권총을 집어넣어라. 그리고 이 일은 앞으로 누구에게도 결코 이야기하지 마라. 사는 것이 견딜 수 없게 되었을 때에도, 그래도 살려고 몸부림쳐라. 생활을 보람 있는 것으로 만들어 보는 거야."

그는 일어서서, 길 쪽으로 걸어갔다. 마침 산에서 내려온 사람이 시내까지 짐마차에 태워다 주었다. 시내의 네거리에서 그는 그 고장 신문을 샀다. 거기에는 데미얀 베드니[*1] 클럽에서 이곳 당집단(黨集團) 모임에 대한 보도가 있었다. 파벨이 집에 돌아온 것은 늦은 밤이었다. 그 집회에서 그는 그것이 큰 집회에서의 자신의 마지막 연설이 되는 줄도 모르고 연설을 하고 왔다.

타야는 자지 않고 있었다. 코르차긴이 오랫동안 집을 비운 것이 불안했다. 그가 웬일일까? 어디에 있는 것일까? 전에는 늘 생기가 넘치던 그의 눈 속에, 그녀는 오늘 뭔가 거칠고 냉혹한 것을 감지했다. 언제나 자기 이야기는 잘 하지 않는 그였지만, 뭔가 고민하고 있음이 그녀에게는 느껴졌다.

어머니 방에서 시계가 2시를 쳤다. 이윽고 쪽문 열리는 소리가 났다. 그녀는 겉옷을 걸치고 문을 열려고 나갔다. 룔랴는 무슨 잠꼬대를 하면서, 깊이 잠들어 있었다.

"얼마나 걱정했는지 아세요?"

코르차긴이 들어서자, 그가 돌아온 것이 기뻐서 타야가 속삭였다.

"죽을 때까지 나한테는 아무 일도 일어나지 않아, 타유샤. 룔랴는 자나? 난 조금도 졸리지 않아. 오늘 일로 잠시 너한테 이야기할 게 있는데, 네 방으로 갈까? 룔랴를 깨우면 안 되잖아?"

그 또한 속삭이듯이 말했다.

타야는 망설였다. 내가 이런 한밤중에 이 사람과 이야기 같은 걸 해도 될까? 만일 엄마가 알면 어떻게 생각할까? 하지만 이이한테 그런 말을 할 수는 없다. 틀림없이 화를 낼 테니까. 그런데 도대체 무슨 말을 하려는 걸까? 그런 생각을 하면서도, 그녀는 이미 자기 방 쪽으로 걸어가고 있었다.

"짧게 말해서 말이야, 타야."

어두운 방에서 서로의 숨결이 느껴질 만큼 가깝게 마주 보고 앉자, 파벨이 소리를 죽이고 이야기하기 시작했다.

---

*1 러시아 시인(Demyan Bedny, 1883~1945). 본명 예핌 프리드보로프(Yefim Alekseevich Pridvorov)
  보다 필명으로 알려졌으며, 볼셰비키이자 풍자 작가였다.

"생활이 너무도 어지러울 정도로 자꾸 바뀌어 가니까, 난 내가 생각해도 좀 이상할 지경이야. 요즘은 줄곧 괴로운 나날을 보냈어. 앞으로 어떻게 이 세상을 살아가면 될지, 나 자신도 갈피를 못 잡았던 거야. 그러나 오늘, 난 나만의 정치국 회의를 열고 중대한 결의를 했어. 이봐, 이제부터 털어놓는 이야기에 놀라지는 마."

그는 지난 몇 달 동안에 겪었던 일들을 모조리, 그리고 오늘 변두리 공원에서 생각을 굳힌 일들의 대부분을 그녀에게 들려주었다.

"이런 형편이야. 그래서 본론으로 들어가지. 이 집의 골치 아픈 일들은 이제 시작이야. 새로운 공기를 찾아서, 이제 이 집에서 조금이라도 멀리 떠날 필요가 있어. 생활을 아주 뒤집어엎고 처음부터 다시 시작하는 거야. 나도 일단 이 싸움에 한 발을 들여놓은 이상, 하는 데까지 해보자고. 그런데 타야나 나나, 혼자 해 나가기에는 현재로서는 너무나 외로워. 그래서 나는 여기에 불을 질러버리기로 마음을 먹었어. 알겠어, 이게 무슨 뜻인지? 내 한 팔이 돼 주겠어, 내 아내가?"

타야는 그때까지 깊은 흥분을 감추고 그의 말에 귀를 기울이고 있었다. 그러나 마지막 말에는 자기도 모르게 가슴이 뜨끔했다.

"난 뭐, 지금 당장 대답하라는 건 아니야, 타야. 여러 가지로 신중히 생각해 봐. 난, 세상 사람들이 이런 경우에 흔히 말하는 사랑이니, 어쩌니 그런 듣기 좋은 말은 다 빼고 하는 말이니까. 타야는 어떻게 생각하는지 모르지만, 난, 그런 말은 할 줄 몰라. 또 그런 말은 우리에게 필요도 없어. 난 이 손을 내놓을게. 자, 이 손이야. 지금 타야가 확실하다고 믿는다면, 그러면 기만당할 염려는 없어. 난 타야가 필요로 하는 많은 것을 가지고 있어. 또 타야 또한 내가 필요로 하는 걸 가지고 있고. 우리의 결합은, 타야가 진정한 우리의 인간으로 성장할 때까지는 계속하는 거야. 난 꼭 그걸 해낼 거야. 그것도 못한다면, 나라는 인간은 서 푼어치 값어치도 없어. 그때까지는 이 결합을 깨어서는 안 돼. 하지만 타야가 성장한 다음에는, 모든 의무에서는 해방이야. 어쩌면 난 육체적으로는 쓸모없는 폐인이 돼버릴지도 모르지만, 그런 때에도 타야의 생활을 속박하지는 않을 테니, 이건 꼭 기억해 두기 바라."

잠시 동안 가만히 있다가 그는 따뜻하고, 상냥하게 말을 이었다.

"지금이야말로 나는 타야에게 우정과 애정을 이야기하는 거야."

그는 자기 손에서 그녀의 손끝을 놓지 않고 있었다. 그리고 마치 그녀로부터 승낙의 대답을 얻기라도 한 듯이, 완전히 마음을 놓고 있었다.

"하지만 나를 저버리지는 않겠죠?"

"말은 증거가 되지 못해, 타야. 그러니까 타야가 믿어야 하는 건 단 한 가지, 나 같은 놈은 상대에게 배반당하지 않는 한, 자기 친구를 배반하는 짓 따위는 하지 않는다는 걸 믿어 주는 것밖에는 없어."

그는 쓸쓸한 기분으로 말을 마쳤다.

"저, 오늘은 뭐라고 대답 못 하겠어요. 모든 게 너무 뜻밖의 일이라서요."

그녀는 대답했다.

코르차긴은 일어섰다.

"푹 자, 타야. 곧 날이 새겠어."

그리고 그는 자기 방으로 돌아갔다. 옷도 벗지 않은 채 그대로 옆으로 누워, 머리를 베개에 대자마자, 벌써 깊은 잠에 빠져버렸다.

코르차긴 방 창가의 책상 위에는, 당 도서관에서 대출해 온 책들, 신문 꾸러미, 그리고 빽빽이 글자가 적혀 있는 몇 권의 노트가 놓여 있었다. 그 밖에는 침대와 의자가 2개 놓였고, 타야의 방으로 가는 문 있는 데에는 커다란 중국 지도가 붙어 있었다. 당 위원회에 가서 그는 이야기를 하여, 도서관에서 책을 제공받기로 약속을 받았다. 게다가 시내에서는 가장 큰 항만도서관의 관리자를 독서지도역으로서 자기를 적극 도와주도록 약속을 받았다. 얼마 뒤 그는 거기서 책 꾸러미를 여러 개 받아 왔다. 아침과 점심 식사때 잠시 쉬는 것을 제외하고는, 그가 이른 아침부터 밤늦게까지 읽거나 쓰거나 하고 있는 것을 룔랴는 경탄의 눈으로 바라보았다. 저녁에는 그들 셋이 늘 룔랴의 방에서 시간을 보냈다. 코르차긴은 자기가 읽은 것을 자매에게 이야기해 주었다.

깊은 밤 마당에 나가 보면, 불청객인 하숙인의 방 창문으로는 환한 불빛이 언제나 영감의 눈에 들어왔다. 영감은 살그머니 창문 앞으로 다가가 안을 가만히 들여다보았다.

'다들 자고 있는데, 이 방만은 밤새 불이 켜져 있어. 아주 내 세상인 듯이 집 안을 휘젓고 있잖아. 딸년들까지도 달라져 버렸으니, 기가 막혀서.'

적의에 찬 생각에 잠기면서, 영감은 창문 앞을 돌아서곤 했다.

이처럼 자유로운 시간을 가질 수 있고, 더욱이 어떤 의무도 없는 생활은 코르차긴에게 8년 동안 처음 있는 일이었다. 그리고 그는 새로 심취한 자의 탐욕으로 끊임없이 독서를 했다. 하루에 열여덟 시간씩 내리 앉아서 공부했다. 만일 타야가 다음과 같은 말을 하지 않았다면, 그의 건강에 해를 끼쳤을지도 모를 정도였다.

"저 옷장을 다른 자리로 옮겼어요. 그러니까 당신 방으로 통하는 문은 이제 열려 있어요. 이제 당신과 할 말이 있으면, 룔랴의 방을 거치지 않고 바로 올 수가 있어요."

파벨은 얼굴을 붉혔다. 타야는 기쁜 듯이 웃었다—그들의 결합이 이루어진 것이다.

노인은 이제, 한밤중 구석방에 불이 훤히 켜진 것을 보지 못했다. 어머니는 타야의 눈 속에 숨길 수 없는 기쁨을 눈치채게 되었다. 숨겨진 열정으로 반짝거리는 눈 밑에 희미하게 보이는 검은 그늘은 잠 못 자는 밤들을 이야기해 주고 있었다. 기타 소리와 타야의 노랫소리가 작은 방에서 들리는 날이 잦아졌다.

그녀의 내부에 눈뜬 여심(女心)은 자신의 사랑이 남의 눈을 꺼려야 하는 것을 거북해하고 있었다. 문밖의 옷 스치는 소리에도 늘 깜짝깜짝 놀라고, 모든 것이 어머니의 발걸음 소리로 들렸다. 매일 밤, 방문을 걸어 잠그게 된 것은 무슨 까닭이냐고 물으면 어쩌나 하고 전전긍긍했다. 코르차긴은 그 모습을 보고, 다정하게 안심시키며 말했다.

"뭘 그리 겁을 내는 거야? 만일 누가 캐묻더라도, 우리가 여기서는 주인이 아니야? 걱정하지 말고 자. 우리 생활에는 누구도 참견 못 하게 할 거야."

그녀는 그의 가슴에 얼굴을 파묻고, 애인을 꼭 껴안고 나서야 진정하고 잠이 들었다. 그는 그녀의 숨소리에 오랫동안 귀를 기울였다. 그리고 그 편안한 잠을 깨우지 않으려고 뜬눈으로 새웠다. 자신에게 평생을 내맡긴 이 처녀에 대한 깊은 애정이 그를 사로잡아 갔다.

타야의 눈 속에 꺼질 줄 모르는 열정의 원인을 먼저 눈치챈 사람은 언니 룔랴였다. 그리고 그날부터 자매 사이에는 서먹한 그림자가 드리우게 되었다. 어머니도 이 사실을 짐작하게 되었다. 그리고 경계했다. 그녀는 코르차긴과 그렇게 되리라고는 전혀 뜻밖이었다.

"타유샤는 그 사람에게 맞지 않아."

그녀는 룔랴에게 말했던 적이 있다.

"도대체 어찌하려고 저러나?"

불안한 생각이 어머니의 마음에 꿈틀거리기 시작했다. 그러나 코르차긴과 이야기해 볼 결심은 서지 않았다.

코르차긴에게는 젊은 친구들이 드나들게 되었다. 어떤 때는 좁은 방이 꽉 찰 때도 있었다. 벌떼들이 웽웽거리는 듯한 시끄러운 소리가 영감한테도 들려 왔다. 일제히 합창을 하기도 했다.

　　우리의 바다는 쓸쓸하게
　　밤이나 낮이나 술렁이네……

그리고 코르차긴이 좋아하는 노래도 불렀다.

　　눈물에 젖은 끝없는 세계……

그것은 선전관계 일을 하게 해 달라는 코르차긴의 편지가 있은 뒤에 당 위원회가 그에게 맡긴 노동자 활동분자의 서클 모임이었다. 파벨의 나날은 이렇게 지나갔다.

코르차긴은 다시 방향을 잡게 되었다. 그리고 생활도 몇 개의 커다란 우여곡절을 겪은 뒤에, 새로운 목표를 세웠다. 그것은 공부와 문학을 통해 대오로 돌아간다는 생각이었다.

그러나 생활은 잇달아 이런저런 장애를 던져주었다. 그리고 그것들이 목적을 향해서 매진하려는 그에게 많은 장애가 된다는 것을 헤아릴 때, 그런 것이 나타날 때마다 불안한 생각이 머리를 어지럽혔다.

거기에 생각지도 않게 모스크바에서 망나니 죠르지가 마누라를 데리고 굴러들어왔다. 그는 변호사를 하는 장인 집에 묵으면서 거기서 어머니에게 돈을 긁어내려고 날마다 찾아와서 재촉하고는 했다.

죠르지가 돌아옴으로써 가정 내의 관계는 더욱 나빠졌다. 죠르지는 볼 것도 없이 아버지 편에 붙어버리고, 반(反)소비에트적인 분위기를 지닌 처가 가족들과 합세해 어떻게든지 코르차긴을 이 집에서 내몰고, 타야를 떼어놓으려고 책략을 부렸다.

죠르지가 온 지 2주일이 지나서, 롤랴는 근처 어느 지구에 일자리를 얻었다. 그래서 그녀는 어머니와 아들을 데리고 그곳으로 떠나고, 코르차긴과 타야노 멀리 떨어진 바닷가의 작은 도시로 옮겨갔다.

아르촘은 동생으로부터 편지를 받는 일이 드물었다. 그런데 시(市) 소비에트의 그의 책상 위에 눈에 익은 글씨체의 싸구려 봉투가 놓여 있는 것을 보면, 그는 평소의 침착성을 잃고 말았다. 지금도 봉투를 뜯으면서, 마음속에 감추어진 애정에 사로잡혀 이렇게 생각했다.

'파블루샤! 나와 네가 좀 더 가까이 살고 있다면, 너의 충고가 내게 도움이 될 텐데 말이야.'

아르촘 형님, 그동안 겪은 일들을 알려 드리겠습니다. 형님 말고는 나는 이런 편지는 누구에게도 쓰는 일이 없었던 것 같아요. 형님이라면 나를 잘 아시니까. 한마디 한마디를 이해해 주시겠지요. 건강을 지키는 싸움의 전선에서의 생활은 아직도 나를 끊임없이 압박하고 있습니다. 잇달아 타격을 받고 있습니다. 한 방 얻어맞고 겨우 일어섰다 하면, 더욱 사정없는 다음 일격이 나를 후려치는 그런 형편입니다. 가장 무서운 것은, 나에게 그것을 감당할 만한 힘이 없다는 사실입니다. 이제 왼손이 말을 듣지 않습니다. 그것만으로도 맥이 빠졌는데, 이어서 이번에는 두 다리가 모두 나를 배반했습니다. 지금까지 그래도 방 안에서 그럭저럭 몸을 움직였는데, 이제는 침대에서 책상까지 겨우 움직이는 것이 고작입니다. 그러나 아마도 이 정도로 끝나지는 않겠지요. 내일이 되면 또 무엇이 나를 엄습할지 알 수 없습니다.

이제 집 밖으로 나가지 못하게 된 나는, 창밖으로 바다의 한 조각을 바라보고 있을 뿐입니다. 세상에 비극도 많겠지만, 한 인간 안에 봉사를 거부하는 배반한 육체와 볼셰비키의 넋, 다시 말해서 노동으로, 모두들한테로, 전선(全線)에 걸쳐서 진격하는 현역군으로, 철과 같은 돌격의 파도가 몰아치는 곳으로 끌리고 있는 볼셰비키의 의지가 공존하고 있는 것만큼 무서운 일이 또 있을까요? 나는 아직 믿고 있습니다. 자신이 대오로 돌아간다는 것을, 공격부대 속에 내 총검도 등장하는 날이 온다는 것을. 나는 믿지 않을 수 없습니다. 그럴 권리가 있기 때문입니다. 10년에 걸쳐서 당과 청년공산동맹은, 내 안에 저항하는 법을 길러 주었습니다. 그리고 볼셰비키가 점령하지 못하는 요새는 없다는 지도자의 말은 나의 경우에도 해당됩니다.

나의 지금 생활은 공부로 이루어집니다. 책, 책, 책입니다. 그동안 공부를 꽤 했습니다, 아르촘 형님. 고전 문학은 모조리 독파하고, 공산대학 통신 강좌 제1학년 과정은 다 끝내고, 과목 이수시험에도 합격했습니다. 밤에는 당 청년들과의 서클 모임이 있습니다. 이들 동지들을 통해서 조직의 실제 활동과 연락도 하고 있습니다. 그리고 타유샤, 그녀의 성장과 전진, 그리고 이 사랑하는 여자의 애정과 포근한 위로. 나는 그녀와 사이좋게 잘 살고 있습니다. 우리의 경제는 매우 간단명료해서 저의 연금 32루블과 타야의 벌이뿐입니다. 타야도 나와 똑같은 길을 걸어서 당으로 나아가고 있습니다. 처음에는 남의 집 일을 돕고 이제는 식당에서 접시닦이를 하고 있습니다(이곳에는 공장이라는 것이 없어서).

얼마 전 타야는 처음으로 받은 여성부 대표위원 카드를 자랑스럽게 나에게 보여주었습니다. 그녀에게 이것은 결코 한 장의 종이쪽지가 아닙니다. 나는 그녀 안의 새로운 인간의 탄생을 지켜보고 있습니다. 그리고 힘닿는 데까지 그 탄생에 힘을 보태 주고 있습니다. 이제 때가 오면, 큰 공장과 노동자와 집단이 그녀의 성장을 완전한 것으로 만들어 주겠지요.

타야의 어머니는 두 번쯤 찾아왔습니다. 어머니는 자신은 인식하지 못한 채 좁고 개인적인, 자기만의 고립된 것 속에 가라앉아 있는, 사소한 것으로 이루어진 생활로 타야를 다시 끌어들이려 하고 있습니다. 나는 어머니 알비나의 어두운 생활이 딸의 앞날에 그림자를 떨구어서는 안 된다고 그녀를 설득했지만, 이 노력은 모두가 헛일이었습니다. 어머니가 언젠가 새 생활로 나아가고 있는 딸의 앞길을 가로막고 서게 되면, 어머니와 딸과의 싸움을 피할 수 없게 되지 않을까 하는 느낌이 듭니다. 악수.

동생 파벨.

스탈라야 마쩨스타의 제5요양소. 낭떠러지를 깎아 만든 광장에 서 있는 3층 석조 건물. 주위는 삼림이고, 그 아래로는 요양소로 올라오는 길이 굽이굽이 이어져 있다. 방 창문은 활짝 열려 있어서, 바람결에 아래로부터 유황천(硫黄

川)의 비릿한 냄새가 흘러왔다. 코르차긴은 방에 혼자 있었다. 내일은 새 동지들이 온다. 그의 방에도 함께 지낼 친구가 생기게 되는 셈이었다. 창 너머에서 발걸음 소리가 나며, 누군가 귀에 익은 목소리가 들려왔다. 몇 사람이 말을 주고받고 있다. 그런데 저 낮고 굵은 목소리는 어디서 들었더라? 기억을 더듬어 보았다. 그리고 한구석에 묻혀 있던, 그러나 잊지는 않았던 이름을 찾아냈다.

"레제네프 인노켄치 파블로비치. 틀림없이 그 사람이다."

그리고 확신하면서 파벨은 그의 이름을 불렀다. 1분 뒤 레제네프는 벌써 그의 옆에 앉아 있었다. 그리고 반갑게 그의 손을 흔들었다.

"여, 아직 살아 있었군그래? 이거 정말 반갑네. 자네는 정말 환자가 됐다고 생각하는 거야? 그건 찬성할 수 없는걸. 이 나를 보라고. 나도 의사들이 퇴직을 예고했지만, 오기가 나서 이렇게 버티고 있거든."

레제네프는 환하게 웃었다.

코르차긴은 그 웃음 속에 감추어진 동정과 안타까움을 알아차렸다.

그들은 활기 넘치는 이야기를 나누며 두 시간쯤을 보냈다. 레제네프는 모스크바의 소식을 들려주었다. 그의 말로 코르차긴은 당이 채택한 중대한 결의—농업 집단화를 통한 농촌의 재건을 처음으로 알고, 상대의 말을 하나도 놓치지 않으려고 열심히 들었다.

"나는 자네가 고향 우크라이나 어딘가에서 활동하는 줄 알았지. 이건 좀 뜻밖인데. 하지만 그까짓 아무것도 아니야. 내 경우는 좀 더 형편없어서, 자칫하면 그대로 묘지의 시체안치장으로 갈 뻔했지 뭐야. 그렇지만 아직 이렇게 살아 있어. 지금은 도저히 어영부영 살아갈 수는 없는 때거든. 그래 가지고는 안 되지! 난 가끔 죄스러운 생각도 해본다네. 얼마 동안 조금 쉬면서 숨 좀 돌려볼까 하고 말이야. 하지만 역시 좋지 않은 것 같아. 그럴 시대가 아닌 거야. 그야 열 시간이나 열두 시간씩 일하면 때로는 힘들 때도 있지. 그런데 어쩌다가 그런 생각이 들어서, 조금은 짐을 가볍게 하려고 일을 적당히 하려다 보면, 결국은 도로아미타불이 되는 거야. 즉 '짐을 덜' 셈으로 짐을 내리는 일에 몰두하면, 결국 12시 전에는 집에 못 돌아가는 거야. 기계 운전을 강화하면, 그만큼 바퀴 회전도 빨라져서, 일찍 집에 돌아갈 수 있지. 다시 말해서 우리처럼 늙은 사람도, 젊었을 때와 같은 생활 태도를 가져야 한다는 말이지."

레제네프는 그 훤칠한 이마를 한 손으로 쓰다듬었다. 그리고 아버지 같은 따뜻한 어조로 이렇게 말했다.

"자, 이번에는 자네 이야기나 좀 들어볼까?"

레제네프는 코르차긴의 지나온 이야기에 귀를 기울였다. 그리고 파벨은 자기에게 동의하는, 생기 있는 눈빛을 보았다.

나무 그늘이 드리워진 테라스 한구석에 요양하러 온 사람들 무리가 있었다. 작은 탁자를 앞에 놓고 송충이처럼 짙은 눈썹을 잔뜩 찌푸리고 《프라우다》지를 읽는 사람은, 흐리산프 체르노코조프이다. 검은 셔츠와 낡은 모자, 오랫동안 면도를 하지 않은, 볕에 그을은 볼이 푹 파인 얼굴, 움푹 들어간 푸른 눈 등 모든 것이 그가 타고난 광부라는 것을 말해 주고 있었다. 12년 전에 지방 지도 일꾼으로 임명받은 이 사나이는 곡괭이를 버렸는데, 보기에는 방금 갱도에서 나온 것 같았다. 그의 행동거지나 말투에도 그런 분위기가 드러났으며, 그 말 자체에서도 엿볼 수 있었다.

체르노코조프는 당의 지방위원회 서기국원이며, 정부의 일원이기도 했다. 그의 체력은 난치병인 다리의 괴저(壞疽)로 소진되고 있었다. 체르노코조프는 자신을 벌써 반년 가까이 꼼짝 못 하게 만든 병든 다리를 저주하고 있었다.

그의 앞에 생각에 잠긴 얼굴로 담배를 피우며 앉아 있는 여성은 지기레바라고 했다. 알렉산드라 알렉세이예브나 지기레바는 37세로, 이미 19년이나 당원으로 있다. 페테르부르크 지하운동 시절에 '금속공 슐로치카'라 불리던 그녀는, 시베리아의 유형(流刑)과는 소녀 시대부터 단골이었다.

탁자 옆의 세 번째 사람은 파니코프라고 했다. 단정하게 생긴 머리를 숙이고, 커다란 뿔테 안경을 고쳐 쓰면서 독일 잡지를 읽고 있었다. 이 30세 된 스포츠맨 유형의 사나이가 말을 듣지 않는 한쪽 다리를 간신히 들어 올리는 모습을 보는 것은, 기묘하게 어울리지를 않았다. 미하일 바실리예비치 파니코프는 편집자 겸 작가로, 교육인민위원부의 근무원이고, 유럽을 알고 있었으며, 몇 개 국어에도 능통했다. 그의 머리에는 적지 않은 지식이 들어 있어, 신중한 체르노코조프조차도 그에게는 존경을 드러냈다.

"저 사람, 당신 방에 있는 사람이지요?"

지기레바가 살짝 체르노코조프에게 물으며, 코르차긴이 앉아 있는 휠체어 쪽을 턱으로 가리켜 보였다.

체르노코조프는 신문에서 눈을 뗐다. 그러자 그 얼굴은 왠지 갑자기 밝아졌다.

"맞아요, 저 사람이 코르차긴이에요. 당신도 꼭 저 친구와 사귀어 보세요, 슐라. 그는 병으로 마치 바퀴에 막대를 꽂은 것처럼 돼버렸지만, 그렇지만 않으면, 저 청년은 난국에 서서 우리를 위해 큰일을 할 친구예요. 그는 초기 청년공산동맹원 출신이지요. 간단히 말해서, 만일 우리가 저 젊은이를 잘 격려만 해준다면 그는 아직도 더 일할 수 있는 친구지요. 난 그렇게 하기로 했어요."

파니코프는 그의 이야기에 귀를 기울였다.

"어디가 나쁜데요?"

슐라 지기레바가 전과 같이 작은 목소리로 물었다.

"20년대의 묵은 상처예요. 척추 상태가 좋지 않은가 봐요. 여기 의사에게 물어봤더니, 타박상이 전신불수를 일으킬 위험이 있대요. 자, 한번 가보세요."

"이리로 데려올게요."

슐라가 말했다.

이리하여 그들과의 교우(交友)가 시작되었다. 그리고 파벨은 아직 몰랐지만, 지기레바와 체르노코조프는 나중에 그에게 소중한 사람들이 되고, 또한 그를 기다리던 중병의 시기에 그들은 누구보다도 그에게 의지가 되어주었다.

생활은 여전히 똑같이 흘러갔다. 타야는 일하고, 코르차긴은 공부했다. 그런데 그가 서클 일에 들어가자마자 새로운 불행이 살그머니 다가왔다. 중풍(中風) 때문에 두 다리를 못 쓰게 되었던 것이다. 이제는 오른손만이 그의 말을 들었다. 온갖 노력을 한 끝에, 이제 자기는 움직일 수 없는 몸이 되었다는 것을 알았을 때는 피가 나도록 입술을 깨물었다. 타야는 자신의 슬픔과 그를 도울 수 없는 안타까움을 꿋꿋하게도 감추고 있었다.

"당신과는 헤어져야만 해, 타유샤. 이 지경이 되리라고는, 약속에도 없었던 일이니까 말이야. 난 오늘 아무래도 신중히 생각해 봐야겠어."

그녀는 그가 말을 하지 못하게 했다. 통곡을 억제하기는 어려웠다. 그녀는 파벨의 머리를 가슴에 꼭 껴안은 채 훌쩍거리며 울었다.

아르촘은 동생의 새로운 불행을 알자, 어머니에게 편지를 썼다. 그리고 마리야 야코블레브나는 모든 것을 내던지고 그들 곁으로 달려왔다. 세 사람의 생활이 시작되고, 노파는 타야와도 사이좋게 지냈다.

코르차긴은 그래도 공부를 멈추지 않았다.

눈이 내릴 듯한 어느 겨울밤, 타야는 자신의 첫 승리 소식인 시(市) 소비에트 위원증(委員證)을 가지고 돌아왔다. 이때부터 코르차긴은 그녀의 모습을 보기가 어려워졌다. 접시닦이로 일하는 요양소 취사장에서 타야는 여성부, 시 소비에트로 들러, 밤이 깊어서야 피곤한 몸으로 그러나 온갖 인상으로 가슴이 부풀어 돌아왔다. 당원 후보자가 되는 날도 가까워졌다. 그녀는 흥분하면서 그 준비를 해 나가고 있었다. 그런데 거기에 또다시 새로운 재난이 들이닥쳤다. 병 쪽에서도 결코 쉬지 않았던 셈이었다. 코르차긴의 오른쪽 눈이 참을 수 없는 아픔으로 타들어가더니 곧 왼쪽 눈도 똑같이 아프기 시작했다. 태어나 처음으로 파벨은 눈이 보이지 않는다는 것이 어떤 것인가를 알았다. 주위가 모두 우중충한 빛깔의 모슬린으로 둘러 쳐진 것 같았다.

무섭고도 냉혹한 장애가 갑자기 슬그머니 나타나, 그의 앞길을 가로막아 버렸다. 어머니와 타야의 실망은 짐작도 할 수 없었다. 그러나 그는 냉정하게 침착을 잃지 않고 뭔가 마음속으로 결심했다.

'시기를 기다려야 한다. 확실히 전진할 가능성이 없는 것이라면, 일을 되찾기 위해서 마련한 수단이 모조리 실명(失明) 때문에 물거품이 되고, 전열(戰列)로 복귀하는 것이 이제는 불가능해진다면 그때는 모든 것을 끝장내야 한다.'

코르차긴은 친구들에게 편지를 썼다. 그들에게서는 불굴의 정신으로써 싸움을 멈추지 말아달라는 답장이 있었다.

이처럼 그의 고통에 찬 나날 속에서, 하루는 타야가 소식을 알렸다.

"파블루샤, 저 당원 후보가 됐어요."

파벨은 조직에서 새로운 동지로서 지명되었다는 그녀의 이야기를 들으면서, 자신이 당원으로서 첫걸음을 내디뎠던 무렵을 떠올렸다.

"그럼, 나와 당신이 함께 당 파벌을 만들 수 있겠군그래, 코르차기나 동지."

그녀의 손을 잡으면서, 파벨은 그렇게 말했다.

그 이튿날, 그는 지구위원회 서기에게 편지를 보내, 자기에게 좀 들러달라고 부탁했다. 저녁때가 되자, 그의 집 옆에 진흙투성이 자동차가 멎었다. 턱 밑에서 구레나룻까지 온통 수염을 기른 볼메르라는 중년의 라트비아인은 코르차긴의 손을 잡고는 마구 흔들었다.

"어때요, 상태는? 당신은 어쩌다가 이 모양이 됐죠? 자, 일어서 봐요. 우리가 당장에라도 당신을 농촌으로 사업하러 보내줄 테니."

그러면서 그는 웃었다.

지구위원회 서기는, 자기에게 밤 집회가 있다는 사실도 잊은 채, 코르차긴과 함께 두 시간이나 보냈다. 이 라트비아인은 파벨의 격한 이야기에 귀를 기울이면서, 방 안을 이리저리 오가더니, 마지막에 이렇게 말했다.

"서클 이야기는 그만둬요. 당신은 휴식을 취해야 해요. 그리고 눈에 대한 것부터 분명히 해놓아야겠소. 아직 가망이 있을지도 모르니까. 모스크바로 가보는 게 어때요, 응? 한번 생각해 봐요……."

코르차긴은 그를 가로막았다.

"내게 필요한 건 사람들이에요, 볼메르 동지! 생기가 넘치는 사람들입니다! 난, 외톨이로는 살 수가 없어요. 지금은 더구나 다른 때보다도 더욱 사람들이 필요해요. 청년들을 이리로 보내주세요. 되도록 젊은 친구들을 말이에요. 그들은 당신네 마을에 있으면서 왼쪽으로, 그러니까 코뮌 쪽으로 기울고 있어요. 그들은 조직을 만들기를 원해요. 콤소몰 친구들은 잠시라도 눈을 떼고 있으면, 자칫하면 자꾸만 앞질러 가려는 경향이 있거든요. 내가 그랬기 때문에 난 잘 알아요."

볼메르는 걸음을 멈추었다.

"당신, 어디서 그 말을 들었죠? 그 소식은 오늘 지구에서 막 도착했는데."

코르차긴은 싱긋 웃었다.

"우리 집사람을 아시던가요? 어제 막 입당했지만. 그녀가 알려주었지요."

"아, 코르차기나, 접시닦이? 그럼, 그 사람이 당신 부인이었군요? 야, 그건 몰랐는데!"

그리고 잠시 생각하더니, 볼메르는 한 손으로 자기 이마를 탁 쳤다.

"그렇지, 그 친구를 당신한테 보내는 게 좋겠소. 베르세네프 레프를 말이오. 그보다 훌륭한 동지는 필요없을 정도죠. 고주파(高周波) 변압기를 두 대 장치하는 것과 마찬가지요. 나도 한때는 전기공을 했거든요. 그래서 이런 말이나 비유가 가끔 튀어나오곤 하오. 레프는 당신에게 아마 라디오도 만들어 줄 거요. 라디오에 대해서는 귀신이거든요. 나도 그 친구를 찾아가서 밤 2시가 될 때까지 라디오를 들으며 앉아 있곤 했죠. 덕택에 마누라한테 의심을 받기까지 했지만 말이오. 매일 밤 어디를 그렇게 싸돌아다니는 거예요, 이 할아범이, 하고 악을 쓰더라고."

코르차긴은 웃으면서 물었다.

"그 베르세네프는 어떤 사람이지요?"

볼메르는 방 안을 왔다 갔다 하는 것도 지쳤는지, 의자에 앉더니 말하기 시작했다.

"베르세네프는 우리한테서 공증인을 하고 있는 사람이요. 하지만 그가 공증인이라는 건, 내가 발레리나라는 것과 같죠. 얼마 전까지만 해도 레프는 대단한 투사였소. 혁명 운동에는 12년부터 참가했고, 당에는 10월 혁명 때부터 들어갔어요. 국내전 때에는 군관계 일을 했죠. 제2기병단에서는 혁명 재판소에서 일했고, 캅카스를 백색 벼룩을 잡으러 온통 훑고 다닌 적도 있다오. 차리친과 남부에도 있었고, 극동에서는 공화국 최고 군사재판소에서 근무했어요. 거기서 쓰러졌죠. 폐가 나빠져서 말이오. 그래서 극동에서 이리로 왔어요. 이 캅카스에서는 현(縣)재판장, 지방재판소장 대리였어요. 그런데, 끝내 폐가 아주 망가져 버렸어요. 그리고 이제 도저히 손쓸 수 없다는 판정을 받고 이리로 쫓겨온 거요. 이게, 우리에게 격에 맞지 않은 공증인이 생기게 된 사연이죠. 이 자리는 한가하니까 그도 한숨 돌리고 있는 셈이오. 이곳에 와서부터 그에게 조금씩 조직이 맡겨져 지구위원회에도 들어왔고, 정치학교에도 들어가는가 하면, 통제위원회 일을 부탁받기도 했어요. 복잡하고 골치 아픈 일이 일어나면 중요한 위원회에는 모두 상임위원으로서 참가하고 있죠. 그 밖에도 그는 사냥을 즐기고 대단한 라디오 애청자이기도 해요. 폐는 한쪽밖에 없지만, 도저히 환자라고는 믿을 수 없을 정도요. 에너지가 넘치죠. 이런 친구는 죽을 때도 틀림없이, 지구위원회에서 재판소에라도 달려가는 도중에 죽을 거요 아마."

파벨은 날카로운 질문으로 그의 말을 가로막았다.

"도대체 무엇 때문에 당신들은 그에게 그런 무거운 짐을 지웠지요? 여기 와서 오히려 전보다도 일을 더하는 거 아닙니까?"

볼메르는 눈을 가늘게 뜨고 코르차긴을 옆에서 바라보았다.

"그럼, 당신에게 서클 일이라든가 그 밖의 일들을 부탁하면, 레프도 아마 언젠가는 틀림없이 '무엇 때문에 그렇게 그에게 짐을 지우는 거요?'라고 할 거요. 그 친구는 스스로 이렇게 말하고 있어요—'병으로 5년이나 빈둥빈둥 지내는 것보다, 1년이라도 좋으니 마음껏 일하며 살고 싶다'고. 사람들을 소중히 지킬 수 있게 되는 건, 아무래도 사회주의를 단단히 건설한 다음의 일이 될 것 같아요."

"그건 그래요. 나도 5년이나 빈둥빈둥하느니보다는, 1년이라도 활동하면서 사는 쪽을 택할 겁니다. 그런데 그런 경우에도 우리는 때에 따라서 체력을 헛되이 쓰는 일에 말할 수 없이 느슨해지는 수가 있어요. 나도 요즘 겨우 깨달았지만, 이건 용기라기보다는 만용이고, 무책임한 겁니다. 나는 자기 건강을 그렇게 가혹하게 다룰 권리가 전혀 나에게 없었다는 것을 겨우 이제야 깨닫기 시작했어요. 그런 일은 용감한 것도 아무것도 아닙니다. 그렇게 몸을 혹사하지 않았던들, 나는 아직도 몇 년쯤은 몸이 이 모양으로는 되지 않았을 겁니다. 달리 말해서, 좌익 소아병(左翼小兒病)*²—이게 나의 경우는 근본적으로 위험한 것 중의 하나 같아요."

'말은 저렇게 하면서도, 저러다 만일 일어설 수 있게 돼서 세상에 나가게 되면, 깨끗이 잊어버릴걸.'

볼메르는 그렇게 생각했다. 그러나 입 밖으로 꺼내지는 않았다.

이틀째 밤에 레프가 파벨을 찾아왔다. 두 사람은 한밤중이 되어서야 헤어졌다. 레프는 여러 해 전에 잃었던 동생을 만난 듯한 기분으로, 이 새로운 친구로부터 돌아갔다.

아침이 되자, 사람들이 지붕을 기어다니면서 안테나를 설치했고, 레프는 자신의 지난날 아주 재미있는 일화를 들려주면서, 방 안에서 기계 조립을 하고 있었다. 파벨은 그의 모습을 볼 수 없었으나 타야의 이야기로 레프는 밝은 눈을 가진 금발의 사나이로, 키가 늘씬하고, 행동 하나하나에 절도가 있는, 다시 말해서 처음 만났던 순간에 파벨이 상상했던 것과 똑같은 사람임을 알았다.

저녁 무렵이 되자, 방에는 '마이크로 램프' 3개가 설치되었다. 레프는 짐짓 위엄 있는 몸짓으로 파벨에게 수신기를 건네주었다. 수신기에서는 이런저런 잡음이 흘러나왔다. 항구의 모르스 부호는 새처럼 지저귀고, 어딘가에서(아마도 근처의 바다에서) 기선의 무전 소리가 들려왔다. 이 온갖 소리와 잡음이 뒤섞인 가운데 수신기 코일은 조용하고도 차분한 목소리를 잡아서 전했다.

---

*2 공산주의 운동에서, 객관적인 조건을 현실적으로 고려하지 않고 교조주의적 태도만을 고집하는 경향. 또는 이에 의하여 생기는 폐해. 1920년 레닌이 《공산주의에서의 좌익 소아병》에서 처음 지적했다.

"여기는, 여기는, 모스크바입니다……."

작은 수신기라도 세계 60개 국가의 소리를 안테나로 잡을 수 있었다. 파벨에게 격려되었던 생활이 강철 진동판을 통해 방 안으로 흘러 들어왔다. 그리고 그는 생활의 힘찬 숨결을 거기에서 느꼈다. 그의 눈이 빛나기 시작한 것을 보자, 지쳤던 베르세네프도 싱긋이 웃음을 떠올렸다.

큰 집 안에서는 모두 잠들어 있다. 타야는 잠결에 뭔가 걱정스러운 듯이 중얼거리고 있다. 그녀는 늦은 밤에야 집에 돌아왔고, 늘 지치고 꽁꽁 얼어 있다. 파벨도 그녀의 모습을 보기가 차츰 어려워졌다. 일에 깊이 관여하면 할수록, 그녀에게는 빈 시간이 드물어졌다. 파벨의 머리에 베르세네프의 말이 떠올랐다.

"볼셰비키에게, 아내가 만일 당원이라면 부부는 서로 얼굴을 맞대는 일이 드물지. 거기에는 두 가지 장점이 있지. 서로 싫증이 나지 않는다는 것, 그리고 싸울 틈이 없다는 거야!"

어떻게 불평할 수 있으랴! 이것은 마땅히 예상했어야 하는 일이었다. 타야가 매일 밤을 몽땅 그에게 바쳤던 시절도 있었다. 그 무렵에는 더 많은 따뜻함과 다정스러움이 있었다. 그러나 그때는 단순한 여자친구, 아내에 지나지 않았다. 하지만 이제 그녀는 그의 제자이며, 또한 당 동지이기도 했다.

타야가 성장하면 할수록, 그에게 주어지는 시간이 적어진다는 것은 그도 이해했다. 그리고 그것을 당연한 일로서 받아들였다.

파벨은 서클을 맡았다.

집 안은 또다시 매일 밤 소란스러워졌다. 젊은 친구들과 보내는 시간은, 파벨에게 에너지를 쌓는 시간이 되었다.

그 밖의 시간에는, 어머니는 음식을 먹게 하려고 그에게서 수신기를 빼앗아 내는 데 한바탕 고생해야만 했다.

라디오는 실명(失明)이 빼앗아 가버린 공부의 가능성을 그에게 가져다주었다. 그리고 이 끝없는 의욕 속에, 병이 진행 중인 육체의 괴로운 고통도, 눈의 격통(激痛)도, 또한 그에게 냉엄하고도 가혹한 생활까지도 잊게 되었다.

코르차긴의 시대를 이어받아서, 국제청년공산동맹의 기치 아래 나타난 젊은 형제들의 마그니토고르스크 건설지에서의 공적을 라디오 전파가 전해 주었을 때, 파벨은 새삼스럽게 행복감을 맛보았다.

이리 떼처럼 맹위를 떨치는 심한 눈보라는 우랄의 혹독한 추위를 상징하듯 휘몰아쳤다. 바람이 몰아치는 늦은 밤, 청년공산동맹 제2세대의 한 부대는 눈보라 속 아크등 불빛 속에서 세계적인 합동기업(合同企業)의 첫 공장을 눈과 혹한에서 구하고자 거대한 건물의 지붕을 씌우고 있다. 키예프 콤소몰의 최초 세대가 눈보라와 싸우며 만들어 낸 임업건설지(林業建設地)도 이에 비하면 하잘것없어 보였다. 나라도 성장하고, 사람들도 성장한 것이다.

그리고 드네프르강에서는 물이 강철 제방을 무너뜨리고, 기계와 사람들을 삼키면서 범람했다. 그러자 또다시 콤소몰 대원들이 자연의 맹위에 정면으로 맞서 싸워, 잠도 휴식도 잊은 2일간에 걸친 처절한 격투 끝에 물줄기를 철의 제방 저쪽으로 몰아냈다. 이 거대한 투쟁 때에 앞장서서 나아간 이들은 콤소몰의 새로운 세대들이었다. 그 용사들의 이름 가운데 파벨은 이그나트 판크라토프라는 그리운 이름을 반가움 속에 들었다.

9

파벨과 타야는 모스크바에서 며칠 동안 어느 기관의 문서고에서 살았는데 그 기관 책임자가 코르차긴을 전문병원에 입원할 수 있도록 여러 가지로 애를 써주었다.

파벨은 겨우 지금에 와서야 깨달았는데, 자신이 강건한 육체와 젊음을 지니고 있을 때 의연한 자세를 취하고 있는 것은 꽤 쉬운 일로서 문제가 없었다. 그러나 생활에서 쇠로 된 테로 바싹 조여지는 현재와 같은 때에 꿋꿋하게 버티는 일이야말로 자랑스러워할 만한 일인 것이다.

코르차긴이 문서과 창고에서 지냈던 때로부터 1년 반의 세월이 지나갔다. 뭐라 말할 수 없는 고뇌의 18개월이었다.

병원에서 파벨은 아벨바하 교수로부터, 시력 회복은 불가능하다는 선고를 받았다. 언젠가 염증이 가라앉는다면 외과 쪽에서 눈동자를 수술해 보자고 제안했다. 그리하여 염증을 제거하기 위한 외과 처치를 하게 되었다.

파벨은 의사들이 필요하다고 생각하는 것이라면 어떤 일이라도 해 달라고 부탁했다.

수술대에 누워, 수술 도구로 목을 절개하고 갑상선을 제거하는 동안에, 죽음은 세 차례나 그를 찾아왔다. 그러나 생명은 코르차긴의 몸 안에 끈질기게 꼭 달라붙어 있었다. 타야는 여러 시간을 두려움 속에 기다린 끝에, 죽은 것처럼 창백하지만 평상시처럼 침착하고도 다정한 남편의 얼굴을 보았다.

"놀랄 것 없어, 타야. 그렇게 쉽게는 죽지 않으니까. 난 앞으로 더 살아서, 한바탕 일할 거야. 의사 선생들 예상이 어긋난 것에는 조금 미안하지만 말이야. 내 건강에 관한 선생들의 진단은 모두 옳아. 하지만 내게 노동 능력이 완전히 없다고 하는 진단서를 쓴 것은 실패작이었어. 이제 두고 보라고."

파벨은 단호히 외길을 나아가, 그의 힘으로 신생활의 건설자들 사이로 다시 돌아가리라고 결심했다.

겨울이 끝나고, 봄이 열린 창문으로 불쑥 찾아왔다. 마지막 수술에서 살아난 낏기 없는 코르차기우, 이 이상 병원에 머물러 있을 수는 없다고 생각했다. 온갖 고통을 겪은 끝에 파멸의 운명에 놓인 사람들의 신음과 통곡 속에 낮 닐이나 지낸다는 것은, 자신의 개인적인 고난을 참는 것과는 비교할 수 없을 만큼 고통스러웠다.

새로운 수술을 하도록 권유받았을 때, 그는 냉정하게 분명히 대답했다.

"됐습니다. 난 이제 됐어요. 나는 과학을 위해 내 피의 일부를 바쳤습니다. 나머지는 달리 쓸 데가 있습니다."

이날 파벨은 중앙위원회에 편지를 보내, 아내가 일하는 모스크바에 자기도 남을 수 있도록 협조해 달라고 간절히 부탁했다. 이 이상 여기저기 방황해 봤자 아무 소용도 없기 때문이었다. 그가 당에 부탁한 것은 처음이었다. 그의 편지에 답하여, 모스크바 소비에트는 그에게 방을 제공해 주었다. 그리고 파벨은 다시는 돌아오고 싶지 않다는 한 가지 소망을 안고 병원을 떠났다.

크로포트킨스킨 거리의 조용한 골목 안에 있는 허술한 방조차 최상급으로 호사스러운 것으로 보였다. 그리고 파벨은 가끔 한밤중에 잠이 깨면, 병원이 어딘가 저 먼 곳에 떨어져 있다는 것이 믿어지지 않았다.

타야는 당원으로 승진했다. 일 욕심이 많은 그녀는, 사생활의 온갖 비극에도 돌격대원들 가운데서 남에게 뒤떨어지는 법이 없었다. 그리고 조합도 이 말수 적은 여성을 신뢰해, 그녀는 공장위원회 위원으로 선출되었다. 볼셰비키로 변모해 가는 아내를 자랑스럽게 여기는 마음은 파벨의 고통까지도 완화해 주는 듯했다.

출장 왔던 바자노바가 코르차긴을 찾아왔다. 두 사람은 오랜 시간 동안 이야기를 나누었다. 파벨은 머지않아 자신이 전사(戰士)들 틈으로 돌아가기로 결심했다는 것을 열을 올리며 이야기했다.

바자노바는 코르차긴의 구레나룻에 난 은빛 새치를 보고, 목소리를 낮추고 말했다.

"얼마나 고생이 심했겠어요. 하지만 당신의 식을 줄 모르는 열정은 역시 죽지 않았군요. 그것만 있다면 또 무엇이 필요하겠어요? 5년 동안이나 준비해 오던 일을 시작할 결심이 선 건 잘된 일이에요. 그런데 어떻게 일할 작정이에요?"

파벨은 걱정 말라는 듯이 싱긋 웃어 보였다.

"내일, 마분지에 줄칸을 오려내서 만든 종이를 보내올 거예요. 이게 없으면 나는 쓸 수 없겠지요. 행과 행이 겹칠 테니까요. 오랫동안 궁리해서 겨우 생각해 낸 것이 이거예요—판지를 도려낸 줄이라면, 내가 연필로 쓰더라도 곧 행의 틀 밖으로 나가는 일은 없거든요. 앞에 쓴 것을 보지 않고 쓰는 건 좀 어려운 일이지만, 못할 건 없어요. 나는 확신을 얻었어요. 꽤 오랫동안 헛수고를 했지만, 이제는 좀 더 천천히 쓰기 시작했습니다. 한 자 한 자 정성들여 쓰는 거지요. 꽤 잘되고 있어요."

파벨은 일을 시작했던 것이다.

그는 영웅적인 코토프스키 사단에 바쳤던 이야기를 쓰려고 마음먹었던 것이다. 제목은 저절로 떠올랐다.

《폭풍 속에 태어나는 자》

그날부터 그의 생활은 모든 것이 이 창작을 중심으로 전환되었다. 서서히 한 행 한 행이 더해지고, 쪽수가 늘어 나갔다.

그는 모든 것을 잊고, 오로지 작중 인물에게 사로잡혔다. 그리고 또렷하게 떠오르는 잊을 수 없는 기억과 장면이 제대로 종이에 옮겨지지 않고, 문장이 불도 열도 잃어버린 생기 없는 것이 되면, 비로소 창작의 고뇌를 체험하곤 하는 것이었다.

그는, 쓴 것은 한마디 한마디를 낱낱이 기억해야만 했다. 실마리를 잃으면 일이 정체되었다. 어머니는 애를 태우면서 아들이 하는 일을 지켜보고 있었다.

일을 진행하는 동안에는, 몇 페이지나, 때로는 몇 장(章)씩이나 암송해야만 마음이 놓였다. 어머니에게는, 아들이 머리가 조금 이상해진 것은 아닌가 하고 느껴지는 때도 있었다. 그가 쓰는 동안에는, 어머니는 곁에 가까이 갈 생각도 못하고, 바닥에 떨어진 원고지를 그저 주워 모으며, 눈치를 살피며 이렇게 말하는 것이었다.

"너도 뭔가 다른 일을 하는 게 어떻겠니, 얘야. 이처럼 끝도 한도 없이 쓰기만 하는 사람은 난 처음 본다……."

그는 어머니가 걱정하는 모습을 보고 크게 웃었다. 그리고 자신도 아직은 완전히 '나사가 끊어진' 것은 아니라고 늙은 어머니를 안심시키는 것이었다.

계획했던 소설의 3장이 완성되었다. 그는 코토프스키 사단의 고참들에게 비평을 받고자, 오네사로 그것을 보냈다. 그리고 그들로부터는 호의적인 의견이 담긴 편지를 받았으나, 원고는 우편으로 반송되는 도중에 분실되고 말았다. 6개월에 걸친 고생도 물거품이 되었다. 이것은 그에게 커다란 타격이었다. 그는 복사도 하지 않은 채 한 부밖에 없는 원고를 보냈던 것을 두고두고 후회했다. 이 분실 사건을 그는 레제네프에게 이야기했다.

"원, 허술하긴. 세상에 그럴 수가 있나? 하지만 마음 단단히 먹으라고. 이제 와서 이러니저러니 해봤자 아무 소용이 없어. 탁 털고 새로 시작하는 거야."

"하지만 말이에요, 인노켄치 파블로비치! 6개월의 피나는 고생이 물거품이 된 거예요. 날마다 여덟 시간씩 살을 깎아내는 고생을 했는데! 망할 놈의 자식들, 저주나 받아라!"

레제네프는 그를 달래느라 진땀을 흘렸다.

처음부터 다시 시작하는 수밖에 없었다. 레제네프가 종이를 구해다 주었다. 다 쓴 것을 타자 치는 일도 도와주었다. 한 달 반 만에 제1장이 다시 태어났다.

코르차긴과 같은 아파트에 알렉세이예프라는 한 가족이 살고 있었다. 맏아들인 알렉산드르는 시(市)의 청년공산동맹 지구위원회에서 서기를 하고 있었다. 그에게는 공장학교를 졸업한 열여덟이 된 갈랴라는 여동생이 있었다. 갈랴는 명랑한 처녀였다. 파벨은 그녀가 비서로서 도와줄 수 없을지, 어머니에게 이야기해 보도록 부탁했다. 갈랴는 흥미를 가지고 승낙해 주었다. 그녀는 생글생글 웃으면서 찾아왔다. 그리고 파벨이 소설을 쓰고 있다는 것을 알자 이렇게 말했다.

"저, 기꺼이 도와드리겠어요, 코르차긴 동지. 이런 일이라면 실내 청결을 유지합시다 어쩌구 하는 싱거운 안내문을 아버지가 시켜서 쓰는 것과는 다르니까요."

이날부터 저술은 속도가 두 배로 빨라졌다. 한 달 동안 일의 진행 분량은 파벨도 놀랄 정도였다. 갈랴는 깊은 동정심과 적극성으로 그의 일을 도왔다. 그녀의 연필은 매끄럽게 종이 위를 미끄러져 갔다. 그리고 특히 마음에 든 대목에서는, 그녀는 몇 번씩이나 다시 읽어보고는, 그 성공을 진심으로 기뻐해 주었다. 집안에서 그녀는 파벨의 일을 믿었던 거의 유일한 사람이었다. 다른 이들에게는 부질없는 헛수고로 보였으며, 그가 자신에게 강요된 무위(無爲)를 무엇인가로 채우려고 하는 데 지나지 않는 것으로 여겨졌다.

출장을 떠났던 레제네프가 모스크바로 돌아왔다. 그리고 처음 몇 장(章)을 읽어 보고는 말했다.

"계속하라고, 자네! 승리는 우리 것이야. 자네에게는 앞으로 얼마든지 기쁜 일이 많이 생길 거야, 파벨 동지! 나는 확신하지만, 대오로 돌아가겠다는 자네의 생각은 이제 곧 이루어질 거야. 희망을 버리면 안 돼, 이 친구야!"

노인은 만족해서 돌아갔다. 파벨이 생기 넘치는 것을 확인했기 때문이었다.

갈랴는 계속해서 도와주었다. 그녀의 연필은 종이 위를 매끄럽게 달리고, 그리고 잊을 수 없는 과거를 엮어 나가는 글줄이 형성되어 나갔다. 파벨이 명상에 잠기면서 추억에 사로잡혀 있을 때에는, 갈랴는 그의 눈썹이 부들부들 떨리며, 생각이 바뀌어 감에 따라서 눈빛까지 변해 가는 것을 지켜보았다. 그리고 어쩐지 앞이 보이지 않는 사람이라고는 믿기지 않았다. 그만큼 맑고 투명한 그의 눈동자에는 생명이 약동하고 있었다.

일이 끝나면, 그녀는 그날 쓴 것을 읽었다. 그리고 날카롭게 귀를 곤두세우고 있는 그의 얼굴이 흐려진 것을 발견하기도 했다.

"표정이 왜 그러세요, 코르차긴? 잘됐잖아요?"

"아니야, 갈랴. 거긴 안 좋아."

마음이 들지 않는 대목이 있으면, 그는 스스로 다시 쓰기 시작했다. 좁은 줄칸에 대고 글을 쓰다 보면 너무나 성가셔서 어떤 때는 참다못해 내던져 버리기도 했다. 그런 때에는, 눈먼 자기 신세에 너무나 분통이 터져 연필을 꺾어 버리고, 꼭 깨문 입술에서는 핏방울이 떨어졌다.

작품이 끝나가자 억눌렸던 감정이, 잠드는 법이 없는 의지의 구속을 박차고 전보다도 더욱 자주 솟아올랐다. 금지되었던 것은 비애(悲哀)였고, 열렬하고, 다정하고, 소박하고, 인간적인 갖가지 감정이었다. 거의 모든 사람들의 마음에 깃든 감정이면서도, 오직 그에게는 허락되지 않았던 감정이었다. 만일 그가 그중의 어느 하나에라도 몸을 내맡긴다면, 모든 것은 비극으로서 끝나버리기 때문이었다.

밤늦게 타야가 공장에서 돌아온다. 그리고 소곤거리는 목소리로 마리야 야코블레나와 말을 주고받고는 잠자리에 들어버리곤 했다.

마지막 장이 완성되었다. 며칠이 걸려서 갈랴가 코르차긴에게 그 소설을 읽어 주었다.

　내일, 원고는 레닌그라드에 있는 주(州)위원회 문화선전부로 발송될 예성이었다. 만일 거기에서 이 책이 사회활동에 필요한 도서로서 인정받으면, 출판사로 넘어가게 될 것이다. 그리고 그렇게 되면……

　가슴이 벅차 울렁거렸다. 그렇게 되면…… 몇 년에 걸친 긴장과 끈질긴 노력으로 얻은 새로운 생활이 시작되는 것이다.

　책의 운명이 파벨의 운명을 판가름 짓게 되는 셈이었다. 만약에 원고가 형편없는 평가를 받는다면, 이것은 그의 마지막 황혼이 되고 만다. 그러나 만약에 실패가, 앞으로의 노력으로 제거할 수 있는 부분적인 것이라면, 그는 곧바로 새로운 공격을 개시할 것이다.

　어머니는 무거운 원고 꾸러미를 들고 우체국으로 갔다. 긴장으로 가득한 기대의 나날이 시작되었다. 코르차긴은 평생 동안 이 무렵의 하루하루처럼 고통스러울 만큼 초조한 마음으로 편지를 기다렸던 적은 일찍이 없었다. 파벨은 아침 편지 오는 시간부터 저녁 무렵 편지 오는 시간, 그 순간만을 사는 것과 같았다. 그런데 레닌그라드로부터는 소식이 감감했다.

　출판사의 침묵은 그에게 무서운 위협이 되었다. 하루하루 날이 갈수록 패배의 예감이 더욱 커지고, 코르차긴은 책에 대한 침묵은 마침내 자신의 파멸이라고 스스로 생각하기에 이르렀다. 그렇게 되면 더 살 필요가 없다. 살아야 할 이유도 보람도 없는 것이니까.

　이런 순간에 그는 바닷가 교외의 공원에서 있었던 일을 떠올렸다. 그리고 그는 몇 번이나 몇 번이나 스스로 질문을 던져 보았다.

　'너는 쇠고랑을 끊어버리기 위해서, 대오로 돌아가기 위해서, 자신의 삶을 유익한 것으로 만들기 위해서 모든 것을 다했는가?'

　그러고는 이렇게 답했다.

　'그렇다. 모든 것을 다했다!'

　며칠이나 지나서, 이제는 더 기다릴 수 없게 되었을 무렵, 어머니가 아들 못지않게 허둥대면서 방으로 뛰어들어오며 소리쳤다.

　"레닌그라드에서 편지야!"

　주위원회로부터의 전보였다. 전보용지에는 다음과 같은 짧은 말이 적혀 있었다.

"작품은 절찬을 받음. 출판에 들어감. 승리를 축하함."

심장이 빠르게 뛰기 시작했다. 마침내 그의 소중한 꿈과 희망이 이루어진 것이다. 쇠고랑은 끊어졌다. 그리고 그는 또다시—이번에는 새로운 무기를 손에 들고—이제 조직으로, 삶으로 돌아간 것이다.

인간은 무엇으로 살아가는가
최홍근(러시아 문학가)

1. 러시아 혁명 3대 소설 《강철은 어떻게 단련되었는가》

니콜라이 알렉세예비치 오스트롭스키(Никоҗай Аҗексеевич Островский)는 우크라이나 공화국 서쪽 볼히니아현(현재 우크라이나 볼린주)에서 태어났다. 초등학교를 겨우 마친 뒤 기차역 식당에서 설거지를 하고, 발전소 화부 조수로 일하며 볼셰비키에 가까워졌다. 1919년 콤소몰(청년공산동맹) 회원이 되어 지원병으로 전선에 나갔으나, 1920년 중상을 입어 제대했다. 복귀한 뒤 1924년 공산당에 입당했다. 1927년 다발성 관절염에 걸려 병상 생활에 들어가 1928년에는 시력까지 잃었으나, 강인한 정신력으로 장편 《강철은 어떻게 단련되었는가》를 써냈다. 이 작품으로 레닌 훈장을 받았다. 1934~36년에는 3부작으로 구상한 장편 《폭풍 속에 태어나는 자》(1936) 집필에 들어갔으나, 제1부만 쓰고 1936년 세상을 떠나 미완성으로 남았다.

그의 대표작 《강철은 어떻게 단련되었는가》(1932~34)는 난치병에 걸렸으면서도 혁명의 전사로 성장해 가는 청년 파벨 코르차긴을 주인공으로 한 자전소설이다. 사회주의 리얼리즘을 대표하는 작품으로 오랜 기간 러시아 젊은이들에게는 꼭 읽어야 할 책으로 꼽혔다. 이 장편을 가로지르는 공산당을 향한 충성이 그대로 '인류의 해방'으로 이어진다는 강한 확신은 그야말로 이 시대의 산물인데, 그 금욕적인 순수한 아름다움은 많은 독자들의 마음을 사로잡았다.

《강철은 어떻게 단련되었는가》는 미하일 숄로호프의 《고요한 돈강》, 알렉세이 톨스토이의 《고뇌 속을 가다》과 함께 러시아 혁명 3대 소설로 불리는 역사의 서사시이다. 이 작품은 소비에트 내에서도 47개 민족어로 옮겨져 수백 차례 출판되었으며 영국, 미국, 프랑스, 독일 등에서도 번역 출판되어 널리 읽혔다. 우리나라에서도 1980년대 중반 번역되어 나오자마자 그 무렵 러시아 혁명에 대한 관심을 반영하듯 베스트셀러가 되었던 책이기도 하다. 미국 작가 하워드 패스트는 "영어로 쓰인 현대 문학작품으로서 이에 필적할 수 있는 작품은 없다" 말했으며, 프랑스 작가 루이 아라공은 "이 소설이야말로 노동자가 쓴 최고의 민중문학"이라고 극찬했다. 진정한 의미에서 혁명 소설이 러시아에 등장한 것은 소비에트 정권이 본 궤도에 들어선 1920년대 끝에서 30년대에 걸친 시기이다. 숄로호프의 《고요한 돈강》, 알렉세이 톨스토이의 《고뇌 속을 가다》, 오스트롭스키의 《강철은 어떻게 단련되었는가》가 발표된 것은 모두 이 무렵이었다. 《고요한 돈강》과 《고뇌 속을 가다》는 혁명에 부딪혀 사상적 동요와 회의 (懷疑)의 포로가 된 인간 심리를 그려낸 작품으로, 러시아 문학사에 한 획을 긋고 있다.

《강철은 어떻게 단련되었는가》는 그 분류를 조금 달리한다. 이 소설은 러시아 혁명기의 내전을 주요 무대로 삼아, 이 커다란 국가적 변동기에 한 가난한 소년 직공 파브카가 콤소몰 회원으로서 정치적으로 눈떠, 조국의 새로운 현실에 대한 애정에 불타면서 다시 태어나는 과정을 자전적으로 그리고 있다. 이 작품은 정통 혁명 소설로, 주인공 코르차긴은 《고요한 돈강》의 그레고리 멜레호프와는 대조적인 인물이다. 작가의 전기와 작품으로 알 수 있듯이 코르차긴은 오스트롭스키의 자화상인데, 팔다리의 자유를 잃은 데다가 눈이 먼 불행까지 겹친 코르차긴이 자신의 마지막 힘을 인민을 위해서 바치고자 결의하는 모습은, 혁명의 폭풍 속을 살아온 소비에트인들의 강인한 인간상을 그리고 있다 할 수 있다.

"나는 도대체 무엇을 위해서 살고 있는가?", "살아 있음의 의의는 어디에 있는가?" 이러한 의문에서 예술이 태어난다. 일찍이 체호프가 기계적으로 흐르는 일상생활 속에서 타성적으로 살아 나가는 무기력한 인텔리의 모습을 그처럼 집요하게 그려냈던 것도, 또는 도스토옙스키가 인간의 죄의 문제를 되풀이해 다루었던 것도 모두 이 소박한 의문에 그 뿌리를 두고 있다고 해도 틀린 말은 아니리라. 그런 의미에서 죽음을 생각하면서도, 또렷하게 자기 생명의 의의를 깨닫기에 이르는 코르차긴의 심리를 설득력 있게 그려낸 《강철은 어떻게 단련되었는가》는, 이 의문을 소비에트적인 형태로 해결한 소비에트 최고의 혁명 문학이라고 할 수 있다.

2. 오스트롭스키의 생애

오스트롭스키는 1904년 9월 16
일, 우크라이나 공화국 볼히니아
현 빌리야 마을에서 알렉세이 이
바노비치 오스트롭스키의 다섯째
아들로 태어났다. 아버지는 보리
농사를 지었지만, 계절 노동자였
다. 할아버지는 1834년의 세바스
토폴 공방전에 참가한 병사 출신
이고, 또한 그의 어머니 올가 오시
포브나는 두브노 지방 산지기의
딸이었다. 1910년, 오스트롭스키
는 마을 교구(敎區) 부속 초등학
교에 입학했으나 3년 뒤에 중퇴했
다. 이해 늦여름에 어머니와 함께
스타로 콘스탄티노프로 이사했는
데, 그곳 사탕공장 지배인 집에서
식모살이를 하던 어머니가 해고

니콜라이 오스트롭스키(1904~1936)

된 뒤로, 오스트리아·헝가리 국경에 가까운 투리야 마을에 있던 아버지 곁으
로 돌아가 산림구(山林區)의 산지기로 고용되었다.

1914년 봄부터 여름에 걸쳐서 오스트롭스키는 이 마을에서 목동으로 일했
다. 가을이 되자, 때마침 일어난 제1차 세계대전의 여파가 이 시골 구석에까지
미쳐, 국경 지대로부터 피란민이 속속 몰려와 그들 부자(父子)도 짐수레에 올
라타고 셰페토프카 마을로 이주했다(작품의 첫 무대는 이 마을을 배경으로 한
다). 이듬해 1월 오스트롭스키는 마을 초등학교에 입학했지만 얼마 뒤 신학교
사(神學敎師)에 의해 퇴학당해, 그때부터 가을까지 집에 있으면서 근근이 일거
리를 얻어 일하면서 독서를 즐겼다. 전쟁터로 나가려고 했던 적도 두 번쯤 있
었다. 9월이 되자, 철도 기관고 대장공이었던 형 드미트리(소설에서는 아르촘)의
주선으로 셰페토프카역 구내식당의 화부가 된다. 이 일은 다음 해가 다 가기
까지 이어졌는데, 그동안 좋아하는 책 읽기에 몰두했다. 1917년 2월에는 과로

오스트롭스키 박물관 모스크바 트베르스카야 거리 14에 있는 이 건물 2층에서 작가는 그의 생애 마지막 1935~36년을 보내면서 두 번째 역작 《폭풍 속에 태어나는 자》를 썼다.

때문에 아궁이 옆에서 잠이 들어버린 것을 이유로 식당에서 해고당했고, 다시 역의 자재 창고에서 제재공(製材工)이 되었다가 이듬해에는 형과 그 동료 페레드레이추크(소설에서는 주프라이)의 권유로 발전소 화부 수습생으로 들어가, 뒤에는 전기공 조수가 되었다.

이해 봄 그가 사는 셰페토프카 마을이 독일군에게 점령될 위기에 처하자, 소년 오스트롭스키는 선전물도 뿌리고, 부대 이동의 통보를 하는 등, 당 지하운동에 협력했다. 작가의 첫 정치 활동이라 할 수 있을 것이다.

소설 속에서 지하 혁명위원회 회원인 주프라이(실제로는 앞에 나온 페레드레이추크)가 페틀류라 병사에게 붙잡혀서 연행될 때 길거리에서 이를 도망시켜 준 일이라든가, 자신이 유치장에 붙잡혀 들어갔던 일 등은 모두 사실로서, 1919년 2월의 사건이었다. 이윽고 4월 무렵에는, 셰페토프카 마을로 들어온 붉은 군대 병사들을 도와 스스로 정찰을 나가기도 하고, 탄약을 옮기기도 했다. 여름에는 연락병으로서 혁명위원회에 근무하기 시작했다. 또한 이 마을에

소치의 오스트롭스키 박물관 작가의 병 치료를 위해 머물렀던 별장으로 1936년 여름 이곳에서
《폭풍 속에 태어나는 자》 제1부를 완성했다.

서 최초로 5명의 미성년자와 함께 콤소몰 회원이 되어 특무대에 편입, 청년공
산동맹원 병사로서 위병(衛兵) 근무를 했다. 다시 8월에는 지원병으로 붉은 군
대에 들어갔다. 붉은 군대가 셰페토프카 마을에서 철수하자, 부모에게 아무런
말도 없이 그 또한 전선부대를 따라서 가버렸다. 이때 그는 어린 나이임에도
변화해 가는 자기 조국의 새로운 모습을 인식하고, 이에 온몸을 바칠 결심을
하고 있었음이 확실하다.

1920년 첫 무렵 그는 코토프스키 지휘 아래에 있는 기병부대에 편입되어 오
데사 부근의 보스클레센스크에서 백군과의 전투에 참가했다가 가벼운 부상
을 입고 티푸스에 걸렸다. 하지만 곧 이겨내고, 이어서 제1기병대의 유명한 지
토미르 급습이라든가 노보흐라드 볼린스크 점령에도 참가했다. 7월 끝 무렵,
코토프스키 사단 부대와 함께 고향 셰페토프카로 돌아왔다. 그러나 8월에는
당 콤소몰 부대와 함께 다시 전선으로 출동, 리보프 부근 전투에서 포탄 파편
에 맞아 복부와 머리에 중상을 입었다. 이 사건이 그의 운명을 바꾸는 결과가
되었고, 또 간접적으로는 이 소설이 탄생하는 원인도 되었다.

키예프 관구의 야전병원에 두 달간 입원한 뒤, 붉은 군대에서 동원 해제가

소설 《강철은 어떻게 단련되었는가》(1932~34)

되어 고향으로 돌아왔다. 1921년 가을에는 키예프로 나가 전기공 조수로 일하면서 전기학교에 입학했다. 소설 속에 그려진 철도 지선을 부설하는 작업에 참가한 것은 이해 11월이었는데, 티푸스와 급성 류머티즘을 앓아 셰페토프카 마을의 어머니에게 돌아갔다. 류머티즘으로 인한 팔다리 통증은 그가 소년 시절 셰페토프카역 식당의 습한 지하실에서 아궁이 불을 때던 무렵부터 느끼기 시작했었다고 하는데, 이때 이후부터는 관절이 경직되어 참을 수 없는 통증에 끊임없이 시달렸다. 군을 떠난 그는 우크라이나 공산당 대의원 및 콤소몰 지구위원이 되어 정치 방면에서 활동을 이어나갔다.

그러나 건강은 나날이 나빠져 갔으므로 연말에는 하리코프의 물리요법 연구소에서 입원 치료를 받고, 다음 해 5월에는 소설에 그려진 대로 요양소로 옮겼다. 11월에는 라이사 폴피리에브나 마튜크(작품 속의 타야)와 결혼했는데, 병세는 악화되기만 하여 이윽고 완전히 몸이 불편해져 세수조차 제 손으로 할 수 없는 상태로 자리에 누워버렸다.

이 무렵부터 그는 조국에 대한 헌신의 정열을 저술에 쏟을 것을 남몰래 결심하고 그 준비로서, 무엇보다도 필요한 마르크스·레닌주의의 이론을 뿌리부터 이해하고자 1927년에는 스베르들로프 공산대학의 통신수강생이 되었다. 그가 시력을 잃기 1년 전의 일인데, 이 2년 동안의 공부로 그는 자신이 몸소 참가했던 역사적 사건에 비로소 새로운 관점을 부여할 수 있었다. 그리고 그는 아내의 힘을 빌려 도서관에서 끊임없이 책을 빌려, 탐욕스러울 만큼 독서를 계속했다. 그때 도서관 담당자는 그를 가리켜 '맹렬한 독자'라 불렀는데, 신간 책 2, 30권을 며칠 만에 읽어버렸다.

리보프 부근 전투에서 부상당해 나빠졌던 그의 시력이 빠르게 쇠퇴하게 된 것에는 독서도 한몫했는데, 그 무시무시한 지식욕은 어떤 의사도 말릴 수 없었다. "나는 그 무렵 문학에 대한 굶주림을 지칠 줄을 모르고 채워 갔다"고 그 자신도 말한 바 있다.

소설 《강철은 어떻게 단련되었는가》 삽화

그는 푸시킨, 고골, 투르게네프, 톨스토이, 체호프, 고리키 등 러시아 작가뿐만 아니라 발자크, 졸라, 버나드 쇼, 잭 런던, 로맹 롤랑 등 외국 문학까지 즐겨 읽었다. 국내전의 주제는 특히 그의 흥미를 끌었는데 푸르마노프의 《차파예프》, 세라피모비치의 《철의 흐름》, 파데예프의 《괴멸》은 되풀이해서 탐독했다. 독서를 하는 한편, 그는 자신의 집에서 자주 청년공산동맹원들의 모임을 갖고, 젊은이들과 함께 역사, 정치, 문학 이야기를 나누었다. 고통스러운 육체 조건에도 그의 그칠 줄 모르는 낙천성은 마지막 날까지 흔들림이 없어, 그의 방에서는 언제나 젊은이들의 활기 넘치는 이야기 소리와 쾌활한 웃음소리가 그치지 않았다.

1927년 10월 오스트롭스키는 전에 코토프스키 사단에서 보냈던 추억을 《폭풍 속에 태어나는 자》라는 제목의 소설로 썼다. 이는 그에게 최초의 문학적 시작(試作)이었다. 이 원고는 우송 도중에 분실됐는데, 여기에 대해서는 작품 안에 그려진 바와 같다.

그의 시력이 급속히 나빠진 것은 이듬해 가을부터인데, 사물을 정확히 판별하지 못하게 되어 사물이 그림자처럼 어른어른 보일 뿐이었다. 전투에서 뇌를 다쳤던 후유증에 류머티즘과 결핵을 앓는 등 몸이 과로했기 때문이었다. "나는 시력을 잃어 가고 있다. 이제 거의 아무것도 보이지 않는다. 얼마 안 가서 완전히 눈이 멀고 말 것이다. 나에게는 파멸과도 같다." 이와 같은 절망적인 말을 친구에게 써 보냈던 것은, 실명으로 말미암아 그가 그 무렵 무엇과도 바꿀 수 없었던 독서를 할 수 없게 될까 봐 두려워했기 때문이었다. 새로운 교의(敎儀) 속에서 자신이 나아갈 길을 발견했던 그에게는 너무나 절망스러운 일이었는데 이미 2, 3년 전처럼은 보이지 않게 되었다.

그는 길지 않은 삶을 수백만 사람들의 마음속에 조국과 노동에 대한 애정의 불을 지피기 위한, 다시 말해서 평화와 사회주의를 지키기 위한 소설을 쓰는 일에 바치는 것이야말로 자신에게 주어진 의무를 다하는 것이고, 동시에 당과 민중에 대한 의무를 다하는 일이라고 생각했다. 그리하여 1930년 11월 어머니와 아내가 함께 모스크바로 거주지를 옮기자, 그는 오랜 소망인 책을 쓰기 시작했다. 《강철은 어떻게 단련되었는가》가 바로 그것이다.

실명 상태에서의 집필—그것은 비참이라는 한마디 말고는 달리 표현할 수 없었다. 집필에는 가로로 여러 행의 홈을 만들어 놓은 판지로 된 깔개가 쓰였다. 시력을 잃은 그가 자구(字句)가 겹치는 것을 피하고자 스스로 생각해 낸 것으로, 오늘날 남아 있는 이 깔개의 사진판은 그 무렵 그가 육체적으로 최악의 상태에 있으면서도 민중을 위해 온몸을 촛불처럼 태우려고 했던 불굴의 작가혼을 지니고 있었음을 보여준다. 이 원고는 그즈음 서로 알고 지내던 작가 안나 카라바에바가 편집장으로 있던 잡지 《젊은 친위대》에 실려 격찬을 받았으며, 이 무명의 작가는 단번에 '모스크바 프롤레타리아 작가회의' 회원으로, 이어서 소비에트 작가동맹 회원으로 선출되기에 이르렀다. 1935년 레닌 훈장을 받은 것도 이 작품의 빛나는 성공을 말해 준다.

그는 두 번째 작품으로서, 이전에 원고를 잃어버렸던 《폭풍 속에 태어나는 자》를 다시 쓰기 시작했다. 폴란드 소비에트 전쟁 문헌을 열심히 찾아 읽으면서 가까스로 제1부를 완성했는데, 제2부의 자료 수집을 위하여 모스크바로 가던 중 신장 질환을 일으켜, 1936년 12월 22일 저녁 서른둘의 젊은 나이로 그

영화 〈강철은 어떻게 단련되었는가〉 포스터 니콜라이 미시첸코 감독 6부작 TV 미니시리즈, 러시아, 1973.

짧고도 뜨거운 삶을 마쳤다

　《강철은 어떻게 단련되었는가》의 중심 사상은, 한 인간의 행복은 민중적인 행복의 일부로서만 가능한 것이며, 삶은 그것이 민중의 행복을 위한 싸움에 바쳐졌을 때에만 비로소 아름답다는 것이다. 주인공 파벨 코르차긴은 혁명의 열렬한 투사로서, 전쟁터에서 입은 부상 탓에 병에 걸리고 눈이 멀고 손발의 자유까지 잃으면서도 사회를 위하여 무엇인가 봉사하고자 하는 의지를 끝까지 버리지 않는다. 그리고 소설 창작에 들어가, 오랜 노력 끝에 마침내 목적을 이룬다. 작가는 자신의 소설을 "청년들이 본받을 만한 젊은 투사의 형상을 만들어 낸다는 단 하나의 소망으로 썼다" 말하고 있다. 혁명은 그때까지 없었던 새로운 형태의 문학을 태어나게 했다. 이 혁명의 유산을 어떠한 형태로 길러 나가느냐, 그것은 앞으로 소비에트 문학에 주어진 과제이리라.

3. 시대와 작가의 초상

《강철은 어떻게 단련되었는가》는 제1차 세계대전, 10월 혁명, 국내전, 네프(신경제정책)라는, 질풍노도 시대를 배경으로 만들어졌다. 인류 역사상 첫 사회주의 국가의 탄생, 그것을 막으려는 외국 간섭군과 반혁명군, 가난과 배고픔을 견디고 새로운 나라를 세우는 인민의 힘, 그것들이 이 시대의 특징이며, 주인공 파벨 코르차긴은 바로 이런 기념비적 시대에 사회주의를 짊어질 노동자계급에서 태어난 영웅이었다.

소년 시절부터 빈곤과 노동 속에서 생활하며, 가진 자의 횡포와 동료끼리 서로 뺏고 뺏기는 비열한 근성 등에 둘러싸여 그것들을 증오했기 때문에, 그리고 가난과 불행에 허덕이는 사람들을 자유롭게 해줘야 한다고 간절히 바랐기 때문에 파벨 코르차긴은 한 발짝 한 발짝 혁명운동에 발을 들였고 마침내 충성하게 된다. 우크라이나 공화국 서쪽에 흐멜니츠키주가 있고 그 북쪽에 세페토프카 마을이 있다. 인구는 3만 4200여 명(1963)이고 제당, 목재가공, 벽돌공장 등이 있으며 철도망의 요충지이다.

작품의 배경이 되는 때는 10월 사회주의 대혁명(10월 혁명)이 일어나기 2년 전인 1915년, 러시아 제국은 독일 제국과 전쟁이 한창이었던 제1차 세계대전 중의 일이었다. 제1부 제1장에서 파벨은 세페토프카역 식당에서 일하고 있다. "이 철도역에는 6개의 선로(線路)가 연결되어 있었다. (…) 이 역에는 수많은 군용 열차가 몰려와서는 사방으로 흩어져 갔다. (…) 2년 동안을 파브카는 설거지 일로 바삐 움직이면서 지냈다. 주방과 설거지장, 이것이 지난 2년 동안 그가 본 세계의 모든 것이었다."

독일과의 전쟁은 그전부터 힘들었던 국민 생활을 더욱 힘들게 했다. 1917년 들어서며, 철도는 여기저기에서 멈추고 식량 부족은 마침내 심각해졌다. 1월 22일 '피의 일요일'(1905년 1월 22일 시위를 하던 많은 노동자들이 학살당한 날로 제1차 러시아 혁명의 발단이 됨) 기념일에는 수도 페트로그라드(오늘날 상트페테르부르크) 노동자들이 "전쟁 반대!"를 외치며 시위를 하고 2월에 접어들자 총파업이 시작되었다. 이윽고 결기한 노동자들은 저마다 공장에서 대의원을 뽑아 소비에트(대표자회의)를 만들었고 2월 27일에는 페트로그라드·소비에트 제1회 회의가 열렸다.

그날 국회에서는 12명의 임시위원회를 만들었으며, 3월 2일에는 이 위원회의

영화 〈강철은 어떻게 단련되었는가〉 장면 주인공 파벨 코르차긴

손으로 리보프 공을 수상으로 하는 임시정부를 조직했다. 임시정부는 차르(황제) 니콜라이 2세를 퇴위시켜서 사태를 수습하고 그의 동생인 미하일 대공을 황제 자리에 앉히려고 했으나 미하일이 받아들이지 않았다. 3월 3일, 300년 넘게 이어진 러시아의 로마노프 왕조가 무너졌다. 2월 혁명이었다. 이 작품 제1부 제2장의 "차르가 쫓겨났다!"는 '깜짝 놀랄 소식'이 바로 이것이다. '2월 혁명'은 이어서 10월 혁명으로 발전한다.

레닌을 수반으로 하는 소련 정부가 가장 먼저 해야 할 일은 혁명의 날에 제2회 소비에트 대회가 채택한 평화에 대한 포고에 따라 독일과 강화를 맺는 것이었다. 그리고 1918년 3월 3일 브레스트리토프스크 조약이 체결되었는데 그럼에도 독일군은 이 강화조약을 어기고 우크라이나를 침략했으며 순식간에 키예프, 하리코프 등의 도시들을 점령해 버렸다. 소설의 제1부 제2, 3장이 이 시기에 해당된다.

이렇게 내전 시대가 시작된다. 영국과 프랑스는 독일에 대항한다는 이유로 1918년 봄에 북부 러시아 무르만스크에 군대를 상륙시켰고 미국과 일본은 시베리아에 포로로 잡혀 있던 체코슬로바키아 병사를 구한다는 명목으로 시베리아에 출병했다. 데니킨, 콜차크 등의 장군들이 우크라이나 또는 우랄에 자리 잡아 반혁명군을 조직하고 외국 간섭군의 지원을 받았다.

1918년 11월 독일은 제1차 세계대전에서 졌지만 그 뒤 우크라이나를 지배하려고 한 것은 러시아에서 독립한 폴란드가 지원한 시몬 페틀류라(1877~1926)였다. 페틀류라는 자신을 '우크라이나 민주공화국'이라고 부른 반혁명군의 우두머리로 중세 폴란드·리투아니아 공국의 부활을 꿈꾸는 폴란드 피우수트스키 장군의 지원을 받았다. 그리고 셰페토프카도 한때 이 페틀류라군에게 점령당할 뻔했다. 페틀류라 일당의 횡포와 유대인에 대한 잔혹 행위는 제1부 제4장에서 생생하게 그려진다.

4. 붉은 군대여 나아가라!

1919년 봄, 셰페토프카는 붉은 군대에 의해 해방되고 마을은 소비에트 권력이 지배하게 되는데 곧 폴란드군이 침략하기 시작한다. 이렇게 마을은 이번에는 폴란드군이 점령하게 되고 그 지배 아래 볼셰비키를 무시무시하게 탄압하는 모습은 제1부 제8장에서 박진감 있게 그려진다. 1920년 4월 25일 새벽, 폴란드군은 프리피야티강에서 드네스트르강으로 이어지는 전선(戰線)에서 일제히 공격을 시작했고 5월 7일에는 키예프를 차지했다. 어려운 상황 속에서도 붉은 군대는 용감하게 싸워 폴란드 침략군을 막고, 유명한 부돈니 장군이 이끄는 제1기병군단을 캅카스 방면에서 투입했다. 제1기병군단은 이쪽을 지키던 붉은 군대 제12군, 14군과 함께 반격을 시작했고 6월 7일에는 지토미르와 베르지체프를 점령했으며 폴란드군의 뒤를 포위해서, 6월 12일에 키예프를 해방했다. 그 뒤 붉은 군대는 8월 중순에는 바르샤바에 이르렀고 제1기병군단은 리보프 교외로 진출했다.

파벨은 전투에서 중상을 입는다. 격전 끝에 소비에트 공화국과 폴란드 사이에 정전조약이 맺어진 것은 1920년 10월 12일이었다. 《강철은 어떻게 단련되었는가》 제1부 제8, 9장은 이 시대에 해당한다. 제2부는 리타의 일기 〈5월 24일〉(1921)로 시작한다. 제1부는 국내전 시대를 배경으로 하는 반면 제2부는 전쟁 뒤 부흥 시대, 네프라고 불리는 시대를 배경으로 한다. 네프 제1기는 국민경제 부흥기(1921~26), 제2기는 제1차 5개년계획(1927~32), 제3기는 제2차 5개년계획(1933~36)이다.

1924년 1월 21일, 레닌이 세상을 떠났다. 그 소식을 셰페토프카 역의 전신실에서 늙은 전신 담당이 받았을 때의 모습을 작가는 제2부 제5장에서 극적으로 그려내고 있다.

제2부 제6장은, 마침 제1기에서 제2기로 넘어가는 1926년에 해당한다. 이른바 네프맨(신경제정책으로 재산을 모은 신흥 자본가)이나, 공산주의자 가운데서도 두바바처럼 신세를 망치는 사람도 나온다. 그러나 작가 오스트롭스키는 이렇게 쓰고 있다.

"시간은 멈추지 않고 하루하루를 새기고, 매달을 새겼다. 격렬하고 다채로운 생활이, (겉보기에는 단조

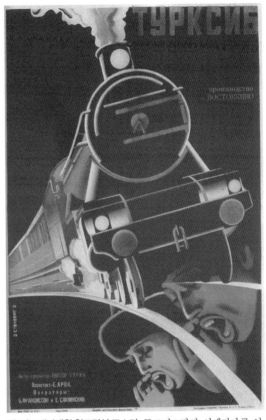

제1차 5개년계획 철도건설 포스터 투르키스탄과 시베리아를 잇는 이 노선 계획은 전형적인 경제 합리성보다 상징적인 거대 건설을 중시한 건설이었다.

로운) 이런 날들을 어제와는 또 다른 늘 새로운 것으로 채워갔다. 세계에서 처음으로, 그 끝없는 토지와 무궁무진한 천연자원의 주인이 된 1억 5천만 명의 위대한 국민은 영웅적이고, 긴장감 있는 노동 속에서 전쟁으로 파괴된 국민경제를 다시 세워갔다. 공장은 얼마 전까지 활력을 잃고, 방치되어 음침한 상태였는데 이제 거기에서 연기가 나오지 않는 굴뚝은 없었다."

소설의 제2부 제7장은 소련공산당 제15회 대회(1927년 12월) 앞뒤를 배경으로 하고 제8, 9장은 제1차 5개년계획이 진행되기 시작한 1928년 즈음을 배경으로 삼았다고 할 수 있다. 다만 작가가 처음에 참가한 코토프스키 사단과 관련한 장편을 쓰기 시작하고 그 원고가 우편으로 전해지는 과정에서 사라진 것

이 1928년인데, 소설의 마지막은 새 작품이 완성되어 "출판에 들어감"이라 되어 있다. 그러므로 작가와 주인공이 매우 밀접한 관계에 있다는 이 소설의 성격에서 판단하면 제2부의 끝은 1928년 뒤라고 할 수 있다.

오스트롭스키는 다음과 같이 말했다.

"내 장편은 무엇보다도 먼저 예술작품이고 나는 그 안에서 창조의 권리를 이용했다. 소설의 바탕에는 적지 않은 사실이 소재로 깔려 있다. 그러나 이 작품을 기록이라고 부르는 것은 인정하지 않는다. 이것은 소설이며 청년공산동맹원 오스트롭스키의 전기가 아니다. 그 점은 꼭 짚고 넘어갈 필요가 있다. 그러지 않으면 나는 볼셰비키적인 겸손함이 없다고 비난받을 테니까."

오스트롭스키는 파벨 코르차긴의 모습에 자신의 모습만이 아니라 같은 시대 수많은 젊은이들의 전형적인 성격을 그려내고자 노력한 것이다. 그것은 문학사적으로 보면 파벨이 결코 러시아 문학에 갑자기 나타난 영웅이 아니라 예컨대 고리키의 《어머니》(1906) 주인공 파벨 블라소프, 푸르마노프의 《반란》(1925) 주인공 쿠르이치코프, 파데예프의 《괴멸》(1925) 주인공 레빈손 등과 같은 인간상을 계승하고 발전시킨 것으로 그 노동자다운 대담함, 혁명과 당에 대한 충성심 등을 그들이 공통적으로 지니고 있는 점을 보면 이해할 수 있다.

한편 이 무렵 시 작품을 읽어도 파벨의 용기, 충성심, 이상주의 등이 결코 그만의 개성이 아니고 이 역사적인 시대를 살아온 젊은이들의 기질이었음을 알 수 있다. 지원병으로 국내전에 참여한 시인 니콜라이 치호프는 〈페레코프〉(우크라이나와 크림 반도를 잇는 지협. 국내전 격전지)라는 제목의 시에서 이렇게 노래했다.

우리 뒤에는 눈을 잃고 다리를 잃은 아이들이 있다
불행의 밑바닥에 아이들이 있다
우리 뒤에는 파괴된 도로 사이로 마을들이 있다
빵도 등불도 물도 없는 마을들이.
(…)
우리는 나무들 밑에, 돌 아래에, 수풀 속에 누웠다
우리는 잠이 찾아오기를 기다리고 있었다
4년 만에 비로소

비로소 피범벅으로 눈을 뜬 채로가 아닌.

　제2부 제3장에서 파벨은 어머니에게 "모든 사람을 위한 하나의 공화국이 생기는 거예요. 그리고 어머니처럼, 지금 일하고 있는 할머니 할아버지들은 이탈리아에 갈 수 있게 되는 거예요. 바닷가의 아주 따뜻한 나라거든요. 거기에는 겨울이 처음부터 없어요." 이런 세계 혁명 정신과 노동하는 사람들의 연대 정신을 파벨과 같이 초기 청년공산동맹의 일원으로서 내전에 참가한 시인 미하일 스베틀로프가 그 대표작 중 하나인 〈그레나다〉에서 노래했다. 붉은 군대 기병들이 〈사과의 노래〉를 부를 때, 한 사람만 "그레나다 그레나다 나의 그레나다"라고 부른다. 동료가 그 까닭을 묻자 이 꿈 많은 청년은 쉽게 대답하려 들지 않았지만 마침내 이렇게 말한다.

　　형제여! 그레나다의 이름을
　　나는 책 속에서 발견했지.
　　예쁜 이름이야.

　　정말 멋져
　　그레나다의 고향은
　　스페인에 있어!

　　내가 집을 나와
　　싸우러 온 것은
　　그레나다의 땅을
　　농민에게 해방시켜 주기 위해서야!
　　안녕 내 지인들!
　　안녕 내 가족들!
　　그레나다 그레나다
　　오, 나의 그레나다!

　그리고 이 병사는 적이 쏜 총알에 쓰러지면서도 "그레나……"라고 중얼거리며 숨을 거둔다.

이런 이유로 파벨 코르차긴은 결코 고독한 영웅이 아니라 인류 최초의 시련이기도 했던 사회주의 혁명과 국내전, 그리고 건설의 시대를 채우던 열기와 영웅숭배주의 속에서 태어나 그것을 대표하며 살아간 인간상이라고 할 수 있다.

또한 이 주인공이 앞서 이야기했듯 작가 오스트롭스키와 아주 가까운 존재였음은 의심할 여지도 없다. 한 평론가는 이렇게 말하고 있다.

피의 일요일 1905년 1월 9일 게오르기 가폰 신부 주도 아래 진행된 민중 시위에 대한 경찰·군인들의 유혈 진압.

"주인공 파벨의 묘사에는, 작가 자신의 생활이 많이 반영되어 있음을 잊어서는 안 된다. 오스트롭스키의 인생은 파벨의 인생에 못지않게 위대하며, 참으로 단련된 강철의 이름에 손색없다고 할 수 있다."

5. 인류 해방을 위하여

파벨 코르차긴뿐만 아니라 그를 둘러싼 많은 동지들도, 저마다 개성을 가지면서도 모두 용감하고 당과 혁명에 충실했다. 훌륭한 지도자이면서 조직자였던 주프라이의 현명함과 대담함도 그런 기본적인 성격 위에 존재한다. 또 누나의 죽음도 모르는 상태에서 전사한 세료시카 부르자크에게서는 비극적으로 형상화한 영웅숭배주의를 읽을 수 있다.

고난과 위험으로 가득했던 시대에 저마다의 젊음을 바쳐서 조국과 국민의 독립과 해방을 위해 살고 쓰러져 간 청년들의 모습은 시대를 뛰어넘어 독자를 깊은 감동으로 이끌어 간다. 제2부 제3장에서 파벨의 생각은 그 자신의 것이

2월 혁명 1917년 3월 8일 페트로그라드 시위

기도 하면서 동시에 오늘날 우리에게도 잊을 수 없는 사상이다.

"인간에게 가장 소중한 것—그것은 생명이다. 그것이 인간에게 주어지는 것은 오직 한 번뿐이기 때문에, 목표도 없이 살아온 세월로 인해 뼈저린 고통을 느끼고 괴로워하는 일이 없도록, 비열하고 더러운 과거에 대한 치욕으로 마음이 불살라지는 일이 없도록, 그리고 죽음을 맞닥뜨리더라도 온 생애와 모든 역량을 세계에서 가장 아름다운 일—인류 해방을 위한 투쟁—에 바쳤다고 자신 있게 말할 수 있도록 그 생애를 살아가야만 한다."

《강철은 어떻게 단련되었는가》에 담긴 이런 사상을 파악하고 그것을 오늘날 어떻게 받아들이고 발전해 나갈지 생각하면서, 아울러 이런 등장인물들이 앞서 언급한 바와 같은 역사적 시대에 살았다는 것, 그러므로 작품에 그려지는 생활이나 사상도 어느 정도의 조건을 갖고 있음을 잊어서는 안 된다.

예컨대 제1부 제8장에서 세르게이 부르자크는 '이 땅에서 서로 살육을 벌이지 않게 되는 날을 하루라도 앞당기기 위해서'라는 생각으로 폴란드 병사를 죽인다. 이는 외국 간섭군이나 반혁명군과의 전투는 제외하고 일반적으로 '사람을 죽인다'는 것을 인정하는 생각이 아님은 마땅하다.

또는 제1부 제9장에서 파벨은 토냐에게 이렇게 말한다. "나는 먼저 당에 속하고, 그러고 나서 토냐와 다른 가까운 사람들 것이 되어야 해." 이 말 또한 그 시절 상황과 볼셰비키당이 많은 적과 어려운 대결을 할 수밖에 없었던 시대 조건을 빼놓고 읽어서는 안 된다. 오늘날 세계적으로 민주적인 진보 세력은 다양한 곳에서 발전하고 있으며, 민주 세력이 강해지려고 하는 나라들의 공산당 당원은 '친한 사람들'과 굳게 결속해 당과 당 사람들이 강한 통일전선으로 연대할 수 있는 여러 조건들이 생기고 있다. 그러므로 파벨의 이 말에서 '조직 위에 개인을 두지 않는다'는 공산당원으로서의 기본 태도를 읽어내야 한다.

제2부 제6장에서 파벨이 리타에게 하는 말에서도 그 예를 볼 수 있다. "전체와 비교해서 개인의 일 같은 건 하찮게 여기는 그런 혁명가 유형을 나는 좋아하거든." 이런 말에서 알 수 있듯이 파벨은 여성을 사랑할 때 억제적이고 금욕적이며, 그것이 그의 운명과 개성에서 비롯된 것임은 확실한데, "전체와 비교해서 개인의 일 같은 건 하찮게 여긴다"는 말에서도 파벨의 개성과 동시에 그러한 개성을 낳은 시대를 반드시 생각해야 한다.

'세상에서 가장 아름다운 일—인류 해방을 위한 투쟁'에 청춘을 바친 파벨의 꿈은 오늘날 러시아를 비롯한 공산주의 세계의 독재와 몰락을 보면 빛이 바래 보인다. 독자는 이러한 이상과 현실의 차이를 냉정한 눈으로 헤아리며 읽어야 할 것이다.

6. 러시아 혁명은 인류의 자유를 위해서였던가

러시아 혁명은 20세기 세계사에서 가장 커다란 역사적 의의를 갖는 사회변혁이다. 1905년과 1917년에 러시아에서 일어났으며 보통 러시아 혁명이라고 하면 1917년의 혁명을 가리키기도 한다.

1905년의 혁명

러시아 제국의 정치·사회 체제에 대한 불만은 1905년 이전 몇 년 동안, 특히 굴욕적인 러일전쟁(1904~05) 이후 여러 사회단체의 시위로 폭발했다. 그들의 항거는 자유주의적 의사 개진으로부터 파업에 이르기까지 복잡한 양상을 띠었으며, 학생 소요와 테러범들의 암살이 포함되었다. '해방동맹'과 연계되었던 이러한 시도들은 1905년 1월 22일 '피의 일요일'에 겨울 궁전 앞 광장에 모여 있던 평화로운 시위 군중을 제국 군대가 무차별 살상함으로써 절정에 이르렀다. 총파업이 수도와 산업 중심지에서 뒤따라 일어났으며, 2월에 니콜라이

10월 혁명 1917년 10월 26일 페트로그라드 겨울 궁전 점령 뒤 시위 군중들.

황제가 정부의 자문기관으로서 의회 설립을 약속했지만, 이 제안은 파업 중인 노동자와 농민, 심지어 젬스트보(지방자치적 농민공동체)의 자유주의자들이나, 4월 무렵에 제헌의회를 소집할 것을 요구하던 진보적 전문 직업인들조차 만족시키지 못했다.

폭동은 러시아 바깥 지역, 특히 폴란드, 핀란드, 발트해 연안지방, 조지아 등으로 확산되어 갔으며 민족주의적 색채가 덧붙었다. 일부 지역에서는 반혁명 세력인 '검은 백인단'의 거센 반대에 부딪히기도 했는데, 그들은 사회주의자들을 습격하고 유대인 학살을 자행했다. 군대 또한 폭동에 가담했으며, 시베리아 횡단철도변에 주둔한 부대들이 반기를 들었다. 6월에는 오데사 항에 정박 중이던 전함 '포툠킨호'에서 수병들이 폭동을 일으켰다. 자문의회의 선거 절차를 알리는 8월 6일의 정부포고문은 더욱 큰 저항을 불러일으켰고, 9월 한 달 동안 가중된 폭동은 10월과 11월 사이에 극도로 악화되었다.

10월 7일에 시작된 철도 파업은 대부분의 대도시에서 총파업으로 발전했다. 파업위원회 구실을 한 '소비에트'는 이바노보보즈네센스크(오늘날 이바노보)에서 최초로 결성되었다. 초기에 총파업을 이끌어 나간 것은 상트페테르부르크 소비에트였으나 사회민주주의자들, 특히 멘셰비키가 가담하자 혁명정부 성격을 띠게 되었다. 소비에트는 모스크바·오데사 등 러시아 내 여러 도시로 빠르게 파급되어 갔다.

니콜라이는 엄청난 규모의 파업에 맞닥뜨리자 마침내 반응을 보였다. 그는 세르게이 율리예비치 비테의 자문을 받아 헌법 제정과 의회(두마) 창설을 약속하는 '10월 선언'을 발표했다. 비테는 새로운 각료회의 의장으로 임명되었다.

그러나 이러한 조치들은 의회 또는 공화국에 대한 급진 반대파의 요구를 충족시키지 못했다. 혁명 지도자들은 타협을 거절했으며 심지어 자유주의자들조차 비테 내각에 참여하기를 거부했다. 하지만 일부 온건파는 만족스러워했으며, 10월 선언을 승리로 받아들인 많은 노동자들은 작업대로 돌아갔다. 이것은 반대파의 제휴를 해체하고 상트페테르부르크 소비에트를 약화시키기에 충분했다.

11월 끝 무렵 정부는 소비에트 의장이며 멘셰비키인 흐루스탈레프 노사르를 체포하고, 12월 3일에는 소비에트 건물을 점거하고 레프 트로츠키를 비롯한 사회주의 혁명가들을 체포했다. 그러나 모스크바에서는 새로운 총파업이 무르익고 있었다. 거리 곳곳에 바리케이드가 설치되고 무력 충돌이 일어났으나 곧 진압되었다. 몇몇 악법을 철폐함으로써 핀란드는 질서를 되찾았지만 폴란드, 발트해 연안, 조지아에는 특별원정부대가 파견되어 무자비한 유혈 진압을 감행했다. 1906년 첫 무렵 정부는 시베리아 횡단철도와 군대의 통제권을 다시 장악하게 되었으며 혁명은 사실상 막을 내렸다.

1905년의 봉기는 전제정치를 민주공화정으로 대체하지 못했고, 제헌의회 소집에도 실패했으며, 혁명 지도자들은 거의 체포되었다. 하지만 제국 정부로 하여금 폭넓은 개혁을 시행하지 않을 수 없도록 했는데, 그 가운데 가장 중요한 결실은 헌법 기능을 수행하도록 제정된 '기본법'(1906) 및 합법적인 정치활동과 정당활동의 발전을 촉진시킨 의회의 창설이었다.

1917년의 혁명

1917년 두 차례에 걸쳐 일어난 혁명. 3월(구력 2월) 혁명은 차르 체제를 무너뜨렸고, 11월(구력 10월) 혁명으로 볼셰비키는 권력을 차지하는 데 성공했다.

차르와 러시아 국민들 사이의 유대는 1917년에 이르러 완전히 끊어졌다. 정부의 부패와 무능은 누구나 똑똑히 아는 사실이었다. 1905년 혁명의 주요 성과의 하나인 의회가 걸핏하면 해산되는 등 반동정책이 이어지자 온건파들에게까지 불만이 번져 갔고, 러시아 제국의 지배를 받는 소수민족들도 차츰 반항적으로 되어 갔다.

그러나 제국정권에 결정적으로 타격이 된 것은 제1차 세계대전에 참전한 러시아의 전쟁수행능력 부족이었다. 장비 열세와 지휘관들의 무력함으로 말미암아 러시아 군대는 참패를 거듭했다. 전쟁은 두 가지 면에서 혁명을 불가피

제1차 세계대전 독일군 공격을 기다리는 참호 속의 러시아군. 1917.

하게 만들었는데, 러시아가 더는 중부 유럽과 서유럽 국가들의 군사적 상대가 아님을 입증해 주었고, 러시아의 국민경제를 대책도 없이 파탄 직전까지 몰고 갔다.

3월 8일, 수도 페트로그라드에서 식량 부족을 견디다 못해 일으킨 시민 봉기에는 대부분의 수도경비대도 참여했다. 니콜라이 2세는 3월 15일 퇴위를 선언하지 않을 수 없었으며, 300년 넘게 이어져 온 로마노프 왕조는 니콜라이의 동생인 미하일 대공이 제위 승계를 거절함으로써 그 끝을 알렸다. 두마 위원회는 제정의 뒤를 이을 임시정부를 결성했지만, '페트로그라드 노동자·병사 대표 소비에트'가 경쟁 세력으로 등장했다. 이 소비에트는 페트로그라드 시내와 외곽 지역의 공장 및 군부대에서 선출된 2500명의 대표자들로 이루어졌다.

얼마 지나지 않아 소비에트는 유럽 전쟁 참전을 지지한 임시정부 이상의 권력을 행사하게 되었다. 3월 14일, 소비에트는 임시정부의 명령이 아닌 오로지 소비에트의 명령에만 복종할 것을 군대에 지시한 유명한 '명령 제1호'를 공표했다. 임시정부는 그러한 명령을 철회할 능력이 없었다. 소비에트는 자신들이 실질적인 러시아의 정부임을 대내외에 선포할 수도 있었지만, 보수파의 쿠데타를 불러올지도 모른다는 우려에서 자제했다. 임시정부는 3~10월에 4차례나 개편되었다. 최초 내각은 사회혁명당(SR) 당원인 알렉산드르 케렌스키를 제외하고는 완전히 자유주의적인 각료들로 꾸려졌으며, 후속 내각들은 하나의 연립 내각이었다. 이 가운데 어느 내각도 국가 위기를 불러온 여러 문제들, 즉 농민들의 무단 토지 점유, 러시아 바깥 지역에서의 소수민족 독립운동, 전선에서의 사기 저하 등에 적절하게 대처할 수 없었다.

그러는 사이에 도시·마을·군대에서 페트로그라드를 본보기로 삼아 많은 소비에트들이 형성되었다. 그들은 임시정부보다 민중에 훨씬 더 가까이 있었다. 소비에트들에서는 거의 무조건적인 참전 중지를 요구하는 패배주의적인 기운이 무르익어 갔는데, 급진사회주의자들이 차츰 소비에트 운동을 지배하게 된 것이 그 원인 가운데 하나였다. 6월 16일에 소집된 제1차 전(全) 러시아 소비에트 대회에서 가장 많은 자리를 차지한 단일 집단은 사회혁명당이었으며, 그다음이 멘셰비키와 볼셰비키 순이었다.

7월에 임시정부 총리가 된 케렌스키는 라브르 게오르기예비치 코르닐로프 총사령관의 쿠데타를 진압했다. 그러나 그는 정치·경제·군사 대혼란에 빠져드는 러시아의 현실 앞에서 속수무책이었으며, 사회혁명당은 좌익 탈퇴로 인한 심각한 내분 사태에 맞닥뜨렸다. 이렇게 임시정부의 권력이 쇠퇴해 가는 동안 소비에트와 소비에트 내부에서 볼셰비키 영향력은 차츰 커져 갔다. 9월에는 볼셰비키와 그들의 제휴 세력인 좌파 사회혁명당원들이 사회혁명당과 멘셰비키를 제압하고, 페트로그라드와 모스크바 소비에트에서 다수파로 군림했다.

가을에 접어들어 '평화·토지·빵'을 약속하는 볼셰비키의 강령은 굶주린 도시 노동자들과, 이미 무더기로 부대를 이탈해 있던 병사들 사이에서 큰 호응을 얻었다. 비록 7월 봉기는 실패로 돌아갔지만 혁명의 때가 무르익은 듯이 여겨졌다. 11월 7일 볼셰비키와 좌익 사회주의 혁명당원들은 정부 청사와 전신국 및 기타 전략적 요지를 점거함으로써 거의 피 한 방울 흘리지 않고 쿠데타에

브레스트리토프스크 조약 체결(1918년 3월 3일) 1. 오토카르 폰 체르닌 백작 2. 리하르트 폰 쿨만
3. 바실리 라도슬라프

성공했다. 저항운동을 펼치려던 케렌스키의 시도는 물거품이 되고, 그 자신은
미국으로 망명했다. 쿠데타와 때를 같이하여 페트로그라드에서 소집된 제2차
전 러시아 소비에트 대회는 볼셰비키를 중심으로 조직된 새 정부인 인민위원
회를 승인했으며, 블라디미르 일리치 레닌이 의장직에 올랐다.

공산혁명이 인류에게 끼친 영향

유라시아 대륙에 폭넓게 걸쳐 있는 러시아 제국에서 일어난 사회주의 혁명
은 세계사에 프랑스 혁명에 못지않은 아주 커다란 영향을 미쳤다. 러시아 혁명
이 세계적으로 확대된 정치 메커니즘이 된 것은 1919년에 발족된 공산주의 인
터내셔널(코민테른)이었다. 인류 역사상 일찍이 없었던 대규모 전쟁(제1차 세계
대전)에 고통받던 서유럽은 러시아 혁명을 성공시킨 공산주의에서 하나의 복
음을 발견했다. 그리하여 여러 나라의 사회주의 정당 내 좌파들은 우파와 격
렬하게 대립했으며 공산당 결성을 서둘렀다. 러시아 혁명은 1918년 독일에서도
이어졌으나 실패로 끝나고 말았다.

한편 유럽 여러 나라들은 러시아 혁명을 위험하게 여겼다. 볼셰비키들이 독

일과 정전협정을 맺었으므로 처음에는 독일을 돕는 세력 정도로 여겼으나, 차츰 공산주의가 자본주의를 파괴할 만한 적이란 사실을 깨닫게 되었다. 소련은 이에 맞서기 위해 사회개혁을 서두르고 노동자를 체제 질서 속으로 편입시키려는 노력을 계속했다. 러시아 혁명은 공산주의 운동과 지도층의 개혁 의욕이라는 두 가지 의미를 갖고 있는데, 세계대전 뒤의 유럽에 혁신적인 파급 효과를 미쳤다.

더욱이 제국주의적 세계 질서로부터 피압박 민족을 해방해야 한다는 이념을 내걸었던 러시아 혁명은 대전 중에 싹튼 식민지 해방운동에 확실한 방향을 제시했고, 민족해방운동을 북돋우며 촉진시켰다. 이러한 측면에서 코민테른 제2회 대회에서 채택된 '민족 식민지 문제 테제(정치적·사회적 운동의 기본 방침이 되는 강령)'가 커다란 역할을 했다. 구체적으로는 중국에 미친 영향이 가장 컸으며, 쑨원[孫文]에서 시작하여 마오쩌둥[毛澤東]으로 완성되는 중국 혁명의 사상적 바탕이 되었다.

이와 밀접한 관계가 있는 또 다른 영향으로는 러시아 혁명이 이제까지 국제 질서를 부정해 국제 정치에 새로운 요소를 가져왔다는 점이다. 러시아 혁명정부는 러시아 제국이 지고 있던 대규모 부채를 넘겨받을 수 없다고 선언했다. 세계 대전 뒤 유럽에 생겨난 베르사유 체제(국제 평화를 위한 안전보장 체제)는 소련을 배제했는데, 이것은 베르사유 체제의 압박 아래에 있던 패전국이며 채무국인 독일이 소련에 접근하는 한 가지 이유가 되었다. 1922년 소련과 독일은 라팔로 조약을 맺었고 마침내 비밀리에 군사적 협력 관계에 들어가게 되었다.

아시아와 중동의 여러 나라들도 소련과 새로운 외교 관계를 맺게 되었다. 1919년 7월의 카라한 선언은 중국에 대한 소련의 모든 권익을 포기한다고 선언한 것으로서 온 세계 국민에게 강한 인상을 주었다. 소련과의 외교 관계는 영국으로부터 독립을 선언한 아프가니스탄에 하나의 현실적 근거가 되었다. 소련의 정책은 때에 따라 국익 우선으로 기울기도 했지만 러시아 혁명을 성공한 나라가 건재하고 있다는 사실은 독립하여 자립의 길을 걸으려는 여러 식민지 약소 민족에게 현실적으로 꽤 큰 힘이 되었다.

러시아 혁명의 영향은 정치·외교에만 국한되지 않고 사상·문화에도 폭넓게 미쳤다. 인류와 세계의 위기를 느끼던 지성인들은 이 혁명에서 받은 정신적 충격을 바탕으로 하여 현대 사상과 예술의 길을 새롭게 찾기 시작했다.

오스트롭스키가 꿈꾼 세계
러시아 공산혁명은 어떻게 되었는가
추영현

제1장 혁명가들

마르크스주의

1848년 자본가의 노동자 착취와 열강의 식민지 지배 등 사회 모순을 고민한 독일의 카를 마르크스는 그의 벗 프리드리히 엥겔스와 함께 〈공산당선언〉을 썼다. 이는 여러 나라에서 발매 금지당했지만 온 세계에 오늘날까지 많은 영향을 미치고 있다. 마르크스는 그 뒤에도 《자본론》 등 잇달아 책을 쓰고 다른 이론을 주장하는 공산주의자들을 물리침으로써 마르크스주의를 공산주의의 하나의 큰 흐름으로 만들었다. 그 주장은 다음과 같이 정리할 수 있다.

사회의 기반은 경제이다. 그러나 현재 생산수단을 소수의 부르주아지(자본가)가 독점하고 대다수의 프롤레타리아트(임금노동자)에게 비정상적인 착취를 하고 있다. 부르주아 지배는 인간관계에 냉정한 현금 계산 말고는 어떤 틈도 남겨두지 않았다. 하지만 생각해 보면 사회 일부분이 다른 부분을 착취하는 경우는 과거 모든 세기에 나타난 공통된 사실이었다. 모든 역사는 어떤 계급이 어떤 계급에게서 빼앗는 계급투쟁의 역사였다(부르주아, 프롤레타리아는 개인이며 부르주아지, 프롤레타리아트는 집단이다).

착취에서 벗어난 사람이 인간답게 살아가려면 폭력에 호소하더라고 혁명을 일으켜야 한다.

사회는 봉건 사회(왕정 등) → ① 부르주아 사회(자본주의) → ② 프롤레타리아 사회(공산주의) 순서로 발전을 이룩한다고 생각해야 한다. 공업화가 진행되고 자본주의가 무르익으면 필연적으로 극히 소수의 부르주아지와 압도적인 다수의 프롤레타리아트가 생겨난다. 그리고 프롤레타리아트는 압도적인 다수이기에 권력을 잡는다.

즉 프롤레타리아트가 지배하는 프롤레타리아 사회가 실현되는데 이 변화가 이루어질 때 폭력이 등장하는 것은 마땅한 절차다. 부르주아가 조용히 특권을

마르크스와
엥겔스

내줄 리가 없으며 그들의 저항을 물리쳐야만 하기 때문이다. 현재의 법률, 도덕, 종교는 부르주아 계급을 지키기 위해 자신들 처지에 유리하게 만들어 놓은 제도이기에 순순히 따르면서 체제를 뒤집는 일은 불가능하다. 공산주의자는 이제까지 모든 사회질서를 강제로 뒤집어엎을 때만 자신의 목적을 이룰 수 있다고 공공연히 선언했다.

그러나 압도적인 다수인 프롤레타리아트의 뜻이 통하는 사회는 언젠가 모든 사람의 행복으로 이어진다. 생산수단을 공유화, 국유화하면서 착취가 사라지고 생산성이 빠르게 올라가 부족한 물자를 두고 다툴 필요가 없으므로 질서가 유지되기 때문이다. 그런 이상적인 사회가 실현됐을 무렵에는 법과 국가도 더는 필요하지 않으며 이윽고 저절로 사라질 것이다.

프롤레타리아트는 조국이 없다. 현재 사람으로서, 국민으로서 정당한 권리를 누리는 프롤레타리아는 하나도 없다. 그렇기 때문에 국가에 속하지 않고 제국주의 전쟁 등에는 마땅히 가담하지 않으며 민족의 틀을 뛰어넘어 세상의 프롤레타리아들이 집결해 같은 계급의식을 가지고 투쟁하게 된다.

"만국의 프롤레타리아여 단결하라!"

혁명 축하 캠페
인 1924년 제작
이듬해 발표한
예술적인 스카
프. 디자인 N.S.
데무코프. 가운
데에 레닌, 네 모
서리에 마르크
스·엥겔스·트로
츠키·칼리닌.

여기까지가 마르크스주의의 주요 내용이다. 또한 사회주의란 '소련형'으로 보면 자본주의에서 공산주의에 이르는 과정을 가리키는 말로, 즉 ②의 초기에 해당한다. 이 과도기에는 폭력도 등장하지만(프롤레타리아 독재기) 이상적인 공산주의 사회가 이루어지면 자연스럽게 평화가 찾아온다고 마르크스는 말했다. (다만 사회주의나 공산주의 용어는 레닌조차 엄밀하게 구별하지 않았기에 그다지 신경 쓰지 않아도 된다. 맨 처음 나라 이름은 소비에트 사회주의 공화국 연방인데 당 이름은 '러시아 공산당 = 뒷날 소비에트 연방 공산당'이다.)

일반적으로 공산주의는 사유재산을 모두 폐기한다고 생각하지만 마르크스 자신은 생산수단 독점은 물론 폐지하지만 소유에 대해서는 지나친 수준이 아니면 인정했다. '부르주아적 소유 = 과잉 독점'이 아니고 생명을 유지하는 데 필요한 소유라면 결코 폐기해야 한다고 생각하지 않았다.

마르크스주의는 많은 영향력을 미친 사상인 만큼 강하고 철저하게 짜여 있다. 그러나 인간의 욕망을 고려하지 않았기에 무엇이든 가능한 과도기에 부패와 태만이 만연하여, 심각한 억압과 물자 부족으로 고생하고 앞으로 나아가지 못하는 가장 나쁜 결과를 불러왔다(지도자에 따라서도 다르다. 쿠바나 베트남은 이렇게 되지 않았다). 하지만 식민지가 당연하게 존재하고 각국의 노동자도 어려운 생활을 보냈던 그 시대에는 사람들을 구하는 데 필요한 사상이었다.

공산주의 이론을 세운 사람이 마르크스이고 그 이론을 실천한 사람이 레닌이다.

세계 각지에 수없이 많았던 작은 공산주의 정당 가운데 레닌이 속한 정당은 러시아 사회민주노동당이다. 이 비합법 정당은 설립된 지 몇 년 안 되어 레닌 무리가 이끄는 볼셰비키파와 경쟁자 멘셰비키파로 분열하기 시작한다. 볼셰비키는 다수파, 멘셰비키는 소수파라는 뜻인데 운 좋게 다수파였던 시기에 레닌이 빈틈없이 볼셰비키라 이름을 불렀을 뿐 대부분 볼셰비키 쪽이 소규모였다.

마르크스 이론에서는 자본주의사회 다음에 사회주의사회가 실현되지만 러시아에서는 공업화가 이제 막 시작되었을 뿐이다. 러시아보다 발전한 미국, 영국, 독일, 프랑스조차 혁명이 일어나지 않았기 때문에 도저히 사회주의로 옮겨 갈 수 있는 조건이 아니었다. 그래서 "먼저 '자본주의사회'를 만들기 위해 자본가들과 협력하자"고 말한 정당이 멘셰비키이고 "웃기지 마라. 노동자만으로 사회를 바꿔야 한다"고 주장한 것이 볼셰비키이다. 즉 최종 목표는 같지만 그곳으로 이르는 방법론의 차이 때문에 심하게 대립했다.

이 싸움에서 볼셰비키가 승리했다. 그로써 레닌은 정권을 잡기는 했지만 국가 체제를 만드는 도중에 뇌경색으로 세상을 떠난다. 이것은 소련(러시아)에게 희망 없는 불행의 시작이었다. 레닌의 뒤를 이은 사람은 스탈린이지만 세계 첫 사회주의국가는 그 뒤로 무한히 늘어난 폭력을 긍정하는 과도기를 끈질기게 이어 나간다.

1991년 소비에트 사회주의 공화국 연방이 무너지자 공산주의는 패배한 사상으로 단정하는 경우가 많아졌다. 그러나 최근에는 자본주의 또한 가진 자와 못 가진 자 사이에 너무나 벌어진 격차 문제로 제도적 피로를 느끼고 있다. 그런 분위기 속에 러시아에서는 경쟁에 진 사람이나 지친 사람들이 공산주의 시대를 그리워하는 목소리가 상당수를 차지하기 시작했다. 아직 공산주의는 패배하지 않았는지도 모른다(마르크스가 살아 있을 때 '마르크스주의', '사회주의', '공산주의', '사회민주주의'는 모두 같은 뜻으로 사용했지만 10월 혁명부터 소련형의 과격한 공산주의와 북유럽형의 온화한 사회민주주의로 나뉘게 된다).

사회주의 건설에 힘쓰는 볼셰비키들   1925년 12월 잡지. 콘스탄틴 로토프.
스탈린이 한가운데에 있고 직접 그를 돕는 사람이 제르진스키.

마르크스의 제자들

1918년 12월 독일 만화, 오프라 그루블러슨
러시아 공산당 레프 트로츠키와 독일 독립사회민주당 쿠르트 아이스너.

"우리는 이 전쟁에 책임이 있다."   "아니, 우리에게 책임이 있다."

"아니다, 우리에게 있다."   "리는 우리를 용서할 수 없다."

"그렇다. 용서할 수 없다."   평화는 침묵 속에만 존재하는 것일까?

만국의 노동자여 단결하라!

1920년 독일 만화
아르투어 크뢰거

어제 명령을 거역한 사람들은

다음 날에는 굳게 단결해 하나가 된다.

자본주의자여, 그다음 날을 무조건 조심하라.
이것은 역사적인 필연이다.

블라디미르 레닌

1870년 4월 10일(율리우스력. 현재의 그레고리력으로는 4월 22일)에 태어난 블라디미르 레닌(본명은 블라디미르 일리치 울리야노프)은 러시아 부유층 출신이다. 아버지는 학교 교사였는데 능력을 인정받아 출세를 거듭해, 하급 귀족 서열에 오르며 지역 명사가 되었다.

어릴 때 레닌은 꽤 늦게 걸음마를 시작했으며 간신히 일어나 걸어도 넘어져 바닥에 머리를 찧기 십상이었으므로 어머니는 '이 아이는 지능이 떨어지는 게 아닐까?' 걱정했다고 한다. 몸이 약하긴 했지만 지능은 부족하기는커녕 넘쳤고 학교에서는 매우 뛰어난 성적을 거두었다.

그 무렵 러시아에서는 혁명을 기다리는 분위기가 가득했고, 부모는 되도록 아이들을 그 분위기에서 멀어지게 하려고 노력했다. 부모의 노력은 한동안 빛을 보았지만 아버지가 병으로 세상을 떠나고 곧 레닌이 17세가 되었을 때 맏형인 알렉산드르 울리야노프가 제정 러시아 차르 알렉산드르 3세 암살 계획에 연루되어 1887년 처형되고 만다. 가족이 이 사건을 언급하는 일은 없었지만 모두 인생이 바뀌는 충격을 받았다. 일찍이 세상을 떠난 아이들을 제외하고 레닌을 포함한 다섯 형제자매 모두가 혁명가의 길을 걷게 된다.

그런데 레닌의 혁명 자세는 독특했다. 21세 때 레닌이 살던 볼가 지역에 대기근이 발생해 거의 모든 사회주의자가 국민을 구제하고자 뛰어다녔는데 레닌은 가만히 있기는커녕 구제활동을 비난했다. "인도

레닌(1870~1924) 1923~24년 사진

레닌 동지는 불순물을 청소해 지구를 깨끗하게 한다 1920년에 발표한 볼셰비키 선전 포스터. 빅토르 데니. 레닌이 황제·성직자·자본가를 빗자루로 쓸어버리는 모습.

ТОВ. Ленин ОЧИЩАЕТ землю от нечисти.

적 수단은 효과가 없을 뿐만 아니라 유해하다. 오히려 사회주의 발전을 늦춘다"고 말했다. 즉 국민이 고통받으면 그만큼 사회 모순을 실감하기 때문에 괴로워하는 편이 좋다고 말한 것이다. 레닌은 농지를 소유했으며 농민에게서 받는 지대를 수입원으로 삼았는데 이때 한 푼도 깎아주지 않았다고 한다. 구제활동에 참여한 형제자매들은 존경하는 형 레닌의 이런 태도에 크게 놀랐다.

만형이 처형된 뒤 레닌은 남은 생애를 모두 혁명투쟁에 바쳤지만 스탈린의 사전에 없는 '동정', '연민'이 레닌의 사전에도 없었다. 미래에 반드시 찾아올 평화롭고 평등한 공산주의사회를 온몸으로, 온 힘을 다해 꿈꾸면서 눈앞에서 일어나는 개인의 비극은 무시하는 것이 레닌이었다.

그 뒤 지하활동이 드러나 레닌은 시베리아에 유폐되지만 호송 중 열차 안이 혼잡하다는 이유로 화를 내며 죄인이라는 처지도 잊고 철도원을 혼낸다. 법률 지식을 총동원한 격론 끝에 무려 레닌이 이겨서 열차 칸을 하나 더 늘려 혼잡함을 없애는 데 성공했다. 또한 병약한 체질을 무기 삼아 가장 지내기 편한 유형지로 보내주도록 주장관에게 편지를 썼고 인정을 받았다. 도착한 뒤에는 유폐된 몸이면서도 하녀까지 고용해 형기를 마칠 때까지 안락한 수감 생활을 보내며 마르크스 연구에 힘썼다.

이런 대우는 귀족의 특권이 아니다. 귀족이라고 해도 레닌의 맏형은 차르 암살 미수사건을 일으켰다. 지배자와 세상으로부터 미움받는 몰락 귀족이다. 레닌은 지식과 근성으로 싸워 자신이 바라는 환경을 확보했다. 보통 사람이 생각지도 못하는 꿈같은 이야기에 도전해 현실로 만드는 능력이 레닌에게는 있었다.

그의 지성에 이끌렸는지 대담한 매력에 끌렸는지 여성 혁명가 크룹스카야가 시베리아까지 레닌을 쫓아왔고 둘은 결혼했다. 크룹스카야는 유능하고 인내력이 강한 여성으로 레닌의 큰 힘이 되지만 레닌에게 형제자매들은 레닌을 빼앗기자 불쾌하게 생각해 그녀를 구박했다.

형기를 마친 레닌은 유럽으로 망명해 러시아 사회민주노동당에 입당했다. 그리고 러시아에서 지하활동을 하는 혁명가들을 단결시키기 위해 신문 《이스크라》 발행을 시작했다. 또한 《무엇을 해야 하는가》를 출판했다. 이 두 가지는 마르크스주의자들 사이에 열풍을 불러일으켰으며 레닌은 저명한 혁명가가 되었다. 《무엇을 해야 하는가》의 논지는 지하정당, 중앙집권화, 이데올로기 통일 등으로 마르크스주의로서는 타당한 노선이지만 실천행동, 폭력혁명, 전문가의 지도를 강조한 점이 눈에 띈다. 《이스크라》와 함께 읽은 사람에게는 엄청난 충격을 주었을 것이다.

그러나 러시아 사회민주노동당은 곧 볼셰비키파와 멘셰비키파로 분열된다. 원인은 레닌으로, 당원 자격을 오로지 한 가지 일에만 종사하는 전문가에 한정했고 그렇지 않은 협력자는 당원으로 인정하지 않겠다고 주장했기 때문이다. 도중에 당원 자격을 엄격하게 바꾸는 것은 이제까지 함께 활동해 온 구성

마르크스주의란 무엇인가? 1924년 2월 레닌이 죽은 직후의 작품. 에리히 실링(독일).
볼셰비키판 마르크스주의를 이해하지 못하는 마르크스가 천계에서 레닌의 강의를 듣는 모습.

원 일부를 버리겠다는 의미이다. 레닌은 "엄격한 규율을 지킬 수 있는 강인한 의지를 가진 소수 정예 당으로 만들어야 혁명 속도가 빨라진다"고 단언했다.

혁명이 필요한가, 아닌가를 유일하고 절대적인 기준으로 삼아 그렇지 않은 것은 깎아내는 레닌이 언제나 사용하는 방법이다. 하지만 분열 뒤 《이스크라》는 마침내 멘셰비키의 신문이 되어 버리고, 이때부터 레닌은 볼셰비키의 지도자이면서 볼셰비키의 문제아이기도 한 모순적인 존재가 되었다.

레닌이 세상을 떠난 뒤 스탈린은 그를 신격화했고 '비난할 데가 없는 인격자', '걸어야 할 길을 결코 틀리지 않는 예언자', '언제나 존경받은 참된 지도자'라는 이미지로 조작하지만 현실은 이와 많이 달랐다. 스탈린이 레닌을 신격화한 이유는 물론 후계자가 될 자신의 권위를 높이기 위해서였다.

레닌은 신도 인격자도 아니다. 그는 자신의 이론이 절대로 옳다고 주장했으며 이에 동의하지 않는 사람은 가차 없이 잘라 버렸는데, 그 방법이 잔혹했고 그러면서 자신은 몇 번씩 사상을 바꿨다. 게다가 사상이 변한 것을 결코 인정하지 않았으며 권력을 잡으려고 당 안에서 끊임없는 파벌다툼을 일으켰다. 또다른 사람의 결점은 금방 꿰뚫어 보면서 자신의 결점은 신경 쓰지 않았고, 볼셰비키에게 아무리 비난받아도 개의치 않았다.

예를 들어 볼셰비키와 멘셰비키의 명확한 노선 차이는 첫 단계인 부르주아 혁명 때 부르주아와 협력하는가, 협력하지 않는가이다. 그러나 레닌이 주장하는 부르주아와 협력하지 않는 부르주아 혁명이 현실적으로 가능할지, 본질적인 질문을 해도 그는 답하지 않았다. 그러면서 당을 분열시킬 만큼 멘셰비키를 공격했다. 레닌 지지자조차 레닌이 틀렸다고 생각하는 일이 자주 있었다.

로마노프 왕조를 무너뜨리기 위해서라면 어떤 세력도 환영한 레닌은 러일전쟁에서는 일본이 이기길 바랐으며 제1차 세계대전에서는 독일이 승리하기를 바란다. 하지만 이렇게까지 완전히 혁명에 봉사하는 자세에 거의 모든 사람들이 따라가지 못하고 레닌은 미치광이 취급을 받으며 마침내 고립됐다. 혁명 전 볼셰비키에는 말리노프스키라는 차르 비밀경찰의 첩자가 잠입해 있었는데, 레닌 지지자는 아내와 어머니 형제자매 말고는 말리노프스키밖에 없던 비참한 시기도 있었다. 실제로 당(볼셰비키, 멘셰비키 합동) 대표 중앙위원을 10명도 안 되게 뽑는 선거에서 레닌은 2년 연속 낙선했다.

그래도 레닌이 당에서 방출되지 않고 지도자의 한 사람으로서 대우를 받은 이유를 멘셰비키가 명쾌하게 설명해 준다. "하루 24시간 혁명만을 생각하며 자는 동안에도 혁명을 꿈꾸는 사람이 또 없기 때문이다." 이해할 수 없는 주장이라도, 강제적으로 밀어붙여 싫어져도 레닌의 열의만은 누구도 부정할 수 없었다. 그리고 레닌과의 투쟁에 지친 사람이 이탈할 때면, 이를 악물고 살아남은 레닌이 다시 떠올랐다. 그런 일이 반복된 뒤 제1차 세계대전 중에 성취한 10월 혁명 무렵에는 그 사상이 널리 이해받게 되고, 그의 단호한 자세가 압도적인 신뢰를 얻어 볼셰비키를 구현한 뛰어난 실력을 지닌 대지도자가 되었다.

2월 혁명 뒤 다음에 온 10월 혁명을 성공했으므로 스위스에 있던 레닌은 독일과 전쟁 중임에도 독일의 봉인열차로 귀국한다. 봉인열차란 도중에 내리는 것이 금지된 열차를 말하는데 운송 중에 멋대로 내려 독일에서 공산주의 연설을 하면 안 되기 때문이다. 그런 위험을 안고도 적국 독일이 그를 친절하게 대해 준 이유는 물론 혁명가를 보내서 러시아 국내 혼란을 부추기기 위해서다. 전쟁 중에는 나라의 앞

봉인열차 독일이 레닌에게 제공한 특별열차

날을 가볍게 생각할 수 없기에 레닌에게도 바라던 바였다.

이 열차와 관련해 작은 이야기가 또 있다. 뒷날 볼셰비키에 입당하게 되는 카를 라데크(논쟁에서 레닌을 이긴 적도 있는 강자) 등 모두 32명의 혁명가들이 열차 안에 타고 있었는데 담배를 필 때 그들은 화장실을 이용했다. 그런데 그 때문에 화장실 앞에 긴 줄이 생겨 많은 사람들이 곤란했다. 레닌은 해결책으로 화장실을 배급제로 만들었다. 종이를 작게 잘라 통상용 화장실 티켓과 흡연용 화장실 티켓을 만들어 널리 나누어 줘서 사태를 수습했다. 긴 줄은 눈 깜짝할 새에 사라졌고 흡연자와 금연자도 이해하며 서로 양보하는 이상적인 사회가 생겨났다. 레닌의 수완에 감탄한 라데크는 "레닌에게는 혁명정권의 지도자가 될 소질이 있다"고 절찬했다.

인류의 진화
1922년 독일 만화, 빌리 슈타이너트

1918년 볼셰비즘
"나를 거역하는 사람은 죽이겠다."

1922년 볼셰비즘
"통상조약 체결을 위해 영국과 프랑스 특명 전권 공사를 데려와라."

레온 트로츠키

레온 트로츠키(본명은 레프 다비도비치 브론시테인)는 레닌과 2인 3각으로 10월 혁명을 성공시킨 혁명의 영웅이다.

1879년 10월 26일(그레고리력 11월 7일), 우크라이나에서 크게 재산을 모은 유대인 대지주의 아들로 태어났다. 레닌보다 아홉 살 반쯤 나이가 어리다. 그러나 공식용으로 생일을 바꿔 1년 전인 1878년 10월 26일 생으로 이야기했다. 알고 보니 학교에 들어가려고 할 때 나이가 부족했기 때문에 속인 거라고 한다.

굶주림도 추위도 모르고 축복받은 어린 시절을 보낸 트로츠키지만 자신의 아버지가 소작농을 심하게 대하는 모습을 보고 불평등한 계급사회에 의문을 품었고 16세 무렵부터 사회주의 운동에 참여했다. 17세 때 일찍이 지하활동 단체를 만들고 노동자들을 모아 신문 발행을 시작했다. 그 신문은 곤약에 글씨를 파서 판화처럼 인쇄하는 아주 원시적인 방식이었지만 서투른 방법으로 만든 신문 치고는 많은 독자를 얻었다. 이듬해 붙잡혀서 감옥에 갇히는데 체포된 사람이 200명이 넘었다.

활동가인 여성과 옥중에서 결혼하고 둘 다 시베리아로 보내졌다. 레닌과 다르게 지내기 편하지는 않았지만 춥기 만할 뿐 강제노역 등은 없어 자유 시간이 충분했다. 이런저런 농담도 할 수 있을 만큼 한가로 웠다.

다만 시베리아 집에서 트로츠키를 기다린 것은 순록이 아니라 바퀴벌레 무리였다. 트

트로츠키(1879~1940) 1929년 사진

로츠키는 어쩔 수 없이 창문을 열고 추위를 견디면서 바퀴벌레 대량살상을 반복했다. 살육이 끝나자 혁명가로서의 사명에 불타올랐다.

정치범들과 논쟁하거나 유럽의 사회주의 신문에 기사를 투고하며 보내던 무렵 레닌 일행이 만든 러시아 사회주의 신문 《이스크라》를 손에 넣는다. "행동을 철의 규율에 연관 지은 혁명가의 중앙 조직을 만든다"는 성명에 감동해 안절부절못하다가 아내와 자식을 남겨둔 채 탈주했다. 그러나 아내도 투사이기에 마땅히 그를 보내줬다. 그런데 탈주한 뒤 두 번째 아내를 만나 또 결혼해버린다. 첫 번째 아내가 눈에 불을 켜고 쫓아와도 좋을 상황이지만 트로츠키는 첫 번째 아내와도 연락을 취하며 뜻밖에 평화로운 관계를 유지한다. 극좌파인 두 딸은 주로 트로츠키의 부유한 부모가 키웠다.

레닌과 그의 아내 크룹스카야는 망명한 영국에 도착해 큰 환영을 받고 친절한 대우를 받지만 러시아 사회민주노동당은 곧 볼셰비키파와 멘셰비키파로 분열하기 시작한다. 혁명의 대의를 위해 동료를 쉽게 버리는 레닌의 비정함에 반발한 트로츠키는 레닌을 버리고 멘셰비키에 들어간다. 그러나 나중에는 "레닌이 옳았다. 중앙집권 체제는 필요했다. 나는 아직 혁명을 현실로 파악하지 못했다" 말했다.

그 뒤 트로츠키는 멘셰비키에 1년쯤 몸담았지만 방향성이 맞지 않아 이탈하고, 1905년 러시아에서 처음으로 대규모 민중 폭동이 일어났을 때는 바로 귀국해 제1차 러시아 혁명을 이끌어 혁명가로 이름을 알렸다.

진압된 뒤에는 또 유럽으로 망명해 활동했지만 제1차 세계대전이 시작되자 그 무렵 살던 프랑스에서 중립국 스페인으로 강제 소환된다. 스페인에서는 처음부터 말이 통하지 않았기에 아무 일도 하지 않았는데 위험한 사상을 가진 인물로 체포됐다.

하지만 담당 형사는 트로츠키를 증오해서 체포한 것이 아니기 때문에 뜻밖으로 친절했다. "이 사람은 위조지폐를 만드는 범죄자가 아니라 제대로 대금을 지불하는 신사입니다. 조금 머리가 이상할 뿐입니다." 그는 이렇게 주위 사람들에게 오해를 풀도록 설명해 주었다. 트로츠키의 험난한 인생에는 박해하는 쪽이면서 속은 동정심이 가득한 사람이 자주 등장한다. 그러나 주저 않고 모조리 빼앗는 사람(스탈린) 쪽이 물론 훨씬 더 많았다.

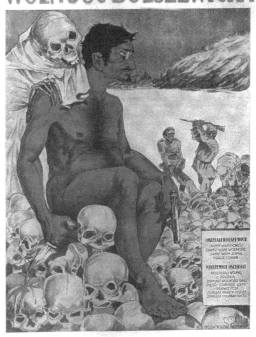

볼셰비키의 자유
소련, 폴란드 전쟁 중 만들어진 폴란드 공식 포스터. 1920.
총과 칼을 든 벌거벗은 트로츠키가 해골산 위에 앉아 있다.

스페인에서 이번에는 미국으로 쫓겨나 뉴욕에서 활동을 시작하지만 다시금 러시아 민중 폭동(2월 혁명) 소식이 날아온다. 이미 차르가 무너지고 사회주의자와 자유주의자 연립정권이 탄생했다는 이야기에 또다시 애가 타서 견딜 수 없었던 트로츠키는 "부르주아를 포함한 연립정권을 타도하고 순수한 프롤레타리아트의 단독정부를 만들겠다" 선언하며 귀국을 서두른다. 트로츠키는 본디 "후진국 러시아의 혁명은 부르주아 혁명 → 프롤레타리아 혁명이라는 두 단계를 거치지 않아도 한 번에 이룰 수 있다"는 독자적인 1단계 혁명론을 주장했다. 지금이야말로 그 기회인 셈이었다.

하지만 흥분하여 배에 올라타려는 트로츠키는 또다시 체포되고 만다.

이번에는 영국의 계략으로 캐나다 수용소에 갇힌다. 그곳에는 러시아와 전

기차 편으로 페트로그라드에 도착한 트로츠키(1917)

쟁이 한창인 독일인 포로와 현지 노동자들이 있었다. 장교 100명, 병사 500명, 노동자 200명, 모두 800명이다. 그러나 그들은 새로 들어온 러시아인이 사회주의 혁명가라는 사실을 알자 흥미를 가지고 트로츠키의 이야기를 들어줬다. 독일인 장교에게는 무시당했지만 일반 병사나 노동자와는 가까워졌다.

트로츠키는 위법으로 구속되었기 때문에 일단 독일인 장교와 같은 대우를 받았지만 일반 병사들과 손을 잡고 '평등하게 바닥을 닦을 권리'와 '평등하게 화장실 청소를 할 권리'를 쟁취했다. 장교가 트로츠키가 말을 못 하도록 정책을 세웠을 때도 병사와 노동자는 530명의 서명을 받아서 '트로츠키가 말할 권리'를 요구했다. 트로츠키가 석방된 날에 그들은 트로츠키를 어깨 위에 올리고 "트로츠키 만세!"를 외치며 노래 부르면서 송별 파티를 해줬다.

행복한 추억을 가슴에 안고 러시아로 돌아온 트로츠키는 혁명의 중심인물이 되어 '프롤레타리아트 단독정권'을 세우고 붉은 군대의 영웅으로 자리매김한다. 트로츠키의 아버지는 아들이 일으킨 혁명으로 피와 땀으로 일구었던 토지와 재산을 모두 빼앗겨 버리지만 아들이 나라의 큰 인물이 되었음을 알자 기뻐했다. 혁명에 이은 내전이 끝날 무렵 트로츠키는 레닌과 함께 설립한 사회주의 국제조직 '제3인터내셔널(코민테른)' 대회에서 보고를 할 때 세상을 떠났다.

트로츠키에게 하는 여섯 가지 부탁

1920년대 프랑스 만화, 미하일 드리조

세계를 뜨겁게 하지 않아도 좋으니
레스토랑에서 사모바르를 끓여 달라.

나라 운영을 하지 않아도 좋으니
차 운전을 해달라.

사람들의 의식을 바꾸는 대신
외화 환전을 해달라.

연대를 지시하지 말고
연대해 달라.

부르주아를 땅에 묻지 않아도 좋으니
양배추를 심어 달라.

다양한 위원회에 참가하지 말고
가장 중요한 일만 해달라.

이오시프 스탈린

이오시프 스탈린(본명 : 이오세브 비사리오노비치 주가슈빌리)은 1878년 12월 6일(그레고리력 12월 18일) 캅카스 지방 고리에서 태어났다. 오늘날의 조지아이다. 흑해와 카스피해 사이에 위치하며 교통의 요충지인 이 나라는 역사상 다른 민족의 침략을 받은 경우가 잦았고 스탈린이 태어났을 무렵에는 러시아령이었다.

1878년 12월 6일에 태어났다는 사실은 고리의 교회와 출신 학교에 남아 있는 기록으로 알 수 있지만 스탈린도 생일을 바꿨기에 공식적으로 태어난 날짜는 1879년 12월 21일이다. 스탈린이 왜 일부러 생일을 바꿨는지 이유는 밝혀지지 않았다. '무언가 음모와 관련이 있는 것이 아닐까?' 이런 의심도 들지만, 단순히 한 살 아래인 정적 트로츠키보다 조금이라도 젊게 설정해 자신의 유능함을 강조하고 싶었을 뿐일지도 모른다. 레닌보다는 8년 8개월 어리다.

스탈린의 아버지는 솜씨 좋은 구두 장인이었지만 폭력적이고 술주정꾼이었으며 공부를 좋아하는 스탈린을 방해했기에 사이가 나빴다. 어머니는 엄격한 사람이었지만 신앙심이 두텁고 교육에 힘썼으며 스탈린을 귀여워했다. 먼저 태어난 두 형은 이미 세상을 떠났으므로 그가 외아들이나 다름없었다. 아버지가 돈을 벌러 나갔다가 돌아오지 않자 어머니는 지역 사제 집에서 얹혀 살게 된다. 어린 시절 스탈

스탈린(1878~1953) 1937년 사진

차르 비밀 경찰이 만든 스탈린 사진(1911)

린은 매우 뛰어난 아이였는데, 다섯 살 때 사제의 열세 살 딸에게 읽고 쓰기를
가르쳤을 정도였다.

　여섯 살 때 마차에 치여 다쳤지만 의사에게 갈 돈이 없어서 치료를 못했고
그 뒤로 왼쪽 팔이 거의 움직이지 않게 됐다. 남은 사진과 초상화를 보면 주
로 왼손으로 파이프를 들고 있는데 휘어져 버린 왼팔의 장애를 감추기 위해서
였다.

　가난한 가정, 러시아인들에게 차별받는 조지아인, 장애인, 작은 키(스탈린은
얼굴이 작고 어깨가 떡 벌어졌기에 독사진에서는 크게 보인다) 등으로 거만한 모
습과는 반대로 열등감 덩어리였다고 한다. 그러나 적어도 어린 시절에는 활발
한 성격이었다.

　어머니는 똑똑한 스탈린을 학교에 보내주었다. 초등신학교를 수석으로 졸업
하고 조지아에서는 고등학부인 중등신학교에도 진학했다. 하지만 신학교라고
는 해도 분위기는 반항 정신으로 가득했으며 스탈린이 입학하기 2년쯤 전에
는 강요받은 러시아화를 견디지 못한 학생들이 러시아인 교장을 사살하는 사
건까지 일어났다. 러시아가 조지아에 대학을 세우는 걸 금지했기 때문에 신앙

심이 없는 학생도 일반대학 대신 많이 입학했다.

신학교에서 가장 큰 반항은 신을 의심하는 행위이다. 이런 학교 분위기에 몸 담은 스탈린은 금지된 찰스 다윈 책을 읽으며 빅토르 위고 등 정치 문제를 다 룬 작가의 작품을 읽었고, 나아가 마르크스주의에 깊이 빠져들었다.

사람이 혁명가가 되려면 '지배자층에게 반항심'이 있거나 '학대받는 사람들 을 동정하는 마음'이 있으리라 생각되지만, 스탈린 인생에서 학대받는 사람들 을 동정하는 마음은 찾아볼 수 없으며 그는 오히려 강자도 약자도 가리지 않 고 온 인류를 증오한 것처럼 느껴진다. 현존하는 모든 걸 싫어하고 파괴하고 싶어서 혁명을 목표로 삼았는지도 모른다.

또는 마르크스주의가 가진 폭력을 긍정하는 이데올로기, 철의 규율, 비밀 지하활동 등의 성질이 자기 성격에 잘 들어맞는다는 걸 느끼고 능력을 발휘할 수 있겠다는 예감을 가졌는지도 모른다.

교내에서 좌익 활동을 시작해 여러 차례 주의와 징벌을 받으며 요주의 인물 이 된 스탈린은 마침내 퇴학을 당한다. 여기서 그는 폐쇄사회의 지배구조를 배 웠고, 사교적이었던 성격이 무뚝뚝하고 내성적으로 변한 것도 이 무렵이다.

신앙심 깊은 어머니는 신의 길을 버린 아들에게 크게 실망했다. 어른(이라기 보다는 최고 권력자)이 된 아들이 휴가로 오랜만에 어머니를 찾아왔을 때 나 눈 대화가 남아 있다. 어머니가 "지금 무슨 일을 하니?" 묻자 아들은 "비밀경 찰이랑 비슷해" 대답했다. 그러자 어머니는 안타깝다는 듯이 "사제가 되었으면 좋았을 텐데" 말했다. 이제 무적이 된 아들 스탈린은 오래전과 변함없는 어머 니의 그 말에 기뻐했다고 한다.

신학교에서 퇴학당한 뒤 기상대 직원으로 일하거나 무직으로 기부금을 받 으며 살아가면서 스탈린은 사회주의 활동을 계속한다. 트로츠키가 시베리아 에서 레닌의 《이스크라》와 《무엇을 해야 하는가》에 몰두할 무렵 스탈린도 같 은 것을 손에 넣어 마찬가지로 감명을 받고 레닌을 따라 러시아 사회민주노동 당에 입당, 활동가로서 차근차근 성실하게 일했다.

지하활동 시절 주요 실적으로 ① 노동자를 위한 집회 개최 ② 당을 위한 서 클 결성 ③ 노동자를 조직해 파업 실행 ④ 시위 실행 ⑤ 논문 집필 ⑥ 당의 자 금을 모으기 위해 은행 강도 ⑦ 같은 이유로 열차 강도 ⑧ 같은 이유로 협박 으로 금품 강탈 ⑨ 같은 이유로 배신함 ⑩ 같은 이유로……

이슬람 지구 혁명 포스터

혁명은 소련의 이슬람 지역도 휩쓸었고, 중산계급 출신인 이슬람계 진보 세력이 혁명에 참여했다. 그중에는 술탄 갈리예프처럼 스탈린의 지배 아래 그에게 저항한 민족인민위원부 직원도 있었다.

스탈린은 악한 성향도 유감없이 발휘했다. 23세에 처음 체포된 뒤로 38세에 10월 혁명을 성공하기까지 15년 동안 일곱 번 체포되고 다섯 번 도망쳤다. 체포, 감옥, 시베리아 유배는 활동가에게 명예로운 경력이기에 없으면 체면이 서지 않지만 그럼에도 횟수가 지나치게 많다.

왜 그렇게 많이 잡혔느냐면 당 안에 비밀경찰의 스파이 말리노프스키가 있어서 시베리아에서 돌아올 때마다 밀고했기 때문이다. 말리노프스키는 레닌을 지지하는 척했던 볼셰비키의 높은 간부였다. 처음에는 순수한 당원이었지만 비밀경찰에게 체포됐을 때 첩자가 되면 풀어주겠다는 조건을 제시받고 스파이로 전향했다.

말리노프스키와 만나던 도중 비밀경찰이 미행한다는 사실을 스탈린이 눈치챘다. 바로 뒤 스탈린은 체포됐지만 말리노프스키는 아무 이상이 없었다. 이 정보를 포함해 말리노프스키에게는 몇몇 의혹이 있었지만 레닌은 무슨 일이 있어도 그를 줄곧 감쌌고 혁명으로 비밀경찰이 해체되어 움직일 수 없는 증거가 나올 때까지 굳게 믿었다.

말리노프스키는 총살로 삶을 마감했지만 스파이가 당당히 당의 중추에서 레닌과 자신을 속였다는 사실은 그 뒤 스탈린의 마음에 절대로 사라지지 않는 의심을 싹트게 했다. 나중에는 "포로는 모두 배신자다", "외국에 간 경험이 있는 사람은 모두 수상하다", "다른 나라에서 망명 온 사람도 모두 수상하다", "아내도 공범이다" 이렇게 심해지더니 희생자 200만 명이 넘는 엄청난 숙청으로 발전하는 원인이 되었다. 이 일이 스탈린의 인간성에 결정적인 변화를 가져왔는지, 그의 본성에 하나의 계기를 준 데에 지나지 않는지는 알 수 없다.

체포될 때마다 도망칠 수 있었던 이유는 단순히 그즈음 체제가 허술했기 때문이다. 유형지 시베리아에는 경비병이 한 명밖에 없는 곳이 많았다. 맹추위가 몰아치는 시베리아이기에 도망에 실패하면 얼어 죽지만 각오만 한다면 달아날 수 있다.

스탈린은 정치범들과 논쟁할 때를 제외하면 늘 책을 읽었다. 정치범이 정치 책을 손에 넣어 읽고 정치 이야기를 나눌 수 있었으니 경비가 얼마나 허술했는지를 알 수 있다. 이때 그는 자신의 특징인 무관용을 유감없이 발휘했다. 동료 죄수가 풀려나거나 죽어서 새로운 책을 손에 넣으면 자기 전용 책으로 삼고 절대 아무에게도 빌려주지 않았다.

그러나 스탈린 체제 이후 시베리아로 유배를 보내던 분위기는 사라지게 됐다. 실태를 잘 아는 스탈린은 "방식이 너무 관대하다!" 소리를 지르고 경계를 엄중하게 강화하고 극한지에서 강제노동을 시작하게 만든다. 그는 시베리아 자원에 눈독을 들이고 무료 노동력으로 한계에 이르기까지 혹사시켜서 개발했다.

유배당한 자들은 정권에 맞선 보복으로 죽을 때까지 일하게 되었다.

러시아의 크리스마스트리

1927년 프랑스 만화, 미하일 도리조
소련 정부는 상업을 금시하고 크리스마스트리도 없애기로 결정했다.

러시아의 크리스마스트리는 예전에는 이런 느낌이었지만…….

이제 사라지고 그 잔해는 이런 느낌이다.

제2장 러시아 혁명

제1차 러시아 혁명

러시아 혁명은 세 번에 걸쳐 일어났다.

첫 번째는 1905년. 수도 상트페테르부르크(제1차 세계대전이 발발했을 때 페트로그라드로 이름을 바꾸고 그 뒤 레닌이 세상을 떠날 때 레닌그라드로 변경) '피의 일요일 사건'에서 시작한 제1차 러시아 혁명이다.

오랫동안 이어진 제정 지배에 고통받은 사람들이 러시아 정교회 게오르기 가폰 신부의 인도 아래 빵과 자유를 요구하며 시위를 일으켰다. 시위라고는 하지만 '차르에게 부탁하러 간다'는 의식을 가진 사람들이 예의에 어긋나지 않도록 가장 좋은 옷을 입고 평화적으로 행진했을 뿐이다. 이 무렵 러시아에서는 식량난과 억압으로 인한 생활고로 많은 민중이 제정에 불만을 품고 있었지

제르진스키와 비밀경찰　제르진스키(가운데)는 폴란드 귀족 집안에서 태어난 혁명가. 혁명 뒤 비상위원회(체카)를 조직, 적색 테러를 명하고 레닌 시대에만 14만 명을 살해했다.

만, 한편으로는 차르에 대한 경애심이 아직 살아 있었다. 그러나 시위에 너무 많은 사람이 참여해서(10만 명이라고도 한다) 겁을 먹은 군대가 발포를 시작했고 1000여 명의 사상자가 나왔다고 추정된다. 이 사건은 민중을 오히려 분노하게 만들었으며 눈 깜짝할 사이에 온 러시아에서 소란이 일어났다. 이때 니콜라이 2세는 수도에 없었고 발포도 니콜라이 2세가 지시하지 않았다. 하지만 그 전까지 차르를 존경했던 대다수 민중은 이 사건을 계기로 '피의 니콜라이'라는 별명을 붙이며 그

제1차 러시아 혁명 1905년 1월 9일 상트페테르부르크 나르바 개선문 앞에서 무장한 군대를 마주한 가폰 신부가 이끄는 시위 군중들.

를 증오하기 시작했다. 니콜라이 2세는 결코 폭군이 아니었지만 정세에 어두웠고 민중의 생활을 개선하는 데도 신경 쓰지 않았다. 소란은 2년 6개월이 지나도록 진정되지 않았는데 그사이 일어난 러일전쟁에서 생각지 못한 패배를 당하며 차르의 권위는 바닥으로 떨어졌다.

'피의 일요일'은 자연스럽게 일어난 사건이며 민중이 자발적으로 일으킨 혁명운동이었다. 사회주의 사상을 퍼뜨리려고 노력한 볼셰비키, 멘셰비키 말고도 수많은 정당들이 허를 찔려 아무것도 하지 못했다. 가폰 신부가 유럽으로 망명 가는 대신 많은 혁명가들이 귀국했다. 그러나 피의 일요일 1주년을 겨냥해 시작한 준비는 대중의 흥분이 절정에 이른 시기 안에 마치지 못해서 때를 놓치고 만다.

볼셰비키는 유럽에 잠복 중인 레닌의 귀국이 늦어지자 심한 타격을 입었다.

맹수 사육사와 동물 아르투어 크뤼거(독일). 1905.
'맹수 사육사(니콜라이 2세)'는 흥분한 그 동물(러시아 국민)
로부터 몸을 지킬 수 있을까?

서둘러 돌아오라는 요청이 들어왔지만 '나야말로 유일하고 절대적인 지도자이며 내가 없으면 혁명은 성공할 수 없다. 그러니 두 번 다시 잡혀서는 안 된다'믿으며 레닌은 체포될 위험이 사라질 때까지 반년이나 움직이지 않았다. 하지만 결국 '유일하고 절대적인 지도자가 러시아로 돌아오지도 않고 외국에서 지령을 보내는 것만으로는 혁명은 성공할 수 없다'는 뼈아픈 교훈을 깨닫게 된다.

이때 어떤 정당에도 속하지 않았던 26세의 매우 젊은 트로츠키만이 자신의 연설 능력과 필력을 충분히 발휘해 수도에서 크게 활약한다. 그 무렵 러시아 각지에서 '소비에트'라는 이름의 노동자, 농민, 병사 대표들로 이루어진 평의회가 자연 발생했는데, 그는 상트페테르부르크 소비에트 의장이 되어 민중을 부추겨 혁명운동에 활기를 불어넣었다. 소비에트 간부는 일제히 검거됐고 트로츠키도 체포되지만 제1차 러시아 혁명은 민중이 단결할 수 있음을 증명하고 차르에게 국회를 개설하라는 요구를 받아들이게 만들었다. 뒷날 성공하게 되는 10월 혁명의 예행연습이라고도 할 수 있는 중요한 사건이었다.

어느 정도 성과를 거뒀기에 운동은 사라졌다(나중에 중추 세력이 모두 제거된다). 트로츠키는 시베리아로 호송되는 중에 순록이 끄는 썰매를 타고 눈보라 속으로 탈주, 그대로 유럽으로 망명했다. 레닌도 국외로 탈출했다.

독일의 자선사업 -서로 다른 질량

1905년, 독일 만화
루트비히 슈트츠

프로이센 수도원 주방에서는 대신들의 밥그릇 크기에는 제한이 없다.
단순한 의원 거지들은 엄격하게 대한다.

러시아의 자선사업 -내용물 변화

니콜라이 2세
상트페테르부르크 궁전에서는 서로 돕는 정신의 공적이 군함 제조로 변한다.

2월 혁명

두 번째는 제1차 세계대전이 한창인 1917년 2월(그레고리력 3월)에 일어난 2월 혁명이다.

왕궁 안에서는 수도사이자 심령술사인 라스푸틴이 권력을 휘둘렀고 왕궁 밖에서는 길어진 전쟁의 고통과 좀처럼 나아지지 않는 노동 조건에 민중의 분노가 회오리치고 있었다. 차르의 위신은 바닥에 떨어졌다. 이번에는 혁명 세력이 이 기회를 놓치지 않고 이용했다. 공장 노동자 시위가 일어났을 때 운동을 부추겨 쿠데타를 결행한 것이다. 제1차 러시아 혁명 때는 차르에게 충실했던 군대도 이번에는 민중의 편을 들었다. 장교는 귀족이지만 일반 병사는 전쟁에 불려왔을 뿐 농민이기에 본디 민중의 마음을 잘 헤아렸다. 발포하지 않는 군대를 보고 기세가 등등해진 민중과 사회주의자들은 니콜라이 2세의 퇴위를 요구하며 임시정부를 세운다. 군에게 배신당하고 고립된 니콜라이 2세는 어쩔 수 없이 요구를 받아들였고 로마노프 왕조는 300년 역사에 막을 내렸다.

이때 임시정부와 소비에트의 두 권력이 등장했다.

차르에게서 벗어난 국회의원들이 카데트당의 자유주의자들을 중심으로 임시정부를 만들었고 해방된 소비에트도 민중과 사회주의자들이 연계해 부활했다. 이 소비에트가 임시정부를 승인함으로써 임시정부는 정부가 될 수 있었다. 이중권력이라고는 하지만 소비에트 쪽이 더 위였다. 사회주의 세력 소비에트가 자유주의 세력 임시정부를 지지한 것은, 물론 마르크스 이론에 따라 먼저 부르주아 혁명을 성공시키기 위해서였다.

혁명 첫날 차르 경찰을 공격하는 시위대

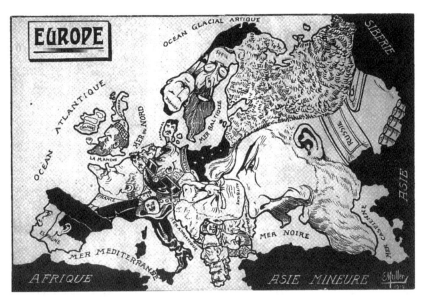

유럽 그림지도 E. 뮬라(프랑스). 1914.

　그러나 소비에트의 주역은 사회혁명당(SR)과 멘셰비키(그 뒤 그들은 임시정부에도 입각한다). 당원 수 겨우 2만 5000명인 볼셰비키는 조연이었다. 스탈린을 포함한 국내 지도자층 대부분은 조연이라도 소비에트를 통해 임시정부에 협력하고 타협하면서 나름 지위를 유지하려고 했다. 자유주의자와 협력하는 행위도 임시정부의 방침인 전쟁을 계속하는 일도 볼셰비키의 정신에 어긋나지만, 부르주아 혁명 성공이 먼저이고 볼셰비키에는 아직 다른 당에 맞설 만큼 힘이 없다고 생각했기 때문이다. 이 방침에 반대한 인물은 제2차 세계대전 이후 스탈린의 한쪽 팔이 되는 몰로토프 정도였다.

　하지만 그때 잠복하던 스위스에서 봉인열차를 타고 돌아온 레닌이 협력하지 않겠다고 선언하더니 대담하게도 4월 테제를 발표했다. 이미 임시정부와 협조하는 방향으로 움직이던 지도층은 발칵 뒤집혔다. 그러나 4월 테제를 기점으로 볼셰비키의 10월 혁명 운동이 시작된다.

　그런데 현 러시아 대통령 블라디미르 푸틴의 할아버지 스피리돈 푸틴은 궁정 요리사였는데 라스푸틴, 레닌, 스탈린이라는 저명한 세 지도자 밑에서 일한 좀처럼 보기 힘든 경력을 가지고 있다.

10월 혁명

"임시정부는 부르주아 정부이다. 제국주의 전쟁을 끝내려고도 하지 않는 임시정부 따위를 볼셰비키는 결코 지지하지 않는다. 모든 권력을 노동자의 소비에트로 옮기고 프롤레타리아트 독립정권을 세워 사회주의를 실현하겠다."(4월 테제 요약).

① 2단계 혁명(부르주아 혁명 → 프롤레타리아 혁명)
② 제국주의 전쟁 반대
③ 부르주아에게는 협력하지 않는다

이 가운데 ① ②는 마르크스가 확실하게 한 말이고 ③은 볼셰비키가 덧붙인 내용이다. 국내 지도층의 주역은 ② ③을 만족시키지 못했고 레닌의 주장은 ①을 만족시키지 못한다. 어느 쪽을 취해도 완벽하지 못해 어디를 삭제할지를 두고 다퉜는데, 그 전까지 마르크스주의의 뿌리는 ①이라고 생각했다. 볼셰비키도 멘셰비키도 사회혁명당원도 사회주의자들은 모두 2단계 흐름으로 혁명이 성공하는 것은 필연적인 역사로, 움직일 수 없는 과학이라고까지 믿었다.

볼셰비키 보리스 쿠스토디예프. 1920.

트로츠키와 레닌, 카메네프 1919.

　그러나 "아직 부르주아 혁명조차 뿌리내리지 않은 러시아에서 지금 당장 사회주의 혁명을 실현하기는 불가능하다", "다른 당을 적으로 돌리면 고립될 뿐이다" 등 커다란 반대 목소리를 레닌은 설득했다. "우리 볼셰비키는 한참 부족한 소수파이다. 하지만 노동자와 병사가 바라는 전쟁 종결을 강하게 호소하면 그들은 반드시 볼셰비키의 편이 되리라." 2단계 혁명은 이제까지 레닌도 지지해 온 이론이었지만 레닌은 이 이론과 러시아에서 현실로 일어난 상황을 저울에 달아본 뒤 자신의 직관에 승부를 걸기로 했다. 러시아의 공업화는 이미 성공했다는 새로운 억지 해결책을 내세웠다.

　레닌에게 설득되어 4월 테제는 3주 뒤 볼셰비키의 공식 입장이 되고 온 힘을 다해 권력 쟁취를 목표로 삼게 되었다. 오랜 불우한 시대를 지나 손에 넣은 레닌의 지도력은 참으로 엄청났다. 아직 힘이 없던 몰로토프만을 아군으로, 지도층을 통째로 방향 전환시킨다. 이때 스탈린은 드물게 침울한 표정으로 "네가 더 레닌에 가까웠다"며 몰로토프에게 말했다고 한다. 5월 프롤레타리아트 단독정권을 선언하고 뉴욕에서 트로츠키도 돌아왔다.

정당에 속하지 않았던 트로츠키는 제1차 러시아 혁명 때부터 독자적인 1단계 혁명론을 주장했다. "유럽 선진국에서는 2단계 혁명이 필연이다. 그러나 발전이 뒤처진 러시아라면 1단계로 성공할 수 있다. 왜냐하면 후진국은 선진국과 완전히 같은 과정을 따라 역사가 진행되는 게 아니라 좋은 점만 취하면서 발전 단계를 축소할 수 있기 때문이다. 러시아 혁명 뒤에는 세계 혁명으로 연결하여 사회주의를 단단하게 다져 나가야 한다."

이 이론이 오랫동안 레닌과 맞지 않아 두 사람은 줄곧 대립해 왔지만(특히 트로츠키가 격렬하게 레닌을 비판해 왔는데) 레닌이 "지금 바로 사회주의 단독 정권을 목표로 한다"고 말을 꺼낸 뒤로 트로츠키가 레닌과 다툴 이유는 전혀 없었다. 이제 트로츠키는 극좌파 최대 세력인 볼셰비키에 입당하기를 열망했으며 레닌도 지난 일은 전혀 따지지 않고 환영했다.

볼셰비키가 첨예화하는 가운데 임시정부가 전쟁을 끝내려 하지 않은 까닭은 미국, 영국, 프랑스 등의 동맹국에게 지원을 받기 위해서였다. 러시아 사정만으로 단독으로 전쟁을 포기하면 나중에 귀찮은 일이 벌어지리라 걱정하며 전쟁이 끝난 뒤에 개혁에 들어가려고 생각했다. 하지만 민중은 강한 불만을 품고 임시정부를 외면하기 시작한다.

그런데 볼셰비키에도 큰 약점, 바로 '레닌은 독일의 첩자'라는 소문이 있었다. 레닌은 독일의 봉인열차로 돌아왔는데 매우 수상한 행동이 아닐 수 없었다. 임시정부의 하나인 사회혁명당이 거세게 비판했다. 임시정부를 구성하는 멘셰비키 지도자들도 6월에는 같은 방법으로 돌아왔는데 말이다.

"모든 권력을 소비에트로!"에 맞서 "레닌은 독일의 스파이!" 이렇게 대합창을 하는 곳에 임시정부 지지파 군대가 들이닥쳐 볼셰비키는 일단 궁지에 몰렸다. 지도층은 또다시 잠복하거나(레닌, 지노비예프) 체포되어(트로츠키, 카메네프) 발이 묶였다. 그러나 그 뒤 군사독재를 통한 공화제(반임시정부 세력이며, 반볼셰비키)를 내건 코르닐로프 장군이 페트로그라드에 진군하기 시작하자 임시정부는 공동전선을 제안해서 볼셰비키를 해방한다.

해방된 볼셰비키는 노동자를 무장시켜 볼셰비키를 지지하는 군대(군항도시 크론시타트의 오로라호 해병 등)를 모아 페트로그라드 방위에 들어갔다. 이 모습을 본 장군은 끝내 페트로그라드를 눈앞에 두고 아무것도 하지 못하고 철수하지만, 볼셰비키의 실행력이 높은 평가를 받아 그 뒤로 지지자와 당원 수

10월 혁명의 중심 페트로그라드, 스몰니연구소 앞에 무장한 적위대

가 급격히 늘어난다.

2월 혁명 때 겨우 2만 5000명밖에 없었던 당원은 7월 제6회 볼셰비키 당대회 때는 10배 가까운 24만 명으로 늘어났다. 지도자들은 목이 터져라 지지를 호소하고(레닌은 겉으로 나오지 않고 지하에서 지도) 노동자들도 곳곳에서 무장을 시작하는데, 그중에서도 당대회에서 입당한 러시아 최고의 연설력을 갖춘 트로츠키가 가장 눈에 띄었다. 트로츠키가 주도한 집회는 마그마 같은 열광에 휩싸였다.

그리고 이때 레닌의 4월 테제가 정답이었다는 사실도 판명된다. "자본주의를 통한 공업화는 이미 사회주의를……" 등과 같은 난해한 사상은 학식이 없는 대중에게는 이해받지 못했지만 "바로 전쟁을 끝내고 당장 사회주의 국가를 목표로 한다"는 약속이라면 누구든 알기 쉬웠다.

볼셰비키 세력이 확대되는 가운데 레닌은 무장봉기를 생각한다. 하지만 사회주의자의 단독정권 방침을 받아들였어도 무장봉기에는 반대하는 지노비예프, 카메네프가 어떻게든 막으려고 작가 고리키가 발행하던 신문에 계획을 폭로했다. 그런 모험을 하지 않아도 흐름이 확실히 자기 쪽으로 향하고 있기에 조금만 더 기다리면 합법적으로 정권을 쟁탈할 수 있다고 두 사람은 생각했다. 그러나 이제는 사회주의자 단독정권을 넘어서 볼셰비키 단독정권을 은밀히 노리던 레닌이 격하게 화를 냈다. 하지만 이 폭로에도 볼셰비키의 기세는 떨어지지 않았다.

어중이떠중이가 모인 임시정부는 결속력이 약하기 때문에 계획을 알았다 한들 제대로 대응하지 못하고 내부 분열을 일으켜 자멸했는데, 차르의 부활을 바라는 제정파를 이제 와서 대중이 지지할 리는 없었다. 페트로그라드 침공에 실패한 군대도 사기가 떨어졌다. 같은 이데올로기로 묶여 현실적인 수단으로 무력을 손에 넣은 볼셰비키의 의지와 힘이 승리를 불러왔다.

봉기를 위해 군사혁명위원회를 세운 트로츠키가 지휘권을 잡고 10월 24일(그레고리력 11월 6일) 볼셰비키는 마침내 수도 페트로그라드의 주요 기관을 점령하기 시작했다. 먼저 다리, 역, 우체국, 전신국, 은행 등을 점거한다. 큰 저항 없이 다음 날 25일(그레고리력 11월 7일) 임시정부가 있던 동궁(겨울 궁전)에 들어갔다. 동궁 이외의 임시정부 기관은 이미 제압했으며 임시정부의 마지막 요새를 거머쥔 셈이었다.

한편 다른 장소에 있던 레닌이 신문을 통해 "임시정부를 타도했다. 국가권력은 (볼셰비키의) 군사혁명위원회로 넘어왔다"고 선언했다. 이튿날인 26일에는 내각 회의 중이었던 각료들을 체포해 실제로 점거를 마쳤다.

놀랍게도 행동 개시부터 종료까지 48시간도 채 걸리지 않았다. 너무 순조롭게 풀려서 거의 피를 흘리지 않고 성공했기에 사람들은 '어제와 오늘로 완전히 다른 나라가 됐다'는 사실을 깨닫지 못했다. 희미하게 들린 대포 소리도 단순한 공포탄이었다.

이 조용한 점령이 10월 혁명이며 세 번에 걸친 러시아 혁명의 정점이었다. 선언한 1917년 10월 25일(그레고리력 11월 7일)은 혁명기념일이 되었다.

모든 일이 끝난 뒤 동궁에 찾아온 레닌은 눈이 내리는 가운데 위대한 성과를 거두고 불을 쬐는 사람들을 보며 "참으로 멋진 광경이다! 노동자와 병사가 함께 모닥불을 쬐고 있다!" 이렇게 감동으로 전율했다.

마지막에 웃은 사람은 러시아 정당 극좌익 볼셰비키였다. 볼셰비키를 견고하게 통솔하는 레닌과 일반 대중을 열광하게 만드는 트로츠키가 불도저의 두 바퀴가 되어 세계사를 바꾸어 버렸다.

사회주의꿈 작자 불명(영어 작품). 1917. 트로츠키가 사회주의의 꿈을 비눗방울로 날리고 있다. 유토피아, 이타주의, 평화, 독일의 서약 등의 말이 날아다닌다.

 2월 혁명 이후는 하루하루가 어지럽고 빠르게 돌아갔지만 마지막 마무리는 허무하리만치 간단하고 싱거웠다. 연초에는 약소정당이었던 볼셰비키가 이틀 만에 대국 러시아의 여당이 되었고, 이듬해에는 일당독재가 시작됐다. 10월 혁명이 거의 피를 흘리지 않았는데 폭력혁명이라 불리는 이유는 폭력을 긍정하는 이데올로기와 나중에 재판 없이 차르를 처형한 사실 때문이다. 민중이 지지하긴 했다.

 다만 지지자는 러시아인의 과반수에 전혀 미치지 못하는 규모였다. 24만 명이라는 당원 수는 1억 5000만 명이나 되는 러시아 인구를 생각하면 결코 다수라고 말하기 어렵다. 극단적으로 적다고 말하는 편이 옳을지도 모른다. 물론 볼셰비키는 누구든 입당할 수 없었고 당원 자격에 제한이 있었지만, 어쨌든 사람들의 마음을 확실하게 사로잡은 도시는 페트로그라드와 모스크바 등 몇몇 대도시뿐이었으며 넓은 러시아 구석구석까지 스며들지는 못했다.

그다음 달에 열린 선거로 확실해졌다. '소수의 전문가가 학식 없는 대중을 이끈다'고 생각한 볼셰비키의 방법론에 국민에 의한 선거 따위는 없었지만 선거는 러시아 혁명가의 오랜 바람이었으며 민중 사이에서 내내 꿈꿔 온 것이고, 볼셰비키도 입으로는 이제까지 주장해 왔으며 이미 임시정부가 11월에 시행한다고 발표를 해버렸다. 아무리 볼셰비키라도 체면상 하지 않을 수 없었다. 그래서 국민의 평등을 내건 정권인 만큼 미국, 영국, 독일, 프랑스 등 다른 열강이 손을 대기 전에 완전한 부인 참정권도 인정했다.

그러나 나쁜 예감은 틀리지 않고 사회혁명당이 압승을 거둔다. 볼셰비키의 득표율은 전체의 겨우 25%, 반대로 사회혁명당은 배가 넘는 58%. 임시정부에는 환멸을 느끼지만 단독 당 대결이라면 사회혁명당은 볼셰비키와 비교할 수 없을 만큼 인기가 있었다. 임시정부에 들어가지 않는다는 판단이 얼마나 효과적이었느냐 하는 결론이었다.

볼셰비키는 공업 프롤레타리아트 발전에 가장 큰 관심을 기울였는데 사회혁명당은 농촌공동체 충실을 주요 과제로 내세웠다. 8할이 농민인 러시아에서 사회혁명당의 지지율이 더 높은 것은 어찌 보면 마땅했다. 공업화를 목표로 한 즉시 정전을 내건 볼셰비키의 지지 기반은 노동자와 병사이기에 도시에서는 강했지만 오히려 그 층이 집중된 대도시가 이례적이었다.

패배한 레닌은 첫째 날에만 선거 당선자로서 의회를 열고 둘째 날에는 회의장에 병사를 배치해 해산시키는, 체면 따윈 신경 쓰지 않는 난폭한 조치를 취한다. 무력이 없는 사회혁명당(개인 테러는 장기이다)은 대항하지 못했다.

그럼에도 세 번에 걸친 혁명의 모든 장면에서 스탈린은 활약하지 않았다.

스탈린은 시베리아에 있는 경우가 많았는데 10월 혁명 때는 3월에 해방되었다. 그러나 뒷날 역사가들이 눈에 불을 켜고 스탈린의 역할을 찾아봐도 '레닌을 도왔다'는 등 너무나 당연해서 슬픈 이야기밖에 나오지 않았다. 오히려 중요한 역할을 수행했다면 스탈린 본인이 선전하지 않았을 리가 없다. 독재자가 된 뒤 공적 문서로 역사를 바꾸고 동지들의 공로를 모두 자신의 공로로 삼으

평화 콘서트 작자 불명(독일). 1918. 평화 콘서트가 때때로 방해받더라도 그 과제는 완수될 것이다. 국민은 이를 바라기 때문이다. 레닌이 입장 무료라고 적힌 가게 안에 영국, 프랑스, 이탈리아를 불러들이려 하고 있다.

며 혁명의 주요 인물인 스탈린의 무용담을 선전했는데 모두 새빨간 거짓말이다. 확실히 맡은 역할은 뼈아프게도 불명예스러운 4월 테제를 처음에 반대했다는 점 정도이다.

카메네프의 추천으로 적기 훈장을 받기는 했지만 추천 이유는 "트로츠키가 받은 것은 스탈린에게도 주지 않으면 평생 원망하니까"였다. "같은 것이 없으면 스탈린은 살아가지 못한다"고 부하린도 말했는데 부하린을 위해서도, 인류를 위해서도 스탈린을 살려두지 않는 편이 좋았으리라.

혁명을 이룩한 뒤 레닌과 트로츠키가 단둘이 있을 때 레닌은 "나도 자네도 죽었다면 스베르들로프와 부하린으로 해 나갈 수 있었을까?" 말했다고 한다. 스베르들로프는 내전 중에 병으로 세상을 떠나버렸지만 당에서 손꼽히는 이론가였던 부하린은 최고 유망주로서 그 뒤에도 레닌의 주목을 받는다. 초반에 엄청나게 뒤처져 아무리 봐도 인상이 희미했던 스탈린이 존재감을 드러내는 것은 더 나중의 일이다.

10월 혁명 성공을 향한, 또는 성공을 축하하는 선전 포스터는 물론 볼셰비키가 많이 만들었고 반대로 직접적인 적인 백군(국내의 반볼셰비키 세력)이 비난하는 포스터를 만들었다. 그러나 외국에서 그려진 풍자화는 놀랄 만큼 드물었다.

제1차 세계대전 중이었기 때문에 다른 나라의 혁명보다 자기 나라 전쟁에 집중했다는 사정이 있었다. 하지만 가장 큰 이유는 '2월 혁명과 마찬가지로 어차피 곧 무너질 정권'이라고 생각했기 때문이다. 1년 동안 혼란이 이어진 러시아의 단순한 장면에 지나지 않는다는 취급을 받았으며, 볼셰비키가 앞으로 70년 넘게 세상을 지배하리라고는 누구도 믿지 않았다.

4개월 뒤 맺어져 온 세상의 눈과 귀를 주목시킨 브레스트리토프스크 조약의 풍자화라면 10월 혁명의 5배, 6배, 아니 7배는 넘는다. 풍자화의 양을 보면 '충격의 러시아 혁명(특히 10월 혁명)'은 뒷날 생각했을 때 그 영향력이 충격적이었지만 그 시절에는 매우 과소평가되었다는 사실을 알 수 있다.

그런데 러시아 혁명의 지도자들은 당파를 따지지 않고 유대인 부유층(부유까지는 아니더라도 중산계급)이 매우 많다. 볼셰비키에는 레닌파가 조금 섞여 있을 뿐이지만 트로츠키, 카메네프, 라데크 등이, 사회혁명당에서는 임시정부 수상인 케렌스키, 멘셰비키에서는 대표 중 하나인 마르토프가 이에 해당된다. 이들은 거물 지도층의 바탕을 이루고 있으며 더욱 범위를 넓혀도 이러한 특징은 변하지 않는다. 처음 들으면 뜻밖이라는 느낌이 들 것이다.

그러나 민족의 울타리를 뛰어넘는다는 마르크스 사상이 차별과 싸우는 유대인에게 특히 매력적으로 비친 것은 마땅한 이야기로 어느 정도 교육을 받고 최소한 글자 정도라도 읽지 못하면 활동을 할 수 없기에 문맹률이 70%였던 러시아에서는 부유층이 주역이 된 것도 어쩔 수 없는 일이다. 부유층 출신도 아니고 유대인도 아닌 스탈린은 어떤 희소가치가 있었으며 그 출신이 레닌을(아직 거물이 아닌 중간급이었지만) 기쁘게 했다.

오데사 남성 패션, 계절 한정 양복
1918년 1월 우크라이나 만화

1916~17, 겨울
표준 스타일

1917, 2월 혁명 뒤 봄
우크라이나 공화당 스타일

1917, 여름
임시정부, 케렌스키 스타일

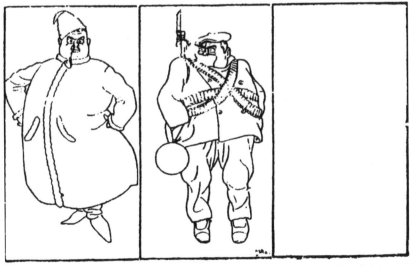

1917, 가을
우크라이나 중앙 라다정부 스타일

1917~18, 10월 혁명 뒤 겨울
볼세비키, 적군 병사 스타일

1918, 봄 스타일은
아직 밝혀지지 않았다.

러시아에서 온 이민자들이 유럽 생활에서 배운 것
1926년 프랑스 만화, 미하일 도리조

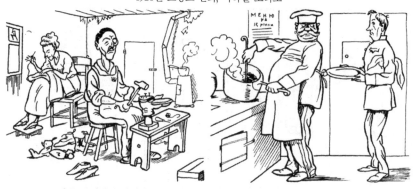

귀족은 일하게 되었다.　　　　　　장교는 요리를 할 수 있게 되었다.

관료는 자서전을 쓸 수 있게 되었다.　　자본가는 가난한 생활을 알게 되었다.

하지만 정치활동가 중에는 아무것도 배운 게 없는 사람들도 있다.

516 러시아 공산혁명은 어떻게 되었는가

브레스트리토프스크 조약

1918년 3월. 전쟁을 끝내고 국가 만들기를 시작하기 위해, 레닌은 적인 중앙동맹국(독일 제국, 오스트리아—헝가리 제국, 오스만 제국, 불가리아 왕국)과 브레스트리토프스크 조약을 맺는다.

이 조약은 막대한 배상금을 치르고, 러시아령이었던 핀란드, 발트 삼국(에스토니아, 라트비아, 리투아니아), 폴란드, 우크라이나를 포기한다는 의미로, 즉 농지의 1/3, 공업지대의 1/2, 인구의 1/3을 잃게 되는, 놀라울 정도로 무거운 내용의 조약이다. 중앙동맹국의 요구는 소련만이 아니라 세계가 놀랐다. 마르크스주의는 식민지 지배를 부정한다고는 해도, 지금 갖고 있는 것을 모두 다 자본주의 국가에 바치는 건 아무리 레닌이라도 힘든 결단이었다.

첫 교섭 방침으로 '외무인민위원(외무장관)'인 트로츠키가 제안한 '사실상 정전하면서 배상도 하지 않는(=서서히 자연 정전)' 것을 다수결로 정하고 그것을 목표로 삼았는데, 그런 꿈같은 이야기는 독일이 받아들이지 않고 더 공격해왔기 때문에 어쩔 수가 없었다. 국민에게 종전을 약속했고, 어차피 혁명 때문에 군도 파괴되고, 만일 싸운다고 해도 승리할 가능성이 없었기 때문이다.

다만 레닌에게는 이런 비정한 조건을 받아들일 때, 일반적인 국가 지도자가 가졌을 절망감은 없었다. 레닌의 생각으로는 소련이 성공하면 유럽에 사회주

브레스트리토프스크에 도착하는 카메네프(1918년 1월 7일)

브레스트리토프스크 조약 체결 1918년 3월 3일 소련·독일·오스트리아-헝가리·불가리아 및 터키 간의 브레스트리토프스크 평화 조약 첫 페이지 사본.
왼쪽에서 오른쪽으로, 독어·헝가리아어·불가리아어·터키어·러시아어로 작성.

의 혁명이 일어날 테고 세상이 볼셰비키와 같은 방향으로 나아갈 거라고 여겼기 때문에, 한때의 손실 따위는 그렇게 문제가 되지 않았다. 이 어마어마한 배상이 '세계 혁명'의 미래로 이어진다면, 그로써 충분하다고 생각했다.

그러나 '세계 혁명'은 일어나지 않았고, 오히려 소련의 민중은 강하게 분노하게 된다.

민중은 평화를 바랐지만, 이렇게까지 양보할 줄은 몰랐다. 처음부터 민중은 '빵, 땅, 평화'를 원해서 혁명을 지지했을 뿐 사회주의 이념을 이해한 사람은 드물었다. 특히 병사들이 전쟁터에서 그린 '참호의 볼셰비즘'은 볼셰비키 이념이 그들 입맛에 맞게 해석된 것으로, 엄한 규율의 '최초 볼셰비즘'과는 전혀 다른 '아나키즘(무정부주의)'에 가까운 것으로 바뀌었다. 그래서 그들은 놀랐다. 이런 조약으로는 '자기들의 땅'만 빼앗겼을 뿐, 전혀 이상향이 되지 않았기 때문이다.

놀란 민중들 속에서 많은 반(反)볼셰비키가 생겨나, 제정(帝政)파나 '임시정부'를 지지했던 군인과 손을 잡고 '백군'을 만들었다. 영국, 미국, 프랑스, 독일 등의 외국도 백군을 지지했다. 외국은 사회주의정권이라는 정체를 알 수 없는 나라가 생기는 것을 두려워했고, 소련이 연합을 무시하고 독일과 단독 강화를 맺고는, "왕이 외국에 멋대로 진 빚은 갚지 않는다" 선언했기 때문에 강하게 반발했다.

여기에 대항하고자 볼셰비키는 '외무인민위원'을 그만두고 '군사인민위원(국방장관)'이 된 트로츠키가 지원병과 볼셰비키파인 병사를 모아서(나중에는 징병제도 도입하고) '적군(赤軍)'을 만들었다.

독일의 위협은 사라졌지만, 내전이 시작되었다.

내전이 완전히 끝날 때까지 햇수로 5년이나 걸렸고, 이렇게까지 양보해서 정전했는데, 다른 나라가 모두 전쟁을 그만둬도 러시아인만은 내내 싸우는, 얄궂은 결과가 되었다. 게다가 내전은 아주 격렬했고, 제1차 세계대전 때보다 더 많은 사람이 목숨을 잃었다.

내전이 한창일 때 만든 적군의 주요 동력은 볼셰비키파 병사들, 즉 황제에게 등 돌린 군인들이었다. 황제의 장교였던 사람이 3만 명이나 포함되어 있었다. 첩자가 잠입해서 반란을 일으킬 가능성도 높았기 때문에, 트로츠키가 이 사실을 털어놓자 레닌은 깜짝 놀랐다. 그러나 무기를 만져본 적도 없는 농민과 노동자만으로는 백군을 이길 수 없기 때문에, 급하게 고심 끝에 내린 결론이었다. 트로츠키는 지지율 25% 또는 그 아래인 상태에서, 첩자가 잠입했을 위험성이 있는 '군사전문가'와 일반인으로 이루어진 막 새로 생긴 군을 이끌고 국내외 적을 쓰러뜨려야 한다고 믿었다.

그는 2년 반 동안 '장갑열차'에서 살며 러시아 곳곳의 전선을 바쁘게 돌아다녔다. 최전선에서 최전선으로 다니며 병사들을 교육하고 지휘하고, 정보를 모아서 새로운 부대를 만들고, 주특기인 연설도 하면서 사기가 높아지기를 노리는, 말 그대로 맹렬한 기세로 활약했다. 새로운 군대는 예상대로 처음에는 아주 약해서 러시아 공산당('러시아 사회민주노동당·볼셰비키파'에서 개명했다)의 정권 존속이 우려되었지만, 차츰 강해지면서 훌륭한 군대가 되었다.

열차에는 자료실, 인쇄소, 전신국, 무선전화, 발전소부터 욕조까지 만들어져, 무기와 식량 보급소 역할도 했다. 백군은 이 '트로츠키 장갑열차'를 두려워했다. 결과적으로는 첩자로 인한 쿠데타는 일어나지 않았고, 1년 사이에 레닌이 '이상적인 군대'라고 극찬할 만큼 강함과 규율을 손에 넣었지만, 볼셰비키 안에서 격한 반발도 일어나, 그 반발자들이 스탈린과 손을 잡았다.

그런데 브레스트리토프스크 조약에 서명한 것은 영국과의 인질 교환으로 막 귀국한 치체린이었다. 치체린은 영국에서 반전활동을 하다가 잡혀 있었다. 당 내부에도 많았던 조약 체결 반대파를 설득한 '인민위원회 의장(수상)'인 레닌이 서명하는 것이 맞지 않나 싶지만, 그런 불명예스러운 일을 레닌은 하고 싶지 않았다. 그래서 외국 형무소에서 풀려난 지 얼마 되지 않아 사정을 잘 모르는 불쌍한 치체린이 그 역할을 맡게 되었다.

그러나 치체린은 마음속으로 안도했는데, 독일이 연합군에게 패배함으로써 소련이 마침내 조약을 파기하게 된 것이다. 하지만 그 앞뒤로 나라마다 독립해 버렸기 때문에 제2차 세계대전에서 승리할 때까지 많은 영토들은 돌아오지 않았다. 다만 식량을 제공하는 땅으로 소련의 생명선인 우크라이나는 내전 중에 공격하여 다시 소련 영토로 만들었다.

브레스트리토프스크 조약
1918년 프랑스 만화, 앙리 지스란

(트로츠키의 꿈)
독일 외교단–"트로츠키 님, 러시아가 원하는 걸 뭐든지 말씀해 주십시오."

(현실)
게르만 민족–"귀하는 독일 군사력을 잘 모르시나?"

러시아 내전

레닌이 스탈린을 곡물과 석유의 경유지로서 중요한 볼고그라드로 파견했다. 볼고그라드는 나중에 스탈린의 이름을 따서 스탈린그라드로 개명된 도시이다.

볼고그라드는 백군에게 점거될 뻔했지만, 러시아 전역에서 적군이 반격하고 스탈린도 역전극에 참가해서 승리한다. 그러나 이때 아주 거친 "문제가 생기면 처형해서 해결한다"는, 스탈린식 지배 방식이 만들어졌다. 대화는 아예 없는, 공포와 폭력으로 지배하며, 적군을 이용하면서도 쓸모가 없어지면 병사들을 일부러 죽게 만들었다. 마땅히 적군을 만든 트로츠키는 크게 화를 냈다. 하지만 스탈린은 왕을 배신한 장교가 여럿 있는 적군이, 다음에는 언제 볼셰비키를 배신할지도 몰라서, 아예 믿을 수 없었다.

볼고그라드에서는 승리 이외에도 스탈린에게 큰 수확이 있었다. 함께 싸운 보로실로프 등, 자신의 지지자를 얻은 것이다. 그들은 본디 황제의 군인이었던 자들과 함께 싸우는 것을 용납할 수 없어서 트로츠키를 미워하고 스탈린에게 붙었다. '볼고그라드 그룹'은 그저 난폭한 이들이었지만, 스탈린파의 핵심이 되어 뒷날 능력을 넘어선 출세를 한다.

하지만 좋은 일만 있는 것이 아니라, 내전으로 정신없을 때를 틈타 폴란드가 소련이 지배하는 우크라이나를 공격했을 때, 스탈린은 레닌에게 크게 혼쭐

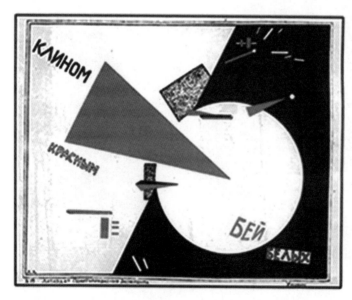

볼셰비키 선전 포스터(1919)
친볼셰비키 구성주의자 엘리 시츠키의 작품 〈붉은 쐐기로 백군을 물리쳐라〉에서 적군에게 패배한 백군을 상징적으로 나타내고 있다.

반볼셰비키 시베리아 군대의 소련 병사들(1919)

이 난다. 명장 투하쳅스키가 이끄는 적군이 반격했지만, 레닌은 그대로 폴란드로 쳐들어가 '세계 혁명'으로 이어가려고 했다. 적군은 수도 바르샤바로 진군했는데, 응원 부대인 스탈린이 공을 가로채려고 꾸물거려서 큰 실패로 끝났다. 덕분에 전쟁에 져서 우크라이나와 백러시아(벨라루스) 일부가 폴란드 땅이 되었다.

레닌의 예상이 어긋나고, 폴란드 노동자가 볼셰비키 편을 들지 않았던 것도 원인인데, 모두 "스탈린이 나쁘다"가 되어 스탈린은 군사혁명위원회 의원에서 파면당한다. 이때부터 스탈린은 투하쳅스키를 뼛속 깊이 원망하기 시작해, 또한 뒷날 숙청으로 이어졌다.

오늘날 감각으로는 '브레스트리토프스크 조약'으로 소련에서 독립한 지 얼마 안 된 폴란드가 스스로 소련령으로 군사를 보내는 것은 너무나 무모한 듯이 보이지만, 내전으로 혼란에 빠진, 다른 나라가 모두 '반볼셰비키'였던 이때, 무리해서라도 우크라이나를 병합하는 것이 미래의 안전을 위해서 필요하다고 생각한 듯싶다. '도박'은 대성공하고, 이 바르샤바에서의 승리로 전력(戰力)으로는 불리한 폴란드가 전쟁에서 이긴 것이다.

스탈린은 극단적이지만, 폭력 지배는 볼셰비키의 본질이다.

마르크스 이론은 본디 '폭력혁명'을 인정하지만, 오랫동안 그걸 특히 강조해온 것은 바로 볼셰비키였다. 레닌 생각에는, 눈앞의 도덕에 연연하다가 더 큰 미래의 평화를 놓친다면, 그야말로 증오할 만한 '악(惡)'인 셈이었다.

내전이 길어지자 민중의 지지를 받지 못함을 통감한 레닌은, 정권을 유지하고자 수직적인 강한 중앙집권제를 도입해서 국가를 강제로 통제하기 시작했다. 민중 조직이었던 '소비에트'는 순식간에 볼셰비키 기관이 되었다. '전시공산주의'라는 이름으로 무력을 써서 기업을 국유화하고, 농작물의 엄격한 징발도 진행해 식량은 배급제로 했다.

레닌 스스로가 '적색 테러'를 선언해 "총살되는 사람 수는 많을수록 좋다" 말하며 정권에 반항하는 사람들을 차례로 숙청했다. 지배계급에게 쓸 생각이었던 폭력은 반볼셰비키인 가난한 농민이나 노동자 계급에게도 여과 없이 사용되었다. 차르의 비밀경찰이었던 '오흐라나'를 참고해서 볼셰비키판 비밀경찰 '체카(비상위원회)'도 만들었다. 로마노프 왕조 시대의 마지막 50년 동안에 집행된 사형이 1만 4000명인데 비해, 레닌 시대는 5년 동안에만 적어도 20만 명에 이르렀다. 그 숫자는 스탈린 독재체제가 되면서 더 천문학적으로 늘어나게 된다.

'체카' → 'GPU(게페우)' → 'NKVD(내무인민위원회)' → 'KGB(국가보안위원회)'로 명칭이나 조직은 몇 번이나 바뀌었지만, 임무는 똑같이 '첩보활동'과 '반혁명분자 단속'이었다.

스탈린은 예외로 하고, 레닌에 비해 확실히 눈앞의 생명을 사랑했을 것 같은 트로츠키조차, 미래를 만드는 '적색 테러'는 필요하다고 주장한다. 10월 혁명 때 볼셰비키파로 활동한 크론시타트의 수병들이 반란을 일으켰을 때도 가차 없이 탄압했다.

반란 목적은 '적색 테러의 정지' '언론, 집회의 자유' '농업이나 가내공업에서 징발 폐지' '정치범 석방' 등, 독재를 강화하는 볼셰비키에게 민주화를 요구했다. 볼셰비키는 "반란군은 타락한 반혁명분자이다. 필요 이상의 식량을 요구한다" 같은 핑계를 댔지만, 어떻게 봐도 반란군의 주장이 더 이치에 맞았다. 이는 "레닌이나 트로츠키도 스탈린과 다름없지 않은가?"라고 비판받는 근거가 되고

백군 포스터 소련. 1919.
차르의 녹노리글 두르고 별 모양과 해골, 악마의 뿔 등 여러 개의 마술적이고 괴상한 상징을 몸에 두른 레닌과 트로츠키.
'소비에트 군주제' "빵·평화·자유를 2년 동안 호소했지만, 인민위원제도의 지배를 도입한 사람들은 기아·전쟁·비밀경찰을 가져왔다."

있다.

레닌이 '노동자 계급에 대한 폭력'에서 직접 비난받은 적은 없지만, 추방당한 뒤의 트로츠키는 내내 이 비판을 받는다. 레닌의 방침과 일치하는데도, 무슨 이유에서인지 레닌과 트로츠키를 분리해서 트로츠키만 비판받는 경우도 종종 있었는데, 그 흔적은 오늘날까지 남아 있다(트로츠키가 스탈린의 '대숙청'을 규탄한 시기에 심해졌기 때문에 스탈린주의자가 선동한 성과도 있는 것으로 보인다).

레닌이나 트로츠키에게도 '스탈린주의'에 대한 책임이 전혀 없다고는 할 수 없지만(마르크스주의 자체에도 아예 없다고는 볼 수 없다), '전쟁 때 이기기 위

리가의 휴전 뒤에   보그단 노바코프스키(폴란드). 1920.
'소련·폴란드 전쟁'에서 패배한 러시아가 '리가 조약'을 맺으면서 영토의 일부를 빼앗겼다.
레닌·트로츠키·제르진스키가 나무 위로 내몰린 상태.

한 폭력'과 '평소에 정적(政敵)을 몰살하기 위한 폭력'은 그 무게가 '같지' 않으
리라. 반란으로 뜻밖의 기습을 당한 볼셰비키의 희생자 수는 수병이 전투에서
죽은 수와 사형된 수를 합친 것의 몇 배이다.

봉기는 진압했지만, 볼셰비키 편이었던 세력이 일으킨 이 반란은 레닌에게
충격을 주었다. 이는 평판이 나쁜 '전시 공산주의'를 개선해서 소규모 농지나
소규모 공장에서의 제한적인 장사를 인정하는 '네프(신경제 정책)'로 전향하는

레닌과 트로츠키가 탄 짐차를 죽기 직전의 상태로 끄는 러시아 노동자들 야코프 벨젠(독일), 1921.
국외(러시아)에서 인사-'독일 노동자 여러분! 우리는 여러분들까지 이런 짐차에 이용되지 않기
를 바랍니다.' 러시아에서 베르젠.

계기가 된다. 이는 일 년 전부터 트로츠키가 제안했던 정책이다. 공산주의에서
후퇴하고 자본주의에 가까워지기 때문에, 실은 레닌도 트로츠키도 하고 싶지
는 않았다. 그러나 남은 농작물을 모두 빼앗기는 것에 항의해서 농민들이 게
으름을 피운 결과 대대적인 기아 사태까지 일어났기 때문에 인정하지 않을 수
가 없었다. 어쨌든 '네프' 도입으로 경제가 다시 살아나고 농민들의 반감도 약
해졌다.

　내전 동안에는 사상 통일도 강화되었다. '인민의 행복'을 위해 마르크스주의
를 선택했는데, 마르크스주의를 지키려고 '인민의 행복'을 희생하는 것이 당연
해졌다. 기독교도가 "성서에 쓰여 있다"를 사물의 절대적 판단 기준으로 삼는
것과 비슷해서 "마르크스가 말했다"는 소련의 으뜸 법규가 되어, 의심하는 것
을 인정하지 않고, 신을 부정하면서 종교 단체로까지 보이는, 매우 이상한 국
가가 나타났다.

　같은 사상을 공유하고, 막 새로운 나라를 만든 볼셰비키는 그들의 이상과
권력 유지를 위해 열심히 일했다. 인구가 많은 지역이나 농업 및 공업의 요지

를 차지했기 때문에 곳곳에 흩어져서 만들어진 백군보다 유리하게 싸울 수 있었다.

반대로 백군이 이기지 못한 원인으로 사기 저하를 들 수 있다. 식량이 부족한 가운데 전쟁과 내전이 끝없이 이어져서 지친 사람들이 많았다. '이겨봤자 차르의 지배가 자본가 지배로 바뀔 뿐'이라는 포기의 분위기도 있었다(결과적으로는 볼셰비키 지배보다는 나았는데). 이러한 차이도 한 가지 이유였다.

백군의 주요 장군은 코르닐로프, 데니킨, 코르차크, 세묘노프, 브란겔 등이었다. 전사하거나, 잡혀서 처형되거나, 패전한 다음에는 다른 나라로 망명하기도 했다. 그들을 '반혁명세력'이라고 하는 것은 볼셰비키 관점에서 본 견해이다. 백군 참가자 가운데에는 '임시정부'를 지지했던 사람들도 많아서, 그 관점에서 보면 볼셰비키야말로 극악무도한 '반혁명세력'이었다. 하지만 볼셰비키가 이긴 다음에는 세상의 아주 많은 사회주의자들이 볼셰비키의 견해를 받아들이게 된다.

1922년 12월 30일, 세계 첫 사회주의국가, 소비에트사회주의공화국연방의 탄생이 선언된다. 레닌과 트로츠키가 목표로 한 국가가 만들어졌다. 러시아 공산당 이외의 당은 금지되었나. 소련 정치의 눈에 띄는 특징으로 '사회주의'나 '일당독재' 말고 '과두체제'를 들 수 있다. 선거에서 뽑힌 것도 아닌, 겨우 몇 명에 지나지 않은 대간부들이 민중은 신경 쓰지도 않고 회의실 안에서만 나라의 미래를 결정하는 시대가 왔다.

정치적 인물의 존재감은 풍자화에 나타난다. '혁명'부터 '내전' 시대에 걸쳐서 볼셰비키의 적(백군, 독일, 폴란드, 우크라이나 등)이 걸어 놓은 포스터나 풍자화에 가장 많이 그려진 인물은 트로츠키, 그다음이 레닌으로 둘이 나란히 설 때도 아주 많았는데, 그때는 같은 지위로 취급했다. 이 두 사람이 아닌 단독화는 거의 없었다.

적들의 눈에 '가장 큰 위협'으로 비친 것은 트로츠키였다. 볼셰비키 자신도 그렇게 보이는 것을 인식하고 있었고, 혁명이 일어나기 조금 전에 우리츠키와 루나차르스키가 레닌 앞에서 "지금 트로츠키의 명성은 레닌보다 높다"고 말한다. 이것은 트로츠키의 활약상을 보여줌과 동시에, 이런 생각을 자유롭게 뇌두는 레닌의 너그러움과 자신감을 보여준다. 동지 가운데에서 뛰어난 자가 나타나 당이 강해진다면 레닌은 대환영이었다. 그러나 만일 스탈린이었다면 질투로 이성을 잃고 '키로프 사건'이 일어나고 '대숙청'이 시작되었으리라.

레닌은 늘 트로츠키가 높은 지위에 앉는 것을 지지하고, 트로츠키가 다른 당원과 옥신각신하면 '중재 명인'의 재능을 발휘하여 사이가 갈라지는 것을 막았다. 또 신문에 봉기 계획을 폭로한 지노비예프와 카메네프도 당에서 내쫓거나 하지는 않았다.

처음에는 크게 화를 내며 제명을 제안했지만, 중앙위원회에서 부결되고 두 사람이 후회하는 것을 인정한 다음에는 강경한 태도를 취하지 않았다. 레닌은 볼셰비키의 절대적 지도자이지만, 독재자는 아니었기 때문에 다수결을 따랐다. 레닌의 의견이 관철되지 않은 적이나 다수파 공작을 위해 고군분투

〈단합된 러시아를 위하여〉 선전 포스터
볼셰비키를 땅에 떨어진 공산주의 용(龍)으로, 백군을 십자군 기사로 그렸다.

하는 것은 혁명이 이루어진 뒤에도 몇 번이나 있었다. 물론 이때는 나라 만들기라는 큰일을 앞두고 가진 패를 줄이기 싫은 레닌이, 지노비예프의 달변 능력이나 카메네프의 온건파로서의 인기를 아깝게 여겼던 적도 있을 것이다. 이 둘은 그다음에도 중요한 자리에 앉았다.

혁명부터 러시아 내전 시기에 걸쳐서 스탈린 그림을 찾아봤지만, 내전이 끝날 때까지는 단체화에서조차 한 장도 찾을 수 없다. 외국 풍자화에서 스탈린의 등장, 폭주가 시작하는 것은 서기장으로 취임해서 트로츠키를 군사인민위원에서 끌어내린 뒤부터였다.

볼셰비키를 무찌르자!
1919년 백군이 그린 만화

백군 데니킨 장군—"모스크바가 보인다…… 해방의 날이 멀지 않았다."

도망치는 레닌과 트로츠키—"도망가자, 동지. 시베리아로."

시베리아에서 백군—"자, 와봐라! 볼셰비키!"

군에서 부른 차스투시카

(러시아 민요)

1919년 볼셰비키이 답례 만화

데니킨과 함께 있는 궁정 시종과 황금 견장.
모든 관헌 무리.
"민중이여, 손님(외국인)을 대접하라."

아아, 손님이시여, 심술궂은 손님이시여,
우리는 당신들의 뼈를 부숴서
깨끗하게 쫓아낼 것이다.
당신들의 황제와 함께!

황제여, 영웅인 척하지 마라.
우리는 트럼프 '2'로 당신을 쓰러뜨린다.
우리의 공격은 확실하다.
우리는 비장의 카드 '2'를 쓸 것이다.

레닌과 트로츠키는 우리의 '2'.
자, 시험해 봐라, 무찔러 봐라!
데니킨, 네 능력은 대체 어디에?
우리의 '2'를 이길 수 있겠는가!?

트로츠키 연설

1920년 독일 만화, 한스 린도르프

나는 이 겨울에 반드시 닥칠
위험에 대해 잘 안다.

근래에 없던 힘든 기아가
맹위를 떨칠 것임을 안다.

나는 그 불안이 러시아인의 마음을
짓누르고 있는 것을 안다.

얼마만큼의 곤경이
너희들을 덮칠지 나는 안다.

러시아 국민의 3/4이 비참한 상태에서
죽으리라는 것을 나는 안다.

그러나 바로 또 세상이
친구를 원한다는 것도 나는 안다.

그러니, 예컨대 이 눈을 덮는 것이
러시아인들의 시체로 만든 산이라 해도.

나는 마지막에 너희들을 승리로 이끌 것이다.
살아남은 자들만이 맛볼 수 있는 승리다!

마술사 레닌

1921년 독일 만화, 아르투어 크뤼거

왼쪽은 군신 마르스, 오른쪽은 부의 왕 만폰.
"이 모든 잡동사니들을 제가 어떻게
박살내는지, 먼저 보시기 바랍니다"

"여기에 단식(기아) 때 쓰는
중요한 천이 있습니다."

"아브라카타브라."

군국주의 (내전) 외국인에게 양보 자본주의(네프)
−"러시아의 발전을 확인해 주세요. 더 있어요."

소련 그림
1931년 프랑스 만화, 미하일 도리조

초상화

풍경화

풍속화

빵집 앞에서
정물화

제3장 피의 권력투쟁

소비에트연방 공산당 서기장

1922년 4월, 스탈린은 권력을 잡기 위해 필요한 자리에 앉게 되었다. 소비에트연방 공산당 서기장이다.

소련에서는 당이 국가를 통치하는데, 당의 최고 기관이 당대회이다. 그러나 이것은 몇 년에 한 번밖에 열리지 않고, 그 공백을 메우는 중앙위원회도 가끔씩 열렸다. 그래서 당대회가 수십 명(나중에는 100명 이상)의 중앙위원을 고르고, 그들로 이루어진 중앙위원회가 추가로 '정치국' '서기국' '조직국' 같은 기관의 구성원을 뽑았다. 사실상, 이 조직들이 나라를 운영했다고 할 수 있다.

대혼란 소련의회 파벨 마츄닌(프랑스로 망명한 러시아 작가). 1926. 지노비예프를 때리는 스탈린, 질린 표정의 라데크, 기절할 것 같은 부돈니, 가만히 보고 있는 트로츠키, 쓰러질 것 같은 레닌 상을 향해 뛰는 크룹스카야.

병든 레닌과 스탈
린의 만남 고르
키에서 1922년
9월

그 가운데 가장 인기 있는 곳은 정치국이다. 당의 최고 정책 결정 기관으로, 국가의 주요 현안을 결정했다. 정치국원으로 뽑힌 몇 명(레닌 시대에는 5~7명, 스탈린 시대에는 7~10명)이 1억 5000만 명이 넘는 국민의 운명을 쥐고 있었다. 선거로 뽑힌 것이 아니라, 내전에서 이긴 '당'이 뽑은 소수였다.

정치국에서 정한 정책을 실행하는 곳은 조직국으로, 조직국의 구성원에게 출세는 정치국에 들어가는 것이었다. 먼저 '정치국원 후보'가 되고, 그다음에 인정받으면 정식 정치국원이 될 수 있다. 트로츠키, 지노비예프, 카메네프 등 스탈린의 막강한 경쟁자들이 정치국과 조직국에서 동시에 일할 때도 있었지만 어디까지나 잠시였고, 곧 정치국 일에 집중했다.

그리고 그 양쪽을 잇는 것이 3~5명으로 이루어지는 서기국이다. 정치국에서 정한 정책을 실행하기 위해 조직국에 지시, 감독, 조절, 조언을 한다. 여기도 정

레닌은 회복했다
드미트리 몰(소련). 1922.
'국제회의에서의 모습', 레닌은 대지도자이지만, 국내회의에서 레닌에게 반대하는 자유가 보장되어 있었다. 주로 반론하는 사람은 트로츠키, 트로츠키가 조용할 때는 부하린이 나섰다. 지노비예프와 카메네프는 신문 소동 이후 다시는 레닌에게 맞서지 않았고, 스탈린이 레닌에게 반대하는 일은 아예 없었다.

치국에 비하면 그다지 눈에 띄지 않는 자리처럼 보인다.

그 서기국의 우두머리로 스탈린이 뽑혔다.

정치국과 서기국에서 동시에 일한 사람이 스탈린뿐이었기 때문이다. 다시 말하면 '입법' '행정'의 양쪽을 이어서 직접 관여한 대간부가 스탈린뿐이었다는 것이 된다. 스탈린은 이 두 자리를 죽을 때까지 지켰다. 스탈린이 서기장이 되었을 때 몰로토프도 서기였는데, 그때 몰로토프는 정치국에서는 아직 '후보'였다.

지노비예프 쪽 사람들의 추천을 받고 후보로 나서서 서기장이 된 스탈린이, 이 자리의 중요성을 처음부터 알았는지, 우연히 그 자리에 앉은 다음에 알았는지는 확실하지 않다. 하지만 이 '그다지 눈에 띄지 않는데 권한이 아주 큰'

내전이 끝나고 한숨 돌리며 신이 난 볼셰비키들 작가 미상(소련). 1923.
외무인민위원인 치체린이 영국에 편지를 쓴다. 칼리닌(아래 왼쪽에서 두 번째)은 국가원수이지
만 소련에서는 당이 국가 위에 존재하기 때문에 실권은 없고 명예직 같은 것이었다. 농민 출신인
데다가 선전활동에 이용할 수 있어 스탈린 시대에서도 숙청을 피할 수 있었다.

서기장이라는 자리는, 스탈린이 지닌 음모의 재능을 크게 꽃피우게 한다.

레닌이나 트로츠키 쪽 사람들이 나라의 정책을 만드는 데 열중하는 사이,
스탈린은 자신의 권력 기반을 탄탄하게 만들어 갔다. 48만 명에 대한 자세한
'당원 파일'을 손에 넣고는, 지방 조직에 인사권을 주지 않고, 서기국이 '추천'해
서 중앙과 지방 양쪽의 인원 배치를 결정하도록 했다. 이 '당원 파일'에는 경력
만이 아니라 개인적인 인간관계, 현재의 약점이나 과거의 실패, 문제시되는 발
언까지 적혀 있다.

스탈린은 여기서 자신에게 유리한 인물만을 주의 깊게 골라 소련의 조직에
심었다. 스탈린이라는 한 사람이 모든 승진, 강등, 이동 등 사소한 것들까지 정
했기 때문에, 어느새 아주 자연스럽게 '스탈린 참배'가 시작되었다.

또, 스탈린은 지방 당원들에게 인기가 많았다. 레닌, 트로츠키처럼 부유하게
자라서 오랫동안 외국에서 살았던 간부들은 많은 지방 지도자들에게 열등감
을 갖게 하는데, 줄곧 국내에서 활동한 구둣방 아들인 스탈린은 친근하게 느

껴졌다. 스탈린은 그를 찾
는 사람들의 이야기를 일
부러 시간을 내어 모두 들
어줬다. 그리고 놀라운 기
억력으로 모든 당원의 얼
굴과 이름을 외워, 그들이
두 번째로 찾아왔을 때는
친근하게 대했다.

스탈린에게는 개성적인
혁명가들을 통솔하는 레닌
같은 지도력도, 민중을 순
식간에 사로잡는 트로츠
키 같은 매력도 없었지만,
직접 만난 사람을 사로잡
는 능력이 있었던 것으로
보인다. 영국 수상 처칠은
"그러려고 마음먹으면 얼마
든지 자신을 매력적으로

스탈린과 독일 외무장관 리벤트로프(1939)

보이게 할 수 있는 사람"이라고 스탈린을 표현했고, '독소(독일과 소련) 불가침
조약'을 맺은 독일 외무장관 리벤트로프도 "정말 좋은 녀석이다"라고 스탈린에
대해 히틀러에게 전했다.

탄원하기 위해 크렘린에 온 지방 지도자들은, 자신들의 탄원이 이루어지지
않았어도 스탈린에게 좋은 인상을 받고 갔다.

조직이 커지면 '관리 부문'이 중요해진다. 서기국과 조직국은 당 기관에서 스
탈린 소속의 개인 기관으로 조금씩 변하기 시작했다(힘을 잃은 조직국은, 스탈
린의 말년에는 서기국에 통합되어 버린다).

레닌은 볼셰비키에서도 지나치게 난폭한 스탈린의 정체를 깨닫는데, 그때는
이미 늦었다. 스탈린이 서기장으로 취임한 다음 달에 레닌은 뇌경색으로 움직
일 수 없게 되었다.

레닌의 죽음

레닌이 스탈린을 경계하기 시작한 것은, 스탈린의 고향이기도 한 조지아 문제가 계기였다. 스탈린이 조지아의 볼셰비키 지도자들을 함부로 대하고 조지아를 무시한 것을 알고, 레닌은 화를 냈다. 레닌은 폭력의 필요성을 인정하지만, 그것은 '사회주의 확립'이라는 대의를 위해서이고, 비(非)러시아인을 소련에 종속시키기 위해서는 아니었다. 최종 목표는 모든 사람이 평화롭게 평등하게 사는 '이상적인 공산주의사회'였기 때문이다. 레닌은 모든 나라가 동등한 권리를 가지고 참가하는 소비에트연방을 꿈꿨다.

게다가 정치 문제만이 아니라 스탈린은 개인적으로도 용납할 수 없는 행동을 했다.

쓰러진 레닌의 목숨을 지키기 위해, 정치국은 "레닌은 하루에 10분 이상 일해서는 안 된다"고 결정한다. 이를 무시하고 레닌이 일을 계속했을 때, 크룹스카야가 말리지 않았던 것을 안 스탈린이 "내 말을 듣지 않으면 중앙위원회는 다른 여성을 레닌의 아내로 지명한다"고 폭언을 한 것이다. 레닌은 더는 참을 수 없었다.

휠체어 탄 레닌(1923)

스탈린의 강제적인 방식과, 그 스탈린에게 권력이 지나치게 집중해 버린 것을 통감한 레닌은, 드디어 스탈린의 서기장 해임을 요구하는 편지를 썼다. 보낸 곳은 '제12차 당대회'로, 이것이 그 유명한 '레닌의 유서'라고 불리는 것이다. 주요 간부들에 대한 개별적인 평가를 쓴 뒤에 충격적인 '추신'을 덧붙였다.

"스탈린은 너무 난폭하다. 이것은 서기장의 임무를 이행하기 위해서는 넘

'레닌은 불치병으로 상태가 위중해졌다' 세료게이 트빈스키(라트비아)
"우리들을 두고 가지 마세요!" 슬퍼하는 건 트로츠키와, '비밀경찰' '기아' '네프'라는 이름의 세 명의 아이들. '관계자 외 출입금지'인 방으로 들어가는 의사들과 망보는 위병. 실제로 스탈린이 문 앞에 감시를 붙여서 서기장 서명이 들어간 특별통행허가증이 없는 사람은 면회할 수 없었다.

어갈 수 없는 결점이다. 그래서 나는 스탈린을 이 지위에서 내보내고, 그보다 뛰어난 다른 인물을 임명할 것을 제안한다."

그러나 제12차 당대회에서는 아무 일도 일어나지 않았다. 자신이 소리내어 읽으려고 했는데 건강이 회복되지 않아서인지, 편지 공표는 다음으로 미뤄졌다.

하지만 증상이 더 나빠진 레닌은, 편지를 크룹스카야에게 맡긴 채 죽고 말았다.

레닌의 나이 53세였다. 유례 없는 세계 첫 사회주의국가를, 대국 러시아에 만들어 낸 위인이다. 적어도 '권력을 위한 권력'을 탐하지 않고, "세계에 사회주의가 스며들면 국가도 할 일이 없어져 사라질 것이다" 믿었던 레닌이 아주 조금이라도 더 정치에 관여할 수 있었다면 스탈린의 시대는 오지 않았을지도 모른다.

'백설공주와 7명의 난쟁이' 세르게이 트빈스키(라트비아) 관(棺) 속에는 레닌, 주위에 모인 볼셰비키들. 왼쪽부터 제르진스키·부하린·트로츠키·지노비예프·스탈린·카메네프·칼리닌.

스탈린은 레닌과의 관계를 회복할 수 없었다. '당대회'에 보낸 편지 말고, 스탈린 개인에게 보낸 편지도 있었는데, 이 편지는 레닌이 살아 있을 때 스탈린에게 전해졌다. 내용은 크룹스카야를 모욕한 것에 대한 항의로 "사과하지 않으면 인연을 끊겠다"고 쓰여 있었다. 스탈린은 억지로 "내가 뭘 잘못했는지 모르겠지만 사죄합니다" 하고 사죄 없는 사죄문을 보냈다.

스탈린은 진짜로 무엇을 잘못했는지 몰랐던 것 같다. 정치국은 레닌의 건강을 배려한 조치를 취했고, "당의 결정은 무엇보다도 우선되어야 한다"는 볼셰비키의 기준에 따르면, 그것을 무시한 크룹스카야는 벌을 받아야 하는 것이다.

레닌은 상태가 너무 나빠서 스탈린의 답장을 읽을 수 없었다. 소년 시절부터 동경해 왔고 자기를 격려해 주기도 했던 스탈린의 영웅은, 스탈린을 뿌리친 채 저세상으로 가버렸다. 스탈린은 레닌이 보낸 비난의 편지를 평생 간직했던 듯하다. 그 편지는 스탈린이 죽은 뒤에 그의 책상 속에서 발견되었다.

레닌의 영묘 모스크바 붉은 광장

그러나 감상에 젖어 투쟁을 포기할 스탈린이 아니었다. 레닌의 죽음은 감상과 안도, 정치생명의 위기와 바라지도 않았던 큰 기회를 동시에 가져온 것이다. 슬픔이 아니라 단순한 감상일 거라고 생각한 것은, 스탈린이 레닌이 아직 죽기 전에 그의 죽음을 예상하고 제멋대로 굴었기 때문이다. 이제 와서 회복했으면 아주 곤란했으리라.

레닌의 뜻을 무시하고 성대한 장례식이 치러진다. 성대한 장례식이 주목받기 때문이었는데, 이를 지휘한 것은 스탈린이었다. 몸 상태가 좋지 않아 지방에 머물던 트로츠키는 참석을 희망했는데, 스탈린은 "장례는 토요일이라, 와도 이미 끝난 뒤다. 요양을 계속하라"고 답했다.

이때는 트로츠키도 병에 걸려서 인민위원회의 의장(수상)인 레닌에게 인민위원회의 부의장(부수상) 자리를 세 번이나 제안받고도 거절했다. 하지만 무리해서라도 수락해야 했다. 두뇌가 명석하고 실행력도 뛰어난 트로츠키는, 권력 욕심이 없어서인지 '레닌의 후계자'를 결정하는 이런 시기에 감투를 쓰는 것을 쉽게 거절해 버렸다. 어쩔 수 없이 레닌은 직무를 나누어 인민위원회의 부의장을 3명(카메네프, 루이코프, 츠루바)에게 맡게 했다.

스탈린의 권력 욕심은 트로츠키와는 달랐다. 진짜 장례식은 일요일에 치러졌다. 국가의 중요한 날에 트로츠키를 일부러 배제한 것이다. 그리고 온 나라가 지켜보는 가운데 스탈린이 레닌을 추도하는 연설을 하고, '레닌의 후계자'를 연출했다.

모든 것을 바꿀 수도 있었던 '레닌의 유서'는 제13차 당대회 직전에, 당대회 준비를 하던 서기국에 크룹스카야가 제출한다. 수신인으로 되어 있던 제13차 당대회에서 레닌의 마지막 말을 읽어주길, 크룹스카야는 마땅한 요구를 했다. 스탈린에게는 첫 정치생명의 위기이다.

그러나 원로인 지노비예프, 카메네프의 힘으로, 이 폭탄 같은 문서는 '장로회의'에서 다뤄지고 여기에서 "유서 낭독은 당대회가 아니라 대의원단마다 하기로 하나, 절대 필기해서는 안 된다. 당대회에서 유서에 대해 이야기해서도 안 된다"고 다수결로 정해졌다. 정치생명의 위기로부터 스탈린은 놀랍게도 아주 쉽게 벗어났다. 결국 찬성 30, 반대 10의 큰 차이로 이겼다.

트로츠키는 이 '장로회의'에서 처음 유서의 존재를 알았다. 낭독된 유서의 내용을 참석자들이 몰입해서 들은 뒤에, 트로츠키 옆에 앉아 있던 라데크가 몰래 속삭였다. "이제 그들은 당신에게 더는 대들지 않을 겁니다".

레닌이 쓰러지고 지금까지, 이미 트로츠키는 스탈린파에게 엄청난 공격을 받고 있었다. 그런 상황을 감안하고 라데크는, 레닌의 의지가 이만큼이나 확실하게 드러난 이상 유서의 영향력을 약하게 하기 위한 궁리는 해도, 더는 제멋대로 굴지는 않을 것이라고 격려한 것이다. 라데크는 예전에 〈레프 트로츠키 승리의 조직자〉라는 논문을 써서 스탈린에게 감시당했다. 하지만 트로츠키는 이렇게 대답한다. "그 반대입니다. 그들은 더할 겁니다. 그것도 가능한 한 빨리."

그리고 이 '장로회의' 다음 날부터, 정말 트로츠키 탄압대회인 제13차 당대회가 시작되었다. 라데크 같은 트로츠키 지지자들도 중앙위원에서 해임되었다.

진전 없는 무신론 운동

1932년 독일 만화, 오스카 가벤스

우상 숭배

구제론

무신론 운동

우상 숭배

트로츠키 대 스탈린

레닌이 병에 걸리면서, 일찍부터 정치국원들의 치열한 권력투쟁이 시작되었다.

처음에 나라 안팎에서, 그리고 당에서 후계자로 주목받은 것은 트로츠키이다. 혁명과 내전의 최대 공로자이므로 이는 마땅했다.

그러나 트로츠키에게는 간부들, 특히 최고 간부인 스탈린을 비롯한 정치국원들이 생각하기에 치명적인 결점이 있었다. 늦은 입당 시기이다. 다른 정치국원들은 모두 러시아 사회민주노동당이 볼셰비키와 멘셰비키로 분열하기 시작한 1903년을 앞뒤로 입당해 20년 동안 성실하게 당에 충성해 왔다. 그런데 트로츠키가 볼셰비키에 들어온 것은 10월 혁명 직전인 7월. 제1차 러시아 혁명 전에는 경쟁 관계인 멘셰비키에 속했던 적도 있었다.

갑자기 나타난 트로츠키가 혁명과 내전에서 큰 활약을 벌이자, 다른 정치국원들은 그동안의 공을 다 빼앗긴 것 같아 불만이 이만저만 아니었다. 게다가 자신감이 넘치는 트로츠키는 새로 들어온 주제에 말하는 투가 건방지게 느껴졌다. 예를 들어 레닌에게조차 "그 전략은 유치해서 받아들일 수 없다"고, 가감 없이 말한다. 이런 점을 트로츠키를 포함한 볼셰비키 모두의 신뢰를 얻은 레닌이라면 용서하겠지만, 다른 사람들은 그렇지 않았다.

그러나 트로츠키는 볼셰비키가 아니었을 뿐 혁명운동에 인생을 걸었고 누구보다도 실적이 있는 자기가, 남의 눈치를 볼 이유는 없다고 생각했다. 당원이 아니었을 때는 레닌과 격렬한 논쟁을 했던 적도 있다. 하지만 레닌과 화해했기 때문에, 레닌이 인정하고 볼셰비키에 입당시킨 것이다. 그리고 트로츠키는 말하지 않았지만(말할 수

트로츠키 초상화(1922)

'벽으로 밀어붙여서…' 야코프 벨젠(독일). 1924. 트로츠키 " 나는 완전한 자유(자유지상주의)를 요구한다!" 삼인조 "하하하. 너는 자기 길을 포기했구나." 트로츠키를 압박해서 '사회주의를 버렸다'고 결론내는 지노비예프·카메네프·스탈린의 삼인조.

없었지만), 레닌이 사상적으로 트로츠키에게 접근해서(1단계 혁명, 그리고 세계혁명), 트로츠키가 레닌의 조직에 들어온 것이 정확한 순서이다.

10월 혁명 직전에 레닌과 트로츠키는 '임시정부를 무너뜨리고, 바로 노동자계급의 단독정권을 만든다'는 완전히 같은 생각을 가지고 러시아로 돌아왔는데, 정권 획득의 원동력이 된 이 중요한 방침에, 처음에는 볼셰비키 지도층이 크게 반대했던 것도 알고 있었다. '당원'이 아니었을 뿐, 2월 혁명이 일어난 바로 다음부터 트로츠키보다 더 레닌과 가깝게 연결되어 행동한 사회주의자는 없었다. 그러나 이해할 수 없는 정치국원들은 트로츠키 추방 작업에 들어갔다.

레닌이 쓰러졌을 때 레닌 이외의 정치국원은 트로츠키, 스탈린, 지노비예프, 카메네프, 루이코프, 톰스키이다. 레닌이 죽은 다음에는 여기에 레닌 대신에 들어온 부하린을 넣은 7명이 소련의 최고 지도층이 된다. 물론 트로츠키를 누구보다도 증오한 사람은 스탈린이다.

레닌이 쓰러지자 스탈린은 그중에서도 특히 힘이 있는 지노비예프, 카메네프와 '삼인조 (트로이카)'를 결성한다. 레닌의 부관으로 많은 직책을 겸임하고, 야심을 드러낸 지노비예프. 지노비예프보다 사람들의 지지도 높고 용기도 있으면서 야심 없이 지노비예프를 믿고 동조하는 경향의 카메네프. 이 둘은 사이가 좋았고, 거의 함께 행동했다.

그러나 추방한다고 해도 '입당이 늦은' 것 말고는 특별히 트로츠키를 공격할 이유가 없다. 그래서 '논쟁'이라고도 할 수 없는 아주 쓸데없는 시비를 걸어, 다수결의 힘으로 트로츠키를 압박하기 시작한다.

그 무렵 당에는 상층부의 지시를 따를 수밖에 없는 관료주의가 팽배해서, 일반 당원들 사이에 불만이 쌓이고 있었다. 그것을 걱정하는 트로츠키가 '관료주의 박멸과 당내 민주주의의 부활'을 호소했지만, 삼인조는 트로츠키의 말꼬리를 잡아서 철저하게 왜곡, 트로츠키가 '당내 민주주의'의 이름으로 '분파활동'을 하면서 당의 결속을 흐트러뜨리고 있다고 주장했다.

볼셰비키는 민중의 의견 따위는 듣지도 않지만, 몇 년 전까지만 해도 전문가인 그들 사이에서는 '당내 민주주의'가 인정되었다. 상대가 레닌이라고 해도 정책이 정해질 때까지는 당당하게 서로 의견을 나누고 격렬한 논쟁이 이루어졌다. 그러나 내전으로 어지러울 때, 지도층이 싸워서는 통제하기 어려워지기 때문에 '분파활동'은 금지되었다. 다수결에 따르게 된 것이다.

내전이 끝난 시기에 새삼스럽게 '분파활동'을 꺼낼 필요는 없었으나, 트로츠키를 배제하기 위한 수단으로 손쉽게 이용된 것이다. 방법은 노골적이었는데, 트로츠키가 방에 들어오면 대화를 멈추고, 정치국 구성원 모두가 어딘가에 가입할 때 일부러 트로츠키의 이름만 빼버렸으며, 회의를 시작하기 전에 먼저 삼인조가 결론을 정하고, 회의 때는 트로츠키 의견을 모두 부정해 버리는 것이었다. 트로츠키가 불만을 말하면 '분파활동'이라고 규탄했다.

게다가 삼인조는 '트로츠키주의'라는 말을 만들어 내, 트로츠키가 '레닌주의'를 부정하고 당을 빼앗으려고 한다는 이야기를 퍼뜨리기 시작했다.

'소련의 겨울 운동' 버나드 파트리시(영국). 1925. '소비에트'라고 쓰인 허리띠를 찬 남자(소비에트 정권)가 트로츠키를 떨어뜨리고 있다. 하지만 이 남자도 한쪽 팔이 없기 때문에 썰매를 조작하기는 어려워 보인다. '한쪽 팔이 없는 소비에트'는 '레닌이 없는 소비에트'를 나타내는 듯하다.

삼인조가 반복하는 '트로츠키주의'는 얼마 지나지 않아서 당 전체에 퍼졌는데, 이 말을 거듭한 이유가 있다. '트로츠키 대 스탈린'이나 '트로츠키 대 지노비예프', '트로츠키 대 카메네프'로는 상대가 되지 않았고, '트로츠키 대 스탈린+지노비예프+카메네프'로도 이길 수 없었기 때문이다. 그래서 '트로츠키 대 레닌'의 구조로 바꿔치기하여 거기에 3명이 합세한 것이다. 실제로 스탈린은 〈트로츠키주의인가, 레닌주의인가〉라는 논문까지 썼다.

카메네프는 과거에 레닌의 '4월 테제'에 "그 생각은 트로츠키주의다"라고 비난한 적도 있었다. 하지만 그런 일은 무시하고 레닌 본인이 부정 못 하게 될 때를 기다려, '트로츠키주의인가, 레닌주의인가' 둘 중에서 하나를 선택하도록 당원들을 압박했다.

세 사람이 온갖 소문을 뿌리는 동안, 스탈린은 서기장의 인사권을 사용해서 트로츠키 지지자들을 차례로 발언권이나 투표권이 있는 중요한 자리에서 내쫓고 그 자리를 스탈린파로 채우기 시작했다. 싸움이 삼인조에게 유리해지자 모든 정치국원이 '반트로츠키'가 된다.

아픈 트로츠키에게 다 같이 쳐들어가 '회의'를 하는데, 이번에는 6명이 미리 결론을 정하고, 트로츠키가 이견을 내자마자 한꺼번에 반대를 했다. 트로츠키 지지자들을 괴롭히는 것도 갈수록 심해져서, 당 내부에서 스스로 목숨을 끊는 사람들이 급격히 늘어나 조사가 필요하다는 소리가 나오는 지경이 되었다.

음모는 레닌이 쓰러진 뒤에 아주 조용히 시작되어, 레닌의 상태가 나빠지자 더욱 대담해졌다. 그리고 레닌이 말도 못 하게 되자 《프라우다》 신문을 이용해, 날마다 끊임없이 대대적인 운동으로 퍼져 나가면서 트로츠키를 공격했다.

이제는 발언을 왜곡해서 받아들이는 수준이 아니라, 트로츠키가 하지도 않은 말을 "했다"고, 말한 것은 "하지 않았다"고 주장하면서 증거가 되는 문서는 서점에서 철수시키고, 의사록 열람도 금지했다. 이 시절의 트로츠키는 원인이 밝혀지지 않은 고열로 자주 쓰러졌는데, 내전 때 무리한 데다 스트레스가 컸기 때문이리라. 간부가 아닌 일반 당원들은 그저 걱정하며 지켜봤다. 본디 '당내 민주주의'가 필요했던 것은 권력자인 트로츠키가 아니라, 발언권이 없는 그들이었다.

레닌이 쓰러지고 나서 거의 2년, 그의 죽음으로부터 겨우 1년. 레닌과 어깨

트로츠키와 스탈린, 지노비예프 세르게이 트빈스키(라트비아)
전기기술국 장관인 트로츠키가 전자제품을 만들고 있다. 트로츠키를 주시하는 스탈린과 지노비예프. 하지만 지노비예프도 이제는 트로츠키와 같은 크기로 그려진다.

를 나란히 하는 거물이었던 트로츠키는 순식간에 실각했고, 1925년 군사인민위원을 사임하게 되었다. 참으로 이상한 일이다.

세계사를 바꾼 '혁명의 총아'는 구체적인 실책도 없는데 그저 왕따를 당해 그 지위를 잃었다. 일반적인 나라에서는 있을 수 없는 일이다. 이런 이상한 사태가 가능했던 것은 소련의 정치가 과두체제였기 때문이다. 나라의 가장 중요한 일은 정치국 간부들끼리 정하는 것이다. 회의실에 있던 세 사람과 사이좋게 지내지 못한 죄는 국가 체제를 뒤집은 공적을 물거품으로 만들고 말았다.

그러나 남편의 마음과 홍수처럼 일어난 반트로츠키 운동의 양쪽을 정확히 알던 크룹스카야는 레닌이 죽고 얼마 지나지 않아 트로츠키에게 따뜻한 편지를 보냈다.

친애하는 레프 트로츠키

나는 그가 죽기 한 달 전에 (낭독해 줄 때) 일리치가 당신의 책에서 마르크스와 레닌의 특징에 대해 쓴 부분에서 매우 기뻐하며 "다시 내 눈으로 그 글을 읽고 싶다"고 했던 것을 전해 드리고 싶어서 이 편지를 씁니다. 당신이 런던의 우리 집에 오셨을 때(처음 만났을 때) 당신을 향한 일리치의 우정은, 그가 죽을 때까지 변함이 없었습니다. 레프 트로츠키, 나는 당신이 그 힘과 건강을 지킬 수 있기를 바라며, 당신을 강하게 안아드립니다.

크룹스카야는 편지만이 아니라, 유서를 읽는 대신에 트로츠키를 규탄하는 제13차 당대회에서도 손을 들어 "의미 없는 논의는 그만합시다" 항의했다.

'이단'의 상징이 되어 지친 트로츠키는 군사인민위원을 그만두게 된 뒤에 전기기술국 장관으로 좌천되었다. 이곳은 트로츠키의 경력을 살릴 수 없는 부서였다. 그러나 본디 물리를 좋아하고 매우 긍정적 성격인 트로츠키는 예상과 달리 이 일을 좋아하게 되고 몰두하기 시작한다.

그러자 스탈린은 트로츠키가 여기에서 새로운 권력을 쌓게 될 것을 두려워하여 전기기술국의 예산을 격감하고 사보타주 부대를 조직해서 다시 그를 괴롭혔다. 전기기술국 당원들이 그들의 처지를 걱정하기 시작하자 마침내 트로츠키는 그곳도 그만둘 수밖에 없었다.

하지만 지노비예프, 카메네프의 "트로츠키를 정치국에서도 당에서도 추방해야 한다"는 제안에 대해 스탈린은 일단 거부했다. 둘의 발언이 있은 얼마 뒤에 열린 제14차 당대회에서 역사에 남는 대사를 내뱉었다.

"목을 자르는 정책은 당을 위험에 빠뜨릴 가능성이 있다. 오늘 하나의 목을 자르면 내일은 두 개, 그다음 날은 세 개가 된다. 그러면 대체 누가 당에 남을 것인가."

……그것은 바로 스탈린이다. 누구 하나 참견할 수 없는 완벽한 권력을 손에 넣기 전까지는 스탈린은 '온건파'인 척했다. 일부러 오랜 시간이 지난 다음에 그 제안을 다시 건드리며, 많은 사람들이 지켜보는 당대회에서 꼼꼼하게 너그러운 모습을 보여줬다.

트로츠키에 대해서 무엇을 알고 있나

1927년 프랑스 만화, 미하일 도리조

트로츠키는 병에 걸렸다.

트로츠키는 추방되었다.

트로츠키는 체포되었다.

트로츠키는 외국으로 도망쳤다.

트로츠키는 암살당했다.

지인 "아니, 트로츠키! 자네는 체포되어
암살된 게 아니었어?"
트로츠키 "몰라, 오늘 신문은 아직 안 읽었거든."

말은 알고 있었다
1928년 프랑스 만화, 미하일 도리조

스탈린 "소련의 똑똑한 말이여, 정권의 적을 쫓아줘!"

말 "이렇게."

독재자의 탄생

정치국 모두가 참여한 권력투쟁인데, 트로츠키의 실각으로 득을 본 사람은 스탈린뿐이다. 나머지 정치국원들은 곧 자신들의 행동에 상한 후회를 하게 된다.

바로 부메랑처럼 되돌아온 칼날을 맞은 것이 지노비예프와 카메네프였다. 스탈린은 이번에는 부하린과 한편이 되었다. 지노비예프와 카메네프는 "온 세상에 혁명을 일으켜야 소련에 혁명의 성과가 자리잡는다"고 하면서 '세계 혁명'을 주장하고, 스탈린은 "먼저 러시아부터 혁명의 성과를 확립해야 한다"며 '일국 사회주의'를 주장했다.

'세계 혁명'은 제1차 러시아 혁명 때부터 트로츠키가 주장했던 사상으로, 10월 혁명 뒤로는 레닌도 전력을 기울인 볼셰비키의 기본 방침이다. 1919년 레닌과 트로츠키가 설립한 '제3인터내셔널(국제 공산주의)'은 '세계 혁명'을 이루기 위한 조직이었다(스탈린 체제 이후에는 각 나라의 공산당을 소련에 봉사시키기 위한 기관이 된다). 당원이라면 본디 누구나 알고 있었다. 그러나 스탈린은 '세계 혁명'을 지향하지 않았던 지난날 레닌의 발언만 부분적으로 언급하며, 최근의 레닌 행동은 무시한 채 레닌 또한 '일국 사회주의'였다고 치부했다.

또다시 뻔한 거짓말을 한 것인데 전쟁, 혁명, 내전이 겨우 끝나서 슬슬 편하게 지내고 싶은 당원들 사이에서 "전쟁을 일으킬지도 모르는 '세계 혁명' 사상은 없던 것으로 하고 싶다"는 분위기가 있었다. 이 분위기를 이용해서 '레닌의 뜻을 어기고' '분파활동'을 한 지노비예프, 카메네프를 규탄하기 시작한다. 또 그들의 '네프 반대' 입장도 "좌파적인 경향이 너무 강하다(=좌익반대파)"고 공격당했다. 이미 세력을 잃은 '세계 혁명' 사상의 원조 트로츠키는 한마디도 없이 이 사태를 그저 차갑게 지켜볼 뿐이었다.

옛일이든 지금 일이든, 의견 차이를 평상시에도 '분파활동'이라고 단정짓는 사례를 만들어 버린다면, 모든 당원은 예비 '배신자'이다. 스탈린에게는, 서기장으로서 스탈린만이 갖고 있는 48만 명의 '당원 파일'이 있었다.

삼인조로 트로츠키를 쫓아내는 데 성공한 순간, 이 '당원 파일'을 보면서 스탈린은 당 제패를 확신했으리라. 레닌이 쓰러졌을 때 그 누구도 스탈린이 후계자가 되리라고는 생각하지 않았지만, 트로츠키에게조차 통한 수법이 다른 당원들에게 통하지 않을 리가 없었다. 그리고 '일당 독재'인 볼셰비키가 '당내 민주주의'까지 부정해 버린다면, 남은 것은 완전한 '개인 독재'이다.

트로츠키가 실각하고 나서 얼마 지나지 않아, 지노비예프와 카메네프도 '트로츠키주의자'라고 치부되었다. 둘은 본디의 군사인민위원과 같은 곳으로 추락하게 된다.

그제야 겨우 자신들의 비열한 행동을 깨달은 두 사람은 공개적으로 트로츠키에게 사과했다. 지노비예프는 트로츠키와 자신의 지지자들 앞에서 "트로츠키 비판은 권력투쟁이다. 트로츠키에게 잘못은 없다"고 인정했다. 트로츠키는 둘을 용서한 것은 아니지만, 홀로 아무것도 할 수 없기 때문에 힘을 모아 스탈린에게 맞서기로 했다. 그러나 이제 트로츠키와 같은 뜻을 가진 사람들은 당의 요직에서 완전히 배제되어서 반격할 수 없었다.

스탈린은 남은 부하린, 루이코프, 톰스키를 같은 편으로 만들어, 나아가 파벌다툼 중에도 커져 가는 '서기장'의 권력으로 '이단'인 3명을 정치국에서, 그리고 중앙위원회에서 해임했다.

그 뒤에 "스탈린의 방식은 이상하다"는 소리가 나오기 시작하고, 트로츠키와 지노비예프가 당의 행사를 보러 갔을 때, 거기 있던 수천 명의 사람들이 스탈린파가 아니라 '반혁명분자'인 둘 주위에 모여들었다. 그 모습에 공포를 느낀 스탈린은 마침내 둘을 당에서 제명해 버린다. 1928년 트로츠키를 또 한 번 내치고 스탈린에게 '사과'한 지노비예프와 카메네프는 소련에 남지만, '사과'를 거부한 트로츠키는 아시아와의 국경으로 추방되었다. 그다음부터 '제명 → 자기비판 → 당 복귀'의 굴욕을 몇 차례에 걸쳐 경험하는 것이, 볼셰비키들의 숙명이 된다.

하지만 이제까지는 스탈린을 지지했던 부하린, 루이코프, 톰스키가, 그중에서도 특히 부하린이 '트로츠키 추방'을 의제로 한 정치국 회의에서 이를 격렬하게 반대했다. 그들은 트로츠키의 힘을 빼앗는 데 수단과 방법을 가리지 않았지만, 설마 '혁명의 영웅'을 추방하리라고는 생각지도 않았고, 또한 그것이 결국 그들 자신의 몰락이 불러올 것이라고 확실하게 깨달은 것이다.

그러나 이제 그 흐름은 멈추지 않았다. 순서대로 차례가 돌아왔다. 놀랍게도 이번에는 '네프'를 지지했던 세 사람에게 "우파적인 경향이 너무 강하다(=우익반대파)"는 죄명이 붙었다.

경쟁자를 해임할 때마다 스탈린파인 당원(볼시로프, 몰로토프, 미코얀, 카가노

볼셰비키의 오랜 구성원들 미하일 도피조(프랑스). 1936. "레닌 동상은 뭘 말하는 걸까?" "'나는 분명히 트로츠키와 협력했다. 죄를 인정합니다'라고 말하는 거야."

비치 등)을 정치국원으로 삼았기 때문에, 서기국만이 아니라 정치국까지 스탈린의 손안에 들어왔다.

있어야 할 '국가 체제'에 대한 확고한 신념 없이 경쟁자를 배제하는 것을 최우선 과제로 하고, 필요하다면 좌우로 자유자재로 흔들리는 스탈린은 '혁명가'로서는 일류가 아니었다. 레닌이 전술을 유연하게 바꾸면서도 '목표하는 사회주의국가'에 대해서는 결코 양보하지 않았던 것과는 태도가 전혀 달랐다. 스탈린이 사상을 파기하고 "나는 파시스트다" 선언해도 이상하지 않았다. 혁명기에 활약할 수 없었던 것도 거기에 원인이 있었으리라.

그러나 '정치가'로서 스탈린만큼의 '초인'은 없다. 구름 위를 걷는 것 같은 트로츠키를 먼저 처단하고, 차례로 정적들을 물리쳐 가며, 마지막에는 단 한 명의 승자가 되었다.

스탈린의 경쟁자들은 자기가 그 대상이 될 때까지 스탈린을 의심하지 않고,

어떤 사람은 이미 없고, 어떤 사람은 아득한 곳에 있다 세르게이 트빈스키(라트비아)
러시안 문호 푸시킨의 시 일부가 쓰여 있다. 이미 죽어서 관에 들어간 레닌, 제르진스키. 그 가까이 있는 스탈린. 황제 차림을 한 스탈린은 관을 깔고 앉아 있다. 그 밑에는 지친 표정의 트로츠키·카메네프·지노비예프. 하지만 비밀경찰장관 제르진스키는 스탈린의 발탁으로 최고국민경제회의 의장도 맡게 되면서 스탈린파가 되었기 때문에, 이 시기의 트로츠키들에게는 없는 게 낫다.

하물며 협력까지 하며 스탈린이 권력을 쌓는 데 도움을 주었다. '진짜 적'은 누구인지, 아무도 몰랐다. 나중에는 정치생명만이 아니라 목숨까지 빼앗기고 말았다.

　스탈린만이 '진짜 적'을 눈여겨보며, 철저하게 지켜봤다. 지노비예프를 추락시킬 때도 절대 '지노비예프주의'라고 하지 않고 '트로츠키주의'라고 하며, 무슨 일이 있을 때마다 트로츠키를 비난했다. 가장 큰 정적(政敵)에게서 한순간도 눈을 떼지 않고 그 이름 자체가 '반혁명'의 대명사가 되어도, 멈추지 않고 끝까지 공격했다.

　소련만이 아니라, 트로츠키가 세계 어디에서도 두 번 다시 두각을 나타낼 수 없도록, 최선을 다했다. '코민테른'에서 각 나라의 대표가 소련에게 '지도자'라고 인정받기 위한 첫 번째 조건은, 사회주의 활동으로 공을 세우는 것이 아니라 '반트로츠키를 내세우는 것'이라고 정해졌다. '반트로츠키'를 주저하면 강

일하는 자와 게으름 피우는 자 콘스탄틴 엘리세예프(소련). 1927.
2층에서 열심히 일하는 사람은 왼쪽부터 몰로토프·루이코프·스탈린·부하린. 짐을 등에 지고 얼굴이 보이는 이는 칼리닌.
밑에서 게으름 피우는 사람은 왼쪽부터 지노비예프·트로츠키·(누군지 알 수 없다)·카메네프.

등되고 '배신자'로 낙인찍히게 된다. 스탈린은 이렇게까지 한 것이다.

'천재 혁명가' 트로츠키가 자기편을 만들고, 첫 대응을 제대로 했더라면 스탈린을 무찌를 수 있었으리라.

카메네프는 트로츠키의 여동생과 결혼했는데, 친척 관계였으므로 트로츠키에게 친절했던 적도 있었다(카메네프는 지노비예프와도 친척이었다). 게다가 지노비예프에게 끌려다녔을 뿐, 스스로 나서서 공격하지는 않았던 것 같다.

또한, 젊은 부하린은 분명히 처음에는 스탈린이 아니라 트로츠키를 흠모했다. 레닌이 처음 쓰러졌을 때, 내전으로 인한 피로로 병에 걸린 트로츠키에게 레닌의 소식을 전한 사람은, 정보가 가장 먼저 들어오는 정식 정치국원이 아니라 아직 정치국원 후보였던 부하린이었다. 부하린은 "일리치도 당신도 쓰러지면 당은 끝이다" 말하며 울었다.

혁명 이후에 대거 들어온 신인들에게는 스탈린도 트로츠키도 같은 선배였다. 그리고 실적으로 인한 후광이 있었던 것이 트로츠키이다. 어마어마하게 불리한 '주변부'라는 처지도 절대 뒤집을 수 없는 것은 아니었으리라(물론 스탈린은 수단도 도리도 가리지 않았기 때문에, 마지막에는 스탈린을 숙청해야 했을 것이다).

다만 '러시아 제국 내무성경찰부 경비국'에게 쫓기는 신분이면서 무소속 기간이 지나치게 긴 트로츠키는, 그 경력에서도 알 수 있듯이 사전 교섭이나 파벌 만들기를 잘하지 못했다. '조직 만들기'는 잘해도, 문제의 본질과 관계없는 '파벌 만들기'에는 관심이 없었다. 그러나 정치가인 이상, 이 또한 해야 할 일이었다. 어쩌면 그 '능력'이 없었을지도 모르지만.

대중 선동력(연설), 조직력(적군 창설), 지식계급에 대한 접근(사상 형성력, 문장력). 레닌이 유서에서 '가장 유능하다'고 한 트로츠키였지만, 다른 사람의 기분을 살피고, 필요할 때는 웃고 화내며, 상대를 치켜세우고, '좋은 사람'으로 행동해서 안심시키고 달래고 속이면서 주위에 사람을 모은 적이 없다. 거짓말로 누군가를 곤란에 빠뜨린 적이 없는데, 무뚝뚝하다는 등 사소한 이유로 상대가 꺼리는 트로츠키의 모습은 자주 볼 수 있다.

'밀당 솜씨'는 '교섭 능력'이라고도 할 수 있다. '이거'라고 정하면 히틀러나 처칠이나 루스벨트와도 연을 맺고, 가장 낮은 자리에서 마침내 가장 유리한 결과를 쟁취하는, 스탈린이 가장 자신 있어 하는 이 재주, 이것 하나가 모자라서 트로츠키는 졌는지도 모른다. 히틀러는커녕, 트로츠키는 때를 놓칠 때까지 카메네프와 부하린조차도 한편으로 만들지 못했다.

10월 혁명 직후에 트로츠키는 '교섭 능력'이 필요한 '외무인민위원'을 했던 적도 있다. 그러나 매우 어려운 시기였다고는 해도, 그 석 달 반 동안 아무런 성과가 없었고, 결국 치체린과 교대해서 소련은 악명 높은 '브레스트리토프스크 조약'을 맺는 처지에 놓이게 된다.

'교섭 능력'에서 트로츠키가 평균보다 떨어진 것은 확실하며, '주변부'라는 불리한 조건과 함께 이 약점을 지닌 트로츠키의 처지가, 곁에서 보이는 만큼 견고했던 것은 아니었던 듯하다.

반대로 트로츠키보다 뛰어난 능력은 '교섭 능력' 단 하나라고 여겨지는 스탈린인데, 그 하나가 월등하게 뛰어났고, 게다가 '교섭'을 뛰어넘는 '사기'와 '협박'

'시베리아의 트로츠키' 빌헬름 슈르츠(독일). 1928.
"보아라, 형제여. 모두 거짓과 기만이었다는 것을 우리들은 알았다. 황제는 아직 살아 있다." 추방된 혁명 지도자 무리를 보고 속삭이는 러시아인들. 트로츠키 옆의 라데크, 뒤의 지노비예프. 볼셰비키가 로마노프 왕조를 쓰러뜨리고 새로운 나라를 세웠다는 것은 새빨간 거짓말로, 니콜라이 2세는 건재하고 혁명을 일으키려고 한 자들을 벌주고 있다고 말한다.

이라는 수단도 써서, 이것이 당 구석구석까지 영향을 미치는 '인사권'과 합쳐졌을 때, 거의 '무적' 상태가 되었다. 그다음에는 늙어서 뇌졸중으로 죽을 때까지, 거대한 바위가 땅 위에 솟은 듯이 견고한 권력을 내내 유지한다.

레닌은 자신이 죽은 다음에 당이 분열할 것을 일찍부터 예측하고 걱정한 유일한 사람이다. 집단지도 체제를 바랐던 레닌은 '후계자'를 지명하지 않았는데, 1922년 끝 무렵부터 1923년 초에 걸쳐서 쓴 그 유서에서 '스탈린의 서기장 해임'을 추가로 쓰기 며칠 전에 '후계자 싸움을 할지도 모르는 특히 두 사람'으로 트로츠키와 스탈린을 언급했다. 트로츠키는 그렇다 치더라도 지노비예프나 카메네프나 부하린이라면 모를까, 이 시기에 '후계자 스탈린'을 예측한 볼셰비키는 더는 없었다.

또, 레닌은 당 전체에 전하는 말로 "'비볼셰비키(늦게 입당했다)'라는 이유로 트로츠키를 공격해서는 안 된다"고도 못 박았다. 병상에 누운 채로 정치와 분리되면서도 레닌이 지녔던 안목에는 그저 감탄할 뿐이다. 그러나 당과 국가의 비극은 끝내, 레닌의 상상을 뛰어넘는 규모와 상태로 확대되고 말았다.

트로츠키는 졌다. 하지만 그 후의 인생을 통해서 인간이라고는 생각할 수 없는 멋진 투쟁을 보여준다. 그것은 능력이라기보다는 성격의 강직함에서 오는 것이다. 실각이 시작되었을 즈음에는 병과 스트레스가 겹쳐서 자주 쓰러졌는데(그 뒤에도 몇 번이나 쓰러졌지만), 모스크바에서 추방된 열차 안에서는 대담하게 웃어 버리고, 그 후로는 암살될 때까지 스탈린이 온 세상에 퍼뜨리는 거짓과 중상과 스파이와 자객의 소용돌이 안에서 단 한 발짝도 물러나지 않았다.

'사회주의자의 조국·소비에트연방'을 강하게 동경해, 내부 실태를 알 수 없는 각국의 사회주의자들은 스탈린의 선전활동에 넘어갔으며, 트로츠키를 '배신자'로 보게 된다.

그는 자본주의자에게 배척당하고, 파시스트로부터 규탄받고, 그 천 배의 기세로 동지였던 사회주의자들에게 중상모략을 받음으로써, 문자 그대로 사면초가에 빠졌다. "온 세상을 적으로 돌린다"는 바로 이런 경우이다. 그러나 이 전율할 상황 속에서, 소련과 나치 독일이라는 흉악하고 난폭하기 이를 데 없는 거대한 두 나라로부터 생명을 위협받으면서도 기죽지 않고 격렬한 언론을 내내 펼쳐 나갔다.

추방되기 전에 트로츠키가 연설할 기회는 아주 드물었는데, 그 얼마 안 되는 기회를 놓치지 않고, 스탈린의 부하로 가득 찬 회의실 안에서도 그는 당당한 태도를 잃지 않았다. 세밀하고 날카로운 이론으로 무장한 연설을 80분에 걸쳐서 전개하고, 마지막도 트로츠키답게 마무리했다.

"스탈린주의자 여러분! 나중에 이런 말을 하지 않도록 주의하시오! '우리들은 함께해야 할 사람들과 헤어지고, 반대로 헤어져야 할 사람들을 가져버렸다'고!"

이런 트로츠키조차 실은 딱 한 번 타협할 뻔했던 적이 있다. 지노비예프와 한편이었을 때 파벌싸움에 질려서, 지노비예프와 함께 스탈린에게 '휴전협정'을

동지들을 먹고
있는 스탈린 세
르게이 트빈스
키(라트비아)
"나 는 소련의
굶주림 따위는
무섭지 않다.
……나는 당 동
지들만 배불리
면 충분하다."
스탈린이 배불
리 동지들을 먹
어치우고 있다.

제안하고 어중간하게 빠진 것이다. 하지만 그런 상황을 안타깝게 생각하며 지
켜보던 트로츠키의 친구 요폐가, 병으로 인한 고통과 스탈린에게 항의하는 의
미로 스스로 목숨을 끊기 직전(=트로츠키가 모스크바로 추방되기 직전)에 트
로츠키에게 훈계의 편지를 남겼다.

"자네는 늘 옳네. 그리고 지금보다 옳았던 적은 없네. 레닌이 틀릴 때도 있지.
하지만 레닌에게 있고 자네에게 없는 것이 있네. 그것은 자기 신념에 충실하게,
홀로 되어도 결코 타협하지 않는 단호한 태도지."

이 유서는 처음에 스탈린파에게 빼앗겼지만, 곧 트로츠키는 그 내용을 알게
된다. 죽기 직전까지 자기를 생각해 준 요폐의 말이 가슴에 와닿았는지, 추방
된 뒤 트로츠키는 신념의 화신이 되었다.

소비에트 얼굴

1926년 프랑스 만화, 미하일 도리조

노동자

자본가

잡역부

케렌스키
반정부 활동 선동가

재판관

심부름꾼 소년

공산주의자

지노비예프·트로츠키
범죄자

고인

범죄자

공산주의 지지자의 증가
1927년 프랑스 만화, 미하일 도리조

공산주의라면 치를 떨었던 편집장이 최근에 볼셰비키들의 발언을 시시하기 시작했다.
대체 무슨 일이 일어나고 있는 걸까?

스탈린 "트로츠키는 형편없는 허풍쟁이다!"
편집장 "스탈린에게 찬성할 수 없습니까?"

트로츠키 "스탈린은 더러운 난폭자다!"
편집장 "트로츠키는 옳지 않습니까?"

루이코프 "지노비예프는 비겁한 겁쟁이야!"
편집장 "루이코프는 진실을 말하고 있지 않나요?"

지노비예프 "루이코프는 엉터리 사기꾼이야!"
편집장 "지노비예프 주장에 공감할 수 없나요?"

부하린 "라데크는 사기꾼에 도둑놈이야!"
편집장 "부하린에게 진짜 반대합니까?"

라데크 "부하린은 거짓말만 하는 최악이야!"
편집장 "라데크에게 박수치지 않을 수 있나요?"

좌익반대파의 진실

1927년 프랑스 만화, 미하일 도리조

그들은 말을 못하게 되었다.

그들은 체포와 총살형 협박을 받았다.

그들은 재산을 빼앗겼다.

그들은 집을 빼앗겼다.

그들은 가난하고 굶주리게 되었다.

"이게 모두 우리가 옳았기 때문이야.
봐봐, 스탈린 체제의 소련에서 동지들이
얼마나 쉽게 부유해졌는지!"

기념일을 축하하는 집단

1927년 프랑스 만화, 미하일 도리조

......잠깐 동안의 평온......

......개막......

러시아를 향한 향수

1927년 프랑스 만화, 미하일 도리조

사람들은 조국 러시아를 그리워한다.
무서운 더위의 아프리카에서…

파리의 다락방에서…

그림처럼 아름다운 보스포루스 바닷가에서…

시끄러운 독일 술집에서…

먼 멕시코에서 그리워한다…

그러나 어디에 있어도 러시아에서만큼이나
사무치게 러시아를 그리워할 일은 없다.

망명자 동지 여러분! 고국 소련으로 돌아오라!

1927년 프랑스 만화, 미하일 도리조

외국에 나간 이민자는 일이 없다고
투덜거리는데…

떠올려 봐. 소련에서는
일이 있다는 걸…

외국에 나간 이민자는 집 구하는 게
큰일이라고 불평하는데…

떠올려 봐. 소련에서는
공짜 방을 언제든지 제공한다는 걸…

외국에 나간 이민자는 물가가
비싸다고 불평하는데…

떠올려 봐. 소련에서는 목숨 값이
어디보다도 싸다는 걸…

도박
1928년 프랑스 만화, 미하일 도리조

공산주의자 "흰 걸 칠 거야!"

군주주의자 "아아, 패가 있다면!"

도표전환파(예전 멘셰비키) "빨강에 걸겠어."

소비에트 외교관 "장군!"

반대파 "아뿔싸. 예상과 달라!"

(프랑스 신분증명서 발행센터)
러시아 이민자 "가진 돈 모두, 이 카드에!"

제4장 독재자

5개년계획과 집단농장

경쟁자를 물리치는 데 성공해서 독재자가 된 스탈린은 더 사회주의적인 나라를 만들기 위해 제1차 5개년계획을 시작한다. '제1차'가 끝나면 '제2차' '제3차'로 옮겨가지만 모두 계획경제로, 가장 큰 과제는 중공업 발전이다.

레닌의 유명한 선전 문구 "공산주의란 소비에트 권력＋전기이다"에도 있듯이 사상적으로도 공업이 중요했는데, 그중에서도 특히 중공업에 주목했다. 유럽에서 파시즘 사상이 싹트고, 만주를 두고 일본과 싸우고, 온 세상 자본주의 나라의 적이 된 소련은, 무슨 일이 있어도 중공업을 발전시켜서 전쟁 위기에 대처해야 하기 때문이었다.

그런데 뜻밖으로 토대는 만들어져 있었다. "구미 선진국보다 100년 늦은 러시아"라고 레닌이 말했는데, 러시아 산업의 불균형은 제정(帝政) 시대부터 시작된 일로, 농민은 17세기 방법으로 생산하고 생활하는데 공업화는 세계적인 수준이었다. 국내 모든 공장 가운데에서 1000명 이상의 종업원을 둔 대공장에서 일하는 노동자 비율은 미국이 17.8%였는데 비해, 소련은 41.4%에 이르렀다.

이 공업을 더 빠르게 발전시키기 위해, 5개년계획으로 아주 높은 목표를 세우면서, 거기에 따른 인구의 도시 집중이 일어난다. 도시의 식량을 조달하기 위해, 그리고 곡물 수출로 외화를 벌어들여 공업에 투자하기 위해 나라의 8할을 차지하는 농민이 희생된다. 스탈린은 농민의 땅

스탈린 (1942)

해골산 위의 스탈린 아서 존슨(독일). 1937. 스탈린이 해골산 위에 앉아 있다. 그동안의 희생자 수가 자연의 산맥과도 나란히 비교될 만큼 쌓여 있다.

을 빼앗아 대규모로 생산성을 높이기 위해 집단농장 '콜호스'를 만든다. 이제는 쓸모없어진 부하린 등 '우익반대파'를 정치국에서 내쫓고, 평판이 좋았던 '네프'는 폐지해서 모든 정책을 급전환하여 농민들을 강제적으로 '콜호스'에 밀어넣었다.

10월 혁명으로 분배된 땅을 다시 내놓게 된 농민들은 매우 거세게 저항했다. 그러나 저항한 수백만 명이 '부농 박멸'의 명목으로 시베리아에 보내지면서 이러한 저항운동은 뿌리뽑혔다. '부농'의 기준은 모호한 데다가 매우 낮아서, 가축을 두 마리 가지고 있으면 이미 '부농'이다. 즉 노력하고 궁리해서 다른 사람보다 조금이라도 더 성과를 낸 사람들이 이 정책에 반대해서 형벌을 받은 것이다.

땅과 자유와 의욕을 뺏긴 농민들은 눈에 띄지 않도록 주의하면서 가능한 게으름을 피우는 것으로 복수하게 되었다. 그리고 어차피 빼앗긴다면, 이라는 생

제1차 5개년계획 공업화 계획 포스터 소련을 중공업 기기로 만들 목적을 가졌지만 과대한 지표, 농민 노동자 징발, 그리고 강제노동도 실시했다.

각으로 많은 사람들이 가지고 있던 가축을 처분해서 먹어버렸다. 많은 사람들이 죽게 되리라고는 예상했지만, 나라의 재산인 가축이 줄어드는 것은 스탈린도 예상하지 못했다. 그는 놀라서 일단 집단화를 늦췄다. 하지만 결국에는 '콜호스'를 완성시킨다.

큰 희생을 내면서 형태는 갖췄지만, 생산성은 거의 오르지 않았던 것으로 보인다. 오히려 1932년부터 1933년에 걸쳐서는 우크라이나를 중심으로 날씨가 원인이 아닌 대기근이 일어났다. 급격한 공업화는 농민이 공장 노동자로 변하는 대규모 직업 변경을 일으켰다. 먹는 인원수는 같은데 생산자가 줄어든다는 것

파리 잡는 스탈린 오스카 가벤스(독일). 1938. 아이(국민) "이것도 저것도 다 해주겠다고 약속했잖아!" 아버지(스탈린) "저리 가버려. 지금 시간이 없어." ······ 그러고는 파리 잡는 데 열중하는 스탈린.
혁명 때, 그리고 5개년계획 전에 이런저런 약속을 한 볼셰비키. 그 성과를 비꼬고 있다.

이므로 먼저 견인차 같은 기계를 정비해야 했는데, 스탈린은 전혀 신경 쓰지 않고 갑자기 시작했기 때문에 이렇게 된 것이다. 수백만 명이 굶주림으로 죽었다. 다만 이것은 단순한 큰 실수가 아니라, 소련에 반항적인 우크라이나의 저항을 막기 위해 일부러 일으킨 인공적인 대기근(우크라이나어로 '홀로도모르')이 아닌가 하는 지적이 있다. 러시아에서도 기아는 일어났지만, 우크라이나의 참상은 너무나도 이상했기 때문이다. 이 주장은 믿을 만하다.

농업 정책의 성과는 처참했지만, 이 시기 공업화는 크게 성공했다. 1929년 뉴욕에서 시작한 대공황으로 자본주의 나라의 경제가 모조리 무너지는 가운데, 거기에 휩쓸리지 않았던 사회주의 나라 소련만은 비약적인 발전을 이루어 냈

소련 대기근 피해자들 대기근 희생자들 시체를 공동묘지로 옮기고 있다. 우크라이나, 1922.

다. 스탈린은 '5개년계획의 성과'를 기세 좋게 퍼뜨리고 다닌다.

사실 이 '계획경제'와 '농업국유화로 인한 급격한 공업 발전'은 좌익반대파가 주장했던 정책이다. 5개년계획의 기본 방침에는 창피하게도 트로츠키가 내전 시대에 썼던 문장을 고스란히 베낀 부분까지 있었다.

이미 '사과'해 버린 지노비예프와 카메네프를 빼고, 라데크, 라코프스키, 그 밖에 1600명의 좌익반대파는 "무모한 계획을 세워서 소련 경제를 혼란에 빠트리려고 했다"는 죄목으로 시베리아로 보내진 상태였다. 트로츠키는 모스크바로 쫓겨난 다음에 다시 국외로 추방되어, 터키의 외딴 섬에 있었다. 그들의 계획은 스탈린보다 훨씬 온건하고 "강제로 하는 게 아니라 설득해서 농민을 집단 농장에 들어가게 한다. 생산성이 높아져서 살기 편해지면 내년부터 자발적으로 많은 사람들이 참가할 것이다"라는 것이었다. 그러나 추구하는 체제는 같기 때문에 중심부(스탈린)가 정책 전환을 해서 그들과 같은 목적을 갖게 되었다면, 그들의 누명을 벗겨주고 모스크바로 다시 불러들이는 것이 마땅하다.

하지만 스탈린은 이를 완전히 무시하고, 5개년계획은 스탈린이 독자적으로 세운 훌륭한 사회주의 건설이라고 선전한다. 시베리아에서는 "스탈린이 우리들의 정책을 훔쳤다!"는 탄식의 소리가 높아졌다.

10월 혁명 선전 문구

1930년 프랑스 만화, 미하일 도리조

'강압 정치가에게 죽음을!' '빼앗긴 걸 다시 뺏어오자!' '사형 폐지!' '가난한 사람에게는 평화를, 궁전에는 전쟁을!' '모든 권력을 인민에게!'……

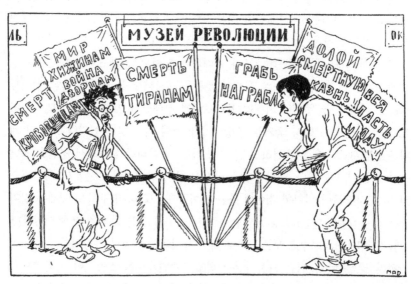

1930년 10월 혁명 박물관에서
"자네가 담당자인가? 머리가 돌았나 보군. 인민에게 또 이런 걸 보일 작정이란 말인가?"

5개년계획의 성공

1931년 프랑스 만화, 미하일 도리조

1년째
"동지 여러분! 조금만 더 참아줘. 5년 뒤에는 그런 누더기 입을 일이 없을 거야."

5년 뒤
"동지 여러분! 당이 약속 지킨 것을 함께 기뻐하자!"

소비에트 선전

1936년 독일 만화
빌헬름 슈르츠

"우리들은 시베리아에 80만 명이 사는 큰 도시를 가지고 있다!
그 땅의 주인은 자본가가 아니라 그곳에 자리 잡은 노동자들이다!"

"다른 나라는 우리들을 따라올 수 없어!"
(실제로는 0이 모자란다. 소련의 현실은 다른 나라의 예상을 훨씬 뛰어넘는다.)

키로프 사건

독재자가 된 스탈린 앞에 또 새로운 경쟁자가 나타났다. 레닌그라드 제1서기로, 1930년부터는 중앙(모스크바) 정치국원도 된 키로프이다. 거리로 나아가 적극적으로 국민에게 이야기하는 키로프는 당 안팎으로 많은 지지를 받았고, 처음에는 스탈린도 그를 좋아했다. 하지만 과한 지지를 받으면서 소련에서는 화를 불러오고야 만다. 스탈린의 강제적인 방식을 받아들일 수 없는 레닌그라드 당원들이 모스크바에서 스탈린을 배제하고 후임으로 키로프를 앉히려는 계획을 세웠다. 가당찮은 야심은 없었던 키로프는 제의가 들어오자 깜짝 놀라며 바로 거절하고 곧바로 스탈린에게 보고한다. 자신의 결백함을 보이기 위해서이다. 스탈린은 침착하게 이야기를 듣고, 보고에 대한 감사까지 표현했다. 그러나 그는 질투심이 매우 강했다. 겉으로는 냉정함을 유지하면서 말 한마디 한마디에 키로프에 대한 증오를 드러내기 시작했다.

그러던 1934년, 제17차 당대회가 열렸다.

당대회에서는 선거권을 갖고 있는 1966명의 인민대표위원들이 139명의 중앙위원 (중앙위원 후보를 포함한다)을 뽑기로 되어 있었다. 다만 이 '선거'는 서기국(스탈린)이 뽑은 후보자들의 명부를 보면서 부적합하다고 생각하는 후보자

키로프(가운데)와 스탈린

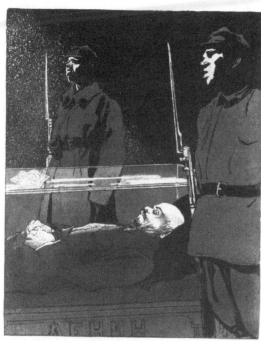

모스크바의 옆모습 에드알트 테니(독일). 1937.
스탈린이 오면 그들은 망보는 일에서 벗어나는 듯하다…… 스탈린으로부터 지키기 위해 망을 보게 된 것일지도 모르지만.

를 선으로 그어 지워 버리는 형식적인 것이다. 명부에 오른 사람은 그대로 당선되는 것이 당연해서 아무런 문제도 일어나지 않을 것이라 생각되었다.

그러나 대소동이 일어나고 말았다. 키로프에 대한 '불신임'이 2~3표밖에 나오지 않았는 데 비해, 스탈린에 대한 '불신임'이 100표 넘게 나온 것이다. 123~292표쯤 나왔다고 하는데, '불신임' 표 대부분이 파기되어서 정확한 수는 알 수 없다.

게다가 당대회 중에 키로프가 연설할 때, 인민대표위원들이 일어나서 박수를 칠 정도로 인기가 높았다. 더 덧붙이자면, 이전에 키로프는 대기근의 참상을 보고 "트로츠키를 다시 불러서 이 사태를 수습하는 건 어떨까?" 말한 적이 있다고 한다. 스탈린은 속이 부글부글 끓었다.

겁먹은 키로프는 신경 써서 연설 중에 몇 번이나 지나칠 정도로 '스탈린 지지'를 표현한다. 하지만 레닌그라드에 돌아간 키로프 주변에서 계속해서 다음과 같은 이상한 일들이 일어났다.

① 레닌그라드 제1서기가 아니라 모스크바 서기로 옮기게 하려는 움직임(출세이기는 하지만 스탈린 곁에 있어야 했다).

② 키로프와 가까운 비밀경찰 장관을 다른 사람으로 바꾸려는 움직임.

③ 키로프와 가까운 중앙 간부가 연락 두절이 됨.

④ 키로프의 새로운 경호원으로, 희망하지 않은 4명을 모스크바에서 멋대

볼셰비키 제17차 당대회 1934년 1월 26일. 왼쪽부터 몰로토프·스탈린·포스크레비셰프

로 보냄.

불안에 떨면서 지내던 키로프는 어느 날, 집무실 앞에서 스친 남자가 가까운 거리에서 쏜 총에 맞아 그대로 죽었다. 지방에 등장한 정치 유망주가, 사람들의 주목을 받자마자 죽어버린 것이다. 이때, 오래 그를 곁에서 지켜주던 경호원은 새 경호원의 방해로 키로프에게서 떨어진 곳에 있었다. 총을 쏜 남자는 니콜라예프로, 그의 아내와 키로프가 불륜 관계였다고 한다. 믿을 수 없는 사실이지만.

전화로 보고받은 스탈린은 바로 이 비상사태에 대응하고자 '12월 1일 법'을 제정했다. "테러리스트로 고발된 자는 10일 이내에 재판에 걸어, 항소는 절대 인정하지 않고 바로 처형할 수 있다"는 무서운 정부 명령이다.

이 사건을 계기로 '대숙청' 시대가 열리게 된다.

키로프 사건이 '스탈린의 범행'이라는 확실한 증거는 없지만, 암살 계획이 문서로 남아 있어야 한다는 법은 없다. 사건 발생 앞뒤의 의심스러운 정황과 그 다음의 이상한 전개, 결과, 스탈린의 모든 정적(政敵)이 죽음으로 사라지면서 그 무렵 당 간부를 포함한 대부분이 그렇게 바라보게 되었다.

먼 조상

1931년 프랑스 만화, 미하일 도리조

동지를 형제처럼 사랑하는
스탈린의 조상은 카인.

리트비노프 선조는
비웃음도 즐기는 쾌활한 남자.

현금(인세)으로 받기를 좋아하는 유다는
위대한 고리키 선조일지도 모른다.

데미얀은 선조의 존재를 부정했다.
그는 부모조차 알 수 없으니까.

다윈 이론을 지지하는
라데크 선조는 여기에 있다.

그럼, 대다수 러시아인의 선조는?
의심할 여지 없이, 아무것도 가지고 있지 않아도
스스로를 첫 번째 인류라고 생각한 아담이다!

대숙청

키로프 사건으로 시작한 대숙청은 널리 알려진 당 간부를 차례로 공격하기 시작한다. '정치적 실각'만으로 끝나지 않는 시내가 열렸다. 실행범인 당원 니콜라예프가 "지노비예프와 카메네프가 사건에 관련되어 있다"고 '고발'한 것이다. '고발'로 인해 체포된 지노비예프와 카메네프도 그들의 죄를 '자백'했다. 또 다른 체포자의 새로운 '고발'로 트로츠키의 관여도 '밝혀'진다.

놀랍게도 과거에 실각시킨 정치국 동지인 트로츠키, 지노비예프, 카메네프가 다시 한편이 되어 '트로츠키 지노비예프 공동 본부'라는 세계적인 비밀결사를 세웠던 것이다. 암살 목표는 스탈린, 키로프, 보로실로프 등 정치국원들이었다. 고발된 내용에는 스탈린 제일 측근인 몰로토프의 이름이 없었는데, 몰로토프는 무시당한 듯하다.

공식 발표는, 날지도 않은 비행기나 존재하지도 않은 호텔에서 이루어진 '음

반혁명박물관 유리 간프(소련). 1935.
'그림이 추가되었다.' 전시작품은 왼쪽부터 임시정부 밀류코프 외무장관, 백군 브란겔 장군, 백군 데니킨 장군, 카메네프. 지금 지노비예프 그림도 추가되었다. 늘어난 작품을 축하하러 여러 대표자들이 찾아왔다.

모'에 대한 '고발'과 '자백'을 증거 삼아 모순에 모순이 쌓인 '사실'을 만들어 갔다. 그리고 마침내 "히틀러와 일본 천황을 비롯해 영국 정보부에 고용된 트로츠키가 지노비예프 등을 통해 소련의 정치와 산업을 부패시켜서 소련을 망하게 하도록 지령을 내렸다"가 되었다. 이처럼 터무니없는 주장도 없을 것이다. 정치만이 아니라 산업까지 포함된 것은 "5개년계획이 목표를 이루지 못한 것은 배신자가 있었기 때문이다"라는 주장으로 스탈린의 책임을 회피하기 위해서이다.

트로츠키는 해외로 추방된 상태였기 때문에 지노비예프와 카메네프만이 재판을 받게 되었다. 사형 판결이 내려졌지만, 이 체포와 처형의 정당성을 증명하기 위해 일부러 외국 기자들을 초청해서 '모스크바 재판(이른바 구경거리 재판)'을 열었다. 초대된 기자들은 피고들이 너무나도 순순히 완벽하고도 철저하게 그들의 죄를 인정하고, 모든 굴욕을 감수하며, 뿐만 아니라 스탈린을 찬양하는 모습을 보고 큰 충격을 받은 것 같았다.

이어서 루이코프와 부하린도 체포되어 같은 일이 일어났다. 톰스키는 스스로 목숨을 끊고, 얼마 뒤에 트로츠키 암살에 성공하면서, 레닌이 죽었을 때 정치국에 있던 레닌이 의지했던 대간부들은 모두 이 세상에서 사라지게 된다. 구미와의 연결책이었던 라데크는 감옥에서 죽고, '시베리아의 레닌'이라 존경받던 스미르노프나 트로츠키와 가까웠던 라코프스키도 총살되었다.

10월 혁명 전부터 있던 당원을 '올드 볼셰비키'라고 부르는데, 이 시대를 살아남은 올드 볼셰비키는 3%쯤으로 예상된다. 가장 유능한 사람들이 속해있던

숙청 오스카 가벤스(독일). 1936.
지노비예프, 카메네프 목은 이미 떨어지고, 지금 루이코프가 비밀경찰에 먹히고 있으며, 트로츠키, 라데크는 고군분투 중. 스탈린 옆의 목은 리트비노프.

마드리드에서의 **작별** 에드알트 테니(독일). 1936. 1936년 7월부터 1939년 3월 동안 스페인 내전이 있었다. 스탈린이 인민전선(정부 측)을, 히틀러가 프랑코 장군(쿠데타 측)을 지지하고 싸웠다. 전쟁을 혁명에 연결시켜 많은 희생자를 내면서 정권을 세운 것이 러시아 혁명인데, 이 그림의 볼셰비키들은 자기들의 안전을 위해 열차로 스페인을 떠난다. 실제로는 이 시점에 고리키는 독살되고(아마도), 지노비예프, 카메네프는 총살되었으며, 트로츠키는 노르웨이에 있었다.

이 세대가 거의 전멸된 것은 바로 그들이 유능했기 때문이었다.

혁명 이후에 입당한 당원들은 출세를 목적으로 들어와서, 지식도 모자라고 마르크스주의를 잘 모르는 사람들도 많았는데, 스탈린 입장으로는 조정하기 쉬운 그들이 더 좋았다. 올드 볼셰비키는 그렇지 않기 때문이다. 자신의 안위를 위해 지하활동을 하는 사람은 없었는데, 스탈린을 따르는 척해도 실은 호락호락하지 않았다.

그러나 가장 용서할 수 없는 것은 그들이 '혁명을 경험했다'는 것이다. 기껏 스탈린이 역사를 위조해서 가짜 소련사 만들기에 힘쓰고 있는데 올드 볼셰비키는 스탈린이 혁명에서 활약하지 않은 것도, 마지막에는 레닌에게 내쳐진 것도, 레닌의 사상을 이어받지 않은 것도, 단순히 음모가 성공했을 뿐 후계자 자격 따위는 결코 없는 것도 모두 '알고 있기' 때문이다.

그래서 저주하고, 목숨을 빼앗지 않으면 안심할 수 없었던 것이다.

이 흐름은 조금 아래 당원들에게도 영향을 미쳤다. 스탈린에게 100표 넘게 '불신임' 표를 던진 제17차 당대회 출석자들은, 1966명 가운데 1108명이 체포되었다. 그들에게 뽑힌 중앙위원과 중앙위원 후보는 139명 가운데 108명이 체포되었다. 체포된 사람들의 대부분은 사형되거나 감옥에서 죽었다. 그들보다 아래의 일반 당원들에게도 '인민의 적'이 퍼졌는지 인류가 경험한 적 없는 규모의 체포극이 휩쓸고 지나갔다. 피고 54명의 세 번에 걸친 '모스크바 재판' 이외의 사람들은, 공개되지 않고 비밀리에 모조리 사라졌다.

"사회주의가 발전한 다음에 이상적인 공산주의사회가 나타난다. 지배계급이 존재하지 않는 세상에서는 사회 원칙에 따라서 질서가 유지되고 법은 필요 없어지며 국가조차 역할을 잃고 사라지게 된다."

이것이 마르크스주의인데 스탈린은 "사회주의가 발전함에 따라 저항이 강해지고 계급투쟁이 심해진다. (…) 자본주의 나라에 둘러싸인 소련에서는 국가는 계속 존재해야 한다" 하며 국가권력을 최대한 늘려서 대숙청을 강행했다. 그리고 한창 대숙청이 이루어지던 1936년에 "소련에서는 사회주의가 완성되었다"고 선언하면서, 글만 봐서는 세계에서 가장 민주적인 〈스탈린 헌법〉을 제정했다.

대체 무슨 일이 일어나고 있는 걸까? 믿기지 않게도 친숙한 사회주의 용어를 사용해서 '완성했다'고까지 말하면서, 마르크스나 레닌과 정반대 결론을 내고 있는 것이다. 이는 '교리의 부분 수정'이 아니라, '전술 변경'이나 '그 순간을 모면하기 위한 방편'조차 되지 않았다. 세계 혁명을 부정하는 스탈린의 소련은, 자본주의 나라들에게 둘러싸인 상태에서 마르크스나 레닌이 주장한 '평화롭고 평등한, 이상적인 공산주의사회라고 하는 목적지'는 영원히 도래할 수 없게 된 것이다.

레닌이 만든 당은 겉으로는 명맥을 유지하는 듯이 보이며 마르크스·레닌주의를 노래하면서, 그 실상은 레닌의 사상과 동지를 뿌리째 뽑아버린 스탈린 조직으로 탈바꿈한 것이다.

당뿐만이 아니라 적군(赤軍)에게도 검은 손길이 뻗쳤다.

적군을 숙청하기 시작한 단계에서 '적군의 보물'이라고 불린 투하쳅스키를

소비에트 러시아의 '빵과 공개재판' 아서 존슨(독일). 1938. '황제 폐하 만세! 곧 죽을 놈들이 경의를 표합니다.' 원형 경기장 위쪽, 요새 같은 곳에서 군림하는 스탈린. 밑에는 외국에서 온 기자들. 망보는 비밀경찰. 하늘을 나는 독수리. 이 작품은 고대 로마 제국의 '빵과 서커스'를 본떠 만들어졌다. 민중에게 먹을 것과 볼거리를 제공하면서 정치적 비판을 피했다는 우민정책을 '구경거리 재판'이라 불리는 '모스크바 재판'에 적용한 것이다.

체포, 처형한 것이다. 내전 때 '소련·폴란드 전쟁'에서 스탈린의 원한을 산 그 사령관이다. 적군에서 첫 번째로 체포한 자가 투하쳅스키를 '독일 첩자'라고 고발했기 때문이다. 투하쳅스키의 명성을 시기하는, 스탈린의 측근 보로실로프 사람들도 적극적으로 가담했다. 스탈린은 오랜 원한을 갚은 것이다. '가장 무서운 적부터 배제한다'는 스탈린의 방식은 여기서도 흔들림 없었다. '목표물을 제거할 때까지는 사람들에게 호감을 보인다'는 방법도 정치국원에게 했던 것과 똑같다.

키로프 사건은 1934년에 있었고, 투하쳅스키 사건은 1937년에 일어났지만, 그사이에 적군은 절대 건드리지 않고 1935년에는 투하쳅스키를 원수로 승진시

키기까지 했다. 그러나 투하쳅스키를 제거하자마자, 물밀듯이 장교들의 대량숙청이 시작되었다. 장교의 거의 반인 2만 5000명, 고급장교에서는 원수는 5명 중 3명, 사령관은 15명 중 13명, 군단장은 57명 중 50명이 희생되었다.

숙청에는 성직자, 예술가, 지식인, 귀족 출신, 외국에서 온 망명자(사회주의를 동경해서 온 사람들), 기술자, 공장노동자, 농민, 스탈린의 친척 등, 스탈린 자신을 뺀 모든 계급의 온갖 사람들이 다 포함되었다. 어느 순간부터는 용의자도 없는데 '이 당파에서 1000명', '이 지역에서 2000명' 등 수치 목표를 내걸기 시작한다. '반혁명분자를

키로프 장례식 왼쪽에서 오른쪽으로, 상여를 멘 몰로토프·보로실로프·스탈린·칼리닌. 1934년 12월 1일 키로프는 스몰니연구소 그의 사무실에서 암살되었다. 키로프의 죽음은 스탈린이 정치적 억압을 확대하고 대숙청을 하는 데 구실로 사용되었다.

모조리 잡아들인다'는 명분이었는데, 이를 이용해서 개인적인 원한을 갚으려는 거짓 고발도 많았다.

국내(러시아공화국)만이 아니라 연방에 속하는 나라도 모두 대상이 되었다. 스탈린 시대에 피해가 심했던 나라는 먼저 우크라이나, 그리고 폴란드인데, 우크라이나의 숙청에 대해 말하자면, 정부 관료 모두가 '인민의 적'이 되어 한 사람도 빠짐없이 다 사형당했다. 현실에서 일어났다고는 믿기 힘든 일이다.

키로프 사건이 일어난 1934년부터 폭풍이 거의 진정되는 1938년까지 집행된 사형은, 러시아연방국립문서관 공개 자료에 따르면 68만 6095명이었다. 다만 이

피에 굶주려
서 오스카 가
벤스(독일).
1937.
러시아 보드카
가 아니라 숙청
당한 이들의 피
를 마시고 있는
스탈린.
라벨에 쓰인
'TUCHA'는 투
하쳅스키 원수
의 독일어 표기
첫 부분. 탁자
와 바닥 위에
여러 개의 마개
(장교들 목)가
뒹굴고 있다.

것은 '합법적으로' 집행된 숫자일 뿐이다. 뒷날 흐루시초프나 고르바초프가 조
사한 바에 따르면 비밀리에 처리된 사람이나 고문 중에 죽은 사람도 포함하면,
체포되어 희생된 사람은 200만 명으로 추정된다. 여기에 '인공 기아'나 '부농 박
멸' 정책에 의한 시베리아 이주와 강제노동 등으로 인한 죽음까지 포함하면 스
탈린에 의한 희생자는 모두 2000만 명이라고 말한다. 더 적다는 주장부터 더
많다는 주장까지 있지만, 어느 쪽이든 너무나 많은 인원임에는 틀림없다.

　덧붙이자면 제1차 세계대전에서 모든 나라의 병사와 민간인을 합한 희생자
는, 적다는 주장에 따르면 모두 750만 명, 많다는 주장에 따르면 모두 1600만
명 정도라고 한다. 주변의 소련령 지역을 포함한 스탈린 시대의 소련은 사람이
살 수 있는 나라가 아니었다.

　그러나 그 무렵 배우지 못한 일반 러시아인들은 두려움에 떨면서 살고는 있어
도, 스탈린을 미워하지는 않았다. 소련은 세계에서 첫 번째 '선전 국가'이기도 한
데, '정부가 거짓말을 한다'고는 전혀 의심하지 못한 사람들은 신문의 보도를 그
대로 믿었으며 체포된 사람들조차 '비밀경찰이 너무해', '정부 고관에 배신자가 있

어서 내가 이렇게 당하는 거야', '스탈린이 알면 그만두게 할 텐데' 생각했다.

히틀러의 악행을 모르는 척하던 독일 국민들과 달리, 유럽에서 지리적으로 떨어진 너무나도 넓은 국토 안에서는 다른 나라의 정보를 들을 수도 없었기에 스탈린의 새빨간 거짓말이 통했다. 일반 국민만이 아니라 당원이라도 사실을 제대로 아는 사람은 지도층뿐이었다.

'인민의 적'으로 처형된 당원들의 명예는, 페레스트로이카(사회주의 개혁)에서 겨우 회복되었다. 그러나 오늘날도 여전히, 100년 동안의 세계 인식 속에서 트로츠키는 부당하게 평가받고 있다.

스탈린이 죽은 다음에, 과거에는 스탈린의 앞잡이였던 흐루시초프가 '스탈린 비판'을 한다(당당하게 발표한 것이 아니라 말이 새어나간 것이다). 스탈린의 정체가 드러나고 '모든 인민의 아버지'라는 우상이 무너지게 되는 데에는 한계가 있었다. 그 무렵에 선동되어 격렬한 '트로츠키 공격'을 했던 사람들은 이제와서 물러설 수 있는 상황이 아니었으므로, 트로츠키는 내내 '반혁명자'로 남게 된다.

그즈음 사회주의자에게는 ① 지금까지 본 적 없는 살인마를 지도자로 우러러봤던 데다가 ② 그 살인마와 정면 승부한 혁명의 영웅까지 박해한 게 되면, '잃어버린 30년'만이 아니라 사상을 더럽힌 것이 자신들인 게 되어버리므로 절대 받아들일 수 없었던 것이다. '트로츠키 암살'에서 20년 뒤, '스탈린 비판'에서 4년 뒤 암살범 메르카데르가 출소했을 때, 후르시초프는 메르카데르에게 '소연방영웅' 훈장을 주면서 자신의 잘못을 정당화하고 그 견해를 다음 세대에 전했다. 온 세상의 공산당도 이를 따랐다.

박해당한 세대가 죽은 현재, 트로츠키를 '배신자'라고 하는 분위기는 옅어졌다. 하지만 러시아 '역사교과서'는 트로츠키의 업적을 오늘날에도 거의 아무것도 싣지 않았으며, 명예를 회복하는 속도도 몹시 느리다. 트로츠키가 정당할수록 선배들의 큰 실패가 드러나므로, 트로츠키에 대해서만은 '지나친 과소평가', '극소평가', '무시'를 이어가고 있다.

그러나 사실을 외면하고는 '마르크스주의 과학'도 '역사적 필연성'도 있을 리가 없다. 권력을 잃은 개인이 되어서도 목숨을 걸고 줄곧 스탈린의 범죄를 고발한 트로츠키야말로 '혁명의 영웅'이자 '사회주의 양심'이었던 것이 아닐까. 또한 트로츠키야말로 당의 대선배이다.

▶스탈린의 요새 아서 존슨(녹일), 1938. '철저한 가면 폭로.' '배신자'의 가면을 벗기기 위해 용의자를 얼굴째로 잘라 버리는 스탈린. 당원들은 서둘러 출구로 나가려고 한다.

▼미국 사회주의 노동자당(SWP) 포스터 10월 혁명의 주요 지도자들 가운데, 현재 지도부에 남아 있는 사람은 스탈린 단 한 명이라는 무시무시한 상황을 나타낸 것.

Lenin's General Staff of 1917
STALIN, THE EXECUTIONER, ALONE REMAINS

| RYKOV Shot | BUKHARIN Shot | SVERDLOV Dead | STALIN Survivor | ZINOVIEV Shot | KAMENEV Shot | TROTSKY In Exile | LENIN Dead |

| KOLLONTAI Missing? | URITSKY Dead | KRESTINSKY Shot | SMILGA Shot | NOGIN Dead | DZERZHINSKY Dead | BUBNOV Disappeared | SOKOLNIKOV In Prison |

| LOMOV ? | SHOMYAN Dead | BERZIN ? | MURANOV Disappeared | ARTEM Dead | STASSOVA Disappeared | MILIUTIN Missing | IOFFE Suicide |

트로츠키 암살

　모스크바로 추방된 다음 해, 1929년에 해외로 쫓겨난 트로츠키는 강제로 터키의 프린키포로 이주하게 되었다. 아내와 맏아들이 함께 갔다. 소련에서도 유럽에서도 멀리 떨어진 이 섬은 다른 지역의 정보가 들어오는 데 2주가 걸렸고, 게다가 트로츠키가 답장을 써서 보낸 것이 도착하기까지 또 2주가 걸렸다. 트로츠키는 어떻게 해서든지 소련에서 민주적인 사회주의를 다시 시도하고 거기서부터 세계 혁명을 일으키고 싶어 했는데, 이런 상태로는 충분한 활동을 할수가 없었다. 망명을 희망하고 유럽의 여러 정부에 신청해 봤지만, 트로츠키를 받아주는 나라는 하나도 없었다. 10월 혁명의 충격은 혁명이 일어난 그때보다더한 위협이 되어 유럽에 침투해 있었기 때문이다.

　그래도 차례로 방문하는 트로츠키주의자들에게 정보를 얻어서 《반대파 회보》를 발행하게 되었다. 이것은 세상에 사회주의를 넓히기 위한 사실상 개인

'인민의 적' 볼리스 에피모프(소련). 1937.
온 세상을 떠돌아다니는 트로츠키와 맏아들 료바.

잡지이다. 아들 료바의 노력으로 적은 부수이지만 여러 나라 언어로 발행할 수 있었다. '트로츠키주의자'는 스탈린 및 그 지지자들이 트로츠키를 깎아내리기 위해 만든 말인데, 그러고 나서 트로츠키 지지자들이 트로츠키를 지지하는 뜻을 나타내기 위해 도전하듯이 나서서 사용했다. 박해에도 굴하지 않는다는 트로츠키주의자들의 기상에 트로츠키는 고마워했지만, 그들은 아직 트로츠키가 원하는 만큼의 힘은 없었다. 트로츠키는 조용히 지금 시베리아

최신 사진 제공
서비스 TES(독
일). 1937.
'러시아 연방정
부 작전회의.'
'그의 장군들 속
에 있는 스탈린.'

에 있는 누군가가 자기 뒤를 따라 추방되어서 오기를 기다렸다.

조직의 크기와 상관없이 자기와 대등하게 설전을 펼칠 수 있는 기개 있는 동료를 원했다. 정치 견해가 비슷하고 유능하며 유럽에 영향력이 있을 법한 '10월' 혁명가, 예를 들어 라코프스키나 라데크가 추방당하면 동맹을 맺고 싶다고 생각했다. 그러나 아무리 기다려도 추방자는 트로츠키뿐이었다. '진짜 적'을 잘 아는 스탈린은, 자기 마음대로 되는 소련에서 트로츠키를 놔버린 것을 지금 아주 후회해서, 여기에다 트로츠키에게 부하를 보내는 어리석은 짓은 절대 하지 않겠다고 다짐했던 것이다. 어디까지나 시베리아에서 그는 '반대파'를 끊임없이 학대했다.

'좌익반대파'의 기본 방침을 훔친 스탈린에 대한 엄청난 분노는 어떻게 할 수 없는 극한의 땅에서 조금씩 포기로 변하기 시작한다. 피해자들 가운데 스스로의 '잘못'을 인정하는 사람들이 나오기 시작했다. 라데크도 바로 항복했다. 게다가 항복한 사람은 어두운 얼굴로 "소련을 위해 스탈린에게 협력해야 한다……" 중얼거리면서, 트로츠키의 추방을 취소해 주기를 바라는 것이 일반적이었는데, 라데크는 손바닥을 뒤집듯이 태도가 돌변하여 트로츠키를 욕하기 시작했다. 트로츠키는 깜짝 놀랐다.

하지만 그것보다도 트로츠키가 충격 받은 것은 전처와의 사이에서 낳은 딸 지나가 스탈린의 박해로 정신병을 앓다가 스스로 목숨을 끊은 일이다. 트로츠키는 며칠 사이에 머리가 하얗게 세고 말았다.

1934년 프랑스에서 공산당을 적시하는 사회주의자 달라디에가 수상이 되자, 겨우 망명이 인정된다. 기쁜 마음으로 프랑스로 건너갔지만, 스탈린주의자와 파시스트의 끊임없는 박해로 늘 쫓기며, 사는 곳도 정하지 못하고 활동도 아예 하지 못했다. 프린키포가 100배 더 나았다. 거기다가 전처 소콜로프스카야의 국내 추방과 현재 아내 나탈리야와의 사이에서 낳은 둘째 아들 세료자가 행방불명되었다는 소식이 들려왔다. 친구, 지인, 지지자의 체포는 질리도록 들었다. 소련의 '반대파' 마지막 거물인 라코프스키도 오랫동안 저항했지만, 결국 항복했다.

이 시기에 트로츠키는 자살을 생각했던 것 같다. 자기만 죽으면 수용소에 있는 게 틀림없는 세료자도 풀려나지 않을까 생각했다. 겉으로는 마귀처럼 흔들림 없는 태도를 보이는 트로츠키지만, 극심한 고독에 괴로워하며, 나탈리야가 집에 없을 때는 나탈리야의 소지품을 만지며 겨우 정신을 놓지 않는 상태였다고 한다. 레닌이 자기를 걱정하는 꿈을 꾸면서 스스로를 위로했다.

9개월이 지나 프랑스 정권이 바뀌자 또 국외 퇴거 명령이 내려졌다. 그러나 받아주는 나라가 어디에도 없었기에 나갈 수도 없어서, 쫓기면서 프랑스 국내를 내내 방황한다. 하지만 무슨 계기가 있었던 것도 아닌데, 갑자기 트로츠키는 기운을 되찾는다.

'10월 혁명은 내가 없었어도 레닌이 있었다면 해낼 수 있었을지도 모른다. 그렇지만 지금 이 일을 할 수 있는 건 나뿐이다. 이것은 10월 혁명 이상으로 중요한 일이다.'

나치의 눈부신 전진을 바라보며 그는 가까운 미래에 반드시 세계대전이 일어나리라 예감했다. 그 기회에 노동운동이 힘을 얻고 세계 혁명의 기회가 생길

추방된 트로츠키, 1937년 1월 멕시코 도착

테니 그때 올바른 혁명으로 이끌어서 사람들을 해방하기 위해 싸워야 한다 믿고, '제4인터내셔널'도 준비했다.

다만 홀로 정면에 서서, 스탈린과 히틀러를 비난하고 절규하는 트로츠키는 '스탈린 배제'를 외칠 수가 없었다.

트로츠키에게 자본주의를 쓰러트린 것이 바로 혁명의 가장 큰 성과이며, 생산수단이 국가로 귀속된 이상, 소련은 어디까지나 '노동자의 나라'이므로, 쓰러트려서는 안 되는 것이다. 지금 나라를 지키는 힘을 가진 사람이 스탈린인 이상, 자본주의 나라가 공격해 오는 틈을 주는 쿠데타 같은 것을 일으켜서는 안 되며, "자본주의 나라와 파시스트가 소련을 공격할 때는 무조건 방위하라", "지도자가 스탈린이라도 지켜라" 하고 단언했다.

진정한 사회주의자였던 트로츠키는 원리원칙을 위해서라면 사사로운 감정 따위는 집어던져 버렸다. 그렇지 않아도 많지 않은 트로츠키주의자들은 당황하고, 놀라고, 점점 더 그 수는 줄어들었다. 스탈린에게 복수하고 싶어서 트로츠키주의자가 된 사람도 있기에 이런 생각은 너무 엄격해서 따라갈 수 없었기 때문이다.

오랜 기다림 끝에 노르웨이에서 망명 허가가 내려져, 트로츠키는 북쪽으로 향한다. 그곳에서도 박해당하지만, 노르웨이 정부는 처음에는 아주 친절했다. 관료들은 10월 혁명의 영웅과 이야기할 수 있다고 기대했을 정도이다. 하지만 그것은 채 3개월도 가지 않았다. 제1차 모스크바 재판이 시작되자 소련에서 압박을 가하면서 갑자기 정부 방침이 바뀌었다. '반대파'를 모두 죽이기 시작한 스탈린에게 놀랄 겨를도 없이, 트로츠키는 노르웨이 정부로부터 쫓겨나는 처지가 된다. 그러나 늘 그랬듯이 받아주는 나라가 없어서 움직일 수가 없었다.

그러자 노르웨이 대신은 트로츠키에게 서약서를 건네며 서명하기를 요구한다. "노르웨이 정치에 관여하지 않을 뿐만 아니라, 모든 나라의 모든 정치에 어떤 발언도 하지 않는다"라는 내용이 쓰여 있었다. 결석 재판에서 트로츠키에게 온갖 유죄 판결이 내려졌을 때였다. 정부에 폐를 끼치지 않으려고 자제하면서 활동해 온 트로츠키의 감정이 마침내 폭발했다.

"누구한테 말하고 있는지 알고 있는가!"

법무부가 떠나갈 듯이 큰 소리를 냈다.

"내가 이런 데에 서명할 거라고 생각하는가! 너는 네가 스탈린보다 강하다고 생각하는가! 스탈린조차 나를 굴복시키지 못하는데, 네가 나를 굴복시킬 수 있다고 진정 생각하는가!"

오랜만에 트로츠키의 연설은 박력과 설득력을 가지고 울려 퍼지며, 타고난 대지도자인 그의 자질을 강렬하게 보여줬다. 아무리 오명을 씌우고 아무리 지지자를 뺏어도 '진짜 적'이라는 지위에서 절대 그를 내려놓지 않았던 스탈린의 판단은 제대로 맞았던 것이다. 그러나 이제는 소련의 압박에서 벗어나기 위해 정신없는 노르웨이 정부는, 트로츠키의 입을 막는 것만을 목적으로, 트로츠키 단 한 사람을 노린 법률을 계속 만들어 간다.

그런데 그때 생각지 못한 나라에서 망명 허가 통지가 왔다. 유럽에서 멀리 떨어진 멕시코였다. 멕시코에 도착한 트로츠키와 나탈리야는 트로츠키주의자들이 손을 흔드는 속에서 대통령 전용 열차를 타게 되었다. 따뜻한 환영에 트로츠키의 마음은 들떴다. 멕시코에서도 박해 세력은 대규모였지만, 카르데나스 대통령이 보장하고 한 번도 추방하려 하지 않았기 때문에 트로츠키도 이제까지보다는 안정을 찾을 수가 있었다.

편해진 김에 드물게도(망명 중에 아마 처음으로) 바람도 피웠다. 상대는 트로츠키에게 살 곳을 제공해 준 화가 디에고 리베라의 아내 프리다 칼로였다. 오

사거리 사람들 디에고 리베라(멕시코). 1934.
오른쪽에 적기(赤旗) 근처에 모인 트로츠키, 마르크스, 엥겔스를 덧그렸다. 왼쪽에는 제국주의
전쟁, 타락한 부유층, 폭력적인 경찰 등을 그려 더 사회주의적인 작품이 되었다. (위의 두 장은
아래 그림을 확대한 것)

랫동안 여자는커녕 남자를 만나는 것도 어려운 상황에서 도가 지나쳤던 것이
다(리베라도 프리다도 바람둥이였다). 그러나 도의적으로도, 입장을 바꾸어 생
각해도 상황이 너무나 좋지 않았다.

　나탈리야에게 들킨 트로츠키는 "다른 여자랑 비교할 필요도 없어! 당신 존
재가 얼마나 큰지 왜 모르는 거야!"라고 매우 불손하게 변명했다. 위험한 관계
는 빠르게 끝났지만, 리베라가 카르데나스 대통령까지 공격하기 시작했기 때문
에, 리베라와도 연을 끊게 되었다. 리베라에게도 들켜서인지, 그렇지 않은지, 프
리다가 어떻게 설명했는지, 안 했는지, 확실히 알려진 바는 없다. 리베라와 프리
다는 결국 스탈린주의자가 되었다.

　쓰러져 가는 집처럼 허술했지만, 큰 집을 사서 거기에 미국 사회주의노동자
당을 중심으로 트로츠키주의자들이 모이기 시작했다. 가난한 그들이 경비를

마련하며 번갈아 찾아오는 목적은 정치 논의도 있지만 그보다 호위였다. 트로츠키와 맏아들 료바의 목숨을 노리는 자가 있다는 것을 모르는 사람은 없었다. 트로츠키 집은 경찰과 트로츠키주의자들 기관총과 철조망으로 경비되는 '요새'처럼 보였다.

유럽에서 활동하는 료바는 존경하는 아버지를 도와서 뼈를 깎는 노력을 했다. 료바 없이는 망명 중의 활동은 그 절반도 못했을 것이다.

트로츠키는 '모스크바 재판'에 대해 "나를 소환해서 재판에 걸어라!" 성명을 냈었는데, 트로츠키에게 '자백'을 받아내는 것은 불가능하기 때문에 마땅히 스탈린은 이를 무시했다. 전처 소콜로프스카야나 둘째 아들 세료자가 '재판'에 끌려 나오지 않았다는 것은 그들도 '자백'하지 않았다는 뜻이리라. 이것을 본 미국 철학자 존 듀이는 트로츠키를 피고로 한 모의재판을 멕시코에서 열었다. 트로츠키는 '완전 무죄'를 쟁취하는데, 이 증거 수집도 료바 없이는 불가능했다.

그러나 결국 료바에게도 악마의 손길이 뻗쳤다. 어느 날 갑자기 료바는 병원에서 의문사했다. 트로츠키는 몰랐지만, 트로츠키주의자이기도 한 료바의 '친한 친구'가 스탈린의 첩자였다. 료바가 죽으면서 트로츠키는 4명의 자식을 모두 잃게 되었다. 트로츠키는 이날을 '생애 최악의 날'로, 매우 애절한 추도문을 썼다.

자살한 딸 지나의 아들 세바는 료바가 키웠는데, 이후로는 트로츠키 부부가 키웠다. 트로츠키는 마지막으로 남은 이 손자를 아주 사랑해서 '왜 우리 가족이 이렇게 힘든 일을 겪어야 하는지, 할아버지(트로츠키)가 하는 일이 얼마나 중요한 일인지' 들려줬다고 한다.

트로츠키 주변에서 또 사람이 줄어들었다. '모스크바 재판'의 추악함에 질려서 사회주의 자체로부터 떠나는 사람, '스탈린 통치 아래 있어도 소련을 지켜라'는 방침에 반대하는 사람, 자신에게 엄격하고 남에게도 엄격한 트로츠키를 도저히 따를 수 없게 된 사람, 트로츠키 곁에 있으면 내가 위험해진다고 생각한 사람, 이유는 여러 가지이다.

스탈린이 조직해서 멕시코 공산당 2만 명이 "트로츠키를 멕시코에서 내쫓아라!"고 시위했다. 20명이 아니라 무려 2만 명이다. 한편 트로츠키 저택을 지키는 것은 경찰과 지지자를 합해서 고작 20명 정도이다. 역사상 단 한 사람의 개

스페인 공산주
의 에드알트
테니(록일).
1936.
"동지 여러분!
우리들은 여러
분들을 위해 가
장 멋진 국제주
의 미래를 만들
고 있다. 여러분
들도 한번 우리
스페인에 와주
길 바란다!"

인을 이렇게까지 탄압한 적이 트로츠키 말고 세상에 또 있었을까? 빈 라덴은
아랍에서는 영웅이고, 히틀러가 세계적으로 공격당한 것은 그가 죽은 다음이
다. 독일 내부에서 히틀러는 죽을 때까지 최고 권력자였다.

그러나 지구상에 단 한 군데, 트로츠키 지지자들이 늘어나는 곳이 있었다.
소련 강제수용소였다. 마지막까지 굴하지 않았던 고집 센 트로츠키주의자는
물론, 굴복한 본디 트로츠키주의자든, 정권이 버린 본디 스탈린주의자든, 체포
되어 이제는 처형을 기다리는 것만 남은 어마어마한 수의 정치범들 모두가 절
망 속에서 떠올릴 수밖에 없는 거대한 패배자, 적군(赤軍)이 자기 손안에 있을
때조차 자기 지위를 지키려고 동원하지 않았던 청렴한 혁명가.

법정에서 '인민의 적' 트로츠키의 큰 죄가 줄곧 드러나는 한편, 처형장은 목
숨이 얼마 남지 않은 '범죄자'들이 "트로츠키 만세!"를 외치는 소리로 가득
찼다.

1940년 5월 새벽.

스탈린주의자인 무장 집단이 트로츠키 저택을 공격한다. 트로츠키 부부 침실을 20분에 걸쳐서 200발이 넘는 총탄으로 쐈다. 먼저 일어난 나탈리야가 트로츠키를 바닥으로 밀어내고 자기 몸으로 덮은 다음에 죽은 척해서 기적처럼 둘 다 살아남았다. 그러나 30분 뒤에 달려온 경찰장관은 총격의 규모와 트로츠키 부부의 침착한 태도를 보고 스스로 꾸민 일이라고 판단해 버린다. 장관은 스탈린에게 매수된 것도 직무를 태만한 것도 아니고, '이렇게까지 총격을 받은 직후에 평온할 수 있는 인물을 본 적이 없기' 때문에 좀처럼 믿을 수 없었던 것이다.

장관 탓을 할 수 없다. 예를 들어 제2차 세계대전이 끝날 무렵 '암살 미수'가 일어나 회의 중에 방이 폭파된 히틀러는 조금 다쳤을 뿐이지만 너무 많이 놀라서, 한시라도 빨리 살아 있다는 사실을 밝혀서 쿠데타가 일어나는 것을 막아야 하는 상황임에도 바로 라디오 방송을 할 수 없었다. 그 잔혹한 히틀러가 말이다. 대신에 괴벨스가 방송하고 히틀러는 밤에 등장했다.

그러나 트로츠키 부부는 부자연스러울 정도로 냉정했다. 오랫동안 온 세상에서 박해받으면서 트로츠키만이 아니라 아내 나탈리야까지도 정신이 단련된 것이다.

그래도 한 달 뒤, 습격 중에 행방불명되었던 비서 하트의 시체가 발견되었을 때, 현장을 찾은 트로츠키는 끝내 울음을 터뜨렸다. 경찰장관은 "하트는 스탈린의 첩자가 아니었을까? 입을 막기 위해 살해당한 것은 아닐까? 이상한 점이 몇 군데나 있다" 설명했지만, 트로츠키는 고집스레 그 견해를 인정하지 않았다. 하트를 추모해서 자기 집 마당에 기념비까지 세웠다.

수많은 첩자나 몇만, 몇십만 동지들의 배신, 몇억 명일지도 모르는 세계 사회주의자들의 배반이 있었어도 거만하고 냉철한 인상을 풍기는 트로츠키는 여전히 사람을 믿었던 것이다. 뒷날 하트 아버지가 "아들 방에는 스탈린 초상화가 있었다"고 증언했다. 다만 그것이 사실인지 '트로츠키주의자'는 박해당하기 때문에 그렇게 말한 것인지 알 수 없다.

1940년 8월 20일.

자기 목숨을 걸어서라도 트로츠키를 지키려고 호위하는 친구들과 스탈린

쫓기는 트로츠키 리드 그란도르(미국), 1961.
'트로츠키는 어디를 가든 스탈린 비밀경찰에 쫓겼다.'
'결국 1940년 트로츠키는 멕시코에서 스탈린 첩보원에 의해 살해되었다.'

주의자의 무리에 둘러싸여서 생활하던 트로츠키에게 그의 여비서와 가까워진 메르카데르가 찾아온다. 트로츠키가 논문을 읽어주길 바라자, 전부터 메르카데르를 믿었던 트로츠키는 그를 자기 방에 들였다. 트로츠키가 논문을 읽기 시작하자 메르카데르는 트로츠키 뒤에서 그에게 다가간다. 그리고 조준하고 숨겨놨던 얼음도끼를 머리 위에서 내리쳤다. 무시무시한 비명 소리가 집 안에 울려 퍼졌다.

　살해한 다음에 도망갈 수 있다고 생각했던 아주 힘센 메르카테르는 60세인 트로츠키의 생각지도 못한 반격에, 달려온 친구들에게 붙잡혔다. 트로츠키는 피를 흘리면서 "죽이지 마! 사실을 말하게 해!"라고 신음하며 말했다. 메르카데르는 나중에 발표할 예정이었던 "나는 트로츠키주의자였지만 트로츠키가 사회주의를 배신하고 있다는 사실을 알고 환멸했다"는 거짓 성명문을 가지고 있었다. '모스크바 재판'에서 동지들의 명예를 훼손하고 목숨을 빼앗은 스탈린은 '진짜 적'에게도 마지막까지 예의를 갖추지 않았다.

죽기 직전의 상태로 병원에 실려온 트로츠키는 수술을 위해 간호사들이 머리를 자르기 시작하자 나탈리야에게 농담하며 히죽 웃었다.

"이발소네!"

전날 둘이서 "머리가 길어졌다"고 말한 것이 떠올랐기 때문이다. 그다음에 곁을 지키던 비서에게 정치적인 조언을 남기려고 말을 걸었지만, 이제 더는 그렇게 많은 말을 할 힘이 남아 있지 않았다. 그 사실을 깨달은 트로츠키는 그만 말을 멈추었다. 그리고 한마디, 격려의 인사를 남겼다.

"친구들에게 전해 줘…… 제4인터내셔널의 성공을 믿는다고…… 앞으로 나아가라."

아주 짧은 말을 하는 동안에도 그는 차츰 힘을 잃어 갔다.

삶의 마지막에 이르러 트로츠키는 억울했을까? 오히려 세상의 굴레를 이제 겨우 벗어날 수 있다고 안도했을까? 마지막까지 최선을 다한 것을 자랑스럽게 여겼을까? 아니면 홀로 남게 되는 나탈리야를 걱정했을까?

간호사들이 트로츠키의 옷을 벗기려고 하자 그는 나탈리야를 바라보았다.

"싫어…… 당신이 해줘……."

쉰 목소리로 말했다. 트로츠키가 이 세상에 남긴 마지막 말이다. 나탈리야는 옷을 벗기고 트로츠키에게 입맞춤하고, 트로츠키도 입맞춤하고, 또 입맞춤하고 그리고 수술대로 옮겨졌다. 이튿날까지 버텼지만 의식이 되돌아오지는 않았다.

혁명을 위해 태어나, 혁명을 위해 살아온 남자는, 뛰어난 지성을 가졌음에도 자기를 지키는 것만큼은 마지막까지 알지 못한 채 이 세상을 떠났다.

공산주의 부메랑

1925년 독일 만화, 야코프 벨젠

러시아 연방정부에서 던진 트로츠키가 돌고 돌아 다시 돌아오는 그림. 스탈린이 그를 받아주며, 트로츠키도 그의 손을 잡는다. 본디 이 공간에는 특별한 연관성이 없는 독일 정치 이야기가 표현되어 있었다. 풍자도 아니고 선전도 아닌 작품. 벨젠의 트로츠키 그림에는 이런 신기한 그림이 몇 장 더 있다. 사상에 관계없이 트로츠키에게 동정, 또는 응원을 보낸 것은 아닐까.

사회주의 국가

세계 첫 사상 국가인 소비에트연방은 사상의 귀신이자 광인이자 괴물인, 그러나 동시에 성인으로도 보이는 두 인물이 만들어 냈다. 두 사람은 넘치게 주어진 능력을 모두 사용해서, 작은 개인의 행복마저 모조리 아낌없이 바쳐서 인류가 꿈꾸는 이상향을 만들려고 무한한 노력을 멈추지 않았다. 차별도 억압도 없이, 모두가 풍족하고 감사하며, 영원한 평화가 보장된 공산주의 사회. 그 실현을 위해서는 없애야 할 계급이 있다고 굳게 믿고 그 과정에서 자신이나 남을 희생해도 어쩔 수 없다고 포기했다.

그 사상에는 틀린 부분이 있었는지 치명적인 계산 착오가 발생해, 반대로 인류 역사상 겪은 적이 없는 끔찍한 지옥을 경험하는 데 일조하게 되었다. 그들 뒤를 이은 인물은 사상의 신념 따위는 아예 없이, 지배를 위한 아주 편리한 도구로서 이 체제를 뼛속까지 이용했다.

"소련에 사회주의 시대는 없었다"는 말을 자주 듣는다.

너무나도 빨리 레닌이 죽고, 사상을 공유했던 트로츠키가 실각한 다음에는 그저 몇십 년의 시간만 흘렀을 뿐, 이 장대한 실험의 완성을 목표로 하는 위인은 결코 나타나지 않았다. 고르바초프가 쇄신을 위해 노력했을 때는 이미 쌓이고 쌓인 태만과 부패가 때를 놓쳤다.

소련에 사회주의 시대는 진정 없었던 것일까?

그저 처음에 덧없는 꿈

스탈린을 기리는 애도 행렬　동독 드레스덴, 1953.

소련공식포스터 '레닌의 깃발 아래, 세계적인 10월 혁명을 향해 전진!'

을 꾼 사람들이 있었던 것뿐일까?

위대한 힘과 신념을 가진 사람들이 우여곡절과 시행착오를 되풀이하면서 최선을 다해 건설하는 이상적인 사회주의 국가. 그 실현, 또는 한계는 영원히 밝혀지지 않은 채로 소련은 붕괴해 버렸다.

축 소비에트 정권 10주년

1927년 프랑스 만화, 미하일 도리조

농민들이 기뻐한다.

공장 노동자들도 기뻐한다.

실업자들도 기뻐한다.

공무원들도 기뻐한다.

남녀 모두 기뻐한다.

시민1 "뭐가 그렇게 기쁜 거야?"
시민2 "당연하지. 소련의 남은 기간이
10년 짧아지는데."

제5장 역사의 뒤안길로 사라진 소련,
허울뿐인 중국 공산당

고르바초프 등장

1985년 3월 10일 체르넨코가 병으로 세상을 떠나자 후계자를 뽑는 다음 달 당 총회에서 그로미코 등 장로의 추천을 받은 미하일 고르바초프가 당 서기장에 선출됐다. 고르바초프는 1931년 러시아 연방 남서부 스타브로폴에서 집단 농장 농민의 아들로 태어났다. 집단화와 기근으로 타격을 입어 일족에서도 목숨을 잃은 사람이 나오는 등 스탈린 체제의 희생자이기도 했다. 1946년 콤소몰(청년공산동맹)에 가입했으며, 이후 4년 동안 국영농장의 콤바인 기술자로 일했다. 콤소몰에서의 활동으로 능력을 인정받아 1952년 모스크바대학교 법과대학에 입학했고, 그해 공산당원이 되었다. 법학부를 졸업한 뒤 고향 농촌의 당기관에서 흐루쇼프 개혁을 경험했다. 부인 라이사가 그 무렵 혁신적인 사회학자로서 농촌 조사에 협력했다. 1955년 박사학위를 취득한 뒤, 콤소몰과 정규 당 조직의 여러 직책을 거치면서 지역 당위원

고르바초프(1931~) 소련 공산당 서기장(1985~91), 소련 대통령(1990~91). 1986년 아이슬란드 레이캬비크에서 열린 미·소 정상회담 직후의 사진

예고르 리가초 프(1920~)
고르바초프 시 대에 제2서기로 페레스트로이 카에 대항하는 보수파의 거물 로 등장했다. 사 진은 1990년 7 월 크렘린 당대 회에서 부서기 장 후보로 추천 받아 소신 연설 하는 장면.

회의 제1서기에 올랐다.

미하일 고르바초프는 1971년 소련 공산당 중앙위원회 위원으로 지명되었으 며 농업담당 서기(1978)와 정치국원(1980)을 역임했다. 고르바초프가 꾸준한 성 장을 계속할 수 있었던 이면에는 이데올로기 담당 서기였던 미하일 수슬로프 의 후견이 큰 역할을 했다. 유리 안드로포프의 통치 기간 동안 눈부신 활동을 보였던 고르바초프는 1984년 2월 취임 15개월 만에 안드로포프가 죽고 콘스탄 틴 체르넨코가 권력을 승계했을 때 이미 차세대 지도자로서 떠오르고 있었다. 1985년 3월 10일 체르넨코마저 급사하자 정치국은 최연소 위원인 고르바초프 를 소련 공산당 서기장으로 선출했다.

고르바초프가 최고 지도자가 된 1985년 봄, 이제까지 대항마로 평가받아 온 그리신, 로마노프는 정치국에서 모습을 감추고 대신 고르바초프와 함께 처음 당과 정부를 이끈 사람은 정치국원이 된 보수파 예고르 리가초프 서기, 경제 담당 니콜라이 루이시코프 등이었다. 시베리아 출신인 리가초프는 이데올로기 와 외교를 담당, 금주 캠페인을 벌였다. 루이시코프는 1929년생으로 우랄공대 출신 기술자이며 1982년부터 신설된 당 경제부장을 맡았지만 9월에는 나이가 많은 티호노프를 후임자로 하여 각료회의 의장=수상이 되었다. 체브리코프 KGB(국가보안위원회) 의장도 정치국원이 되었다. 고르바초프는 더욱 세대교체 를 서둘러 7월에는 그루지야(조지아) 출신 셰바르드나제가 그로미코를 대신해 외무장관이 되었다. 또한 모스크바시 제1서기는 우랄 건축기사였던 보리스 옐

친이 승진했다. 이렇게 스탈린 시
대에 자란 테크노크라트, 브레즈
네프 세대에서 30년대 전반에 태
어난 스탈린 이후 세대로 지도부
는 한 번에 젊어졌다.

페레스트로이카와 글라스노스트

고르바초프는 노쇠하고 무능력
한 당 간부들을 패기에 찬 신진
관료들로 바꾸는 등 집권 초기부
터 자신의 위상을 확립하는 데 주
력했다. 첫 번째 국내 목표는 브레
즈네프 시대 이래로 정체되어 온
소련 경제를 활성화하는 것이었
다. 고르바초프는 이를 위하여 기
술 현대화를 표방했으며 노동생
산성 증대와 부패한 관료기구 혁
신에 힘을 기울였다. 그러나 이러
한 피상적인 변화들이 성과를 거

THE PRESIDENT
OF GEORGIA

셰바르드나제(1928~2014) 외무장관으로 고르바초프
와 함께 페레스트로이카와 글라스노스트를 이끌어
냉전 종식에 큰 역할을 했다. 1995년 조지아의 제2대
대통령이 되었다.

두지 못하자 1987~88년 경제 및 정치 체제에 관한 더욱 근본적인 개혁에 들어
간다.

고르바초프는 다시 일어난다는 뜻의 페레스트로이카를 차츰 내세웠다. 이
를 위한 팀도 만들었다. 이데올로기에서는 페레스트로이카 설계자가 되는 알렉
산드르 야코블레프가 캐나다 대사에서 소련과학아카데미 세계경제 국제관계
연구소 소장, 당 선전부장을 거쳐 1986년 3월에는 당 서기가 되었는데, 그는 급
진개혁파의 지주였다. 《프라우다》의 편집장도 이윽고 혁신적인 철학자 프롤로
프로 바뀐다. 당 이데올로그를 겸한 국제부장은 오랜 세월 주미 대사였던 직업
외교관 도브리닌이 되었다. 고르바초프와는 모스크바대학교 동창인 법률가 루
카노프는 법률, 군대, 치안 기관 등의 인사에 강했다.

고르바초프는 당 서기로서 1984년 끝 무렵 이데올로기 회의를 주재, 여기서

알렉산드르 야코블레프(1923~2005) 고르바초프를 도와 페레스트로이카(개혁)와 글라스노스트(개방)의 이론적 배경을 제공, 글라스노스트의 대부라 불렸다.

핵 시대의 새로운 사고와 나란히 사회주의 모순 같은 혁신적인 개념을 지지했고, 그 뒤 방문한 영국에서 대처 총리에게 절찬을 받았다. 이 무렵부터 '페레스트로이카'라는 표현을 썼는데 이는 6월 과학기술진흥책을 의미하며 기계공업에 투자하는 가속화 방침을 제시하기는 했지만, 개혁안과는 거리가 멀었다. 인사 교체와 함께 관청 통합도 과제로 떠올랐다. 개혁파가 주장한 경제통합관청 창설 제안은 받아들여지지 않았지만 1985년에는 기계, 연료, 에너지 등의 부서를 만들었으며 경제관청을 통합하게 되었다.

페레스트로이카를 둘러싸고 1986년 제27차 당대회에서는 전문가들이 준비한 정치 정보와 보수적인 기관이 작성한 강령 사이에는 뚜렷한 차이가 드러났다. 전문가들이 준비한 정치 정보에서는 금기시했던 경제개혁이 근본적인 개혁 같은 표현으로 등장했고 또한 가족 청부, 개인 청부 같은 농업개혁도 제시했다. 구체적인 정책에서는 규율 강화를 가장 중요한 방침으로 언급했으며 직장 규율 강화, 절주, 불로소득 금지 등을 주장했다. 그중에서도 금주 캠페인은 여성에게는 좋은 평가를 받았다. 그러나 행정적으로 진행했기 때문에 세수는 줄어들었다.

대회 바로 뒤인 1986년 4월 26일 우크라이나 체르노빌 원자력 발전소에서 핵사고가 일어났다. 비밀을 중요시한 체제는 국제적으로 퍼진 피해는 물론이고 소련이 맞닥뜨린 위기가 얼마나 깊은지를 온 세상에 드러냈다. 고르바초프는 글라스노스트(정보 공개와 개방)를 진행했고 텔레비전 등 언론을 개혁 무기로 삼았다. 또한 체르노빌 사고를 반핵 캠페인에도 이용했다.

높아지는 개혁의 파도

개혁 정책 급진화에 박차를 기한 고르바초프는 1986년 7월에는 "페레스트로이카는 제2의 혁명이다" 선언하고 단순히 경제뿐만 아니라 사회생활 전체의 전환을 의미한다고 지적했다. 그러나 이런 개혁은 보수적인 이데올로기를 전제로 해서는 불가능하다. 지식인들을 대담하게 해방할 필요가 있었다. 언론의 자유화를 야코블레프 등이 주장했고 글라스노스트 정책은 소련 사회 전반에 해빙 무드를 불러왔다. 사회의 부정적인 면을 솔직하게 보도하라고 장려하면서 표현의 자유와 알 권리가 크게 확장되었다. 언론은 보도와 현실 비판에서 전에 없는 자유를 누렸으며, 정부당국은 스탈린주의 독재 체제와 영원한 결별을 선언

보리스 옐친(1931~2007) 1985년 모스크바시 당 제1서기, 87년에 해임. 89년에 인민대표 의원이 되어 공산당 탈당. 91년 8월 쿠데타 비난. 러시아 첫 민선 대통령이 되었으며 12월 벨라베자 숲에서 우크라이나·벨라루스 지도부와 독립국가연합(CIS) 형성 추진, 소련 붕괴의 원인이 되었다. 92년부터 러시아 정치를 주도했다. 99년 끝 무렵에 푸틴을 후계자로 지명했다.

하기에 이르렀다. 또한 환경을 파괴하기에 평판이 좋지 않았던 시베리아 하천을 중앙아시아로 흘러가게 만든다는 계획이 중지되는 등 개혁파 권력과 지식인과의 공동 투쟁이 생겨났다. 12월에는 폐쇄도시 고리키(오늘날 니즈니노브고로드)로 유형을 간 사하로프 박사가 복귀 허락을 받았다.

글라스노스트는 페레스트로이카(개혁)로 가는 디딤판이 되었고 페레스트로이카 정책은 소련 최초의 민주화 시도였다. 복수 후보자의 경합 아래 부분적으로 비밀투표가 행해졌으며, 시장경제 요소들이 도입되기 시작했다.

1987년 1월이 되자 당 중앙위원회 총회에서 고르바초프는 소련 사회의 위기 상황을 마치 반체제 문서처럼 묘사했다. 전문가 집단의 야코블레프가 개혁 주도권을 잡기 시작했다. 그는 1985년 끝 무렵에 복수 정당을 도입하는 의견서를

제출했지만 얼마 안 있어 정치국원이 되었다. 정치학자인 샤프나자로프, 경제학자 페트라코프 등의 전문가가 보좌관 역할을 맡게 되었다. 이렇게 예전에는 금지되었던 작품이 공개되고 〈참회〉 같은 반(反)스탈린 영화를 상영했다. 또한 조지 오웰의 《1984년》같이 전체주의를 비판하는 소설이 번역되거나 그때까지 외국에서만 출판된 솔제니친의 《수용소군도》 같은 소설도 국내에서 볼 수 있게 되었다. 비공식 집단처럼 자립한 시민운동이 등장하여 개혁파와 시민파, 급진파를 이어주는 접점이 되었다. 이렇게 모스크바에서는 '페레스트로이카 클럽', '사회적 주도 클럽' 등이 생겨났다. 여기에서 인민전선과 소형 정당, 그리고 공화국에서도 민족파가 떠오르기 시작한다. 그중에는 우파 애국 집단 파먀티처럼 자유화를 이용해 보수파가 배외주의 민족주의 집단을 만들기도 했다.

그런 상황에서 고르바초프가 1987년 1월 역사의 공백을 메우라는 발언을 한 뒤로, 통제 아래에 있던 역사를 재평가하고 다시 봐야 한다는 문제가 불거졌다. 역사가, 비평가, 작가, 나아가 시민까지 끌어들여 논쟁을 벌였다. 논의는 1987년 11월 혁명 70주년에 절정을 맞이한다. 그러나 고르바초프는 보수파의 압력도 있어서 트로츠키나 부하린 등의 스탈린에게 반대하는 세력을 복권하는 것까지는 하지 못했다.

경제에서도 1987년 1월에는 외국 기업과 합병한 기업이, 그리고 2월에는 소비재, 음식점 등에서 협동조합 영업이 인정됐다. 국가 보조금과 모스크바의 지령에 의존해 왔던 산업체들이 스스로 생산·자금·이윤을 관리하게 된 것은 매우 획기적인 일이었으며, 소규모 가내생산과 개인영업도 용인되었다. 하지만 중요한 경제개혁에서 정부는 보수적이었고 개혁파 지도부의 생각과 거리가 멀어졌다. 국가 경제에 대한 통제권을 잃지 않으려는 관료들의 저항 또한 만만치 않았다. 1987년 6월, 당 중앙위원회 총회에서는 국영 기업법을 채택했으며 기업에 자주성을 부여하는 헝가리형 개혁안을 승인했다.

그러나 이사이 외화 수입원이었던 석유 가격은 1985년 끝 무렵을 경계로 배럴당 40달러에서 20달러 아래로 반감, 재정은 빠르게 악화했다. 기업에 자주성을 부여하면서 재원이 부족해졌고 그래서 화폐를 많이 찍어내는 데 의지했다. 이렇게 해서 인플레이션과 물자 부족이라는 악순환이 기본 문제가 되었다. 시내에서는 길게 줄을 서는 것이 일상이었다. 보수파는 저항했고 루이시코프의 각료회의 지도력도 약해졌다. 경제개혁의 가장 큰 문제인 가격 형성을 둘러싸

▲체르노빌 원자
력발전소　우크
라이나

▶사고 직후의 체
르노빌 원자력발
전소 모습(1986)

고도 저항이 있었다.

달라진 외교 정책

페레스트로이카는 급진화됐지만, 무엇보다 예전 국제 관계에서의 정책을 대담하게 바꿀 필요가 있었다. 안전보장은 군사력 증강에 의지하는 것이 아니라 정치로 주도한다는 전환을 이뤄 냈다. 특히 레이건 정권이 진행한 '스타워즈 계획(전략방위 구상)' 등으로 미국과의 관계가 긴장됐지만, 핵전략을 고집한 오가르코프 참모총장이 1984년에 해임된 것은 대미 전력 병기 삭감 교섭을 시작한 일과 함께 전환을 의미했다. 고르바초프는 재빨리 학자 프리마코프와 샤프나자로프같이 국제 문제에서 새로운 사고를 하는 사람들의 이념을 받아들였다. 글로벌 문제를 중시한 지식인들의 사고는 70년대부터 일부에서 알려졌지만, 보수파 당 지도부가 무시하고 있었다.

첫 논쟁은 이른바 소련 제국 외정이라고 할 수 있는 동부의 위치를 둘러싼 논의였다. 여기서 동유럽 개혁을 평가해 그들과 대등한 관계를 주장한 보고모로프를 비롯한 학자들의 생각이 동유럽 경시파에 맞서 승리를 거두었다. 1985년 가을 불가리아 소피아에서 열린 바르샤바 조약기구 회의에서 고르바초프는 동유럽 지도자들에게 전환을 요청했다. 또한 미국과 대등하기를 고집하는 장로 그로미코 대신 정치가 셰바르드나제가 외무장관으로 임명되었고 군을 축소하는 정책을 가속했다. 고르바초프는 1985년 끝 무렵 민스크 의회에서 군 축소를 과제로 하여 핵 전면 폐지를 위해 일방적으로 핵실험을 중지해야 한다고 호소했다. 제네바에서 열린 미국, 소련 정상회담에서도 핵실험 정지를 연장했다.

고르바초프는 1986년 5월에 외무부에서 새로운 사고에 대해 강연을 했으며 군사 이데올로기에 기울어진 소련 외교에서 전환해 경제외교를 추진하려고 했다. 핵 억제의 위험성을 외치고 또한 유럽과 일본의 정치, 경제 대두에 주목했다. 실제 8월에는 극동에서 중국, 일본 등 아시아 태평양 지역을 중시하는 외교 방침을 내걸고 아프가니스탄에서 철수하겠다는 의사를 밝혔다. 동유럽 정책도 전환해 개혁을 촉진하기 시작했다. 유럽의 군 축소에 협조했다. 1986년 10월 레이캬비크에서 열린 미국, 소련 정상회담에서는 전략핵의 50% 삭감과 중거리 핵 전면 폐지를 원칙적으로 합의했다. 두 정상은 핵전쟁에 승리자는 없다고 서로

동독을 방문한 고르바초프(1986)

확인했다. 더욱이 대미 관계 개선은 부족했다. 그 뒤 1987년 5월 끝 무렵 세스나기가 붉은 광장에 불시착한 사고를 계기로 소코로프 국방장관은 사임하고 그해 끝 무렵 고르바초프는 중거리 핵 전면 폐지 제안을 가지고 미국을 방문, INF(사정거리 500~5000킬로미터인 핵무기) 전면 폐지 조약에 조인했다. 그리고 1988년 2월에는 9년 동안 점령하고 있던 아프가니스탄에서 철수한다고 발표했고 5월부터 병사들을 철수시켰다.

보수파와의 싸움
그러나 국내 정치개혁은 보수파의 끈질긴 저항에 부딪혔다. 1987년 10월 당 중앙위원회 총회에서는 개혁을 주장한 모스크바시 서기 옐친이 페레스트로이카가 늦어진 것을 공공연하게 비판하여 해임된다. 당 중앙도 비판을 받았다. 보수파의 반격은 1988년 3월 고르바초프가 외국을 여행하는 중에 나온 〈소비에츠카야 러시아〉의 니나 안드레예바의 스탈린주의 옹호 논문이었다. 이 투쟁은 개혁파가 승리했으며 글라스노스트는 한계가 사라지게 된다. 스탈린 숙청을 재검토하는 위원회가 1987년 9월에 만들어지고 이 위원회는 1990년 초에는 80만 7000명의 복권을 시도했다. 시인 옙투셴코와 물리학자 사하로프, 역사가 유리 아파나셰프를 중심으로 숙청된 사람의 가족 등의 위원회 '메모리얼'을 만들었다. 로이 메드베데프, 부하린, 솔제니친, 트로츠키의 반스탈린 성향의 저서도 출판됐다. 외국인 역사가로는 영국의 소련역사가 에드워드 핼릿 카 등의 저서도 출판됐다. 1999년은 키예프 루시 그리스도교 포교 100주년을 맞이해 정교와의 관계도 있어 포교가 자유화되었고 성서와 코란도 혁명 뒤 처음으로 인쇄되었다. 정치개혁에서 전환점이 된 것은 1988년 6월의 제19차 당 협의회였다. 여기서는 당을 국가와 구별하는 정책을 진행했고 당의 민주화, 의회 개혁, 법치국가 건설 등이 과제로 올랐다. 이제까지의 최고의회 대신 2250명으로 이루어진 인민대표대회와 최고회의라는 2단계 소비에트 의회를 만들기로 했다. 고르바초프는 새로운 선거를 1989년에 시행하고 선거에서 소비에트 의장으로 뽑히지 못한 당 관료는 해직하겠다고 정했다.

9월 당 총회에서 당 관료 조직이 큰 폭으로 개조되고 보수파 그로미코 등의 은퇴, 리가초프를 비롯한 보수파의 강등이 결정적인 타격이 되었다. 고르바초프는 당 관료제의 기반인 서기국을 폐지했다. 이는 사실 당 지배가 끝났음을 뜻했다.

1988년 10월 최고 소비에트 간부회의 의장에 선출된 미하일 고르바초프는 경제개혁에 대한 공산당 내 반발 등으로 말미암아 입법 및 행정기구를 당에서 독립시킬 구상을 하게 되었다. 1988년 12월 마침내 헌법 개정이 이루어졌고 이에 따라 양원제 의회인 인민대표대회가 창설되었다. 1989년 3월 복수후보·직접 선거의 원칙에 따라 인민대표회의 선거가 실시되어 5월에는 제1차 인민대표회의에서 진정한 대의기구인 최고 소비에트를 구성했다. 미하일 고르바초프는 최고 소비에트 의장으로 선출된다.

국가의 지도 기관이었던 기구가 개조되면서 소련 국가의 신경계가 융해되기 시작했다. 발트 3국에서는 인민전선이라는 조직이 생겼고 공화국의 주권을 주

대처 총리와 회담하는 고르바초프 1987년 12월 7일

장하기 시작했다. 이렇게 1989년 3월 인민대표대회 선거에서 공산당은 패배하고 반대파가 기세를 얻었다. 옐친은 당 비판으로 명예를 되찾았다. 5월에는 제1차 인민대표대회를 개최했고 TV로 중계했다. 이 회의에서 트빌리시 사건 등 민족 분쟁, 그리고 발트에 대한 1939년 독일, 소련 불가침 조약을 논의했다. 특히 옐친, 사하로프 등 급진적인 의원은 7월에 사실상 첫 의회반대파인 '지역 간 대표의원 집단'을 형성했다.

1989년 동유럽 혁명

변화하는 정치 정세는 1989년 11월 베를린 장벽 철거를 시작으로 한 동유럽 시민혁명으로 더욱 급진적으로 나아갔다. 1989년 여름에는 탄광 노동자들이 곳곳에서 파업에 들어갈 태세를 갖췄다. 페레스트로이카는 밑에서부터의 혁명이라는 성격을 나타냈다. 중앙권력의 쇠퇴는 부정할 수 없었다. 사하로프 등 급진적 의원 집단은 당의 권력 독점 폐지를 요구했다. 그리고 경제 악화 속에서 보수적인 정부의 경제개혁안을 비판했다. 그사이 개혁파의 양심이라고도 할 수 있는 사하로프 박사는 1989년 끝 무렵에 세상을 떠났고 옐친의 정치 역할이 강해졌다. 발트 제국에서는 인민전선이 소비에트연방 이탈을 주장했고 1989년 여름에는 3국을 이은 인간사슬 시위를 벌였다. 위에서부터의 혁명으로 시작

레이건과 고르바초프의 만남 미국 백악관. 1987.

한 페레스트로이카는 이렇게 소련 공산당의 존재 자체를 둘러싼 대항이 되었다. 1989년의 동유럽 혁명은 당의 결합력을 잃게 했다. 고르바초프는 사회민주주의를 평가하는 논문을 썼다. 그러나 1989년 12월 당 중앙위원회 총회에서 그는 당 지배를 무너뜨렸다는 비난을 받았다.

다른 한편에서는 민족 분쟁이 심각해졌다. 1986년 12월 카자흐 공화국의 젊은이가 쿠나예프 제1서기가 실각한 뒤 러시아인을 임명하는 데 반대하는 폭동을 일으켰다. 1988년 초에는 아르메니아인의 비지(飛地 : 한 나라의 영토로서 다른 나라 영토 안에 있는 땅)인 아제르바이잔 공화국의 나고르노카라바흐를 둘러싼 대립에서 번진 불똥으로 카라바흐 위원회가 분쟁을 일으켰다. 이런 민족 분쟁은 이윽고 그루지야의 아브하지아, 1989년 우즈베키스탄에서의 페르가나 분쟁으로 확대됐다. 특히 4월 트빌리시에서 일어난 평화로운 민족주의 운동을 저지하려는 발포 사건이 일어나 많은 사상자가 나왔다. 몰다비아에서도 루마니아와 관련되거나 스탈린 시대의 병합, 러시아인, 가가우스인 같은 소수파 문제가 발생했다. 1989년 가을에는 당 지도부가 민족문제에 대한 중앙위원회 총회를 열었다.

1988년 3월 고르바초프는 신(新)베오그라드 선언에서 동유럽의 체제 선택

아프간 철수 1988년 5월 15일 잘랄라바드에서 카불에 도착해 군중들에게 손을 흔드는 소련군 전차 병사. 소련군은 같은 날 아프가니스탄에 주둔했던 11만 5000명의 병사들을 철수시켰다.

자유를 인정한다. 폴란드와는 제2차 세계대전 때 국군 장교를 대량학살한 카틴 숲 사건의 해명이 현안으로 올랐으며 7월에 폴란드를 방문한 고르바초프는 구명을 약속했다. 연말에는 폴란드에서 원탁회의 모색이 시작됐고 1989년 7월에 실시한 선거에서는 연대파가 압승, 9월에는 비당계의 마조비에츠키 정권이 수립됐다. 헝가리에서는 니에르슈 등이 사회당을 1989년에 만들었다. 체코슬로바키아에서도 헌장 77운동의 지도자인 극작가 하벨을 비롯한 시민 포럼이 떠오르기 시작한다. 헝가리 국경이 완화되고 시민은 서쪽으로 갈 수 있게 되었다.

보수적인 동독에서도 1989년 10월 고르바초프가 방문한 뒤 일어난 시민운동은 당국의 생각을 뛰어넘어 널리 퍼져 나갔다. 이런 상황 아래서 11월 9일 베를린 장벽이 당국의 틀을 넘어 민중의 손에 의해 갑자기 무너졌다. 이것이 동유럽 전체를 뒤흔든 정치 변동의 정점이 되었다. 불가리아에서는 서기장 지프코프가 사임했다. 체코슬로바키아에서는 연말에 반체제파 극작가였던 하벨 대통령이 탄생하는 빠른 전개를 보였다. 가장 보수적인 루마니아에서는 1989년 12월 끝 무렵 대통령을 시작해 차우셰스쿠와 그 가족이 혁명 속에서 목숨을 잃었다. 이 과정에서 고르바초프가 12월 초 소련 정상으로는 처음으로 헝가리를 방문해 가톨릭교회와의 관계가 재개됐다. 그 뒤 고르바초프는 1989년 12월 몰타섬에서 부시 대통령과 냉전 종식을 약속했다. 이렇게 1940년대 끝 무렵부터 이어져 온 동유럽의 분할을 축으로 한 미국과 소련의 냉전은 막을 내렸다.

한창 혁명이 일어나던 동유럽에서 1월부터는 소련군의 철수 교섭이 본격화되었다. 또한 고르바초프는 결국 1990년 초에는 동독의 모도로프 총리에게 독일 통일을 승인했다. 서독의 콜 총리가 이를 추진했다. 10월에는 통일을 자축하는 축제가 열렸다.

아시아 외교도 1988년에 새롭게 변했다. 아프가니스탄은 1989년 초에 철수 완료한다는 약속을 환영했다. 5월 고르바초프의 중국 방문은 민주화 운동의 방아쇠가 되었으며 6월 톈안먼 광장에서의 탄압 사건으로 발전했다. 고르바초프의 외교는 점점 더 유동성이 강해지는 국제 관계 속에서 상황을 타개하기보다는 자신의 새로운 사고 외교가 열린 상황을 따라가는 경향을 보였다.

1989년 동유럽 혁명으로 1990년 이후 소련 정치는 급격한 변화를 강요받았다. 페레스트로이카는 밑에서부터의 혁명이라고 할 수 있는 도전을 받았다. 민족주의를 주장하는 공화국은 발트 제국에 머물지 않았다. 공화국이 떠오르면서 연방제가 위태로워졌다. 체제의 뿌리 그 자체를 변혁하는 포스트 페레스트로이카의 과제가 생겨났다. 다른 한편에서는 이에 대한 보수파의 반격과 반동도 심각해졌고 혼란이 날로 커져 가자 이에 맞서 규율 강화를 요구하는 흐름도 생겨났다.

이런 상황에서 고르바초프는 당의 지도자 역할을 포기한다는 대담한 도박에 나섰다. 1990년 2월 당 중앙위원회 총회에서 헌법 제6조 폐지를 결정했다. 이는 민주파가 요구한 것이며, 소련이 형성된 이래 대원칙이었던 당과 국가의 관계는 이렇게 해서 분리됐다. 바로 3월 인민대표대회에서 대통령제 도입을 결의했고 고르바초프를 초대 대통령으로 삼았으니 결과적으로 그는 마지막 소비에트연방 대통령에 선출됐다. 더욱이 인민대표대회에서의 선출이라는 방법은 고르바초프 인기에도 그림자가 드리워지기 시작했으며 대통령의 권위가 떨어졌음을 나타냈다. 자문기관으로 대통령 회의가 창설되고 그 중심은 야코블레프 등 옛 정치국의 개혁파였지만 실제 권력은 공전을 되풀이했다.

베를린 장벽 붕괴 1989년 11월 10일 밤 베를린 장벽 붕괴 다음 날, 베를린 중심부 브란덴부르크 문 주변에 모여 기뻐하는 동서 베를린 시민들.

민족 자립 움직임

1990년 공화국과 지방에서 선거가 열렸다. 선거는 당의 조직적 관여가 사라졌고 자유선거로 이루어졌다. 지역 간 대표의원 집단 등 급진 개혁파는 민주러시아를 창설, 당의 특권을 폐지하고 시장경제, 주권 선언을 주장하며 3월 선거에서 대승을 거뒀다. 모스크바에서는 경제학자 가브리엘 포포프, 레닌그라드대학교 법률가 아나톨리 소프차크 등 급진 개혁파가 승리했다. 러시아 인민대표대회는 5월에 열렸고 옐친이 최고회의 의장에 선출됐다. 옐친은 우랄 출신이다.

민주화와 지방분권화로 자유의 기운이 무르익어감에 따라 아제르바이잔·그루지야·우즈베크 등 연방 내 공화국들이 동요하기 시작했다. 또한 동유럽 혁명의 여파는 무엇보다 발트 3국에서의 민족운동을 북돋웠다. 1940년에 조국을 빼앗겨 강제로 병합됐다는 의식이 강한 이들 3국에서는 주권에서 독립으로 주장이 강해졌고 리투아니아에서도 소요 사태가 일어났다. 이 사태는 명백히 분리 독립운동의 성격이 짙었다. 중앙아시아의 인종 분규를 유혈 진압한 고르바

고르바초프 중국 방문 1989년 5월 15일 덩샤오핑 중앙군사위원회 주석과 손을 맞잡은 고르바초프. 이보다 앞선 4월에는 톈안먼 광장이 학생들에게 장악되는 등 민주화운동이 절정에 이른 시기였다.

초프는 1990년 3월 리투아니아 공화국이 일방적으로 독립을 선포하자 경제봉쇄를 통해 이탈을 잠정 유보시키는 동시에 연방 탈퇴의 법적 요건을 마련하기 위한 헌법개정 작업에 착수했다.

이에 이어 에스토니아, 5월에는 라트비아에서 독립 선언이 나왔다. 이런 상황에서 옐친도 러시아에서 1990년 6월에 주권을 선언했다. 주권 퍼레이드에 소비에트연방 최대의 공화국이 참가하면서 연방 재편성은 불가피해졌다.

민족 문제는 이처럼 복잡한 영향을 미쳤다. 나아가 4월에는 공화국의 아래인 자치공화국의 지위를 높이는 법령이 채택됐다. 8월에는 러시아연방의 카렐리아, 야쿠트, 타타르 등의 자치공화국에서도 주권 선언을 했고 민족 관계는 더욱 심각해졌다. 또한 민족파가 권력을 잡은 그루지야, 몰다비아에서도 소수 민족파가 자립하기 시작했다.

동시에 공화국 대두는 어지러운 경제 논쟁에도 새로운 차원을 열었다. 1989년 경제개혁 논쟁 속에서 러시아의 급진적인 시장 개혁파, 특히 그리고리 야블린스키는 500일 안에 시장경제로 이행하는 대담한 계획안 '시장으로 이행'을 제시했고 이 안은 고르바초프 전문가 집단과 급진적인 러시아 정부를 이어주는 접점이 된다. 7월 끝 무렵 소련, 러시아가 제휴해 시장개혁안 작성에 나섰다. 하지만 협력은 어려웠고 보수파가 보이콧했다.

한·소 수교 1990년 6월 4일 샌프란시스코에서 노태우 대통령과 소련 공산당 서기장 고르바초프
가 정상회담을 갖고 한·소 수교에 합의함으로써 한·소 수교가 성사되었다.

연방제로의 움직임

1990년 2월 당 총회에서 고르바초프는 당의 지도자 역할을 포기한다. 그러
나 보수파는 독자적인 러시아 당 창설에 몰두했다. 한편 개혁파는 의회주의를
향한 정당으로 탈피해야 한다고 주장한다. 포포프는 이제까지의 사회주의론
전체에 비판적인 '무엇을 할 것인가'라는 문장에서 탈연방, 탈소비에트, 그리고
탈사회주의 강령 방침을 썼다. 그렇지만 고르바초프는 타협을 강요받았고 이
때문에 7월 제28차 당대회에서는 개혁파가 당을 이탈했다. 다른 한편에서는 보
수파가 반격하기 시작했다. 이 일은 옐친과 고르바초프의 화해 가능성을 없애
버렸다. 더 심각한 것은 연방과 주권의 관계를 둘러싼 문제였다.

1990년 끝 무렵까지 연방개혁을 둘러싸고 3개의 세력이 떠올랐다. 첫째는 기
존 소비에트연방을 유지하려는 보수파, 연방의 위기라고 주장해 11월에 생긴
의원 집단 소유즈(Soyus)처럼 위기관리와 분쟁지의 대통령 직할을 요구했다. 두
번째는 공화국의 독립을 꾀하는 분권 지향이며 이는 그루지야 등에서 강했다.
러시아의 옐친을 포함한 세 번째 세력은 연방보다 공동체 같은 완만한 형태를

지향했다.

이런 상황 속에서 고르바초프는 1990년 11월에 연방 조약에 대한 제안을 했고 연방 조약이 체결되려는 분위기가 감돌았다. 이는 발트 3국 등의 독립파를 견제함과 동시에 자치공화국에 대한 대응이기도 했다. 11월 최고회의를 앞두고 고르바초프에게 보수파가 행동을 일으켰다. 이런 새로운 경향을 대표한 것이 군 치안 기관과 관계가 깊었던 루캬노프이다. 그는 민족 분쟁 지역에 비상사태를 선언해야 한다고 연방 유지파 위원 조직 소유즈를 조종했다. 고르바초프 자신도 급진 노선의 실효성을 믿지 못했고 위기관리를 해야 한다는 리더십 주장에 몰두했다. 은닉물이 적발된 노동자를 통제한다는 대통령 명령 등 규율 강화, 경제 위기에 대한 비상조치 방책이 나왔다. 1990년 12월 제4차 인민대표대회에서는 이 보수적인 경향에 셰바르드나제 외무장관이 보수파에 항의했고 쿠데타가 일어날지도 모른다는 경고를 하며 외무장관 사임을 표명했다.

고르바초프는 연방 유지를 꾀하는 연방파의 반발에 부딪혀 그 결과 보수파의 야나예프가 1990년 끝 무렵에 부대통령이 되었다. 고르바초프는 위기관리 체제로 이행하는 것을 받아들였다. 부대통령 야나예프, 새 총리 파블로프 등 뒷날 쿠데타파의 중핵이 되는 보수 지도부가 탄생했다. 크류츠코프 KGB 의장 등의 힘이 대두했다. 그중에서도 초점은 발트 문제였으며 1990년 3월 리투아니아를 비롯한 3개 공화국의 독립선언 이후 연말에는 대통령 직할을 요구하는 보수파의 움직임, 치안 기관의 행동이 눈에 띄었다. 1991년 1월 빌뉴스에서는 보수파가 TV 방송국을 점거하는 사태가 일어나 14명의 사상자가 나왔다. 라트비아에서도 마찬가지로 분쟁이 일어났다. 급진 개혁파가 항의해 개혁파의 전문가 집단도 사임했다. 새로이 경제 권한을 손에 넣은 파블로프 총리는 고액지폐를 무효로 하고 기업에 대한 치안 기관의 관여를 인정하는 등 통제를 강화했다.

고르바초프는 2월에 중도파를 자칭하고 안전보장회의에 야코블레프, 바카틴 등 개혁파를 넣었다. 그러나 옐친을 비롯한 러시아 정부, 민주 러시아파는 고르바초프를 비난하고 저항을 강화했다. 이렇게 중도파 고르바초프와 급진적인 옐친이 대립하는 사태도 일어났다. 5월 코뮤니스트 민주화 운동은 민주사회주의와 사회주의 인터내셔널의 좌파 운동으로서 당 이념과 조직을 바꾸고 당명도 바꿔야 한다고 호소했다. 루츠코이 등 러시아 공산주의 민주당은 8월 초에 회의를 열었다. 또한 개혁파 집단이 신당 운동을 촉진했다. 셰바르드나제의 민주개혁 운동에는 옛 당의 개혁파가 참가했다.

이런 국내 상황은 국제 관계 속에서 소련의 변화와도 관계가 있었다. 1990년 9월에는 통일 독일에 대한 조약을 독일 소련 간의 선린 조약과 함께 맺었으며 10월에는 독일 통일이 가능해졌다. 통일 독일의 북대서양조약기구(NATO) 잔류에도 이의를 제기하지 않았다. 11월에는 독일, 소련의 불가침 조약도 맺었다. 또한 온 유럽 안보에 대한 합의가 미국, 소련 두 대통령 사이에서 확인됐고 부전 (不戰) 체제가 성립했다. 그리고 한국과의 국교 회복(9월) 등도 진행했다. 고르바초프는 국제정치상의 지대한 공로를 인정받아 노벨 평화상을 수상했다. 그러나 소련은 사실상 동맹국이 없는 나라가 되었다.

1990년 8월 갑자기 일어난 이라크의 쿠웨이트 침공에 따른 걸프 전쟁에서 동맹국이었던 이라크에 대한 대응을 둘러싸고 소련 국내는 분열했다. 친서구적인 셰바르드나제 외무장관은 보수파의 비난으로 사임하고 이듬해 1월에는 베스메르트니크가 새로 외무장관에 올랐다. 1991년 4월 고르바초프 대통령의 일본 방문에서는 영토 문제가 해결될 가능성이 줄어들었다. 국제사회에서 소련에 지원해야 한다고 주장하는 학자도 있었지만, 국내에서는 대통령의 정치 운명이 기울어지기 시작했다.

이런 상황에서 고르바초프는 1991년 3월 연방제 유지를 묻는 국민투표를 실시, 발트 제국 등이 보이콧하기는 했지만, 소련 전체에서 76.4%의 지지를 얻었다. 이를 배경으로 4월 당 중앙위원회 총회에서 고르바초프는 공세에 나섰다. 9개 공화국 정상과의 회담에서는 공화국 주체의 신연방 조약을 주장했다. 이는 9+1의 수식으로 알려졌다. 6월 러시아 최초 대통령 선거는 첫 민주화 선거였지만 결국 옐친, 루츠코이 팀이 57.3%로 압승을 거뒀다. 이때 모스크바, 레닌그라드에서도 소비에트 의장이었던 포포프, 소프차크가 저마다 시장에 선출됐다.

고르바초프는 새로운 주권국가 연합안을 제시했고 여기에는 최고회의 의장 루키야노프, 파블로프 총리 등 현상 유지파가 강하게 저항했다. 7월에는 보수파의 정치가, 지식인이 비상사태 선언을 공공연히 외쳤다. 다른 한편에서 야코블레프, 셰바르드나제 등은 민주화 운동을 주장했다. 그사이 옐친은 러시아 정부 안에서 당 기관의 활동을 금지했다. 보수파는 7월 당 중앙위원회 총회에서

8월 쿠데타 주역들 야나예프 부통령 등 8인 전원과 그 외 가담 인원들. 이들은 국가비상사태위원회를 결성하고 비상사태를 선포했다. 이는 1991년 8월 18일 고르바초프의 각종 개혁 정책에 반발한 소련 공산당 보수파들이 고르바초프를 실각시키려 한 쿠데타였다. 그들은 고르바초프 대통령이 부시 미국 대통령과 전략 무기 감축 협정을 조인한 뒤 크림반도 포로스 별장에서 여름 휴가를 보내는 틈을 타서 전격 쿠데타를 감행했다.

행동을 시작했다. 8월 초에는 루츠코이, 야코블레프 등이 당적을 빼앗기는 등 대립이 심해졌다. 연방 조약을 둘러싼 분쟁은 피할 수 없는 대립으로 치달았다. 쿠데타 우려도 있는 상황 속에서 고르바초프는 8월 21일 연방 조약 체결을 앞두고 크림반도에서 휴가에 들어갔다.

8월 쿠데타

그사이 고르바초프 대통령에 대한 쿠데타를 준비해 나갔다. 18일 고르바초프가 신연방 조약을 구상하던 때 지도부 안의 쿠데타파가 갑자기 방문했다. 비상사태를 선언하거나 한시적으로 대통령 권한을 부대통령에게 주라고 강요했다. 그러나 고르바초프를 설득하지는 못했다. 그래서 19일 부대통령 야나예프, 내무장관 푸고 등 8명으로 이루어진 국가비상사태 위원회는 야나예프가 대통령 대행을 맡아 모든 권한을 장악했다고 발표했다. 이는 합법성을 가장한 궁정 쿠데타였다. 최고위원회 의장 루캬노프는 이를 추인했다.

하지만 19일 모스크바 시내에서 전차를 투입한 계엄령 실행에 대해 옐친을 비롯한 러시아 정부, 의회 관계자는 최고의회 빌딩을 점거하며 강하게 저항했

▲전차 위에서 연설하는 옐친 1991년 8월 19일 소련 보수파의 8월 쿠데타 비난 연설

▶고르바초프 사임 1991년 8월 23일 8월 쿠데타 뒤 고르바초프와 옐친은 회담을 가져 둘이 소련을 연정하여 통치하는 데 합의했으며 다음 날 고르바초프는 당 서기직에서 사임한다.

다. 시민 또한 길거리로 나와 방해했다. 신문은 발행이 정지됐지만, 텔레비전 등 언론도 비판적이었으며 지하방송을 하면서 저항했다. 주요 서구 나라들과 여론도 쿠데타를 비판했다. 무엇보다 공군과 전차부대의 사령관 계급이 옐친을 지지하기 시작했다. 이렇게 해서 쿠데타는 허리가 끊어졌다. 군 관계자까지 중립을 지키거나 러시아 쪽으로 기울었다. 3명의 시민이 희생된 대립 끝에 쿠데타는 21일에 끝났다. 고르바초프는 모스크바로 돌아온 즉시 대통령직에 복귀해 옐친과 긴밀한 협조 관계를 유지했다. 쿠데타 관계자는 소련 법이 아니라 러시

아 법으로 체포됐다. 소련과 러시아의 관계는 변했다. 내무장관 푸고, 군사고문 아크로메예프 등은 스스로 목숨을 끊었다. 이렇게 쿠데타가 일어나는 동안 국내 정치 정세는 급변했다. 쿠데타의 실패로 보수 세력이 일소됨에 따라 보수파와 개혁파 간의 세력 균형을 바탕으로 점진적인 개혁을 추구하던 고르바초프의 입지가 대폭 축소되고 반쿠데타 세력의 구심점 역할을 한 옐친의 위상이 상대적으로 높아졌다. 고르바초프는 발언력이 떨어졌고 "나는 다른 나라에 돌아왔다"고 말했다. 게다가 고르바초프는 인사를 서두른 결과 쿠데타에 관여한 인물을 치안 기관 책임자로 앉히는 실수까지 저지르고 만다.

고르바초프는 8월 24일 겸직하고 있던 공산당 서기장직에서 사퇴했으며 8월 29일 최고 소비에트는 지도부의 쿠데타 관여를 이유로 공산당의 활동을 정지시킨다. 1500만 명의 당원과 불과 며칠 전까지만 해도 최고 집권자가 당수로 있었던 소련 공산당이 마침내 불법화되고 만 것이다. 이렇게 해서 소련 공산당은 공산당이라 이름을 발표하고 73년에 걸친 역사를 마쳤다. 민주 러시아 등 민주화 세력과 분리주의 성향의 공화국 세력이 떠올랐다. 모스크바시의 포포프 시장은 당 자산을 몰수하겠다 선언하고, 상징적으로 KGB 건물 앞에서 제르진스키의 동상 철거를 인정했다. 쿠데타 붕괴, 고르바초프 무력화는 연방과 공화국의 관계를 결정적으로 바꿨다. 미국은 군비 축소나 경화부채(硬貨負債) 문제의 성격상 공화국보다는 연방 대통령과 관계를 가졌으면 했고, 독일의 경우 이미 개별 공화국 특히 러시아로 협상 창구를 바꾸어 놓고 있었다.

소련의 종언

고르바초프와 소련의 운명을 결정지은 것은 소수 민족의 독립운동과 그 대안으로서의 연방 조약안이었다. 일찍이 1990년 11월 초안이 공개된 신연방 조약은 강제로 성립된 소비에트연방을 합의에 따라 재구성한다는 취지를 가지고 있었다. 조약안은 소련의 국호에서 '사회주의'를 삭제하고 각 공화국의 주권을 강화했으나 조세와 관세 제도, 은행·통화 제도를 중앙정부의 관할 아래 유지함으로써 연방의 전반적인 해체를 방지하려고 했다. 획기적인 연방 조약안도 소수 민족 독립운동을 잠재우기에는 미흡했다.

우크라이나에서는 크라프추크 공산당 제1서기가 민족주의파로 전환, 24일에 우크라이나의 독립을 선언했다. 많은 공화국이 독립을 선언하는 가운데 9월 연방 임시 인민대표대회에서는 주권을 가진 공화국의 대표자가 주권 국가연합을 창설한다고 선언했다. 과도기 국가관리 기관이 만들어졌다. 여기서 공화국 정상으로 이루어진 국가평의회가 발트 3국의 독립을 승인했다. 고르바초프는 독립 경향을 높이는 공화국 정상과의 제휴를 강화했기 때문에 야블린스키 등을 중심으로 공화국 사이의 경제공동체 조약 체결을 먼저 시행하려고 했다. 그러나 연방의 권위 하락은 두드러졌으며 잔무를 처리하는 일이 중심이 되었다.

연방을 둘러싼 가장 큰 문제는 옐친 지도부 안에 있었다. 러시아는 사실상 연방을 관리했지만 연방을 유지해야 할지, 아니면 러시아는 한 나라로 나아가야 할지 두 방향으로 갈라졌다. 부르블리스 국무담당 서기를 비롯한 독립파는 야블린스키 등 연방 유지파와의 대립을 불러왔다. 부르블리스 등은 11월 끝 무렵 러시아 인민대표대회 전에 제휴파를 러시아 지도부에서 내보내고 옐친 대통령, 총리 겸임 체제 아래 직접 제1부총리로서 정부에 들어갔다. 그리고 가이다르 부총리 등이 주장한 충격요법이라는 가격자유화 노선을 내걸고 IMF(국제통화기금)와의 협조를 통해 자유화를 서둘러야 한다고 주장했다.

그런데도 11월에 고르바초프는 신연방 조약을 맺고 주권국가 연합을 창설하는 것을 국가평의회 각국 정상들과 진행했다. 작더라도 연방 중앙이 존재해야 한다는 것이 신연방파의 구상이었다. 절친한 친구 셰바르드나제도 11월에 소련 외무장관으로 복귀했다.

그러나 12월 독립 국민투표를 앞둔 우크라이나의 태도도, 미국 및 캐나다 정부와 국제사회도 차츰 소련에 부정적으로 변했다. 그중에서도 우크라이나 이민이 있는 캐나다가 독립에 열을 올렸다. 이렇게 옐친 대통령은 우크라이나가 참여하지 않는 신연방 조약에는 참가하지 않겠다고 주장했다. 연방 예산 고갈과 우크라이나 독립이 이 균형을 무너트렸다. 러시아가 소련군을 포함한 연방 예산을 인수했다. 11월 끝 무렵 옐친은 독립을 명확하게 하기 시작했다.

12월 8일 벨라루스의 브레스트에서 북쪽으로 50킬로미터 떨어진 지점에 위치한 휴양림인 벨라베자 숲에서 러시아, 우크라이나, 벨라루스 등 슬라브계 3개 공화국 정상이 모여 민스크를 행정수도로 하는 '독립국가연합' 결성을 선언, 연방 해체를 막아보려는 미하일 고르바초프의 노력에 마지막 쐐기를 박았다. 러시아, 특히 부르블리스, 샤흐라이 구상에 따른 이 국가공동체는 소련을 무너트리고 중앙은 조정 기관만 남기며 그 장소도 모스크바 연방 관료의 압력을 피하고자 민스크로 옮기는 것이었다. 벨라루스의 슈시케비치 최고회의 의장도 합의했다.

그에 반해 고르바초프는 나제르바예프 카자흐스탄 공화국 대통령과 연락을 강화하고 연방 유지로 저항하려고 했지만 세 정상 또한 카자흐스탄 등 중앙아시아의 5개 공화국까지 포함해 소비에트 연방 해체를 본격적으로 추진했다. 옐친은 소비에트연방 해체를 진행했고 소련군도 승인했다.

8월 쿠데타 실패와 당 해체로 말미암은 연방의 약체화와 공화국의 국가 권한 확대는 불가피해졌으며 고르바초프의 정치 운명은 이로써 거의 끝났다. 그

벨라베자 조약 1991년 12월 7~8일 옐친을 비롯한 슬라브계 세 민족 총리는 소비에트연방 해체 회의를 위해 폴란드와 벨라루스 국경 근처 벨라베자 숲에서 회담을 가졌다. 러시아에서는 경제 자유화파의 가이다르 등이 실권을 잡았다.

결과 2월 21일에는 카자흐스탄의 알마아타에서 1992년 1월 1일부로 독립국가연합을 발족시킨다는 전제 아래 그루지야를 제외한 11개 공화국이 협정안에 서명했다. 1922년 스탈린에 의하여 강제 구성되어 69년 동안 지속되어 왔던 '소비에트 사회주의 공화국 연방'이 역사의 뒤안길로 사라지는 순간이었다.

1991년 12월 25일 미하일 고르바초프 대통령의 사임 연설이 텔레비전을 통하여 전국에 방영되었다. "나는 이제 우려뿐만 아니라 인민 여러분의 지혜와 의지에 대한 희망을 함께 지닌 채 대통령직에서 물러납니다. 나는 알마아타 합의가 진정한 사회적 동의를 이끌어 내고 개혁 과정을 용이하게 하는 결과로 이어질 수 있도록 나의 능력이 닿는 한 최선을 다할 것입니다."

러시아 혁명 이래 74년, 소비에트연방, 사회주의, 그리고 공산당의 시대는 이렇게 막을 내렸다.

경제 으뜸주의 중국 사회주의

중국이라는 거대한 나라를 통제하고 있는 것이 중국 공산당이다. 정권정당

국공(중국 국민당과 공산당) 내전으로 적에게 총을 겨누는 인민해방군

으로 건국 이래 일당독재가 이어지고 있으며, 좋은 의미로도 나쁜 의미로도 온 세상에 영향을 주는 거대한 나라를 운영하고 있다. 13억 국민을 8000명 당원이 통제하고 있는 것이다. 세상에서 가장 큰 공산당, 당연히 표면상으로는 최종 목표는 공산주의 실현이라고 하는데, '중국은 사회주의 국가'라는 것도 포함해서 그 개념은 이제는 허구에 지나지 않는다. 혁명정당인 정당이 체제를 유지하고, 게다가 경제자유화로 방향을 크게 튼 시점에서, 공산주의라는 목표 달성을 포기했다고 할 수 있다.

'정치적으로는 사회주의, 경제적으로는 시장경제'라는 것이 원칙이고 백 번 양보해서 사회주의라고 해도, 그것을 기본 이념으로 삼았던 나라에 대항할 수 있는 사회주의라는 의미가 아니라 그저 이념일 뿐이다. 중요한 것은 시장경제이다. 고작 "모두 평등하게, 같이 풍요로워진다"는 공산주의적 목표는 남겨졌다고 할 수 있겠지만.

세상에서 가장 큰 공산당이라고는 해도, 중국 공산당은 과거의 사상을 가지고 있지 않다. 처음부터 중국 공산당은 중화인민공화국이라는 나라를 시험 운영했을 뿐이고, 거기에 확실한 사상이 있지는 않았다. 사상적으로 우파가 되지는 않았지만, 중국은 몇 번이나 큰 변화를 거듭해 왔다. 결과적으로 오늘날 모

마오쩌둥 선전 포스터

습이 되었고, 그것은 결코 갑자기 변한 것은 아니다. 그 변화 과정은 중국 공산
당 역사를 보면 잘 알 수 있다.

공산주의는 근대화로 가는 수단일 뿐

19세기, 청나라 끝 무렵 중국은 더는 내란에 버틸 수 없는 상황이었다. 통치
는 중앙과 지방의 연결망으로 유지되었고, 풍부한 재정이 그것을 가능하게 했
는데, 인구 증가와 끊임없이 이어지는 내란으로 경제 체계가 파탄 나서, 청 왕
조를 의지할 수 없게 된 지방 도시에서는 잇달아 자경단이 만들어졌다. 청 왕
조는 이 현상을 환영하며, 자경단이 주둔하는 데 발생하는 비용 등을 현지에
서 조달하는 것을 인정했는데, 자경단은 조금씩 세금도 내기 시작하면서 독립
된 군대가 되어 갔다. 이른바 '군벌(軍閥)'이라는 것으로, 여러 나라의 지원을 받
으며 대신 전쟁에 참가하면서 중국 근대화와 혼란을 가중시켰다.

청 왕조가 겨우 그 형상만 남은 반면 군벌은 계속 세력을 키워 나가, 1911년
신해혁명으로 난징(南京)에 아시아 역사상 처음으로 공화제 국가인 중화민국
이 탄생한다. 그 본보기가 된 것이 일본 근대화로, 혁명군 주요 세력은 일본에
서 군사교육을 받은 1000여 명의 청나라 유학생이었다. 미국으로 망명했던 쑨
원(孫文)이 귀국해서 임시대통령이 되었다.

한국전쟁 개입 연합군의 공습을 받은 원산. 중공군은 신예 병기인 항복한 장제스군대 포로 '인해 전술'로 한국전쟁에 뛰어든다. 그것 말고는 대등하게 싸울 방법이 없었기 때문이다.

청 왕조의 실세 위안스카이(袁世凱)가 황제를 퇴위시키고, 쑨원 대신에 임시 대통령에 오르자, 위안스카이는 독재를 강화했다. 1916년에 위안스카이가 세상을 떠나자 부하인 장군들이 군벌로서 지방에서 대립하게 되어, 중화민국은 이름뿐인 분열 상태가 된다. 구미 열강과 일본도 저마다 군벌과 관계를 맺으며 이권을 얻고, 군벌은 열강의 지원을 받아서 패권을 두고 다투는데, 남쪽 광저우(廣州)에서는 다시 쑨원을 중심으로 관둥(關東) 군정부(軍政府)가 만들어졌다. 민족 자본이 성장해서 중국인이 출자하고 경영하는 은행도 생기고 노동자수도 늘어났다. 이즈음부터 마르크스주의 연구가 시작되는데, 그 뒤에는 국제 공산주의 영향이 보인다. 억압에서 해방되고, 가난에서 탈출하고, 국가적으로 통합되는 등 그 무렵 중국에는 사회주의를 선택할 조건이 갖춰져 있었기 때문이다.

반정부·반일 운동인 5·4운동을 거쳐서 1921년 8월 국제 공산주의 주도로 베이징(北京)대학 문과장인 천두슈(陳独秀), 베이징대학 도서관장인 리다자오(李

大釗), 본디 베이징대학 도서관 사서였던 마오쩌둥(毛澤東) 등이 여러 지역에서 결성되어있던 공산주의 소식을 하나로 모으는 형식으로 중국 공산당이 탄생한다. 그러나 당원은 57명(12명이라는 말도 있다)인 아주 작은 당이었다. 그즈음 제1당은 쑨원이 이끄는 중국 국민당이었는데, 국민당도 국제 공산주의의 도움을 받고 있었다. 반일·애국운동을 진행하는데 '유신에 의한 자력혁명'을 억지로 진행하는 것보다는 '연소(連蘇 : 소련과 연결된), 용공(容共 : 공산주의를 인정한), 노농부조(勞農扶助 : 노동자와 농민을 돕는)' 방식이 더 시류에 맞았기 때문이다. 그러니까 공산주의는 사상이라기보다는 수단이었다.

허울만 남은 중국 사회주의

중국이 사회주의로 방향을 튼 것은 한국전쟁 이후이다. 그 첫 번째 이유는, 한국전쟁에서 압도적인 전투력 차이를 통감했기 때문이다. 공산당 지도부는 소련이 대대적으로 퍼뜨렸던 군수공업을 중심으로 급속한 공업화를 진행하기로 결정한 것이다. 또 농촌부에서는 농업 생산이 저조하고, 어느 정도 경영 규모가 없으면 꾸려 나갈 수 없는 상태였다.

여기에도 소련이 진행하던 농업 집단화가 필요하게 되었다. 당에 의한 국가 지도가 크게 강화되고, 당과 국가 유착이 여기서부터 시작된다. 그것은 처음부터 권력 부패나 독재 방지 기능이 빠진 체계였고, 인민의 존재는 그저 허울만 남아 있었다. 국가의 존재가 우선시되는 형태로 진행된 공산당에 의한 '국가사회주의' 시작이다.

중국 사회주의는 독립이나 굶주림에서 벗어나고, 국민을 하나로 만든다는 과제에서는 어느 정도 효과가 있었던 것은 틀림없다. 거기에 새롭게 경제 성장이라는 과제가 주어졌다. 본보기로 삼았던 소련이 무너지는 것을 옆에서 지켜보면서, 중국은 새로운 발전을 이어갔다. 그리고 중국은 '국가사회주의'와도 다른, 경제를 자유롭게 만든 특수한 사회주의 국가가 되었다. 일그러진 모습이지만, 굳이 말하자면 중국 공산당의 권위주의이다. 공유제(公有制)는 가식일 뿐이다. 그것은 모두 중국 공산당이 소유하고 통제하고 있다.

비약적인 경제 성장을 이룬 오늘날 중국 공산당이 조직을 유지하는 데 급급한 것은, 그것이 가장 큰 관심거리가 되었기 때문이리라.

당신의 생각을 신중하게 말하십시오 페레스트로이카와 글라스노스트 포스터. 바질 첸코. 1986.

사례를 무효화하다 페레스트로이카와 글라스노스트 포스터, 시빌로프, 1987.

가자, 젊은이들이여! 페레스트로이카와 글라스노스트 포스터. 1988.

당신이 주도합니까? 페레스트로이카와 글라스노스트 포스터.

이제 일하러 갑시다 페레스트로이카와 글라스노스트 포스터. 우바로프. 1988.